○湖南省少数民族古籍整理研究中心规划
○张家界市民族宗教事务局（民族"三交"）资助项目

古庸大地
人文历史探源

○主审　金土皓
○主编　李书泰

郑州大学出版社

图书在版编目（CIP）数据

古庸大地人文历史探源／李书泰主编. — 郑州：郑州大学出版社，2024.12
ISBN 978-7-5773-0806-7

Ⅰ.①古… Ⅱ.①李… Ⅲ.①人文历史 – 论文集 Ⅳ.①I277.3

中国国家版本馆 CIP 数据核字（2024）第 152248 号

古庸大地人文历史探源
GUYONG DADI RENWEN LISHI TANYUAN

策划编辑	成振珂		封面设计	陈 明 苏永生
责任编辑	成振珂		版式设计	王 微
责任校对	郜 毅		责任监制	朱亚君

出版发行	郑州大学出版社		地 址	郑州市大学路 40 号（450052）
出版人	卢纪富		网 址	http://www.zzup.cn
经 销	全国新华书店		发行电话	0371-66966070
印 刷	河南瑞之光印刷股份有限公司			
开 本	787 mm×1 092 mm 1 / 16			
印 张	24.75		字 数	518 千字
版 次	2024 年 12 月第 1 版		印 次	2024 年 12 月第 1 次印刷

书 号	ISBN 978-7-5773-0806-7		定 价	298.00 元

湖南省少数民族古籍编辑委员会

《古庸大地人文历史探源》编委会

总 顾 问　胡伯俊

顾　　问　周元庭　欧阳斌

校　　审　曹无害

总 策 划　杨仁春　李　林　王章钧　张玉莲

执行策划　金　鑫

主　　审　金土皓

主　　编　李书泰

执行主编　姜　君

副 主 编　郑小金　吴　耿　吴钟琪

学术指导　覃大钧

初　　校　熊雁鸣

封面摄影　姜阳春　李　纲

大视野下的张家界古庸文化

（代序）

孙文辉

初识张家界，是通过 1980 年 1 月 1 日发表在《湖南日报》上的、吴冠中先生写的文章《养在深闺人未识——张家界是一颗风景明珠》，以及吴先生的国画《张家界》。

"养在深闺人未识"，真是一句绝妙的广告语，尤其它被一位受人尊敬的美术家所引用，让人意识到，这美景绝非虚言。

此后，我曾多次来到张家界及古庸大地做田野调查，深感这里文化底蕴深邃厚重，但缺少挖掘与宣传。如果说 43 年前的张家界是位"养在深闺人未识"的美人；那么今天的张家界，人们仍然不知道这位走出了深闺、让人惊艳的美人，是一位秀外慧中、丝裹瑰玉的女神。

"走出深闺仍未识"——就在我常感遗憾之际，张家界市的文化学者李书泰给我带来了一部他新编的、逾百万字的《古庸大地人文历史探源》，以及他的一部近 60 万字的专著《庸国荒史研究》。我这才知道，张家界地区的党政领导与文化学者们已经行动起来，"以文润旅，以旅壮文"，正一起深掘地域文化富矿。

初读《古庸大地人文历史探源》书稿，我注意到了两个关键词：古庸大地、人文历史。下面就这两个关键词，谈谈我对张家界区域文化的学习与探索。

一、古庸大地

古庸大地，是本书对张家界地域的一种很好的表述。

它来自历史。它所描述的范围是古庸文化流布的一个区域；它没有受现行行政区划的约束，研究的是一个区域的历史文化。

这一文化区域，大体是指武陵之东、荆楚以南、洞庭以西、沅澧之间的这片大地。它不是指"大庸古国"的范围，而是指古大庸文化传播至今、尚有踪迹可寻的这一方土地。

划定了这一范围，我们回避或搁置了一些目前尚无确证，又存争议的历史问题。暂且回避、搁置这些难题，对我们当前的文化建设有利，也不妨碍我们的研究继续向古而求索。

在这一区域内，有一条重要的生命通道，对这一地区的文化有着深刻的影响。

科学研究表明，武陵山脉的南北走向，是全国典型的动、植物生命通道。尤其是由武

— 1 —

陵山、澧水河形成这一通道,地处中国第二、第三级阶梯的结合带,最大的特点就是它的原生性与闭合性,自然条件有利于珍稀古老物种的保存、演化,也有利于南北、东西物种的过渡和汇集,由此形成了地球上有名的生命富集带和景观聚集带。

在这一区域内,还有澧水与沅水两条孕育生命之河流。这两条河流及沿河谷地,是人类活动实现交流与通达的最佳道路。它连通了洞庭湖平原,也通向中原大地。因此,中国历史上历次逐鹿中原的战争,都为失败者提供了逃生之路,也为胜利者敞开了一条进军之道。

古往今来,古庸大地,来来往往、生生死死,总是居住着原住民与外来移民两大人群。

先说原住民。

这里是三苗古国之地。苗人很有可能是这里最早的原住民。他们从武陵山中走来,在澧阳平原上建立了最早的古城,开发了原始的农田灌溉系统,改造了大面积种植人工栽培水稻的技术。这个"造田育艸"的民族被称为"苗",是最有力的证据。

苗人称自己的始祖为"大戎",在苗语和湘方言中"戎""庸"是一个读音。在苗族史诗《古老话》中,"大戎"就是苗人供奉的祖先神"蚩尤"。蚩尤的"蚩"字"上虫下虫",在甲骨文中也译读为"龙"字。在苗语中"龙(Rongx)"与"戎(Rongx)"是同一读音,而崇拜蚩尤的苗人,龙姓为第一大姓。

甲骨文"龙"字

这一切,不会是偶然。

大庸、大戎、大龙之间,有一种神秘的内在联系。"大庸"的本义是不是"大龙",值得探索。

除了种植水稻,这一区域内的纺织传统,历史也十分悠久,如澧阳城头山、桑植朱家台、长阳香炉石、里耶溪口等新石器时期遗址的考古发掘中,均发现有陶纺轮等纺织工具;湖北、四川的早期巴人船棺葬中则发现有绢、麻布等纺织品的遗迹;慈姑、桑植等地名所保存的蚕桑养植信息,都说明这一区域纺织业技术已有相当的水平。到春秋时期,巴人"土植五谷,牲具六畜。桑、蚕、麻、伫、鱼、盐、铜、铁、丹、漆、茶、蜜、灵龟、巨犀、山鸡、白雉、黄润、鲜粉,皆纳首贡"①。土家人向周王交纳的贡品中,"桑、蚕、麻、伫"等纺织产品列为首位。

先秦时期,大庸文化绝不亚于中原地区。

再说外来移民。

最早进入大庸区域的移民,可能是在秦置慈姑前后,受命来南方征战和戍守的北方军队。

1987年出土于慈利城关镇石板、零溪两村交界的黄土岗上的古墓群,共有战国、汉代古墓1000余座。清理挖掘30余座,出土陶器、铜器、漆木器、竹简等文物300多件。其中两座最大的墓出土的尊、戈和带木柄的钺等战国兵器、漆木器及朱绘铜镜均属湖南省稀

---

① 常璩:《华阳国志》,重庆出版社2008年3月,第296页。

见;另有 2.1 万字左右楚简被称"慈利简",是我国迄今出土数量最多的楚简。

慈利县零阳镇骑龙岗古墓群,被国务院公布为第七批全国重点文物保护单位。整个骑龙岗古墓群的墓葬总数应超过千座。2002 年到 2004 年,通过抢救性发掘,共清理古战国、西汉墓葬 300 多座。发掘的九号大墓,墓主为当时掌管湘西北地区征伐的大夫级武官。依据葬俗,墓中的主人,多为外来移民。

骑龙岗古墓群

古代中国,从汉末三国乱局,到隋灭陈统一中国的近 400 年间,大部分时间是在战争不断、灾祸频仍、政局混乱的状况下度过的。

自东汉末年,北方和中原人口除相当大一部分死于战争、瘟疫与饥荒外,其余多逃往南方;至两晋之后更是如此。据史载,西晋末年逃亡荆州的达十余万户,逃往湘州的同样多达十余万户。① 为了安顿这些流民,东晋王朝将北方、中原南迁而来的族群进行了集体安置,在今日湖南的安乡、澧县设置了南义阳郡及厥西、平氏二侨县。此后,又在武陵山下、洞庭湖畔的澧县、安乡、沅江、益阳、湘阴、汨罗安置了大量流民。这些移民在自己的家祠、族谱中,冠以郡望②来表明自己的祖途来路。

《宋书·志序》记载了历代中国人四处飘零、时局常变的混乱场景:"魏晋以来迁徙百计,一郡分为四五,一县割成两三。""百郡千城,流寓比室。人伫鸿雁之歌,士蓄怀本之念,莫不各树邦邑,思复旧井。"有一部分流亡的人通过"生命通道"进入武陵山下的这一片区。

古庸大地上的居民分布格局,至明代开始定型。

清康熙《永定卫志》载:"永定初设,无一土著之民,官军俱各省调集,以实卫城,其声音清越,礼仪彬雅,绝不染方言蛮俗。在屯之民,附近各州县者多,从其语言,好尚虽有小异,究

---

① 伍新福主编:《湖南通史》古代卷,湖南人民出版社 1994 年 12 月,第 246 页。

② "郡望":"郡"与"望"的合称。"郡"是行政区划,"望"是名门望族,"郡望"连用,即表示某一地域或范围内的名门大族。

不大殊。"永定卫的初设,为解决明初朱元璋建中都临濠(今凤阳)在茅岗砍伐巨量"皇木"——金丝楠木而与土司覃垕王发生武装冲突。[①] 在明代,原住民与外来移民之间,有以卫所武装隔离而形成的两个文化区域:大庸西部,为以土家族为主体的土家文化圈;大庸东部,为各省调集的守军和附近各州县迁移而来的屯民而形成的多民族复合文化圈。

自明初沿袭至今,卫所虽不存在,但历史文化形成的风俗习惯,至今留有印痕。

二、人文历史

在傩文化等人文历史研究中常引用的一句名言,就是东汉王逸在《楚辞·章句》中所说的"昔楚国南郢之邑,沅湘之间,其俗信鬼神而好祠"。

其实,从古代文化遗存,包括文物及非物质文化遗存来看,"楚国南郢之邑"实际上就是澧水的这一片土地;这片土地上的傩文化,又直接影响了"沅湘之间"。

何谓傩?

傩,是一种原始文化形态;傩祭,则是傩文化的表现形式与载体。

傩,作为一种意识形态,它是傩师(人)通过傩祭(仪式)、傩技(符、咒、诀、绝技)、傩艺(面具、装扮、道具、歌舞)来呈现、展示,实现傩文化的传播。

原始人将自己所遇到的一切灾难、危难、困难、难关、难题、难产都称为"难";在原始人的观念中,难是一种无形的"气(炁)",正是这种邪气笼罩着人,使人陷入了困境。遇到了难怎么办? 他们不是祈祷,而是"发明"了傩术、主动驱赶"难",这就有了"驱傩"的仪式。在仪式中,傩师按照"人也害怕,鬼也会害怕"的原始思维逻辑,装扮成了傩面神兽来驱走邪气,这就形成了傩法、傩技与傩艺。

2010 年,出土于澧阳平原优周岗遗址距今已有 6000 年的木质人面,就是我们发现的、最早的傩面具。在同一祭祀坑内还出土了一件牛顶骨,并有一木棍插入牛颅内,这就是传承至今的湘西苗族古老的椎牛祭祀。

澧阳平原优周岗遗址出土的傩面具及牛顶骨

① 详见孙文辉《湖以西——沅澧之间文化探源》第六章"慈利王痛史"(手稿,公众号"蛮野寻根")。

在优周岗遗址坑的底部,考古学家还发现一件完整的、带刻画与压印纹的泥质红陶釜。陶釜的底下有三颗摆放规矩的红烧土块,是有意支垫此陶釜所用。"这一现象提示我们,H45底部这一红陶釜为人为有意摆放于此,且历经数千年,直至发掘出土时,其状态从未发生过改变。"①

人为有意摆放的红陶釜

这是一种古老的民俗。在湖南省苗族、侗族的传统村落,至今仍保存有这一古俗。

苗家建房奠基时,要在堂屋正中的地下先建"安龙堂"(又称龙窝、龙穴),让龙神与土神和睦共居,称为"安龙谢土"。安龙堂中放置一些生产生活用物,包括土灶、鼎锅、五谷等祭品。安放好龙窝就要举行"接龙"仪式了,先祭龙,再接龙回家,最后安龙。

苗族每个家庭建房安龙时,供奉的是牲猪;一个寨子安龙时,祭牲用白水牛而不用猪。这里透露出来的文化信息,对甲骨文"家"字作了解答。

无独有偶,侗族的"萨岁"祭祀中也有着同样的文化密码。

寨中安龙

"萨岁"就是母系社会中侗家的女神。进入侗乡,无论走到哪里,在寨边、鼓楼边、花桥边都有一座"萨坛",是三块小石板或石头垒成的小方形祭坛,这是侗族地区保存最原始的祭祀场所。

萨坛是在寨子的中心,挖出一个深约五尺、直径五尺的洞井,再在洞穴的中心架三脚

① 《2010湖湘文化考古之旅》湖南省文物考古研究所,2010年,第31页。

鼎架,在上面放一口鼎锅,锅内再放入日常生活和劳动用具,上面覆盖一口铁锅,然后再覆土形成萨坛。萨坛祭祀的是萨神——女神。

通道县芋头寨正中的萨坛

这又让我们想起了甲骨文"安"字。日本民俗学家白川静认为,汉字的"构造的原理,表现了那个时代的观念和思维方法。文字的原义,在其构造中显著地残存着"①。由于汉字是一种象形文字,是一幅简笔的图画,因此,在一个古老的汉字中,就记录下了殷商时期某个古老的民俗。

——"安"与"家"的甲骨文,实质上就记录了一个关于"安家"的古老民俗。

"安"下的"女"字,代表的是母系氏族时代的"女神";"家"下的"豕"字,是一头用于奠基时的猪。而"女"神与"豕"牲上面的"宀",就是优周岗遗址中出土、被人有意放置,

---

① (日)白川静:《中国古代民俗》,春风文艺出版社 1991 年,第 15 页。

并始终未曾移动过的"红陶釜"!

古庸大地的"红陶釜"思维,本质上也是一种傩文化思维,它通过世世代代大庸人的传承,让安家、家安的观念铭刻在每个人的心中;同时,也成了人类共同的优秀传统文化。

三、赞"探源"

前面我以文化大视野(即大历史、大地理)的方式,诠释了《古庸大地人文历史探源》的两个关键词。这里,再说说这部《古庸大地人文历史探源》。

主编李书泰先生,尽量收揽了湖南傩文化研究的优秀成果,也汇集了不少湖南地域文化史料,选辑了张家界地区一些重要人文历史的探索论述,给后来的研学者提供了一部非常可贵的资料典籍。

古庸大地人文历史中的傩文化研究,20世纪80年代才起步。早期的研究者也是傩文化研究的开创者,他们接触的傩文化是深藏在穷乡僻壤的非物质文化遗产残存,以及在20世纪50至60年代收集的"少数民族古籍"。通过民间文化工作者的努力,许多傩戏、傩祭仪式得以复活。林河、胡健国、彭继宽、龙炳文、李怀荪、李本高、杨锡光、郑德玄、黄镇、金承乾、张劲松、张子伟等众多的文化研究者,通过田野调查记录了这些口传心授的古老文本,为傩文化的研究打下了扎实的基础。中国傩学会的主要创建人曲六乙先生对湖南的研究有过这样的评价:

从50年代起到90年代的四十多年里,中国大陆上对傩戏、傩文化考察与研究的热点,从地缘上说,似乎出现从东向西南的扇面辐射,而湖南这个以屈原《九歌》和楚文化闻名于世的芙蓉国,恰好处于这个扇面的轴心。

…………

湖南是一个多民族的大省。土家、苗、侗、瑶等族聚居区或混居区,同汉族地区一样,都蕴藏着极其丰富的傩戏、傩文化的"活化石"。许多具有原始形态的傩祭、傩俗、傩技、傩艺,为文化人类学、民族学、民俗学、宗教学、戏剧发生学等学科的研究,提供了极其珍贵的活资料。不同发展层次,不同发展形态,不同艺术风采的傩戏,星罗棋布,活跃在洞庭湖滨、武陵深谷、梅山丛岭、衡山四麓以及湘、资、沅、澧四大水系的广阔流域。湖南地域有多大,历史造就的傩戏"博物馆"就有多大。

面对这么丰富的宝藏,也可以说是得天独厚的优势,湖南傩戏、傩文化学者走在全国的前列。他们对傩戏、傩文化的学术价值,认识得早一些、深一些。用时髦的话来说,有一种"超前意识",下边有例为证:

1981年10月,在湘西凤凰县城召开了湖南省傩堂戏研究座谈会。在全国来说,这是最早的也是第一个有关傩戏、傩文化的大型研讨会。

1982年4月,《湖南省戏曲传统剧本·傩堂戏专集》出版。这是全国出版的第一本傩戏剧本选。

1987年9月,《湖南傩堂戏资料汇编》出版,这是全国出版的第一本傩戏资料书。

1989年3月,《傩堂戏志》出版。这是全国出版的第一本有关傩戏的志书。

1991年10月,中国少数民族傩戏国际学术研讨会在湘西吉首市召开。这是全国第一个重点考察与研究少数民族傩祭、傩戏的国际学术会议。

从1990年开始,湘西土家族苗族自治州在人民政府和州委的领导下,以县为单位进行傩戏、傩文化的全面普查,摸清了全州的家底,获得大量珍贵的第一手资料,这在全国也是第一次。

六个"全国第一",湖南当之无愧。

李书泰先生主编的这部《古庸大地人文历史探源》,集张家界地域为主的人文历史资料之大成,存之于史,是一个突出的贡献。由于历史的原因,前期民间文化的研究著作(多是亲历、亲闻的原生傩文化记录),大多数由地方学者以自费的形式出版,造成了《古庸大地人文历史探源》这种汇编类著作搜集、编纂的难度,因此,这部著作开了一个好头,希望湖南各地有更多的这类作品出现。

总结前人的经验,启迪后来人的研究,是本书另一个重要的贡献。

如今,年轻的民族民间文化硕士生、博士生、教师,进行田野调查,遇到的多是受旅游市场影响而变异了的"表演";进行资料搜集,也多是采信的网络上的五花八门、泥沙俱下的"学说",因此很多"研究"都是低层次的重复、信马由缰的解读。《古庸大地人文历史探源》的编辑出版,给青年学者们提供了一部正式出版、有责任担当、较为集中且详细的参考资料,这是新一代地方文化研究者的幸运。

当然,湖南民族民间文化浩如烟海,任何一套丛书、一座文库都难以穷尽。因此,《古庸大地人文历史探源》固然有它的不足,谁读罢这部书,都可以说出个一、二、三、四的不足之处。

但这不要紧,要重要的是首先要有人来做,其次又有后人来延续。

2023年8月22日

目　录

"张家界历史文化研究丛书"总序

胡伯俊　　赵小明

　　历史和文化有如一条来自洪荒而又不断流向未来的长河,生生不息地影响和引领着人们的生存与发展。在疆域辽阔的中华大地上,不同地区、不同自然环境,创造了不同的区域文化。正是这博大精深、多姿多彩的区域文化汇聚成了源远流长的中华文明。张家界历史文化有如澧水溇江一样千古流淌,汇入中华文明的浩瀚大海。

　　千百年来,张家界人民积淀和传承了一个底蕴深厚的文化传统。这种文化传统的辉煌和独特,在于她体现出不同凡响、令人惊叹、富于创造力的智慧和力量。

　　张家界历史文化的基因,早早出现在历史的源头。20万年前(慈利)金台村文化,10万年前(桑植)朱家台文化,结绳记事时代(武陵源)索水索国文化,新石器时代(永定)古人堤文化,枫香岗文化,崇山、崧梁山文化,无一不在湖湘文化乃至中华文化的源头留下创造和进步的脚印。

　　长期以来,张家界人民沿与时俱进的历史轨迹上一路走来,秉承着富于开创、勇于担当的文化传统,并深深地融汇在一代代土家族和苗族、白族人民的血液中,体现在一代代张家界人的创造活动中。从崇山氏(燧人氏)祝融部落钻木取火、以火施化,到枫香氏(风向氏)伏羲部落观天画卦、教民渔猎;从崧梁氏(神农族)赤松部落柔木为耒、教民农耕,到三苗氏(盘瓠族)驩兜部落开发崇山、建立方国;从伯庸(大庸)族鬻熊部落经营崇山、开发武陵,到芈熊氏庸国君臣结盟周族、伐纣灭商;从鬼谷白公创造"捭阖"奇术,到诗祖屈原吟唱《离骚》古歌;从相单程围困充城、救民水火,到田希吕创办书院、教化一方;从孙开华、刘明灯戍台建功,到杜心五、谷壮猷辛亥立勋;从贺龙、袁任远、廖汉生投身革命、追求民主,到卓炯、田奇㻪、陈能宽致力学术、献身科技等。这一切,无不展示张家界深厚的文化底蕴和澧溇儿女世代传承的战斗精神和开创意识。这薪火相传的文化创造力,从观念、态度、行为方式和价值取向上,孕育、形成了源远流长的澧溇文化传统和与时俱进的崇山文化精神。正是这种文化滋育着张家界的生命力,固化着张家界的凝聚力,培植着张家界人的创造力,激励着一代代张家界人不甘落后、永不停息,在各个不同历史时期超越自我、创新前进。

　　意蕴丰富、特色鲜明的张家界历史文化,是历史赐予我们的宝贵财富,也是我们开拓未来的丰富资源和不竭动力。在新的历史时期我们越来越深刻地认识到,今后一个时期,张家界能否跟上时代步伐,能否创造新的辉煌,很大程度上取决于我们对文化力量的深刻认识,取决于对发展先进文化的高度自觉,取决于我们加快文化强市建设工作的力度,取决于文化软实力能否最终转化为经济硬实力。文化资源是经济社会发展的重要资源,文化要素是综合竞争力的核心要素。研究张家界历史文化,增强文化软实力,为张家界经济社会发展服务,是全市人民的共同事业,也是张家界市委、市政府的重要使命和职责。

2009年6月,中共张家界市委召开常委会议,决定成立"张家界历史文化基础性研究领导小组",提出全面搜集、深入研究、系统整理张家界历史文化,着力提升本土民族文化特色,打造有张家界特色的文化品牌,让全市人民知我张家界、爱我张家界,充满自豪、满怀信心地建设张家界、发展张家界。这是张家界建市以来第一次启动的一项重要的文化工程。编纂出版"张家界历史文化研究丛书",无疑是完成这一重大文化建设工程的重要举措,无疑是一项服务现实发展、造福子孙后代的高尚事业,在梳理历史沿革,接通文化断层,抢救文化遗产,破解历史谜团,发掘文化资源,提炼文化符号,打造文化品牌,提升文化底蕴,提高人文素质方面,无疑将发挥重要作用,产生重要影响。我们热忱希望张家界的文化人和有识之士积极参与、通力协作,拿出确有分量和价值的扛鼎之作,用张家界历史鼓舞全市人民,用张家界文化熏陶全市人民,用张家界精神引领全市人民,进一步激发全市人民的无穷智慧和创造能力,推动张家界经济社会又好又快发展。

崇山巍巍,因它蕴藏了文明的火种,才树起了万世传颂的丰碑;澧水悠悠,因它托起了历史的渔舟,才赢得了千古不落的赞歌。如果说中华文化是一棵参天大树,那么崇山、澧水文化就是这棵大树上的一片绿叶。今天,当我们迈进新的历史时期,带着全市人民的期许和厚望,致力于世界旅游精品建设时,我们应当担负起历史的责任,让我们的文化薪火相传、绵延不绝,让我们的创造与时俱进,生生不息。

2010年6月2日于张家界庸城老街

本文摘选自李书泰主编的"张家界历史文化研究丛书"第一辑,中国文史出版社2011年11月第一版,有改动。作者胡伯俊曾先后担任中共张家界市委书记、张家界市历史文化基础性研究领导小组总顾问,湖南省委组部常务副部长。作者赵小明曾先后担任中共张家界市委副书记、市人民政府市长、张家界市历史文化基础性研究领导小组总顾问,中共湖南省委副秘书长。

"张家界历史文化研究丛书"前言

周元庭

张家界市地处湖南省西北部,1988年5月,国务院批准建立省辖地级大庸市,1994年4月更名为张家界市,辖永定区(原大庸县)、武陵源区(1988年5月新设置)、慈利县、桑植县。总面积9516平方公里,地理坐标为东经109度40分至111度20分,北纬28度52分至29度48分。这里地质构造复杂,地貌风景奇特,既拥有世界罕见的石英砂岩峰林峡谷地貌,享誉世界,又是三苗、百濮等土著先民的传统领地,产生了祝融、赤松、驩兜等一批创世先贤,是庸楚文化、湖湘文化、土家文化的重要发祥地之一,是湘鄂西、湘鄂川黔革命根据地的发源地和中心区域,也是老一辈无产阶级革命家贺龙元帅的故乡。改革开放以来,在历届地方党委政府的领导下,着力实施旅游带动战略。经过全市160多万各族人民的团结奋斗,千年古境焕发青春,张家界已成为国内外知名的旅游胜地,历尽沧桑而又正在崛起的澧澹大地,以她古老、原始、神秘而又现代化、国际化的独特魅力,带给中外游人更多的欢欣和喜悦。

张家界市委、市政府提出了建设世界旅游精品的目标,既鼓舞人心,又任重道远。为此,市委、市政府主要领导同志高度重视本土历史文化研究工作,要求市政协将文史工作重点转移到加强本土历史文化研究、服务和服从于世界旅游精品建设上来,充分利用政协平台和人才优势,将这项工作不断向纵深推进。2009年6月,市委常委会作出决定,由市政协牵头组建张家界历史文化基础性研究领导小组和专门的课题组。至此,张家界市历史文化研究工作全面、系统展开。

组织开展张家界市历史文化基础性研究工作,我们深感担子沉重,责任重大,丝毫不敢懈怠,所幸的是经过张家界市历届政协的努力,这方面的工作已有一个较好的基础。经过长达两年多的深入调研、广泛咨询和反复讨论,初步取得了一批研究成果,拟订了跨度为五年的研究计划。

本次基础性研究定位于梳理历史沿革,接通文化断层;定位于抢救文化遗产,发掘文化资源;定位于提炼文化符号,打造文化品牌;定位于提升文化底蕴,彰显张家界文化形象;定位于服务世界旅游精品建设,提高张家界经济社会发展软实力等五个方面。基于这一前提,课题组提炼出了"祝融氏与古庸国""枫香岗与伏羲氏""桑植坪与帝女桑""崧梁山与赤松子""崇山君与驩兜国""白公胜与鬼谷子""大庸溪与赧王墓""武陵源与古索国""归乡岸与屈子魂""张良墓与黄狮(皇师)寨""相王起义与充城之战""田氏戍边与武溪屯兵""澧溇精英与戍台名将""历代兵战文化""土司卫所文化""革命老区文化"等本境古史核心研究课题及"桑植民歌""大庸阳戏""杖鼓舞乐""罗水傩戏"等非物质文化遗产研究课题。并计划逐步推出相关研究成果,编纂出版"张家界历史文化研究丛书",旨在传承和弘扬张家界历史文化,服务于世界旅游精品建设,把张家界建设成风光绝美、文化独特、环境良好的世界旅游胜地。

"张家界历史文化研究丛书"的出版,得到省有关部门和市委、市政府的高度重视,得到市、区县有关单位的鼎力相助,得到相关高校和研究机构专家、学者的指导,得到社会热心人士的积极响应,得到中国文史出版社的大力支持。在此一并表示诚挚的敬意和衷心的感谢。

文章千古事,得失寸心知。尽管编委会和各专辑的主编、编辑与审订者付出了很大努力,但由于水平所限,"张家界历史文化研究丛书"仍会有不少缺点和不足。好在该丛书将会继续编辑下去,仍然有不断改进和提高的机会。书中难免存在错误和讹漏,请读者予以指正。同时,也希望有更多的有识之士加入张家界历史文化基础性研究,为传承发展张家界历史文化贡献聪明才智。如果说探索是一种乐趣,那么,在探索的路上做一块不起眼的铺路石则是一种幸运,也是我与课题组成员的共同心愿。

2010 年 7 月 6 日于张家界

此文摘选自李书泰主编的"张家界历史文化研究丛书"第一辑,中国文史出版社2011 年 11 月第一版,有改动。

周元庭曾担任政协张家界市委员会主席,张家界市历史文化基础性研究小组组长。

张家界赋

张家界市委原副书记　李东东

土域明珠,苗疆翡翠。东连浙赣,西控云贵。枕渝鄂而望三秦,俯都怀而察八桂。层峦叠嶂,峥嵘崔嵬。峭崮偏蹊,明暗阴晦。天门晨钟,声震洞庭之滨。紫观暮鼓,音过洱海之浦。灵川俊秀,藏龙卧虎。文昌慈利,名扬荆楚东西。武举桑植,军扫大江南北。铁翼高翔,动车星驱。物阜民丰,澧州皆闻清平乐。社会和谐,武陵尽览上河图。

游野徼,踏荒芜。歌窈窕而寻乐,步崎岖以忘苦。路暗暗兮沉寂,泉涓涓兮缓纡。乱巅耸峙,上通天宇。曲水回澜,下接汪洋。鹤舞苍穹,瞰群山于羽下。鱼翔浅底,窥岸芷于潭源。雾尽氤收,虹消雨散。玻桥与日月潇飒,龙梯并壁岭婵娟。揽揭车兮,染暗香于径上。嗅辛夷兮,吸郁馥于沟前。松缘崖而挺峻,岩因险而生寒。皓镜当空,洒流苏于万壑。艳阳抚地,漏斑驳于千峦。沐朝霞兮心旷,饮琼浆兮神鲜。云横罗带,漫卷三湘暮雨。霓蕴缟裙,轻拖四水晨烟。

聚纹波于宝峰,藏狡兽于密岫。开丹曦于华顶,纳奇虫于芳茂。嵌崟滴翠,羡群侣而蜂至。琪树摇芬,招远客而鸳留。夜冈熊咆,惊醒旅人绮梦。秋涧猿啼,唤起诗客闲愁。踏青苔,攀石道。登险界始觉介丘之雄伟,探森谷方知造化之玄妙。遥岑远望,感天地之虚无。僻村近观,叹生灵之渺小。裔袅袅兮身爽,风轻轻兮意飘。峨眉虽秀,不及黄狮之俏丽。青城纵幽,难比金溪之深杳。边乡净土,不染世俗污秽。原始丛林,岂容商味腥臊。

昔匪患,今大康。除旧貌,换新颜。海晏河清,政通人和山江固。国泰民安,太平盛世社稷昌！情之所至,题诗为赞:

踏遍江南似野僧,昔年留迹忆曾登。

山中万壑迷人眼,岫里千岩隐鹄鹰。

日出危梁红雾漫,风来峡谷紫烟升。

浮云不掩群峰小,只为身临最上层。

李东东,女,历任经济日报社总编室副主任,特刊部主任,中共张家界市委副书记,全国政协委员,新闻出版总署副署长,中国新闻文化促进会理事长。

《湘西傩文化之谜》序言

曲六乙

地处武陵山区的湘西,自古以来便被视为一块神奇的土地。两千多年前的伟大诗人屈原,被楚王流放在湘沅一带蛮荒不毛之地。他的名著《九歌》,就是在流放时期采撷当地的傩祭傩歌加工创作而成的。流淌着五溪清流的湘西地区,应当留下诗人的足迹。他到过的溆浦(入溆浦余僮徊①兮,迷不知吾所如),在地理上属于湘西。湖南侗族学者林河的《〈九歌〉与湘沅民俗》就是从民俗学的角度探寻《九歌》在湘沅流域的孑遗。湘剧《山鬼》就曾构思出一幅幅远古时代的生活图景,描绘了诗人同在"五溪蛮峒"的原始部落(少数民族)的一段荒诞离奇的故事。《九歌》里的山鬼,与今日湘西少数民族傩祭中"跳马"的山鬼子,"毛古斯"的毛人,可能有某种历史的联系。在山鬼子和毛人的血管里,大约流淌着山鬼的遗传因子。

历史进入20世纪,湘西凤凰县土家族人民,为中国现代文坛哺育了一位大作家沈从文。他的一些描绘家乡风情的作品,曾使多少读者神往迷人的湘西。

我有幸三次去湘西,尽管都是走马观花,却一次比一次更着迷。在众多名胜景观中,我只观赏了奔放离奇的猛洞河和驰名中外的张家界国家森林公园。后者山峰嶙峋,林木葱郁,云横雾绕,气势雄浑。它大约是全国著名风景点中遭受各种环境污染较少的一个,尤其是金鞭岩溪一带的景观,峦峒叠翠,奇花竞放,峡谷幽谧,溪水叮咚,置身其间,仿若置身于世外桃源。而土家、苗、侗、瑶等族民俗风情的淳朴浑厚,不知胜过陶渊明笔下桃源风情多少倍。

湘西的原始森林带有许多奇异珍稀的植物。据说国家所列的110多种保护树种,湘西就有20多种。成片的珙桐群落,为世界所罕见。著名的水杉在一亿年前曾广泛耸立于北美、欧洲和东亚等地区,在第四纪冰川时期,几乎全部毁灭。国外科学家只能在博物馆里看到化石标本。在中国湖南的湘西,古水杉竟顽强地活下来,向游客展露她的古老雄姿。国内外的植物学家,称湘西这些稀世的孑遗树种为自然学科珍贵的"活化石"。

在湘西的神奇土地上,还有一种稀世的"活化石",那就是属于人文学科的傩文化

---

① 僮徊(chán huái):意思同徘徊。

的孑遗，至今仍然顽强地承受着现代科学文化的重重冲击而存活在僻域山乡。

湘西各族的傩文化，同全国各地的傩文化有不少相似的基本特征，但作为荆楚文化的组成部分，它又有别于后者，形成一些独特的品种。即使同属荆楚文化范畴，它似乎还受梅山文化的影响。土家族的毛古斯里"敬梅山"（祭猎神）的内容则属于湘中的梅山地区，处于湘沅两水之间，还是屈原流放时的居留地区。《九歌》所描绘的神话世界，在梅山文化里，在湘西傩文化的神鬼世界里，在梯玛神歌里，可以寻觅渊源。这次在吉首召开的少数民族傩戏国际学术研讨会，组织四个县的傩师、农民演出"毛古斯""椎猪""跳马"和傩堂戏等五彩斑斓的节目。这些活化石的学术价值，是第一次较集中地接受海内外学者的共同鉴评。

为了这次国际学术会议的胜利召开，也为了向海内外弘扬自治州多民族的传统文化，促进自治州的全面开发，包括旅游文化的开发，自治州和文化局的领导，还有湖南省少数民族戏剧学会，民族艺术创作研究所的同仁，都尽了最大的努力。他们多次召开全州八县（市）的文化工作会议，组织各方文化理论人才深入寨峒，观摩演出，访问傩师和艺人，进行广泛的普查，摸清了家底，撰写出考察报告。上下一体、左右联合、多方协作、同铸一心，才获得如此丰厚的成果，在我看来，湘西的经验，对于其他地区具有借鉴的价值。

《湘西傩文化之谜》是湘西学者和文化理论工作者，近两年来考察、研究本地区土家族、苗族傩文化的成果。作为吉首傩戏国际学术会议的礼品，湘西的作者们把它奉献给海内外学者，这具有特殊的意义。它为海内外学者了解与认识湘西傩文化的历史与现状，打开了封闭已久的大门，并引领他们回溯漫长的历史情境，踏着两千多年前屈原的足迹，去领略这片土地上傩文化祭坛的风采，感受这源远流长的各民族传统文化的神韵。

翻开这部书，人们很容易注意它的作者群，特别是土家族作者群。还在几年以前，自治州傩戏、傩文化的研究者，屈指可数。如今他们却像雨后春笋一样成批地"冒"了出来。他们来自院校，更多的是来自文化馆、博物馆、民委，甚至是政协、统战等部门。本书作者张子伟（土家族）告诉我，多数作者是第一次深入峒寨研究考察，观察田野上的演出，第一次撰写傩文化的论文。我一时来不及通读全部书稿，但从部分书稿中，我感受到他们踏入这个新学科领域的异乎寻常的热忱和严肃认真的治学精神。有些篇目显得稚嫩，也难免出现疏漏和误讹，某些观点也还有待进一步商榷。但它们大都有一定学术价值和资料价值，这是值得称赞的。

湘西傩文化是异常丰富多采的，而且至今保留得相当完整。特点鲜明，个性突出。作为荆楚文化的重要精萃，它在全国傩文化研究中，占有特殊的地位。而它同《九歌》的某些历史联系，又增加了海内外学者的特殊兴致。上下两千年的对照、比较、考证，正好可以追索傩文化历史积淀的轨迹，找出某些规律性的东西。湘西的作者群，占有天时、地利、人和的多种优势,只要牢牢把握辩证唯物主义和历史唯物主义的哲学"钥匙",他们不但能走入湘西傩文化的殿堂,而且有可能揭示出至今尚未"破译"的某些带有神秘色彩的历史文化"讯号"。《湘西傩文化之谜》的编辑出版,是他们对湘西傩文化的一次"扫描"。不久的将来,他们将会进行全面的"透视"。包括剖析它的本质,它的精华与糟粕,以及它对今天各族人民群众精神生活的双重影响,从而引导它的主角——傩师,抛弃危害人民群众身心健康的迷信活动,保存并发展健康的民俗艺事活动。

1991 年 9 月 18 日于首都

本文摘选自张子伟主编的《湘西傩文化之谜》,湖南师范大学出版社,1991 年 12 月第 1 版,有改动。

曲六乙(1930—2024),中国傩戏学研究会创始会长,著名学者,戏剧理论家。

《直译〈古老话〉》前言与后记

龙炳文　龙秀祥

前　言

本书所载的苗族古代词话，按古苗语结构，应直译为《话古话老》；按现代汉语结构，我们把它意译为《古老话》。

苗族《古老话》从古流传至今，源远流长，这有其特殊的历史原因。自苗族的先民三苗、驩兜、南蛮、武陵蛮，到宋时的苗，都一直把它视为自己的"百科全书"而广为传诵，家喻户晓。"文革"的十年浩劫中，它的手抄本和方块苗文记载本被焚烧殆尽，但苗族人民还是悄悄地用民间口传形式，将其保存下来。从古及今，在苗族青年举行隆重的婚礼时，都要请讲古的老师父朗诵《古老话》中的《开天立地篇》和《前朝篇》中的《亲言姻语》，在举行盛大的祭祀仪式"吃牛"的前一天晚上，外甥要请"后辈亲"（舅方亲属）登上火塘，朗诵《开天立地篇》和《前朝篇》以及《后换篇》中的《亿戎亿虁》《亿索》《亿本》；在"跳龙"仪式上要唱《后换篇》的《亿索》《亿本》《巴龙奶龙》。丧葬礼仪中同样离不开它，在开吊的那天晚上，"后辈亲"向外甥要"火把"，外甥需要请讲古师傅帮助说理。在这场"说理"过程中，同样要朗诵《前朝篇》和《后换篇》中的《亲言姻语》，《说火把》；在接龙仪式中要唱《后换篇》中的《接龙》。总之，湘西苗族的婚丧喜礼，处处离不开《古老话》。正因为如此，《古老话》得以流传千古，历世不衰。

《古老话》是苗族的一部重要民族古籍，它的出版对研究古代苗人的宇宙观（诸如天地山川的形成）、历法的发明、武器的创造、群婚制到对偶婚制的发展、人类的繁衍、氏族的形成、氏族战争和古代苗人的政治、历史、经济、文化、习俗等，都具有十分重要的价值，同时也是研究我国苗族古代史和文学史的重要参考资料。

这部古籍最早成型于七八世纪，有着独具一格的民族风格和特色，大概是由于语言的隔膜，翻译之不易，民族偏见种种，致使它迟至今日才得以出版问世。

苗族《古老话》以意思相近的对偶句形式表现内容，因此其中的重意词、近意词很多，它充分反映了苗族的语言特点和不同构词方法。从某种意义上说，这也是苗族的一种独特文体风格。古代苗语的词汇丰富多彩，绚丽多姿，规律性也较强。有些章节，驰骋想象，借喻生动，浪漫色彩很浓郁。为了保持《古老话》的原貌，我们采用了"意、格、调"

相结合的译法,即在忠实原意的前提下,尽可能保留原作的调式、风格,目的是让本书既能有更多的读者,增强各民族间的相互了解,促进各民族的团结,又能为本民族群众所能理解和接受,以激励民族的自尊心和自豪感,振奋民族精神,弘扬民族文化。

当然,这只是我们的一番心意,究竟客观效果怎样,还有待出版后的读者检验和指正。

后 记

这部《古老话》,是根据苗族古老话大师龙玉六老人口述记录的。

早在20世纪50年代,此书大部分篇章就以民间文学的面目出现过,当时我是采用苗族文人石皇玺创造的汉字方块字苗文进行记录。到了20世纪60年代,我参加了湖南省少数民族民间文学调查组到湘西搜集民间文学,曾用磁带作了录音,并用意、格、调的翻译方法译整出相应的汉文本。20世纪80年代初,我在参加《湖南省志·民族志》的编写工作时,将20世纪60年代的油印资料重新翻译整理,在《楚风》刊物上发表了其中的《开天立地》《仡戎仡爨》《巴龙奶龙》等三个篇章。为了使《古老话》能和广大读者见面,1986年我将原来的用汉字方块苗文记录的《古老话》,请人改用20世纪50年代经国家有关部门制定并逐渐推广的苗文来记录,并再次进行直译和意译,直至成书。

这部书能和读者见面,得到了湖南省民族事务委员会、湖南省少数民族古籍整理出版规划领导小组及其办公室、岳麓书社、湘西土家族苗族自治州民族古籍出版规划领导小组及其办公室、花垣县民族事务委员会的大力支持;苗族青年农民龙成章同志协助用苗文记音;湖南省民族古籍办龙耀海同志协助校正苗文。湘西州民委古籍办副研究馆员张应和同志认真修改了译文,使意译更通俗易懂。

在编辑过程中,本书责任编辑杨锡光、彭继宽同志为修改编辑此书做了大量工作,岳麓书社审稿人,《湖南日报》离休老编辑周艾从同志对本书进行了全面精细地修改,最后由湖南省民委副主任、湖南省民族古籍领导小组副组长杨昌嗣同志终审定稿,由岳麓书社出版。在此谨向以上单位和个人致以衷心感谢。

由于水平有限,加上整理译释这类书籍是初次尝试,因此在翻译整理中难免有不妥之处,欢迎读者批评指正!

1990年2月10日

本文摘自湖南省少数民族古籍办公室主编的《中国少数民族古籍·苗族古籍之二·古老话(一)》,岳麓书社,1990年11月第一版,有改动。整理译注者龙炳文(1927—2008),著名苗族文化研究专家,曾任湘潭大学客座教授、中国民间艺术家协会会员、中国少数民族哲学及社会思想研究会会员。

《摆手歌》前言和后记

彭继宽　彭　勃

前　言

土家族是一个勤劳勇敢、富于光荣传统的古老民族。在长期的历史发展中,土家族人民以自己的勤劳和智慧,创造了大量具有本民族特色的灿烂文化。《摆手歌》就是其优秀文化遗产之一。

《摆手歌》又名《社巴歌》,它是土家族傩师"梯玛"和摆手掌坛师在摆手活动中所唱的古歌。它随摆手舞产生,又随摆手舞得名。从摆手歌舞的内容看,摆手舞在远古时代已经产生,明清时期已相当盛行。清雍正年间所修《永顺府志·杂志》载:"每岁正月初三至十七日,男女齐集,鸣锣击鼓,跳舞唱歌,名曰摆手。"永顺清代贡生彭施铎在他创作的《竹枝词》中写道:"福石城中锦作窝,土王宫畔水生波,红灯万盏人千迭,一片缠绵摆手歌。"这说明摆手活动在明末清初已成为土家族人民最大的节日歌舞活动。

摆手活动,包括祭祀典礼、跳摆手舞、唱摆手歌、表演古代戏剧"毛古斯"、军事竞技和游戏等内容,发展到后来,还融入了汉族的民间文化体育活动,出现了商品交易市场。传统的摆手活动仍由梯玛主持进行,首先举行祭祀,祭祀中,梯玛将叙述人类来源、民族迁徙、英雄人物的古歌,作为经典世代传诵。这部分古歌只有梯玛能唱,内容比较固定。祭祀后,又由梯玛或掌坛师带领众人,到摆手坪跳摆手舞,唱摆手歌。其中反映农事生产内容的歌,跟随摆手舞伴唱,将一年四季的农事生产过程全部唱完。

由于摆手活动经历了漫长的历史时期,摆手舞和摆手歌的内容,不断发展和丰富。经过整理分类,其主要内容有以下几个方面。

一是人类来源歌。这是摆手歌的首篇。内容有《张古老制天、李古老制地》《雍尼补所》等古歌,前者叙述天地再造、人类复兴、万物再生的过程;后者记述洪水泛滥、人类毁灭、兄妹成亲、人类延续的神话,体现了人类同大自然斗争的乐观主义精神。古歌以奇特的想象,表现了土家族先民征服自然的坚强意志。古歌以土家族地区的山川为背景,富有地方特色和民族特色。

二是民族迁徙歌。这篇古歌无故事情节,但叙述了一个土家族氏族群体迁至武陵山定居繁衍的艰苦历程。这支先民从何处迁来，歌词中说法不一，有说从"石迷洞""十排楼"迁来，有说从"金州金殿""银州银殿"迁来，均属民间传说，不足为据，但可供研究参考。迁徙途中所经过的许多地名，大部分在酉水流域一带，这充分证明确有一支土家族先民经过酉水来到湘西定居，繁衍生息，这为研究湘西土家族来源提供了证据。迁徙歌中，还着重表现了这支先民长途跋涉的艰难，他们在迁徙途中涉过无数凶山恶水，战胜了各种野兽，到达目的地开垦繁衍。古歌用生动形象的语言，表现了土家族先民不畏艰险、战胜困难的大无畏精神。

三是农事劳动歌。这是摆手歌的重要组成部分。它根据劳动季节，将一年中各种农活的基本作法，从头至尾地进行叙述。不仅记录了烧山、砍火畲、挖土、浸种、插秧、种包谷、锄草、摘茶籽、捡桐籽等农事劳动过程，而且记录歌唱打铁、铸犁口、绩麻、纺纱、织布等手工劳动过程，范围宽广，从古代生产生活到现代生产生活，从农业劳动到手工劳动，都根据舞蹈动作的发展一一编唱，因此，没有固定的唱词，内容可长可短。通过追述古代劳动过程，告诫后人不要忘记祖先的劳动业绩，同时起到了传播生产知识和劳动技能的作用，从侧面展示了土家族地区的生产特点和乡土气息。

四是英雄故事歌。唱歌人为提高听者的兴趣，当唱到一定时候，又利用一定时间，传唱有趣的叙事歌。这类歌以土家族古代英雄人物为主要题材，是有特色的叙事长诗。现保存的主要作品有《洛蒙挫托》《匠帅拔佩》《日客额地客额》和《春巴嫉妈》等。《洛蒙挫托》记载了土家族祖先八部大王与皇帝斗争的故事。传说八部大王的母亲吃了神赐茶叶后，生下八个儿子和一个女儿，女儿做了皇帝娘娘，皇帝请八兄弟去京城修建房屋时，见他们本领过人，要谋害八兄弟，他们知道后，放火烧毁了皇帝的宫殿，表现了土家族先民的反抗精神。《日客额地客额》是摆手歌中一首具有童话特色的叙事长诗，它描写古代劳动人民中的两个能人日客额和地客额，为群众组织一次摆手活动，奉众人之托专去土司墨比卡巴家借两件摆手用具，但遭到墨比卡巴的拒绝，最后他们请燕子烧了土司的屋，斗争取得胜利，群众的摆手集会得以照常举行。故事情节完整，表现生动活泼。《匠帅拔佩》《春巴嫉妈》等，以不同题材表现了不同的英雄神话人物的性格特征和精神风貌。这些长诗与人类来源歌、民族迁徙歌有机地连接在一起，构成一首民族特色浓郁的壮丽史诗，成为土家族古代文学的精华。因此，将它们载入土家族文学史册，是当之无愧的。

《摆手歌》与摆手舞一样，它不是一个时代的产物，而是随着历史的发展不断地发展丰富，不仅内容丰富，而且形式多样。它有叙事长诗，也有零散的短歌；有固定唱词，也有即兴创作。长篇古歌在艺术上比较成熟，形成了自己的风格特点。

《摆手歌》全部是使用土家语编唱的自由诗体，这种自由诗体译成汉语后，其风格特点不可能完全得到保留，但用土家语歌唱或朗诵时，却有一定的节奏和韵律。《摆手歌》运用了大量的对偶、排比和重复句；语言口语化相当突出，读来自由活泼，通俗易懂，体现了土家族古代诗歌的固有特点。《摆手歌》中的叙事长歌,对人物性格刻画也非常成功,表现出各自的性格特征。如雷公的凶狠残暴,墨比卡巴的奋啬狡猾,日客额、地客额的聪明能干等,都给读者以深刻的印象。

不容讳言,《摆手歌》还有一定的不足之处,如内容庞杂、衔接不紧等,特别是农事劳动歌,由于即兴创作较多,歌词不定型,艺术上简单粗糙。尽管如此,但它通过大型的摆手活动,将各个部分统一起来,因此从全局看,《摆手歌》无疑是一个整体。从具体内容看,各个部分又相对独立,可以单独成篇,体现了整体性与多样性相结合的特点。

总之,《摆手歌》记录了土家族历史来源、民族迁徙、英雄人物和不同时代的生产劳动及社会生活,内容广泛,篇幅浩繁,民族特色浓厚。今作为民族古籍加以整理出版,不仅对研究土家族文学本身有重要作用,而且为历史学、民族学、民俗学和语言学等学科的研究提供了珍贵的资料。

后 记

为抢救各民族宝贵的文化遗产,做好各少数民族文学史的编写工作,湖南省民委联合省文联等单位于 20 世纪 60 年代初,成立湖南省民族民间文学工作委员会,抽调大批专业人员,对湖南省各民族民间文学资料开展全面深入的调查工作。土家族《摆手歌》就是在这次全面普查的基础上,重点挖掘出来的重要作品之一。为搜集完整的《摆手歌》资料,当时,土家族民间文学调查组成员彭继宽、彭勃、田德凤等人,曾深入永顺、龙山、保靖、古丈等县的二十多个公社,访问了四十个"土老司"(土家语称"梯玛",即土家族古代文化和宗教的传承人),用汉语拼音方案记录了二十余篇《摆手歌》异文。以后由于"文化大革命"的干扰,《摆手歌》资料没有得到整理。中共十一届三中全会后,全国少数民族文学史编写工作恢复,为完成这项任务,湖南省民委于 1979 年又组织人力对以前搜集的各民族民间文学资料进行系统整理,其中包括了对《摆手歌》的整理。在这次整理中,我们以记录较全的古丈田光南老人讲唱的《摆手歌》为蓝本,并吸收龙山秦恩如、田景臣等人讲唱的不同内容进行了初整并油印出来。1984 年湖南省少数民族古籍整理出版领导小组成立后,《摆手歌》被列入湖南省民族古籍整理出版计划,又按照民族古籍整理的要求重新进行译释和整理。为了保持作品的原貌,保存民族语言的科学性,在这次整理译释中,我们特地邀请吉首大学民族研究室叶德书同志(土家族)用国际音标重新拼注了《摆手歌》原文,并再一次进行了汉语直译和意译。为了突出重点,保持作品的整体性,我们在整理中进行了认真取舍,去掉了大量重复部分和与主题无关的内容。

在本书的审稿和编辑过程中,《湖南日报》离休老编辑周艾从同志,以十分严谨的态度,对书稿进行了认真的审定和细致的修改。最后经湖南省民委副主任杨昌嗣同志终审和定稿后,由整理者按定稿意见进行了修改补正。

　　本书的搜集、整理和出版工作,得到了国家民委、全国少数民族古籍整理出版规划小组、湖南省民族事务委员会民族古籍领导小组及领导小组办公室、岳麓书社、湘西自治州少数民族古籍领导小组及领导小组办公室、湘西自治州民委、永顺县政协、县民委等单位的重视和支持,得到了谷子元、李鸿范、粟海亮、王双林、邓有志、田荆贵、车大光、郑长生、刘九生、杨锡光、龙耀海等同志的具体指导和帮助,在此一并表示诚挚的感谢。

　　由于我们水平有限,在本书的翻译、整理和校正工作中难免有缺点和错漏之处,敬请读者批评指正。

一九八八年十一月

　　本文摘选自彭继宽、彭勃主编《摆手歌》,岳麓书社1989年12月第一版,有改动。

　　彭继宽,土家族,湖南古丈县人。曾任湖南省民委科长、副处长、民族研究所所长、古籍办主任、省民委副主任、七届湖南省政协委员及常委等职。作为土家族一员,彭继宽立志于民族文化的传承和研究,先后整理发表民间故事与歌谣110多篇,发表论文30余篇,同时主编了《土家族文学史》《湖南少数民族文学史》等论著。主持并参与编辑民族古籍20余种,为抢救我国优秀民族文化遗产做出突出贡献。

　　彭勃(1925.7—2000.4)原名彭连楠,男,土家族,永顺县对山乡人,湖南省立八师毕业后,先后任小学教员、校长、县教育科副科长。他与彭燕郊、彭继宽合作整理、翻译的《摆手歌》获全国少数民族文学作品二等奖。退休后编写出版了《永顺土家族》《溪州古诗词录》《土家语研究及实录》等。他搜集整理的许多土家族民间故事被收入《土家族民间故事选辑》,在全国多家报刊、学刊上发表有关土家族研究论文、民间文学作品及文史资料200多篇,1000万字。他是中国少数民族文学会会员、中国民间文艺家协会会员、湖南省民族研究学会理事。

《梯玛歌》前言和后记

彭荣德　王承尧

前　言

在湘、鄂、川、黔四省毗邻的武陵山区土家族聚居之地，深埋在地底下的古文物越来越多地出土，流散于山野间的古文化"典籍"（文字的或口传的）越来越多地在搜集、整理中重放光彩，使数百万土家族人民的精神世界空前活跃起来。

今天，土家族傩歌的一部重要典籍《梯玛歌》与读者见面了。这不仅是土家族的一件喜事，也为中华文化宝库拭亮了一颗眩目的珍珠。

傩文化是原始人万物有灵论的产物，这种被今天的文明称为迷信的原始信仰产物，作为一种普通的文化现象，曾广泛地渗入人类的社会生活。在人类对于自己的生存环境知之甚少的时代，其力量和影响是巨大的。傩文化的呈现，至少可以上溯到石斧、石刀、石坠之类的石磨制件、石打制件、石砸制件的远古石器文化时期。当然，这只是后人的推论，对于只有本族语言而没有本民族文字的土家族来说，溯其傩文化之源，依赖古文献的记载，凭据之不足，是可想而知的。在傩文化为整个社会只留下淡淡的模糊记忆的文明现代，土家族及杂居在这里的几个民族却还保留着这枚古朴的活化石，这第一手的直观资料，从一定角度去看，也许比某些古文献的价值更大。

比如对屈赋的研究。朱熹在他的《楚辞辨证》中断言："楚俗祠祭之歌，今不可得而闻矣。"在他们所知的范围，似乎没有错误，沿袭他这个断言的楚辞研究家们，在他们所知的范围内，也似乎没有错误。然而，他们在《梯玛歌》面前，却都不是能令人信服得了的。

首先我们看看这个"楚俗祠祭之歌"所指的范围。王逸在他的《楚辞章句》中说："《九歌》者，屈原之所作也。昔楚国南郢之邑，沅湘之间，其俗信巫而好祠，其祠必作歌乐鼓舞以乐诸神。屈原放逐，窜伏其域，怀忧苦毒，愁思沸郁。出见俗人祭祀之礼，歌舞之乐，其词鄙陋，因为作《九歌》之曲。"

很明显，王逸指出"楚俗祠祭之歌"，是在"沅湘之间"。

朱熹也划了个范围，他在他的《楚辞集注》中说："荆蛮陋俗，词既鄙俚，而其阴阳人鬼之间，又或不能无亵慢淫荒之杂。原既放逐，见而感之，故颇更定其词，去其泰甚。

而又因彼事神之心,以寄吾忠君爱国眷恋不忘之意。"

很明显,朱熹在"楚俗祠祭之歌"下的注是荆蛮之地。

沅湘之间也好,荆蛮之地也好,差不多指的就是一个范围。这个范围起码应包括屈原曾被放逐而"窜伏其域"的湘西地域。正是这个屈原之楚辞得益最甚的地方,非但八百年前的朱熹时代正浓,就是在今天,这个"楚俗祠祭之歌",仍然是凤毛麟角般难于寻觅的东西。

土家族梯玛(傩师)在湘西保靖、永顺、古丈、龙山及紧邻湘西的湖北来凤、鹤峰县,四川的秀山县等地最多。仅湘西龙山一县,至今仍有五十多个作主祭的"掌坛梯玛",而每个掌坛梯玛都有好几个帮师梯玛,而且他们也都带有好几名弟子。

这些傩师,他们生活的深山老寨,仍有他们的群众基础,仍有自己的活动地域,仍在不时地举办傩祠活动。

《梯玛歌》的价值,不仅对于屈赋研究有它不容忽视的启示性与历史见证性,从其表面来看并不成系统,而且颇有些扑朔迷离的文辞中,对我们研究土家族和有些少数民族的哲学、政治、生产、生活、风俗民情、文学艺术等,相信亦将有其价值。

读《请神》的开篇几句:

$$a^{21} \quad sa^{21} \quad wei^{55}$$
$$岩 \quad 坎 \quad 陡$$
$$Mog^{55} \quad kho^{21} \quad tiau^{21}$$
$$马 \quad 群 \quad 坪$$
$$Tshe^{21} \quad sa^{21} \quad wei^{55}$$
$$水 \quad 流 \quad 急$$
$$La^{55} \quad mei^{35} \quad tshau^{21}$$
$$路 \quad 天 \quad 走了$$

意译为:

> 悬崖陡,
>
> 马群跑。
>
> 水流急,
>
> 通天道。

这确乎有些像是思维逻辑颠倒、颇为令人费解的呓语!

这个"呓语"的前两句也可能引起学术界方家对土家族的一个尚未被认识的"马图腾"的兴趣。后两句引起了对廪君神话傩术内涵和对屈赋《惜诵》篇的"昔余梦登天兮,魂中道而无杭……"句解释等问题的思考与异议,撰写了不少新论宏文。

这个"呓语"虽然有不少是先民们的朦胧认识,其中自然会有迷信的东西,这是不难理解的。它流传下来,从学术角度看,实在值得欣喜,但它至今仍在民间存留未衰,毕竟有些可悲。我们想,与其让人们胡乱地揣度,莫如让人们清楚地认识,恰如要消除黑夜对前面摇曳怪影的疑惧，最好的办法是挑灯看个明白。这是我们将《梯玛歌》奉献于世的又一个企望。

时移史易，梯玛已经形成若干流派，先因地域领辖裂变，后因师承各异而有别。各流派祭祀程序，所敬神鬼，吟之祭祀都略有不同。这里采撷的是保靖县马王乡下禾村向宏清梯玛讲唱的《梯玛歌》。由于受汉族影响较深，不少梯玛已通用汉语，故《梯玛歌》不少唱词直接用汉语吟唱。

向宏清梯玛，少时师从其姑丈——本乡著名梯玛彭天禄。彭天禄梯玛系世代祖传。传至他时，弟子众多，名声大噪，被当地人尊为"沃沙涅嘎"。沃沙(wo21sa55)，土话为背笼，因梯玛出门时皆以背笼背其法器道具，因此被用作梯玛的代称；涅嘎(ni21ka21)，土话为大娘娘。沃沙涅嘎，意为梯玛头目或梯玛大王。沃沙涅嘎所上承下传的一派，我们称其为沃沙派。

这本《梯玛歌》当属沃沙派了。在《梯玛歌》的翻译中，我们尽量保存其原貌，不使译词貌似通达而实害原意。有些地方作了注释；少数译词，只能"意会"，难于完全准确地移植，敬请方家指正。

后　记

随着傩辞《梯玛歌》译释工程日渐告竣，其历史文化堆积之印痕亦日渐识见，但它那种远古幽幽的浓郁氛围仍使其韵味十足。

为追溯它那宏古之源的深邃质朴，我们尽量避讳"现代意识"的困扰甚或任其晦涩，也知其历数千年之流传难免掺杂，我们亦不固执一端而尽力顺其自然。于是，捧献出了这部扑朔迷离、跳跳闪闪的译著。不过，我们相信，正因为它仍是一匹未加鞍辔的野马，于那些喜欢驾驭的研究家，它必将使您获得充满自我意识的、舒心的驰骋。

本书原始资料由保靖县马王乡土家族傩师向宏清口传，经我们搜集、记音、译释而成。在搜集译释过程中，得到了保靖县民委、保靖县马王乡政府的大力支持和彭荣吉、田茂忠、田茂治、彭荣钊等同志的直接帮助，得到了湖南省民委、省少数民族古籍整理出版规划领导小组及其办公室、岳麓书社、湘西土家族苗族自治州民委、吉首大学科研科等单位和刘九生、龙廷光、梁绍文、叶立吉、金述富等同志的指导和帮助。

本书承蒙州古籍办张宗权、张应和同志初审，湖南省民族古籍办公室彭继宽、杨锡光、龙耀海同志复审编辑，《湖南日报》离休老编辑周艾从同志字斟句酌的修改，最后由湖南省民委副主任杨昌嗣同志终审定稿，谨在此表示衷心感谢。

由于我们学识浅薄，难免出现谬误、不妥之处，敬候教正。

1989 年 3 月

本文摘选自彭荣德、王承尧主编的《梯玛歌》，岳麓书社，1989 年 12 月第一版，有改动。

　　彭荣德,湖南省湘西人,土家族,中国社会科学院研究生院神话学硕士。先后供职于湘西土家族苗族自治州古籍整理办公室、深圳华侨城中国民俗文化村、深圳西部海上田园等。著有《土家族仪式歌漫谈》《梯玛歌》《苗族婚姻礼词》《土家女儿做新娘》《花巫术之谜》等。王承尧,土家族研究专家,曾与他人合著《土家族土司简史》一书。

古庸大地傩文化（节选）

——华夏文明的重要基因库

林 河

为了便于研究,我先把中国先民们各历史时期的"傩文化程度"具有代表性的考古发现列一简表如下,供大家共同分析讨论:

名称	距今年代	傩文化程度	材料来源
原始无神论阶段（采集时代,蒙昧时期）			
开远腊玛古猿	1400 万年	不见任何文化痕迹	云南博物馆编《云南人类起源与史前文化》一书,云南人民出版社 1991 年 10 月出版
云南禄丰古猿	800 万年		
傩文化初期阶段（采集时代,自然灵崇拜）			
云南蝴蝶人	400 万年	旧石器（傩文化萌芽?）	
傩山直立人	200 万年	旧石器,傩文化萌芽?	《人民日报》（海外版）1997 年 4 月 30 日
元谋直立人	170 万年	旧石器,有用火痕迹	《考古学辞典》第 423 页
广西右江人	70 万年	出现了精美的大石铲（属较高级的傩文化）	《新华社》1995 年 11 月 30 日电（可靠性尚待证实）
贵州大洞人	30 万年	有石器加工场和宰割场	《中国文物报》1993 年 8 月 29 日
傩文化中级阶段（渔猎时代,图腾崇拜）			
临澧竹马村人（湖南）	旧石器晚期	出现了带封闭型涵洞的高台式建筑（祭坛）	《中国文物报》1997 年 4 月 6 日
道县玉蟾洞人（湖南）	14000 年	陶器上有"编织纹"是植物灵崇拜的反映	《1995 全国十大考古发现》
傩文化高级阶段（农耕时代,傩崇拜）			
湖南彭头山人（傩文化）	9000 至 8000 年	有日月崇拜,X 形傩术符号 X 形缕孔（供灵魂出入?）	《文物》1990 年第 8 期
黔阳高庙人（湖南）	7400 年	陶画上有六级神塔,有大量太阳鸟和傩神图像	发掘者贺刚先生（湖南省考古所）

古庸大地人文历史探源

名称	距今年代	傩文化程度	材料来源
长沙大塘人	7100 年	陶画上有三塔式组合神庙，有太阳鸟和傩神图案	
浙江河姆渡人	6900 年	有太阳鸟，猪神，鱼神图案傩术符号及大量祭神器皿	
安乡汤家岗人	6500 年	精美白陶（祀神祭器）	《湖南日报》1995 年 7 月 19 日
湖南城头山人	6800 年	出现城市与祭坛	《湖南画报》1994 年第 4 期
距今 6000 至 3000 年，已进入傩文化高峰期，不录			

原始无神论阶段（采集时代，蒙昧时期）

傩文化并不是与人类文化同时诞生的双生子，在傩文化未出现之前，人类在创造文化的道路上，就已走过了一段极其艰难漫长的"原始无神论阶段"了。

中国科学院吴汝康院士认为，人类起源的时间大约在 700 万年前，经历了南方古猿、能人、直立人（猿人）、早期智人几个阶段后才出现了现代人类（晚期智人）。

考古发现中国的云南在距今 1400 万年前，就已出现了腊玛古猿，它就是人类"从猿到人"这一过渡时期的祖先。

根据美国人类学家摩尔根的学说，人类社会可以分成三个时期，即蒙昧时期、野蛮时期和文明时期。

在蒙昧时期，人类最早的"四大发明"使人类告别了野兽生活，变成了"高级灵长类"中的"人科"动物。这四大发明是：直立行走、用手做事、用脑思考和用口说话。人类就是凭这四大发明去创造世界的，这四大发明也就是人类最早的文化。

在蒙昧时期的初级阶段，人类和野兽的差异不大，人类的脑容量小得还不足以思考较复杂的问题。虽然感觉到了大自然的威胁却不知道思考问题。因此，还不可能产生神灵崇拜。每日里浑浑噩噩，饿了只知道采花摘果、摸鱼捞虾，困了只知道找个地方睡觉。庄子在《马蹄》一文中说，"在赫胥氏时期，人们住着不知道要做些什么，外出也不知道应往哪里去，只知道得了食物就高兴，胀饱了肚子就毫无目的地漫游，那时候人民的能力就只有这个样子①。《礼记·礼运篇》说，从前的人，不知道用火烧煮食物，只知道生吃草木的果实，得到了鸟兽，也只知道饮生血，吃生肉，那时候也没有养蚕种麻，

---

① 《庄子·马蹄篇》的原文是："夫赫胥氏之时，居不知所为，行不知所之，含哺而熙照，鼓腹而游，民能以此矣。"

只知道用兽皮作衣①。韩非子在《五蠹》一文中说，"上古的世界，人民稀少而野兽众多，人民经常受到野兽虫蛇的威胁。这时候出了一个聪明人，他教人像鸟一样地在树上架木为巢，以避免受到野兽虫蛇的伤害。人民非常高兴，便拥他为王，称他叫有巢氏②。上面所说的赫胥氏、有巢氏时代，正是"原始的无神论阶段"的写照。

以考古发现检验：云贵古陆 1400 万年前的开远腊玛古猿和 800 万年前的禄丰古猿的遗址中，只能看到一些化石，连旧石器都看不到，可见得在这 600 万年当中，他们的行为还与野兽时期相似，尚处于不了解自己也不关心自然，饮食起居全靠人的本能行事的蒙昧阶段，因此，应属于傩文化还没有产生之前的"原始无神论阶段"。这一阶段大约始于《社会发展史》"采集时代"的早期，止于采集时代的中期。

当然，这只是我的一家之言，全国各地的历史进程有早有晚，一个地区的发展也不一定平衡，两个时期呈交叉状进行，加上还有种种错综复杂的原因，如何正确分期（包括下文里的分期），还有待学者们的继续努力。

傩文化初期阶段（采集时代，自然灵崇拜）

先让我们思考一个有趣的问题，原始人最初是怎样想到自己是一个"人"的呢？在从猿过渡到人以后，他们是怎样在想问题？又在想些什么问题呢？一千多万年前的猿人，现在当然是无法直接回答这些问题了，但人类学家们却找到了通过对儿童和世界上原始民族思维方式的研究，推测答案的方法。

在儿童的心目中，他喜欢的玩偶、小动物，没有生命的桌椅板凳，都会被他们当作有生命的东西对待，和它们亲切交谈，对它们嘘寒问暖。如果大人碰了一下他的玩偶，他就会说："你把它碰痛了！"如果儿童从凳子上跌了下来，妈妈只要打凳子几下，就可止住儿童的哭泣。

原始民族也是这样思维的，天下雨，他们会以为天在哭泣；天刮大风，他们会以为天在发怒。如果雷劈死了人，他们会以为是天在惩罚人类。晚上做梦，他们会以为是灵魂在漫游。如此类推，原始人类同样会以为世上的万物，都和人一样，是有思想、有灵魂的。最原始的"万物有灵论"，可能就是这样产生的。

大自然的严寒酷暑、风霜雨雪、山崩水堵、洪灾旱灾、雷电山火、毒蛇猛兽、瘟疫病害、跌打损伤等天灾人祸，都无时无刻不在威胁着人们的生存，影响着人们的生活。原始人在这些天灾人祸面前，就会认为是他们触怒了这些天地间的精灵，为了使他们息怒，便用讨好天地精灵的办法，使它们化怒为喜，或者避免它们发怒。为了讨好精灵，

---

① 《礼记·礼运篇》的原文是："昔者……未有火化，食草木之食，鸟兽之肉，饮其血，茹其毛；未有丝麻，衣其羽皮。"

② 《韩非子·五蠹篇》的原文是："上古之世，人民少而禽兽众，人民不胜禽兽虫蛇。有圣人作，构木为巢以避群害，而民悦之，使王天下，号之曰有巢氏。"

他们便发明了祭祀精灵的方法，为了避免精灵发怒，他们便生出了许多禁忌。他们创造的这些天地间有精灵的观念，便形成了"傩文化"中的精神文化，而祭祀礼仪和禁忌规则，便形成了"傩文化"中的物质文化。

因此，在人类创造世界的时候，人类也就走进了"有神论"的误区。

在朦朦胧胧的"万物有灵论"阶段，无论是什么精灵，人们都普遍供奉，因此，便出现了日月光华、风雨雷电、江河湖海、大山巨石等"自然灵"崇拜，出现了花草藤树、瓜果莲藕等"植物灵"崇拜和鸟兽虫鱼、蛙蛇螺蚌等"动物灵"崇拜。这些都是在阶级没有出现之前产生的，人们还不知道给这些天地精灵定尊卑，分善恶，认为这些精灵也和人一样有七情六欲，既贪吃，又好色，因此，便以美食与美色去敬奉。又以为这些精灵和人一样，有聪明愚蠢、畏强欺弱等各种个性，因此，对待精灵的态度也千奇百怪，讨好卖乖、威胁利诱、欺诈哄骗、恶讨善求、打骂揶揄、火烧水溺、屎浸尿泡、枷锁绳穿，只要达到目的，无所不敢，无所不为。直到今天，这种可笑的祭祀方式，依然是原始宗教的一大风景。

"傩文化"的初级阶段（采集时代中晚期），大约萌芽于400万年前，云南蝴蝶人学会了制造旧石器；结束于2.8万年前，山西峙峪人发明了弓箭。理由为：人类学会了打制石器（旧石器），不管它打制得像不像样，都在表示人类的智力已经得到开发，是懂得思考与创造的新人类了。既然已懂得思考与创造，则人类的"造神运动"必然也会开始运行，所以，我把"傩文化"的萌芽定在这一时期，应该没有什么大的问题。

距今约170万年的元谋人已懂得了用火，这时候还不可能有钻木取火，他们用的火，很可能是雷电轰击森林所引发的天然火。第一个敢于冒犯雷电精灵去大森林中取天火的人是很需要一点勇气的，也许在取火之前，他是经过了再三犹豫，才鼓起勇气向雷电精灵虔诚地祈祷，在求得了雷电精灵的恩准后，才麻着胆子去把火种取回的。因此，这时候很可能产生了对雷、电、火等自然精灵的崇拜。

距今约30万年的贵州大洞人，已有了打制石器的工场和专门的宰割场。根据人类学家从原始民族了解的情况，原始人类在没有祷告过神灵前是不敢进行任何活动的（即使是高级宗教也是如此）。因此，此时应有了专门主祭的傩师，"傩文化"既然已达到了这种水平，离它的中级阶段应该也不远了。

傩文化中级阶段（渔猎时代，图腾崇拜）

距今约50万年的山西许家窑人，已会制造各种石球。石球是原始人的投掷武器，石球的出现标志着"渔猎时代"的帷幕已经被人类揭开了。石球是很有威力的狩猎器，美洲的印第安人至今还能用带绳索的"流星球"，捕捉70米外的野牛。

距今约28000年的山西峙峪人已能制造石镞，这标志着弓箭已经出现，渔猎时代的高峰期已经来临，作为渔猎时代意识形态的"傩文化"，必然已相当成熟。峙峪人在骨器上刻的《猎鸵鸟、羚羊图》，不但是"傩文化"的产物，而且是他们进入渔猎时代的实物见证。峙峪人还会制造磨光的石器，而磨制石器又是原始人迈向新石器时代的实物见证。

考古发现中有一个怪现象：原始人用火的痕迹，旧石器时代的中、晚期反而没有早期那样规模宏大。如距今约70万年的北京人住的洞穴里，有厚达6米以上的火灰层，因为年深月久地在一个地方烧火，巨大的石层都烧出了一条条裂缝，火灰层下面的石灰岩竟被烧成了石灰。而旧石器时代中、晚期的遗址却见不到这么壮观的场面。这一现象表明：旧石器时代早期的火是人类还没有发明人工取火之前的天然火，而中、晚期的火是人类发明了钻木取火或燧石取火后的人工火。因为取火容易，就不用小心翼翼地去保存火种了。

在考古发现中，人类"火文化"的高低，与人类的文明程度是一致的。"火文化"水平低的是"采集时代"的人类，而"火文化"水平高的是"渔猎时代"的人类。再将它与文献上的记载比较一下，我们就会发现：二者也是相当接近的。《尸子》说："燧人之世，天下多水，故教民以渔。"又说："宓牺氏之世，天下多兽，故教民以猎。"《论衡·齐世篇》："宓牺之前，人民至质朴，卧者居居，坐者于于，群居聚处，知其母不识其父。至宓牺时，人民颇文，知欲诈愚，勇欲恐怯，强欲凌弱，众欲暴寡，故宓牺作八卦以治之。"《史记》说："太昊庖牺氏，风姓，代燧人氏继天而王，母曰华胥，履大人迹于雷泽，而生庖牺于成纪，人首蛇身，有圣德，仰则观象于天，俯则观法于地，旁观鸟兽之文与地之宜，近取诸身，远取诸物，始画八卦，以通神明之德，以类万物之情，造书契以代结绳之政。于是，始制嫁娶，以俪皮为礼。结网罟以教佃渔，故曰宓牺氏。养牺牲以庖厨，故曰庖牺。"可见"火文化"水平高的人类，的确是进入了"渔猎时代"的"燧人氏"和"宓牺氏"时代的人类。

在"傩文化"的初期，人们还处于采集时代的早期，人们崇拜的对象紊乱，基本上是对各种自然精灵毫无选择的崇拜。到了"傩文化"的中期，人类开始对与自己生活中利害相关的食、用物品倾注了更多的感情，于是，崇拜的对象也产生了相应变化。最初，由于生产力的低下，只对容易得到的花草瓜果螺蚌等可食可用的动植物产生兴趣，并由此而产生了对这些动植物精灵的崇拜。当生产力进一步发展，出现了石球、弓箭之后，动物食品已不再难得，因此又产生了对动物精灵的崇拜。这种对某些动植物的重点崇拜，就是人类学家所说的"图腾崇拜"。庖牺氏风（凤）姓是鸟崇拜，人首蛇身是蛇崇拜，以龙纪官是龙崇拜。这就说明了在"傩文化"的中级阶段，图腾崇拜是很盛行的。

以文献与考古相对照，多能吻合。把山西许家窑人生产的石球作为进入"傩文化"中级阶段（渔猎时代）的开始，而把江西万年仙人洞出现陶器作为"傩文化"中级阶段的结束和"傩文化"高级阶段（农耕文化与傩崇拜）的开始，该是合乎逻辑的。

在"傩文化"的中级阶段，人们从采集时代过渡到了渔猎时代，由于对某几种植物有偏爱，使他们产生了对这几种植物的"图腾崇拜"，由于对某几种动物有偏爱，则使他们产生了"动物崇拜"。

人们选择图腾是很严格的，并不如有些人想象中那样，只要在考古发掘中发现了什么动物或植物，就说："这是图腾。"一定要分清"万物有灵"和"图腾崇拜"的界限。有些遗址，如4000多年前的湖北石家河遗址，一下子就发掘了几十种栩栩如生的动物形象，连南极的企鹅、澳洲的袋鼠都有，我们绝不能认为石家河人有几十种"动物图腾"，而只能说在石家河人的那个时代，人们就已有了极广泛的动物知识，顶多可以说石家河人"万物有灵论"的种类之多，超过了我们的想象。美洲的印第安人有典型的"图腾崇拜"，例如鸟图腾部落的后代可以用苍狼、黑熊等动物命名他们各自的部落，但是苍狼和黑熊只不过是他们的本家祖先，他们膜拜的共同图腾依然是鸟，而不是苍狼和黑熊。如果他们也祀奉苍狼或黑熊，则苍狼和黑熊有可能是他们这一部落的"子图腾"，如果并不祀奉，苍狼和黑熊就只有命名学上的意义，连"子图腾"的资格都没有。

在中国历史上，著名的"植物图腾"有花图腾、瓠图腾（葫芦图腾）和竹图腾三种；著名的"动物图腾"有鸟图腾、虎图腾、狗图腾等几种。此外，还有一部分民族和地区有熊、狼、蛙、蛇等"动物图腾"和松、杉、桃等"植物图腾"，但没有上述的几种那样有典型意义。因为"花图腾"代表了采集时代中期"华胥氏"的"图腾崇拜"，"瓠（葫芦）图腾"代表了渔猎时代初期"伏羲氏"的"图腾崇拜"，"竹图腾"是南方夜郎濮人的"图腾崇拜"。"虎图腾"代表了渔猎时代晚期的"图腾崇拜"，"鸟图腾"则代表了南方农耕民族的"图腾崇拜"，"狗图腾"代表了一部分狩猎民族的"图腾崇拜"。其中，信奉"狗图腾"的情况比较复杂，信奉它的被称为"槃瓠民族"，在南方民族的语言中"槃瓠"就是"大葫芦"，表明"槃瓠民族"本来是采集时代信奉"瓠图腾"的民族，后来因狩猎的需要，改信了"狗图腾"，给狗取名"槃瓠"，是表示他还是"瓠民族"的子孙，因此，"狗图腾"只能算做"瓠图腾"的"子图腾"。因为"槃瓠民族"的人数众多，地域广阔，四川、贵州、湖北、湖南、广东、广西、江西、福建等许多省区都有"槃瓠民族"，东亚地区的许多国家，甚至美、法、加拿大也有"槃瓠子孙"，是一种有世界意义的文化，故而名列中国的"四大动物图腾"。

傩文化高级阶段（农耕时代，傩崇拜）

人类社会不断的进步，到了距今10000年左右，中国开始迈进了农耕社会。

农耕社会是在工业时代没有出现之前文明最昌盛的时代，中国就是以农耕文明而立足于世界民族之林的。

农耕文化有北方的"旱土文化"与南方的"水田文化"两种。北方的"旱土文化"

以河北磁山距今约7300年的"粟作文化"为代表,南方的"水田文化"以湖南洞庭、苍梧之野距今10000年至7300年前的"稻作文化"为代表,即以湖南道县玉蟾洞10000年前的原始栽培稻、彭头山9000年前的澧县"水田文化"、8000年前的河南贾湖遗址的"水田文化",湖南黔阳7400年前的高庙、7000年前左右的长沙大塘与澧县城头山遗址的"稻作文化"为代表。

关于农耕民族为什么要以"鸟"为图腾,本书傩文化专章中将有论证,就不在这里谈了。这里,我要强调一下"巫文化"与"傩文化"的关系问题。

"图腾时代"的文化必然是"图腾文化",一切文化都会打上"图腾"的烙印。中国南方的农耕民族,既然以鸟为"图腾",那么其文化必然是鸟文化,事实也的确如此。南方的农耕民族(即后世的"百越民族")古称"傩民"(汉译"雒民"),傩民的语言是"傩语"(汉译"婺语"),傩民的文字是"傩文"(汉译"鸟篆"),傩民的神叫雒(汉译"鸾"),祭叫傩,穿有罗,吃有糯,住有楼,行有路,乘有舻,玩有锣……总在一个"nuó"音里打圈子,这样的文化,难道还不是名副其实的"傩文化"吗?

从社会发展史和考古学的角度分析:"巫文化"是源,"傩文化"是流。如果从生产力与生产关系的角度去研究,我们会发现:"原始无神论阶段"是生产力极其落后的产物,"万物有灵论阶段"是生产力相当落后的产物,"植物图腾崇拜阶段"是生产力有所进步的产物,"动物图腾崇拜阶段"是生产力有较大发展的产物,而以"傩图腾"为主要崇拜对象,其他动植物"图腾"都退居次要位置,则是生产力出现了较大飞跃、文明出现了较大发展、社会已进入了文明时代的产物。从上面的图表中可以看出,"傩文化"时期人们在文明进步中所创造的文化,比数百万年以来人们所创造的文化总和还不知道要多出多少倍,所以说傩文化是原始时代最先进的文化,是有充足的科学依据的。

小结:"巫傩文化"与华夏文明进步的密切关系

古人认为:"国之大事,惟祀与戎。"就是说:只有"祭神"和"打仗"这两件才是最重要的国家大事。无论古代的哪一个国家和哪一个地区,祭祀用品和军事装备都是当时的最高水平。古代作战,自始至终都离不开祀神,因此国家的大事,无一不与巫傩文化的祭祀活动有关。

屈原的《九歌》对古代的祭礼,有很详细的描述,他在《东皇太一》中写道:"吉日兮辰良,穆将愉兮上皇。抚长剑兮玉珥,璆锵鸣兮琳琅。瑶席兮玉瑱,盍将把兮琼芳。蕙肴蒸兮兰藉,奠桂酒兮椒浆。扬枹兮拊鼓,疏缓节兮安歌,陈竽瑟兮浩倡。灵偃蹇兮姣服,芳菲菲兮满堂。五音兮繁会,君欣欣兮乐康。"

从《东皇太一》中可以看到:在祭神时,日子要选最吉利的,时辰要选最良好的,剑要用最长的(春秋时,长剑是极难铸的奢侈品),剑珥要美玉的,法器要有金玉声的,神殿的席子要用瑶草的,神的宫室要雕梁画栋的,美味佳肴要用香草蒸得香喷喷的,供神的祭品要用芬芳的兰草铺垫,神灵的饮料要高级的桂酒椒浆。迎神要用高水平的乐队,傩女要选最美丽聪慧的,衣服要穿最漂亮的,歌舞要丰富多彩的,神灵君主才会"欣欣兮乐康"。

于是,人们便精益求精地研究天文地理以求"吉日良辰",研究物理化学以铸"长剑",提高工艺水平以织造最精美的"琼瑶",用香料调和鼎鬲制出美味的"蕙肴蒸",发展建筑艺术以建造雕梁画栋的神居神庙。训练最好的歌舞乐队以悦神,培养秀美的妙龄女傩以媚神……民间《还傩愿》神歌有"好酒留把圣神饮,好妹留把圣神连""好衣留把圣神穿,好花留把圣神贪"之类的祀神歌词。可见,把好酒好菜、美衣美色、清歌妙舞、玉堂金殿奉献给神灵。

中国原始社会的彩陶艺术之所以能横穿帕米尔高原,传播到了罗马,中国商周青铜器之所以举世无双,中国的宫殿、庙宇之所以灿烂辉煌,中国甲骨文之所以闻名世界,无一不是"傩文化"结出的璀璨硕果。

从这一角度来说,"傩文化"不仅是人类文化"基因库"中的一分子,也是人类文明的"原始推动力"、人类文明的"催生剂"和"助长剂"。我们要研究人类文明却不重视"傩文化"的研究,就好比"叶公好龙"故事中的叶公,只相信书本上描述的龙是龙,看见了真龙却把它当作怪物。"信息论"告诉我们:"信息"的错误,必定会导致"信宿"的错误,运用错误的研究方法研究任何问题都只能是"缘木求鱼",很难达到学海的彼岸的。

本文摘选自林河著的《中国巫傩史》,花城出版社,2001年8月第一版,有改动。

林河(1927—2010),本名李鸣高,著名傩文化研究专家,曾任湖南省文联主席、《楚风》杂志主编、湖南省文史研究馆馆员、中国民俗学会理事。

槃瓠文化与傩文化的关系

林 河

中国有一些民族崇拜神犬槃瓠,并有一套自成系统的"槃瓠文化"。这"槃瓠文化"到底算不算是傩文化呢?

槃瓠文化是傩文化在山区环境中产生的特殊分支

崇拜槃瓠的民族多保存有一种被称为《过山榜》的手抄本,上面记载着他们的祖先如何有功于朝廷,朝廷允许他们不纳徭役的传说。这传说最早见于东汉的《风俗通义》,文曰:

昔高辛氏有犬戎之乱,帝患其侵暴,而征伐不克。乃访募天下,有能得犬戎之将吴将军头者,赐黄金万镒,邑万家,又妻以少女。时帝有畜狗,其毛五彩,名曰槃瓠。下令之后,槃瓠遂衔人头造阙下。群臣怪而诊之,乃吴将军头也。帝大喜,而计槃瓠不可妻之以女,又无封爵之道。议欲有报,未知所宜。女闻之,以为皇帝下令,不可违信,因请行。帝不得已,乃以女配槃瓠。槃瓠得女,急而走入南山,上石室中,此处险绝,人迹不至。于是,女解去衣裳,为"仆鉴"之结,着"独力"之衣。帝悲思之,遣使寻求,辄遇风雨震晦,使者不得进。经三年,生子十二人,六男六女。槃瓠死后,因自相夫妻。织绩木皮,染以草实,好五色衣服,制裁皆有尾形。其母后归,以状白帝,于是使迎至诸子。衣裳斑烂,语言侏离,好入山壑,不乐平旷。帝顺其意,赐以名山广泽。其后滋蔓,号曰蛮夷。外痴内黠,安土重旧。以先父有功,母弟之女,田作贾贩,无关梁赋传租税之赋,有邑君长,皆赐印绶,冠用獭皮。名渠帅曰精夫,相呼曰央徒。

晚于《风俗通义》约170年的《搜神记》又记有异文,其不同之处,首先是在文前加了一段解释性神话:

高辛氏,有老妇人居于王宫,得耳疾历时。医为挑治,出顶虫,大如茧,妇人去后,置以瓠离,覆之以盘。俄而顶虫乃化为犬,其色五彩,因名槃瓠,遂畜之。

其次是加了一段注释性的尾巴：

冠用獭皮，取其游食于水。今即梁、汉、巴蜀、武陵、长沙、庐江郡蛮是也。用糁杂鱼肉，叩槽而号，以祭槃瓠，其俗至今。故世称"赤髀横裙，槃瓠子孙"。

文中也有少量与《风俗通义》不同的词句，如将"衣服斑烂"改为"衣服褊祺"，增加了"饮食蹲踞，好山恶都"等。其后再晚 100 年左右，《后汉书·南蛮西南夷列传》中又收入了《风俗通义》中的"槃瓠神话"，没有删改，只加了一个注脚："今长沙武陵蛮是也。"

"槃瓠神话"是槃瓠民族的图腾神话。这支民族多住在山林之间，狩猎是他们的一大特征，因此选择了猎犬为图腾神。从它的信仰方式来看：它不属于傩文化。奇怪的是，你若深入地去研究它，它竟然还属于傩文化的范畴。

由于"槃瓠神话"是评判它是不是傩文化的关键，特将神话中的"蛮语""蛮俗"提取出来分析之：

1. 时帝有畜狗，其毛五彩

在炎帝下葬的炎陵县、茶陵、攸县等古代"长沙蛮"地，至今人们仍喜爱以狗作人名，如黑狗、白狗、黄狗、花狗之类，因嫌"狗"字不雅，常写作"苟"字。在辰、沅一带古"武陵蛮"地区，则喜欢以"狗"为小儿取小名，小名叫金狗、银狗、花狗、黑狗的随处可见。民间还以狗为美，你若称赞哪家的小孩美，一定要说："你这儿子乖得像狗一样！"否则，人家就不满意。

"时帝有畜狗，其毛五彩"很可能就是这一民俗的反映。这些地区，恰好又是炎帝氏族的居住地，是傩文化气息最浓郁的地区。

2. 为"仆鉴"之结

"仆鉴"二字因是"蛮语"，前人无解，其实，它就是"濮粳"的另一种译名。由于"粳民"是从"濮人"（伏羲氏族）发展而来，故在"粳"字上冠一"濮"字，表示他们与"濮人"的渊源。这一习俗在西南少数民族中相当普遍，如侗族自称"濮粳"、壮族自称"濮壮"、布依族实为"濮依"，还有"巴濮""荆濮""濮咪"（普米）等。只是汉人不知，才无法解释而已。

"仆鉴之结"即仆鉴民族的传统发型——"椎髻"。《汉书·西南夷两粤朝鲜传》记"南夷风俗"有："此皆椎结"之语，即此。"濮粳"民族的风俗是：少女编发，已婚"椎髻"，高辛公主下嫁槃瓠民族地区，入乡随俗，改挽"椎髻"，表示了她下嫁"蛮夷"的决心。从民俗学看问题，却反证了槃瓠民族就是"濮粳"，仍然是神农炎帝的后裔，是有傩文化的民族。

3. 着"独力"之衣

在"蛮语"之中，"独"是"首领"之意，"力"即"黎"，因此，"独力"即"黎王"，高辛公主下嫁给黎王,当然要改穿黎王族的衣服。从槃瓠又是"黎王"这一称谓,证明了槃瓠还是"黎族"。黎族是"濮梗"的另一称谓,又反过来证明了槃瓠是有傩文化的民族。

4. 因自相夫妻

这是人类对原始社会"群婚制"的朦胧记忆。在"群婚制"时代,甲姻族的姑娘,全是乙姻族后生的妻子,反之,乙姻族的姑娘,又全是甲姻族后生的妻子。至今,沅水流域的侗族,就没有"丈夫"与"妻子"这两个词语,将妻子与姊妹通称为"脉",将丈夫与兄弟通称为"少",就是这一民俗的反映。

5. 织绩木皮

长沙、武陵地区,古代是著名的纺织之乡,自古以丝麻闻名,其布被称为"賨布"。由于賨布精美,不但入贡,还可以代交赋税,在秦汉时,该民族又被称为"賨民"。

6. 染以草实

中国南方的少数民族能用蓝靛、茜草、黄栀、五倍子等植物染料将布染成红、蓝、青、黄等各种颜色,故曰"染以草实"。

7. 好五色衣服

少数民族的賨布以色彩艳丽著称,与汉族平民不尚色彩有别,故汉人以之为异。直到今日,长沙、武陵地区的少数民族还是爱好"五色衣服",侗族、土家族、苗族、瑶族等织锦,仍闻名全国。

8. 制裁皆有尾形

原始民族的图腾崇拜,规矩也是很严格的,一切文化都会烙上图腾的烙印。如傩文化以鸟为图腾,因此说的话是"鸟语",写的字是"鸟篆",穿的衣是"鸟服",跳的舞是"鸟舞",一切器皿都做成鸟形等。槃瓠民族是犬图腾,因此其衣服必然会烙上犬图腾的烙印。

9. 好山恶都

槃瓠民族以狩猎为生,但并不是一个肉食民族,他们还是以农耕为主,以稻粱为食的民族,但因他们的狩猎与农耕都离不开山地,离开了山地,他们就会无所作为,所以,他们当然只对山感兴趣,而对都市不感兴趣了。

10. 田作贾贩,无关梁,符传,租税之赋

《隋书·地理志》载:"长沙郡又杂有夷蜓,名莫徭。自云其祖先有功,常免徭役,故以为名……武陵、巴陵、零陵、桂阳、澧阳、衡山皆同焉。"可知槃瓠民族在历史上常被称为"瑶"或"莫瑶",就是可免除徭役的民族的意思。

11. 冠用獭皮,取其游食于水

水獭皮是名贵的毛皮,水獭皮帽过去是有权有势者才有资格戴的。著名作家沈从文有一篇叫《一个戴水獭皮帽子的朋友》的文章,描写湘西的木客富商,以戴水獭皮帽子显其尊贵,便是其遗俗。水獭善于捕鱼,在捕到鱼后还喜欢把鱼拖到石头上去陈列,

好像是在祭天一样，因它有这种神异行为，戴水獭皮帽的人，也就自以为会产生神异了。

12. 用"糁"杂鱼肉，叩槽而号，以祭槃瓠

"糁"是糯米屑，用糯米屑掺入鱼肉中腌制成醉鱼、醉肉，至今还是洞庭沅湘间的一道家常美食。

13. 赤髀横裙

"髀"就是大腿，"赤髀"就是裸露着大腿。"横裙"语焉不详，少数民族妇女的裙是织出来的，因是用原始的腰机织出来的，布幅不宽，横围在腰间，当然会露出大腿，所以叫赤髀横裙。

14. 饮食蹲踞

汉人也有蹲踞之习，此文加上"饮食"二字，是指在饮食之时喜欢蹲踞，这是长期在野外进食时养成的一种饮食习惯。即便有凳子，他们也会蹲踞在凳子上饮食的。

15. 名"渠帅"曰"精夫"

"渠帅"与"精夫"，都是南方民族的语言，"渠"是首领之意，"帅"是汉语附加词，都是"帅"的意思。"精夫"的"精"即"梗"的异译，"夫"是"大人"之意，故"精夫"就是"梗民"中的"大人物"之意。

16. 相呼曰"央徒"

"央"是"家"的意思，"徒"是"亲密"的意思，"央徒"即"亲密的自家人"之意。

《辰州府志》和《泸溪县志》记载：明朝时当地就盛行祭祀槃瓠王和高辛公主。有划龙船、戴傩面具跳唱公公娘娘（槃瓠王和高辛公主）、唱傩公傩娘戏、椎牛祭祖等活动。

泸溪仡佬坪的仡佬人回忆：在明、清时期，每年的四月十五和七月二十五，都要到槃瓠庙、辛女祠举行祭祀，唱《阳春歌》。他们流传下来的《阳春歌》的歌头是："唱起歌来有原因，唱天唱地唱祖神，辛女娘娘把麻绩，槃瓠公公把田耕，种田绩麻多辛苦，做得果实养子孙，阳春歌儿从他起，自古流传到于今……"然后，就唱各种农作物，每唱完一种，就要问一次卦，如果是好卦，大家就同声"贺喜！"需要问卦的农作物有："田里种的黏糯稻，黄谷穗儿压田塍；山中芝麻节节高，包谷球球砣砣生；小米荞麦子粒壮，绿豆红薯收不赢；还有桐茶球满树，风也调来雨也顺……"从当地少数民族的风俗可见：在槃瓠文化的内容中，农耕文化的比重还是相当大的。

从上面的记述分析：槃瓠民族主要的文化特征还是农耕文化，只不过因山居而派生出了狩猎文化，似应属以傩文化为主，夹杂有其他文化的混合型文化。

槃瓠神话是中国傩史的活化石

《搜神记》说槃瓠本来是老妇人耳中的一条虫，医生把它取出后，"置之以瓠离，覆之以盘"，一会儿，这"顶虫"就变化成一只犬了。由于是在"瓠离"中变化出来的，所以就取名为"槃瓠"了。

《魏略辑卷22》载："高辛氏，有妇人，居王室，得奇疾，医为挑之，得物大如茧，妇人置瓠中，覆以盘，俄顷化为大瓠，其文五彩"。《搜神记》曰"槃瓠"，《魏略》曰"大瓠"，可知"槃瓠"就是"大瓠"（大葫芦）。

从现实生活看问题，耳朵里面长虫，虫又会变成犬，这当然是很荒唐的，但从神话看问题，这现象却是非常正常的。由于中国过去没有神话学，这些问题都没有人很好地研究，研究起来还得从头说起。

这则神话的关键就在于先把虫放置在葫芦里，然后在葫芦里让虫变化成犬这一过程。我们现在看起来好像是神话，实际上它记录的却是中国傩史上一次相当大的历史变革。

在古代，傩文化曾经过了一个漫长的图腾时代，他们或以植物为图腾神，或以动物为图腾神。图腾时代的人们，图腾就是他们至高无上的神，背叛图腾的事，他们是想也不敢去想的。

图腾是生产力的产物，当生产力发生变化之后，旧的图腾意识所形成的旧的生产关系就不能适应新的生产力的需要了。新的生产力需要有新的意识形态，也就是需要有新的生产关系来为它保驾护航。

在原始的采集时代，中国曾经经历过一段植物崇拜时期，其中最著名的就是伏（瓠）羲氏时代的葫芦崇拜。槃瓠神话就是产生在葫芦时代晚期的神话。它忠实地记录了一些进入了渔猎社会的人们，为了改变图腾以适应新的生产力而进行的一次隆重的傩文化改革活动。

这些从过采集生活进步到渔猎生活的人们，由于饲养猎犬而需要崇拜犬图腾，但他们的图腾神却还是葫芦女神，葫芦女神可以保佑他们驯化植物，却不能保佑他们追捕野兽，但宗教信仰又不允许他们背叛旧的葫芦图腾，怎么办呢？他们便想出了让犬图腾与葫芦女神认亲的办法，使他们建立母子关系，这样不就避免了新旧图腾之间的矛盾了吗？

槃瓠神话中的那位宫中老妇人，实际上指的是葫芦女神，说她耳中有虫，指的就是新旧生产力之间的矛盾，所谓请医生来诊治，是后世的说法，原始社会哪有什么医生？那时候傩医不分，所谓的医生，实即傩师。傩师诊病当然是实施傩术。他的职责就是负责把新旧生产力之间的矛盾予以化解。于是，这位民族的大傩师，便把烦扰葫芦女神的"顶虫"从耳中取出，放进一个代表葫芦女神的葫芦里去，举行过宗教大典后，再把一只预先藏在葫芦里的狗从葫芦中取出，表示这只犬就是葫芦女神生下的又一个儿子。把它取名"槃瓠"，就是承认它还是葫芦氏族的子孙之意。于是，葫芦民族便把它当作自己的新成员，不再排斥它了。

这种风俗,在今日的过继仪式中还可以看到。如张三的妻子要过继李四的儿子为螟蛉,就要举行过继仪式,由宗族长老主持典礼,让李四的儿子从张三妻子的胯下爬过,表示这小儿已是张三妻子生养的了,并改姓名为张××,这样,才会得到张氏宗族的承认。

不知者将槃瓠神话当作无稽之谈,通过神话学的剖析,我们却可以从中发现一段忠实记录原始社会变革时期傩文化历史的珍贵史料。对与不对,请同行们审核。

泸溪古境是槃瓠神话诞生地

根据古书记载,槃瓠神话是高辛氏时代的神话,高辛氏时代距今已有约4000多年,因此槃瓠神话的历史也应有4000多年了。干宝的《晋记》载:武陵、长沙、庐江诸那的蛮夷,槃瓠之后也。至于槃瓠神话的诞生地则是今日湖南湘西土家族苗族自治州泸溪古境武陵山中。黄闵的《武陵记》载:"武陵山高可万仞,山半有槃瓠石室,可容数万人,中有石床、槃瓠行迹。今按:山窟前有石羊、石兽,奇异者犹多。望石窟大如三间屋。遥见一石,仍是狗形,蛮俗相传云是槃瓠洞也。"又曰:"武陵蛮七月二十五日祭槃瓠,种类集于庙,扶老携幼,环宿其傍,凡五日,祀牛、豕、酒、酥、椎牛欢饮即止。"明确地记载了槃瓠的居地就在这里。泸溪县崇拜槃瓠的风俗特别浓郁,我小时候在此读过书,见过祭槃瓠时苗民环庙露宿的古俗并未稍减。在我的苗族同学中,就有不少叫金狗、银狗、黑狗、花狗的。十年前,我曾多次到此考察,古代的槃瓠庙、辛女祠已经夷为一片瓦砾,却在民间了解这里有远比古史记载详得多的槃瓠神话和与之有关的名胜古迹。除了槃瓠王与高辛公主结婚的传说与古书相似外,还有槃瓠携高辛公主返乡居住的槃瓠石室、高辛公主生儿育女的傩儿洞、高辛公主所住的辛女村、槃瓠后被儿子误杀的打狗冲、槃瓠抛尸之地的料狗溪("料"是方言"抛"的意思)、高辛公主洒泪化的辛女溪、高辛公主投江抱尸的抱尸潭、高辛公主埋葬槃瓠的狗岩山、高辛公主望夫变石的辛女岩等,都在泸溪县境内。

槃瓠神话是比较成熟的图腾婚神话,在此之前还应有不成熟的神犬生人和神犬神话,就像栽培稻的发源地必定也是野生稻的密集地一样。长沙、武陵蛮地区的神犬生人神话和神犬神话也是很密集的。如苗族有"神母犬父"和"神犬依傩取谷种"的故事,瑶族有"黄狗仙"与"狗头神"的故事等,并不止槃瓠与高辛公主婚配这一种模式。"神话"呈密集型分布是神话原生地的特点之一,沅湘地区"神犬神话如此密集,似证明这里确实是槃瓠神话的诞生地"。

槃瓠神话的诞生地还有"会稽说""西羌说""中原说"等,但有的只有较晚的传说,有的仅为论者的猜测之词,在传说地区并无遗迹可寻,不足为证。

高辛氏时代距今约4000年,非常凑巧,近年在这个地区的怀化市高坎垅,发掘了一个距今4000多年、早于高辛氏时代的遗址。据怀化市博物馆舒尚今馆长说:"这个遗址出土的文物中,有一座双头合体的犬形陶塑像,非常引人注目,两个犬头背向,昂首注视前方。犬身下部接连着一个器座,犬身与器座的关系,宛如后世神像与神座的关系。怀化高坎垅出土的这座犬形陶塑像,正好说明了早在高辛帝之前的黄帝时代,武陵地区确实存在一支以犬为图腾的部族,也说明了槃瓠神话的确是武陵地区的产物。"舒先生的这些话,我认为说得是比较中肯的。

槃瓠神话在世界神话学上的地位

"槃瓠型"的神话在世界上流传很广,在中国,不仅在大西南的苗、瑶、畲、土家族等许多少数民族中广泛流传,在中国北方的满族与朝鲜族中也有《狗驸马》的神话。中国台湾的沙绩人有《酋长之女嫁狗》的神话,台湾的克塔加人有《宰相之女嫁狗》的神话,海南省的黎族有《君主把女婿酬谢狗医生》的神话,越南及东南亚地区也有《槃瓠神话》,甚至离中国很远的地方,如印度的曼尼普尔人有《雷玛女嫁狗》的神话,爪哇有"野狗喝人尿生女孩,女孩长大后与狗结婚"的神话,远在太平洋彼岸的印第安人有《狗丈夫》的神话等。

过去,我想当然地认为,世界各地的这些"槃瓠型"神话,也许是一种偶然的巧合现象。经仔细研究,它却有一根无形的线,像金线吊葫芦似的将它们串在一起,这一根无形的线,就是中国的稻作文化。凡是有槃瓠神话的地方,极少例外都是稻作文化影响的地区,而美洲的印第安人,现在已经证实,他们本来是从中国迁过去的华夏人种,因此,他们有"槃瓠型"神话,也就不足为奇了。

国外的神话学家,对槃瓠神话的研究都很重视,已经出版了不少著作,但中国的神话学家,却还不够重视,有些还是在"啃别人吃剩的馍"。影响了世界几亿人口的傩文化,实在是应该引起我们更大的关注了。

本文摘选自林河著的《中国巫傩史》,花城出版社,2001年8月第一版,有改动。

林河(1927—2010),本名李鸣高,著名傩文化研究专家,曾任湖南省文联主席、《楚风》杂志主编、湖南省文史研究馆馆员、中国民俗学会理事。

屈原是古庸大地傩文化的诗化之祖

林　河

屈原乃庸楚贵族的傩坛老祖

著名历史学家范文澜先生对中国古代的文化进行了分类,称中原的礼制文化为"史官文化",称荆楚的傩文化为"傩官文化",这一分类是相当正确的。

屈原是楚文化的代表人物,楚国的意识形态既然是"傩官文化",则必然会出现大巫官,屈原则应是楚国的国宝级的大巫官。

楚国是中国古代一个农耕文化相当发达的地区,在农耕文化发达的地区,虽然也会有各种各样的傩文化,但因傩文化是巫文化中的高级形式,早已脱离了巫文化那些祭无定时、祀无常神、礼无常制、仪无专司、术无定准、供无轻重的低级形式,形成了有傩神系统、有祭祀仪礼、有问卜规范、有专职或半专职傩师、有经典教义(创世史诗、傩神起源、民族史诗、傩歌傩舞、符篆傩咒等)、有行为禁忌、有扮神面具的原始宗教了。由于傩文化的文化品位远远高出各种各样的巫文化,楚国的意识形态理应是以"傩文化"为主的"傩官文化"。

楚国的意识形态既然是以傩文化为主的"傩官文化",则楚国必然会有与"傩官文化"相适应的"傩官制度",必然会产生大傩官。这就像西方的天主教必然会产生教皇,中国的道教必然会产生张天师一样。

《国语·晋语下》楚王孙圉答赵简子问曰:"楚之所宝者曰观射父,能作训词,以行事于诸侯。"同书又说:"又有左史倚相,能道训典,以叙百物,以朝夕献善政(之策)于寡君,使寡君不忘先王之业。又能上下说鬼神,顺道其欲恶,使神无有怨痛于楚国……若君子之好弊具,而导之以训词,人不虞之备,而皇神相之,寡君其可以免罪于诸侯,而国民保焉,此楚国之宝也。"

这被楚王当"国宝"的观射父和倚相是楚国的大傩官,是不用解释的了。屈原出身于巫官世家,他的先祖屈巫,字曰"灵",就是楚国的一位大巫。在古代,傩官一职往往是世代相袭的。屈原字曰"灵均",与屈巫字曰"灵"相似,也可说明从屈巫到屈原,他们的巫职是世代相袭的。屈原曾任三闾大夫和左徒之职,王逸云:"三闾大夫,掌王族三姓、曰屈、景、昭。屈原序其谱属,率其贤良,以厉国士。入则与王图议政事,决定嫌疑。出则监察群下，应对诸侯，谋行职修，王甚珍之。"由此可知，三闾大夫这一官职是不同寻常的。只有深明王族祖脉、熟悉宗庙事务、通晓祭祀大典的人才能担任。特别是"率其贤良，以厉国士""图议政事""监察群下""应对诸侯""谋行修职"的职务，可以说是已达到了"一人之下，万人之上"的高度。"王甚珍之"一语，和楚王视观射父、倚相这两位大巫为"楚国之宝"词义一样，屈原若不是楚国国宝级的大巫，他是不会受楚王如此重视的。屈原是"楚国国家级的大巫"的事实虽然摆得如此明白，但一讨论屈原是不是楚国的大傩官的问题，却因几千年来人们对屈原的误解很深，至今还是有些学者不愿触及这一禁区。拙著《九歌与沅湘民俗》一书中只提了一句话——"屈原是楚国国家级的大巫"，就招来了楚辞学界某些权威人士的愤慨，曾有人大声疾呼："说屈原是傩，简直是对屈原人格的最大侮辱！"为此，不得不在此作些探讨。

屈原为他的大傩身世而自豪

我们说屈原是庸楚贵族的大傩师，并不要我们代屈原去找证据，屈原自己就以身为大傩而自豪，他的《离骚》就明白无误地表达了他的这种心情。以往，因儒生们老用"史官文化"的思路诠释《离骚》，结果常被解释得"南辕北辙"，面目全非，只要我们改用"傩官文化"的思路诠释《离骚》，我们就会发现：屈原的内心世界与儒生们所说的那一套恰恰相反。

（正文）	（译文）
帝高阳之苗裔兮，	我是天帝太阳神的苗裔，
朕皇考曰伯庸。	我是皇考伯庸（祝融）的子孙。
摄提贞于孟陬兮，	我生于神圣的寅年和寅月，
惟庚寅吾以降。	刚好又在吉祥的庚寅那天降生。
皇览揆余初度兮，	皇天鉴临了我的初度仪式，
肇锡余以嘉名。	兆赐我以最神圣的嘉名。
名余曰正则兮，	赐我的法名曰"正则"，
字余曰灵均。	赐我的法号曰"灵均"。

有些学者在探讨学术问题时往往不注意文化的属性，中原的"史官文化"提倡"敬鬼神而远之"，而楚国的"傩官文化"却"惟鬼神是亲"，儒生们将"有神论"的文化用"无神论"来解释，怎么不闹笑话呢？

"帝高阳之苗裔兮"一句，屈原就明确地表白了他的"尊神观念"，他开章明义地宣称他是天帝太阳神的嫡系子孙，这正是傩坛巫觋最引以为傲的身世啊！有人把高阳解释为古帝颛顼，这是汉代以后的人为古帝牵强附会地编排谱系的产物，并非信史。因为屈原在他的《远游》一诗里早已说得非常明白：屈原神游上天，到了东、南、西、北四方天帝的居所，曾与四位天帝周游天界，颛顼帝与其他的三位天帝一样，和他只不过是游伴的关系而已，他一点也没有把颛顼帝当作尊敬的祖先神看待。怎么会到了《离骚》一诗中，突然就变成了他的祖先神了呢？"高阳"一词并非中原语言，而是南方粳民的语言。"高"与汉语的"头"（头领）同义，"高阳"的意译即"帝阳"之意，与"颛顼"根本扯不上亲戚关系的。

"朕皇考曰伯庸"一句，屈原说的是他与天神祝融的关系。"伯"是尊称，如楚王熊渠封他的长子于庸地（母国大庸之地）为句檀王，人尊称为"伯庸"，"庸"即"祝融"（伯、祝者，皆训大，即伯长、元首之谓也；故"伯庸"即"大庸"，"祝融"即"大融"。曰伯庸，则庸国之伯长；曰祝融，则楚国之祖神也），如楚国时有一个以祝融为祖神的民族，史书就称之为"庸"。祝融并不是姓"祝"名"融"，这又是南方粳民的倒装语法，"祝"就是"巫祝"的"祝"，屈原心目中的天帝是"高阳"，而"祝融"则是辅助"高阳"主管天神事务的神佐，其职务相当于人间的大巫。由于屈原是庸楚贵族的大巫官，便把天上的大巫祝融视为自己的傩坛教祖，尊称他为伯融，以表示他与祝融不同寻常的关系。"摄提贞于孟陬兮，惟庚寅吾以降"两句，屈原是在炫耀他神圣无比的生辰。《楚辞》王逸注："太岁在寅曰摄提格。"《孝经》云："寅为阳正，故男始生而立于寅。""孟陬"为夏历的正月，也称寅月。"庚寅"的"庚"，《孝经》注云："庚为阴正，女始生而立于庚。"这些话全是"傩语"，含义是屈原的生辰带"三寅一庚"，即"三阳一阴"，以阳为主而又阳中有阴，集阴阳于一体，有阴阳调合、相生相济之妙，其命美不可言。

以"庚寅"为瑞，是中国极古老的傩俗，道家《混元圣经》云：老子的生辰为"至商二十二年王武丁之九年庚辰岁二月建寅十五日卯时"，命里只带一庚一寅，与屈原的命相差得多，道家就如此吹嘘，屈原有这么好的命相，你教他怎不引以自豪呢？然而，"寅庚"在傩家的妙用还不止此。在湖北云梦睡虎地 11 号秦墓出土有楚国时代的简册《日书》（卜吉日的傩书）中有"凡庚寅生者为巫""男好衣佩而贵"之语，含义为：凡是庚寅日降生的人即天降神巫，男子将有最好的衣饰、最好的玉佩，成为一名最尊贵的神傩。原来，屈原一降生，就命里注定他将是楚国最尊贵的大傩了，这是他终生最大的荣耀，所以便在《离骚》中大书特书了，如果屈原不信巫，不是巫，你又如何解释《离骚》中的这些"巫气迷漫"的诗句呢？

"皇览揆余初度兮，肇锡余以嘉名"，这是两句傩坛科仪用语，无怪乎"非礼勿视，非礼勿听"的儒生们对此混然不知，为"初度"胡乱地制造了"幼时态度""气度""以度成时""淬盘日也"等"牛头不对马嘴"的解释。而不知道在傩坛中，凡是新入教的徒弟，都必须经过严格的"度戒"仪式，才能入坛行教，这种"度戒"仪式不止一次，就好像学生们的入学考试不止一次一样。屈原是天降神傩，所以必须为他举行"初度"科仪，在神前通过求神占卜，兆赐他一个最好的法名法号。

"名余曰正则兮，字余曰灵均"，这两句是屈原自述神赐他嘉名的光荣历史。屈原不是姓屈名原吗？为什么《离骚》中又名"正则"，字"灵均"呢？对此，东汉·刘安《九叹·离世篇》有"兆出名曰正则兮，卦发字曰灵均"之句，把群巫在神灵面前，为屈原卜兆问卦，求神给屈原赐嘉名的事，描写得非常形象。原来，无论古今中外，只要是信教的人，在家里用俗名，在教里用教名，是一点也不奇怪的。不懂傩坛科仪的学者们，又胡乱为这两句作了"少时之名""小名小字""隐喻""文学化名"等令人捧腹的解释，真教人啼笑皆非。

屈原是那么地为自己是一位天降的傩坛大巫而无比自豪，有些先生又何必大声疾呼："说屈原是巫，简直是对屈原人格的最大侮辱"呢？

屈原辞赋中浓厚的傩文化特色

屈原是庸文化的化身，楚文化的代表，屈原的意识形态基本上代表了伯庸、楚子两国的意识形态，因此，研究屈原的著作中有没有傩文化，就可知道母国大庸和子国芈楚有没有巫傩文化。

的确，在屈原的著作中，我们还找不到一个"傩"字，但我们不能因在屈赋中找不到傩字，就简单地断定屈赋中没有傩文化。就像今日中国各地的傩文化很多，但却有各种各样的名称，例如中国北方的"秧歌""社火"，南方各省的"师公教""端公教""师道教""娘娘教""姜女教""梅山教"都是"傩教"，却没有一个称"傩教"的。"庆鼓坛""庆盘王""庆桃源""庆仙娘"等都是"庆傩神"，却没有一个称"庆傩神"的。"跳戏""地戏""阳戏""英歌戏""僮子戏"都是"傩戏"，却没有一个称"傩戏"的。傩所设的"傩坛"，一般都叫"××雷坛"，也不见有叫"傩坛"的。

历史上有两位注《楚辞》的名家，一位是东汉的王逸，一位是宋代的朱熹，这两人都是以孔孟之道，也就是以"史官文化"的观点作注属于"傩官文化"《楚辞》的，注释中难免有许多迂腐之见，但也给我们提供了一些有用的信息。

王逸说："昔楚国南郢之邑，沅湘之间，其俗信鬼而好祠，其祠必作歌乐鼓舞以乐诸神，屈原放逐，窜伏其域，怀忧苦毒，愁思沸郁，出见俗人祭祀之礼，歌舞之乐，其词鄙陋，因为作《九歌》之曲，上陈事神之敬，下见己之冤结，托之以讽谏。"王逸的这些解释，虽然充满了封建道学的迂腐之气，但却给我们透露了许多十分有用的信息。因为南郢沅湘之间，正是傩文化的海洋，他说的所谓"信鬼而好祠""其祠必作歌乐鼓舞以乐诸神"正是傩文化的重要特征。一般的傩文化多是小打小闹，不会有这么盛大的祭祀场面。特别是"其词鄙俚"，更是傩文化的突出特征，因为傩文化的神灵，与"人为宗教"完全相反，都是一些既贪吃、又好色的野性神灵，没有声色鄙俚的歌舞娱神，神是不会降临的。

朱熹说："蛮荆陋俗，词既鄙俚，而其阴阳人鬼之间，又或不能无亵慢淫荒之杂，原既放逐,见而感之,故颇为更定其词,去其太甚,而又因彼事神之心,以寄吾忠君爱国、眷恋不忘之意。是以其言虽若不能无嫌于燕妮,而君子反有取焉。"这里也透露了一个傩文化信息,即人神之恋的信息。用妙龄女傩与神谈爱,以声色媚神,正是傩文化的一大特色。这一大特色,今日的傩坛歌舞与2000年前屈原的《九歌》都是如此,前人常对《九歌》中出现的"燕妮"之词很不理解,认为有损于伟大诗人屈原的形象,却不知屈原本来是楚国的一位傩坛大巫,他的《九歌》根本不是封建道学先生所谓的"忠君讽谏"之词,而是他主持傩歌傩舞时必备的唱词,与今日的舞台脚本并没有什么不同,要说有什么不同的话,可能就如朱熹所说的那样:"颇为更定其词,去其太甚",屈原是楚国国家级的傩坛大师,而楚文化又是"师夷夏之所长"的一种综合型的官方文化,他当然要把傩歌傩舞表演得文雅一些,不可能还像民间的傩歌傩舞那样野性十足、裸露无遗。

《九歌》虽然经过了屈原的改写,但字里行间仍然掩饰不住采自沅湘间傩文化的神秘性与野性美。现举几例如下:

要想读通《九歌》,有一点是必须注意的!那就是《九歌》中的《少司命》《大司命》等许多篇章,都是绝色女傩在用声色媚神,就像今日的傩戏一样,常常是傩女(古代是真的女傩,今日是以男扮女)与神的情歌对唱,下面引用的就是屈原为女傩媚神撰写的一些唱段。

"折疏麻兮瑶华,将以遗兮离居",说的是傩文化神秘的"媚人傩术",疏麻是沅湘间一种可以"致幻"的植物,瑶草是沅湘间一种可以激发性欲的淫草,将它送给"离居"的情人,自然可以使人精神迷幻,相思倍增。

"结桂枝兮延伫,羌愈思兮愁人",说的也是傩文化中的一种"爱情傩术"。沅湘间的姑娘,当遇到情人疏远自己时,便请傩师用香草嫩枝挽一个同心结,放在枕头下面,相传就能挽住情人的心,看来,这一巫术,在楚国时代就已有了。

"满堂兮美人,忽独与余兮目成",说的是楚地妇女在桑间濮上"从神求孕"的傩俗,少司命是管生育的神,通常由男觋扮演,与妇女做些象征性的授孕动作,送一个葫芦娃或冬瓜崽给求孕妇女,就表示妇人将有美子。今西南较偏僻地区,这种从神受孕的仪式还经常可以遇到。一般是傩师用葫芦装满米酒,系在腰间,将酒洒到求子妇人身上,妇人们则争先恐后地撩起裙子去接。扮少司命的傩师出现,妇人都希望神的目光集中到自己身上,更期盼早些得到神的宠爱,因而产生了"满堂兮美人,忽独与余兮目成"的幻觉。在古代,这种求子巫术,也许是真刀真枪地上阵的,故花山岩画中出现了戴傩冠的傩师与求子妇人交合的图画。

"悲莫悲兮生别离,乐莫乐兮新相知",如不懂沅湘间傩文化的风俗,这两句是互相矛盾的。既然是新相知,感情还不巩固,怎么会产生"生别离"的悲叹呢?但如果你想到了这是人神之间的爱情,就不会奇怪了。神与人的爱情,特别是生育神与民女的爱情,又岂能朝朝暮暮？神"忽而来兮忽而去",他今晚刚来到你的身边,明天天不亮却又要离去了,怎么不令求子的妇人感到良宵苦短,从肺腑中发出"悲莫悲兮生别离,乐莫乐兮新相知"的悲叹呢？

屈原在改写《九歌》时,虽然已将那些野性裸露之词全都摒弃了,但却不可能把祭祀情节完全摒弃,所以出现了文词虽雅,内容依旧的现象。而在原始的傩歌傩舞中,我们还可以看到这种赤裸裸的"求孕"傩词,如"天兮含情默默,地兮情意绵绵,肚皮相磨兮脸相擦,郎在后来妹在前……"有关这些傩俗的详细田野考察,请参看拙著《傩史——中国傩文化概论》《古傩寻踪》《九歌与沅湘民俗》等书。

在封建礼制统治下的中国,一切被认为"有伤风化"的古代"傩文化",都被斩草除根,无法留传下来。幸而有屈原把《九歌》雅化了一下,又有王逸、朱熹等一代大儒为屈原的傩文化披上了一件带有儒家色彩的外衣,才能使我们今天有机会欣赏到古代傩文化留下来的爱情诗篇,否则,中国的古代文坛,恐怕就只有《诗经》一枝独秀了。

本文摘选自林河著的《中国巫傩史》,花城出版社,2001年8月第一版,有改动。

林河(1927—2010),本名李鸣高,著名傩文化研究专家,曾任湖南省文联主席、《楚风》杂志主编、湖南省文史研究馆馆员、中国民俗学会理事。

屈原是古庸大地傩文化的诗化之祖

古乐"葛天氏之乐"的文化阐释

孙文辉

《吕氏春秋·古乐》中记载了一部被后来的艺术史家们称之为歌舞之祖的原始乐舞——"葛天氏之乐"：

昔葛天氏之乐,三人操牛尾,投足以歌八阕:一曰《载民》,二曰《玄鸟》,三曰《遂草木》,四曰《奋五谷》,五曰《敬天常》,六曰《达帝功》,七曰《依地缘》,八曰《总禽兽之极》。

这究竟是一部怎样的乐舞呢?

除了这段文字本身透露的信息,其他任何相关的资料已随渺远的历史而荡然无存,要了解它似乎成了不可能的事情。然而,我们运用人类学、民俗学的知识,依据神话—原型批评的方法进行文化破译,这部原始乐舞仍然是可以读解的。

"三人操牛尾"

"葛天氏之乐"既是一场原始乐舞,又是一场关于农业丰产祭祀的傩仪。

在葛天氏那里,更是后者。这一点,在"三人操牛尾"中已充分体现出来。

"三人操牛尾",一些学者将其说成是"众人(三人)手持牛尾作道具"而歌舞,这只是望文生义。原因有以下几点:

1. "众",是今人的简化字,并非"三人"之意;《吕氏春秋》明确指出是"三人",若解释成多人有背原意。

2. 众人操牛尾,便要有众多的牛尾;而古今中外任何民俗活动中均不见这种类似的活动存在。

3. "操",《说文解字》释为"把持",而把持有"掌握"和"专揽"之义,这一点也不应该忽视。

我们认为:"三人操牛尾"表现的是一种傩术,它存在于世界各地都曾有过的祭礼——"杀牛祭"中。

杀牛祭,又称"椎牛",湘西苗人称之为"吃牛"。"吃",在湘方言中读为"tei",近若"推";"椎牛",虽有"杀牛"之意,但疑是一些学者对"吃(tei)牛"的误记。

"吃牛"的祭祀活动在今日的湘西还有遗存。

"吃牛"为苗族最大的祭典,历时长达四天三夜或五天五夜。苗谚云:"吃牛难,大户动本钱,小户卖田庄。"可见耗资甚巨,规模非常。

吃牛祭仪由三位(注意:是三人!)亲族之长辈或兄弟主持。苗族史诗《古老话》称:"女的要尊兄弟为大,男的要敬根苋为尊"[①]。"根苋"指舅亲,苗人自古沿袭了尊舅的习俗,舅权极大;因此,这三个陪伴神灵的重要人物,一般来自主人的妻舅家。

苗族著名的民俗学家石启贵曾对吃牛祭仪做过详细的记述:

祭祀的第一天为"送牛"与"敬神",送牛时,由傩师讲述牛的功绩与上帝对牛的思念之情,然后杀一条黄牯牛祭天。

第二天,迎亲朋"上客",宾主对歌,晚餐后请神,由长辈二人共述天地产生、山川形成、人类繁衍、苗族迁徙以及祭祀的缘由等,然后击鼓、歌舞直至拂晓。

第三天为"杀牛",开始时奏乐行法事,然后傩师念咒,给牛灌高粱酒,继而在主持人的率领之下开始用矛刺牛,矛必须刺在牛的心脏部位,绕牛一圈刺牛一次,观众在周围欢呼助威。刺者落矛要轻,以便使祭祀的时间达到一定的长度,也便于观众欣赏、娱乐。良久,牛方能倒毙。牛分吉倒或凶倒。吉倒时,全场沸腾,歌舞以庆;然后切分牛肉,再祭之。夜晚,又是唱歌跳舞到深夜。这一天的椎牛祭中有一祭式值得注意,即"刺双牛"——刺杀的两头牛,一条为白水牛,一为黑水牛。

第四天,祭牛头,送宾客。[②]

在湘西苗人的杀牛祭中我们可以看到:这一祭祀的主持人是三人;前后宰杀了三头不同的牛:黄牯牛、白水牛、黑水牛——有三条牛尾巴。

牛尾,在祭祀中又有何义呢?

著名的人类学家弗雷泽告诉我们,在几内亚的大巴撒姆村,村民们每年要杀两头牛来祈求好的收成。为了使献祭灵验,他们必须让牛哭泣,牛的泪水就是以后的雨水。于是,妇女们围着牛,将酒倒在它的身上和眼睛里。当牛的泪水流下来后,人们便围着它唱起歌、跳起舞来。这时,两个男人上前抓住牛尾巴,一刀将牛尾割下来。如果这一刀没有割下来,就预示着这一年会有大的灾害。接着,他们就把牛杀掉。[③]

原来,在原始人的心目中,牛是五谷之神的化身。之所以要割牛尾巴,是因为它的神性就在牛尾上。牛的血滴入土地之上,来年就会五谷丰登。反映波斯神话的碑刻

———————————

① 龙炳文等整理译注《古老话》,岳麓书社,1990:第 360 页。
② 参阅石启贵《湘西苗族实地调查报告》,湖南人民出版社,1986:第 462—472 页。
③ 弗雷泽《金枝》,中国民间文艺出版社,1987:第 676 页、第 677 页。

上，牛尾巴尖上是三根谷穗，另"有一个雕刻画着，牛身上刀伤处冒出来的不是血，而是谷穗。"①

通过以上的几条旁证，我们就不难理解"葛天氏之乐"的实际内涵了。我们常常引以为歌舞之源的例证，确确实实与丰产傩仪相关；而"八阕"歌词，也正好证明了这一点。

《载民》

"葛天氏之乐"的第一阕题为《载民》。

何谓"载民"？杨荫浏教授认为是"歌颂负载人民的地面"②，这是极有见地的。因为人类有史以来，都是将大地之神比作母亲——地母而加以贡祭。在傩戏中，也就是那出各地都有的《搬土地》。

古人将土地神称之为"社"。《礼记·郊特牲》说，"社，所以神地之道也。地载万物，天垂象，取材于地，取法于天，是以尊天而亲地也，故教民美报也"就是其意。

在先秦，用什么样的牺牲来祭祀土地之神呢？《礼记·王制》说："天子社稷皆太牢，诸侯社稷皆少牢。"

什么是"太牢"？什么是"少牢"？《大戴礼·曾子天圆》说："诸侯之祭，牲牛，曰太牢；大夫之祭，牲羊，曰少牢。"在周代，天子祭祀土地之神，用的就是"太牢"——牛。在葛天氏那里，他们操着牛尾，用的也是"太牢"。

用牛作牺牲，关键在于"杀"；而杀牛的目的，就在于以血来祭奉大地。

以血祭地的祭祀仪式是上古社会丰产傩仪中的一种普遍仪式。《周礼·大宗伯》就有"以血祭祭社稷"之说。

在远古时代，世界上大多数地方的人们都相信，血不仅是维持生命、增强力量所必需的自然流体，而且还是灵魂的居所和载体，是生命的精华。在原始思维中，血有灵性，也有自己的生命力，即便在它离开人体之后，这种生命力将继续存在，因此，它被看作是传宗接代的力量所在。"根据迦勒底的一则传说，神的血和泥土混合在一起便产生了生命。在各种神话传说里，是血生成了植物甚至金属。"③

"葛天氏之乐"为什么以祭祀地祇为乐舞的第一阕呢？

这不仅是因为大地是万物生命之源，而且万物生命之始都是处于大地苏醒之时的孟春之月。

"孟春之月……东风解冻，蛰虫始振，鱼上冰，獭祭鱼，鸿雁来。""是月也，天气下降，地气上腾，天地同和，草木萌动。"于是，在立春之日，"天子亲帅三公、九卿、诸侯、

① 弗雷泽《金枝》，中国民间文艺出版社，1987：第676页、第677页。
② 杨荫浏《中国古代音乐史稿》，人民音乐出版社，1980：第5页。
③ 让·谢瓦列埃等《世界文化象征辞典》，湖南文艺出版社，1994：第1117页。

古庸大地人文历史探源

大夫，以迎春于东郊。""以元日祈谷于上帝，乃择元辰天子亲载耒耜"，帅三公、九卿、诸侯、大夫"躬耕帝籍"，向大地祈求丰收之年。

既然帝王天子在一年之始都是以祭祀大地为始，更何况古老的葛天氏部族？

《玄鸟》

"葛天氏之乐"的第二阕为《玄鸟》。

玄鸟，就是燕子。"玄"，既为黑色，又有神秘奥渺之义，在鸟类中，只有燕子才具有这双重品格。

燕子为候鸟，秋去春来，能够"预报"春天的信息；每当大雨到来之际，大气气压偏低，飞虫靠近地面、地虫拱出地面，燕子低飞捕食，并发出尖锐而响亮的叫声，"预报"大雨即将来临；加上燕子以树洞或山洞营巢，与原始人的日常生活发生了密切联系，因此，人类的祖先很容易把它们视为神鸟。

玄鸟，为春天之神。"天命玄鸟，降而生商。"燕子，又被认为是商人的祖先。周灭商后，燕子不会成为周人顶礼膜拜之物，因此，燕子的崇拜发生了重大的变化：一方面，"燕颔鸡啄"（《说文》），化入凤凰，成了大一统象征徽记的一个组成部分；另一方面，它"鸟身人面"（《山海经》），与另一位东方之春神——句芒合而为一了：

句芒，当然是东方大神。句芒的造象特征是："鸟身，素服，玄纯。"假定将"素服"的服字通假为腹，那么它就成为黑身白肚子的鸟，活像玄鸟燕子了。诗商颂所谓"天命玄鸟，降而生商"，商祖玄鸟，固可确定为句芒的化身，即礼记月令所谓"仲春，玄鸟至，至之日，以太牢祠于高"，高当然也是句芒的语转。①

《墨子·明鬼下》也描述了句芒神的玄鸟形象："鸟身，素服三绝，面状方正。"

这里，"面状方正"，也就是《山海经·海外东经》所说的"方面素服"的"方面"。同样，周以及周代之后傩祭中常常出现的"方相氏"，也许它的原型就是玄鸟，也就是燕子了。

句芒神的"素服三绝"，就是"素服三截"之意。

"衣服按上、下身分别穿戴是比较晚的，而背心、袖子和套裤出现较早。东北不少少数民族都流行套裤、套袖。当人们将套袖和背心、套裤和遮羞布缝合起来，就出现了上衣和下衣。"②背心、套袖、套裤，正是三截。

这，在民俗活动中也能找到了证据。被称为原始文化"活化石"的湘西土家族"毛古斯"，其服饰也呈现这种结构："结草为服是'毛古斯'最醒目的外部特征。每个演员身上需扎五块茅草或稻草编织的'毛衣'。那五块茅草，一块围腰，遮住下部；一块围

---

① 叶舒宪《中国神话哲学》，中国社会科学出版社，1992：第68页。
② 宋兆麟等《中国原始社会史》，文物出版社，1983：第345页。

胸,带遮背肩;两块扎于两臂;另一块则扎成头套,将整个脸遮住。"①除去头套,腰一块、胸一块、臂两块,也是三截。

历史悠久的蓑衣,也是三截。《诗经·小雅·无羊》:"尔牧来思,何蓑何笠"就说明这种服饰较为原始。蓑衣为肩一块、胸一块、腰一块,湖南农民亦称"三截蓑衣"。蓑衣,曾频繁地出现于迎春祭祀活动的主要节目《鞭春牛》之中:"春牛耕田,装牛的(一人或两人)皮褂子反披着,用枇杷叶作牛耳,用稻草扎两只牛角,在前面爬行,摇头摆尾装成拉犁状,另一农户戴着斗篷蓑衣,掌着木犁(去掉铧口),手拿竹鞭驱牛耕田,喝骂之声不绝于耳。"②在这一节目中,农户总是倒背蓑衣。这位农户,其实就是大名鼎鼎的春神句芒。因为在这一节目中,句芒同样也是"鸟身人面",这里,反披皮褂者为"牛",那么,倒背蓑衣者就是"鸟"了。

《鞭春牛》有着悠久的历史,它在农业丰产祭祀的活动中,自周以降,史籍中曾未断记。只是到了现代,它已渐渐出现一些变化:句芒神由"芒童"渐变为牧童,《鞭春牛》也渐变为《小放牛》了。

我们认为:"葛天氏之乐"的第二阕表现的正是:人们歌颂春天之神——玄鸟飞来人间,他们鞭春牛、占水旱,迎接春天降临大地。

《遂草木》

《遂草木》为"葛天氏之乐"的第三阕。

遂,有"顺""如意"之意,如"遂人心愿";有"成""成功"之意,如"百事乃遂"。"遂草木"即:祝草木遂人心愿——随着春天的到来而复苏而昌盛。在人类的采拾经济时代以及后来的农耕经济时代,由于草木最大限度地供给了人类的衣、食、住;神农尝百草,发现草有药效,能恢复人的健康,比如《诗经》中提到的茉苢(fú)(yǐ)(车前草,可治不孕和难产),能提高人的生育能力等,因此,人类很早就对草木有着一种原始崇拜。人们在祭大地、颂春神之后,自然要祝愿草木茂盛,让人类有一个好的生存条件。

人类学家弗雷泽在《金枝》中写道:

在原始人看来,整个世界都是有生命的,花草树木也不例外。它们跟人们一样都有灵魂,从而也像对人一样地对待它们。

树木是被看着有生命的精灵,它能够行云降雨,能使阳光普照,六畜兴旺,妇女多子。

① 张子伟编《湘西傩文化之谜》,湖南师大出版社,1991:第195页。
② 《湘西傩文化之谜》,湖南师大出版社,1991:第15页。

弗雷泽接着举出了世界各地的许多民俗事例：

蒙达里人的每个村庄都有自己的神树林，树林之神专司庄稼，"每逢农业节庆，特受尊荣。"盖拉族人成双成对地手持木杖、夹着青绿的玉蜀黍或青草，围绕树神跳舞，祈求丰收。瑞典农民在小麦地里的每条犁沟中都插一根带绿叶的树枝，认为这样可以确保丰收……①

这些活动，无疑是在对草木施行一种助长的傩术；很显然，这也就是在"遂草木"。

"葛天氏之乐"在它的呈现过程中，要"投足"而"歌"，那么，在《遂草木》一阕中，它歌什么呢？

我们认为：《诗经》中大量记载着的关于"采摘"的诗歌，就是这种"遂草木"的傩歌。过去，人们常把这类诗歌看成是单纯的关于男女之间的爱情之歌；他们不知道，原始人的生殖活动（包括男女之间的爱情），与他们的生产活动（包括农作物的种植、家禽畜的繁殖），都是密不可分的。在原始人那里，"把树木花草当作有生命的人一样，这种观念自然就会把它们分为男性和女性来对待，他们就会在真实的意义上，而不是形象地或诗意地实行婚嫁。这种观念并非纯粹幻想。因为植物也像动物一样有自己的两性，通过雄性和雌性的结合，就可以生育繁殖。"②因此，对着草木唱着情歌，施行傩术，草木也会加速繁衍，蓬勃昌盛。这也就达到了"遂草木"的目的。

《奋五谷》

"葛天氏之乐"的第四阕为《奋五谷》。

奋，即奋起、振作；"奋五谷"当然就有着让五谷蓬勃生发之意。

在湘西泸溪、沅陵的苗族居民区，现还保存着一种名为"跳香"的农业丰产祭祀仪式，其中也有一节叫作"传五谷"的仪程：

"传五谷"主要是参加"跳香"会的各家把明年打算种植的种子各抓一把，统一放在一个坛子里，然后再用布封住坛子口，由掌坛师念好咒语，点上法术再放进神台下的土洞内，盖上一层薄土，等到明年三月初五（玉皇生日这天）再打开观看……来预卜丰收的好坏。

等掌坛师理完五谷收成后，再由各家各户求卦预卜丰收吉兆。神卦表示神灵保佑，五谷丰收。阳卦表示遮了日月，封了火阳，这家主户必须祈求五谷神暗中保佑……

---

① 弗雷泽《金枝》，中国民间文艺出版社，1987：第178—179页。

② 弗雷泽《金枝》，中国民间文艺出版社，1987：第173页。

（其中扮演了傩戏《搬土地》）其主要表演过程是：表演者头戴白胡子老人面具，手持拐杖去南山开荒种地，动作有：砍火畲、挖土、播种、锄草、收割、进仓。每做一个动作，就到处抓围观的小孩或年轻人拉犁耕地，引起众人捧腹大笑，表演诙谐而又风趣，围观者都要帮唱帮腔，在表演生产劳动场面时，大家还要伴以阳雀、牛、猪、鸡、狗等口技声音，使整个场面充满了欢乐的气氛。它的唱词有"修地""烧地""锄草""收割""储藏"等五段，唱完后由扮演土地神的演员把各家各户埋进洞子后余下的五谷撒向周围群众，众人马上扯着衣服去接下。看谁接到的什么种子多，象征着明年种什么收成好……

接着由扮演土地神者带头唱《十月季节农事歌》，群众在周围帮腔。①

把"五谷撒向周围的群众"，这是名副其实的"奋五谷"。虽说这有着某种明显的傩术功能，但从整段仪式来看，"白胡子老人"教授生产的知识和劳动的技能，对葛天氏的人们更有着实际的意义。因为，在古今中外众多的原始部族所拥有的农业丰产祭祀仪式中，人们都曾经用歌舞去展示自己的生产劳动生活：

在贵州咸宁县板底乡裸戞村，遗存着一种古老的祭仪——"撮泰吉"（又称变人戏）。"撮泰吉"反映的是彝族的先民创业、迁徙、生产、生活、繁衍的历史。仪礼中，参与者对祖先如何烧山林、开土地、刀耕火种、驯牛犁地、撒种、薅刨、收获等生产过程都有粗犷的模拟表演。②

在湘西自治州的深山老林中，也还遗存着一种神秘的原始祭礼"毛古斯"。"毛古斯"的角色有祖公、祖婆各一人，儿孙若干，以及一些由人装扮而成的耕牛、野兽。祭仪主要的表演内容有：清扫邪气、请梅山神、狩猎、捕鱼、捞虾、做阳春（即耕种收获）、打铁、粑粑哈（即做粑粑）等日常劳动生活，而这些劳动技能，都是由祖公、祖母亲手教授（田野考察）的。

在古希腊的"酒神祭祀"中，当酒神狄俄尼索斯死而复生之后，他走遍了希腊、叙利亚、亚细亚，直至印度，然后经色雷西亚回到欧罗巴。一路上，他传授葡萄种植和酿酒技术。他能化作山羊、公牛、狮子和豹；能使葡萄酒、牛奶和蜂蜜像泉水一样地从地下涌出来。③在祭仪中，人们就要重新展演这些往事。

俄西里斯（osiris，又译奥锡里斯、乌色里斯）是古代埃及的一位死而复生之神。俄西里斯也是一位农神，他教导埃及人耕地播种、榨取葡萄汁。待埃及开发之后又周游各地，把农业生产知识传遍世界。④在对俄西里斯的祭祀仪式中，生产技能的传播无

① 《湘西傩文化之谜》，第174—175页。
② 《中国傩文化论文选》，贵州民族出版社，1989：第138页。
③ 鲍特文尼克等编《神话辞典》，商务印书馆，1985：第81页。
④ Harrycutner《性崇拜》，湖南文艺出版社，1988：第37页。

疑是其主要内容。

在古今中外的祭祀仪式中，"奋五谷"的表演都是通过歌和舞来展示的。这种表演并非只是一种简单的生产劳动模拟。整个表演，实际上又是一堂形象生动的农事生产技术课，解放以后挖掘整理的土家族长篇史诗《摆手歌》（又叫《社巴歌》），其中的农事劳动歌就分为"薅草挖土""做秧田""泡谷种""种包谷""插秧""薅草""吃新""打谷子""背包谷""摘茶籽、捡桐籽""种冬粮"若干篇，诗歌长达千行。如在"泡谷种"中，38 行诗歌就讲述了泡种的时节、选种的要求、泡种的流程、发芽的技术等丰富的内容，同时也表达出了劳动者的欢乐。

"葛天氏之乐"中的《奋五谷》，实际上就是一部葛天氏部族的农业"教科书"。

《敬天常》

"葛天氏之乐"的第五阕为《敬天常》。

"天常"，即天之常道。"敬天常"就是敬祭天的常道：祈愿老天爷风调雨顺，无灾无病，六畜兴旺，人寿年丰。

原始人对天神的崇敬是无时无刻不有的，在《载民》《玄鸟》《遂草木》《奋五谷》诸阕中，都会涉及对天神的敬祭，这里，为什么还要单独地来上一阕呢？答案也许并不复杂。因为，人们在"播下五谷"、竭尽了人的努力之后，自然盼望老天作美，行行常道。

事实上，许多民族、许多地方的农业丰产祭仪，都在一个相当的时候，表示自己对上天的祈盼：

前面提到的"跳香"，是流传在湘西泸溪、古丈、吉首等地苗族民间农业丰产祭祀仪礼。它的仪程为：①请神；②申法（祭奠三皇五帝）；③烧游船（驱邪气）；④传五谷（即"奋五谷"）；⑤大旋场。

"大旋场"是"跳香"仪式中的最高潮：

在原始人的傩术祭祀中，牛角是一种通天的神器；吹牛角号是傩师与天帝沟通的一种主要法术。在"跳香"中，掌坛师在"传五谷"之后，一面旋枯饼、以一种傩艺献媚于玉帝，一面又吹奏牛角敬祭玉帝，无疑是求玉帝给个风调雨顺。所以，在牛角号吹不响时，傩师怎能不急，于是赶忙不停地呼喊玉帝。因此，在葛天氏的"敬天常"中，人们不会仅仅是顶礼膜拜，除了歌与舞，也许还有着许多类似于"旋枯饼"之类的技艺。①

土家人的丰产祭仪"跳马"也能提供证明。

"跳马"中有一段类似于"奋五谷"的、表现土家人生产劳动场面的"西可乐"（意为"用工具去开荒"）。在"西可乐"之后的仪程，就是祭神。这时的祭神，也不是单纯的法事；而是在喧天的排炮响过三轮之后，一支浩浩荡荡的、有着各式彩旗、竹马、旱

① 《湘西傩文化之谜》，第 179 页、第 158 页。

船、龙灯、狮子灯、武术贺马队……的游行队伍开向土地坪。在三名土老司和一名女巫的带领下，众人向土地神跪磕三次，接着又向天地跪磕三次，以求风调雨顺、五谷丰登。然后就是精彩纷呈的跳马表演，"跳马表演历时大约一两个钟头，其间鼓乐不停，炮火不止，花费颇巨"。①

这种精彩纷呈的表演，置于祭神前后，无疑是一种娱神的活动。它取悦于神的目的，同样是为了敬天常、求丰产。

《达帝功》

《达帝功》是"葛天氏之乐"的第六阕歌舞。

"达"，在这里有两层意义：①通达事理，表达上帝的功绩；②以物相敬，感谢上帝的深恩。这两层意思归纳起来就是四个字：歌功感恩。在整个乐舞中，我们看到，感恩之处比比皆是，是否还会单独拿出一段篇幅再来"达帝功"——去向上帝歌功颂德呢？

这，且不说在古希腊的酒神祭祀中有着专门的《酒神颂》，就在我国的一些现存的民俗活动和少数民族史籍中也能找到答案。

土家族的长篇述事史诗《摆手歌》，实际上是土家族的傩师"梯玛"在祭祀仪式中所唱的傩歌。它有四大部分：①天地人来源歌；②民族迁徙歌；③农事劳动歌；④英雄故事歌。

其中，"英雄故事歌"就是"达帝功"之类的傩歌，它处于"农事劳动歌"（即"奋五谷"）之后，在祭祀活动中由梯玛领唱，众人相和。被流传记录下来的英雄故事歌有：《洛蒙挫托》（即《八部大神》）、《日客额、地客额》（土家族的两位智慧能人）、《匠帅拔佩》（一位力大无比的男神）、《春巴嫲妈》（一位保护女神）等。这些英雄既是土家人的祖先，又是土家族祭祀仪典中的民族之神。

在苗族古籍《古老话》中，《仡索》《仡本》《巴龙奶龙》《惹戒惹窄》也是苗族祭仪中的"英雄故事歌"。其中《仡索》《惹戒惹窄》尤应引起我们的注意：在苗族传说中，仡索又名大索，是中国第一个降伏怪兽夔的人，他首先发明楼耨，是中国农业的奠基人。他装饰尚红，形似凤。苗家人认为他就是神农、就是炎帝，又是雷神。他的大儿子叫索戎，尊称仡戎、大戎、戎，他就是苗家人的祖先蚩尤。②

在苗族的"吃牛"大祭时，上述"英雄故事"是傩师必唱的傩歌。它的内容也就是"达帝功"——表达先帝的功绩。

在祭典中以专门的篇幅来歌颂（以歌为颂）这些英雄，其目的就在于：①求得英雄的护佑，这是主观的目的；②以英雄激励自己的部族，这有客观的实效；③是仪式的规

---

① 《湘西傩文化之谜》，第 179 页、第 158 页。
② 参见《古老话》，岳麓书社，1990：第 217 页。

定性所决定,这一仪程不可或缺,这既是受传统的制约,也是由于巫术—宗教的力量所致。

神话学家西奥多·加斯特在《神话和故事》一文中写道:"如果从本质上来考察,英雄崇拜不仅仅是尊敬;它不止包括崇敬之情,而且怀有畏惧之心;不止是虔敬,而且是奉承。"①当然,奉承的目的在于求得神的欢心,乃至得到神的保佑。

因此,在规模宏大的祭祀仪程中,以单独的篇幅记录先人神迹,不仅应该,而且必要。正是有了这一仪程的存在,才有各人种、各民族的英雄史诗流传于世;才使我们能够理解文字史前的文明。

《依地德》

"葛天氏之乐"的第七阕为《依地德》。

何为"依地德"?地德,语出《淮南子·俶真训》:"古之人……含哺而游、鼓腹而熙,交被天和、食于地德",译成白话即为:"古代的人嘴里吃着东西游玩,肚子饱了就相互嬉戏,在祥和的大自然中交媾,饿了就吃大自然提供的食物。"这样"依地德"就可理解为"依从自然",或"依傍大地"。

古人很早就懂得:食、色,性也。一切都应顺应自然。而人类的食与色,均离不开大地;大地,有着养育之恩,只有顺从于它,才能使人得到欢乐。因此,必须"依地德"。

那么,乐舞的第七阕到底表演什么呢?

我们认为就是表演"含哺而游、鼓腹而熙,交被天和、食于地德。"其中关键的是"游"。游行,就是《依地德》一阕中的主要内容,其中,也不乏各种装扮和表演。

考察世界各地的丰产祭仪,均有"游"的仪程。

古希腊的酒神祭祀中的游行是众人皆知的事情:

(古希腊)城市酒神节的第一天举行盛大的游行,巴特农神庙的门楣上就雕刻着这种游行场面。演员们也参加游行,他们身着戏装,但不戴假面。②

古埃及的丰产祭祀也有游行。古希腊历史学家希罗多德把埃及的大神俄西里斯也称为狄俄尼索斯,他写道:"俄西里斯的这个祭日的庆祝几乎和希腊人的狄俄尼索斯的祭日是完全相同的,所不同的只是埃及人没有伴以合唱的舞蹈。"

印度大神湿婆的祭祀仪式也如同狄俄尼索斯的祭祀仪式。

在中国的丰产祭仪中,"游",也是一个必有的仪程。

西藏喜马拉雅山麓珞巴族的阿帕塔尼部落,每年春天庆祝莫郎节。在傩师的带领下,参加节庆的人列队游遍各村。

---

① 《西方神话学论文选》,上海文艺出版社,1994:第157页。
② 菲利斯·哈特诺尔在其《简明世界戏剧史》第5页,中国戏剧出版社,1986。

前面所说的土家人的"跳马",苗家人的"跳香"以及众多的汉族傩祭仪礼都有"游傩"这一仪程。

因为只有通过这一表演过程,才可能使群情激昂,祭祀才可能达到最后的高潮——乐舞的第八段:《总禽兽之极》。

《总禽兽之极》

"葛天氏之乐"的最后一阕为《总禽兽之极》。

在帕特里奇的《狂欢史》中,这种"总禽兽之极"的例证,真是比比皆是。

考察完"葛天氏之乐",我们可以看到,这部上古的乐舞,就是一场完整的农业丰产祭祀仪式。

它,也就是近些年来不少学者孜孜求索的"傩"。

它,同样也是一部完整的原始戏剧。从这里,我们可以看到戏剧的源头,从而重新引发我们对戏剧问题的深入思考。

《吕氏春秋》在记录这段古乐之前有一段论述:"乐所由来者尚也,必不可废。有节有侈,有正有淫。贤者以昌,不肖者以亡。"以伦理道德学说维系社会精神秩序的传统社会,对这种"淫"的、"不肖的"礼乐,当然是嗤之以鼻,使之不昌而亡。

但是,时间之河流淌了数千年,中国傩的世界,并没有为强大的、各式各样的、"正统"的力量所毁灭。相反,在漫长的农业文明社会中,它生生不息,死而又生,从而养育出了中国的戏剧—戏曲,如南戏、花部戏曲、傩堂戏乃至新中国成立后出现的苗剧、花灯戏、牛娘戏等直接生成于傩祭。中国的戏剧—戏曲,实实在在就是农业文明的产物。[①]

本文原载《文艺研究》1997年02期,有改动。

孙文辉,湖南省艺术研究所研究员,国家一级编剧,湖南省非物质文化遗产专家委员会委员。

---

① 参阅孙文辉《戏剧哲学》。

傩戏《搬开山》的文化破译

孙文辉

1981年11月,湖南省戏曲研究所在湘西自治州凤凰县召开"全省傩堂戏研究座谈会"。会上,民间的傩戏艺人演出了三台傩戏,《搬开山》就是其中的第一台。这台保存较为完整的剧目仅见于湘西,其他地方虽有叫作《搬开山》或《打开山》的傩戏,但在其传承过程中不断散落或变异,仅仅留下一些"开山调"之类的曲调,或仅仅为一种"斩尽天下鬼精"的傩祭场面。

傩戏,又叫"傩堂戏",是因为它的演出场所必在祭祀的场地——傩堂。傩堂祭祀中除了包含叫作"正戏"的傩戏外,还有大量的祭祀仪程——法事。法事与正戏相互衔接,形成一个整体,以达到一个共同的目的:或穰灾纳吉,或求神赐子,或驱傩还愿。傩戏以一个新角色的上场至下场为一个演出单位。这个相当于现代戏剧"场"的演出单位叫作"堂"。由于一堂戏被一些研究人员看成是一个独立的剧目,这样,一些事实上的"大型剧目"就被当成是由若干个小戏组成的"连续剧"。——这是一个误解。因此,湘西傩戏《搬开山》《搬算匠》《搬铁匠》《搬师娘》《献牲》《搬八郎》《送子》等七堂"小戏",实际上是由六场"正戏"和一堂法事组成的"大型剧目"。我们把这个剧目叫作《搬开山·送子》。

"搬",即"搬演"之搬,有"请"之意,因此,"搬开山"就是"请开山之神"的意思。凤凰傩戏《搬开山·送子》演述的是这样一个故事:

(1)开山大神应傩师之请,为主东家祛邪求吉。开山从桃源洞启程来到主东家,与东家一道参拜众神,然后下东西南北中五方的青湖青海、赤湖赤海、白湖白海、黑湖黑海、黄湖黄海洗澡,不慎将斧子失落。(《搬开山》)

(2)开山寻斧不到,请算命瞎子卜占斧子失落地点。开山按瞎子的指点,下海中摸寻斧头,果然找到,但斧头已有一个缺口。(《搬算匠》)

(3)开山请铁匠修补斧头,铁匠夫妇在戏谑调笑中修好。开山取斧时因付款太少而被铁匠追打下场。(《搬铁匠》)

(4)开山至长街请白话童子接傩师还愿,童儿去贵州找到师娘,其女幺妹与童儿戏耍一番,又与师娘盘唱了一番菩萨,然后三人同赴湖南还愿;开山用斧砍开主东家财门后,辞别众神回桃源洞。(《搬师娘》)

（5）东家随傩师向众神献上祭品——猪或牛、羊。（《献牲》）

（6）蛮八郎受岳王之命，为主东家杀猪宰羊，分飨众神灵。（《搬八郎》）

（7）七仙姑生下一子，送往还愿的东家传宗接代，遂叫土地神打开南天门，抱子下到凡间，将子交与主东家。（《送子》）

以上七堂傩戏，在湘西凤凰的傩坛上是连续演出的；而在其他地方我们只看到过《搬开山》《搬八郎》和《送子》三堂并无关联的小戏。我们把《献牲》《搬八郎》《送子》与《搬开山》等看成是一个整体，是否有些牵强附会呢？

要回答这一问题，必须对《搬开山》的神话原型进行准确的破译。

"开山神"与斧头

在《搬开山》中，引起我们注意的是"开山"和他的斧头。

斧，俗称"开山"。开山，作为一位神灵，一般也称作"开山始祖"；开山神的主要道具也是斧头。这里，开山神是不是"斧"的人化或神化呢？

在傩戏中，开山神被请到了主东家，为东家还傩愿。然而，他与东家一道参拜了众神之后，接着唱道："本当要拜十二拜，存留二拜勾愿神。我把主人请回转，把话分开别有因。"为主家勾愿，是开山神的主要任务，他留着不拜，却把话题分开，别有何因？对此，开山并没有解答，他离开傩坛，去"打开五湖四海"，洗自己的龙身去了。洗澡之际，丢了斧头，自己并未发觉。洗完龙身，他再到傩坛上为主人还愿。

为什么要在沐浴之后才拜"勾愿神"呢？

其间，斧头的丢失，又为何含义呢？

丢失与寻找

祭神前洗浴，表示对神的崇敬，这并不难理解。问题是在于洗浴与还愿之间，还有什么内在的联系？要回答这一问题，人类学的研究提供了不少的材料。

英国人类学家卡纳在《性崇拜》中写道：

在印度的圣城贝拿勒斯，每当红日东升之时，便是"洁净"的时刻。世间没有一种比恒河水更神圣，更能涤荡污秽的。男女儿童，争相降于水滨，抱圣水来激涤一切秽浊……同时，婆罗门僧高高站在月台上，向群众献灵神的灵根……净身过后，庙内奏起音乐，群众争先恐后挤到外坛。诸神的偶象堆满香花，他们的灵根更格外受崇敬，妇女们拿溶解的牛油去浇洒它们，并拿印度玫瑰邀挂在它们上面。[1]

---

[1] Harrycutner《性崇拜》第84页、第51页，湖南文艺出版社，1980。

这里,洗浴便与生殖密切相关。

中国的古籍中亦有不少类似的记载,《史记·殷本纪》云:"殷契,母曰简狄,有戎氏之女,为帝喾次妃。三人行浴,见玄鸟堕其卵,简狄取吞之,因孕生契。"这里,简狄有孕,也与行浴相关。《太平寰宇记》卷七十六载:"四川横县玉华池,每三月上巳有乞子者,漉得石即是男,瓦即是女,自古有验。"上巳,为河滨被禊之节;漉,为水中捞起。可见玉华池的乞子风俗,也与浴水有关。

与简狄一样,原始人在自己的观念中,是不清楚交合与生殖之间有着直接的联系。在原始人看来,鱼是一种生殖力极强的动物;而鱼的生殖力强,必与活跃在水中有关。《大戴礼·夏小正》云:"十月,黑鸟浴。"《传》:"浴也者,飞乍高乍下也。"清孔广森《补注》:"浴者,言鸟乘暄飞,上下若浴。"简狄见玄鸟飞翔若浴,自己不能飞浴,便在水中鱼浴,终于受孕。这里,鱼、浴、育三字同音,恐怕也不是偶然。卡纳在《性崇拜》一书中也记述了这种原始思维的普遍性:

> 植物之外,鱼亦含有很强的性的暗示。据因曼说:"鱼类象征在活泼状态的男性生殖原理。"因为鱼的形状似扁桃,其唇吻的翁张,亦甚饶暗示的意味。按希伯莱语,鱼字可作"繁殖"解,亦可作"萌芽,增殖"解。[①]

在我们中国有个成语叫"鱼水之欢",也将鱼、浴、水与性交四位一体联结在一起,是这种原始的生殖观念的一个极为简洁的表述。因此,开山在正式参拜勾愿神时,必然要去海中沐浴。

那么,他丢失斧头又有何含义呢?

我们已经知道,斧是男根的隐称。丢失了斧,就意味着他丢失了男根。

丢失男根的神话在世界各地都曾存在,"丢失"不是神话的结局,它的结局是"呼唤和寻找那个伟大的阳物"(太阳)。因此,在世界各民族的神话、民俗活动中,有着大量的寻找、呼唤、赞美、膜拜阳物的礼仪。

这种寻找、呼唤、赞美和膜拜阳物礼仪的原始含义,就是对太阳、对春天、对新生命力的祈求、召唤和礼赞。

因此,开山神的斧的丢失也是为了对新的生命力的寻找。

结果,他在算命人的帮助之下如愿以偿;于是,他才酬拜勾愿神。

开山找到了斧,即已找到了新的生命之根。他参拜了勾愿神,本当回归桃源仙洞,可是,他突然发觉,他的斧头破了,于是只得去找铁匠修补……

这是何义?

---

① Harrycutner《性崇拜》第 84、51 页,湖南文艺出版社,1980。

这使我们想起了《诗经》中的《破斧》一诗：

既破我斧，又缺我斨，周公东征，四国是皇。哀我人斯，亦孔之将。
既破我斧，又缺我锜，周公东征，四国是吪。哀我人斯，亦孔之嘉。
既破我斧，又缺我銶，周公东征，四国是遒。哀我人斯，亦孔之休。

这首诗，历来有多种解释，但都与"斧"的原型意象相悖，不是诗的本义。叶舒宪在《诗经的文化阐释》中破译为"阉人之歌"，自有一番道理；将这一解释植入《搬开山》中，却有些格格不入。同样，曾经丢失了阳物的俄里西斯、狄俄尼索斯也不是阉人。在《搬开山》中，开山虽破了斧头，也绝非阉人；以阉人入傩堂，与傩祭的愿望截然相反。我认为，《破斧》一诗应是"割礼"仪式上的傩歌。

割礼，是原始人男子成年之际必须接受的仪礼，它在世界各地都曾发生。

居住在肯尼亚和坦桑尼亚两个国家的玛撒人男子的成人礼在十八九岁时举行，庆典通常持续4天。年轻的玛撒人把全身涂为褐红色，用白色的染料装扮自己。他们在身上画狮子、人等战利品。

庆典中的剃发仪式是最重要的。当最后一天的日出到来时，母亲将蘸着椰汁和水刮去儿了的发辫。剃发如同再生，母亲的约束从此终止，责任从此降临。剃发后，战士又投入一种有力的舞蹈。他们合着新成人的歌声抖动肩膀向高处跃去。这表示他们虽然失却了头发，但没有失掉精力。长者用嘴向这些成年人喷洒蜜酒，祝福他们健康、成功，并祈愿："现在你是一个成年人了，放下武器，运用你的智慧吧！"

在世界各地，这种仪礼都是隆重而热烈的。主持仪式的傩师都要在仪式过程中吟唱祝辞。

这首祝辞，前几句是傩师模拟受礼男孩的口吻唱的，最后一句则是傩师的祝语或众人的和唱（在祭祀中常常如此）。

原来，开山神的破斧与修斧，也与傩祭的目的终归一体。傩戏中，开山修好了斧头，按理应为主东家"破门"；然而，戏剧并没有按理发展，而是让开山命童儿去外乡请傩师，于是，中间就插入了《搬师娘》一段。童儿去外乡毫无请傩师之意，却把师娘请来了。开山问童儿："要你请男的，为何请来一个女的？"童儿答道："请男的发官发财，请女的发子发孙。"一语道破真谛——傩祭的目的是求子。当女巫在傩堂上祭拜之后，开山这才挥动斧头，为主东家"破门"，开山的使命到此终于完成。

"八郎"与保护神

不过，傩祭还在继续。

主东家向神灵供献牺牲（第六堂法事《献牲》）之后，继演《搬八郎》。请八郎神来傩堂做什么？——来杀猪宰羊。这就奇怪了,刚刚不是献完牲了吗? 又宰什么猪羊? 在现存的湘西傩戏中,此场戏没有什么内容,唱词多为即兴发挥,表演掺杂有三棒鼓、渔鼓之类。这堂傩戏的真实内容,已经消失,下面我们只就"八郎"这个角色,作一些深入的分析。

何为"八郎"? 傩学界一直未有答案。人们知道"八郎神"是苗族、土家族都曾祭祀过的地方神。是一位神,还是八个神;是先秦时期高辛氏的八才子,还是唐时名叫"向佬官人"的土家神,乃是众说纷纭,又都没有说服力。

在傩戏中,"八郎"只是由一人扮演,但八郎的唱词却提到了八位蛮郎:"蛮一郎""蛮二郎"……"蛮八郎"。这又是为什么?

土家族的长篇史诗《摆手歌》中的英雄史诗《洛蒙挫托》给我们讲述了这样一个故事:一位母亲生下了九个儿子和一个女儿,其中八个儿子长得顶天立地,唯有最小的儿子又哑又瘫。女儿没有住的地方,她就嫁给了头人。有年正月,父亲为作祭祀外出买水牛。家中的兄弟一商量:如果爹爹买不到水牛,祭祀就做不成了,我们就把老十当水牛杀了吧。于是,八人一齐动手,把老十杀了。爹爹从辰州买牛回来,见祭堂上正在跳神唱神,感到奇怪。进屋问婆婆,婆婆正在痛哭,爹爹这才知道哑瘫儿被杀了。他怒火冲天找到儿子,操起木棒乱打,八个儿子急忙各拿起一件东西(分别是剪剪、牛角、钵槌、锣棒、鼓棒、鼓崽、懒豪和扫把)外逃,从此云游四海、走遍天下。妹妹嫁给头人之后,日子过得很好。一天,客家兵打了过来,占去了不少寨子,头人吓破了胆。于是,妹妹便天涯海角去寻找八个哥哥。哥哥找回来了,杀退了客家兵。头人并不答谢八兄弟,八兄弟于是与头人比试技能与技术,头人比不过他们。兄弟放火烧了他的一些住房,头人只得封他们为八部大神。因此,他们分别叫作剪剪大神、牛角大神、钵槌大神、锣棒大神、鼓棒大神、鼓崽大神、懒豪大神和扫把大神。

这个故事有一些值得注意的地方:

(1)诗名《洛蒙挫托》:"洛蒙"是大神的意思,"洛蒙挫托"是土家语,即没有住处的大神。

(2)小儿子又哑又瘫,被兄弟杀害。

(3)儿子们被父亲打散,他们临走时各拿走一件工具。

(4)妹妹寻找哥哥,寻遍了天涯海角。

(5)兄弟都有着杰出的技术、技能。

这个故事不由得让我们想起古希腊的英雄史诗《酒神颂》和古埃及的英雄故事《俄西里斯》,它们有着几乎完全相同的结构模式和情节:

(1)狄俄尼索斯、俄西里斯都曾是无家可归的大神。

(2)狄俄尼索斯被后母杀害,俄西里斯被兄弟杀死。

(3)两大神均被分尸为若干块,抛散至四方。

（4）狄俄尼索斯的姐姐、俄西里斯的妻子寻找亲人，寻遍了天涯海角。找到尸身后，未找到生殖器。

（5）两大神都是人类农业技术的传授者。

当然，古希腊和古埃及的神话，在公元前就记录成史诗，而《摆手歌》直至公元1988年才整理成文字，后者在漫长的岁月口传心授，自然有所变异。

这里仍然有个问题：故事中明明是八个神，硬说是一个神，是否牵强？

其实，这在神话世界中却不成其为问题。如在印度神话中，保护神毗瑟奴就有十一个化身，他第八个化身名克里须那（意为黑天）是一位情欲之神，他第十一个化身就是佛祖释迦牟尼。我们可以这样认为：八个兄弟也就是八部大神的化身。他既是一个神，也是八个神。

通过以上的分析，我们可以看到洛蒙挫托（八部大神），也是一位与生殖祭仪有着关联的大神，这位大神有充分的可能进入傩堂。由于他武艺高强，曾打败过入侵者，被土家人视为保护神，那么，在傩祭中，他极可能充当保护神。

将这位八部大神植入傩戏《搬开山·送子》之中，我们几乎没有理由怀疑他就是"八郎"。在汉族人的傩戏中，有出《出八老爷》的傩戏，但其内涵与湘西傩戏《搬八郎》相去甚远。

通过以上的分析，湘西傩戏《搬八郎》在整台傩祭中的地位和作用就十分清楚了。——他来傩堂，不是来杀猪宰羊，而是来保佑送子的过程平安无事，保证求子的祈愿顺利达成。

果不其然，当傩师请了八郎神，就请送子娘娘了。送子娘娘七仙女抱来了一具木偶娃娃，对主东家唱道：

某主东，某姓人，请你出来领麒麟。

你把麒麟领起去，抱入房中认娘亲……

傩戏到此结束，傩祭的任务业已完成。

傩戏《搬开山·送子》，实际上就是一场完整的求子傩仪。我们在这一傩仪之中，看到了它丰厚的内容；这一傩仪，它既完成了主人家"勾愿"的本来目的，也完成了一次（被我们旁观者看来是）美的创造。

（原载《中央戏剧学院学报》1996年第1期，有改动。）

附：凤凰傩戏《搬开山》（节选）

（代福送、刘宗海藏本）

开山（净）上

（开山）两旁的朋友。

（内白）有！

（开山）上湖南有个偏家偏。

（内白）有个镇家镇。

（开山）有个某大夫，落皮良缘。

（内白）五岳良缘。

（开山）他有文书相请。

（内白）文书相请。把我开山请进去。

（内白）请出来了。

（开山）往下一走。

（内白）往上一走。

（开山）从哪里启程？

（内白）从桃源起程。（开山）修书桃源。

（唱）

一去桃源有三湾，我是桃源洞中仙。

想起户主路又远，何不足下驾云端。

一驾祥云三千里，三驾祥云共九千。

云端起，云端落，户主就在眼面前。

近前扳开跨门看，我的名字在中间。

一进门，二进厅，三进高衙大府门。

来到户主傩堂上，先参主东后参神。

张主东，某圣神，请入高衙龙凤门。

请你出来无别事，同与开山拜神灵。

一拜公皇当庭坐，二拜娘娘坐首尊，

三拜三清并大道，四拜满堂众神灵，

五拜虚空五庙主，六拜下坛五花营，

七拜七星并北斗，八拜龛堂祖奉神，

九拜九洲人和马，十拜仙姐降红尘。

本当要拜十二拜，存留两拜勾愿心。

我把主人请回转,把话分开别有因。

(开山)两旁的牛油!

(内白)两旁的亲友!

(开山)我无事了,打马回乡。

(内白)打开五湖四海,洗你牛身。

(开山)洗我龙身。

(内白)一打东方,二打南方。

(开山)不是打一方,是庆贺一场。

(唱)

一打东方青湖海,青湖青海水茫茫,

借你龙宫来用水,借你海水洗身上。

二打南湖赤湖海,赤湖赤海水茫茫,

借你龙宫来用水,借你海水洗身上。

三打西方白湖海,白湖白海水茫茫,

借你龙宫来用水,借你海水洗身上。

四打北方黑湖海,黑湖黑海水茫茫,

借你龙宫来用水,借你海水洗身上。

五打中央黄湖海,黄湖黄海水茫茫,

借你龙宫来用水,借你海水洗身上。

五湖四海齐打开,河湖岸上脱衣裳。

上头脱了梭织甲,下解战袍一两张。

头上取去钻天帽,下头取去腾云鞋。

浑身上下脱完毕,轻轻跳在水中央。

手捧冷水拍胸膛,免得回家来着凉。

冷天不过娘防火,热天不过水中央。

洗得牙齿吱吱叫,洗得脸庞发红光。

上洗龙头角两支,下头又洗坐板疮。

浑身上下洗完毕,河湖岸上穿衣裳。

浑身上下穿完毕,要到坛前烧宝香。

三柱宝香插完毕,退后三步拜神灵。

满堂众神一起拜,恭贺贤良主东君。

你家还了这堂愿,千年发达万年兴。

我把主东请回转,开山移步打转身。

(下)

凤凰傩戏《搬开山》（选场）

（刘长寿、刘宗海、韩元生口授，

黄吉川、田景光校勘本）

开山（净）（上）

头戴乌纱角朝天，身背板斧月半边，

不听玉帝三宣诏，单听岳王降令传。

来将张三，奉了岳王将令，去到湖南凤凰县与主东还愿，给贤良东君砍开五方招财之路，驱遣不祥邪精，话便如此，走一走！

（唱）

修封书，出桃源，身背将令越过关，

出了桃源降凡间，烂船洲就在洞门前。

行路怕过九道口，行船怕过青浪滩；

嫂嫂挑水瓮子洞，仙姑梳头洗油潭。

千年有个风流岩，万年有个长治县，

打起三伞走浦市，踢破瓦缸出坛湾。

三时娃娃走时运，岩打狮子口朝天。

高材坐在鱼形地，马兰生在烟包山。

石板砌路走岩门，岩门有个太子殿，

粑粑坳上歇一气，石羊消去吃早饭。

矮子爬上芦苇坳，三升谷子下小田。

飞蛾爬壁陡山喇，孔子怕过豆腐湾。

双龙抢宝回龙阁，三个拱桥万人缘。

东门进来南门出，四坎盾牌挂两边。

一路行程来好快，主东家去在眼前。

要得进来不得进，二位将军把两边。

把门千年来镇鬼，为何拦我桃源仙？

二位将军让开路，进屋就把主东参。

叫声主东某姓官，请你出来会神仙。

（山白）哎，你看那某主东一脸的尿啊！

（内白）一脸的笑容。

（山白）屁股喇夸？

（内白）穿鞋绣花。

（山白）锣儿叮当，鼓儿叮咚，在干什么事？

（内白）做好事。

（山白）你日里也干，夜里也干？

（内白）诚心还愿。

（山白）我开山来得匆急，不得相弄你，

（内白）相颂你！

（山白）我拿斧头这么烙上几烙，

（内白）贺上几贺。

（开山唱）

千恭喜，万奉承，恭喜主人好诚心，

你男不耕田吃稻草……

（内插白）吃白米！

（开山接唱）女不纺织穿着裙。

一年还愿三年吭……

（内插白）三年旺！

（开山接唱）加上六年兴九春。

你今还了这堂愿，自有富贵不愁贫。

我把主东请回转，跳下五湖洗我身，

头上摘了钻天帽，下头脱了战罗裙，

一身上下脱完毕，轻轻跃进水中心。

牙齿洗得叽嘎叫，慌忙上岸穿衣裳。

头上戴起钻天帽，再捆一双耍花裙。

一身上下穿齐整，岳王殿前拜神灵。

管坛师，老先生，借你宝香烧三根。

借你宝香烧三炷，我与主东拜众神。

一拜公皇当头坐，二拜皇娘坐绣裙。

满堂神灵一齐拜，何不传书说姓名。

家住雷州雷阳县，洛阳桥上姓张人。

父是有名张天道，母是姓金老年人。

我走岳王殿前过，封我开山大将军。

岳王赐我宣花斧一把……哎哟，掉了！

（内白）掉了什么？

（山白）掉了宣花斧一把。

（内白）狗吃掉了。

（山白）是铁打的，狗要吃脱牙齿的。——这里可有算匠？

（内白）十字前街有一算匠，你去请算匠给你算一算。

（山白）嗯，有请算匠先生！

（下）

《搬算匠》

（算匠内唱）

锣鼓打得呕咚呕，耳听外边喊算匠。

（上唱）

他喊得忙来我来得慌，怎奈我眼睛冒见亮。

算匠来到傩堂上，何不传书说原章。

家住广东广宁县，一双父母早已亡。

丢下兄弟人三个，各人的手艺传一行。

大哥名叫广傩玉［落雨］，大小木工样样强。

二哥名叫广天祥［天晴］，精通篾织好榜样。

我名叫作广龙双［阴霜］，双目失明学算匠。

捏六壬卜卦我样样懂，批流年算八字样样强。

能算月亮打西边落，算到海里有海龙王。

算到天晴久了要落雨，算到落雨久了要天晴。

算到炒菜要作盐，算到煮饭有米汤。

算到牛栏门前有稻草，算到猪圈内有老糠。

算到母鸡冠子短，算到公鸡冠子长。

算到粪桶多有底，算到帐子无底有床单。

算到燕子春来秋又去，算到孤雁独飞冒成行。

上头算到四川云南转，下面算到湖北和汉阳。

谁个不知我广瞎子，算法要比那神仙强。

（韵白）想我爹也瞎来妈也瞎，生个伢崽又是个萝卜花。爹爹就喊打死去，妈妈讲留起长大算命讨得到呷。有天来了个算命客，就要我拜寄他。同他学了三年满，算命卜卦讨得呷。出门碰到个妇人家，要我给她将八字算一下。她将时辰乱天报，我五个手指乱天掐，银子送我一大堆，铜钱又赠我一吊八。

我打小字街前过，碰到一个红钱客。他甜言蜜语将我哄，要和我俩个打亲家。称哒一只猪脑壳，又搭一条猪尾巴，打了半斤红毛酒，我闭起眼睛放量呷。他取出一把烂剃刀，锯得我荷包咔咔，被我反手逮到他。我翻转身打他的肚子，转过去打他的背家，打得他喊了了，他讲算命先生我的爹，你莫打，我情愿退银子，今天捉了这一回，总总不敢偷与扒。我不紧合松了手，踊踊趴喇就走脱。我跟着他后面撵，撵到路上夜夜家。问老板：能睡不能睡？（女声）"将将睡得个把客。"有饭不有饭？（女声）"锅巴现饭任你吃。"有菜没有菜？（女声）"刚刚剩一样豆腐渣。"我跑了一天路，肚子饿得扁扁叫，我就呷了一满桶，又要了两瓢瓜，睡到三更半夜，肚子里在讲话，朝的朝上拱，朝的朝下趴，黑夜里找茅厕找不到，我一脚斗倒一孔壁。爬到土坎上，忙把裤子脱，噼呱叭啦，好比塌岩壁。大狗见了冒敢呷，小狗见了摆尾巴。三更半夜下场雨，淋了两丘苞谷沙。天亮边来了个女人家，背时翻天就一骂。我口叫大姐你莫骂，帮你肥了苞谷和豆荚。她说：你肥的苞谷不长棒，肥的豆荚没开花。我一躲躲到坎底下，总总冒敢来回话。记得今日上了当——

（唱）总总不呷豆腐渣！

（韵白）莫打鼓，莫敲锣，细听我先生把话说。那年我生活过得好，冒呷腊肉就呷猪脚。这几年垮了架，心里实在冒快活。人家过年摆大桌，回来扯得光落落。一挂挂到门角里，婆子猫儿真万恶，呢喔呢喔咬了去，年三十过的是家伙。惹得先生娘发了火，三更夜半跟我吵场伙。一吵吵到四更尽，隔壁邻舍睡不着，老老少少都骂我——

（唱）骂我是个格耳朵！

（韵白）大年初一我去讨粑粑，东家讨得粑一对，西家讨得粑两个。粮食盘缠我讨到了，和我先生娘赌气，去以贵州、四川、云南行我的本行讨生活。云南生活好，四川多快活，猪肉只卖二十四，牛肉只卖十二个。那里的大米真便宜，一斗米只卖五六个，一升米硬有我们三升多。那旁来了几个好朋友，邀我去酒店打平伙。我劝他，他劝我，酒逢知己我喝得多。江西会馆在唱戏，台上出来一旦角，把我先生看惹火，我伸手去摸羊子窝，旁边来了个小伙子，凶神恶煞指着我的脑壳，拖的拖扁担、拿的拿箩索，不是我先生走得快——

（唱）冒断手来就断脚！

我先生做了这回错事，

总总不敢把酒乱天喝。

（算白）喂，两旁的牛油！

（内白）是两旁的朋友。

（算白）上湖南有个偏家偏，

（内白）镇竿镇。

（算白）有文书相啃，（内白）文书相请。

（算白）把哪里启程？（内白）把桃源启程。

（算白）我一个人去？

（内白）要你两个人去。

（算匠唱）

一莫忙,二莫慌,我要回家邀嫁娘。

莫笑瞎子冒像样,屋里冒个好嫁娘。

眼睛不见用手探,伸伸抖抖像傩娘。

上山何怕走石坎,过河哪怕水又深。

不是我瞎子乱天讲,巧妙出在木棍上。

脚踏实地往前闯,来到自家门外旁。

(用棍打、手摸)来到自家门口,让我来喊一声!(变声)你呃,开门罗!

(旦白)是哪个?

(算白)一碗米打粑粑能有几个!

(旦白)来,来,来了啊!

(旦上,唱)

正在后堂煎油茶,耳听门外叫喳喳,

双手推开门来看,却原来是先生转回家。

(旦白)先生你回来了?

(算白)嘿嘿嘿,回来了。

(旦白)屋里请坐。

(算白)是要坐的。

(旦白)先生喝茶。

(算白)嘿嘿,莫客气、莫客气。

(旦白)先生,你去了这么久,走了些什么地方呢?

(算白)我吗?上到云贵两省,下到南北两京,广东广西,哪里都到了。——吨,你在哪里跟我讲话?(旦白)在这里。

(算抱住旦,白)嗨嗨,你这条泥鳅走不脱了吧!(拉她同坐一条板凳)排排坐,吃果果。盐果咸,打烂盘;盐果淡,打烂碗。(旦推算匠,算匠跌地)哎哟,哎哟,先生娘,你看我屁股上跌了一条口哟。快给我弄点药来。

(旦白)那是生成的。

(算白)呵,是生成的呀。(旦白)蠢家伙!

(算白)嗨嗨,莫打莫打,一起坐。

(旦白)先生,你走了这么宽的地方,给我讲一讲听听。

(算白)你要文讲还是武讲?(旦白)文讲怎么样哩?

(算白)文公走雪,文王祭麦,文质彬彬,文太师一生怕绝代。

(旦白)讲武又怎样呐?

(算白)讲武呀,武吉卖柴,武则天爱色,武大郎卖烧饼,武子胥过昭关、一夜胡子就急白。

（旦白）我要讲打。

（算白）讲打呀，打擂高德德，打虎武二爷，打筋斗孙悟空，打瓜刘志远，咬脐郎他会打猎。

（旦白）我问你哪些东西贵？

（算白）金银铜锡铁。

（旦白）我问你哪些东西贱？

（算白）臭虫狗蚤虱。

（旦白）哪些东西不养人？

（算白）饭不养人荞和麦，菜不养人笋和蕨，肉不养人肝和血。

（下删643字，内容为乡土地理。）

（旦白）哎呀，你走得真宽。先生，那你找了多少钱回来呢？

（算白）钱呀，那我找得多呐。先前我拿钱绳穿，后来冒有绳穿，我就拿钱去买盐。我把盐装上船，谁知船过青浪滩，呵嗬，被水冲翻了——

（旦白）你贩的是什么盐？（算白）我贩的是谣言。

（旦白）你这背时的。〔打算匠头〕。

（算白）哎哎哎，你莫打，我想起来了。

（旦白）你想起什么？

（算白）想起了一件大事情。上湖南有个偏家偏。

（旦白）有个镇竿镇。

（算白）主人家做糯米汤圆。

（旦白）主人家还五岳良愿。

（算白）四人抬捆稻草。

（旦白）四值功曹。

（算白）文书相啃。

（旦白）文书相请。

（算白）把我们夫妻弄出来了。

（旦白）请出来了。

（算白）开出一堂戏。

（旦白）讲出一堂戏。

（算白）请我钻心钻人。

（旦白）算金算银。哎呀，你硬是六月间的蒲扇乱天扇哦！

（算白）（笑）嗨嗨嗨！

（旦白）几时良辰？

（算白）今日吉日良辰，你我一同去。

（旦白）如此就走嘛！

（算白）好，走，走哇！

（唱）夫妻二人出桃源，

　　一出桃源有五条口……

（旦白）三条口！

（算白）对对对，三条洞口。

（唱）一出桃源三洞口。

（合）离了仙洞降此间。

　　我夫妻闷着把路赶，

　　他不作声，

　　我冒开言。

（算唱）我一边走来一边划算，

　　　猛然一事想在心间。（笑。）

（旦白）瞎鬼，你笑什么咧？（打算匠头。）

（算白）先生娘，你莫打，你莫骂！

（韵白）记得那年到你家做新客，那旁急坏了你的妈，十字街前去把肉赊，赊又赊不到，你爹扛起钓竿去钓蛤蟆。一连钓了七八只，拿回来就炒吧。只有你满兄弟冒知事，扶到灶坎喊要呷。惹得你妈生了气，当面就是两耳巴，打得他眼珠发了花。他碰着我姐夫喊姑爷。我若讲你冤枉话，先生娘呃——

（唱）反脸看不见后背家。

（删去824字，内容为夫妻二人调侃。）

（算白）你贬我来我贬你，翻来复去笑自家。夫妻本来多和好，冒讲笑话哪得夜。急急忙忙将云驾，喜喜欢欢去东家。拨开祥云用目看，主东门前悬彩花。我把祥云来收下，进门恭喜主人家，贤东君，且听下，请你出来会菩萨。——主人家来了吗？

（旦白）来了。

（算白）在哪里？

（旦白）在这里。

（算白）（摸介）嗨！你这个主东真不老实，怎么和我先生娘站在一起。

（旦白）不要乱讲，主东是知书识礼的人。

（算白）哦，你家锣鼓喧天，在干什么事？

（旦白）是好事。

（算白）今天我来给你算金算银，要不要报福报喜？

（唱）一报福，二报福，金银财宝到你屋。

（旦白）那是好的。

傩戏《搬开山》的文化破译

（算唱）一报喜，二报喜，麒麟贵子送给你。

（旦白）那是好的。

（算唱）一报福，二报喜，黄鼠狼进屋来咬鸡。

（旦白）那是好……醉！你又讲俗（差）话了。

（算唱）非是我先生讲俗话，不讲俗话神冒灵。

　　管坛师，老先生，借你宝香烧三根。

　　一拜公皇当头坐，二拜皇娘坐绣裙。

　　三拜三清并大道，四拜满堂众神灵。

　　我把主东请回转，借你课棚摆子坪。

　　先生娘，将你招牌挂起！

（旦白）呸！怎么将我挂起来？

（算白）你呀，我是讲把你拿的那个纸招牌给我挂起来！

（旦白）你又不讲明。好，我来摆桌子。（摆桌）先生，我去东家，烧壶好茶给你喝。（下。）

（算白）用的着的。——我算命如神，测字保准，若是不准，诸位，拿我先生娘相送你们！

（旦内白）哎嗨！

（算白）啊啊，打烂我的胡琴？（拉《娘送女》曲。）

（净上）。

（山白）一步来路远，来到课棚边。算八字！

（算白）哪个惹了你，你要诊牙齿？

（山白）算斧头！

（算白）仗估头？你与哪个打架呀？

（山白）算子坪！

（算白）是雷神？哎呀，响炸雷了，大家收衣裤。

（山白）我是凡人。

（算白）你是坛神，请归庙堂。

（山白）左讲右对，右讲左答。待某将你的招牌取下。

（算白）哎哎哎，莫取，这是我算命的幌子，取不得。慢点，待老子来摸一下。（摸）吨咳，怎么头上长角？

（山白）生成的雄像。

（算白）哎哟，你这样的凶恶，你家妈妈的容貌又是何等的长相呀？

（山白）呸！呀呀呀……

（算白）哎呀，咯是哪家的水牯打脱出来了？莫吃人家的麦子咧！

（山白）呋！休得胡言乱语，老子将你的胡琴打烂。（夺胡琴。）

（算白）哎呀！打不得，这是我讨呷的东西。讲得好，我与你算算算。——你究竟是哪一个？

（山白）张三！

（算白）你是洛三呀？

（山白）嗯！洛阳桥上的张三。

（算白）你找我做什么？

（山白）失落一把月斧，请你算一算。

（算白）那你给我报个时。

（山白）先生你可算得准？

（算白）算得准，算得准。你用何物相谢？

（山白）五十两一锭。（挥拳头。）

（算白）好，你报时吧。

（山白）听道！

（唱）时来了，时来了，

　　风送滕王阁，运去雷轰建福碑。

（念）申字不出头，由字颠倒挂，勾拱勾，啄拱啄，中间栓根檀木把。

（算白）嚏，这不是你的时，是还愿主人行时的时。

（山白）再报！你听：江边的杨柳——

（算白）庚申［根深］年。

（山白）后园的斑竹——

（算白）四月间。

（山白）天上月圆——

（算白）十五日。

（山白）羊牯相打——

（算白）未时间。嗯嗯，让我算一算。

（掐指）甲子乙丑，丙子丁丑，壬子癸丑……

（山白）丑多了不行！

（算白）甲子乙丑海中金，丙寅丁卯炉中火，戊辰己巳大林木，桐木、杉木、椿木、柏子木……

（山白）哎，木又多了！

（算白）得了几木了？

（山白）五木。

（算白）五木夹一金，张三来得冒诚心。你走岳王殿前过，得罪了双皇五岳神。你到东洋大海去洗澡，斧头失落海中心。三十六个朝天芽，二十四个钉底根。根钉底，底钉根,钉得万丈深。若想要斧头,岳王殿前许愿心。

(山白)要许什么?

(算白)红猪一口,肉羊一只,鸡鱼三牲,斋粑豆腐,米酒一坛,庆贺三巡。

(山白)我许你还!

(算白)自己许,自己还。

(山白)算得可准?

(算白)若是不准,打烂我的胡琴。

(山白)难为先生。

(算白)吨,先前你说送我五十两一锭,哪里去了?

(山白)在这里。(伸拳。算匠摸。)

(算白)像只牛蹄子。吨嗨,你敢莫要打?慢着,我摆个架势,你若识别得出,我就分文不要;你若识不破,那银子还是要送的。

(山白)显出来!

(算白)你看清楚了。(摆身段。)

(山白)你这是"酒壶桩"。(推算匠,算匠跌倒。下。)

(算白)哎哟,先生娘!

(旦上)来了!先生,你在做什么?(算白)拐了!

(旦扶起算匠。)

(算唱)时不来,运不通,遇着张三要行凶。

　　　　不送银子犹小可,倒打我两个耳边风。

(旦唱)先生不要怒冲冲,忍让二字万事通,

　　　　乌鸦多嘴逗人骂,喜鹊开口笑融融。

(合唱)贤东君,听从容,当到岳王勾簿宗,

　　　　还字写了千千个,欠字不留半毫分。

　　　　管堂师,老先生,高壶美酒斟三尊。

　　　　高壶美酒三巡终,纸币钱财用火焚。

　　　　两廊助动锣和鼓,先生一步驾祥云。

　　　　夫妻转归桃源洞,本命元辰打转身。

二人下。

孙文辉,湖南省艺术研究所研究员,国家一级编剧,湖南省非物质文化遗产专家委员会委员。

盘王祭祀

孙文辉

人类早期的大型祭祀活动，多为春祭秋报，即春天祈求苍天在新的一年里风调雨顺、食物丰收、人丁兴旺、万事遂意；秋天报答上苍，庆祝丰收。祭祀活动一般每年有两次，一次在春季，一次有秋后。在湖南，这类大型的传统祭祀活动，现存的还有苗族的"椎牛祭"和土家族的"跳马"。另一类是对祖先的祭拜，这种祭拜，是将上苍的恩赐转化为祖先的恩德，认祖归宗，祈求子孙发达、光宗耀祖、财源广进、四季平安。在湖南，这类大型的祭祀活动，现存的还有汉人的宗族祭祖活动，苗族祭祀蚩尤的"接龙"和土家族祭祀八部大王的"舍巴日"。

瑶族也曾有过春天的祭祀，但过山瑶失去了土地之后，除一些小型的活动在各地略有遗存外，大型的春天的祭礼已逐渐消失。流浪的民族不忘自己的故乡，也就更加维护自己的宗族，因此对祖先盘王的祭祀，也更加持久而隆重。瑶族人流落八方、散居荒岭，"向未有会田，祭祀疏略，而且子孙迁徙无常，远近异处，智愚不一，难以相聚。忘祖者不少，遗祖者亦多"（郴州资兴《赵氏族谱》），因此在千年的传承中，盘王祭祀也出现了各种不同的称谓和不同的形态。

盘王的祭祀在不同的地方有不同的称谓，如"还盘王愿""还太公愿""调王""跳盘王""奏盘王""奏铛""庆鼓堂""跳鼓坛"等，其中"太公"亦称"太祖公"。湘南客家人称祖先为"太祖公"，瑶人"还太公愿"是受客家文化的影响。"奏"，即奏乐；"铛"亦写作"堂"或"坛"，原是以汉字记录的象声词，但将其理解为祭祀的场地也没有错。有专家非要强调"奏铛"是瑶族最早的包括"还盘王愿"在内的祭祀仪式，并无依据，也没有必要。在今天，人们把对盘王的祭祀统称为"盘王节"，并作为非物质文化遗产项目进行整体性保护，这一点值得肯定。盘王的祭祀无论有多少称谓，它却只有一个源头，它的本质与文化也不会相距太远。我们将在下文中对瑶族祭祀文化的一些基本概念进行认真的梳理。

"藤香愿"与"大排愿"

在瑶族"还盘王愿"中，不少地方都把仪式分为两大段："还藤香良愿"与"还大排良愿"。

"藤香愿"与"大排愿"出自哪里？作何解释？它与"还盘王愿"有什么文化关联？我曾多次询问瑶师，也请教过瑶学的研究者，但得不到令人信服的解释。然，我深信，这两种称呼由来已久，瑶师们遵从祖训师传不曾有过更改，其中一定包含了一些原始文化信息和密码。

经考察，我发现这种称谓与仪式的规制及其中的两件重要的法器(道具)有关：一是藤箱；二是大盘，即圆箕，也就是㔷(luán)盘。这两种器物与瑶族的日常生活有关，也是梅山农村村民千百年来经常使用的重要用品。

先说藤箱。在"还盘王愿"的仪式中，有一过程叫"龙铺小席"。《还盘王愿·经书》记载："打开藤箱箧篑里内，请出沙罗歌词，三段歌曲：第一黄条沙，第二相逢贤，第三满段①；用新草席铺在地上，七双新筷子、七盏杯子、三碗老鼠肉、四碗青菜。"②我曾参加过这一仪式，受瑶师赵光舜的邀请，曾尝过"小席"中的老鼠肉。仔细分析《经书》的记载和考察仪式程序，发觉这种"小席"有些寒酸，老鼠肉、青菜，居然成了祭祀盘王的供品！神圣的仪式为什么会有这种特别的安排？我们知道，祭祀仪式大多会讲述民族的历史，包括迁徙史。这种仪式安排是不是与刻骨铭心的民族迁徙史有关联？如果有关联，那么它是在一种什么样的背景和场景下，才从"藤箱箧篑(kuì)"中铺陈开来？

我们再看《还盘王愿·经书》。瑶人的仪式虽然历经千年，很多环节支离破碎，但还是保存了一些历史的印痕。《还盘王愿·经书》载："请小席，主师左手托席搭在左肩，右手拿香炉，香炉上插明烛一支，在神台前后移动，踩三台罡步，边行边唱：'行过县门千人见，无木合船随路行……'""小席"即小宴席。原来，傩师是在模拟瑶人在迁徙路途中为盘王设宴席的场景。既然是迁徙途中，当然无法大操大办，只能从随行的藤箱中，请出《经书》，呈上一点简单的供品，了却人们的心愿。

唱完《小席歌》，接着"办小席"，唱《六庙词》《三段歌》诸神。

为什么只能用老鼠肉、青菜敬诸神，这与路途的艰难困苦有关。祖先要祭祀，客观条件又不允许，只能许下大愿，因此才有瑶人的"还㔷猪大愿"出现。

小席中吃老鼠肉，这在洞口县罗溪瑶族乡安顺村的"老鼠年"习俗中留下了痕迹。这里的雷、兰两姓瑶族人家，每年的农历十一月十一日，都要过个丰盛的"老鼠年"，桌上除像过春节一样摆满鸡肉鱼等菜肴外，中间还必得摆盘老鼠肉，待祭奠祖宗神灵后，全家人欢乐共餐，名曰过"老鼠年"。为什么要吃老鼠肉？有人是这样解释的：为了避难，"雷、兰两姓瑶族人家直往雪峰山深处跑，一直走到深夜，来到没有人烟的安顺这个地方才停歇下来。奔走了一天两夜，真是又累又饿，看看天已亮，准备走出岩洞找点东西充饥，恰好这时，一只蛮大的山老鼠闯进洞来，大家一起动手，将山老鼠逮住吃了，

---

① 据《经文》后面唱词，此段曲名应为《望断曲》。
② 赵光舜、赵瑞良编：《还盘王愿(经书)大排良愿》手抄本，孙文辉收藏。

聊以充饥。这时又一只山老鼠闯进洞来,大家赶紧再去逮捕,可怎么也逮不住,老鼠冲出岩洞,大家紧追不舍,老鼠钻进一丛茅草,人们赶紧扒开茅草寻找,可是没发现老鼠踪影,却发现老鼠藏在这里的一堆板栗,他们欢喜地把板栗捧回岩洞,填饱了肚子,就在这里安顿下来,繁衍子孙。"[1]这种传说,很明显是来源于"盘王祭"。

摆完小席,我们再来看"还大排良愿"。"还大排良愿"就是"还鬮猪愿"。

鬮,即"圆",梅山方言。"鬮猪愿"为什么又称"大排愿"?有瑶族专家称应为"大摆供神宴席"[2]。按这一推理,"还大排愿"就应该是"还大摆愿"了。"还大摆愿"并不符合民间对神灵祭祀的虔诚心态和对神圣仪式命名的基本规律。我认为还像"藤箱"一样,源于祭祀仪式中的法器(道具)——大盘,应写作"还大盘良愿"。

盘,与盘王有关。《魏略·南蛮》载:"高辛氏有老妇人,居王宫,得奇疾。医为挑之,得物大如茧。妇人盛瓠中,覆以盘。俄顷化为犬瓠,其文五色,因名盘瓠。"因此盘王祭祀中出现大的竹盘,是一种必然。

大盘,出现在还盘王愿的"还圆箕愿"中。圆箕,即以竹篾编织的盘,竹盘中最大的,梅山人称其为"鬮盘",是梅山傩中常常出现的一种道具。在瑶人的祭祀仪式中,瑶师为避盘王之名讳,将"鬮盘"称为"鬮箕"。"还大盘良愿",也就演变为"还圆箕良愿"。

现存的"还圆箕愿"既是祭祀盘王的主要仪程,也是瑶族历史的形象演示。

盘王殿上放置一个大的竹鬮盘。瑶族厨娘将十二碗水放在圆盘周围,圆盘中放入一堆"拘浆",即以新鲜粽叶包裹的糯米糍粑。瑶师们绕箕而坐,一手持牛角或铜铃,一手搅动碗中的水,唱起了盘王大歌,讲述瑶人迁徙的故事:由于天灾人祸,十二姓瑶人相约漂洋过海,过了三个月,船不到岸,马行不到街,又遇大风吹下海底龙门,于是在船头许下大愿,祈求盘王保佑,如十二姓瑶人平安抵达岸边,愿敬奉鬮猪,即整头猪报答盘王。傩师随着故事情节有节奏地搅动碗中之水,直到瑶人之船安然到达迁居地。之后,傩师走到神龛下,感谢盘王和五旗兵马。并表示,因刚上岸,还没有鬮猪敬奉,请各位神祇吃糍粑。仪式完成,傩师请参加仪式的众人,特别是孩子分吃供品糍粑。

那么,这里的"还圆箕愿",实际上只是"许鬮猪大愿"。危难时许下"鬮猪大愿",才有祭祀仪式之后的"还鬮猪大愿",即现存的"还大排(大盘)良愿"。

我们再回过头来看"还藤箱良愿"中的藤箱,它在仪式的后面程式"横连大席"中又一次出现,即从藤箱中取出歌本与法器。再回过头看"龙铺小席"中的老鼠肉和青菜,我们加深了理解:当盘王保佑瑶人在"漂洋过海"到达彼岸之后,瑶人内心感激盘王的护佑,但手中拿不出好的东西来报答,因此只能用简陋的食物来替代。与此同时,

---

① 蒋子棠:《雪峰山风俗:老鼠年、棕包脑、砍树放排》,https://mp.weixin.qq.com/s。
② 李祥红、郑艳琼主编:《湖南瑶族奏铛田野调查》,岳麓书社 2010 年版,第 12 页。

他们许下宏愿,今后一定要以圝猪,即以整头猪来报答盘王之恩。圝猪,在迁徙的人们看来,已经是很难得到的珍贵供品了。

藤箱,在祭祀中,它既是象征迁徙的用具,也是装有祭祀歌本、祭祀法器的圣物。以器物命名的仪式还有以"伞"为吉祥物的"行伞宝书歌堂良愿"。

"还藤箱良愿"与"还大盘良愿",都是在迁徙过程中能够表达瑶人感恩之心的"小愿"和"良愿",均是"还盘王大愿"仪式的前一部分。"还圝猪大愿"(现称"还大排良愿"),才是还盘王愿的高潮。"还圝猪大愿"只有与"还藤箱良愿"在一起,才是完整的祭盘大典。

还盘王愿实际上是一个完整的民族祭祀远祖的仪典,并非"奏铛"的一个部分。还盘王愿就是奏铛,奏铛就是还盘王愿。没有任何史料可以证明,还盘王愿(奏铛)的发展经过了三个历史阶段①。民族的祭祀仪式是一种远古的记忆,无数案例证明,它的本质、基本内容和基本形式相对凝固,它数天数夜的规模,也是一种古制。

瑶族的盘王祭祀之所以表现得庞杂且名称各异,主要是由瑶人各氏族不同的迁徙历史所造成的。一些氏族保存得比较完整,并非社会经济的发展所致,而是因为一些较为大的族群在迁徙的岁月中,自始至今聚集在一起,保持了定期祭祀的传统。

瑶族祭仪与道教的关系研究是一个很大的课题。一些偏远山区的瑶族祭仪表明,它们不只在清代,而是在很早之前就与道教发生过联系。比如"还愿",这是一个与"春祭秋报"相关的远古的概念。也许,它也曾影响了道教的诞生和发展。道教从民间来,道医的代表人物葛洪(约281—341)的父亲葛悌曾任邵陵太守,并死于任上。葛洪丧父之后,本人也一生流落在豫、荆、襄、江、广诸州之间,后半生隐居广东罗浮山。南方各民族的原始宗教,对他无疑都产生过深远的影响。因此,我们说瑶族祭仪与道教的影响,不会是单向的,而是互动的,也不会只是在宋代之后才发生的。

资兴还盘王愿

2015年2月,我应邀参加了郴州资兴市塘洞街道办事处茶坪瑶族村举办的还盘王愿。塘洞茶坪村的瑶民原系"过山瑶",2011年才从距资兴市5000多米、海拔640米的罗仙岭茶坪山迁徙下山,成为"平地瑶"。

资兴,东汉永和元年(136)"始置汉宁县,厥后为阳安、为晋宁、为晋兴、为资兴,为泰县,迄南宋始称为兴宁"(光绪《兴宁县志·沿革》),因与广东兴宁同名,1914年复称资兴县,1984年撤县建市。

光绪元年(1875)《兴宁县志》载:"高山瑶,盘瓠之后,居东南大山中,蓬头跣足,露

---

① 李祥红、郑艳琼主编:《湖南瑶族奏铛田野调查》,岳麓书社2010年版,第4—9页。该书认为奏铛从内容和形式上可分为"历史传说阶段""漂洋过海至明朝""清代以后"三个阶段。

胸椎髻，绣帕覆首，或用金环饰耳及腕，言语迥异，刀耕火种，男女并作，行山上，捷若猿猱，寝处不别，节序婚嫁不用外人礼仪。"

茶坪瑶人同样是"节序婚嫁不用外人礼仪"，他们自己的三大节日是农历三月十一日的"起春节"、农历七月十五日的"团圆节"和农历十月十六日的"盘王节"。每逢三大节日及村中重要喜庆活动，都要恭请瑶族师公还盘王愿。

1986 年农历十月十九日至二十三日，茶坪瑶族村盘、赵两姓为抢救与保护当地民族文化资源，在罗仙岭上的盘王庙举行了七天七夜的还愿活动。

由于长期的迁徙与较差的经济状况，瑶族历史上的盘王庙规模并不大。茶坪瑶人在罗仙岭盘王庙里的瑶王殿上，安放着盘瓠夫妇等十二尊神像，举行还盘王愿的这一天，墙上挂起满堂众圣，及"法事成规七日七宵六法士，歌堂体制四男四女一歌娘"的对联，神案上置放有香烛、瑶教印、祖师棒、牛角、铜铃、牙简、大沙锣、短沙刀、竹筶、法衣法帽、挑绣珠帕。

还愿仪式由六位瑶师主持，第一段名为"还藤箱良愿"。

还藤箱良愿首先是"落马祝语"，基本程序是"升香请圣"，包括恭请盘王圣帝、灶君、土地、家先、三清诸神，继而"奏殿"。

"对庙灵师"剪出各种剪纸，如"莲花芙蓉""龙凤花鱼""十二花园"；"造钱师"造出八封"托盘金纸"、四封"坐位银钱"；"对庙厨师"要备办"香炉水碗"、"太白明香"、四件"油菜糯糍"、八双"灵血酒碗"，以及一缸酒和还愿的三牲等。

接着师公开始讲唱"今籍意者"，即还愿的缘由及瑶族历史："跨山落户千家峒，刀耕火种再开头，安居乐业六十年，又被大官发兵到，层层官兵围上来……盘王子孙过山难，千山万岭都走遍，流州流县流兴宁。"

继而就是"升香请圣"，进入"招兵·开坛接圣"仪程。瑶人敬奉的神祇很广泛、很庞杂，几乎所有民间的神祇，只要法师知道，他都会将他请进神坛；再加上道教、佛教的影响，一些其他宗教的神谱，如道教的三清、佛教的观音等，也会悄悄地、不知不觉地进入瑶人的神坛。在这个环节，瑶师会唱着、舞着，一一恭请所有神灵。

招兵的目的也是保护还愿活动的顺利进行，以及为保佑宗族发达、五谷丰登、六畜平安，恭请神灵驱除邪恶、瘟疫以及一切不利之鬼蛾。这一仪式充满着符咒、法诀，瑶师的舞（傩）步、伴奏的音乐也十分丰富。

请完众神众圣，便进入"祭云台·招五谷魂"仪程。庙外，瑶师站在高（云）台上，高擎一支在竹梢上带有竹叶、系有红布、纸钱和苞谷、粟米等五谷的"五谷幡"，向四方五路招五谷之魂。此时，号角齐鸣，法师边撒五谷，边喊唱："上界五方兵马禾魂转，天门关锁急急开；下界兵马禾魂转，打开地门关锁急急开……"招五谷之魂，是一种祈求丰产的祭祀仪式。瑶族相信万物皆有灵，农作物也有灵魂，只有招回五谷之魂，庄稼才能喜获丰收。

第二段就是"还大排良愿"（还大盘良愿）。

"还大排良愿"，有"摆小席·还老鼠愿""杀猪祭祖·还全猪宏愿""捉黄花崽·还圆婚愿"，演《打铁修路》《架桥接神》《扫瘟迎四王庙》《卖相思树·盘连州后生》等傩戏，"挂红罗帐·还圆婚愿""入连洞·围坛游愿""读书唱曲·还宝书良愿""解神意·送神归位"。

在傩戏《卖相思树·盘连州后生》中，一位广东连州后生肩扛一棵树，从远方高歌而来。庙内的人将虚拟的"门"关上，把他拦在门外，围绕"相思树"与他盘歌。这时，所有参加祭祀仪式的人都可以与他对唱，即兴赋歌。其间曲调不断变化，内容包罗万象。良久，才让他进门。接着就是歌娘师公耍歌堂。

《还宝书良愿》就是六位师公和歌娘及青年男女，人手一册《盘王大歌书》依七韵曲调、七十六段歌词演唱《盘王大歌》，表演《长鼓舞》《招兵舞》《开山舞》《招五谷魂》等舞，至深夜，师公跳《狗绊腾舞》。

资兴茶坪瑶族村是湖南省资兴市碑记乡的一个少数民族行政村，原居住在高山上。由于资兴矿务局唐洞、宝源两煤矿的开采，造成地表沉陷与房屋开裂现象，全村11口山泉干枯，5条溪河断流，导致农田无法耕种。从1980年开始，村民每人每年的200千克基本口粮均由原资兴矿务局唐洞及宝源煤矿共同供给。随着两座煤矿的相继破产，村民的基本生活失去保障。2011年1月，他们终于举族搬迁至塘洞街道办事处田心村谭家组的移民新村。

2015年2月，我们赴唐洞办事处茶坪瑶族移民村时，发现村民已城市化，高山瑶已变为"平地瑶"，盘王祭祀在闹市举办，已毫无神圣感。我提出去山上的老庙看看，没料到，第二天全体村民要和我们一起上山。

到山上，盘王老庙前已杂草丛生，掩过腰部。正当我疑惑如何开展活动时，瑶民们立马用带来的柴刀砍了几根竹竿做杠杆，用杠杆掀草毯，用柴刀砍草根，一地坪的茅草不到二十分钟就被卷得干干净净。

很快，祭盘仪式就在庙前演绎起来。

我们这一次上山考察，让村民们真正感受了自己民族节日的欢乐，也意识到了自己无比珍贵的文化遗产的真正价值。茶坪的朋友告诉我，自从我们离开后，他们主动修复了山上古老的盘王庙。从此，每逢盘王节，他们相约上山祭祀盘王。在老盘王殿祭祀祖先，他们有一种神圣感和使命感。这使我认识到，文化也有适合自己的生存环境。在山下，他们做的是旅游，并非自己民族真正的文化；只有在山上，他们才使文化落地生根，繁衍生息。

蓝山还盘王愿

蓝山县位于湖南省南部边陲的南岭山脉中段北侧，为永州市辖县，有"楚尾粤头"

之称,是湘西南通往两广地区的重要门户。

1933 年《蓝山县图志》载:"蓝之西南,崇山峻岭,左桂而右粤,林深菁密,实为瑶宅。凡在东风坳以西曰西山瑶,东曰东山瑶。"又曰:"瑶祭盘瓠,其祖堂在西厅左,祈福禳病则赛之,所谓赛盘瓠也。其赛祭,傩以练帛二三尺,画诸神,竿悬之,用乐,以木为腰鼓二,长者四尺,短二尺,击鼓、鸣铙、吹角或吹横笛,一人持长鼓,绕身而舞,二人短鼓相向舞,随口歌呼,旋舞旋唦,酒肉醉饱连数日,费数十金不等。盘瓠像犬首人身,赛毕藏之,不以示人。或夜至野外灭烛舞,曰槃黑鼓,其歌尾词辄曰'寻爷去'。言盘瓠寻父死于野,招其魂,声极柔曼而迫切。平民往来已习,参观歌舞,谓之'调瑶'云。"

张劲松、赵群、冯荣军合著的《蓝山县瑶族传统文化田野调查》[①]一书,为我们记录了一堂属于西山瑶的"还盘王愿"的祭祀仪式。

1991 年农历十月十四日至十七日,蓝山县紫良乡桐村举行了俗称"还太公愿"的祭祀活动。蓝山县虽然地处偏远,瑶族历史文化保存相对完整,但因世事变迁,文化传承也曾断裂。在紫良乡,能做大型还愿活动的瑶师仅有赵永国一人,他时年 72 岁。赵永国祖上四代是瑶师,20 世纪 50 年代初他曾跟父亲做过两次大型法事,父亲在临终前将全套仪式的规制传给了他。

还盘王愿的"歌堂"班子由瑶师、六郎和歌娘组成。瑶师分为"庙主师""禁堂师""大歌师",加上其他三至九名"师替"(学徒),总称为"十二瑶师"。六郎是六名男子,负责奏吹奏乐和打击乐器。歌娘分歌娘二人、歌女四人,但人数没有定制。

仪式历时三天四晚。

第一天,为晚上,主要的仪式是"差厨杀牲":差厨,即差遣厨师捉拿牲猪;杀牲,即杀猪献盘王。这里的杀牲仪式有些特别,据传来自古老的"偷猪"传说。

瑶人在迁徙途中遇险,曾对盘王许下阄猪愿。他们平安到达彼岸之后,即履行承诺。他们一时打不到野猪,只得去偷汉人的猪。为了不被汉人发现,他们用特制的笼子引猪进笼,并笼住猪嘴,刨干净沾有猪血的地,并烧掉笼子,用纱布模拟棉被盖住作为供品的猪头……这些在外人看来有些怪诞的行为,都是瑶人对民族历史的记忆,也自然而然成了祭祀仪式的组成部分。

"差厨杀牲"后便是"收秽净堂"。除秽驱邪是任何祭祀仪式顺利进行的必要保障。最后是"装堂迎圣",布置好祭堂之后,阄猪摆上了祭案。瑶师用纸剪出盘王像,"现在的盘王剪纸像为人形,但仍有原始性,一是突出男性器官,二是肚脐为太阳纹。早时,盘王像是石雕的狗头,傩师神明轴上的盘王像是狗头人身"[②]。迎圣,首先是打通天地之隔,继而是为迎圣架桥,然后请圣安神。神,接来并安置好了,等待明日的

———————

① 张劲松、赵群、冯荣军:《蓝山县瑶族传统文化田野调查》,岳麓书社 2002 年版。

② 张劲松、赵群、冯荣军:《蓝山县瑶族传统文化田野调查》,岳麓书社 2002 年版,第 34 页。

祭祀。

如果说第一天的仪式只是准备,那么,正式的祭祀仪式从第二天开始。首先是"瑶师盘鼓",即由瑶师用盘鼓、长鼓贺盘王,表演"盘王出猎""盘王追羊""儿女射羊""砍木制鼓""报仇伸冤"等长鼓舞。按今人的观点看来,这无异于一部关于"盘王传说"的长篇"舞剧"。

"接女抢郎"是第二天的重头戏,以游傩的形式展开。12名瑶族男子身背插旗,手持猎枪扮成瑶兵去接"歌娘",此谓"接女";主持仪式的会首在人群中选取未婚男青年,众人强行"捉"住他参加仪式,谓之"抢郎"。

"接女抢郎"源自古俗。据当地瑶民介绍:"在清末以前不是接歌女,而是以童女献祭盘王。后来官家与瑶人都反对这样残忍的人祭,便禁止了。"①

在蓝山还盘王愿的"接女抢郎"仪式中,人祭仪式演变为歌师与歌娘盘歌互答,演唱《七弄曲》《盘王大歌》。至当天深夜,瑶师们跳"狗绊腾"舞,祭盘王,以求人丁兴旺。《七弄曲》为"黄沙条""三逢闲""万段曲""荷叶杯""兰花指""飞江南""梅花曲"七弄。瑶人称七段曲为"七弄曲"。

第三天进行"大歌同唱"仪式。这是前一天"大歌"的延续。这一仪式在瑶人之间多称为"坐歌堂"。唱《盘王大歌》好像平时做喜事请客吃饭一样,有7个正席、4个散席,共11桌酒席。"七个正席按七个歌章排列,唱完一段上一次席,先用托盘盛五碗米粉肉供盘王位前,然后分成瑶师二席、六郎一席、歌娘一席,众会首二席。每桌一份米粉肉,不用筷子,而用大拇指和食指夹起吃(过去是用腌肉),谓之'波骨呷'。"②

第四天举行"盘王同庆"仪式。首先是在室外安放盘王位,然后众人围着祭祀场地绕行,唱《围愿歌》。最后,参加仪式的所有人在瑶师的带领下"走堂"。走堂即走出各种各样的队形,如三角定、四角定、五朵梅花、搓绳索、织篱笆、串葫芦、鲤鱼上滩、鸡公打架等。"盘王同庆"的仪式在欢乐的气氛中结束。

仪式之后举行法事"酬愿",整个还盘王愿活动进入尾声。当天晚上"勾愿",主要表演傩戏《盘厨师》,表演者为一个瑶师、三个厨官(其中一人男扮女装),情节为吩咐、偷猪、杀猪、祭祖、求愿。喜剧性的对白和带有游戏性的情节,使祭祀仪式充满欢乐而成为庆典。

在《蓝山县瑶族传统文化田野调查》一书中,作者将蓝山紫良乡桐村的还盘王愿与资兴碑记乡茶坪瑶族还盘王愿进行了比较,认为,"茶坪瑶族的还盘王愿基本是宗教型的,保留着较多的古信仰和古祭仪;桐村瑶族则是处于由宗教型向民俗娱乐型的转型时期,也就是说它虽然保留了古信仰和祭仪,但其宗教形式和内容却大大减少,而

---

① 张劲松、赵群、冯荣军:《蓝山县瑶族传统文化田野调查》,岳麓书社2002年版,第45页。
② 张劲松、赵群、冯荣军:《蓝山县瑶族传统文化田野调查》,岳麓书社2002年版,第64页。

古庸大地人文历史探源

民俗娱乐的内容和功能却增强了"。[1]

新宁八峒跳鼓坛

新宁县位于湖南省西南部,越城岭山脉西北部,雪峰山脉东南部,衡邵盆地丘陵山脉西南部。境内属典型的江南山丘区,越城岭横亘东南,雪峰山支脉纵贯西南,西南、东南山高岭峻,中部低平,西北山丘遍布,东北谷口敞开。扶夷水自西南向东北斜穿全境。据光绪十九年《新宁县志》载,新宁县"通计二乡五都二十八村,又领瑶峒八:曰麻林、曰大圳(一名大绢)、曰深冲、曰罗绕、曰黄卜、曰圳源、曰黄崖、曰桃盆"。今行政区划虽有改变,但"瑶族跳鼓坛"仍分布在八峒地区。这一地区地处石磴敬危、壁立万仞、溪多流急、峡谷幽深的瑶山深处。

"瑶人跳鼓坛"是一年一度的盛会,祭仪在先祖开山创业的遗址,即"鼓坛地"上进行,如麻林峒上林大山脚、大涓峒观音桥大杉树等地。若有其他重大的庆典,瑶人也会举行这种仪式。道光十六年(1836)八峒瑶民起义誓师祭旗,1917年国庆,都曾举行。跳鼓坛有36面竹面具,其中有傩公傩母、五峒梅山、三峒蛮王、三元将军、四值功曹、五色猖兵猖将等。因法器、乐器多用竹,所以竹王"玉面天尊"也是祭祀中的主要神祇。瑶人祭祀仪式中出现竹王,说明瑶族文化在传承的过程中受到夜郎文化的影响。

跳鼓坛使用竹面具36面:竹蔸雕傩公、傩母,胡、李、赵、董、宪五峒梅山,叉、蛇、獐星三峒蛮王,玉面天尊(竹王)、判官、小鬼、庐山九郎、监斋八郎、领兵七郎、张赵二郎、开封大郎、招财童子、进宝郎君、槽门土地、把坛太保、四大元帅、三元将军、四值功曹、五色猖兵猖将等。另有竹纸扎制的神像数尊。跳鼓坛先要立神坛,选好祭祀场地,结竹为寮,分东南西北四门。跳鼓坛的法事有七天四个仪程。

第一个仪程:起圣,扬幡挂榜,坐都头。"跳鼓坛"祭祀的场地用308根草绳拴36个竹桩围成一个圈,叫作"绊沙"。绊沙坛四门摆设乾卦祭坛,供奉米酒、糍粑、山果及五谷杂粮。坛的东南角搭一人字形寮棚,立灶安锅。

"鼓堂地"扎立一尊盘古大王像,身高约4米,宽约2.7米,一双耳环1.8千克。三双手,上面一双捧日月,中间一双护住胸前乾坤镜,下面一双抚膝。红纸剪的舌头上画道符咒,长约0.4米,随风飘动。赤脚踏风火轮。第二尊扎像是玉面天尊,又称竹王,白脸白眉,面具用竹蔸雕成,身着笋壳,坐骑在竹根鞭上。他是八峒瑶族尊信之神。第三尊扎像头有三尖角,赤面獠牙,红须冉冉,是竹蔸雕成的面具,手执木叉,腰围兽皮,赤膊赤脚,作赶兽之势。该扎像是"叉星蛮王",即八峒瑶族的上峒蛮王。第四尊扎像是竹雕面具,眉头上有三簇眉发,秃顶,花脸獠牙,赤花条条一身,围芭蕉,背背篓,提鱼

---

① 张劲松、赵群、冯荣军:《蓝山县瑶族传统文化田野调查》,岳麓书社2002年版,第74页。

婆,叫蛇星蛮王,即中峒蛮王。第五尊扎像也是竹雕面具,将军头,青脸獠牙,背弓搭箭,遍身着鸟羽毛,长一双大鹏翅膀,也有用瑶家棕皮蓑衣倒披,作为双翅,叫獐星蛮王,即下峒蛮王。第六尊是竹蔸雕成的头部像。扎个衣架由师公手持舞蹈,叫东山老爷,瑶语称"傩公"。第七尊是竹蔸雕成的女性美人头像,叫南山小妹,瑶语称"傩母"。

扬幡挂榜之后,傩师唱起圣歌,恭请盘王(盘古)、尧、舜、少昊,以及洪水之灾和大禹治水等。

第二个仪程:路程歌,演唱瑶人迁徙史。中有"宋章惇血洗梅山八峒,瑶族先人遇难南迁、三峒蛮王、三峒梅王的遭遇"[1]等。男裹兽皮、女披草裙的六男六女,从东门入跳傩舞。传说盘瓠曾生六男六女,成为瑶人十二姓。这十二个青年男女就代表着盘王的子孙。

傩舞分东庆、南走、中盘、北挂、西拐五个阶段:①东庆,由傩师率领首士及舞队从东门入坛,作一年农事的模拟表演,再转入南门;②南走,从南门入,作耨(nòu)苗、驱逐野兽状,共作九九八十一转,称为"勾脚";③中盘,转入中坛,作男女谈情说爱的表演,称为"盘脚";④北挂,由中坛转入北门,表演男女交配舞,称为"挂脚";⑤西拐,北挂之后转入西门,表演子孙繁衍舞,又称"拐脚"。这五个阶段表现了人从生产、生活、男女相爱、交合生育、儿女成群,到老年仙逝的历程。这既是跳鼓堂仪式的过程,也浓缩了瑶胞每个人的人生旅程。

第三个仪程:降龙伏虎,走长风。主要为法事,以表现打猎为主。掌坛师尝生肉三片。在场人均获生肉一份,无论老弱病残还是健康强者,一律平等,如梅山猎俗"上山打猎,见者有份"。仪式最后众人戴面具上场,围猎野兽。

第四个仪程:血祭,收瘟辞圣。六男六女齐唱吉祥歌,抬纸船收瘟。事先扎有红绿白三头纸羊:羊寓意"殃",红羊代表火灾,绿代表祸灾,白代表病灾;将"三殃"置于纸船之上,人们纷纷向纸船内投入芝麻、豆子,象征"麻痘"麻瘟,然后将纸船抬往河边火化。最后,由何氏(和事)六娘和事散花解结,青年男女争相抢花。再由何氏六娘卖甜酒,观众争相购买,喝此甜酒能祛病消灾,求得甜蜜与安康。

"跳鼓堂"的祭祀仪式在城步县苗族中也有遗存。在城步,这种仪式被苗人称为"庆鼓坛""打鼓坠"或"十月节"。

苗人"庆鼓坛"每年一小庆,三年一大庆,在农历十月的戌日或亥日举行。其祭仪古老、朴实,歌舞热烈、瑰丽,原始遗风得以保存。该祭仪旧时盛行于城步县的白毛坪、兰蓉、大阳、蓬洞、丹口、平林等地,城步白毛坪乡卡田村,地处巫水上游、湘桂边陲,是苗族聚居区。

---

① 唐光旭、肖革生:《湘南新宁八峒瑶乡"跳鼓堂"初探》,载于张子伟编《中国傩》,湖南师范大学出版社1994年版,第232页。

"庆鼓堂"由苗民轮流充当会首和会尾,活动的时间为三天。

第一天,傩师及参加祭仪的人们,都用上山采来的萧艾等香草煮汤沐浴,洗净身体,做好准备。

第二、第三天,祭仪最为繁复。黎明时分,傩师的头一件大事便是率众去寨子东方"迎太阳"。傩师正冠整服,表情肃穆,跟随的人也不能笑语喧哗。等到太阳东升,傩师带领大家向太阳礼拜,并高唱《太阳歌》。歌词大意是:"太阳出来是辰时,正是大王出门时。大王出门犁田去,来年丰收庆古坛。"敬完太阳,大家都回大王庙吃"狗粥"。"狗粥"是一种放了许多配料(生姜、豆腐、肉丝、葱花等)的粥,味道十分鲜美可口。吃"狗粥"前,傩师要模仿狗吃粥的动作,跳"狗绊腾"舞蹈(即"叩槽而号"),而且要让狗先吃(即"蹲地而食"),人后吃。吃完"狗粥",傩师请神安神,令人聚集在大王庙唱"坐坛歌",并进行"插花"。所谓的"花",是一根带枝叶的青竹,上面用四种颜色(除黑色以外)的纸剪花作为装饰。"花"插在大王坛前,而后,人们唱起《接花歌》《花树歌》以及一问一答的盘"花"歌。盘"花"最为热闹,从"花"的来历唱起,再唱开天辟地、人类起源、民族历史等。一人唱完一段,旁人接过"花"枝接着唱,这样一个接一个地传"花"和唱"花",延续一两个时辰。

到了中午时分,傩师又到露天里去"望太阳",复唱《太阳歌》。望过太阳之后,由傩师主持"踩田"。"踩田"活动在大王殿前的坪里举行。前面高举"花"枝引路,后面则有写着"风调雨顺""国泰民安"的牌灯及各色花灯开路。手捧大王神像的人居中,傩师在大王神像面前欢舞娱神,参祭的百姓在大王神像后面狂欢齐舞……

这时,节坪四周插三角彩旗,青布凉伞,由十几人乃至几十人组成的队伍在节坪上表演群体组舞,多为神话故事。表演者脸戴鬼神面具,身着鬼神服装,手执鬼神道具。表演有镇恶驱邪的即兴动作,模拟飞禽走兽和生产劳动的形态。边舞边唱《请圣歌》《长鼓歌》《踩田歌》《望日歌》《芦笙歌》《领归歌》《家公歌》《三门歌》《送圣歌》。以大堂鼓、大锣、大钹、芦笙、唢呐、长号、牛角、铜铃等伴奏。附近村寨甚至更远处的苗胞都前往观赏。

太阳落山时分,傩师便到寨外西方去"送太阳",再唱《太阳歌》。最后的仪式为"散花"与"抢花"。傩师把用食物做的"花"撒向众人,众人哄抢,抢到"花"者有福。

城步"庆鼓堂"虽说是苗人的祭祀仪式,但有几点值得注意的地方:

第一,吃"狗粥"和跳"狗绊腾"舞,与盘瓠祭祀有关。

第二,"庆鼓堂"是一种游傩,在祭祀礼仪中,参祭者要进行沐浴净身,早晨高唱着《太阳歌》去寨子东方"迎太阳",最后以狂欢的形式结束仪式。这种对太阳的崇拜礼仪是瑶族,以及古希腊、古埃及、古印度等世界各地原始先民都曾有过的仪式。

湖南的盘王祭祀是一种非常古老的祭祀仪礼。它的实质,首先是一种祖先崇拜,是瑶族世代相传的信仰与习俗之根源。其次,这种祭祀仪式与狩猎文明、农耕文明紧密相关,仍然是一种为了人与食物的丰收而举行的祭祀仪式。最后,这种祭仪是一个民族凝聚人心、聚集力量的源泉,也是人们消除苦难、祈求幸福的一种工具,是瑶族人民精神文化生活的一个重要组成部分。

这种祭祀仪式在远古时代,可能遍布湘北、湘中,后来由于先进的中原文化不断扩张,它逐渐向南转移。随着历史的演进,它与特殊的自然环境、变化着的社会生活发生联系,不断变异,形成本质一致、但形式各不相同的祭祀仪式。

《文献通考·四裔五》卷三十八云:瑶"十月朔日,各以聚落祭都贝大王。男女各成列,联袂相携而舞,谓之踏瑶。"此"都贝大王"是谁?因"都"与"兜"同音,都贝大王是否就是苗瑶人的祖先驩兜?驩兜的祭祀渺无踪影,而盘王的祭祀来路不明,那么,盘王与驩兜是否有联系?这些,都是一些未解之谜。

总之,盘王的祭祀演变的历史过程,既是一个民族迁徙的过程,又是一种文化变迁的过程。在这个过程中,我们能读到一部全新的历史。这种"地上的文物"与地下文物和典籍上的历史相结合,才能呈现瑶族人民完整的、活生生的历史。

本文摘选自孙文辉著的《梅山蛮寻踪》,湘潭大学出版社,2018 年 12 月第一版,有改动。

孙文辉,湖南省艺术研究所研究员,国家一级编剧,湖南省非物质文化遗产专家委员会委员。

古庸大地人文历史探源

傩戏窝子七甲坪的守望者

——《辰州傩戏》序

曲六乙

2006 年 6 月,国务院发布了第一批国家级非物质文化遗产名录,其中,湖南沅陵辰州傩榜上有名。

提起沅陵辰州傩,人们自然联想起 2000 多年前屈原被楚王放逐的沅湘流域的土著傩歌。沅陵楚时为黔中郡首府,自隋代起"首置辰州以处蛮",属苗蛮杂居地区。至今则居有土家族、苗族、白族等少数民族,他们之中莫非就有 2000 多年前土著的后裔? 自远古以来便滋润着这片丘陵土地的碧绿沅水,它是最权威的历史见证人。然而,它的回答仅有淙淙的流水声。历史,被沅水淹没了。

所幸,还有地下的文物,地上的文献以及至今仍然活跃在沅湘地区的傩仪活动和傩戏、傩舞、傩技的演出。从古文献来看,王逸《楚辞章句·九歌序》有:"沅湘之间,其俗信鬼而好祀。其祀必作歌舞以乐诸神。"

汉初,长沙王吴芮屯军赣南军山,命令当地驱傩:"祖周公之制,传傩以靖妖氛。"(曾志巩《江西南丰傩》)。这表明到了汉代,沅湘大地的傩文化仍以周代傩礼为准则。

南北朝时期,荆楚沅湘地区兴起与傩仪结合的傩舞,它甚至传播到朝鲜半岛和日本。日本古代文献《日本书记》记载朝鲜半岛百济艺人味摩之曾在中国长江中下游学过荆楚假面傩舞。公元 612 年带回百济传授,称为"伎乐舞"。同年东渡日本,传授此舞称为"伎乐"。这说明它们源于楚湘。到了清代,记载辰州傩的史志很多,诸如康熙年版《沅陵县志》载:"辰俗傩作神戏,搬演孟姜女故事。"乾隆年版《永顺县志》载:"永俗酬神必延辰郡傩师唱演傩戏。"这反映了辰州傩向周围地区的辐射。

以上略引数例、足以证明以辰州傩为代表的湘楚傩文化,不仅历史悠久,且传播甚广。不但影响周边省区,更远及海外。

面对如此丰富的傩文化资源,湖南省艺术研究所在 20 世纪 80 年代初就率先冲破学术禁锢,开展辰州傩、湘西土家傩、苗傩的调查与研究。1981 年 11 月,在凤凰县召开了傩堂戏座谈会,尔后编撰出版了《湖南傩堂戏资料汇编》《湖南传统戏曲剧本·傩堂戏》和全国第一部的《湖南傩堂戏志》。

1991 年,中国傩戏学研究会、中国少数民族戏剧学会,湘西自治州政府和湖南省艺术研究所在湘西吉首联合举办了中国少数民族傩戏国际学术研讨会。1998 年 9

月，湖南省艺术研究所在沅陵县五强溪举办了沅湘傩戏傩文化学术研讨会。120多位中外学者在七甲坪镇伍家金氏宗祠观摩了傩礼仪式、傩戏和傩技。应当说，这是辰州傩在新中国成立以来最集中、最全面地展示自己独特的文化风貌。

特别值得提出的，在近20年来一系列研讨会中，湖南省涌现了大批学者。据不完全统计，先后出版过有关学术专著的，有林河、李怀荪、张子伟、张劲松、胡建国、孙文辉、刘芝凤等人。其中林河先生从民俗学视角研究屈原的《九歌》，曾在全国产生广泛影响。其他诸位都各有建树。

这里，我要特别提到一位对辰州傩的发掘与研究有着特殊贡献的功臣，他就是出生在沅陵县七甲坪镇这个傩戏窝子的金承乾先生。

20世纪60年代，当人们普遍认为傩文化是一种宣扬"封建迷信"的害人文化时。他却迷上了傩堂戏，冒着风险搜集傩戏抄本、面具、符咒、法器等稀有资料。有的文本竟是明代抄本，十分珍贵。在学术界，学者们都重视相关资料的积累。相互间借用资料、交换资料，以求资源共享，这是值得尊敬的学术品格。但也有少数学者占有一些珍本，便奇货可居，从不外漏，哪怕是好友也拒绝借阅。金承乾长期在区、乡、镇基层工作，却心胸宽阔，从不把多年冒险积累下来的资料视为私有财产或者待价而沽。湖南学者孙文辉在《傩之祭·序》中就曾提到，承乾将所藏《姜女下池》等文本慷慨相赠，为他从文化人类学角度解读辰州傩戏提供了珍贵的资料。

承乾对宣传辰州傩是不遗余力的，他经常介绍省内外学者、报刊、电视台，同资深的"土老师"（傩师）会面、座谈，协助拍摄录像。有时人手不够，便来个全家总动员。老婆、孩子齐上阵，烧水、端茶、做饭、安排桌椅，服务周到，热情可嘉。

近年来，他担任了七甲坪镇老年大学校长，特意开设傩文化课，亲自授课，向老年学生普及傩文化知识，这在全国来说算得上是首创。

2005年，为了配合省、市、县社会文化部门向文化部申报国家级非物质文化遗产，他除了提供资料，还一手策划举办辰州傩戏汇演，动员土老师们演出了多达18个节目，一展辰州傩戏雄风。这里，我之所以不厌其烦地报流水账，是想郑重地向读者介绍，这位痴迷傩文化的老人，把自己的生命同辰州傩的命运捆绑在一起，他是辰州傩忠实而坚定的本土守望者。

至于王文明、刘冰清教授，我至今无缘同他们晤面，趋前请教，进行学术交流，但我知道，他俩执教于怀化学院，情有独钟地挚爱着傩文化，多年来深入侗乡苗寨进行田野考察，从结识金承乾先生后，便形成了老、中、青相结合，苗、白、土家三族学者珠联璧合，各扬其长，相得益彰。继《辰州傩歌》之后，《辰州傩戏》是他们精诚合作的第二部调研成果，我为这三位学者的执着追求和丰富成果感到高兴。

《辰州傩歌》《辰州傩戏》《辰州傩符》的先后出版，将会进一步推动挖掘、继承、研究辰州傩的工作向纵深发展。

湖南一些学者对辰州傩有特殊的情愫,对它在中国傩文化史上的历史地位、文化价值、艺术内涵以及对外的影响等方面,给予了热情的评价,成绩是显著的,但因掌握的资料还不够多,或者对一些考古文物资料诠释得不够准确,甚至掺和了主观臆测成分,难免出现一些缺陷,这通过学术争鸣是逐步可以解决的。我想,今后只要以历史唯物主义和辩证唯物主义以及科学发展观为指针,加强客观的理性思维和实事求是的治学精神,克服主观的随意性,提高思维的严谨性,就会避免理论上的误导和学术上的谬讹,对辰州傩的方方面面做出尽可能符合历史实际的评价,并在指导今后的演出中,逐渐清理其污垢,从而光大其文化价值,努力服务于社会。

2007 年 1 月 10 日于北京梅影斋

　　本文摘选自王文明、刘冰清、金承乾著的《辰州傩戏》,中国文史出版社,2007 年 6 月第一版,有改动。

　　曲六乙(1930—2024),中国傩戏学研究会创始会长,著名学者,戏剧理论家。

未解之谜辰州符

——《辰州傩符》序

孙文辉

沅陵,旧属古辰州,是一个傩盛行的地方。

自 1998 年 9 月,"沅湘傩戏傩文化国际学术研讨会"在沅陵的七甲坪召开,我已经四次进入这里考察傩文化。七甲坪乡是一个多民族的乡,以土、汉、苗、白族为主,其中土家族占 80% 以上;境内山多田少,群山耸立,溪谷狭长,地形复杂,四条溪流贯穿全乡,注入沅水。由于群山围绕,重峦叠嶂,交通非常闭塞,进县城人们以步代车,三天才能到达,至 1974 年,乡内才通公路,因此,民风淳朴,民俗民间文化颇具特色,对辰州傩传承、发展构成了特殊地理环境。

当然,更有人的因素。中国交通闭塞的地方很多,但能将古老文化保存下来的地方微乎其微。辰州傩在七甲坪得以保存,就与我的朋友金承乾先生有关:他是一位乡间的知识分子。早些年,他是七甲坪公社文化站的负责人,后来又成了五强溪镇区政府的秘书。在那史无前例的时代,他有意无意地保护了那份属于"四旧"的遗产;至大地回春之际,又及时地把古老的辰州傩推荐给世界。从被压制、被批判、被打倒,到被复活,大多现存的傩祭、傩戏都经历了相同的命运;而辰州傩最早被外界所认识,就得益于它的守护者金承乾先生。

在七甲坪,我获得了丰富的傩文化资料,但对"辰州符",却没有真正的了解。

符咒文化在湖南民间非常盛行,它与巫术和民间宗教的关系非常密切。如果说傩术是由傩师、傩法和傩技三个部分组成的话,那么,符和咒就是傩法最为重要的组成部分。

咒,是利用语言进行傩术活动的傩法;符,是利用文字来进行傩术活动的傩法。

咒,也称咒语、咒词、神咒、明咒、咒诀、口诀、诀、禁咒、真言、密语等。在傩术和民间宗教中,都普遍认为某些语言具有神力、魔力和法力,这种具有神力、魔力、法力的语言便被称为咒语。

咒语以手的形式表现出来,即称"手诀"。手诀作为傩术咒的组成部分,如同"哑语",是促成符咒法术应验不可分割的一部分。

符,傩法中的另一种重要内容,是咒的发展。"符乃令也,即奉佛祖、菩萨、神仙之法令,以驱邪、伏魔,护佑、赐福于持符之人。"傩师画符,即为发令,调兵遣将,共赴傩坛。由此推测，傩术中的"符"，很有可能发端于古代的兵符。

符的产生也是语言崇拜的一种反映，是咒语的书面化。为了同一般的字句相区别，体现符的神秘性和无穷威力，发明符咒的傩师们才用变形文字、再加上一些诡秘的线条，使符画成了一种似文字非文字、似语句非语句的图形。符不论是佩戴在身上还是贴在物体上，都能给人以威力常在的感觉，由于符的这种在时间的衡久性和在空间的稳定性，比起咒语来更具明显的优势，所以符的运用到了后来也就同咒语一样，越来越广泛。

画符一定要用墨或朱砂，尤以朱砂居多。之所以多用朱砂，在于古人以为朱砂有镇邪作用。古代，符写在桃木板上为多，因为人们认为桃木有极强的驱赶魔邪之神力。其次有柏木板、枣木板、石块、砖和黄纸、布、绢丝等。如今的符，一般书写于黄色纸、帛上。黄色是色系中最明亮的色，象征着神圣、权力和希望。

最初的文字符，大多由复合的文字组成，形式简陋粗糙，象征意义也简洁明了。后来的符，图形诡秘莫测，文字艰涩难认，象征意义更加繁复，非字非画的图案越来越神秘化。

在傩师看来，符是沟通人与神的秘密法宝，所以不是随便乱画的，故有所谓"画符不知窍，反惹鬼神笑；画符若知窍，惊得鬼神叫"的说法。

画符有一定程序，决不可以简单了事、顺序颠倒。画符前，先要净身、净面、净手、漱口。画符时要净心，思想专注，诚心诚意。画符的方法成百上千，有的要翻掐手诀、念动咒语，有的要步罡踏斗，存思运气……其程序之复杂，方法之烦琐，让人头晕目眩。

符的载体不同，使用方法也就不同。木料符一般是挂或钉于某处，或烧成灰和上水吞服；石料和砖料的一般是埋于地下；纸料布料的，有的佩戴于身，有的烧成灰与水一起吞服，有的纸符或布符还须书写两份，既要吞食，又须张贴。如祛病符用朱笔黄纸书写，书写时叩齿三次，含一口净水向东方喷出。边写边念祛病咒语。祛病符要写两份，一份烧成灰吞食，另一份贴在患者的卧室的门上。

民间有句俗语，叫"一个师公一道符"，意思是说，每一个傩师对符都有自己的画法。实际上，傩师们也都只认自己这个门派的符咒。他们对他人的符不会指责，但深信只有自己的符才有效力。从这一点看来，符，似乎又有许多随意性。

辰州符流传极广。海内外众多的符咒书籍均以"辰州符"为名，可见辰州符的影响之大。《辰州符咒大全》谈到符咒的起源时说："符咒之术由来久矣，黄帝受之于西王母，而传之少昊，少昊传颛顼，代广其意，而绵传不绝，李耳尽发其秘，凭符咒而开道教。从者众矣。后当春秋战国时，术者见世终不为也，乃退隐森壑，以修养为事。符咒几于绝也。至汉顺帝时，有张真人名陵者出。得异书于石室，入蜀之鹤鸣山，息居修炼。以符第而为人治病，驱鬼，役狐，无不立应。"其中所说春秋时，李耳"凭符咒而开道教"（李耳曾担任东周守藏史，相当于现今的图书馆馆长，后因为周朝发生叛乱，李耳将大量典籍带到楚国）；后人因世事而"退隐森壑，以修养为事"；汉顺帝时，张陵入四川之前"得异书于石室"。这异书、这森壑、这石室，都与辰州二酉山藏书洞的传说无异。而如今众多的符咒书籍，将辰州符当成了符咒的代名词，更证明辰州符历史的确久远。

辰州符本身也非常复杂。曾经做过傩师、后为沅陵傩文化研究者的瞿湘周（1928—2002）曾见过"150 多道傩教样符，计两本，其中有 63 道是用人和人头为符，有 58 道是以凶禽猛兽成符，有 17 道是以凶禽猛兽和人头组合成符，有几道是用汉字和汉字的重复组成的。还有几道符是抽象性的线条符"。

符是与咒语、手诀联系在一起使用的。符咒的神力在傩师和乡下人心中，是神圣而不可亵渎的；在一般人眼中，也有许多不可解释的疑虑。

傩坛上的法事"上刀梯"是一项与符咒密切相关的民间杂技，又叫"上刀山"，它源于人类早期的"度戒"仪式。

"度戒"是原始部落男性的成人仪式，即"过关礼仪"。它是世界各个民族都曾有的一种人生礼俗，是男人成长程中不可少的神圣一课，在许多地方，比出生、婚娶、死亡的仪式还要隆重。这一习俗在湖南蓝山县瑶族居住区还有保留。

在这一仪式中，参加仪式的"度者"，要经过"十二度"，即十二关。第一度就叫"攀刀山"："刀山"设在离主祭场约两华里的一处地方，这一关中并没有真上刀山，而只是引度的傩师将十二把刀，每两把交叉地放在地上，刀两边站立六个人，面对面、手拉手，十二个参加仪式的度者由十二名傩师引度，一个接一个地翻越"刀山"。"翻过'刀山'的度者，一个个神志昏迷，里面原委不无神秘。"在第二关"度勒床"之后就是"上刀山、抛牌印"仪程，它包括"祭刀""磨刀""扎刀梯""上刀梯""抛牌印"等程序。在磨刀之后所扎的刀梯高约一丈，每一级阶梯由刀锋向上的两把相交的钢刀形成，共七级。首先由磨刀师先试上刀梯；然后，傩师们将刀梯搬至刀梯台（又称"云台"），念"变梯法""变刀法"咒语；过关者脱下鞋袜，傩师在其赤脚上画符念咒，主引度师率领度者们依次踩刀梯而上，登上云台；然后，度者下台，主度师在云台上向他们抛四方木牌"老君印"。

除了上刀山，还有踩火炭（下火海）、滚刺床、咬火犁、捧烫石等其他常见的傩术傩技，都在瑶族度戒仪式中出现，都是度者们要过的一道道关口。

上刀梯发展到后来，由傩师自己表演，成了傩师展示傩术的重要节目。

在上刀山的表演中任何傩师，都要遵循一定的仪程，包括整理袍冠、上香、吹牛角号请神、请师、敕水（念敕水咒、画敕水符）、封刀（将敕水喷于刀上，荡除刀上污秽），给上梯人赤脚敕水，然后就是赤脚上刀梯。

符咒的奥秘还有待我们解答。今天，辰州傩文化的研究者金承乾、刘冰清、王文明三位出版了他们的新著《辰州傩符》，为我们研究辰州符提供了丰富的资料。我们祝贺他们又获得了新的成果，也期待他们进一步把辰州一带丰富的民间文化资源发掘、整理出来，把辰州一带那些即将消失的属于非物质文化遗产的事象真实地记录下来，为后来的人做一些铺路架桥的工作。

2007 年 5 月 27 日

本文摘选自金承乾、刘冰清、王文明编著的《辰州傩符》，中国文史出版社，2007 年 6 月第一版，有改动。

孙文辉，湖南省艺术研究所研究员，国家一级编剧，湖南省非物质文化遗产专家委员会委员。

傩教始祖祝融考

田奇富

中国远古社会流行过自然崇拜和鬼神崇拜的原始宗教,这为道教的产生奠定了社会文化基础。

当时社会上的宗教职业者是巫祝,专事沟通人与鬼神的联系,请神除邪,解说吉凶,转达神的旨意。《国语·楚语》说:在男叫觋,在女叫巫。合称为巫觋。

殷商卜文中,巫字很像事神之形。当时的傩以歌舞取悦神灵,并有一套符咒驱鬼的巫术。祝是宗教祭祀活动中负责迎神祈祷的礼仪者,卜则替人预测吉凶以决疑难。巫、祝、卜都是当时社会生活中不可缺少的人物,且社会地位较高。殷人尚巫,社会上巫风盛行。春秋时代,由于理性主义高扬,傩的地位渐渐降低,但社会上傩风仍较深,特别是荆楚之地,原始傩教并没有消失,还在民间继续活动。古代傩教中的许多内容都遗留给了道教。道教宫观中的司香火者被称为庙祝,这就是古代傩祝留下的称呼。

早期道教如五斗米道和太平道,其傩术色彩更深。米道被人称为"米傩",佛教指责其为"三张之鬼法"。道教中的符水一派以咒语符箓打鬼捉鬼杀鬼,迎神请神,斋醮活动,上章诵宝诰等,可以说都含有古代傩教遗风。

祖巫,在中国神话中有记载,但中国神话中没有"祖傩"这种说法,祖傩(十二祖巫)一说源自梦入神机小说《佛本是道》描述:"盘古薨,元神化三清,肉身精血大部分化为十二祖巫,外界也称十二魔神。"

这位当代人"梦入神机"很可能是一位傩师,他的傩源之盘古说正与本境傩师的神传一致,而"崇山三易八卦学"的三太极之首的"混沌太极"和崇山道文化"元始天尊"的模特,皆是"盘古"。

盘古生于"中央仙山"(位于今永定天门山镇熊罴岩村),是熊山即古代有熊氏族的先祖——"有熊氏盘古"。盘古出生地就是"中央仙山"即古庸宗都熊山、熊罴岩,其地有一座天下无二的"盘古石",海拔高一千多米,四方如一刀切得整齐的方正悬崖,垂直伸向云天。此山名为"盘古石",本境人又称"方石岩",是古庸国宗都四悬圃即四天山帝巫的"天坛"。盘古石基有三条祖山龙,故名为"三龙托坛"。这里是盘古一斧开天的创世祖文化之源。二者皆在一处,即"三星宫"。

"梦入神机"称祝融是南方火神即祖巫,不管此人的观念被史家公认与否,没有标准界定,但是和本境的巫傩之源离奇地吻合。

《山海经》是一部傩书,包括《山经》五卷、《海经》八卷、《大荒经》四卷、《海内经》一卷,此书另一古名叫《九丘志》,即当时大庸古国的九州 1800 余国之志书。《礼·王制》载:"五国以为属,十国以为连,二十国以为卒,二百一十国以为州。"《山经》和《海经》各成体系。《山经》叙傩祝即巫觋。《海经》为方士之书,专门记载海内外殊方异国传闻。《海外经》《大荒经》和其他各篇,都具有重要的文学价值和史料价值,对研究中国原始社会和上古姓氏、部族,以及考察上古先民对宇宙、自然和社会历史的认识,都有重要意义。

在《山海经》里称帝的共十二人,他们都是天帝,居住在天上(如古庸四天山之天国),但也有地上的都、台、囿、畤,妻子和儿女,其儿女在下界建立国家。书中的十二天帝住在以天命名的天山上,实际就是指傩师祭拜天神的"天坛",即天崇山、天星山、天屏山、天泉山、天乐山等。都:特指国都,崇山有三都即"中庸宗都""华胥仙都""崇伯夏都"。台:《五经要义》中有天子三台,灵台、畤台、囿台。囿:养动物的园子。畤:古代祭祀天地五帝的固定处所,即祭坛。

专家注意到,《山海经》里之"巫"字,出现的频率竟高达 24 次之多。从这种现象中获取的信息和大庸古国文明创世的祖源文化对照,《山海经》是一部"庸经"即古庸国教之傩教傩师集团合编的《九丘志》,它和古《山坟》是一对孪生姐妹。

鲁迅先生说:"《山海经》,盖古之巫书也!"《山海经》里的巫,涉及一个太古的大国——大庸古国和一座先祖创世的"文化祖山"——崇山。

大庸古国的"宗都",是古国傩教、鬼教的诞生地,是中国道教的胎盘地,这里遗留着傩教 16"天山",也就是傩师祭天、与天神对话的 15 部天梯。

傩教的山有两大类。一类是祖巫、帝巫、帝师之巫等大巫师祭天的"天山",即"天坛""天梯";一类是民间的活动地即"巫山"。古庸国的中庸宗都即(今张家界市)有三级巫傩祖山。

一级是祖巫、帝巫、帝师之巫的祖山七天山,即天古山(熊山熊罴岩)、天崇山、天门山、天星山、天古山(中央山)、天宝山(武陵源宝峰山)、天王山(现属沅陵火场乡)。

二级大傩师的九天山,即天子山(张家界景区)、天泉山(即"天权山",猪石头林场)、天心山(位于桑植县)、天平山(位于桑植县)、天傩山(位于永定双溪桥)、天麈山(位于慈利县许家访澧水岸,误传天竺山)、天鹅山(位于慈利县)、天乐山(位于石门县黄石山,又名连傩山)、天共山(位于澧县城头山)。

三级民巫的巫山,位于八十里社溪盆地的西部之"巫山龙",起于三家馆乡的"兼山",向东奔驰,到大庸溪止步,向南回头由龙盘岗入"龙门太极",此巫傩山有四古观,即"三家观"(三家八卦观)、"茅土观"(高唐观,即求茅授封观)、"朝云观"(傩山神女观)、"陪羲寺"(华胥足印岩陪子伏羲)。

中国傩教始于上古的大庸古国，这个太古大庸国有两大国教，即以祝融为首的"傩教"和以驩兜为首的"鬼教"。其时古庸傩教的帝王之巫有：祖巫赤帝祝融、帝太典、帝少典、帝神农、帝勖其、帝巨驱、帝芒昧、帝夷栗、帝伯坚、帝节、帝赫胡、帝封胥、帝依卢、帝启昆、帝蚩尤、帝轩辕、帝昌意、帝韩流、帝高阳、帝高辛、帝唐尧、帝驩兜、帝虞幕、帝虞舜、帝敬康；同级的帝师之巫有：赤松子、庸成子、广成子、善卷、夏鲧、夏禹、鬻子；大傩师有：共工、刑天、夸父等。

100 年前，英国学者弗雷泽在其人类学名著《金枝》中判断，人类历史经历了大体三个阶段：先是巫术统治的阶段，进而发展到宗教，更进而发展到科学。

傩之分流

傩师是最早的知识分子，出于职业需要，傩师大多较一般人掌握了更多的文化技能，古代的大部分官方文书工作均由祝宗卜史系列的官员来承担，这类官员稔熟于各种祭祀仪典、天文历法、史籍谱牒、占卜记录等，这样一些人有意无意中凭籍手中所掌握的文化知识成为记录保留古代文化的中坚力量。

太古时期傩教管理的秩序化、规范化与政治自然地结合，这种傩政一体的统治方式，不但受当时统治者的青睐，而且一直贯穿古庸国及夏、商、周的国体——"傩政合一"。

太古大庸国宗都傩教 16 座天山和一座巫山，这些山有三大特点：其一，巫山是指"巫咸"之山，甲骨文：从戌，从口。戌是长柄大斧，"口"指人头，合起来表示大斧砍人头；其二，天山是傩师上天通神的"天梯"，即"天山"和"天坛"；其三，天山出产天帝神仙之药——巫药，即草药。

傩山天梯

著名考古学家张光直先生曾总结："傩，贯通天地、见神视鬼的八种工具和手段，第一种便是山，即傩师要通过登上高山进入神界。天山是傩师们上天通神的'天梯'。"这就是宗都 16"天山"。

袁轲《山海经校注》载："山被视为神之居所。高山成为群傩所从上下之天梯，傩师柏高能登肇山至于天。昆仑之丘，或上倍之，或谓凉风之山，登之而不死。或上倍之，是谓'悬圃'，登之乃灵，能使风雨。或上倍之，乃维上天，登之乃神，是谓太帝之居。"书中五大关键词：神之居所、高山天梯、昆仑之丘、是谓悬圃、太帝居之，都是崇山，即昆仑山四悬圃的真实写照。

傩政一统

古时特别是古庸国是"傩政一统"的国体形式。从古庸国宗都两级 16 天山的实际现状进行逻辑分析,傩教之祖傩为祝庸,是古庸国创世之帝,帝颛顼既是大巫师又是执政的帝王。

许顺湛《五帝时代研究》载:"颛顼依靠南正重和火正黎的帮助,使地民与天神断绝沟通,只有颛顼和重、黎可以与天神沟通。随时传达天神的旨意,规范万民的言行。颛顼成了天神的代言人,即是高度集权的宗教主。这样,颛顼传达天神的意旨,就有了权威性。颛顼为了发挥宗教的威力,建立了宗教中心。"

文中有四大信息,即颛顼高阳亦傩亦帝、火正重黎亦傩亦官、他们都是天神代言人、帝傩颛顼权威最高。

张光直在《美术、神话与祭祀》一书中说:"自天地交通断绝之后,只有控制着沟通知识手段的人,才有与神沟通的权力。于是,傩师便成了每个宫廷中必不可少的成员。事实上,研究古代中国的学者都认为,'帝王自己就是众傩的首领'。"

徐旭生《中国古史的传说时代》(北京科学出版社)载:"在神权至上的社会,谁握有神权,谁就统治着社会。于是,傩师的'法器',就演化成象征统治权的礼器和权杖。"

徐良高《中国民族文化源新探》(北京社会科学文献出版社)记载:"在大多数人种学上已知的'酋长社会'和等级社会,首领总是宗教系统的核心人物,掌握着某种形式的宗教的或超自然的象征物。事实上,由于这些首领说成是神的直系后裔,人们常常以为他们本身就是神的象征。"李泽厚《美的历程》(安徽文艺出版社)载:"原始的全民性的宗教礼仪变为部分统治者所垄断的等级法规,原始社会末期的专职傩师变为统治阶级的宗教政治宰辅。"

傩医傩药

《海内西经》中记载:"开明东有巫彭、巫抵、巫阳、巫履、巫凡、巫相,夹窫(yù,恶劣)之尸,皆操不死之药以距之。"开明很可能是重光三山,即日、月、星三山之东,那里有巫彭、巫抵等傩师用不死之药救治了"夹窫之尸"。傩山出产"天帝神仙之药,所有不死之药都产于这里"。

傩药,就是"巫药",就是中国"中药""草药"的历史本源,事实也很奇怪,本地草药郎中早有共识:"崇山四悬圃的草药最灵。"

鲁迅说:"中国本来是信鬼神的,而鬼神与人乃是隔离的,因人欲与鬼神交通,于是乎就有'傩'出来。"

徐旭生言:"把宗教的事业变成了少数人的事业,这也是一种进步的现象。"

中国最早的一部国别体著作《国语·周语上》载:"昔夏之兴也,融降于崇山。"韦昭注:"融,祝融也。夏居阳城(阳城即庸城),嵩高所近。"又载:"夏之兴也,祖融降于崇山。"韦昭注:"祖融,祝融也。"此"夏之兴"是指崇伯鲧、大禹的崇山武溪夏都。"夏居阳城"即"连城",其地古称"阳父坪"即高阳坪,现为"阳湖坪"。"祖融"即"庸祖"。《史记·楚世家集解》记载:"祝,大也,'融''庸'音同,古通用。"融字在《康熙字典》载:"祝,大。"罗泌《路史·后记》载:"祝融,字正作祝庸。"西晋汲郡古墓竹简之《竹书纪年》载:"夏道将兴,青龙止于郊,祝融之神降于崇山。乃舜禅,即天子位。"此夏道是指崇伯鲧、崇伯禹父子的夏都,位于崇山北麓的"武陵溪",而祝融在帝舜时继天子位却有误,此时的祝融是指"火正官",是傩神而不是帝。《左传·昭公二十九年》记载:"颛顼氏有子曰黎,为祝融。"这个"黎"就是火正官祝融。

《石达开日记》记载:"大庸,此地为古庸国地。"北大教授谢凝高于2001年11月参加张家界市风格辩论时说:"大庸古地名很好,是古庸国,有悠久历史。"古庸国宗都"巫山",叫麻空山。空,《康熙字典》中载:"《史记·天官书》:赤帝行德天牢,谓之空。又大也。空还有一寓意就是傩师祭天的九拜礼和所奏之乐器。"《楚辞注》:"空桑,瑟名。"麻空山既是赤帝祝融设天牢的地方;也是祖傩祝融在此祭天,并奏乐而行九拜礼的地方;还是伏羲在母山即傩山脚印山作瑟——发明"空桑"乐器的地方。《世本》载:"祝融作市,宓羲(伏羲)作瑟,女娲作笙簧,神农作琴,蚩尤作兵器。"可以说,古庸大地之澧水两岸、崇山南北、麻空山下正是三皇五帝等创世先祖发明创造、传播文明的滥觞之地。

本文摘选自田奇富著的《崇山三易八卦学》,中国文化出版社,2016年3月第一版,有改动。

浅论西王母就是羲娲母

李书泰

西王母的形象,最先出现在西汉刘向校刊的《山海经》里。《山海经》的原始版本无可考证。有人说,它是夏禹和伯益的杰作,还有人说夏禹和伯益也不是《山海经》的原创。实际上《山海经》最初应该是原始人几千年口头传承的结晶,后经刘向收集整理成册而问世。

如此说来,王母时代至刘向所在的西汉,已历经几千年的传承。她最初是什么模样,后人不得而知。当她出现在《山海经》时,却有豹子一样的尾巴、老虎一般的牙齿,很善于长呼短啸,头发蓬松,头戴盔甲,是替天展现威猛严厉及降临五种灾害的恶神。又说她住在昆仑之丘,有三只名叫"青鸟"的猛禽为她送食。具体的描述是:"西王母其状如人,豹尾虎齿而善啸,蓬发戴胜。""西王母梯几而戴胜。其南有三青鸟,为西王母取食。在昆仑虚北。"

所谓的"三青鸟"和"凤",在现实中并不存在,它和"龙"一样,具备这两种意义。一种是中华民族的一个"文化符号";一种是女性的象征或是"美"的象征。鉴于"凤"具备的两种意义,我们可以从中理出两条思路:其一,西王母就是"凤"的化身,她不仅是女性的最高领袖,而且还是"美"的代名词。其二,"凤"作为中华民族的一个文化符号,应该出现在"龙"文化之前。因为"龙"的出现在轩辕黄帝时代,是原始社会的中期,新石器时代的早期。而"凤"或者说"三青鸟",却出现在原始社会的早期,西王母始祖时代。

西王母所处的时代,是原始社会的早期,人们还处在母系氏族社会里,生产力水平十分低下,生存条件极其困难,即使那些族群的头领,也只能用兽皮、兽骨作为他们最豪华的装饰。如果我们能站在这个角度,用原始人的目光去审视西王母的形象,那她就是一位雍容华贵、美貌端庄、受人尊敬的部落首领。文中的豹尾虎齿,实际上是身穿豹皮做的衣服,并戴有虎齿做的饰品;蓬发戴胜,实际是蓬松的秀发,并戴有闪闪发亮的头冠;善啸实际是善于唱歌,能歌善舞。另文记载的"西王母梯几而戴胜。其南有三青鸟,为西王母取食。在昆仑虚北。"我们可把它译为:"西王母身依梯几(古人用以依凭身体的器物),头上戴着闪光的玉胜,她的南面有一只长着三尾的青鸟,专为西王母运输食物。西王母所在地方位在昆仑山之北。"这样看来,西王母的穿戴装饰,以及她的坐姿和她所处的位置、方向,俨然是一位部落首领的形象。

道教中还认为每年的农历三月初三是西王母的诞辰,届时各地将举行隆重的蟠桃盛会,以示纪念。葛洪的《枕中书》中记载:混沌未开之前,有天地之精,号"元始天王",游于其中。后二仪划分,元始天王居于天之中心,仰吸天气,俯饮地泉。又经数劫,与太元玉女通气结精,生天皇西王母,天皇生地皇,地皇生人皇。

段成式的《酉阳杂记》中说:"西王母姓庸,名回,治昆仑西北隅,以丁丑日死。"又说她叫婉妗。清代方以智的《通雅·姓名》中也说:"庸回,即西王母。"而《集仙传》中却说:王母,姓侯。有学者认为今日天门山下的侯氏家族就是远古昆仑侯氏王母的遗脉。据张家界方志旧籍记载,古代天门洞北侧确曾建有规模很大的王母祠。

远古巫觋神灵,实际就是往哲圣人,他们之所以能够在人民的心目中占据重要位置,在滔滔的历史长河中永不止息,都有一定的历史原因和不可替代的重要贡献。有巢氏结束了人与动物杂居的时代,第一次把人和动物区别开来;燧人氏祝融结束了人类茹毛饮血的时代,把人类带进了一个光明的世界;盘古氏开天辟地,定方正位,结束了人类的愚昧时代,使人类从此开始走向文明;伏羲氏推演八卦,正时历法,让人类从此活跃在春、夏、秋、冬四季;女娲氏炼石补天,把人类从洪荒中解救出来。还有炎帝神农、黄帝轩辕及以后的许许多多神灵,他们都是先圣神灵,都受到后人的尊崇和祭祀。那么,西王母作为一位先圣或神灵,并在后人的心中有如此高的地位,她究竟对人类做出了什么贡献?

笔者认为,她的地位与她的贡献,直接体现在她的名称之上:西王母最初就叫"羲娲母",是伏羲和女娲的母亲——华胥氏诸英。诸英与祝融同音,而祝融实乃燧人氏之别名。如果说"羲王母",是伏羲和女娲的母亲,那么他们的父亲应该就是燧人氏祝融部落的某位男子,也许就是燧人氏祝融本人。祝融与华胥联姻后随妻合称华胥氏祝融,亦即华胥氏诸英。后因伏羲和女娲的出生和成长成才,并相继登庸继位,遂将"华胥氏诸英"改称"羲娲母",又称"西王母"。在她之后是伏羲和女娲的时代;她之前是盘古、燧人、有巢时代。在盘古之前,属于原始社会初期,人和动物刚刚区别开来,它是文明和愚昧的分界时期。这时候的人类还没有社会单位,都是以个体行为在人与动物的争夺中求得生存空间。在强大的自然灾害和野蛮的动物侵害中,个人的力量就显得势单力薄,微不足道。故而,原始人的寿命是一个十分短暂的过程,王母就是在这个时候出现的,第一个把以个体为单位的自生自灭的原始状态变为以母亲血统而维系的原始部落,使人类开始走向社会化生活状态。从此,人类进入了原始社会早期,叫"母系氏族社会",人们可以在部落首领的带领下,依靠部落的力量,集体抵御自然灾害和野兽的侵袭。大家联合起来,共同狩猎,平均分配,过着原始的共产主义生活,我们把这个时期叫作"氏族公社",羲王母就是"氏族公社"时的第一个部落首领,在原始部落中享有崇高地位。王母死后,凡从她的部落中派生出来的部落都叫"王母部落"。所以,我们说王母既是一个人的真实名字，又是后来许多原始部落的代名词。

西王母，亦即羲王母，其实就是初民时代渔猎占卜、农耕祈祷等巫术活动中的大巫师，即领袖人物。据《海外西经》记载："巫咸在女丑北，右手操青蛇，左手操赤蛇，在登葆山，群巫所从上下也。""巫咸"的由来，是因群巫上下灵山，采药往来而故名。"巫"，原产于天门昆仑，是原始天崇人即崇庸人的一种祭祀方式，是原始宗教形式。"巫"字，上边一横为"天"，下边一横为"地"，中间一竖为"通天之柱"，两边两"人"为上传下达的使者。

到了轩辕黄帝时代，人类走完了母系氏族的里程，开始由母系血统为基础的原始部落走向以父系血统为主体的父系氏族，部落和部落之间开始联合，这种联合体又叫"部落联盟"。后来，在历史的进程中，人们把这些没有记载的历史，演绎成一段又一段的千古神话，一代又一代地传颂至今。其实，在这些神话和故事的背后，都有一段不为人知的历史。

到了秦汉时代，有人便把西王母和穆天子联系起来，说他们在瑶池相会。此时的西王母已是一个雍容平和、能唱歌谣、熟谙世情的妇女。继而，又把西王母与汉武帝联系在一起，她又变成一个三十岁左右的少妇，容貌绝佳，是一位盖世女神。她有蟠桃园，园里的小桃树三千年一熟，人吃了体健身轻、得道成仙；一般的桃树六千年一熟，人吃了白日飞升、长生不老；最好的九千年一熟，人吃了与天地同寿、与日月共存。这时候的西王母，职责和权力范围也比以前大了许多。在天上掌管各路神仙，在人间掌管婚姻和生儿育女。《淮南子》里还说，西王母掌有不死之药，"羿请不死之药于西王母"。嫦娥偷吃了不死之药，便飞入月宫。西王母也因其握有不死之药，而成为后世帝王将相乃至平民百姓顶礼膜拜的保健长寿之星。

直到今天，世居于我国大西南大武陵地区的许多少数民族的头饰和服饰中还有三青鸟的存在，西王母依旧是他们心目中最崇拜的神。在整个中华文化的各个领域，"阴阳之合""龙凤呈祥"，依旧是我们民族文化中的重要元素。

"大庸阳戏"的真正出处

周志家

张家界"大庸阳戏",起于古庸,源溯高阳,脉发崧梁,流布沅湘,已经成了一个特定的文化符号。它记录了一个文明古国的戏剧发展脉络,它代表了一个伟大民族——土家族的文化形象。一个文化符号的产生,是一个漫长的历史过程。这种过程本身就是一部民族文化史、民族生存史和民族发展史。这是千锤百炼的符号,是世代流传的符号。这个符号已经成了土家族的永恒记忆、土家族的不灭精神。甚至可以这样说:过去一代一代老大庸人基本上是在看阳戏、听阳戏中长大的。当今时代,已进入了文化符号大比拼时代,谁掌握了一种品牌文化符号,谁就可以演绎一门文化渗透与文化扩张的武器。随着张家界文化旅游产业的蓬勃发展,随着2009年张家界"大庸阳戏"申报国家级非物质文化遗产的成功,"大庸阳戏"必将迎来明日的再度辉煌(引自金克剑《序周志家〈戏文戏事〉之第十八部》)。

张家界有着深厚、绚丽的文化底蕴。千百年来,碧波荡漾的澧水滋润着这片神奇的土地,孕育了多姿多彩的民族传统文化。脍炙人口的张家界大庸阳戏,源远流长,历史悠久,是张家界本土草根文化的艺术奇葩、民族瑰宝。

大文学家沈从文说:"到了湘西,不看阳戏,等于只到半个湘西。"著名戏剧专家张庚先生评论说:"此剧种(大庸阳戏)很有特色,可与黄梅戏媲关。"大庸阳戏还被专家誉为"三湘一绝,五溪奇葩",并于2006年被湖南省人民政府批准列为湖南省第一批非物质文化遗产代表作。

地球有两条非常神秘的文化线,一条是东经110°线,一条是北纬30°线的。张家界的地理坐标恰恰是既跨越东经110°线。又紧靠北纬30°。如此重要的两条经纬线交汇于张家界,显然具有特别的地理意义。

张家界又是湘鄂川黔渝之古道枢纽。早在4300年前,"舜放驩兜于崇山"(位于张家界市城西南14千米处,海拔1164.7米),就在这座山上,创建了鬼主天国——驩头国,从此古庸国进入傩神、鬼主统治时代,开始拥有自己的巫傩祭祀文化。崇山也成为创立中华民族古代文明的三大集团之一的苗蛮集团的大本营。

《慈利县志》记载了作为傩鬼文化发祥地崇山一带土蛮崇尚鬼神的事实:"大庸所崇山外屏,少见天日,又性忍,刺肤血以事神,千百成群,甚可笑也。"汉·王逸《楚辞章句·九歌序》载："沅澧之间，其俗信鬼而好祀，其祀必歌舞以乐诸神。"上述记载，正是对崇山天国创立巫傩鬼教的一种佐证。

《尚书·舜典》载："舜生三十征庸。"说明在尧舜时代，庸人部落已经成为一支强大的力量。太平天国义军首领石达开在日记中说："大庸，此地为古庸国是也。"公元前1046年（周朝武王年代）就有庸师八国存在，庸国就是至迟在夏代时建立起来的南方文明古国，"庸国的国都最初很可能在今张家界大庸溪"（金克剑《人文张家界》），后正式定都古人堤（今市中心之西气象台、邮政大厦一带），古称"夏庸"或"下庸"，是一个古老的民族部落，庸师北伐，首领就是庸国国君鬻熊，战后屯兵荆楚，建立了强大的楚国。后上庸被秦巴楚三国分割，然楚承庸风，庸国文化在楚国时期再次勃兴。这个古老的民族，按司马迁的说法：颛顼就是高阳氏，也是崇拜太阳之神的部落。宿白先生说："颛顼即是高阳，高阳就是太阳。"丁山先生说："颛顼即是日神，高阳即是高明的太阳。"颛顼后裔驩兜于4300年前"放于崇山"，世代子孙在此生息繁衍，并崇拜先祖帝高阳——太阳神。

天地万物皆有阴阳之分，如日月、天地、高低、上下、左右、内外等。傩师、梯玛在傩坛祭祀太阳神的活动中，逐渐分化为祭祀性的内坛傩戏与娱人性的外坛傩戏。内坛作法，多为鬼神，这种请神、祭神、娱神、送神的傩祭均在室内"桃源洞"进行，属主阴，故称为阴戏；外坛傩戏，则在阳光下的屋外坪场进行，属主阳，故称阳戏。阳戏就因古人在祭祀太阳神时，还傩愿，乐神娱人的祭祀活动中演出的傩戏而得名。换句简单的话说，乐神娱人的外坛傩戏就叫阳戏。

现在，我们在探索古庸国古老文化时发现，阳戏不仅源于傩戏，而且称谓的来源，远在古庸国时代就存在。古庸国这个古老的民族部落就是太阳神的后裔，就是高阳的子孙，亦即追逐光明的部落，崇拜太阳神的民族。乡间路人每看见唱花调小曲或傩愿戏时，问其所唱何调，答曰："阳盘戏也。"路人曰："啊！唱的阳戏。"因此，便有了阳戏之说。或说这就是今天阳戏的雏形，或说这就是阳戏的萌芽状态，是阳戏和阴戏最早、最原始的分水岭。

历史上，澧水两岸傩风楚声十分盛行，通过长期的熏染孕育，为张家界大庸阳戏的形成和发展提供了有益的营养。

大庸阳戏在湖南及西南地区多处流传，考其源流，多由大庸阳戏发脉流布四方。各地阳戏在融入当地文化因素之后，又各成体系，唯大庸阳戏恒久地保持其主流个性。大庸阳戏与这些支脉阳戏的本质区别就是唱法上的特殊声调——高阳调和低阴调。高阳调就是金线吊葫芦。大庸阳戏的这种特殊唱法表现了这种地方剧种的特定属性，那就是曲调上的阴与阳和主琴上的阴与阳；器乐上的阴与阳和乐师上的阴与阳。这种阴与阳的特殊性就是大庸阳戏的排它性。

阳戏的正宫调（梁山调）就出自大庸天门山。天门山，古称壶头山、云梦山、赤松山、玉屏山、崧梁山、梁山（"梁山亦名天门"——见民国版《辞源》第377页）、桥山，苗语叫召嵩召梁、仁大霸。阳戏《宁哥烤酒》的宁哥，多次强调大庸阳戏就是俺这儿的阳戏，由此断定，阳戏的正宫调，实际上就是大庸调、天门调、崧梁调、梁山调、桥山调。特别是阳戏唱腔的尾部拖腔，喻为"金线吊葫芦"，这对于开门见山的大庸人来说，形容得太绝妙了。高高天门洞的上方东面是玉壶峰（即壶头山），看上去更像一个装酒的白色玉壶，"望之苕亭，有似香炉"，相传是仙女麻姑给西王母祝寿敬酒遗留在这里，专供人欣赏的。高洁白亮的玉壶，周围时常云缠雾绕，吐翠吞青，犹如天宫用金线吊着的葫芦。壶、葫同音，壶、葫相像。天门山这种美不胜收、绝妙好看的景观，的确太神奇了。大庸人把好听的阳戏唱腔赞美为金线吊葫芦，自然也在情理之中了。激扬高亢、婉转如莺的金线吊葫芦唱腔，在全国的戏曲中也是少见的，故而被专家誉为"三湘一绝、五溪奇葩"。这就好比安徽的黄梅戏一样，原来说出自湖北黄梅县，现如今考证，安庆有个黄梅山，黄梅戏的黄梅调就出自安庆的黄梅山。种种迹象表明，大庸阳戏的正宫调（梁山调）、金线吊葫芦就出自大庸的天门山（梁山玉壶峰）。印证了"一方山水养一方人，一方山水孕育一方戏"的道理。

地方性作为地方戏表演的核心，其主要内容以演出剧目的地方性为根基。反过来，地方戏演出剧目的地方性，又以其表演地方性为依托的地方戏剧目的地方性与表演的地方性，二者是水乳交融、相辅相成、相得益彰、相映成辉的。具体地说，就是地方戏前辈们所概括的：地方人、地方事、地方情、地方趣、地方词、地方味。传统阳戏小喜剧《宁哥烤酒》就是这样一个非常经典的范例。

张家界地域内，除了阳戏之外，还有傩戏遗留至今的土地戏、傩堂戏、傩愿戏（同一事物的不同称谓）存在，仅在民间偶有出演，已不是民族和地域的主流文化形式。另外，还有盛行的汉戏、丝弦戏、木偶戏（唱汉腔）等形式鼎立。由于是外来品种，不像阳戏已经融入土家人的血液中，终究难成气候。唯独阳戏，成为地方戏曲，成为人民群众喜闻乐见的文艺表现形式，成为张家界的文化符号。

由此可以肯定地说，阳戏绝非"杨"戏的误写，阳戏也绝不是舶来品，更不是外民族的认同纽带。

通过对阳戏"阳"的成分分析，寻找音乐元素何在？构件何存？源流所向？终极源头在哪儿？将清阳戏的形成和发展，理通动静脉网络的编织，认准一根主线，才可能走出历史的迷宫，才可能找到"大庸阳戏"的真正出处。

本文摘选自周志家著的《大庸阳戏研究》，中国文史出版社，2011年11月第一版，有改动。

辛女传说

张政文

　　起源于湘西泸溪的"盘瓠与辛女"传说,是一个凄美动人的民间爱情传说,其传说人物盘瓠、辛女,他们不向往奢华的生活,忠贞于爱情,是中华民族宝贵的精神文化遗产。泸溪一直以来,都以"盘瓠与辛女"后代自居。近年来,泸溪县大力加强对文化遗产的保护,2011年"盘瓠传说"被列入我国非物质文化遗产名录。

　　"盘瓠与辛女"神话传说源远流长,最早见诸文字的是范晔的《后汉书》,此后的《风俗通义》《搜神记》《荆楚记》《溪蛮丛笑》《辰州府志》等史书和典籍中都有记载。泸溪作为盘瓠文化发源地,除了民间口头传说故事外,大量的地貌都与神话传说相关联,而神话传说与大量的地貌实体集中在一个地方,这种现象全国罕见,境内不仅有神话传说相关的地貌实体,而且至今还保留着多种多样的盘瓠、辛女崇拜的民俗和物态化的文化遗存。

　　相传在四千多年前,在上古时代即高辛时代,高辛王和犬戎国经常交战,由于犬戎国有一个姓吴的将军,善于用兵,打仗非常厉害,高辛王的军队与之交战,败多胜少。为此高辛王在全国各地招募兵勇,并告示群臣,谁能打败犬戎国的吴将军,并取其头者,愿将自己的爱女送他为妻,并提升职务,给予金银。群臣惧怕吴将军,无一人敢应允此事。在沅水中游西岸盘瓠山脚,有一个山洞叫盘瓠洞,洞里住着一条从天上下来的神犬叫盘瓠,他得知这一消息后,摇身一变,从洞中走出来,成了一个十分英俊的后生。盘瓠投军于高辛王部下,作战十分英勇,打败了犬戎国的吴将军,并将其头砍下来献给了高辛王。

　　高辛王没有食言,将闺女嫁给了征战功臣盘瓠,从此辛女便随盘瓠迁来沅水中游西岸的盘瓠山居住。在这里住了五年后,高辛王从京城(今湖北京山一带)派使官将他们全家接回京城居住,后来其子女不习惯荆湖平原生活,又回到了南方的盘瓠山一带住居,高辛王送给他们陶器、木器、铁器和粮麻种子,还有刀等工具及织具、床榻等。他们一路上跋山涉水,日夜兼程赶回来,在这里重新创业安家。

　　盘瓠和辛女在一起的时候,是一个英俊的后生,偶尔出洞则变身为犬。他们相亲相爱,生下了六男六女。当他们的儿子长大后,多次问母亲,他们兄弟怎么没见过自己的父亲呢?每次母亲都巧妙地回答:你们父亲在外公那里做高官,天高路远,难得回来。几个儿子自然被蒙在鼓里,一直把同他们住在一起的盘瓠当成猎狗,六兄弟每次上山前,盘瓠就从洞里跑出来跟他们上山打猎,辛女见盘瓠辛苦劳作,疼在心里。一天,辛女见盘瓠从山上回来累得直喘粗气,其心难忍,就把几个儿子叫到一边说:"这狗就是你们的亲生父亲,你们不要再劳累他了……"

　　盘瓠与辛女生下的六个儿子个个性格暴躁,当他们从母亲口中得知盘瓠就是他们的亲生父亲后顿感非常羞耻、非常气愤。兄弟六人商议,要将盘瓠杀死。盘瓠知道后,拼命地逃跑,六兄弟穷追不舍,最后终于将盘瓠围在一个小小的山洞冲里活活打死,辛女知道盘瓠被杀害这一噩耗后,哭得死去活来,斥责儿子伤天害理,杀害亲生父亲,儿子根本就听不进母亲的话,用木棒将盘瓠抬下来,从辛女溪口甩下了河,辛女忍痛含泪赶到河边,从水中抱起盘瓠的尸首,此刻六兄弟又赶过来,从母亲手中抢过盘瓠的尸首再次抛下河中,让他流入汪洋大海,叫母亲再也见不到他的踪影,永远忘掉被人传言的那段丑闻。盘瓠遭杀害后,辛女由于忧伤过度,结果化成岩石立于沅水河边,这就是人民长期瞻仰的辛女岩,盘瓠的尸体随河水往下流,时沉时浮,他那六个女儿知道盘瓠被杀害时,悲痛欲绝,没命的跟着父亲的尸体追赶,追到沉狗潭(后称沉砣潭)六姐妹哭干了泪水,将盘瓠的尸体打捞上岸即安葬在岸边,她们日夜搬岩垒土,终于垒起了一座立于泸溪老县城东岸的盘瓠墓(后又名称砣山)。

　　盘瓠死后,她们自由婚配,繁衍后代。从古至今,我国南方的苗、瑶等少数民族都敬祭盘瓠和辛女,视他俩为始祖。

屈原与溪上藏傩

秦　香

屈原与溪上收藏的傩面并无直接关联，但他所处的时代以及他创作的作品，与傩密切相关。

王逸在《楚辞章句》卷二中说："昔楚国南郢之邑，沅湘之间，其俗信鬼而好祠。其祠必作歌乐鼓舞以乐诸神。屈原放逐，窜伏其域，怀忧苦毒，愁思沸郁，出见俗人祭祀之礼，歌舞之乐，其辞鄙陋，因为作《九歌》之曲，上陈事神之敬，下见己之冤结，托之以讽谏，故其文意不同，章句杂错，而广异义焉。"

2000多年前的屈原，放到今天，也是一枚妥妥的文艺青年。他将民间的祭歌重新创作，成就了大型剧诗《九歌》，影响了中国数千年。屈原创作《九歌》所依据的沅湘之间"以乐诸神"的歌乐鼓舞，其实就是民间的傩文化。

在人类早期，一些掌握了更多自然奥妙和生存本领的人，成了氏族部落的首领。他们以各种神秘的仪式为媒介，和天地、神灵、祖先进行沟通，被尊称为傩。而那一个个神奇的图腾，一张张神秘的面具，一场场庄严的仪式，就是傩。这就是我们人类在社会演化过程中形成的早期文明——傩文化。

这些繁复而庄严的仪式，被统治阶级利用改造，融入更广泛的日常生活，也就是我们后来所说的礼，中国人的生活秩序和独特传统由此建立。曾经我们堂屋中供奉的天地国亲师，初一、十五的清晨，供桌上的红烛和代表天、地、先祖的三炷香，这就是傩之礼，一个在我们民族中生存了千百年的仪式，一个在今天仍然有生命力的仪式。因为历史久远，世事变迁，甚至很长一段时间内，我们把傩文化当作封建迷信，险些让中国的独特传统失去了根源，而国内对傩文化的研究也不过才二十几年，这对一个存在了数千年的文化现象来说，可能还有大量的文化密码尚未被揭晓。2500多年前，《论语》中就这样记载，"乡人傩，朝服而立于阼阶"，尽管孔子对鬼神之事并不感兴趣，但他对乡人举办的驱鬼神仪式，却保持着足够的尊重。傩文化，对我们这个民族来说，到底是一个什么样的存在?!

在农耕文化时代，楚地可谓巫傩遍野，难道仅仅因为楚人"信鬼而好祠"？随着6000年前的古城遗址城头山的发掘，4700年前的大型木结构建筑遗址鸡叫城的面世，澧阳平原作为长江文明的重要起源地已被确认。相较于城头山和鸡叫城遗址，同处澧州的优周岗遗址却显得有些落寞，人们一定想不到6000多年前，这里歌舞祀神的场面有多热闹！2010年10月在澧县优周岗遗址发掘的6000多年的木雕傩面具便是明证，这个长60厘米、宽30厘米的木雕面具，与我们今天看到的傩面一模一样。

尽管我们收藏傩面具已有30年之久，但对优周岗遗址的木雕傩面具却一无所知，直到2019年溪上美术馆建成，湖南省艺术研究所的孙文辉老师看到溪上藏傩，感叹我们让这些傩面具回到了它的故土，并跟我们说起优周岗出土的傩面具。他的《蛮野寻根》一书就是从澧阳平原写起，楔入点就是城头山和这个6000多年前的面具。这个面具勾连起了城头山、优周岗与溪上美术馆的联系，他说如果把澧县文物、自然景观与溪上美术馆的故事连接起来，一定是湖南省文旅融合的精品，也是世界级的文化旅游路线。确实，傩文化作为南蛮文化的核心内容，地下出土的和地面传承的物证就在澧县，这是谁也不可否认的。优周岗遗址出土的面具说明澧州之傩，在远古时就存在了，到屈原生活的年代，它们还在广为传唱，其实直到今天，它们也没有消失，并且还保留了远古风韵。比如现存的汨罗打猎，与《九歌》有着相同的结构和内容，"湘夫人"即"游江五娘"，"大司命"即"九天司命"，"少司命"即"送子娘娘"，"山鬼"即"山神"，表演时都有相应的面具。比如澧州民间的土地戏，演绎的是土地公公和他三个老婆的故事，土地公公在戴着面具表演。

从"酬神"到"娱人"，从傩仪到傩戏，尽管傩文化的表现形式在变，但是附着在它们身上的古风遗韵一直都在，这是非常难得的。其中，沅陵辰州傩戏、湘中梅山傩戏、湘南临武傩戏、湘西土家族傩戏毛古斯、侗族傩戏咚咚都已被列入国家级非物质文化遗产代表作名录，而澧州傩却在沉睡中几近消亡，甚至无人知晓6000年前的傩面具就在这方水土。

所幸，溪上美术馆收藏的这300多个精美的傩面具，将人们的视线重新拉回这片古老的土地。这些曾经助人渡过苦厄、祛除病痛、消除烦恼的神或者人，被溪上美术馆的创办者们视为一种艺术形式，将它们陈列在古庸大地楚人故里，向人们传达着最原始朴素的真、善、美。

秦香，中国人民大学公共管理专业硕士研究生，溪上美术馆创始人之一。

穿越历史的暗流

——从獠牙兽图案演变看沅水流域傩文化对中华文明之影响

张　谨

2012年7月,湘黔两省8家媒体"溯源沅水"文化寻根之旅采访团,从洞庭湖畔的湖南省常德市汉寿县出发,一路溯沅水而上,直至10月15日到达贵州省黔南州都匀市斗篷山脚沅水之源。此次活动历时3个月,行程逾万公里,探寻沅水文明,从第一现场发回动态新闻报道近百篇。经过整理,《湖南日报》对此次文化考察活动陆续刊发专题报道。

人类文明是从傩术、宗教向科学发展的,事实上这三种文明形式在世界范围长时间一直交织存在着。湘西处于沅水流域一个重要文化节点,如何构建湘西文化的核心价值及价值体系,湘西旅游转型如何从湘西的文化中找到契合点,此次"溯源沅水"文化寻根之旅提供了一个供我们思考的入口。

2011年,团结报社、吉首大学等多家单位对沅水流域的酉水全程进行了考察,《常德晚报》对澧水进行了文化考察。2012年,湘黔两省8家媒体用了3个月时间再次溯源沅水,试图寻找一些沅水流域中远古遗存的文明。从獠牙兽图案演变看沅水流域傩文化对中华文明之影响是我们这次沅水考察的课题之一,也是我们溯源沅水文化寻根的一部分。

水是生命与文化之源头。

地球南北纬30度左右的地带因四季分明的亚热带气候而适于人类的生存。远古文明大多也发轫于此。云贵高原东部的连绵的武陵山与雄奇的雪峰山共同冲撞挤压出一条生命之河、文化之流:沅水。沅水就在北纬30°这条纬线上从黔南斗篷山一路向东奔腾不息,入洞庭,汇长江。沅水是湖南湘、资、沅、澧四条水系中长度最长、水量最为丰富的河流。

沅水流域,是中国版图上一个重要的地理与文化节点,势雄接云贵,万壑赴洞庭。承接东西南北之文明,联结长江与珠江水系。这样长与宽的文化沉积带,在中国也是绝无仅有的,古代许多文化现象,在其他地方已绝迹,在这个地方却尚有遗踪可寻。

傩祭祀文化是史前文明中非常重要的文明形式之一。人类从数十万年前的茹毛饮血巫文化发展演变到距今1万年左右的农耕时代的傩文化,儒教文化产生在黄河流域,佛教文化产生于恒河流域,中国道教发源于长江沅水流域的傩文化。沅水流域傩文化是楚文化与湖湘文化之根基,道教文化之源头。

人类的历史在一定意义上也是人类与洪水抗争的历史,我们在考察中发现,在沅水中游地带,沅水及众多支流水面平缓,小盆地众多,特产丰富,适合远古人类小规模的群居。高庙遗址位于沅水中游。"世界杂交水稻之父"袁隆平在安江(高庙对面)培育出超级水稻并非巧合。

沅水流域新石器中期最重要的发现是高庙遗址。高庙遗址位于湖南省洪江市(原黔阳县)安江镇东北约5公里的岔头乡岩里村,遗址地处沅水北岸的一级台地上,现存面积约3万平方米。安江高庙遗址被认为是迄今全国规模最大、年代最早的祭祀文化遗址,从出土的陶器表面看,有的绘着类似兽面、太阳和神鸟的结合体,高庙文化遗址主持专家湖南省考古研究所研究室主任、研究员贺刚教授判断,在一件白色陶罐中,可以清晰地看到两只振翅高飞的"神鸟",神鸟的胃部还印有吐露獠牙的兽面。人类在原始社会中晚期已有宗教意识的萌芽,但要真正形成宗教文化,特别是稳定的祭祀活动却要有一定的经济文化基础和社会组织机制。高庙当时很可能是一个区域性的宗教中心。规模如此之大、规格如此之高、年代如此之久的祭祀场所的发现,在我国考古史上是空前的,它把中国宗教文明史向前推进到了7800年前,而世界公认最早的文明是两河流域的距今6000年左右的苏美尔文明。

湖南省考古专家柴焕波教授认为,高庙文化上所呈现的精神上的神秘色彩,是山林文化所孕育的原始宗教,是从旧石器时代以来千百年历史的沉淀。只有在高庙文化中,第一次以陶器图案为载体向人们显示,它所留下的精神因子,源远流长,成为这一地区的文化的源头。高庙文化的源头可能在广西的甑皮岩遗址,但在高庙形成强有力的文明呈现。

高庙文化出土有八角星纹、獠牙兽面、鸟载太阳等图案,八角星纹是八卦的早期雏形,獠牙兽面是傩面具的早期的抽象表现,鸟载太阳图案是凤凰的化身,它们都与原始宗教有关,是人与自然,人与内心交流的物化表现,最为奇特的是,两只凤凰的食囊部位戳印有獠牙、吐舌的兽面纹,并画有复杂的祭祀礼仪。凤凰、兽面、獠牙的构图方式被专家称为"獠牙农神像",而这"獠牙农神像"的构图模式,影响波及全中国的农耕地区,这些图像在较晚时期逐步流行于长江流域、黄河流域、珠江流域,甚至更远的地区,如泛太平洋文化圈。在洞庭湖区的坟山堡、汤家岗遗址,太湖流域的崧泽文化,安徽含山凌家滩遗址,山东的大汶口文化,出土的某些陶器或玉器上均见到与高庙文化完全类同的八角星纹。长沙南托遗址中一件陶盘外底部的獠牙兽面纹、江浙地区良渚文化玉器上的兽面图像,以及浙江河姆渡文化、良渚文化和陕西泉护村仰韶文化遗存中所见到的鸟与太阳或鸟与兽面的复合图像,都与高庙遗址发现的类似。高庙文化影响了良渚文化、大汶口文化、龙山文化、仰韶文化、三星堆青铜文化,各地区装饰在不同质地器物上的上述三种神灵图像,这一切无一不是对高庙"獠牙农神像"构图模式的继承与发展,源头可能都要追溯到高庙文化。

最为鲜活的是今天在沅水流域地区,少数民族用于祭神仪式的傩面具图案,其中兽面獠牙的构图方式竟然与7000多年前的"獠牙农神像"惊人相似,是一种什么样的力量使这种兽面獠牙构图保持了7000多年不变?

7800年来,高庙獠牙兽面如何演化成了当下的傩面具。傩文化祭祀活动在沅水流域的苗岭、武陵山脉、雪峰山脉巨大山体的屏蔽下"隐居"至今,比如贵州的松桃、湘西的凤凰、花垣,至今仍保存着原生态的傩文化遗存。傩面具只是傩文化的一部分,沅陵辰州傩,新晃的咚咚推傩戏、土家族的毛古斯都被列为国家级的非物质文化遗产,沅水流域保存的还傩愿还保存着古代祭祀仪式多姿多彩的风貌,是庸文化、楚文化、湖湘文化之根,是研究湖湘文化的活化石。獠牙兽面演变的过程是对傩文化内在文化坚守与外来文化交融的结合,从中能看到傩文化对中华文明的初始影响力与穿透力。后来的傩面具更多是多元文化的交融,把人物的故事性与动物也融合进来了,原始獠牙兽面的抽象意义赋予了生活与世俗的情趣。

在沅水流域的一部分傩文化演化成辰州符,并已具备完整的傩文化系统,无论对沅水文明的传承还是对中国道教的起源,都是不可或缺的文明基因与链条;从考古发现与现有文化遗存,沅水流域已是中国傩文化的源头,并影响形成了广泛的民傩、乡傩、军傩、寺院傩和宫廷傩,及到后来的京剧等,傩是舞蹈、音乐与戏剧的文明之源。

由于保存的原因,陶器与青铜器及石器上保存的獠牙兽面更久远些,另一些木制的与其他形式的傩面具淹没在时间的长河中。

让我们再一次凝望7800年前这张高庙獠牙兽图案,我们真能读懂吗?

本文摘选自2012年7月《湖南日报》专题报道,有改动。

本文作者张谨,男,1969年生于湖南省湘西土家族苗族自治州吉首市,中国摄影家协会会员,现任湘西团结报影视中心视觉总监。2009年获评中国地市报百佳记者,2023年荣获湖南报业系统十佳记者。从业以来,曾策划组织多项文化考察活动,如《穿越酉水探秘湘西》《溯源沅水》《记录湘西非遗》《走近湘西传统村落》等。

崇山是古傩文化的发祥地

周志家

崇山位于张家界市城西南 14 公里处,海拔 1164.7 米,四周皆为百丈绝壁,其上为丘陵式台地,与天门山、七星山、熊壁岩构成南方四大空中平台,在大庸溪平原和澧水的衬托下,显得格外雄奇。它撩云揽雾,直指云天,犹如巨墙般高高矗立,将苍穹奋力撑开,好一派大丈夫气概。历史的长河,遥遥四千余年,使崇山一直笼罩着一层神秘的色彩。

近代史学界推出关于中华民族发祥地的新看法,提出中华民族的古代文明是由三个集团共同创造的,即以黄帝炎帝为首的黄河中上游的华夏集团;以太昊少昊为首的东南沿海的东夷集团;以驩兜祝融为首的长江中下游的苗蛮集团。

《尚书·舜典》说:舜"放驩兜于崇山,以变南蛮"。驩兜为颛顼之后,苗民之祖。《山海经·大荒北经》清楚地说明了"颛顼生驩兜,驩兜生苗民"的关系。既然驩兜放于崇山,这就直接说明了三苗部落联盟主驩兜和南蛮居住的中心地点是崇山,同时也告诉我们,从舜开始,三苗中驩兜部落融合南蛮部落,组成苗蛮集团,世代子孙一直在崇山生息繁衍。随后在这里创造了鬼教,最终完成了鬼教的一切鬼词鬼仪,从此苗蛮集团进入了傩神、鬼主统治的时代(驩兜创建的驩头国,其实属于远古时代的"鬼主国"),开始拥有了自己的傩文化。

《慈利县志》记载了作为傩文化发祥地崇山一带土蛮崇尚鬼神的事实:"大庸所崇山外屏,少见天日,又性忍,刺肤血以事神,千百成群,甚可笑也。"

据《国语·楚语下》记载,在傩风盛行的楚国,对自己的先祖极其迷信和崇拜,朝野上下,祭祀成风,王室贵族,更是趋之若鹜,争先恐后,"自公以下,至于庶人,其谁敢不齐肃恭敬,致力于神。"

《左传》昭公十三年载:"楚共王择嗣,遍祭群望。"《太平御览》载:"昔楚灵王骄逸轻下,简贤务鬼,信傩祝之道。"

《汉书·效祀志下》记载:"楚怀王隆祭祀,事鬼神,欲以获福助,却秦兵。"

《吕氏春秋》评论说:"楚之衰也,作为巫音。"

《说文》中曰:"巫,祝也,女能事无形以舞降神者也。"《周官·司傩》也说:"若国大旱,则率傩而舞雩。"

殷商时,巫觋能参与政治活动,故有"国之大事,在祀与戎"之说。《周礼·夏》中载:"事傩驱疫。"

东汉张衡在《东京赋》描述:"尔乃卒岁大傩,驱除群厉。"

陆游在《老学庵笔记》中说:"政和中大傩,下桂府进面具……"

文天祥在《衡州上元纪》中也说:"岁正月十五,州民为百戏之舞……舞者如傩之奔狂之呼。"

《周礼·占梦》载有"事巫以占梦"。

《论语·乡党》载有"乡人傩,朝服而立于阼阶"。

屈原在他不朽的诗篇《九歌》中,为我们留下了二千多年前澧水流域各地生动形象的巫傩活动记载。

汉·王逸《楚辞章句·九歌序》载:"沅澧之间,其俗信鬼而好祀。其祀必歌舞以乐诸神。"

清末《甄氏族谱》记述:"其俗信巫尚鬼,事向王、公王等神,以宿晨傩愿为要务,敬傩师,赛神愿,吹牛角,跳仗鼓。"

康熙年版《沅陵县志》载:"辰俗傩作神戏,搬演孟姜女故事。"

乾隆年版《永顺县志》载:"永俗酬神必延辰郡巫师唱演傩戏。"这些都反映了崇山的巫鬼神傩向周围地区的辐射。

据史志记载,崇山顶有一山名李家坡,山腰有一处平敞之地,建有骧兜庙,曾是巫鬼神傩文化的活动中心。此庙毁于清朝,至今仍有废砖碎瓦,俯拾皆是。

县志载:"崇山绝顶有巨垄,传为骧兜冢。"地平广阔的崇山绝顶约万余亩,如今还居住有上千号的土家山民,他们皆说是骧兜的后代。崇山发祥的傩鬼神傩文化至今仍保存得比较丰富,这是由于崇山天国重峦叠嶂,交通非常闭塞,仙人般的土家山民全都是骧兜的后代,他们勤劳勇敢,民风淳朴,民俗民间文化颇具特色,对傩文化的传承、繁衍构成了特殊地理环境,这种原始遗风幸存至今,经久不衰,必然有其历史和社会的原因。今天,且让我们从遗存追寻历史,从现实窥探人类早期巫傩祭祀的真相。

神秘诡异的傩文化遗存可分为傩歌、傩舞、傩戏、傩技、傩符、傩乐、傩面具、傩坛剪纸、纸扎、傩神画像、雕像、傩服饰、傩坛法器等十余类。

傩歌

傩坛是傩文化活动的场所,是傩事活动的中心,是人神沟通的圣地。傩师在每次傩祭法事中边舞边唱,在歌舞中请神、敬神、祈神、娱神、谢神、送神。慢慢地,傩觋们把人们敬神祈神的内容层次化、条块化、复杂化,形成了较为明确的系列傩歌词。梯玛把这些歌词进行演唱,形式上主要唱给各位神灵,实际上是唱给各位在场的听众。听众听的多了,不仅记住了,也会唱了。这种潜移默化的客观效果,使更多的信徒更加崇信傩神。人际口传的傩歌歌词的主要内容大致可以分为十个类型：①盘古创世说；②万物有灵的观念；③傩主神观念；④犬图腾；⑤神灵可以沟通，傩觋是人神沟通者；⑥敬神要诚；⑦丰足与安康追求；⑧人与人的和谐追求；⑨做人准则；⑩人与自然共生共荣。

傩舞

巫觋在祭祀活动中用卜笙、傩词、咒语和歌舞等手段制造气氛，此中，舞蹈是重要的手段。傩舞最初是古代大傩祭祀中的仪式舞蹈，后世逐渐发展成为民间舞蹈。傩舞最大的特征是戴木质假面具，装扮成鬼神进行歌舞，用于表现神的身世事迹。傩舞一般较粗犷，面具也多狰狞，这一特点在今天的傩舞中仍有保留。

傩舞可分三大类：一类是祈神降福许愿类。凡有天灾人祸，求子乞财，其代表舞有《发功曹》《造云楼》等。二是酬神还愿类，如《毛古斯》《草龙舞》《高跷舞》《竹马舞》《牛角舞》《铜铃舞》《摆手舞》等。三是"跳大神"，装神弄鬼，如鬼舞、跳傩、跳神等。另外还有端公舞、萨满舞、寺庙舞等都属于傩舞之列。

傩戏

傩戏是在傩舞基础上发展形成的戏剧形式。傩舞到了宋代出现了教坊伶人扮演成将军、门神、判官等人物。从人物的配置看，表演应有一定情节，并由娱神而向娱人方向发展，傩戏表演的主要特点是角色都戴木制假面具。

傩戏的节目较多，大体分为"正朝""花朝"两个部分。正朝戏有《请师开坛》《申发功曹》《判案召兵》《伙坛镇恶》《开山神将》《打路先锋》《白旗仙娘》《鲁班架桥》《谢驾送神》《出猖逐魁》《安神谢土》等。花朝戏的代表作为"三女戏"，即《孟姜女寻夫》《龙女放羊》《七仙女》，以及《鲍氏女三打鲍家庄》。正戏必须正演，花戏则可即兴表演。花戏有"不讲丑话神不灵"的淫神遗风，在戏中有一些粗俗的俚语和有关生殖崇拜的道白与唱词。

傩文化是一种古老的原始文化，它与鬼神崇拜、生殖崇拜等紧密结合在一起，其目的就是改变人类生活居住环境（求雨）、繁衍人类，并使六畜兴旺、五谷丰收。戏中有关生殖崇拜的词语、动作，时时会赢得"求子"还愿的主东家和观众的阵阵鞭炮和红包。

傩技

傩技是傩师通过法术的方式，结合念咒语、掐手诀、画符箓，给人们演示某一种神奇的过程，把胆颤心惊的惊险、惊骇、惊奇和震撼，魔术般地表现出来。傩技繁多。通常傩技表演主要有《上刀山》《下火海》《踩火犁铧》《咬火犁口》《滚刺床》《钢针穿喉》等。其内涵主要是不怕刀山火海的、大无畏的人生追求和上刀山、下火海的人生价值的自我实现,即无所畏惧的人生观,给人原生态的阳刚之美,具有很强烈的观赏性。

与上述傩技不一样,旧时还相传有一些傩技,如《赶尸》《放蛊》《傩符》《求雨》《飞身走浪》《大方桌自转》《筛子端水》《撒竹叶成鱼》《收硪停丧》等阴教法术,真假莫辨、神秘莫测。

傩符

傩中的符,是用墨或朱砂写在纸或桃木板上的似字似画的图形,是傩师调遣神兵神将的凭证,向鬼神下达命令的凭证,是祈神、请神施展威灵的凭证,驱邪逐恶、扫妖缚怪灭精的凭证。符中往往带有敕令、雷令、律令等字眼,符就是这些命令的描述性凭证。符可直接是某一神灵的代号,是神灵的象征。傩之符具象性强,它以人和动物构成符的轮廓,它是表象的图形,是具象性符号。符是与咒语、手诀联系在一起使用的。符是沟通人与神的秘密法宝,它的奥秘还有待我们破解。

傩乐

初始的傩祭傩舞,无打击乐,也没有吟诵之歌,后逐渐出现敲击石头、木头、竹梆的打击声,树声管筒和木叶的吹奏声,磨出牛角的呜呜声,与之击节奏乐,不仅使祭祀祈求之傩舞有了节奏感,而且有了初始的旋律、韵律的萌芽。陶器工具问世后,击盘、击罐的音响效果,乃至日后的锣鼓钹打击乐的伴奏也随之形成,傩乐这一特征在商周时期已成定形,歌、舞、乐多态共存的活性动态之美,是傩幸存至今的重要因素。

傩面具

傩面具俗称"戏脸壳",是傩的标志。傩面具产生于先民的图腾崇拜和敬神祭鬼祈福消灾的原始宗教,是傩文化艺术最闪光的精华。它原始、古朴、粗犷、狰狞可怖,威慑八方,又有古代的柔情和浪漫。傩面具集绘画、雕刻、文字之精华,融故事、哲理于一体。傩面具的造型奇特,因人而异,一般采用"写意"和"写实"二种方法。如大慈大悲的观音,善良温和的土地公,端庄秀美的娘娘等公共神则采用写"实"法;如雷神、魁神、判官、八郎等雕刻构图均采用"写意"手法。雕刻的材料是非樟不取,是因为樟树质地细密,纹里纵横不开裂,耐虫蛀,香气芬芳、四季长青,被人们奉为神树,故而非此树不取。

傩坛剪纸、纸扎

傩神画像、雕像的苍古神秘;傩服饰的古朴神圣;以及傩坛法器(牛角号、菱子、牌经、绺旗、司刀、牌尺、印、令牌、铜铃等)的朴拙神奇,无不展示了傩文化绚丽多彩的古朴美和神秘美。这些傩文化的手工艺品,都是傩神至上的标志。

古傩文化留给我们的傩歌、傩舞、傩戏、傩技、傩符、傩乐、傩面具、傩坛剪纸、纸扎、傩神画像、雕像、傩服饰、傩坛法器等，可谓珠玑遍布，五光十色，百花纷繁。古傩文化现象之所以流传至今，是与它古代的辉煌及后来的落后分不开的。正因为它古代的辉煌，赋予了它丰富的文化内涵；正因为它后来的落后，较少受外来文化的干扰，才较多地保持了原汁原味。

　　从上古时代的傩祭开始，傩文化风风雨雨地走过了几千年，它的步履、它的内涵、它的方方面面，都已构成了海洋和山峦般的富有和高深莫测，使傩文化的发祥地——崇山更加神秘、神奇、神圣。

　　本文摘选自周志家著的《大庸阳戏研究》，中国文史出版社，2011 年 11 月第一版，有改动。

崇山：不朽的历史丰碑

——论崇山文化与山岳崇拜

李书泰

生命从海洋走向陆地，人类从高山走向平原。世界上大多数民族在其原始宗教时期，都有着一种共同文化心理，即对山岳的崇拜与信仰。山岳雄伟壮观、气势磅礴，山林能兴风云雷电、聚雨水、滋润大地、孕育万物、发源江河，充满无穷无尽的生机和神秘的创造力，不仅使人们能获得生存物质的需要和宗教精神的满足，而且令人深感敬畏与崇拜。在自然诸神中，顶天立地、不可撼动的山岳神性最广泛、神格也最多样化。它是神仙、圣人所居之地，是贯通天地的阶梯，是支撑上天的擎天柱，是神话传说的发源地，也是祝融（赤帝即炎帝之一）、蚩尤（炎帝之一）、赤松（神农雨师）、黄帝、颛顼（高阳）、驩兜（丹朱）等人文始祖的发祥圣地。

环境与崇山祖源文化

崇山地处湖南西北边陲，武陵山区腹地，恰为北纬 30 度——生命繁衍最昌盛的地区，古称三苗、百濮之地，是远古南方文明最发达、最深厚的地方（何光岳语）。早在人文初祖创世时期，就有燧人氏祝融部落在崇山钻石取火、以火施化、传播文明；枫香氏（风姓氏）伏羲部落于宋坪观天画卦、教民渔猎；崧梁氏（神农族）赤松部落在大历山（长谷庸）柔木为耒、教民农耕；丹朱氏驩兜部落在崇山椎牛合鼓、开基立国；其历史文化基因早就毋庸置疑地出现在湖湘乃至中华文化的源头。早在夏朝以前，就在崇山南北的澧水、娄水、茹水、索水、酉水、柿溪、熊溪、茅溪、武溪、沅溪五水五溪流域创建了大踵国、长寿国、华胥国、羽民国、驩头国、镎于国、大钟国、大庸国等中华远古第一轮文明古国。崇山也因此被著名史学家何光岳先生称为"祖山"和"国山"，是比晋南"夏墟"、河南"殷墟"更早的文化遗址，是有待揭开谜底的"庸墟"。可以说，娄江澧水流域的崇山文化是古庸国文化的源头，是湖湘文化的起点，西南文化的核心，巴蜀文化的母体，江汉、河洛文化的前身，中原、华夏文化的远祖。

据著名地质学家陈国达先生考征，沅澧流域崇山、张家界一带，在 3 亿 8000 万年以前，处于浅海近岸地带，附近是茂密的大森林，是恐龙活跃地带。大约 2 亿年前灭绝的恐龙，留下了大量化石。恐龙之父——芙蓉龙化石，就出土于今桑植县芙蓉桥乡。以张家界为核心的沅澧流域，正处于地球上生命繁衍最昌盛的北纬 30 度生物圈内。

古庸国自南至北,正处我国地形西高东低之东经 110 度分界的轴线两侧。据科考统计,张家界市境内有木本植物 106 科,320 属,850 种;脊椎动物 146 种。其中有国家级保护植物 56 种,国家级保护动物 40 种。珍奇树种有银杏、珙桐、红豆杉、樱花等;名贵药材有灵芝、天麻、何首乌、杜仲等;珍稀动物有娃娃鱼、独角兽、苏门羚、华南虎、云豹、猕猴、灵猫等,堪称生物资源之宝库,是早期人类最理想的栖息之地。

　　1965 年,在崇山西南之云南元谋,发现 170 万年前直立人化石;1985 年,在西北近邻之重庆巫山,发现 204 万年前古猿人化石;1986 年,再次在元谋小河地区,发现距今约 400 万年的腊玛古猿人化石。古人类向东、向北繁衍迁徙的轨迹,在澧水流域已有不少文化遗址可供印证。距今 20 万年以上的,有慈利县金台遗址;距今 10 万年以上的,有桑植朱家台遗址;距今 5 万年左右的,有石门县燕儿洞遗址;距今 1 万年左右的,有澧县城头山遗址;距今 8000 年左右的,有石门皂市遗址;距今 6000 年左右的,有澧县彭头山遗址。整个澧水流域 5000 年左右的文化遗址多次多处出现,仅小小的张家界市就有商前遗址 84 处,周前遗址 142 处。这些文化遗址充分证明以崇山、崧梁山、武陵源为核心的张家界一带,恰为元谋人东迁和巫山人南下的汇集之地,印证了以华胥、祝融(即炎帝)、赤松、蚩尤、颛顼、盘瓠、骓兜为代表的三苗、百濮先民在崇山南北创世立国的史实。

　　崇山及整个人武陵地区最早的人种之源是"蝴蝶人""元谋人""傩山人""石门人""金台人""桑植人""崇山人"。最早的氏族之源是生活在崇山南北的燧人氏祝融部落,华胥氏伏羲部落,神农氏炎帝部落,有熊氏轩辕部落,也就是三皇时期的崇日、崇火的崇光部落。直接产生并流传于古庸国境内(今武陵山区)的远古先贤,有伏羲、女娲、后照、后羿、炎帝神农、赤帝祝融(庸)、黄帝轩辕、战神蚩尤(古帝)、赤松子、庸成子、盘瓠、嫘祖、姜女、女魃、辛女、吴姬、慈姑、善卷、颛顼、舜帝、崇伯、伯庸、骓兜、廪君、夸父、刑天、盐水婆婆、八部大王、梅山猎神、彭祖、巫咸、巫罗、鬻熊、太伯、仲雍、熊绎、白胜(鬼谷子)、贞姬、石乞(白公卫士,孔子门生)、熊宜缭、白猿老祖、青岩真人、天门炭客(孙膑)、屈原、女婴、姬延(周赧王)、皇皎、皇皂、皇皋、皇泉、皇雪、皇柏(白起)、皇石(黄石公)、姬公(张良)、司马季主等庸楚历史和传说人物。

祝融与崇山祖源文化

　　《国语·周语》载:"禹夏之兴,(祝)融降于崇山。"

　　罗泌《路史·前纪》卷八中说:"祝诵氏,一曰祝龢,是为祝融氏……以火施化,号赤帝,故后世火官因以为谓。"《史记·楚世家集解》说:"祝,大也。融,庸音同,古通用。"祝融即大庸。

　　《山海经》亦曰:"炎帝之妻,赤水之子听? 生言居,炎居生节并,节并生戏器,戏器生祝融,祝融降处于江水,生工共……洪水淘天,鲧窃帝之息壤以堙洪水,不待帝命。

帝令祝融杀鲧于羽郊。"又载："南方祝融，兽身人面，乘两龙。"有学者认为，融与庸同音，庸即融演化而来，祝融就是庸国的先祖，古今大庸人都是祝融氏的后代，都是帝颛顼高阳的后裔。一大批苗族学者都认为，祝融就是仡索。蛮左、蛮戎都是九熊后裔，南蛮中的大氏族。他们的后裔现在自称仡戎、仡索，仆程就是濮左。九熊后裔到崇山后，叫濮人，建立大庸国；后叫苗民，建立驩兜国；再后叫南蛮，建立卵民国、羽民国、凿齿民国、黑齿民国等许多小鬼国，度过夏、商、周三朝，没有遭大的兵祸，发展农耕，繁盛一时。《湘西苗族》一书曰："从舜开始，三苗中的驩兜部落融合南蛮部落，组成苗蛮集团，世代子孙，一直在崇山生息繁衍。现在大庸县的仡庸堤，又叫古城堤，就是这一苗蛮集团的文化遗址。"

祝融，神话传说中的古帝，以火施化，号赤帝，后人尊为火神。有人说祝融是古时三皇五帝三皇之一。住在昆仑山的光明宫，是他传下火种，教人类使用火的方法。

恩格斯认为，取火的发明比蒸汽机的发明还重要。他说："就世界性的解放作用而言，摩擦生火还是超过了蒸汽机，因为摩擦生火第一次使人支配了一种自然力，从而最终把人同动物界分开。"

火的发明和利用，是人类文明进步第一座划时代的里程碑。降生于崇山，作为南方火神的赤帝祝庸，无疑是传播文明火种的最早旗手。女娲炼五色石以补天的神话，无疑折射出古代先民在发明用火以后，继而学会冶炼技术的历史信息。青铜是一种以铜、锡为主要材料的合金，而湖南正是金、铜、锡、锑的主要产区之一，为古庸国最早铸造青铜器提供了有力佐证。生产工具的进步，大大促进了澧水两岸、崇山南北、山上山下、旱地沼泽、旱粮水稻之原始农业的兴起。农耕文明是人类结束采集游猎生活，最早定居的"守土文明"，是人类童年的"起步文明"，也是福佑万代的"传世文明"，而湖南稻耕文明，自古至今一直走在世界前列。神农炎帝就葬于湖南省炎陵县，以袁隆平院士为代表的湖南农学专家群，则是这块神奇土地哺育的当今时代新一辈"神农"。

驩兜与崇山祖源文化

《尚书·尧典》云："（舜）放驩兜于崇山。"

《大戴礼记·五帝德》曰："放驩兜于崇山，以变南蛮。"史记五帝本纪引此文，是崇山之地在南方也。

唐杜佑《通典》一八三《州郡》十三"澧州·澧阳"条："汉零阳（今慈利、石门、澧县、临澧一带）县地，有澧水，有崇山，即放驩兜之所。"

马融曰："崇山，南裔也"。（《史记集解》引）《淮南子·修务训》："放驩兜于崇山"。注："崇山，南极之山"。《书》《伪孔传》并云："崇山，南裔。"《庄子·在宥》："尧于是放驩兜于崇山。"释文："崇山，南裔也。"

《古今图书集成·职方典·岳州府·部量考·建置沿革考·慈利县》下云："唐虞

本崇山地,放驩兜于崇山,即此……南北朝置北衡州,隋更为崇州(读史方兴纪要云:'隋置崇州,盖以山名'),置崇义县,又更慈利。"

《太平御览》引盛宏之荆州记曰:"书云:'放驩兜于崇山'。崇山在澧阳县南七十五里。"此真所谓霹雳一声,崇山从此有确实之地点矣。盛氏,刘宋时人,其所作《荆州记》盖多得之耳目所见闻(《通典》云:"……盛宏之《荆州记》之类皆自述乡国……")

《山川考》大庸所下云:"最上巨垄云驩兜墓,人不易见,见多不祥。"又《古迹考·澧州》下云:"尔马树在州南四十里,相传隋建驩兜庙,石室左立石野人三,谓系马树。"(案:嵩山亦有尔马峰)盖崇山之正统解释在澧州慈利县一带,故此等处有所谓驩兜墓驩兜庙之古迹也。

明代《万历慈利县志》卷四:"崇山在县西百余里,舜放驩兜于崇山,即此。"《明史·地理志五》"澧州慈利"条:"西南有天门山,有槟榔洞,与摇分界。又西有崇山,又有历山。"

清顾祖禹《读史方舆纪要·湖广》"慈利县·崇山"条:"县西三十里,相传即舜放驩兜处。"《清史稿·地理志·湖南》"澧州直隶州永定县"条:"雍正十三年以慈利永定卫置,析安福(今临澧)县地益之。南天门,西南崇山,西北马耳,东北香炉。"

商务印书馆1980年版《辞源》据唐杜佑《通典》、明邝露《赤雅》、清顾祖禹《读史方舆纪要》等书,说"崇山在湖南大庸县西南,与天门山相连。相传舜流放驩兜于崇山,即此"。

庄子在《应帝王》篇中讲了一个故事,说"南海之帝为倏,北海之帝为忽,中央之帝为浑沌。"

《左传·文公十八年》云:"昔帝鸿氏有不才子,掩义隐贼,好行凶德,丑类恶物,顽嚚不友,是与比周,天下之民,谓之浑敦。(浑敦即浑沌,下同)"。又云:"(舜)流四凶族浑敦、穷奇、梼杌、饕餮,投诸四裔,以御魑魅。"

《史记·五帝纪》云:"昔帝鸿氏有不才子,掩义隐贼,好行凶匿,天下谓之浑沌。"

《神异经·西荒经》云:"昆仑西有兽焉,其状如犬。人有德行而往抵触之,有凶德则往依凭之,天使其然,名为浑沌。"

《春秋》云:"浑沌,帝鸿氏不才子也。"浑沌就是驩兜。最早指出浑沌即驩兜的,是东汉贾逵。

《史记·五帝纪》裴骃《集解》引贾氏语曰:"帝鸿,黄帝也。不才子,其苗裔驩兜也。"

晋代杜预在为前引《左传》那段话作注时亦云:"谓驩兜。浑敦,不开通之貌。"唐代孔颖达则将《左传》所言"四凶(浑敦、穷奇、梼杌、饕餮)",与《尚书·尧典》所言"四罪(共工、驩兜、三苗、鲧)"一一进行比较,也得出了"知浑敦是驩兜也"的结论。现代知名学者丁山先生又从语言学角度作了补充,认为"浑沌"就是"驩兜"的音转。

作为三苗之君的骥兜南下崇山、开发崇山的史实，在苗族《古老话》中得到充分印证。

《古老话·前面一朝·戴骥》载："戴骥上来坐巴人，戴骥上去坐巴扒；生西家，育骥跑。西家下坪下平野，骥跑从岭绕道；骥高务，骥高果，骥明高，骥扒代。坐守屋公，坐耕父田；坐守树梨根根，坐守树栗苑苑。西家下坪下坝子，在仁大巴生大巴，在仁大罗养大罗。在仁大巴女的生男的养，在仁大罗养儿生孙；一根树发满山，一根竹发满岭。才生仡笑濮地，才育濮郎大例。濮弟才生太列欧若先，仡笑才育欧熊欧若谋；留在明高，留在板罗。才生阿若告考，才育阿若告雅；阿仁告考坐芈偻，阿若告雅任董乍。才生大果住流当，才养楼口住高骥。女的才学跳盟跳舞，男的才来学击拍。仡笑濮地，濮郎大例，杀水牛祭祖宗，背鼓成神仙；在地上成大夔，在天上成神仙。"

古歌中《话亲话姻》一节还分《戴骥》《戴弄》《戴辽》《戴轲》《戴硚》《戴恺》《戴莱》《戴卢》《濮沙》《大（戴）若芈偻》10个小段分别记录了三苗先民十大宗首找亲结戚、繁衍子孙的历史。这恰好与传说中为古代苗族首创族外婚姻的十对夫妻（娘比归与戴欠榜茹；娘比溪与戴欠榜姑；娘细普与大半；娘细略与惹偻；错正与后杯；错抓与后羿；金都归与大戎；金者乜与大索；姗比与大巴；英比与大罗）史料相符。更弥足珍贵的是，上述"十首"中的"八戴"恰与古代传说中八个才德之士相似。

《左传·文公十八年》："昔高阳氏有才子八人，名'苍舒''颓敳''梼戭''大临''庞降''庭坚''仲容''叔达'，齐圣广渊，明永笃诚，天下之民谓之'八恺'。"孔颖达疏："恺，和也，言其和于物也。"而高阳氏就是颛顼帝，如果"八戴"就是"八恺"则可反证高阳帝的国都就在大庸崇山，舜嫁骥兜于崇山可谓顺理成章。只有皇族嫁帝邦才门当户对、各得其所。同时还可反证《史记》所记上古传说中的五帝并非同一个地方前后相继并相互承袭的五个帝王，而是分处大江南北不同地域的几个强邦大国，是各自独立而又密切联系的几个部落联盟。

四岳与崇山祖源文化

《国语·周语》言尧以四岳佐禹有功曰："胙四岳国，命为侯伯，赐姓曰姜，氏曰有吕。"又说："此一王四伯，岂繁多宠，皆亡王之后。"这里披露的一个重要信息是，"四岳"为四伯，系姜姓，属炎帝一脉。所谓"一王四伯"，"一王"指禹，"四伯"指四岳。韦昭注曰："王谓禹，四伯谓四岳也。为四岳伯，故称四伯。"这就是说，四方岳山之主，都是炎帝族一系的人。

《左传》言姜为大岳之后，太岳当为四伯之一。其余三岳何指，《书》无明载。古籍中以岳命名的山也不止四座或五座，有些可能是后来出现的。我们相信，最迟在尧舜时代，岳最少有四座，而且这四座岳山，已成为"中央联盟"特别重要的据点。它之所以备受关注，就是因为它是炎帝族群聚集之地，是需要安抚、怀柔的重要对象。

我们认为远古四岳全部在以今湖南省张家界市永定区之崇山（即古传之"中央仙山"）为中心的古大庸帝国文化圈坐标系之内。炎帝之国即庸国，炎帝即庸国之帝。炎帝亦即庸帝所在的太岳应该就是素有祖山、国山、中央仙山之称的崇山。笔者认为自古以来，"山之尊者"称为岳，"五岳"就是雄踞于神州大地五方的五座大山。远古之五岳非今日之五岳，乃以崇山，即"中央仙山"为核心的五个代表性山岳，巧就巧在今张家界市慈利县恰有"四岳"地名，即东岳观、南岳村、北岳村、华岳村。据1990年版《慈利县志·行政区划》（48—59页）载："1912年至1929年，二都（今苗市镇、城关镇、零溪乡各一部分），辖茶林河、菖蒲、猫儿峪、龟山、北岳、东岳、南岳、白竹水、张家塌、水汪铺，共10个团。""1956—1958年，杨柳铺乡（辖）：升平、杨溪、保景、杨柳、蹇庄、四桥、华岳（七村）。"引文中四岳俱全，而且就在"欲问大庸俗，崇山舜典祥，尧在崇山舜九薿"的"中央仙山"周围。

可见，尧舜时期的经济政治文明中心，很可能就在素有"中央仙山"之称的崇山东西南北的崇山文化圈之内。

典籍与崇山文化

据《尚书·尧典》记载："流共工于幽州，放驩兜于崇山，窜三苗于三危，殛鲧于羽山，四罪而天下咸服"。《尚书·舜典》载："舜生三十征庸，三十在位，五十载陟方乃死"。

《尚书·牧誓》曰："嗟！我友邦冢君御事，司徒、司邓、司空、亚旅、师氏、千夫长、百夫长，及庸、蜀、羌、髳、微、卢、彭、濮人。称尔戈，比尔干，立尔矛，予其誓。"庸国为八国之首。

孔安国《古文尚书》注曰："八国皆蛮夷戎狄。羌在西。蜀，叟。髳、微在巴蜀。卢、彭在西北。庸、濮在江汉之南。"

《国语·周语》载："禹夏之兴，融降于崇山。"

《穆天子传》曰："季夏丁卯，天子北升于春山之上，以望四野。曰：'春山，是唯天下之高山也。'木华不畏雪。天子于是取木华之实，持归种之。曰：'春山之泽，清水出泉，温和无风，飞鸟百兽之所饮食也。先王所谓悬圃……曰天子五日观于春山之上，乃为铭迹于悬圃之上，以诏后世。'""春山"，即崇山；"春山之泽"，即"崇山之泽"。

《孟子》载："舜之居深山之中，与木石居，与鹿豕游，其所异于禽兽者几希。"

屈原《离骚》曰："帝高阳之苗裔兮，朕皇考曰伯庸……揽茹（水）蕙（香草）以掩涕兮，霑余襟之浪浪"（"茹水"即今张家界城区澧水）。

《史记·五帝本纪》载："黄帝居轩猿之丘，而娶于西陵（武陵）之女，是为嫘祖。嫘祖为黄帝正妃。"又载："舜耕历山，渔雷泽，陶河滨。"

汉司马相如《大人赋》曰："余欲往乎南矣，历唐尧于崇山兮，经虞舜于九嶷。"

《竹书纪年》："祝融之神降于崇山，乃受舜禅，即天子之位。"

王维《叛王墓》诗曰："周叛不辞亡国恨，却怜孤墓近驩兜。"

苏轼《晓登尽善亭望韶石》曰："君王自此西巡狩，再使鱼龙舞洞庭。蜀人文赋楚人辞，尧在崇山舜九嶷。圣君若非真得道，南来万里亦何为？"

任续《思王庙记》曰："崇山连天外，界越隽岗阜。靡迤如舞如弛，遏千里之势，於洞庭之野，屹瞰都治，兹为彭山，盖澧邦所瞻也。庙盖其巅，神曰彭山，世传为唐神尧子。"

《石达开日记》载："大庸，古庸国是也，民性强悍……"

清初顾祖禹《读史方舆纪要》载："四川首州府，周庸国地……四川大宁、奉节、云阳、万县、开县、梁山皆其地也。"

《一统志》记："春秋时庸国鱼邑，汉置县。"

《四川通志》记："夔州，禹贡荆梁二州之域，春秋为庸国地，后属巴国，战国时属楚"（可见庸国地域之广）。

金德荣《大庸风土四十韵》诗曰："欲问大庸俗，崇山舜典祥。"清罗振鹏《崇山》诗曰："崇山万古蠹层云，虞代有臣周有君。"

据清代道光版《永定县志·金石》载，刘国道锻造的灵顺寺钟，上镌"大元荆湖北道澧洲路慈姑县十三都大庸口"等字样。"大庸口"即今永定城郊大庸溪注入澧水口的地方。

这些史料记载，充分证明大庸古国的客观存在，以无可辩驳的历史事实证明，今张家界市是大庸古国都城所在地，崇山是祝融、伏羲、蚩尤、神农、赤松、共工、盘瓠、驩兜等英雄祖先们的发祥圣地。刘勰《文心雕龙》曰："若乃山林膏壤，实文思之奥府。"王勃《秋日宴山亭序》云："东山可望，林泉生谢客之文；南国多才，江山助屈平之气。"陆游诗言："挥毫当得江山助，不到潇湘岂有诗。"人类最早的山岳崇拜意识就孕育、产生于这最早的文明发祥之地崇山。

"拜崇"与山岳崇拜

崇山又名狄山、烈山、历山、熊山、穷山、宗山、宋山、重山、充山、春山、从山、祖山、国山、中央仙山等。崇山，本义是指祖宗所住之山。今已降格单指高山，即崇山峻岭之"崇"，与其本义相去甚远。但具有引申意义的"崇拜""崇敬""崇尚""崇奉""崇仰""崇日""崇光""崇火""崇赤""崇土""崇苗""崇桑""崇蚕""崇凤""崇虎""崇牛""崇左""崇东""推崇""尊崇"等词语更接近它最原始的本来意义。今日"崇拜"一词，其词义之源即"拜崇"，即崇拜"崇山"。亦即对三皇五帝等人文始祖发迹之地崇山的顶礼膜拜。

以此类推，"崇敬""崇尚""崇奉""崇仰"等词语，反应了庸楚先民的"左言"（即宾语提前、谓语后置)习惯,其词义之源就是"敬崇""尚崇""奉崇""仰崇",总体归结为推戴尊敬素有祖山、国山之称的崇山;这也就是推崇、尊崇的本义所在。

至于"崇日""崇光""崇火""崇土""崇苗""崇桑""崇蚕""崇凤""崇虎""崇牛""崇左""崇东"等具有图腾、信仰、风俗意义的词语,则反映了远古先民眷恋崇山日出、崇山圣火、崇山物产、崇山地理环境的故乡情结。不管古庸人向何方迁徙,他们总是不忘崇山、不忘家乡、不忘祖国。

当他们渐行渐远、远离崇山、远离故土、异地定居以后,会自觉、不自觉地选择一座遥对故乡崇山的山头,来代替崇山尸而祝之、顶礼膜拜!当崇山先民随少昊蚩尤一路迁徙到今山东半岛后,便与土著联姻,选择岳父部族世居之地的泰山来代替崇山、代替祖山,以示落地生根,将泰山一带作为他们的第二故乡。故今日之泰山又叫岱宗,岱宗者,代崇也。故,后人又将岳父大人尊称为"泰山大人"。蚩尤率军东征九夷,开拓山东领土与土著联姻在山东扎根后,将故乡的地名搬到了殖民地,故山东亦有羊水地名。后人未作深究,以致很少有人知道她最原始的来历和渊源。据凤凰出版传媒集团凤凰出版社 2012 年版《说文解字》第 765 页载:"《尔雅》曰'嵩高为中岳。'《封禅书》《郊祀志》皆曰:'中岳,嵩高也。按,《禹贡》曰'外方',《左传》曰'太室',《国语》曰'崇山'。崇之字亦作'崈',亦作'嵩',故崇山亦曰崈高山,亦曰嵩高山。"从几位古今语言大师的解释来看,笔者关于"岱宗就是代崇"的推断,应该还是可以立论的。故而张家界一带的土家人被称为"崈(充、崈、重、舂、虫、从)人"、土家菜被称为"崈菜"、土家布被称为"崈布"的历史谜团就迎刃而解了。其实所谓"崈人""崈菜""崈布",指就是崇山之人,崇山之菜,崇山之布。甲骨、典籍上还有"虫山""崇庸""崇墉""崇伯""崇侯""崇州""重艮""天崇""舂泽""充长""崇山君""崇山天国"等名称,其实就是"蚩庸之山""崇山之庸""崇山之墉(城)""崇山之伯""崇山之侯""崇山之州""崇艮之山""天崇之山""崇山之泽""崇山之长""崇山之君""崇山之国"的紧缩语,其历史文化的发生地就在崇山南北。

尤其是最早出现的甲骨文"虫山"二字,更具有标签性解释意义:"虫"乃澧水之源祝融、蚩尤等农桑部落蚕虫图腾的标示,"融""蚩""禹""蜀"等字的初始含义都与蚕虫有关。蚩尤乃苗族之祖,始居崇山,"蚩"实际寓寄了"虫山"之音义。"虫山"即"崇山"也。"蚩尤"实为祝由、祝庸、祝融的同音异记。蚩尤部落的发展壮大,成为南方炎帝余脉能与黄帝分庭抗礼的支柱。蚩尤有兄弟八十一人,威震天下,多次打败黄帝部落,后在河北涿鹿与黄帝进行生死大决战。据《庄子·盗跖》描写,这场战争"流血百里"。《通典·乐曲》说"三年九战,而城不下,可见战争之惨烈。"后因炎帝榆罔(末代炎帝)担心蚩尤得胜难制,将自己取而代之,遂中黄帝反间奸计,联合黄帝打败了蚩尤。随后黄帝乘其内乱又将炎帝榆罔灭掉,成为唯我独尊的一代天帝。之后几代古帝成功继承黄帝大业,开创了相对稳定的古代太平盛世。

然而,随着社会历史的变迁和发展,南方祝融民族对祖山的崇拜与信仰跳出了自然宗教的框架,由最初朴素的、怀土念旧的故乡情结,步入伦理哲学范畴,跨进国家政治领域,达到理性精神殿堂。人们从山岳丘壑的万千气象变幻中演绎了宇宙乾坤构架之原理,诠释了理念的灵魂和思辨的光泽,感悟天地自然之道和生命不朽精神。这不仅对源远流长、博大精深的中华文明方方面面产生重要影响,而且成为孕育中华人文精神的基因和胚胎。究其根源,这与古庸先民崇拜崇山的拜崇意识、拜崇传统,即崇拜自然、融于自然,强调人与自然的和谐统一,肯定自然与精神融契相通的思想观念特征,以及高扬、彰显自然主义精神是密不可分的。

　　《山海经》就是古庸先民崇尚自然、崇拜山陵的一部崇山文化经典著作。以崇山、张家界为中心点(中央仙山)的大武陵地区,实际就是山的海洋,山的国度,大庸古国是一个典型的"山国""山之国""山陵之国""山海之国"。故,著名史学家张良皋先生称《山海经》为古庸国历史地理专著。该书一共记录了 26 条山脉,447 座山头,100 多个方国。故,张家界民俗老艺人龚建业先生所提供的——古传《庸人歌·告祖词》曰:"祝融佳人伴夜郎,繁衍百国围崧梁。伯庸八祖铸钟鼎,神农嫘祖植麻桑。"经初步研究统计,已有 30 多个山名与崇山周围的地名一一对应,20 多个方国与崇山所在大武陵地区的民族特征和文化内涵有着天然的内在关联,正好印证了"繁衍百国围崧梁"的祭祖歌词。

　　我国第一部诗歌总集《诗经》,充满了对山岳的尊崇与赞颂。如曰:"如月之恒,如日之升,如南山之寿"。"南山",表面看来似是泛指南方之山,实际则是确指江南大庸国都之崇山。"如南山之寿",是说如崇山一样古老长寿,千秋不老。又如"高山仰止,景行行止",意指品德像崇山先贤一样崇高者,就会受人敬仰;行为像崇山先贤一样光明正大者,就有人效法。故至周秦时期,山岳崇拜不仅同国家礼乐典制(五岳山川祭礼、巡狩封禅、皇陵都城规划等)和王权神授观念、社会习俗等相契合,而且融入社会伦理道德范畴。它在文化思想领域中演绎和熔铸成一种以崇高、壮美、永恒、神圣等为核心的崇山理念与精神。这一浸润和渗透着拜崇意象的理念,涵盖着一种鼓励、鞭策与催人向上、振奋情志的精神力量,洋溢着雄强的阳刚之气,追求一种高尚的社会价值观和理想境界。随着这一理念的不断发扬光大,不仅成为流贯中国古代士人精神的主旋律,而且作为一种思维方式、思想酵母和精神基因,极大地影响了古代中国社会文化的发展。

　　在古国大庸,拜崇意识与崇山理念的精神渗透,贯通各个领域,是一种普遍的社会文化形态和行为。如古代社会的一切建筑营造活动及其对环境的哲学思考,皆是在堪天舆地的山脉经纬中以及山岳意象的意蕴里进行的。因此,从文化角度而论,根深蒂固的崇山理念是古代大庸,乃至古代中国文化的灵根慧眼。荀子曰:"不登高山,不知天之高也;不临深谷,不知地之厚也。"每当人们走近雄浑壮美的天门、崇山时,从山下仰望,神都天门高耸,崇艮悬圃突兀,弥漫着一层亘古烁今的神秘、深邃,令人敬畏与崇拜;在对天门、崇山的攀登过程中,使人产生奋发向上的激情和攀登事业高峰的联想;而登临峰顶,欲上凌霄,万象排空,气势磅礴,极目远眺,胸襟开阔,顿生"会当凌绝顶,一览众山小"之壮志豪情和无限遐思。

"嗟乎!是君子者,志当存高远!"在这天崇一览中,人们自然会产生一股自信、自尊、自励、自强的精神力量……"一划开天崇为首,中央仙山柱其间"(见《古三坟》即《连山易》:"崇山君,重艮以为首"等句)。崇山,不仅是古代庸国人民触发激情、启迪思想、筚路蓝缕、创世开先的天国乐土和祖山圣地,也是当今人们心灵中永恒的精神图腾和不朽的历史丰碑。

本文摘选自李书泰著的《庸国荒史研究》,人民日报出版社,2019 年 4 月第一版,有改动。

源溯伏羲说阳戏

田奇富

我的家乡茅土关村（现误传为毛头关村）是一个有着三代阳戏传人、七十余年历史的"阳戏之村"，这是"样板戏"时代三家馆八家剧团公认并叫响的。第一代老艺人名叫汪贵卿，又名汪大儿，在大庸一带很有名气，我与他为邻，称汪大公，经常串门听他广谈阳戏轶事。由于"阳戏之村"环境的影响，我不但可称阳戏之迷，十八岁便在后台担任左场司鼓，首座称师，而且，对阳戏的渊源历史也有了一些了解和研究。

大庸阳戏处处见阴阳

阳戏在湖南西南多处流传，考其源流，多由大庸阳戏发脉流布四方。各地阳戏在融入当地文化因素之后，又各成体系，唯大庸阳戏恒久地保持其主流个性。大庸阳戏与这些支脉阳戏的本质区别就是唱法上的特殊声调高阳调和低阴调。高阳调就是金线吊葫芦。大庸阳戏的这种特殊唱法表现了这种地方剧种的特定属性，那就是曲调上的阴与阳和主琴上的阴与阳；器乐上的阴与阳和乐师上的阴与阳。这四种阴与阳的特殊性就是大庸阳戏的排它性。

1. 曲调上的阴阳

高阳调（金线吊葫芦）、低阴调（简称阴调），一欢一悲，一高一低，一快一慢，有人则干脆叫做一雌一雄，或一公一母，此二调为大庸阳戏中的主调，其地方特色也在于此，行内话叫作"阴阳调"。此外还有一种上河调和下河调，成一对比并调，该调在沅古坪（1953 年以前属沅陵县辖）多有此唱法，在行内亦叫"阴阳调"。

（1）高阳调是一种轻快的、高昂的、欢畅的曲调，听起来给人一种兴奋的感觉。一般唱于喜庆之时，演奏时要欢快地进行。

高阳调为尺/五弦，即 2/6 弦。现选录一段相关乐曲，用工尺谱和简谱同时载录，以作比较。

其一，工尺谱

六 六 六 五｜六　六 工｜尺 工 尺 上｜四　　合｜六 六 六 五｜
六　　六 工｜尺　工 尺｜上　　　　0 ｜

其二,简谱

5 5 5 6|5 5 3|2 3 2 1|6̇ 5̇|5 5 5 6|5 5 3|
2 3̇ 2̇|1̇ 01|

其中尾声的"1̇3 2̇ 1̇"是突然提高到上八度,这就是"高阳调"即金线吊葫芦"高亢、阳刚"的特殊音色。

(2)低阴调是一种缓慢的、低沉的、悲凄的曲调,听起来令人凄然泪下,对其戏中主人有一种十分的同情感。一般用于悲丧之时,演奏之时必须缓慢地进行,例如:

低阴调为四/工弦,即6̇/3弦。现选录一段相关乐曲,用工尺谱和简谱同时载录,以作比较:

其一,工尺谱

工   六|工 六 工 尺|上 上 四 上|尺   尺|工   尺 工|
五   六|尺 尺 工 尺|上   01|

其二,简谱

3   5|3 5 3 2|1 1 6̇ 1|2   2|3 2 3|6   5|
2 2 3 2|1   01|

两调相比,不难看出,高阳调为尺/五弦,即2/6弦,而低阴调则为四/工弦,即6̇/3弦,相比之下,其乐器定调(音)就相差3级,而且,低阴调在速度上要比高阳调放慢三分之一拍。

2. 主琴上的阴阳

大庸阳戏的演奏主琴叫作大筒,它和京剧以"京胡"为主琴一样,不能用其他乐器所代替,"京胡"由京二胡和三弦伴奏,禁用杂种乐器混用,即使当年推行"样板戏",都不敢进行"改革",这就是特色的原生性。

"大筒"为什么在大庸阳戏里独占着主琴的位置? 是因为大筒的音色十分独特,什么乐器都不能和它相匹配。要是真正给大筒找一个对象的话,整个戏剧海洋里只有一个能被它看中,那就是京剧的主琴——京胡,因这个京胡和大庸阳戏乐器中的"小筒"同出一辙。相传,当年的高阳帝,在崇山建国后,为推行其重光氏族先祖伏羲创导的"昭穆制",带着自己的一班臣僚,告别崇山,沿着伏羲发现的那条"子午线",一路北上,后来,又在北方称帝,成为北方之神。据说,由他发明的乐器"小筒"在北方广为流传,以致后来成为北方和中原京剧及汉剧的主琴——京胡。所谓"南大筒""北小筒"就源于此。

原生的大庸阳戏其乐器只有两种,那就是"大筒"和"小筒",因为其整个乐队只有左场(上首)和右场(下首)两人包揽全部乐器,不可能有那么多的伴奏,而这两种乐器一主一伴、一高一低、一正一反、一大一小,这就是大庸阳戏演奏时的"阴阳筒",又被称作"老少配"。

大筒为大庸阳戏的主琴,是因为他的那种"飍"音与唱腔一致,正好似京胡和京腔一致一样。那么,大筒的这种"飍"音是怎么发出来的呢,这就要从大筒的制作谈起。

大筒的选料很讲究,要选用五年的楠竹,在采伐上叫"留三砍四莫存六",就是说三年的竹子莫砍,六年的竹子莫留,所以五年的竹子正是最老道的时候。并不是所有五年的竹子都有用,还要篾匠不能剖篾的那种"瓢"(因是方言,暂借用此字)竹子,其音最佳。大筒的口径一般为7厘米,筒长是二胡的一倍即26厘米(二胡为13厘米),这种筒发出的声音就是最理想的"飍音"。大筒的杆多由上等紫檀做成,杆头雕成狮子,两耳即轴,两根弦从狮子嘴里穿过,叫作"狮子吐弦",即阴阳弦,或"子母弦"。

3. 器乐上的阴阳

大庸阳戏在整个器乐上可分为打击乐(锣鼓),吹奏乐(唢呐)和弓弦乐(大筒)三大类。

打击乐,又分为围鼓和闹台、嘹子和点子、火钹和曲牌,其中的火钹又分为"快打"和"慢打"两类。

所谓围鼓,就是八位乐师围着鼓进行打击乐表演。说细一点,就是一位掌鼓师进行整个乐团的指挥即鼓点发眼,他的周围环坐着左首大锣师,右座小锣师,前首一对唢呐师,前左首为头钹师,前右座为二钹师,掌鼓师背后还有一位后座的背鼓笛师,若遇大型喜庆,如大型祭祀活动,由八仙师傅奏乐,这个八仙师傅就是指大庸围鼓的八位乐师。打围鼓一般用在丧事,先从嘹子起眼。

所谓闹台,就是在开幕演出之前,向早入场的观众们进行的打击乐表演,这种打击乐表演就叫闹台,其目的一是迎谢观众,二是热闹场面,三是督催前台。闹台一般用在唱戏的舞台,叫开场锣鼓,其中的闹台,又分"十一槌闹台"和"花闹台"两种,这就是开场锣鼓中的"姊妹胎"——阴阳闹台。

所谓嘹子,就是嘹亮、响亮,打起来很干脆。其嘹子有:长槌、切槌、幺二三、灯罗汉、扑灯蛾、长工车、美丽景、红绣鞋等。

所谓点子,就是对嘹子的一种拆打法,如"幺二三"在点子中却应打成幺一、幺二和幺三。还有一种丁子,在舞台上专用于起唱前的大筒开弦信号,虽同出一辙,但各具用场,所以,嘹子和点子被称为打击乐的开场"双胞胎"——阴阳两嫡子。

所谓火钹,就是一种火火烈烈的快打法。大庸阳戏现存的火钹有100余个单牌,例如,机头、煞头、豹子头、凤点头、杀戒、洗马、三腔、四门静、水里鱼、俗内井、龙虎斗、苦槌子、风落大、飞溜子、八哥洗澡等。它又和舞台表演配合,如"杀戒",专用在舞台上的武生打斗场面;洗马,即用在舞台上的武生打斗结束后给马擦汗,洗刷鬃毛的过场。

所谓曲牌，是一种吹、打混合运用的舞台演艺法。吹奏乐的乐器就是唢呐；吹打合演的词曲就叫曲牌。大庸阳戏现能演奏的曲牌约有120余支，如迎红、大开门、小开门、阴武雷、山坡羊等。火钹和曲牌是一对难度最大的单、混各异的"阴阳打击乐"。在舞台上，火钹和曲牌交互选用，使整个舞台造成一种时起时伏、时幽时狂的热闹场面。

所谓唢呐，是一种一对同音同调的两人合演吹奏乐，唢呐型如喇叭，分一大一小，大曰长号，小曰唢呐，唢呐师一人一支小唢呐和一支大长号，合为两大小，被称作"大小合，长短配；姊妹联，阴阳对"。乐师有一句行话，叫作"铜钹要合不能合，唢呐不分最易分"，其意是指二人打钹要合手成节拍，但在快打时不能两钹打在一个拍点上；唢呐恰又相反，二人必吹在一个音拍上，不能听出"双音"；所谓"既合须为一，虽分莫作单"，这就充满了阴阳哲理。

这种打击乐的锣鼓由嘹子和点子、火钹和曲牌组成两对；吹奏乐的唢呐由两人合奏而配成一对；弓弦乐的主琴大筒和伴奏小筒组成一对老少配，这就是大庸阳戏多样乐器的阴阳配对演奏法。

4. 乐师上的阴阳

大庸阳戏分"前台"和"后台"两大演艺区域。前台，特指在舞台上表演的演员；后台，特指在台后演艺的乐队即乐师。演员称后台乐师为师，每在出场刚走上台亮相前，都要给后台乐师行礼——作揖。

前台，分主角和配角，旦角和丑角，老生和小生的天然配对叫"阴阳配"。后台，又分"左场"和"右场"，或称上首和下首，这就是大庸阳戏后台乐队的阴阳全能两大师。

所谓全能，就是乐师对以上的所有乐器必须件件精通，才能胜任整个后台所有乐器的完整演奏。其承担的任务分别有：左场，又称首席，所负责的乐器有六件：鼓、头钹、边鼓、课子、小锣、伴奏小筒（胡琴）；右场，又称亚首，所负责的乐器有六件：锣、二钹、唢呐、长号、笛子、主琴大筒。

以上称为八仙师傅十二乐。

在乐队中又充满了阴阳配对现象，譬如，大鼓和小鼓（边鼓），叫"阴阳鼓"；大锣（母锣）和小锣（公锣）叫"阴阳锣"；大筒（主琴）、小筒（胡琴）叫"阴阳琴"；头钹和二钹叫"阴阳钹"；唢呐和长号叫"大小长短阴阳两合吹"。

大庸阳戏中的阴阳成份还有前台和后台的"阴阳两大台"；主角和配角，旦角和丑角，老生和小生的"天然阴阳配"；左场和右场的"阴阳全能两大师"；高阳调和低阴调的"阴阳调"；大筒和小筒的"老少配"；主琴和伴奏的"阴阳子母弦"；围鼓和闹台的"姊妹胎"；嘹子和点子的"阴阳两嫡子"；火钹和曲牌的"阴阳配对演奏法"；大鼓和小鼓的"阴阳鼓"；大锣（母锣）和小锣（公锣）的"阴阳锣"；头钹和二钹的"阴阳钹"等。因而前辈艺人称大庸阳戏为阴阳戏，皆出伏羲氏太极阴阳八卦源头，且因其后裔颛顼高阳帝创阴阳戏中的主调高阳调——假嗓高腔金线吊葫芦,故称阴阳戏为阳戏。

伏羲本是大庸人

说阴阳,必然会联想到三皇之首的天皇伏羲,他是中华民族敬仰的人文始祖,居三皇之首,他和女娲兄妹结婚后,延续了人类,受到了中华儿孙的永恒崇拜。我们今天探讨大庸阳戏的渊源,自然联想到了这位老祖宗。

伏羲首倡定嫁娶,做网罟,画八卦,造琴瑟,设官职,并首创昭穆制。按照常理来说,他创造了如此功绩,其形象应该是聪明英武的伟男,然而自春秋战国以来,伏羲的形象却被画成"人首蛇身",尤其在汉代以后,伏羲"人首蛇身"的图案更是作为装饰图案广泛地运用人们的日常生活,在人们心中根深蒂固。儒家猜想派将这位人文始祖刻画成亦人亦兽是否符合历史事实,有必要作出一番正本清源的考证。

1. 本土风物证明伏羲诞生神话产生的基础

伏羲,即伏羲氏,姓风,亦名伏戏、宓羲、庖牺,又称牺皇、皇羲,传说他有圣德,像日月之明,故又称其为太昊。

相传伏羲的母亲叫华胥氏——诸英。一次外出,在雷泽无意中看到一个特大的脚印,便好奇地用足踏到这位仙人巨足上丈量了一下,即不知不觉感应受孕。怀胎十二年后,便生了伏羲。皇甫谧在《帝王世纪》中说:"太昊帝庖牺氏,风姓也,燧人之世有巨人迹出于雷泽,华胥以足履之,有娠,生伏羲于成纪。"这位生于东汉,卒于西晋时期的史学家、文学家、医学家皇甫谧说的是,在远古的燧人氏时期,有一位姓风名伏羲的人降生于雷泽,是因为其母华胥氏在雷泽用足踩踏了雷神巨足"感应"而怀孕。唐司马贞在《补史记·三皇本纪》中说道:"太皞庖牺氏,风姓,代燧人氏继天而王。母曰华胥,履大人迹于雷泽,而生庖牺于成纪。蛇身人首,有圣德。"这位唐朝的著名史学家司马贞所说的那位姓风名伏羲的人,继承燧人氏祝融而称王,《尚书大传》载:"以燧人、伏羲、神农为三皇。"

那么,伏羲究竟生于何处? 伏羲母亲华胥氏诸英所履的巨人足迹究竟在何处? 千百年来,众说纷纭,莫衷一是。一些史学家旁征博引,言之凿凿,将伏羲出生地定在甘肃天水。根据土家、苗、瑶、侗等南方民族广泛流传的兄妹成亲的传说分析,伏羲、女娲的出生地应在西南方。然无论怎样争论不休,判定伏羲之母华胥氏在雷泽践巨人足印才是最根本的证据。经张家界市历史文化基础性研究课题组集体攻关,已在张家界市境内发现"雷泽"——雷公坪、雷公山、雷公溪、雷公洞、雷公咀、雷公泉,六者皆在今市中心的三角坪、吉首大学张家界学院校区一带;又有千古传名的天门云梦泽,俗称"前有云梦,后有天门";又在今桑植县发现华胥氏的故里华胥湾(民间俗称华玉湾);而更奇者,在张家界居然发现四处仙人足迹:

第一处在天门山,名曰"足迹岩"。胡世安《游天门山记》载:"上云梯,过土地垭,未几而断山桥矣。至桥,各选石坐,叟指曰:桥之左,乃赤松山,闻丹灶存焉;右为足迹岩。"足迹岩又名仙人巨足,位于天门山西麓的马鬃岭,那里有一断山虹桥,其下方有一桌形台状巨石,在石上自然形成一对深深的巨人足迹,右脚长 1.08 米,宽 0.48 米,左脚长 0.96 米,宽 0.4 米,深均约 3 厘米。

第二处在现永定区枫香岗的巫山(麻空山)西南侧龙尾巴山岗,名"足迹岩"。2009 年 11 月 21 日王章贵老师到此进行实地考察。75 岁的李发超老人介绍:"我太祖母在世时就传说是仙人足迹,1973 年,村和国营溇水林场明确界址时,双方将这一带定为'南至脚迹岩,东至马蹄岩为界'。足迹岩旁边,早先有座寺庙,名'陪喜寺',据传远古一位仙女在这里踩足迹怀孕,民间以仙人有'喜'而建'陪喜寺'。有'喜',女人怀孕叫'喜',乡里人现在还这么说。大家都为仙人有喜而喜。"据分析,这个仙女娘娘当是华胥氏无疑。经实地丈量:左脚长 35 厘米(脚根到大蹈指),脚掌宽 17 厘米,脚跟 16 厘米,宽13.5 厘米,深度 3 厘米,右脚与左脚基本相似。

第三处在今永定区仙人溪村,因山下有一双仙人足印而将此山命名为脚印山,其山海拔高达 1514.6 米,面积约 500 余亩,四围万丈绝壁,壮丽非凡。明天启年间,武昌王子朱如会诛杀魏忠贤以清君侧失败,亡命山顶,建脚印山寺,庙址犹存。

第四处在慈利县金岩乡土溪村,小地名叫神堂坪简湾,这里住着十几户 70 余人的巫姓人家。据永定区交通局干部巫泽英介绍,他家旁一巨石上有三只仙人足印,其中的两只被炸毁,现仅存一只。清代慈利诗人王南川作《脚迹岩》诗:"想见凌波态,灵岩碧藓遮。香尘三径软,明月一钩斜。佩忆珊珊玉,莲生步步花。仙容如可接,惹我几停车。"诗中所写的"香尘""佩玉""莲步""仙容"均暗指华胥氏。

以上四处仙人足迹,均为十分逼真的人足印迹,其脚趾、脚掌、脚跟的踩踏形态准确无误。这是世界罕见的奇观。这些足迹,相传都是远古时期的华胥氏在此践其足印而怀孕,并降生下人文始祖伏羲。这就是说,云里雾里众说纷纭的中华始祖伏羲氏原来就出生在中国湖南张家界的崇山北麓!

2. 先天八卦是研究伏羲生地籍贯的重要依据

中华历史的 7000 年历程如一条跑道,起跑线上的是伏羲,终点线上的是今人,而中点站的那一位却是商朝的第九位国君商元王——雍己,在他继位的第 9 年即公元前 1490 年,正好是(7000 年÷2)3500 年的正值,这时的中国正处在甲骨文时代。商元王下传 461 年即公元前 1029 年,周文王将伏羲八卦简单地移动位置后归为己有称"后天八卦",这时距伏羲已经是 3961 年。商元王再继续下传 1040 年即公元前 450 年,孔子著《十翼》,完善"后天八卦",这时距伏羲已经是 4540 年。史家曹桂岑分析说"伏羲距今 7000—9000 年",而溇水城头山出土的稻种为 8000 年,两个数据相吻合。

上述为我们研究伏羲文化提供了三个信息:

其一,自伏羲至"甲骨文",相距 3500 年的时空。

其二,自伏羲至周文王"后天八卦",相距 3961 年的时间。

其三,自伏羲至孔子演《十翼》,相距 4540 年的时间。

这就给研究伏羲文化的史学家们指出了两条路:其一,以 7000 年前伏羲的"先天八卦"为依据。其二,以伏羲 4540 年后孔子儒学派的"中原正统儒家经典"为依据。

由此而知,研究伏羲只能以伏羲这本无字天书——"先天八卦"为主,再辅以"中原正统儒家经典",即有关历代儒门弟子的个人小记。研究伏羲仅凭距伏羲 4540 余年以后的几栋或几千栋乃至几万栋反复重修的古建筑去定论伏羲,只怕是有点荒唐。

本案与孔子无关。

现在我们不妨假拟上述的两种依据研究伏羲,这就可以比较哪种依据最接近史实,哪种依据却不可苟同。

第一,以现有的伏羲文化地域为据。全国现有六处伏羲文化区,其中西部有三处即甘肃天水、四川阆中和陕西渭南;北部有一处即河北新乐;中原有两处即河南淮阳、孟津。而这六处似乎与伏羲八卦没有多大关系,因为伏羲演卦不可能坐在西方、北方,而中原更与伏羲无关,因为伏羲八卦没有"中五"这个概念。

第二,以孔子门生的儒家经典为据。这里仅选录《淮南子·时则训》所载:"东方之极,自碣石山,过朝鲜,贯大人之国,东至日出之次,榑木之地,青土树木之野,太牌、句芒之所司者万二千里。"高诱注:"太牌,伏羲氏,东方木德之帝也,句芒,木神。"这里又将伏羲说成是东方木神,这只怕又是一个误导。在伏羲八卦中,东方并不是"木",而是"火",只有 3961 年后的周文王姬昌将盗来的伏羲八卦略加移位就变为已有的这种"后天八卦",才将先天八卦的"震"从东北方移置到东方而为"震木",所以,《淮南子·时则训》所载亦与伏羲原卦不符。

其一所涉"西方、北方、中原"。其二所涉"东方",唯没有南方,只怕漏洞就出在这里,而真正的本源也正在此处。

第三,以伏羲先天八卦为据。只要认真细看伏羲先天八卦的布局方位图,就会发现伏羲先天八卦有两个最基本的核心,那就是"子午线"和"正南乾一首":

(1)地球子午线的核心。地球有经线和纬线,经线是通过南北两极的线,每一条经线都是等长的半圆弧线,而且可以和对面的经线合成一个圆,而这个大圆可以将地球平分成两个等大的半圆球体,由于地球一天自转一圈,也就是每 24 小时自转 360度,所以换算起来地球每小时自转的角度是 15 度,因此经线就以 15 度作为间隔,每15 度画一条。在 1884 年的一次国际会议上,学者们决定了经线 0 度的位置,是以通过英国伦敦格林威治天文台的经线为标准,这条经度为 0 度的经线又叫作本初"子午线",也叫作格林威治线。以这条线作为起点,往两边度数渐增,向东叫作东经,向西叫作西经,东西经各有 180 度,而东经 180 度和西经 180 度在同一条经线上,与本初虚拟子午线相对。

（2）正南乾一和正北坤八的核心。伏羲首创八卦，将"乾天"放在"南午"位为"一"，又将"坤地"放在相对应的"北子"位为"八"，这很明显，当年的伏羲最先发现了地球的子午线以后才开始演八卦，所以，正南的"乾一"是八卦的"首位"是无疑的。我们现在研究伏羲文化，首要任务就是要寻找"正南乾一"的"首位"究竟在何处。

我们发现，西部的甘肃天水、四川阆中和陕西渭南，北部的河北新乐，中原的河南淮阳和东方木神都与这两个核心没有任何关系。湖南张家界不但处在中国南方的重要位置，而且正在那条子午线上，难道是巧合吗？因为有了这条子午线，张家界市北侧的靠山才古称"子午台"，这是流传千古的地名信息，先民早已把伏羲的出生地及演八卦的谜底隐藏于此。原来伏羲八卦渊于张家界的崇山，伏羲本来就是大庸人。

（3）天门太极之谜。天门太极位于张家界市西侧且（祖）住岗，澧水在这里绕成一个大"S"形，明朝永定卫道纪司定论大庸茹水80里风水时，因这个太极正对准天门的正相，故命名为天门太极。张家界历史文化基础性研究课题组在搜集整理大庸古地名时，发现了一个离奇的远古地名文化链。下面我们作一个简单的观测，先以天门太极为核心，向它的四方和四维一一辨认，就可发现华夏人文第一个奇迹，现在我们将四方和四维的古地名一一排例：

正南方——天门山。其山有"天门"；远古时为"崧梁山"（即"桥梁山"，证明天门洞成白远古）、方壶山、赤松山、云梦山、嵩梁山、天门山，一山六名。玉壶峰位居方壶山即天门十六峰群峰之首，不仅在位置上处于十六峰之首，且蕴藏着一个九黎族蚩尤和太昊少昊部落的南迁历史。

天门山以天然石洞之名呼之为"天门"，很令人费解，一个穿山石洞，怎么会是昊天之门呢？原来他是伏羲演八卦"重艮为首的——南乾之门"。

正东方——官黎坪。由火正之官祝融而得名。其坪有"黎（离）山""黎（离）坪""黎（离）水（今干溪）"和"黎（离）渡"。官黎，即远古人文始祖重黎即祝融，又称祝诵、炎融、祝和，为颛顼帝之孙重黎，相传帝喾高辛氏时，任火正之官，能昭显天地之光明，生柔五谷材木，为民造福，帝喾命曰祝融，后世尊为火神。《国语·周语上》载："昔夏之兴也，融降于崇山。"十分明白地告诉人们：这个历史巨人就出生在湖南张家界的崇山。

正北方——且住岗。且住岗即祖住岗。其地有"三皇垄"和"五行台"，其中，三皇垄已毁一垄，还剩两垄；五行台即"五里堆"，属四十八丘之西部的那一部分（现已毁）。

正西方——大庸溪。其地有"大河""小河""大庸溪""响水溪""伏羲泉""高阳泉"。位置正是伏羲八卦的正西方，其后之山为一山六名，即巫山、麻空山、崆峒山、宋山、历山、禖宫山。就在大庸坪正中，源出高阳泉的大庸溪在此绕成（并经伏羲人工开掘）一个巨大的太极图。这是天门太极中的小太极，举世罕见。

东南方——伯庸坡（讹名白羊坡）。其地有"云梦泽"和"天池泽"。2009年10月18日上午，在伯庸坡峡洞外一带考察，正逢上天门大道工程途经上峡洞打洞穿山，在上峡洞口深挖一条20余米的人工槽,第一层为地表层,约50厘米厚;第二层为粘土层,约1米厚;第三层为沙石层,约1米厚;第四层为黏土层,约3米;第五层为沙卵石,因没有挖见底层,其厚度无法估计。这里是澧水北退的瘀积层,是残留的云梦泽古遗迹。天池泽即天门之西古天池,明代天启七年(1627)崩决为"池塌"。

东北方——三角坪。其地有"雷公坪""雷公山"(其山有雷公咀)、"雷公洞""雷公泉"(明代因有白龙传说而更名白龙泉)、"雷公溪"(明洪武二年建卫城将此溪改名为"西门溪",以与东门溪匹配)。

西南方——枫香岗。其地有"枫香岗""风门垭""风泉""风洞""风湾"。这个方位的远古历史文化符号十分厚重,有祖山、驩兜墓、驩兜古城墙、茹国四方城、仙人足迹岩、宋山、三代继植的五千年苗族妈妈树——枫香树等。

西北方——小河坎。其地有"连山",本地有歌谣曰:"两象起草,双狮连裆。上有龙凤,中有牛王。"所涉刚好七山。

如果将这些地名综合起来绘成一幅图,就会惊奇地发现,原来是一幅天然的伏羲先天八卦图!我们斗胆说,这种天衣无缝的天门太极格局,是任何一个地方都不可能存在的!经破译,我们更惊奇地发现,这种莫名奇妙的地名符号,原来隐藏着一个天大秘密,这种天生太极风水,正是成就伏羲氏演八卦,创造中华远古无字文明的先机!

3. 文献记载印证伏羲就是大庸人

据《连山易》载:"连山者,重山也,故,重艮以为首。"句中的"重"和"艮"是重中之重,读懂了它,崇山的文化密码便迎刃而解。

先说"重"字。翻开《康熙字典》:崇,重也。邢昺曰:又高贵也。《易·系辞》崇高莫大乎富贵。《左传宣王十二年》师叔楚之崇也,又充也。《礼·乐记》复缀以崇。又《仪礼·乡饮酒礼》主人再拜崇酒。《注》崇,充也。

《康熙字典》的记载说明了三个关系:其一,"崇"为"重";其二,"崇"为"高贵";其三,"崇"为"充",即大庸在汉朝时的充县,及后来的崇州、崇义县命名之依据。《说文解字》注:徐锴曰:"重者,人在土上,故为厚也。"这说明崇山土厚,便是大地之首,人居住其上,便是祭天的首选地。

再说"艮"字。《汉语大字典》艮:"艮在还没有汉字的八卦符号中代表山。"既然"重"为"崇",而"艮"又为"山",那么,"重艮以为首"就是"崇山以为首",按本地话说,就是"以崇山为首"。

特别值得注意的是:《连山易》六十四爻卦大象第一组首卦是崇山君;第二组首卦是伏山臣;第三组首卦是列山民;第四组首卦是兼山物;第五组首卦是潜山阴;第六组首卦是连山阳;第七组首卦是藏山兵;第八组首卦是选山象。不可思议的是,这其中的崇山君、伏山臣、列山民和连山阳均在张家界境内!

《连山易》64卦的首卦名"崇山君",《连山易》中的"首艮"反复出现,这就进一步说明,以崇山为首的"南一"是八卦的领袖;而以崇山为首的"君位"是六十四卦的统帅。

张家界市有一句俗话:说"祖"必说"崇","祖山",即"崇山"。而演"卦"为演《易》,无"三"不成"卦",亦是对《易》的解释,凡《易》有三类,曰《连山》、曰《归藏》、曰《周易》;而卦亦有三种,即伏羲之先天八卦、神农之中天八卦、文王之后天八卦。

《山海经》载:"伏羲氏得《河图》,夏后氏因之曰《连山》。"《山海经》里的这位夏后氏应该是指"夏禹",他的在位时间约公元前2146年;而伏羲的在位时间,按河南文物考古研究所曹桂岑根据"兄妹为婚"和渔猎经济分析:伏羲距今7000—9000年,徐旭生先生认为:"伏羲与女娲同一氏族,在南方,属苗蛮集团。"两位史家结合起来研究,就是说,距今7000年至9000年时期的伏羲和女娲,是南方苗蛮集团的首领。苗族史家隆铭骥先生在《苗族探微》一文中说到,苗族祖源在崇山,日本大和民族的子孙亦到崇山寻祖。这都证明伏羲不仅出生于崇山,演卦于崇山,而且生活于崇山,称帝于崇山。许多年后,当他完成了南方文明开发之后,他的后裔继承前辈遗志,背着伏羲神像,率领一支庞大部族北上,越武陵,跨长江,过黄河,开始北方中原文明的拓荒与建设。

阳戏就是为纪念伏羲演的戏

大庸国不但拥有人类最先进的铸造文化、建筑文化、棋艺文化、茶道文化、盐商文化、殡丧文化等,还有一种最先进、最文明的歌舞文化即大庸国的国戏——阳戏。"驾辩"便是这种文化的祖源。《神秘消失的古国》中谈及庸国的歌舞文化时写道:"庸人还能歌善舞,并发明鼓等乐器,因此古人有时将大鼓称为庸鼓。庸人善于歌舞,在《诗经》中可见其端倪。《诗经》中《江汉》及《墉风》中一些作品,很可能就出自庸风。世有'吉甫作诗',之说,尹吉甫为周武王的大臣,其出身地即庸国的附庸之地麇国。庸国的歌舞后来发展成山歌、戏剧、丝竹高腔、薅草锣鼓、闹房花鼓调,主要源头就是古庸国的歌舞。"

1. 伏羲作瑟谱《驾辩》

伏羲为南方土、苗及各少数民族的先祖,他不但首创人类文化的第一个符号——"八卦",还是人类琴类乐器"瑟"的发明者;又是人类乐曲文化的创始人,他将"瑟"制作成功后,还创作了人类第一首古曲——《驾辩》,这首古曲一直在江南古国——庸国流传,成为大庸国的国曲。当历史沿革到春秋时,五霸崛起,于是,庸国贵族鬻熊的后裔将大庸国取而代之为楚国,将这支伏羲所创并流传了三千余年的"驾辩"古曲经诗祖屈原配以《离骚》等诗词而合演,这就是当时在江南庸楚之地广泛流行的曲艺之歌——《劳商》。

游国恩先生在他所著的《楚辞论文集》里提出:"'离骚'就是'劳商',是楚国故有的歌曲名。近年出版的《离骚纂义》又进一步阐明这一看法。他说:'劳商'与'离骚'本双声字,古音宵、歌、阳、幽并以旁纽通转,疑'劳商'即'离骚'之转音,一事而异名耳。盖《楚辞》篇名,多以古乐歌为之,如《九歌》《九辩》之类。则《离骚》或亦楚人固有乐曲。如郢中之有《阳阿》《薤露》《阳春》《白雪》,后世乐府之有《齐讴》《吴趋》之类。作《大招》者去屈子之世渐远,声音渐变,王逸不知《劳商》即《离骚》,亦即楚之古曲,故以为别一曲名,其实一也。"但游国恩先生只知屈原是楚国大夫,却不知这位诗宗的家乡居然就在大庸(此说将有专文论述),这首《离骚》古诗配以伏羲《驾辩》古曲而名《劳商》之歌,实际上是屈原被流放后,在其大庸家乡写成的,真可谓"戏(羲)曲庸风",这又足以证明,大庸阳戏的第二代宗师就是张家界市的屈原。

《吕思勉读史札记》谓"伏羲遗声在楚,亦其本在东南之证。"既然伏羲遗声在楚,而楚又属庸,这又证明芮逸夫、闻一多先生都主张伏羲出自苗族,认为伏羲是苗族的祖先这一观点是正确的,也正好与我们发现伏羲就在张家界形成信息对接。

2. 阴阳学与大庸阳戏

阴阳学说,认为宇宙间任何事物都具有既对立又统一的阴阳两个方面,经常不断运动和相互作用。这种运动和相互作用,是一切事物运动变化的根源。古人把这种不断运动变化,叫作"生化不息"。《素问》阴阳应象大论说:"阴阳者天地之道也(对立统一的存在,是一切事物的根本法则),万物之纲纪(一切事物都不能违背这个法则而存在),在变化之父母(事物的变化是由事物本身阴阳两个方面,不断运动和相互作用形成的),生杀之本始(事物的生成和毁灭都来自于这个根本法则),神明之府也(这就是自然一切奥妙的所在),故治病必求于本(所以要想治好病,就必须从这个根本问题——阴阳上求得解决)。"这段话阐明了宇宙间一切事物的生长、发展和消亡,都是事物阴阳两个方面不断运动和相互作用的结果。因而,阴阳学说也就成为认识和掌握自然界规律的一种思想方法。

阴阳的含义极其普遍,古代思想家认为,宇宙间一切事物都是由互相对立又互相依存的两个方面构成的,这两个方面就称为阴阳。

当我们追溯阴阳学的本源时,谁都会想到一个人,那就是出生于崇山的燧人氏部落,继燧人氏为王,在崇山创演八卦的华夏人文始祖——伏羲。阴阳学说的产生,是对世界人类做出的重大贡献,从而证明崇山文明很可能是世界性源头文明。这一朴素的哲学,至今仍在启迪世界科学之门。

3. 伏羲是八卦阴阳学的始祖

《易传》载:"易有太极,始生两仪。两仪生四象,四象生八卦。"两仪即阴阳,可在不同时候引申为天与地、昼与夜、男与女等。

八卦的"卦",是一个会意字,从圭从卜。圭,指土圭,开始以泥作成土柱测日影。卜,测度之意。立八圭测日影,即从四正四隅上将观测到的日影加以总结和记录,这就形成八卦的图象。

八卦的最基本的单位是爻,多是记述日影变化的专门符号。爻有阴阳两类,阳爻表示阳光,阴爻表示月光。每卦又有三爻,代表天地人三才。三才的天部,包括整个天体运行和气象变化,这些星象之学,古称天文。地部指观测日影来计算年周期的方法,用地之理了解生长收藏的全过程。人部指把天文、地理和人事结合,以便按照这些规律进行生产和生活。

先天八卦讲对峙,即把八卦代表的天地风雷,山泽水火八类物象分为四组,以说明它的阴阳对峙关系。《周易·说卦传》中将乾坤两卦对峙,称为天地定位;震巽两卦对峙,称为雷风相薄;艮兑两卦相对,称为山泽通气;坎离两卦相对,称为水火不相射。

所以说,伏羲八卦是后来崛起的一大学派——阴阳学的本源。

4. 大庸国国戏源于伏戏

伏羲的阴阳文化普遍被大庸人所接受,甚至干脆将"阴"比作女娲,而将"阳"比作伏羲,在地名上也是如此,譬如,大坪和小坪、前坪和后坪、上寨和下寨、高坪和下(夏)坪、西溪坪和南庄坪、一碗水和二家河等。

伏羲,《莊子》作伏戏。《世本》载:"祝融作市;宓羲(伏羲)作瑟;女娲作笙簧;神农作琴;蚩尤作兵器(注:蚩尤,神农臣也);逢蒙作射;芒作网(芒,庖牺臣)。"又,容成作历,大挠作甲子,鲧作城郭,无句作磬,夔作乐,苏成公造篪,暴辛公作埙。

伏羲这位人文始祖生于崇山,他不但作瑟,还亲自谱曲曰"驾辩",女娲又作笙簧,神农作琴,三皇皆作乐而娱民。

苗族古歌《傩巴傩玛》中曾记录了驩兜被流放崇山的史实。古歌中对崇山的生活环境作了令人向往的描述,现选录如下:

泉水潺潺,　　　　　　　绿树茵茵。
伸手可以捞月,　　　　　张嘴可以咬星。
驴马自由奔跑,　　　　　男女歌舞不停……

古歌中还记述了驩兜在崇山建"崇山天国"(即古籍中所称的"驩兜国""驩头国",疑为大庸国)的动人场面:

齐了三头水牛,　　　　　齐了三头黄牛;
齐了五头黑猪,　　　　　齐了五头花猪;
齐了七个簸箕大的铜鼓,　齐了七面簸箕大的铜锣;
齐了九个牛皮大鼓,　　　齐了九面凸凸小锣;
齐了一十二把长管,　　　齐了一十二把长号;

齐了三百芦笙，　　　　　齐了三百唢呐；
齐了三千大炮，　　　　　齐了三万小炮……
…………　　　　　　　　…………
炮声响出三天路远，　　　鼓声响出三天路长；
笙歌震荡三山五岳，　　　呼声惊动四面八方；
声音传去九天九夜，　　　九天九夜欢乐无疆……

（参见《讙兜与崇山》张家界市政协文史委编）

据《史记·五帝本纪·索隐》皇甫谧语曰："尧娶散宜氏之女曰女皇，生丹朱即讙兜。"由此可知，在唐尧时，讙兜被放崇山之时（据李书泰先生考证，所谓"放讙兜于崇山"之"放"非"流放"也，乃昭穆制"出嫁"之谓也。详见李书泰《舜帝从俗嫁讙兜——舜放讙兜于崇山新考》），古大庸国的歌舞用于大型祭祀就已经十分隆重了。

这种崇山祭祀的大型歌舞场面如此之宏大，足以证明古之大庸国的文明程度和讙兜盛世的歌舞文化已臻完美。

古歌中记述的男女歌舞不停，七个簸箕大的铜鼓，九个牛皮大鼓；七面簸箕大的铜锣，九面凸凸小锣；一十二把长管，一十二把长号；三百芦笙，三百唢呐；三千大炮，三万小炮；九天九夜欢乐无疆。向我们提供了大庸阳戏现今所用的大鼓、小鼓，大锣、小锣，长管（笛）、长号、唢呐等，皆出自于古庸国崇山"讙兜盛世"的歌舞乐器。

通过对伏羲及大庸国文化的研究，不难看出，大庸阳戏实际上是纪念伏羲、祭祀伏羲的古戏。或者说，"戏"之产生，可能源自伏羲之戏（羲），在《康熙字典》中，"戏"与"羲"通。而大庸人又认同伏羲后裔颛顼高阳是"伏羲"之戏的最重要传人，其"金线吊葫芦"就是高阳时代的产物。高阳，声传九天之上也，太阳高照也，故称"高阳调"。所以说，大庸阳戏就是以伏戏之名传之高阳、成熟于庸楚的古庸国国戏。

2010 年 5 月 28 日

本文摘选自周志家著的《大庸阳戏研究》，中国文史出版社，2011 年 11 月第一版，有改动。

炎帝雨师赤松子考

田奇富

历史,简单地说就是已经发生的对当代社会发展有重要作用的大事。那么,历史人物就是在这些事件中有着重要影响,起过推动作用,并留下显而易见痕迹的人。评价历史人物是研究历史的一个重要部分,也是社会科学研究的重要内容。

历史人物是构成历史的关键要素。在时间、地点、事件、人物诸多要素中,人是非常重要的要素。他们都是历史发展的助推器和变速档。

远古时期影响人类文明进程的先祖众多,是因为这里有一个开天辟地、最先跨入人类文明门槛的文明母国(即大庸古国)的伟大存在;有一座历代天帝大傩、帝师傩祖顶礼膜拜、万国来朝的人类祖山(即崇山首丘)的巍然耸立;有历代先贤观天察地、植桑养蚕、耕织陶冶、版筑造城、创始开先的劳动实践;有从事农耕、傩祭、医道义化传承、集傩(农)、傩史、傩道、傩医技能于一身的巫觋梯玛天团的薪火相传。如母系祖傩:华胥氏、诸英氏、婉华氏、娲皇氏等;父系帝傩:祝融氏、伏羲氏、神农氏、金天氏、熊黑氏、高阳氏、高辛氏、陶唐氏、丹朱氏等;帝系圣傩赤松子、青鸟子、庸成子、广成子、善卷、鬻子、屈子等;民间民系神傩夸父、后羿、刑天、巫澧、巫罗、巫彭、巫咸、梯玛、司公、端公等,其中最杰出的就是神农雨师赤松子。

赤松子,名屏翳、玄冥,又名赤松大王,帝师之祖,男巫之鼻祖,即崇侯。据历史记载,是神农雨师。

赤松子家住天门南麓赤松坪,即今张家界市永定区天门山镇大坪社区。凡本地中老年人多数都熟知其人其名及其传说故事。因为这一地区是赤松子文化的沉积区域。现赤松故里有赤松山、赤松峰、赤松岩、赤松坪、赤松村、赤松溪、赤松桥、赤松亭、赤松洞、赤松碑和赤松大王庙,以及丹灶峰、金水池、燎祭台等赤松子文化符号链条,至今赤松故里的人们都至诚地崇拜赤松子。

赤松故里的人们对赤松大仙有一种与生俱来的、天然的亲近心和亲切感。地名固化的赤松文化符号,心灵传承的赤松崇拜意识,使天门山赤松神灵祭祀文化自成体系。

赤松子是我国远古时期第一个提出生命学——"吐故纳新"理论的大圣人;第一个提出处世学——"善恶有因"理论的大哲人;第一个提出道德学——"三等智仁"理论的大贤人;第一个提出功德学——"悔过是解罪之法"的大达人,也是第一个与刑天联手助蚩尤打败黄帝的大智人。他总结先人"养生法"、研制仙丹"冰玉散",授予神农,并助神农研制百草之药,惠及后世,名垂千古;他尊天法地、熟察气象、祈雨除旱、力保农稼,被神农尊为雨师,后因久旱不雨,"燎祭"(火祭)祈雨牺牲,火葬升天而去……数千年后,又被道教尊为左仙太虚真人。

一代庸帝:庸国之祖赤松子

《永定卫志》载:"赤松岩,与天门对峙,上下数十里,号赤松村。里人祀其神曰赤松大王。"这天门山对峙的"赤松岩"指的天门山南麓赤松故里(大坪)东侧的一座酷似赤松子头像的巨石,家住赤松故里的人们认为大庸国都在天门山北麓,天门又是大庸古国之国门,因庸国先祖灵魂皆从此升天南行,奔赤松岩而去,跨界为神,所以,国都之门又叫南天门。而"国门"前的两座天然山头,酷似一对雄狮,本应该命名为狮子山或狮王山,却偏偏名曰"王楼子山",即东王楼和西王楼。经考证,赤松岩原来是赤松子的"燎祭台",故里人们为了纪念他而得名。赤松岩在天门前,分一左一右,左为左王楼,右为右王楼。为什么叫王楼呢?因赤松故里的人们称赤松子为"赤松大王",其庙又称赤松大王庙,故此,将其燎祭"成仙处"命名为赤松大王的仙楼,让这位被人们尊敬的先祖永远住在天门前的左右王楼子山享受子孙的祭拜。

清光绪《永定乡土志》记载:"天门山寺,旧寺在山顶之东,号云梦仙顶;复移至西峰,号赤松山。"这就是天门山又叫"赤松山"的原证。

《澧州志》载:"天门山顶有山峰,名曰赤松峰,相传赤松子曾隐居在此。附近有丹灶峰,时有云起,阴晴异态,袅若炉烟。"天门山的赤松峰和丹灶峰是两大主峰,本境人皆以此来纪念赤松子。

《大庸县志》载:"赤松山在天门山西部,主要景点有赤松村和赤松大仙岩(左右二王楼)。"文中的"赤松山在天门山西部"的确切位置是老道湾的"三十六笈",赤松村的核心位置是大坪的柏果树村,而赤松大仙岩就是"赤松岩"的雅称,赤松岩所在之台地又称"燎祭台"。

《一统志》载:"赤松桥旁有石碑,云赤松子曾到此。赤松山峰,高千七百尺,峰顶石桩类人形立此。"明万历《慈利县志》载:"赤松山在邑西……里人祀过其神,曰赤松大王。"清同治《直隶澧州志》《续修永定县志》以及清光绪《永定县乡土志》等,亦有关于赤松子在天门山炼丹的记载。

清道光《永定县志》载:"良得黄石公书后……从赤松子游,邑中天门、青岩各山多存遗迹。"看来,赤松子的名气也真大,一些贤人如汉留侯张良宁愿放弃名利,也要慕赤松子之名来游。

赤松子在湖南有多处存迹

《慈利县志校注》718 页载罗元复《赤松山》诗曰:

昔闻张子房,从此赤松游。药灶苍鲜合,丹井寒蒲抽。巍巍帝者师,何事谋归休,咸阳叹黄伏,争如五湖舟。知足故不辱,知止故不忧。扰扰通旁者,驾者焉所求。

由此而知,赤松子曾在零阳(古属庸国)留下足迹。

《湖南古今地名辞典》载:"赤松坛,又名赤松山、赤松仙,在茶陵县城西南 5.6 公里云阳山东麓,相传为赤松子炼丹处。"清同治《茶陵州志》文中记载:"山西南有炼丹灶一处,皆为石之,灰烬如新,石杵臼一所,其色莹澈类真玉。并有'子房炼丹池''捣药槽''张良试剑'诸胜迹。徐霞客《楚游日记》谓,'乃从赤松子而附会留侯也'。1938 年建赤松亭,赤松丹井,为古茶陵八景之一。"茶陵,是因中华民族始祖"炎帝神农氏"崩葬于茶乡之尾而得名,汉高祖五年(前 202)置县。而赤松子是神农的雨师,因此,二人均在茶陵活动,是符合情理之事。

《湖南古今地名辞典》第 115 页载:"雨母山,原名云雾山。又名云阜山,属衡山。在衡阳市区西南 10 公里,衡阳县东阳乡境内。人言山巅云涌即有降雨。昔山颠建有雨母庙,山因此得名。清乾隆《清泉县志》:'舜南巡经此。上有帝喾祠。每祭常有云气,'雨母山有赤松子坛'。今山石尚有清知县江恂篆书'赤松子坛,字刻,依稀可辨。"衡阳是南岳衡山之首,庸楚先祖祝融葬于祝融峰,赤松子到此,本为常事。

《岳州府志·安乡县·形胜志》记载:"前抱清流,后依山阜,药山左耸,赤松右峙。南控桃源,北连獠洞,群流注江。"由此看来,安乡县有"赤松山",说明赤松子在此有活动遗迹。

《岳州府志·华容县》有四处载赤松子:其一,第 462 页载:"赤松亭村,又名赤松村。"华容即华庸,夏前属庸国,战国为楚,这里的赤松子是否古庸先祖赤松子还有待考证。其二,第 490 页载:"赤松城,在县南五十里,汉赤松子游处。"此文所指的赤松子是后汉三国时的黄大仙即黄初平。其三,第 509 页载:"容城十景之一,黎某诗·赤松遗址:随风上下惊雷霆,凫鸟何年此炼形。去汉早知云梦狩,入荆还结洞庭亭。不参角里为诸友,却引留侯作独醒。今日登临重慨古,夕阳苹蓼满湘汀。"其四,第 504 页载:"容城十咏:冉冉赤松亭"诗句。说明华容(庸)有"赤松亭",赤松子到此一游实为可信。

以上的多处赤松子文化,皆属于幅射点,远古、上古贤人孤独地在一处是不存在的,因为他们是文化的主导者,文化就是文明的基石,只有团体文化,才是文明的胎盘。由此而推理,崇山古庸国宗都的赤松子还仅是其中一员,到所辖属之地料理事物乃职守之事。

赤松子修炼成仙有诸多传说,且屡为古籍所载。郭璞云:"水玉冰体,潜映洞渊,赤松是服,灵蜕乘烟,吐纳六气,升降九天。"赤松子在天门山结炉炼丹,其遗址的丹灶峰和金水池至今仍在。清代诗人叶守礼吟道：

> 悬崖峭壁绝尘寰，上有仙人学炼丹。
> 炼得丹成鹤已去，独留丹灶在峰峦。

嘉庆六年（1801）拔贡、今永定桥头乡人、嘉庆二十一年（1816年）参纂《永定县志》的熊国夏《天门山赋》载："赤松炼丹九成而有灶，周文史封三斩而若堂。"（见陈自文编《大庸古诗三百首》）。

那么，赤松子所炼之丹究竟是什么？《艺文类聚》载："赤松子好食柏实，齿落更生。"这里很值得注意，赤松子常服的"柏实"是什么？先请教神农。柏实在《神农本草经》中载："味甘平。主惊悸，安五藏，益气，除湿痹（音辟）。久服，令人悦泽美色，耳目聪明，不饥不老，轻身延年，生山谷。"这种柏实生山谷有"悦泽美色，耳目聪明，不饥不老，轻身延年"的功能，它经得起科学鉴定。

关于大傩师赤松子求雨之事，《路史》有载："一祈不雨，阖南门，置水其外；二祈不雨，开北门，取人骨埋之；三祈不雨，命傩师祝告暴之；四祈不雨，傩师自焚即'燎祭'。"在古代祈雨止雨仪式中有其残酷的一面，一旦祈雨不至，往往需要傩师祈雨；止雨也是如此。《淮南子》载："汤时，大旱七年，卜，用人祀天。汤曰：'我本卜祭为民，岂乎自当之。'乃使人积薪，剪发及爪，自洁，居柴上，将自燎以祭天。火将燃，即降大雨。"

赤松子显然不像汤那样幸运，自燎之前没有突降大雨，所以只能随烟气而上，遂成为"随风雨上下"，登遐飞升的真仙。《列仙传》名列篇首的仙人是赤松子，关于其事迹载道："赤松子者，神农时雨师也。服水玉以教神农。能入火自烧。往往至昆仑山上，常止西王母石室中，随风雨上下。炎帝少女追之，亦得仙俱去。"实际上，是残酷地自焚了。

赤松子由于自焚升天而成为古代最著名的雨师，更由于人们崇拜的热化，渐渐变成掌祈雨巫师的通用名，所以，历代雨师均以赤松子而自称，随着时间的变迁，谁是真正的赤松子，也就真伪莫辨了。

赤松子为神农之师，又以祈雨见功，被神农帝拜为雨师，但赤松子最后献身于祈雨的燎祭即自焚，博得人类的千古崇拜。

赤松子最后一次祈雨达最高层的"燎祭"，这是当时的高级知识分子祖巫、帝巫、帝师巫、大巫师的巫德，即为民疾苦的献身精神。人们不愿看到他是因火焚而死，说是乘烟而上天庭做了神仙，古庸先民们为感其"立社兴国""行医治病""引水农耕""献身祈雨""造福人类"的大巫师即崇山侯或天崇侯，塑像立庙，享受世代儿孙的香火祭祀！并将他活动过、祭祀过的山冠名为"赤松山"，其峰为"赤松峰"，其水为"赤松溪"，其村为"赤松村"，万年后的今天，仍沿用其名。今天门山南麓的大坪，古名赤松坪,解放后才改为大坪,这里是赤松子的故里。

赤松子舍身火化还有一个陪伴,这个人就是神农的女儿即古帝的"公主"。《列仙传》谓:"赤松子者……炎帝少女追之,亦得仙俱去。"炎帝的这位"公主"随赤松子一起采药制药,耕农教农,其美德被人们广泛地称颂,由此对赤松子产生爱慕和敬仰,于是,一直追随。当赤松子燎祭火化时,而愿陪同火化,这是太古时期人类的一种最高尚、最纯粹的挚爱。人们不但将他二人尊为至高无上的"爱神"去崇拜,而且将其奉仰为风神、雨师,常驾舟来去云梦泽,故曰"风雨同舟",但并不是下雨时同舟而行,而是风神、雨师同舟而行。这是人类一种崇高的精神信仰,"天门仙山"即由风神、雨师二仙于此升天(自焚献身)而得名。

本文摘选自田奇富著的《崇山三易八卦学》,中国文化出版社,2016 年 6 月第一版,有改动。

黄帝在大庸故乡传教辰州符

金克剑

黄帝传播西王母发明的"祝由科"

为了确认黄帝的生身故里,除了诸多典籍的文字证据,我还可为其再举一证:黄帝在其家乡大庸传播的"辰州符",是任何人都无法篡改的知识产权,因为这个文化符号具有不可取代的地域印鉴——"辰州"。"辰州符"的前身叫"祝由科",是由赤帝祝融创造,后被黄帝学得并传播。民国版《辞源》(第1092页)记述了辰州符传播之由来:

[祝由科]以符咒治病者。《素问》:"往古恬淡,邪不能深入,故可移精祝由而已。今之世,祝由不能已也。[王永注]'祝说病由,不劳□(砭)石,故曰祝由。今所传祝由科书,序称宋淳熙中,节度使雒(洛)奇修黄河,掘出一石碑,上勒符章,莫能辨,道人张一樵独识之,此轩辕氏之制作也。雒得其传以疗人疾,颇验。明景泰中徐景辉复传其术云云。今传其术者,湖南旧辰州府人,故亦称辰州符。"

在黄河岸发现祝由科符录碑,自是大事一桩,遂于此立碑以纪:

□□□□甲戌冬十月,□□□节度使雒(洛)奇,厉命修黄河堰,掘出一石碑,上勒符章,莫能辨,宣谕民间,能识之者,以辨其故。故因张一樵独识此符,辨之曰:轩辕氏制作□□□□□,凡疗人疾病,其应如神,治之即愈,百发百中,广行济世,辑神难验,诸符於内□□□□□□真本天下奇书也。①

《绘图重增幼学琼林故事》亦有记载:"祝由科传自黄帝,辰州最验。"
再读《辰州符咒大全》中的一段文字:

符咒之术由来久矣!黄帝受之于西王母,而传之少昊,少昊传颛顼,代广其意,而

---

① 参见兰草《黄帝·黄帝陵》,陕西人民教育出版社1997年版,第58页。

绵传不绝。李耳尽发其秘,凭符咒而开道教,从者众矣。后当春秋战国时,术者见世终不为也,乃退隐森壑,以修养为事。符咒几于绝也。至汉顺帝时,有张真人名陵者出,得异书于石室,入蜀之鹤鸣山,息居修炼。以符篆而为人治病,役狐,无不立应。①

上述文字都表述了一个基本观点:辰州符就是祝由科,祝由科又出自《黄帝内经·素问》的"移精变气论"。但有几个观点需要商榷。比如《辞源》说祝由科是从黄河发现石碑上的符篆图形后再传播到辰州,才得"辰州符"之名号的。此事发生在宋代淳熙年(1174—1189),到明景泰(1450—1457)中又经徐景辉传播,估计传到辰州时,差不多到了明代中末期。由于辰州人"善祝由科",于是就以"辰州"冠名。这等于说,中原的祝由科输出到南蛮辰州后,被辰州人窃取了版权。

好在"辰州有善祝由科者"8个字妙极:一证中原人不善使用祝由科;二证辰州人一用就"颇有验",灵!这个"辰州佬"何等了得!

笔者认为,总结发明一门高深的学问,是需要时间和土壤的。如果黄帝出生地在河南新郑,或黄土高坡,或陕西横山,抑或西域氐羌,在那里发明了祝由科,而且一传几千年,竟无一人接受,是何道理?既然家乡出了如此之伟人,又为何不以家乡之名冠以"新郑符""西羌符""横山符",却让一个土头土脑的"辰州佬"学了去还冠了"辰州符"之号?如果我是新郑人、西羌人、陕西人,必奋起捍卫,哪怕把官司打到联合国、打到玉皇大帝那里也要夺回自己家乡祖宗的知识产权!

——句老话假的就是假的。

天门山之南的辰州沅陵是出产"辰砂"的核心地

远古时代,北方、大西北缺乏创造发明"辰州符"的基本条件和土壤。一是傩文化必不可少的朱砂和苴(大麻)。二是需要一个形成了数千年上万年的傩文化的人气与场气。三是要产生一批数量可观的占卜专业人口。

轩辕氏的故乡古大庸帝国的辰州天门崇山恰恰具备了所要求的三大优势:

辰砂,朱砂之一种。葛洪《抱朴子·仙药》中说:"仙药之上者丹砂。"朱砂不仅治五脏百病,还可以养神益气和驱邪,又可制长生不老之圣药,更是产生"天门昆仑""不死之国""不死之丘""不死之野""寿丘"医药养生的理论实物之一。寇宗奭(音"世")《本草衍义》说:"丹砂,今人之谓朱砂。辰州砂多出蛮峒。"朱辅《溪蛮丛笑》说:"辰、锦砂最良……砂出尤山之崖为最,仡佬以火攻取。"祝穆《方舆揽胜》说:"辰砂本出麻阳县及开山洞,今属沅州,其地丹砂,而砂井之名有九,皆在僚洞穴之中,遇水寒,燎以薪火爆而取之,时出与王人贸易。"

---

① 引自《辰州傩符》,中国文史出版社2007年版,第3页。

朱砂是傩道法事中不可缺物品。古代傩师上通天神,下镇鬼魅,都离不开朱砂。所谓"辰州符",就是古今傩师用朱砂在桃木、竹简或黄裱纸上书写"符箓",用以启奏神灵,召唤天兵天将,驱鬼镇邪。沅水流域盛产朱砂,尤以辰州砂为上品,辰州砂又以光明山朱砂为最佳。《史记·殷本纪》记濮国(沅陵)朝贡朱砂始于商朝。《沅陵县志》载:"唐开元二十九年(741),辰州贡光明砂,年四斤。"马明文说:"(沅陵)沙金滩(乡)光明山(在7400年前)的辰砂是辰州画符必不可少的原料,神农给诸侯山国下达指令时必用辰砂,以识真伪。同时又是古人炼长生不老仙丹的仙药。"①

可以这样说:没有辰州砂,就形成不了辰州的傩文化,也就没有"辰州符"的创造发明。

值得注意的是,在由法国著名学者让·谢瓦利埃、阿兰·海而布兰特合编的《世界文化象征辞典》中,专门写了450字的中国"辰砂"辞条:

辰砂即朱砂,是炼丹所需的两种基本元素硫和汞的化合物。古代汉语中的'丹'字,其形状就表示炼丹炉里的一粒砂;另一个古体字表现人在服用了丹砂后的变化。这是最好的长生不老药。因为它本身是红色的(吉祥的颜色,鲜血的颜色),而且能使身体发红,就是说既使人显得年轻,又使人容光焕发。

我们还注意到,不仅在中国有服用辰砂的事,在印度,甚至在欧洲也有所闻,帕拉塞尔斯就曾提倡过。

——炼丹术,它象征性地实现新生;
——服含金丹,据说可以延年益寿……②

这一信息告诉我们:早在6500—7400年前,辰砂已经由辰州沅陵远销到印度、欧洲各地。诸君是否已经意识到:辰州实质上已经成了古代世界傩文化的发祥地、中心地、传播地?

关于黄帝铸鼎并以辰砂祭上帝鬼神,沅陵古有传闻。沅陵有座金华山,相传黄帝常游于此。《鼎录》载:"金华山,黄帝作一鼎,高一丈三尺,大如十石(读担),雍象龙腾云,百神禽兽满其中。""一鼎"何解?《史记·封禅》云:"闻昔泰帝兴神鼎一,一者壹统,天地万物所至终也。"如此说来,"辰州符"始创于辰州,应该是不成其为问题的。《山海经》载:"又东三十里,曰雅山,澧水出焉,东流又注入视水,其中多大鱼(鲵),其上多美桑,其下多苴。"这里明白写澧水源头桑濮(今桑植县)之地盛产"鲵",即大鲵

---

① 《神农故里在沅陵》,载《盘古新说》,中国文联出版社2008年版,第267页。
② 《世界文化象征辞典》,湖南文艺出版社1994年版,第93页。

（娃娃鱼）是伏羲演八卦于崇山，创立太极文化的灵感之源。太极图中的"阴阳鱼"其实就是两条大鲵自然组合成的神秘图案。"苴"（音"居"），苴麻，大麻的雌株，所生之花皆为雌花，开花后结实。傩师作法、画"符"（辰州符），必以苴麻醉，产生幻觉，使其进入太虚幻境，飘然欲仙。苴与辰砂，皆是辰州傩中的不二法宝。

沅澧流域遍地傩风

关于这方面的论述，从《诗经》到屈原《楚辞》，从诸子百家到王逸、朱熹者流，无论国史典籍，抑或私家著述，足可堆积成丘。须知此地是人祖盘古的故乡，是燧人氏祝融在崇山钻木取火、击石取火的火文化发祥地，是伏羲在崇山演八卦、确立八卦"重艮（崇山）以为首"及"文开五易，甲象崇山"的始创地，是祝融氏仓颉创制文字的原生地，是《黄帝历》《颛顼历》、九九乘法表等创世文化的诞生地，是古庸帝国、是夏朝、是千国万邦诞生的地方。这里产生了伟大的三皇时期的祝融氏家族（延续为五帝时期的黄帝轩辕氏家族）。这一批伟大的创世人物（包括春秋战国时代的鬼谷子白公胜和屈原），无一不是伟大的傩文化的代表人物。由于这些代表人物的会聚，沅澧流域必然形成中国古代傩文化的策源地。这一点，让当代傩文化大师林河（李鸣高）先生敏锐地觉察到了，并得出了一个惊世骇俗的结论：

> 在中国傩教"辰州符"的发源地——湖南辰州（今沅陵，古为湘西、黔东、鄂西南重镇），自古是一个苗蛮夹杂"傩文化"盛行的"神秘王国"。经过我的深入研究，又进一步发现，中国的傩文化就发源于沅水流域……可以这样说：这里，就是中国傩文化的发源地……而在中国的"傩文化"中，首先要抢救的应该是已经有了8000年历史的"辰州傩"。[①]

把中国傩文化的发源地确定在出产"辰州符"和出生祝融氏（包括黄帝）家族的辰州——沅澧流域，可以说是林河先生晚年学术生涯中最重大的贡献，也是为大傩祖轩辕黄帝故里和屈原家乡留下的堪称重量级的一笔！

大庸古国之辰州是土家占卜家族

《竹书纪年·卷上》载："帝颛顼高阳氏，元年，帝即位，居濮。"是说颛顼高阳氏于元年接黄帝帝位，其家住在濮地。此之"帝位"，即指大庸帝国之王位——史称"颛庸"。此之"濮地"，即今桑植县芙蓉桥乡高阳村。此地属"桑濮"土家族世居之地，说明颛顼与濮人有密切关系。

---

① 林河《一部得来不易的"非物质文化遗产"经典之作》，载《辰州傩歌》，中国文史出版社2006年版。

何光岳说:"沅陵,商周时为濮国都城。"(刘冰清、周光烈主编《盘古文化研究·序》,中国文史出版社 2005 年版)吕思勉说:"后来所谓黔中郡,疑亦濮族之地。"(《中国民族史》)柴焕波认为:"桑植朱家台文化的族属是濮人。"又说:"土家族源于古代的濮人。"①王鸣盛《尚书后案》说:"湖南辰州实古濮地。"

众说可证,古大庸帝国的主体族种除了三苗,就是濮人——今天的土家族先民。故自古传"土苗同宗,土苗一家。"是万年前大庸帝国的两支主体族群。这支濮人就是最先发现或使用朱砂的民族。《逸周书·王会解》:"成周之会……卜人以丹砂。"晋孔晁注:"卜人,西南之蛮;丹砂所出。"宋王应麟补注:"卜,即濮也,沙今作砂。"卜者何意?《周礼·春官·大卜》注:"问龟曰卜。"《礼·曲礼》:"龟为卜,莢为筮。"《说文》:"一曰象龟兆之纵横也。"又作占卜。《易·系辞》:"以卜筮者尚其占。"《尔雅·释言》:"隐占也。疏:占者,视兆以知吉凶也。必先隐度,故曰隐占也。"卜人,即以占卜为业的人群,或曰卜人中多占卜之人。商末熊绎北伐殷商所统率的庸师八国中,最末一支力量就是濮(卜)人。这支庞大的占卜家族,正是崇山众多古国范围内傩文化的主要传承者。因一支庞大的占卜族而形成一支族种——卜人——濮人土家。《山海经》记载了两种职业十分特殊的人,一种叫"饮气之民",就是靠四方游走表演"饮气功"武术的人;另一种人居"载民之国",以占卜行傩为业,叫"巫载民"。这种人"不绩不经,服也;不稼不穑,食也。爰有歌舞之鸟……"(《大荒南经》)他们以五谷为食,不纺纱不织布,却有衣穿;不种植不收藏,却有饭吃。这些人,还携带着能歌善舞的鸟。这支"巫载民"其实就是土家苗人鸟族的表证。驩兜即鸟族之祖,所谓鸟喙,羽翼者也,故称"羽人"。

屈原从郢都逐回故里后,曾拜会庸国宫廷太卜郑詹尹,请他为潭口老屋占卜风水。实际上是以此向太卜讨教解脱内心痛苦的处世之道。这个郑詹尹就是古濮人中的占卜一族,"詹"即"占"。

从全篇文字分析,此巫载国位处"大荒之中"("大荒"即指南夷崇山),有黑水,又有蒲山,澧水出焉,有"不死之国";又有山名曰融天。融天山应为天门之山,即庸天山,或"沅绕祝融"的天崇山。那么,可知这个载民国就处在天门崇山沅澧南北的大庸、永顺、保靖、桑植、沅陵、慈利等地,是当地庸人《告祖词》所唱祝融"繁衍百国围嵩梁"的众多附庸国之一,是一支以巫傩法事为业的人,或曰身怀辰州符绝技,行走五湖四海,靠扶乩、占卜、跳仙、赛神为业的卜人,这是典型的轩辕国中的"乩卜赛人"。

《山海经》载舜帝在澧水岸边(实指今永定区枫香岗乡古陶窑遗址处)生子无淫,是为一代傩载民,即一代职业占卜家庭,他们从"南方丝绸之路"——自沅陵逆沅江至洪江,走舞水至贵州镇远,再入云南、缅甸,进入印度。这支卜人,流落他国异乡,没有

① 柴焕波:《湘西古文化钩沉》,岳麓书社 2007 年版。

家,没有国,没有户籍,没有田产,故叫"不绩不经,不稼不穑",马车载着他们四方游走,扶乩(又作箕)占卜、赛神(跳傩舞)、治病驱疫,因被印度人称作"乩卜赛人",中文译作"吉普赛人"。辰州傩文化、辰砂、辰州符,都是由这支"乩卜赛人"传播到非洲、西亚、欧洲、美洲的。他们是中国古代古庸国最早进入异国他乡的文化使者。

上述三大独有文化现象,锁定了"辰州符"出自古大庸帝国南都——辰州沅陵。

何谓"祝由科"?祝由者,祝融之音转也。"由""融"音近,实则为"祝融符"。祝融才是辰州符的原创者,时间在三皇之前,或说在更早的盘古女儿西王母时期,后由祝融氏发扬光大,因得其名号。以后又由与黄帝同时期的一代西王母(西王母乃天门神界至高无尚的世袭神职)传授给黄帝,平定蚩尤,才有了辰州符出自北方之说。据《民俗博览》载:"庸人好巫,端公疗疾,其效神验,乃上古遗风也。"这段文字正好与"祝由符"对接。该书又说:"《山海经·大荒西经》载:灵山有'巫咸、巫即、巫盼、巫彭、巫姑、巫真、巫礼(醴)、巫抵、巫谢、巫罗十傩',均为早期的庸人。"屈原在诗中多次写巫咸、彭咸,如《离骚》:"虽不周于今之人兮。愿依彭咸(指巫彭、巫咸)之遗则。"又:"巫咸将夕降兮,怀椒精而要之。"《抽思》:"望三五以为像兮,指彭咸以为仪。"《思美人》:"独茕茕而南行兮,思彭咸之故也。"《悲回风》:"夫何彭咸之遥思兮,暨志介而不忘。"屈原这种巫咸、巫彭情结,注家多有说法,一致的观点是:屈原本是个大傩师。而莫敖、三闾大夫的主要职权:一是代表庸国监管楚朝廷(史称"庸楚共监制"),二是主国祀,三是掌三族。大多注家却不知屈原习傩之术是在宗庸国之屈家坊(古屈邑)。大庸古国乃辰州符的故乡,是傩之发祥地。

黄帝本属于"三皇之苗裔"(绝对不是汉人),《越绝书》卷七《越绝外传记范伯》第八载:"昔者,范蠡其始居楚,曰范伯……谓大夫种曰:'三王则三皇之苗裔也,五伯乃五帝之末世也。天运历纪,千岁一至。黄帝之元,执辰破巳。霸王之气,见于地户'。"所谓"黄帝之元",正是元国(轩辕之国)、元山(中央仙山)、元溪、元水、元陵、元陵县、元陵峪、元陵垭、元古坪等之"元"无疑。

前面引文有"符咒之术,黄帝受之于西王母"之说,见之《纬书》《太平广记》等典籍。而以《太平广记》为最详尽:"黄帝讨蚩尤之暴……昏然忧寝。王母遣使者被(披)玄狐之裘,以符授帝曰:'太一在前,天一在后,得之者胜,战则克矣。'符广三寸,长一尺,春莹如玉,丹血为文……王母乃命一妇人……谓帝曰:'我九天玄女也。'授帝以三宫、五意、阴阳之略、太乙遁甲、六壬步斗之术、阴符之机、灵宝五符、五胜之文,遂克蚩尤于中冀……"(《太平广记》卷五十六《女仙一·西王母传》)

上述记载,可知西王母派九天玄女为黄帝授符,并同时授若干神奇秘术。这些符可归为"道符""天符""傩符",辰州符系"道符"一支。故虽未点明"辰州符",但都离不开众符之"核"辰州符。奇怪的是这段文字共点了 5 次"王母",而且先后遣使向黄帝授地图,又向帝舜授白玉环、地图和白玉琯等物,但"王母"之前未加"西"字,可知

"王母"与"西王母"之说当属同一个人物。

《尚书帝验期》说:"王母之国在四荒之野。"既未提到昆仑,也未加"西"。"四荒"等多说,但是历史上最有影响的"南蛮荒服"之地的"大荒""大穷"是崇山的专利。这个"王母之国"究竟是人间之国,还是神界之国?而事实是人间本有王母之国,此即辰州扶桑国(今沅陵县七甲坪镇之扶桑村),亦有天门昆仑神界的王母之国。但一说到昆仑之丘,必扯到西域王母,"谈昆仑必王母",这就是昆学界的"昆仑王母舆论一律"。因而,汉后,由于西王母成了西域的标示符号,舆论更是陡坡上砍树——一边倒了。故王母授符于黄帝,还成了黄帝籍贯是西域、西羌、西国,乃至西欧的理论支柱之一。

看来,只要找到西王母的出生地、工作地在哪里,哪里就是昆仑及昆仑文化的源头。也就是说,不彻底揭露"西王母"之真面目,我这本为屈原翻案的拙著中关于天门昆仑的破译,瞬间会被数千年累积起来的"中原之论""西域之论"的唾沫淹没而化为一团纸浆。那就请诸位接着阅读笔者拙作——《屈原诗中西王母修仙于天门昆仑》一文。

本文摘选自金克剑著的《屈原故里大庸考》,中国商业出版社,2021年11月第一版,有改动。

古庸大地傩戏音乐的文化密码

周志家

人们常说:"自从盘古开天地,三皇五帝到如今。"张家界(大庸)是一块神奇的土地。她之所以"神奇",是因为她是中华民族古代文明的发祥地之一。

神奇土地上的生息繁衍

生命从海洋走向陆地,人类从高山走向平原,北纬35°,与南纬35°之间,是生命繁衍最活跃的地带。元谋猿人和巫山猿人就诞生在今云贵武陵一带,都是早被人类和考古学界证实的定论。古国大庸将其都城选定在云贵高原和湖广平原结合部的今张家界地区符合历史和科学发展规律。最早的图腾产生在这里,最早的文化发源于这里,最早的文字创造于这里,传播南方文化的火炬最早从这里起步……①

《中国文物地理图集·湖南分册》载:"1988年,在澧水流域津市虎爪山,澧县鸡公挡两处发掘的遗址……将湖南境内的原始人类的活动提到40万年前或更早。"②

1980年,张家界市城区古城堤遗址发掘,鉴定属于新石器时代遗址,说明距今20万年以前,原始人类已在张家界(大庸)生息繁衍。大庸阳戏 21 $\overset{\cdot}{6}$ 5 的音乐符号至少在那时就已问世。

距今6500年前的三皇之首伏羲的母亲华胥就是大庸人,伏羲母国称华胥国,华胥国就在古大庸境内。

距今4700年前的五帝之先的黄帝,据考也是大庸人。关于伏羲和黄帝在一探太古神品《华胥引》中已有论述,这里无须赘言。

《人类考古之谜》载:"特别是桑树生长得非常繁衍,给野蚕提供了极好的生存环境。"因慈姑(嫘祖的姊妹,养蚕、抽丝的能手)得名慈姑县(今慈利县),因种植桑树得名植桑,后改为桑植,今为桑植县。《永定县志》载:"桑有数种……山桑即拓桑,材中

---

① 王章贵:《庸史初考》,第2页。
② 王章贵:《庸史再考》,第198页。

弓弩,丝中琴瑟。"由此可见,澧水流域的张家界境内(桑植、大庸、慈利)自古种桑、养蚕是不争的事实。《路史·后记》:"黄帝元妃西陵氏,曰嫘祖,以其始蚕,故又祀先蚕。"司马迁在《史记》中写道:"黄帝居轩辕之丘,而娶于西陵之女,是为嫘祖,嫘祖为黄帝正妃。"嫘祖是我国丝绸的伟大发明者,她只有可能产生在创世之初就以蚕为图腾的祝融部落,只可能产生因养蚕而孕育文明的大庸古国,也就是说嫘祖毫无疑问属于古国大庸人。

距今4200年前,舜"放骧兜于崇山,以变南蛮"(《尚书·舜典》)。骧兜在位于张家界市城西南14公里处的崇山创造"鬼主国",从此苗蛮集团进入傩神、鬼主统治的时代。之后的夏、商时代依然叫"鬼",直到3000多年前的周朝,方相氏的出现,才有"傩"的称谓,也才有了傩戏的雏形。

傩是中国文化的千古之谜

傩,是人类的一种原始文化,是远古人类为了消除灾难、危难,祈求平安、丰收丰产而"发明"的一种傩术祭祀仪式。它包括人类的狩猎傩仪和农业以及人类自身丰产的傩仪。它以祭祀仪式为载体,涵盖了人类学、原始宗教、原始科学、文化艺术、政治经济学等方面的内容、延绵数千年,是我国极其珍贵的历史文化遗产。

傩,积淀了中华民族原始、广阔的历史文化芳躅(前贤的踪迹)。地处傩文化发祥地的张家界,蕴藏着丰厚的傩文化资源。傩祭、傩俗、傩技、傩艺、傩乐大多保存着比较原始的形态,至今市区内还有"金氏傩坛"存在,并经常进行演艺活动,走出国门到英国、荷兰、比利时演出,还在武陵源"魅力湘西"为旅游事业服务,一展张家界古老文化的风姿、风采、风味、风韵,得到各界人士的赞誉。可见,古老的傩文化,千年不衰,万年未灭。

自从傩的出现,随之傩祭、傩舞、傩歌、傩戏便应运而生。"傩戏,首先是一种祭祀戏剧。傩戏,是中国戏曲的原始形态,是许多地方戏曲剧种的老祖宗。""傩戏,又叫'傩堂戏',是因为它的演出场所必在祭祀的场地——傩堂。傩堂祭祀中除了包含有叫作'正戏'的傩戏,还有大量的祭祀仪程——法事。法事与正戏相互衔接,形成一个整体,以达到一个共同的目的,或禳灾纳吉,或求神赐子,或驱傩还愿。"[1]

"傩戏在古代还有另称:阳戏。'傩戏'为什么又被换称'阳戏'呢?正是'阳戏'这个名称自己道出了深藏其中几千年的奥秘。'阳'就是太阳,《史记·天官书》有句'阳则日',注云:'日,阳也。'因而,'阳戏'就是关于祭祀、演绎太阳神的戏,'傩神'也就是太阳神。"[2]

傩戏分正朝和花朝,从尚立昆先生著的《桑植傩戏演本》看,傩戏有《启师开坛》

---

① 孙文辉:《傩之祭》,第44页。

② 白剑:《文明的母地》第205页,四川人民出版社,2002年第1版。

《申发功曹》《制造立殿》《判案招兵》《迎神接驾》《收坛镇恶》《劝茶敬酒》《下马问卦》《上锁断煞》《开山神将》《打路先锋》《白旗仙娘》《扎寨将军》《土地公婆》《姜女勾愿》《判鸡祭猖》《圆关解煞》《脱白穿青》《送子归家》《出猖逐疫》《送神归位》《安神谢土》等;花朝戏有《孟姜女》《龙女》《鲍氏女》,俗称"三女戏"。

金承乾编著的《辰州傩戏》,收集傩戏有《孟姜女》《七仙女》《龙王女》《搬开山》《蛮八郎买猪》《小走猖》《搬鲁班》《搬先锋》《三妈土地》《梁山土地》(注天门山古又称梁山,天门山以南为辰州沅陵县)以及近似地方小戏曲的《洗罗裙》《郭先生教书》《董儿放羊》《捡菌子》《毛三边讴》《小姑婆》《花子嫁妻》《挑女婿》《卖纱》等傩戏本。

大庸县(现今永定区)金德胜老先生主坛"金氏傩坛"的傩戏本有《扯猖》《制造》《申发》《发猖》《朝兵》《安营》《择寨》《立寨》《出猖》《开山》《打判官》《扫地》《打苏姬》《施食》《接驾》《安位》《早朝》《呈牧》《造标》《游愿》《和会》《潮水》《功曹》《判官点兵》《下马》《梳解》《跳坛》《开洞》《封洞》《度关》《造船》《晚朝》《禀告》《请戏》《翻案》《追究》《判官勾愿》《送神》以及《盘王神歌》《上元十言歌》《梅山九龙歌》《玉皇歌》《三清出世歌》《三元三品歌》《迎天三郎歌》《真武歌》《四府出世歌》《座坛祖师歌》《星主歌》《中坛白虎歌》《龙凤三娘歌》《黄衣判官歌》《白衣总管歌》《王伤歌》《白马歌》《土地歌》《灶王歌》《当坊土主歌》《本部庙王歌》《家先出世歌》《本命歌》等一百多本全是手抄本的傩经书和唱本。

传世唱本之多,可见傩戏非同小可、非同一般、非同寻常,这些手抄唱本能够承传至今,确实非常不易。金承乾收集的文本,竟有明代抄本,十分珍贵。正如中国傩戏学会研究会会长曲六乙说的:"湘西是多民族聚居区,蕴藏着丰富、瑰奇的傩文化遗产。"

《山海经·大荒北经》载:"颛顼生骧兜,骧兜生苗民。"说明骧兜为颛顼之后,苗民之祖,就连2300多年前的屈原,在《离骚》中也自称是颛顼的子孙,看来屈原也是骧兜之后代、苗民无疑了。张家界市内居有土家族、苗族、白族等少数民族,他们基本属土著的后裔。自远古以来便滋润着这片丘陵土地的碧绿澧水,它是最权威的历史见证人。然而,它的回答仅有淙淙的流水声。历史,被澧水淹没了。所幸的是,还有地下的文物、地上的文献以及至今仍然活跃在澧水两岸的傩仪活动和傩舞、傩技、傩戏的演出。它源于原始崇拜,娱神娱人,根深蒂固,深入民族血脉,成为土家族的文化根基。鲁迅先生有句名言:"弗夫固有之血脉。"我们只要留住传统文化的"血脉",民族文化就不会枯萎和衰竭。下面,我们就从傩戏音乐寻找文化密码。

大庸傩戏音乐的文化密码

既然傩戏是从周朝伊始,距今已有3200多年的历史了,傩歌或傩戏的音乐就应该是远古或上古时代的产物。其中的音乐元素,既有大庸阳戏的音乐符号,又有大庸花灯的音乐成分,更有桑植民歌的音乐旋律,几乎涵盖和包容了张家界地域所有的民间音乐基因。万能的大自然神主以诡异的鬼斧神工造就出举世闻名的张家界这样迷幻的人间仙境,而睿智的土家先民以无以伦比的创造力吟唱出千古不衰的包括原生态、次生态的梯玛神歌——傩歌与傩戏,为人民留下了如此丰富、珍贵的历史记忆,并作为民族的精神脊梁、精神支柱、精神食粮润育着民族子孙,这种神奇创造出一个又一个的神话。

(1)《孟姜女·观花》教子板:5 · 1̇ 6 – 5 1̇ 6 5 3 |与大庸花灯《放风筝》《打骨牌》5 1̇ 6 | 6 1 | 5 1̇ 6 5 | 3 – |完全吻合相同。

(2)《孟姜女·观花》教子板:1̇ 6 1̇ 6 5 1̇ 6 5 3 | 2 2 3 3 2 1 · |与大庸阳戏阴调 1̇ 6 5 5 1̇ 6 5 3 | 2 2 3 2 1 – |相同。

(3)《孟姜女·观花》教子板:5 5 3 2 | 1 3 | 2 3 2 1 | 6 – |与花灯《大八颂》《开烟馆》5 3 3 5 | 2 3 2 1 | 6 – |相同。

(4)《土地》土地板:5 1̇ 6 5 | 3 – |与花灯《放风筝》5 1̇ 6 5 | 3 – |完全相同。

(5)《土地》土地板:5 6 | 3 5 3 |与花灯《大八颂》6 6 5 3 5 | 3 – |相同。

(6)《开山》开山板:5 6 6 | 1̇ 2̇ | 2̇ 6 1̇ | 1̇ 6 | 2̇ 1̇ 6 | 5 0 |与桑植民歌《歌师唱歌好口才》6 5 6 | 1̇ 1̇ 2̇ | 3̇ 2̇ 1̇ 6 | 1̇ 5 · 6̇ | 2̇ 2̇ 6 1̇ 6 | 5 – |相同。

(7)《开山》开山板:6 6 | 6 1̇ | 2̇ 1̇ 6 | 5 0 |与桑植民歌《又有好久没唱歌》6 6 1̇ | 2̇ 1̇ | 2̇ 6 5 |相同。

(8)《开山》开山板:6 6 6 | 1̇ 2̇ |与桑植民歌《歌师唱歌好口才》6 5 6 | 1̇ 1̇ 2̇ |相同。

(9)《开山》开山板:6 1̇ 5 | 6 1̇ | 6 5 |与桑植民歌《歌师唱歌好口才》1̇ 6 1̇ 5 6 6 5 5 – |,《唱歌要从心里来》6 1̇ 1̇ 6 5 6 1̇ 1̇ 6 5 – |相同。

(10)《申发》申发板:3 3 5 3 3 | 5 3 5 3 |与大庸花灯《十绣》3 5 5 5 | 5 5 3 |相似。

(11)《呈牲》呈牲板:3 5 3 5 3 | 2 3 3 2 | 1 – |与阳戏阴调尾腔 2 2 3 2 | 1 – |相同。

(12)《开洞》开洞板:3 3 3 5 | 3 3 5 5 | 3 5 3 | 3 2 3 1 | 2 – |与大庸花灯《小放牛》3 3 3 1 | 2 2 5 | 3 3 3 1 | 2 – |相似。

(13)《开洞》开洞板:6 5 | 6 5 | 3 5 2 | 3 · 2 | 1 – |与阳戏凤阳调 6 5 | 6 5 | 3 5 2 3 | 5 – |相似。

（14）《白旗》进门板：5 6 ｜2̇1̇·6 5 6｜1̇6 1̇｜1̇ 3̇ 3̇ 3̇·｜1̇1̇ 3̇1̇｜6 - ｜6 - ｜1̇3̇ 1̇1̇｜6 6̇1̇·6｜5 6｜1̇1̇ 3̇1̇｜6 - ｜与桑植民歌自由体散板山歌风味相似。

（15）《倒牵牛》1̇1̇ 3̇2̇｜3̇ 2̇ 3̇2̇｜1̇2̇3̇ 2̇1̇6̇｜5̇ - ｜与桑植民歌《摸到枕头喊哥哥》1̇1̇ 1̇1̇ 6̇·1̇｜1̇1̇1̇ 1̇2̇ 3̇3̇2̇ 2̇……3̇3̇1̇2̇ 3̇3̇3̇ 1̇ 6̇3̇ 3̇3̇ 2̇1̇6̇ 5̣……相似。

（16）《倒牵牛》1̇1̇1̇ 3̇2̇｜6̣1̇ - ｜2̇3̇3̇2̇ 1̇6̇｜5̣ - ｜与桑植民歌《太阳出来四山红》3̇2̇3̇ 2̇3̇ 3̇2̇1̇ 2̇｜2̇3̇1̇2̇ 1̇6̇｜5̣ - ｜《歌招手妹点头》1̇2̇ 3̇3̇ 3̇2̇ 1̇6̇｜6̇1̇1̇ 6̇ 5̣ - ｜相似。

（17）《梅香调》6̇6̇6̇5 3̇｜1̇6̇6̇5 3̇｜1̇6̇1̇ 6̇5｜5̇5̇1̇2̇ 3̇｜与大庸花灯《采花歌》6̇6̇5 3̇5｜6̇1̇6̇5 3̇5̇3̇｜5̇6̇1̇ 6̇5̇3̇5̇ 6̇5̇3̇2̇ 3̇｜相似。

（18）《太平年》5̇5̇6 1̇1̇6｜1̇1̇3̇ 2̇2̇·｜5̇5̇ 2̇3̇2̇1̇｜1̇6̇1̇6 5｜与桑植民歌《不要一心挂两头》1̇1̇6 1̇6｜1̇3̇2̇｜2̇3̇1̇2̇3̇2̇1̇ 6̇1̇1̇6 5｜相似。

（19）《造殿》《鲁班调》5̇3̇ 5̇3̇ 6̇1̇1̇｜5̇5̇ 6̇1̇ 6̂ - 5̇1̇ 6̇5 3̇ - ｜与大庸花灯《放风筝》6̇1̇ 6̇6｜6̇ 6̇1̇｜5̇1̇ 6̇5｜3 - ｜相似。

（20）《造殿》《鲁班调》5̇5̇ 6̇5｜3̇ 2̇3̇｜1̇1̇ 6̇5｜3̇5̇ 6̇5｜3 - ｜与大庸花灯《放风筝》5̇1̇ 6̇1̇｜5̇5̇ 6̇5｜3̇2̇3̇ 5̇5̇｜3 - ｜相似。

楚德新先生在《湖南戏曲音乐集成·大庸市卷》仅收编的傩堂戏唱腔就有百余种之多。我这里仅从10个曲调中找出20个与阳戏、花灯、桑植民歌相同相似之处。由此可见，傩戏音乐几乎包罗了张家界民间音乐的方方面面。在傩戏音乐唱腔中，蕴藏着大量阳戏、花灯、桑植民歌的音符密码。

大庸阳戏的音符主要体现在2̇ 1̇ 6̣ 5̣和2̇ 3̇ 2̇ 1̇ - ｜；4̇ 6̇ 5和2̇ 4̇ 5。

大庸花灯的音符主要体现在5̇1̇ 6̇5｜3 - 和2̇3̇ 2̇1̇｜6̇ - ｜；6̇5̇ 5̇3̇｜2̇ - ｜和6̇ 6̇5｜6̇ - ｜。

桑植民歌的音符主要体现在6̇ 5̇ 6̇｜1̇1̇ 2̇｜6̇6̇1̇6̇｜5 - ｜；6̇1̇ 6̇｜5 - ｜和1̇6̇ 1̇2̇1̇｜6̇ - ｜等。

古傩音乐的古为今用和推陈出新

民族文化需要保护、传承和发扬光大。民族文化是一个民族的秘史，是一个民族独特的精神生活方式，是一个地方文化水平的重要标志，也是一个地方发展的关键品牌，尤其在以旅游经济为主导的张家界，实施民族特色文化品牌战略具有其他方面不可替代的优势。

古傩唱腔历经数千年的磨砺，经久不衰，能否做到古为今用、推陈出新、与时俱进，让它重放光彩？文化人做了大胆的尝试。文化馆创作人员陈生祥，编写了一个表演唱的戏本《迎新娘》，用什么音乐？有阳戏、有花灯、有民歌、有丝弦、有傩堂戏的古调等，楚德新、向延宏、刘世洪三人商议，达成共识，傩堂戏的伴奏，是用土锣（堂锣）、土钹、宫锣，高傩曾用唢呐伴奏唱腔尾部，这样热烈、厚重、高亢、激扬的音乐正好符合《迎新娘》的音乐气氛。于是他们利用古傩音乐的[姜女调]，进行改编创作，结果收到了非常好的效果，参加湘西州文艺会演获创作、音乐、演出三个一等奖，参加湖南省业余文艺会演获编剧、作曲、导演、演出四个一等奖，一举夺魁，大获成功。现将原[姜女调]和新[姜女调]同时抄录如下，进行对比参照。

傩堂戏原[姜女调]

$\frac{2}{4}$ 5·6 1 2 │ 3 3 2 6 │ 3 3 2 1 │ 2 2 3 2 2 1 6 │ 5·6 1 2 │ 1 1 6 │
（哎）！ 要（也） 绣（啊） （哎） 荷（哎）

3·2 1 │ 6 — │ 5·6 1 2 │ 5 5 3 3 │ 2 3 2 1 │ 1 2 3 2 6 │ 6 2 3 │
花 （哎）（哎） 绣（啊） 得（哟） 绣得

2 3 2·│ 3 2 3 2 1 2 3 2 6 — │ 5·6 1 2 │ 1 1 2 3 2 │ 1 3 2 6 │
白（哟） （哎） 荷 花（呀）

5·6 1 2 │ 1 1 2 3 │ 2 3 2 1 │ 6 — │ 5·6 1 2 │ 3 5 3 3 3 │
（哎） 出（哎） 水（哟）（哎）（哎） 似（啊）

2 3 2 1 6 │ 5 5 3 2 3 2 │ 2 3 2 1 6 │ 6 5 — ‖
粉（咯） 雪。

傩堂戏新[姜女调]

1=♭B 中速 $\frac{2}{4}$　（楚德新、向延宏、刘世洪编曲，田小平演唱）

（ 5 5 3 5 3 │ 2 3 2 1 2 │ 6 2 1 6 │ 5 6 1 ）‖：1 6 3 │ 2 3 2 1 │ 6 5 │
　　　　　　　　　　　　　　　　　　　　1、叫 新 娘（啊）
　　　　　　　　　　　　　　　　　　　　2、挂 朵 红 花

5 5 3 │ 2 3 2 1 2 │ 3 │ 2 3 2 │ 1 3 2 1 6 │ 5 5 6 1 — │
快 带 上（啊），扭扭 恒（呀） 恒（呀）
上 山 寨（呀），我们 等（呀） 着（啊）

2 5 │ 2 3 2 1 2 │ 3 3 2 │ 1 2 1 6 │ 5（5 6 │ 5 — ）：‖ ^{2}3 3 2 │
不象 样（啊）， （光光才 光）
吃 喜 糖（啊）

1 2 1 6 │ 5·（6 │ 5 0 6 │ 5 0 6 │ 5·6 1 6 │ 5 3 5 │ 5·6 1 6 │ 5 — ‖
（才 光 才 光 才 光·才 七才 光才 光 乙光 乙才 光）

古傩戏本的改编创新

"剧本剧本,一剧之本。"古傩戏音乐可以重放光彩,可以古为今用,可以推陈出新,为我们迈出了坚实的第一步,为我们树立了一个典范。古傩戏戏本能否重新登上新时代的文艺舞台,较之音乐而言要难得多。因为传统文化总是要一分为二的,它既有精华,也有糟粕。《捡菌子》小傩戏,只有两个人物,属于那种二小(小丑、小旦)戏,是一种民间调侃取乐的小喜剧。特别是其中"不讲丑话神不灵"的娱神遗风,在戏里会有不少粗俗的俚语,这是古时娱神遗风在文化方面的反映。傩文化原来就是一种"原生文化"和"野性文化"。现在,毕竟时代变了,人民的审美情趣发生了极大的变化。在新形势下,要更新观念,要适应新变化、新要求,即在保护的基础上传承,在传承中寻找创新与发展。

当我们拿到傩戏古本《捡菌子》的时候,通过仔细推敲,坚定了三个突出:一要突出主题思想;二要突出人物性格;三要突出地方属性。第一步,明确动作三要素:①做什么? 捡枞菌。②为什么做? 一个为病重卧床的老母亲,用枞菌炖汤补身;一个为了换回铜钱孝爹娘,为自己添身花衣裳。③怎么做? 二人同往西山,对歌碰撞,产生青春火花。第二步,加强剧本的地域性、独特性,贴上地方的文化标签,或文化符号,等于注入张家界山里人"血液",才会产生旺盛的生命力,终于使《捡菌子》起死回生,面貌一新,这是一次美的创造,人物也变得鲜活可爱起来。于是,傩戏《捡菌子》的文化内涵,在我们的解读之下,终于充分显现出来了。

附一 辰州傩戏《捡菌子》

—— 金立章 李福国 手抄本 金承乾校勘

人物:毛机匠——小丑、西家大姐——小旦。

丑:(上唱)麻风细雨落,无事家中坐,上山捡菌子,打点汤汤喝,呀得喂,喂得呀,打点汤汤喝。伸手捡一菌,拿在手中存,用目打一看,是个鸡巴菌。

内白:芝麻菌!

丑:(唱)原来是芝麻菌。呀得喂,喂得呀,是个芝麻菌。拿在手中存,用目打一看,是个翻头菌。

内白:抛土菌。

丑:(唱)原来是抛土菌。呀得喂,喂得呀,是个抛土菌。

用手扒一扒,扒出一条蛇,捡个岩头打,打得碎渣渣,呀得喂,喂得呀,打得碎渣渣。

小旦上:(唱)闲来无事做,上山看菌子,倘若有人偷,打得他半死。

(白)在下,西家大姐,今朝闲下无事,不免看看我家种的菌子是否长得又好。行行去去,去去行行,来此便是。哎呀! 是哪个背时的,偷我家种的菌子(四处看)。哎呀！原来是你这个砍脑壳死的,偷我家的菌子,是我家的!

丑:土里生的!

小旦:是我养的!

丑:土里长的!

旦:你这个人,跟你讲不伸腰,你硬要捡我的菌子,我倒有个条件。

丑:哎,捡菌子还有条件? 什么条件? 讲来听听。

旦:对歌!

丑:对歌! 我若对赢了?

旦:任凭你捡多少。

丑:若是你对输了。

旦:讲个谜字你猜猜。

丑:那你讲。

旦:两个山字一重。

丑:两个山字一重(想)

是个……是个……是个出字。

旦:可你一猜就猜对了。

丑:不是我夸海口,猜谜是高手,对歌是没对手,不怕你会讲。

旦:请对!

丑:对起来呀! (唱)桑木叶叶黄,长在大路旁,小姐来过路,叶子粘你衣服上。呀得喂,喂得呀,粘到你衣服上。

丑:(唱)叶子粘在衣服上,那个也无妨! 相遇哥哥会木匠,三斧两斧将你来砍倒,丢到大河江。

呀得喂,喂得呀,丢到大河江。

丑:(唱)丢到大河江,这个有何妨! 变个鲤鱼闹长江,只候姐姐来呀来洗衣裳,东风起来西呀西风凉。呀得喂,喂得呀,西呀西风凉。

旦:(唱)西呀西风凉!

这个有何妨? 相遇的哥哥会打麻网,三网二网将你来打起,吃你肉来喝呀喝你汤,呀得喂,喂得呀,喝呀喝你汤。

丑:(唱)你要喝我的汤,那个有何妨! 变个卡子卡到你喉咙上,三天两天吃不下饭,不死只怕也呀也要亡。

旦:(唱)卡到我喉咙上,那个也无妨! 相遇的哥哥会开药方,三副二副将你来打下,屙落茅屎缸,呀得喂,喂得呀,屙落茅屎缸。

丑:(唱)屙落茅屎缸,那个有何妨? 变个绿蚊子大闹茅屎缸,只等姐姐来解手,一口叮到你门口上,呀得喂,喂得呀,叮到门口上。

旦：(唱)叮到门口上，这个有何妨？相遇的哥哥会杀毛枪，三枪二枪将你来杀倒，只怕你要见阎王，呀得喂，喂得呀，见也见阎王。

丑：(唱)要我见阎王，那个有何妨？变个婴儿怀到姐身上，三年五载生不下来，不死只怕也呀也要亡。呀得喂，喂得呀，只怕也要亡。

旦：(唱)怀在姐身上，这个有何妨？去到山下接个捡生娘，三把二把将你来扯下，叫声我的儿，变作毛机匠。

丑：哎！

旦：(唱)我的儿不叫爹来便叫娘，呀得喂，喂得呀，便要叫娘。

丑：哎呀！背你娘的时，上她黑八个大当。

做了她儿子儿孙，打菌子汤汤喝去！

旦：毛机匠哥哥，你要接下去！

丑：什么接下去，这个不算数，我们重来唱。

旦：重来唱，难道我怕你不成。丑：请唱！

合：唱起来！

丑：(唱)记得初相会，约你赶场去，你还记不记得，如何待的你？呀得喂，喂得呀，如何待的你？

旦：(唱)记得初见面，约我把场赶，吃了一碗儿面，值得几个钱。呀得喂，喂得呀，值得几个钱。

丑：(唱)来到市场边，帮你过的钱，送你上牛车，车费我负担，呀得喂，喂得呀，车费我负担。

旦：(唱)帮我过的钱，想把花花玩，赶场的人太多，实在不方便，呀得喂，喂得呀，实在不方便。

丑：(唱)特意到你家，楂子满地下，无有落脚地，脚也放不下，呀得喂，喂得呀，脚也放不下。

旦：(唱)初次来我家，确实欠安排，还望贤哥哥，切记莫记怀，呀得喂，喂得呀，切记莫记怀。

丑：(唱)约日到你家，全不打招架，三餐粗茶饭，饭也吃不下。

旦：(唱)你要讲巧话，小心烂下巴，餐餐鱼和肉，天天吃宵夜。呀得喂，喂得呀，天天吃宵夜。

丑：(唱)留我你家歇，被盖都未得，三块破棉絮，乱得像油渣。呀得喂，喂得呀，乱得像油渣。

旦：(唱)你到我家来，撒个鱼巴鞋，我还倒帮你，只得什么乖，呀得喂，喂得呀，只得什么乖。

丑：(唱)你女送竹米，我是儿去的，八斤半的鸡，一担白糯米，铜钱有十吊，小儿做寒衣。

旦:(唱)不提送竹米,我还未动气,提起送竹米,我火来哒的,拳头大的鸡,三升粟子米。铜钱两三个,拿起抓药吃。喊你喊姥姥,还不长志气,皮头日狗脸,你还坐上席。呀得喂,喂得呀,你还坐上席。

丑:对不赢了。

旦:对不赢了,毛机匠哥哥那我走了哩——(下)

附二 改编创作傩戏本《捡枞菌》

根据傩戏古本《捡菌子》改编创作

人物:毛机匠(丑)、西家大姐(旦)。

丑:(唱)为人在世讲善良,百善唯孝第一桩。

我娘近来身有恙,昏昏沉沉卧在床。

呀得喂,喂得呀,我心急火燎无主张。

三月枞菌硬梆梆,九月枞菌喷喷香。

我有心去到西山上,捡回枞菌好炖汤。

呀得喂,喂得呀,孝敬我娘理应当。

乌色枞菌好营养,胜过灵芝药效强。

我捡枞菌为我娘,娘吃枞菌得安康。

呀得喂,喂得呀,乡邻夸我毛机匠。

旦:(唱)仲秋九月是重阳,雨过放晴天气爽。

我背背篓西山上,捡的枞菌大又胖。

呀得喂,喂得呀,遍地山珍枞林长。

四邻夸我好模样,眉清目秀貌堂堂。

捡得枞菌长街往,换回铜钱孝爹娘。

呀得喂,喂得呀,扯段花布做新衣裳。

哎呀,是哪个背时的,偷我家的枞菌(四处看)。哎呀!原来是你!

这个砍脑壳的毛机匠,竟敢跑到我家的枞林里偷枞菌!

丑:我是捡枞菌,不是偷枞菌!

旦:这枞树林是我爷爷的爷爷开荒斩草栽种的,长出来的枞菌就是我家的。

丑:土里生的!

旦:是我养的!

丑:土里长的!

旦:你这个人,跟你讲不伸腰,你硬要捡我的枞菌,我倒有个条件。

丑:哎,捡枞菌还有条件?么子条件?讲来听听。

旦:对歌!

丑:对歌!我若对赢哒呢!

旦:任凭你捡好多。

丑:若是你对输了?

旦:讲个谜字你猜猜。

丑:那你讲。

旦:两个山字一重——

丑:两个山字一重(想),是个出字。

旦:你猜对了。

丑:不是我夸海口,猜谜是高手,对歌是没对手,不怕你会讲。

旦:那就请对!

丑:对起来耶!

旦:(唱)什么山睁着独眼看苍穹?什么河滔滔细浪流向东?什么人崇山顶上舞长虹?什么人洞中修炼传神功?呀得喂,喂得呀,什么人传呀传神功?

丑:(唱)天门山睁着独眼看苍穹,澧水河滔滔细浪流向东。驩兜在崇山顶上舞长虹,鬼谷子洞中修炼传神功。呀得喂,喂得呀,鬼谷子传呀传神功。

旦:(唱)什么国君是祝融?什么山顶有赤松?屈原先祖是何人?何人豪气亘秋冬?呀得喂,喂得呀,何人豪气亘秋冬?

丑:(唱)古庸国君是祝融,天门山顶有赤松。屈原先祖是伯庸,覃垕豪气亘秋冬。呀得喂,喂得呀,覃垕豪气亘秋冬。

旦:(唱)什么人儿身有龙?什么人儿是英雄?周朝何人葬大庸?什么人儿巧玲珑?呀得喂,喂得呀,何人养蚕缫丝巧玲珑?

丑:(唱)覃垕虎背身有龙,向王天子是英雄。周朝赧王葬大庸,西家大姐巧玲珑。呀得喂,喂得呀,西家大姐巧玲珑。

旦:哈哈,哎呀呀,这就不对了,不对了呀。

丑:怎么不对了呀?

旦:我盘的是何人养蚕缫丝巧玲珑……

丑:我答的是西家大姐你巧玲珑。

旦:我问的是张家界古代历史人物……

丑:再过二千年,我们不也是张家界历史人物吗?

旦:好好好,我看你是老鼠爬秤钩,自称大人物,其实呀,你顶多算个小、爬、虫。

丑:小爬虫也是一条生命呀。我愿牵你到七老八十手不松。

旦:呸!(唱)说什么七老八十手不松,你调戏良家女子罪孽重。你山中竹笋腹中空,青天白日休做梦。

呀得喂,喂得呀,青天白日休做梦。

丑:大姐!(唱)男女对歌古今通,千年情爱一律同。

只要二人情义好,冷水泡茶慢慢浓。

呀得喂,喂得呀,冷水泡茶慢慢浓。

旦:(唱)太阳出来四山红,观音骑马我骑龙。

燕子衔泥口要紧,蚕儿网丝在肚中。

呀得喂,喂得呀,二人相交莫露风。

丑:(唱)高山顶上一树桐,凤凰飞来落彩虹。

只要根正生得稳,哪怕东南西北风。

呀得喂,喂得呀,情姐恋郎莫嫌穷。

旦:(唱)西兰卡普血泪红,梁祝化蝶觅仙踪。

天门狐仙天桥逢,天荒地老伴始终。

呀得喂,喂得呀,妹的情意给哥送。

丑:(唱)日头西斜彩霞红,我娘久病在家中。

告别大姐回家转,捡起枞菌行匆匆。

呀得喂,喂得呀,回家去把老母奉。

旦:慢!听你刚才之言,捡枞菌是为老母亲,真是难得的大孝子。来,我背篓里的枞菌全都送给你,给你娘好好补养身体,祝她老人家早日康复。

丑:多谢西家大姐。

——剧终

本文摘选自周志家、陈自文、周海燕合著的《大庸古乐研究》,郑州大学出版社,2018 年 3 月第一版,有改动。

屈原诗中西王母修仙于天门昆仑

——追寻黄帝传承辰州符之师祖西王母

金克剑

屈原诗中西王母乃天门昆仑众神之母祖

玉笛音断秦娥去,青鸟传来王母归。

王母归思环佩去,秦娥去后镜奁空。

这是我在大庸乡村采风偶尔发现的两副挽女对联。女儿逝世为何扯上王母?鲁迅先生说过:"其最为世间所知,常引为故实者,有昆仑山与西王母。"①既然屈原以大量篇幅描述昆仑,其实差不多整部诗作的核心内容就是昆仑,那就绕不开昆仑神话体系中的一个主宰人物——西王母。那么,屈原笔下有西王母吗?有的。且读:

麾蛟龙使梁津兮,诏西皇使涉予。(《离骚》)

凤凰翼其承旂兮,遇蓐收乎西皇。(《远游》)

西皇,王逸说:"西皇,帝少昊也。"后人多从此说。理由是:少昊以金德王,白精之君,故曰"西皇"。又《远游》注云:"西皇所居,在西海之津。"②但苏雪林却有完全不同的解法。她在《〈远游〉与〈大人赋〉》中写道:

司马相如不知尊敬西王母。屈原对西王母非常尊重,在《九歌·湘夫人》即《西王母篇》,口气虽稍嫌轻衰,是因为歌主湘夫人系以水神身份出现,风流荡冶,乃其天性,屈原那样说话是无妨的。在《离骚》里便尊之为"西皇",说道"麾蛟龙使梁津兮,诏西皇使涉予";在《远游》里也说"凤凰翼其承旂(pèi,旗帜)兮,遇蓐(rù)收乎西皇"。屈原《九歌》里仅尊木星之神为"东皇泰一",因木星神原是神庭领袖,地位尊崇,其次便

---

① 《中国小说史略》,上海古籍出版社2004年版,第11页。

② 见金开诚等:《屈原集校注·离骚》。

是金星之神即西王母，《九歌》中虽未予以尊称，《离骚》《远游》则皆以"皇"的徽号了。他对水、火、土三星之神称过皇吗？没有。盖木星神称东王父（金氏子按：即西王母之兄长东王公），他与西王母为阴阳之主，亦即是宇宙万汇的创化之源。[1]

笔者以为苏先生的说法接近真实，因为她已经发现"西王母"与"东王公"的深层关系了，此之"西皇"解作"西王母"是对的，与汉代才封神于西天的少昊七不沾八不连。本著则提出与"东王父"（公）密切相关的神州——扶桑西王母说。

西王母，又作王母、西母、西皇、王母娘娘、瑶池金母等。《辞源》：王母，祖母也。《尔雅》：父之妣为王母。《穆传》中称"西王母"，是昆仑神话中上书率最高、影响最大的神仙。就因了一个"西"字，千百年来，被昆学界、史学界、屈学界、神仙家所误解、误导，还以为天下就一个西王母，还都是西域人氏，故言昆仑必西域，言昆仑必西王母，哪里有西王母，哪里就有昆仑。《穆传》全书中未见"西域昆仑"四字，只有"群玉之山""昆仑之丘"，就因为出访了敦煌一带的西戎国或西夏国，并与那里的某一个西王母大宴于瑶池之上，就让后人对《穆传》所有牵涉昆仑的地方都打上"西"字印记。天门昆仑从此被人篡改，并肆意搬迁，最后成了中西结合的混血儿。天门昆仑的原生点从此销声匿迹，退出历史舞台。比如前章已经破解了的"群玉山策府"，《穆传》中并没有界定"西"字，民国《辞源》的解释就冠上了"西方昆仑群玉之府"，把天门昆仑一下推向了万里外的西域。而事实是：敦煌之西哪有群玉之山！哪有关于黄帝藏书处的记载！把"数千卷"竹板书花几千辆马车雇数万军人押运，万里迢迢越雪山过沙漠，一路与西域部落征战，还有狂风暴雨、沙尘冰雪、吃喝拉撒，还要寻找山洞，还要雇请人员终年把守、世代把守——请问有这个可能和必要吗？！

欲确证屈原笔下的昆仑到底是天门还是西域，就必须正视现实，对西王母"验明正身"。如果找不到西王母的出生地在黄帝故乡天门昆仑，那么屈原笔下的天门昆仑的存在必将受辨真甄伪的拷问。笔者甚至给自己下达了最严苛的指令：如果破不了"西王母"，就闭嘴不说昆仑！这是考验我对这个选题的把握与底气之所在。

我十分明白：当我正式决定接过为屈原故里翻案这一选题的那一刹那，我知道就已经被绑上了一部伤痕累累的战车，并将在处处布满蒺藜、陷阱的险道上跋涉。这条路上没有好的运气等着你，只能凭对历史本真的忠诚与信念。我坚信5000年以前的历史必有其十分复杂的纠葛，但一定有存在、流传的规律可循，是真史就不会捉弄人的。失败者只能是那些对历史判断有偏见且又固执的人。

就让我们一起关注西王母的命运吧。民国版《辞源》[西王母]：①古国名，西戎也。《尔雅注》：昏荒之国。《淮南子》：西王母在流沙之濒。②古之仙人也。《穆天子

---

① 文见苏雪林《屈赋论丛》，武汉大学出版社2007年版，第386页。

传》:周穆王好神仙,临西王母于瑶池之上。《搜神记》:羿请不死之药于西王母。嫦娥窃以奔月。《集仙录》:西王母姓侯。《酉阳杂俎》:"西王母姓杨,名回。一名婉衿。"又[西母]:西王母之略称也。《傅玄赋》:"东父翳青盖而遐望,西母使三足之灵禽。"又[西华]:道家语,对于东华而言。东华为男仙所居,领以东王公;西华为女仙所居,领以西王母。故女仙名籍谓之西华山篆。今人译《尔雅》:"西王母,'人祖'的意思。西王母其实就是女娲娘娘。"①

以上关于"西王母"的解释及引述错漏较多,总括起来,西王母一是古国名,说在西域;二是古仙人,既在西域,又在东方;三是羿向西王母请不死之药,扯出嫦娥偷药奔月故事,发生地并非西域,嫦娥的家在天门山顶西南,即今大坪镇(现改为:天门山镇)赤松桥之后山——天门山西南之顶嫦娥里;四是西王母与东王公的家在今辰州——沅陵县七甲坪镇的扶桑村(后有解),扯不上西域;五是人祖,即女娲,肯定不在西域。本书已发现并破译华胥氏在大庸溪雷泽坪之后山脚印岩踩了一双脚印"感孕生伏羲女娲"的真实经历告诉世界:伟大的人文之祖伏羲、女娲兄妹俩就出生在崇山北麓的华胥国——今市西区之枫香岗乡!六是侯氏、杨氏之女,一听就是时代很晚的汉姓,更与西域无关。上述众说,证明历史上对西王母的解释中至少拥有多个"西王母",但绝对多数不在西域。《山海经·西山经》载:"又西三百五十里,曰玉山,是西王母所居也。西王母其状如人,豹尾虎齿而善啸,蓬发戴胜,是司天之厉及五残。"《山海经·海内北经》又说:"西王母梯几戴胜杖。其南有三青鸟,为西王母取食。在昆仑虚北。"《山海经·大荒西经》又载:"西海之南,流沙之滨,赤水之后,黑水之前,有大山,名曰昆仑之丘。有神,人面虎身,有文有尾,皆白,处之。其下有弱水之渊环之,其外有炎火之山,投物辄然。有人戴胜,虎齿,有豹尾,穴处,名曰西王母。此山万物尽有。"

按《山海经·西山经》我以为所记"玉山",就是前章已解的"群玉之山",不在西域而在天门山。所谓"豹尾虎齿""蓬发戴胜"之句,是神界西王母的图腾面具及衣服装饰。辰州、大庸古傩戏中就有这种形象,至今依然。关于"五残",《史记·天官书》:"五残星出正东方之野。"指出王母就是管理东方之野天上厉鬼众神及五残星的天神。一个"东方",界定此西王母,不是西域之神。

《山海经·海内北经》:西王母头戴特别装饰,持杖而行。杖,或曰拐杖,或曰权杖。此说与前述类同,此之西王母似也不在西域。此之"昆仑之虚"其实就是天门昆仑。

《山海经·大荒西经》:可以肯定是写天门昆仑之西王母。因为所述昆仑神山神水,西域都不具备,前文已引苏雪林论述对西域昆仑予以全面否定。这里,我可以依据《山海经》所说若干符号给诸君绘制一张天门昆仑山水地图:

---

① 参见尹祥智:《北纬 30°线》,第 111 页。

（1）西海之南：一说西海在今龙山境之"西海"，此古天门云梦大泽之遗泽，前解。二说为古四川盆地之大泽，与洞庭湖各为东海、西海。可参。三说太古时代的天门云梦之遗泽，因与洞庭之"东海"相区别而谓"西海"，古名今存。天门昆仑正处其南。笔者以为此三说较为靠谱，实为天门山之南麓的赤松坪（今之大坪镇）云梦遗泽，水面积50余平方公里，相传大禹导澧决云梦泽而成大坪。今决口处称"龙门村民小组"。

（2）流沙之滨：流沙在今张家界市西北之沙堤乡（现改为：沙堤街道办事处），源出古王溪，长约20公里，界于北昆仑峰和天门昆仑之间，故北武陵源昆仑与天门昆仑均濒临流沙（沙堤溪）之滨。

（3）赤水之后：桑植赤水发源西部130里神州界及大米界而西北向入澧，赤水的"尾巴"正好对着天门昆仑，屁股表示"之后"。屈原"忽吾行此流沙兮，遵赤水而容与"。两处地名，相距仅40公里。这些地方，正是屈原常来常往的游览胜境，他哪可能跋涉几万里去西域寻找赤水和流沙啊！

（4）黑水之前：温塘黑水发源于天泉山而东南注澧水，其前方正好与东南方之天门昆仑形成面对之势。

（5）弱水之渊环之：弱水又叫作若水、茹水、澧水。源头乃是澧水上段一条小支流，发源于张家界市西北天泉山与龙茹山之间注澧，史称"九澧"（又作"九河""九江"）之一的"茹澧"。茹澧（包括温澧）上自茹水口，下经潭口至慈利阳和乡古茹国，全长约80公里，故叫"百里茹澧"。这段茹澧正好环绕天门昆仑北麓而流。明代李自成部将野拂有"天门北望关山远，茹水东流悔恨深"的诗句。其天门山寺"天外有天天不夜，山上无山山独尊"山门对联，则出李自成之手，今石柱犹存。本土文人多以"弱水"入诗，如清代朱衡《上滩行》："从来涉险仗忠信，弱水蓬莱任我游。"（载道光《永定县志·艺文》）此"弱水"指茹水；"蓬莱"则指天门昆仑。又，清代许绍宗《山行有感》："未知弱水三千外，更辟青山几洞天。"是说大庸人不知道三千里外有弱水，只知道弱水就在门前的澧水。因而说，真正有弱水能绕昆仑者，天下只有天门昆仑。内蒙古那条伏沙而流的"弱水"，是汉后根据汉武帝指于阗为昆仑而霸蛮配置瞎编"指认"的，又哪能跨越万里去阗绕昆仑！

（6）炎火之山：天门南屏有孤峰二：一曰"火焰山"（又称"炎火山"）；二曰"豆渣山"，豆渣山即为"糟丘"（前述）。

上述被神化了的山山水水，千秋百代就围着天门昆仑惬意地流淌着，到现在还白纸黑字载之于地图，印之于地名录，市、区、县、村（居委会）和村民小组的建置之名仍在沿用。三千冰山雪岭，哪里找得到实实在在可上、可登、可观、可住、可生存、可休闲的"昆仑"天堂？哪里有可以环绕万里的神山、神水？！

（7）有人戴胜，虎齿有豹尾：这段文字与《海内西经》所载昆仑之虚"面有九门，门有开明兽守之，百神之所在……开明兽身大类虎而九首，皆人面，东向立昆仑之上"，均指天门昆仑之上的虎图腾之神像。所谓"九首",实际上是苗老司、土老司(梯玛、傩师)头上戴的法帽,其帽正面排列九块剑刃形画版,每块均绘一个神界人物头像,望之如生"九首",加上梯玛(土老司)本人,则为"十首"。十首者,即天门昆仑灵山"十傩"也。

崇山庸人以三苗、濮人(古称百濮)为主体。濮人乃土家之先民,多为崇虎族。最早见诸文献的是崇庸人鬻熊著的《龙虎经》。据统计,天门昆仑之下的永定、桑植、慈利、石门四地,共出土27件虎钮錞于,占全国总出土的一半以上,哪里虎錞占绝对多数,哪里就是古庸国土家族的中心。虎錞正是古崇庸人的图腾物,天门山则是收藏虎錞的圣地,史有天门錞于洞之记载,故又称錞于山。《穆传》则称"群玉之山",与天门山古代多玉而得其名,与錞于山谐音,或云二山之义兼而有之。近些年,又先后出土东汉龙虎纹铜镜、凤头虎身纹战国青铜鼎、东汉龙虎铭文铜镜、东汉"马头虎身"铭文铜镜,以及战国"肖形虎印"等一大批关于虎图腾珍贵文物。由此可证,这个"戴胜"虎形盛装的西王母,是典型的崇虎族,应该是出生于天门昆仑一带的古濮人之母祖。西王母戴胜之状一直在民间流传,土家儿童无一不戴虎头帽、披虎形小披风,帽后拖虎尾,脚穿虎头鞋(按:这些"虎"装,乃鄙人儿时普通之装束,不值得大惊小怪的)。连老人的火之石烟袋,都用虎掌制作。

值得注意的是,《辞源》还点出西王母的姓名,又推出东王公与西王母二仙的派对。似乎已经发现了西王母的隐秘背景。东王公,又称"木公""东华帝君""青童君""东方诸""青提帝君""东华紫府少阳帝君"等。《尘外记》说:东王公曾住在东海的方诸山上,山上有东华台,东王公常在丁卯日登台四望学道之人。学道之人得道时,要先后拜见东王公与西王母,然后才能升入九天。汉初天门山一带有童谣唱:"着青裙,入天门,揖金母,拜木公。"[1]从所唱内容分析,这支儿歌其实就产生在大庸天门山下。昆仑神话中的"天门",就是从现实中的天门借用而去的。这样的古童谣还有不少,比如,"金梭、银梭,开天门,结百果。""大庸有座天门山,离天只有三尺三,谁人成仙得道去,坐轿要取顶,骑马要下鞍。"说明天门是为天界培养神仙的基地,是人神相通的中转站,因为这里有两个登天的"天门"。故有"神仙之地,发于天门"之说(《狐首经》)。也有人认为,东王公信仰来自楚地"东皇太一"神之信仰,"东皇太一"就是太阳星君,又名"东君"。《云笈七签》说"东皇太一"就是黄帝。黄帝由人变成了神。西王母在神界执掌瘟疫、刑罚,郭璞说西王母"主知灾厉、五刑残杀之气也",又掌管不死之药,成为长寿的象征,这正是天门昆仑"不死之野""不死之丘""不死国""不死民""寿丘"的生产源头,因此道教视西王母为延年益寿的象征。

关于木公金母之说,杨良翘有诗云:"名山福德寿人诗(按:即市北子午台,又名凤

---

① 见乌丙安主编,江帆执行主编《民间神谱》,辽宁人民出版社2007年版。

羽山、崆峒山）木公金母同锡献。""寿人"，此指生活在长寿国——天门昆仑、仙人溪境内的人——即诗人自己。

在神话《西游记》中，玉皇大帝上升为万神之主，西王母成为玉皇大帝的妻子，称为"王母娘娘"。《焦氏易林》总结了民间向西王母祈愿的种类：赐子、家族兴旺、远游平安、长寿、福禄、趋吉避凶、儿女婚嫁美满等。而最早的神话中，西王母是东王公的妻子，是地球上第一个洪水时代兄妹成婚拯救人类的传说人物，成为统领众仙界女神的领袖、女神的祖神，并掌管女仙的名籍。

那么，这个神秘而法力通天的"西王母"到底是何方人氏，出身何方，何族，何人？能找得到她出生、出嫁、修仙得道的具体地址吗？也就是说，神话与现实能对接吗？

屈原诗中西王母

约在晋咸康年间（335—342），著名道学家葛洪在其《枕中书》写道：

> 在二仪未分，天地日月未俱时，已有盘古真人，自号原始天王，游乎其中。后与太元圣母（太元玉女）通气结婚，生扶桑大帝（东王公）、西王母。后又生地皇，地皇又生人皇，伏羲、神农、祝融、五龙氏等，乃其后裔。[1]

这是我苦苦寻找西王母史料偶尔发现的正史文字，于孤陋寡闻的我，这简直是石破天惊！

原来西王母就是人祖盘古氏的女儿！

不知这位葛洪是如何先知先觉识破万古谜踪的？

盘古在哪里呀？

盘古在湖南的辰州沅陵县，住在与今张家界市一山之隔的沅陵县丑溪口盘古乡盘古溪畔盘古山上盘古洞！2002 年夏天，几个狩猎者在盘古洞外山脚偶然发现一把石头钥匙，并用其打开了百万年前的盘古洞门，从此揭开了盘古洞的万古之谜。[2]

盘古距今约 100 万年。

确定了盘古氏出生地在崇山之南的盘古洞，中华民族人类的始祖就不再是一个虚无的传说。他的出现，为天门昆仑、县圃崇山成为中华远古第一轮文明的中心奠定了厚重的基石！楚族史诗《黑暗传》说：盘古活动的中心地区就在昆仑山：

> 说的是远古那根痕，无天无地又无日月星。一片黑暗与混沌，天地茫茫无一人。

---

[1] 引自《盘古新说》，中国文联出版社 2008 年版，第 90 页。

[2] 参读莫厚材、张家贵《盘古新说》，中国文联出版社 2008 年版。

乾坤暗暗如鸡蛋，迷迷昏昏几千层。盘古生在混沌里，无父无母自长成。那时有座昆仑山，天心地胆在中心……

请注意末二句"昆仑山，天心地胆"与《狐首经·天原篇》所说"昆仑之山，名曰地心"如出一辙，可证两个昆仑同是一个天门山。既然盘古出生地就在沅陵，那这座昆仑山必定就在他的故乡天门昆仑[1953年以前，天门山南部的沅溪、四斗、熊壁（黑）岩——中央仙山及元古坪区等地归属沅陵，1953年划归大庸]，怎么会跑上三万里路爬到西域喜马拉雅大雪山去，否则人类就不可能繁衍生息存在于地球了。

《六韬·大明篇》有："盘古之宗不可动也！"

崇山不可动！

昆仑不可动！

天门山不可动！

100万年前就诞生了伟大的盘古、太元玉女及一双儿女"东王公""西王母"！

100万年前，盘古一家就发现了人间仙境天门昆仑。这一信息告诉我们：天门昆仑文化的起步应该在100万年以前。故历史上称天门昆仑为"天心地胆"，为人类文明的起源中心，乃至世界的中心，岂敢信口开河。看来，此之"西王母"的来头就不是小小西戎国王母可以相提并论的。100万年和3000年（穆天了在西域会见西王母，距今2970年左右）相比，一个叫巍然大山，一个就像一颗小小的石头。从周穆王在瑶池与西域王母对酒赋诗分析，这个"西王母"还精通中华的诗词和文字文化，这使人想到文成公主，想到王昭君。由此判断，那个西域"西王母"百分之百是从东方嫁过去的某西国国王的妃子或太子媳，以后承袭异国国母。抑或是东方天门昆仑西王母的远程后裔。但无论如何，西戎王母还够不上中华人祖、中华国母的资格，充其量是一个西戎小国的女王。

东晋有个葛洪！竟独具慧眼，只轻轻一笔，将乾坤镇住，把昆仑留在古庸大地，让王母归位故土，还历史以本真。

葛洪何许人也？

葛洪，江苏句容县人，生于公元284年，殁于公元364年。为东晋著名道教领袖、道教学者，著名炼丹家、医药学家，自号抱朴子，留有著作《抱朴子》。

这个迟来的发现无疑是我对西域王母学术的挑战，亦是对西域昆仑的挑战！

至此，读者诸君的疑团自是已然而释。

《太平御览》引《武陵记》说："武陵山上有神母祠（卷四十九）……山边有石窟即马援所穿石也。此山头与东海方壶山相似，因名壶头（卷一百七十四）。"这就是中国远古神话中的海上蓬莱、瀛洲、方壶的出典之所在。事实上，在海洋观测、航海航空技术等科技都已百分千分发达的当代，至今仍没发现所谓东海之中有此三处岛屿。

这个"武陵山",就是壶头山,亦作天门山。《后汉书·郡国志》记录了曾发生在古充县相单程起义决战天门壶头的历史状态:"马援军度处,有嵩梁山,山有开处数十丈,其上名曰天门。"这个硕大无朋的地球天门,就是马援避瘟疗病的"穿石"。

由此可以确认,这个建在武陵山的"神母祠"就在天门山顶。神母祠就是王母祠。她是天门昆仑仙界的众神之祖、众神之母。

远古的过程是这样的:盘古出生于沅陵丑溪口盘古溪盘古洞,后北上迁居150里外的扶桑神州半岛,与太元玉女通婚,生下一双儿女,儿子叫"东王公",女儿叫"西王母"。兄妹俩在此创建人类史上最早的"混沌国""君子国"、部落国——即扶桑国。东王公封为"扶桑大帝"。西王母后来追随父亲盘古和母亲太元圣母登上他们开天辟地的天门昆仑,后来就成了仙界众神之母,因称"神母"。东王公与西王母后来结为夫妻,则是地球太古洪水时代留下的最原始的"兄妹成亲"拯救人类的"化石信息",比万年前伏羲女娲兄妹成亲故事早90多万年!

李冗的《独异志》卷下载:"昔宇宙初开之时,只有女娲兄妹二人在昆仑山,而天下未有人民。议以为夫妇,又自羞耻。兄即与妹上昆仑山,咒曰:'天若赐我兄妹二人为夫妇,而烟悉合;若不,使烟散。'于烟即合,二人结为夫妇。"这个信息是中国民间各族广泛流传的关于人类起源的传说,即以伏羲、女娲兄妹俩为人祖,而他俩就住在昆仑山上。前章已涉及伏羲演八卦于崇山及华胥氏诸英履大历山太古人类足印而生伏羲、女娲,那么,伏羲、女娲在昆仑发咒语绝不会跑到两万里外的尚无名分的喜马拉雅山去。此昆仑不在天门昆仑又在哪里!

屈原笔下之"扶桑"

饮余马于咸池兮,总余辔乎扶桑。(《离骚》)

暾将出兮东方,照吾槛兮扶桑。(《东君》)

屈原诗中两次写扶桑,绝非无因,不可不察。"扶桑"不破,屈原难立。葛洪说盘古生子东王公,称扶桑大帝。扶桑是天门昆仑文化体系中的一个举足轻重的符号,也是解密屈原诗中故乡的一把金钥匙。

关于"扶桑",民国版《辞源》的解释有四:①神木。古谓为日出处。《淮南子》:"朝发扶桑,日入落棠。"《后汉书·张衡传注》:"其桑相扶而生。"丹铅总录谓海上之桑,两两相比,故称扶桑。②木名。叶似桐,初生如笋,实如梨而赤。绩其皮可为布。扶桑国人以之制衣。亦以为锦。见《南史》。③古国名。《南史》"扶桑在大汉国东二万余里,其上多扶桑木,故以为名"。④花名。《康熙字典》:"榑,并音扶。《说文》:榑桑,神木,日所出也。《山海经》:东望榑木。《淮南子·览冥训》:朝发扶桑。"

在今中国湖南省张家界市永定区东南边境沅陵县七甲坪镇有扶桑村,因为笔者祖籍在两河口,从小就常去扶桑溪走亲戚——我的张氏之舅。

且看1993年版《沅陵县志·建置》载:沅陵县1953年民主建政简表(二):

第十六区七甲坪[建置乡(街)名称]扶桑乡
沅陵县1958年人民公社设置表(二)
光辉[公社]七甲坪[驻地]扶桑溪[所辖大队名称]沅陵县1987年行政区划表(四)
麻伊洑[区名]七甲坪[乡镇名称]扶桑溪[村委会名称]

另外,在同一版本《沅陵县志》载《沅陵县行政图》的右上角赫然标名"扶桑溪"(村名),属七甲坪镇,相距4公里。

东王公和其妹西王母一起被父亲盘古真人所封的扶桑就在这里。他们在这里建"扶桑国",东王公被封为"扶桑大帝"。扶桑距盘古出生地丑溪口盘古乡盘古洞约60公里,与天门山东西平行约50公里。

扶桑因西王母封神于天门昆仑而进入昆仑神话体系,天门山下的文人墨客一直在屈原诗的指引下坚守不弃,他们将"扶桑"入诗入文,代代不息,此"扶桑情结",天下无有二者。

杨拚《鸡笼峰》:"隔巇闻咿轧,扶桑日色东。"
朱蕴《天门曙色》:"仙鸡唱丑桃都黑,羲驭扶桑海峤红。"
胡公辅《前题》:"去年省墓登天门,破晓来观扶桑暾(暾,音'吞',刚出的太阳)。"
刘启鳌《晓望天门》:"一声鸡唱晓,翘首望天门……对此抒幽兴,扶桑月正暾。"
俞良模《高远鸣钟》:"凭风遥望过江皋,催起扶桑月渐高。"民国·庹悲亚《咏景感赋篇》:"赤霞炯炯射,浮云扶桑扫。"

提起扶桑,这里再出一证:七甲坪翦家溪退休老干部金述明介绍说,在大溪香约坪有个百老界,古时有个"百老仙人",出生于沅陵县七甲坪乡扶桑村,7岁时不知何因离家失踪。95岁时归隐与扶桑约30里的王家坪乡大溪马头山上,伐木筑居,垦荒种地,安度余年。老人满百岁那天,忽觉大限将临,急散尽钱财,并以余力在石桌上刻诗一首:

日出扶桑是我家,七岁出门走天下。
世上狗叫都一样,声音不同字不差。

诗中"日出扶桑是我家",明白无误地道出身份:这位神秘的"百老仙人"就出生于扶桑,那里是太阳升起的地方。刻毕即殁。为纪念这位大行善举的百岁老人,将此山命名为"百老界"。

这是一首俗诗,却把世态炎凉看得通透。也由此证明这个屈原笔下的"扶桑"就在这位百岁老人的老家——扶桑!

屈原诗中之扶桑——七甲坪扶桑村乃辰州傩西王母之故乡

或许有人问:你认定西王母就是沅陵的女儿,后到天门修炼,成了昆仑神都天国女王,有实证吗? 有的。第一,前面已援引《黑暗传》所载"盘古出生于昆仑天心地胆",又用斧头开天门的文字,与考古结论证明盘古一家就住在天门昆仑之南的盘古乡盘古溪盘古山盘古洞。以后,盘古迁居北部约60公里的扶桑溪岸边半岛——神州岛,与太元玉女通婚,生子扶桑大帝——东王公;生女西王母。第二,笔者祖籍沅陵七甲坪乡五甲湾村金氏宗祠,与东王公、西王母老家扶桑溪村不过4公里,说起来还是真老乡! 本人自幼看"金宅雷坛"和"胡宅雷坛"傩戏表演,在傩音傩舞中浸泡长大,目睹"辰州符"的神奇。诸君如若带疑,没关系,我就随手抽出扶桑傩师传下来的几本关于西王母的傩唱本来,绝对让你大开眼界。以下证词,选自"金宅雷坛"与"胡宅雷坛"(雷坛,即"傩坛")传唱千古的傩戏、傩歌。

《上熟歌》(上岗教):上凭青天作证主,下凭赤地作证盟。东王公作证主,西王母作证盟……

东山圣公作证主,南山国母作证盟。(道光三年十月三日)

这个"东王公""西王母",与葛洪所说完全吻合。后句"东山圣公、南山国母"正是民间传说盘古一双兄妹成婚的"东山圣公"和"南山圣母"。与"东王公""西王母"同一个概念,"南山国母",此指扶桑国之国母,即后来成为天门昆仑神国之国母的西王母。"上岗教"又称"上河教",是保存数千年的古辰州傩中的两大流派之一,另一派叫"河边教",又称"沿河教""下河教",都产生于西王母出生故乡扶桑七甲坪乡。弹丸之地同存二派,且一传数千年,敢说全世界傩坛没有二例! 这恰又是湖南傩研究大师林河先生确认扶桑七甲坪为辰州傩原生点的活证。

上熟歌(河边教):东王公来作证主,西王母来作证盟。(1930年五月抄本)

进标歌(河边教):上桥王母借钥匙,开开老君二重门……中桥王母借钥匙,开开老君四重门……(同治元年秋抄本)

和会歌.和上座(上岗教):拜请三元盘古仙人,衔前相和会,两相和会好郎君。拜请三桥王母仙人,衔前相和会,两相和会好郎君。(咸丰九年九月抄本)

潮水歌(河边教):上桥王母飞桥到,中桥王母上花轿。下桥王母飞桥到,后宫仙女听和神……敕赐王母亲命职,圣主后宫仙娘身。(1921年三月抄本)

下马歌(上岗教):东山圣公请下马,南山国母领良因……三元盘古请下马,三桥王母领良因。(乾隆十七年冬月初三抄本)

开桃源洞歌(河边教):上洞原是花王洞,王母仙人把洞门。(1936年四月)

造桥歌(上岗教):搭起三洞王母桥一座,迎接三洞娘娘到来临。(宣统元年三月初三)

度关歌(上岗教):奉请中央黄帝造桥师,造桥郎……造起王母三仙桥高万丈,三仙王母降吉祥……三仙王母手抬出,哭夜关然尽消除……三仙王母亲手抬,四季关然尽消除……三仙王母亲手抬,父母不久主分宜……王母渡过此一关,铁蛇关然尽消除……今请王母来禳度,孩男孩女从此永无忧……王母渡过当知得,鸡飞关然尽消除……全凭王母来禳度,渡转关然保平安……王母娘娘亲手携,白虎关然无奈何……拜请王母亲降临,大作证盟领良因……天之覆来地之载,天覆地载两分明……三仙王母、恩承王母,恩谢王母恩,孩男名下保长生,礼谢。(嘉庆二十一年八月十二日抄本)

请注意两教傩歌中反复提到天门、昆仑、王母、三桥或三桥王母、三洞王母桥。又唱"奉请中央黄帝造桥师""造起王母三仙桥高万丈",此之"桥",既指神界仙桥,又指天门桥梁山——天门桥山之"桥"!而且不可思议地请黄帝造桥师造出万丈天门仙桥。笔者此时茅塞顿开:这不正是黄帝葬桥山的重大信息吗?或者说:千古傩歌已经注意到黄帝葬地就在昆仑天门桥山,解开这千古之谜的钥匙就是由王母娘娘在扶桑神州半岛创作的辰州傩歌!

在辰州傩唱本中,"西王母"出现频率最高。同时,西王母又多以"王母""王母娘娘""国母""帝母""帝娘"的称呼反复出现,这是因为西王母是扶桑大帝的夫人,有帝必有国,扶桑大帝即为扶桑国之帝,西王母就是扶桑国的国母、帝母、帝娘。葛洪发现天门昆仑的西王母就是盘古的女儿,说明他曾到过天门山,并亲见亲闻辰州傩唱本中有关"西王母""国母"的线索。值得注意的是,唱本中常常出现"盘古仙人""中央黄帝"的唱词可能不是偶然。

也许有人还有些不放心。辰州傩未必唱的就是辰州"西王母",那我就再抄录几段唱词。如河边教《发猖歌》:

第二哥来五猖神,家住沿河两岸村。

"家住沿河两岸村",正是辰州傩"沿河教"名称之由来。位处今七甲坪镇一带两岸,至今仍叫河边农户为"沿河人""河边人"。

昆仑山上生鸡蛋,紫竹林内抱鸡儿。

七甲坪傩神能在长着紫竹林的昆仑山上养鸡生蛋,此之"昆仑"想必不是祁连山、喜马拉雅山吧? 这里唱的"昆仑",其实就是葬黄帝于桥山的大庸张家界天门昆仑:

　　抱的鸡儿多世界,鸡公鸡母叫唏唏。头戴凤凰冠一朵,身穿五色绿毛衣。日在西眉山前过,夜在户主笼中啼。天门土地不敢飞,取名叫作雁鹅鸡。

　　这里连用几个天门昆仑相关的地名:一是"西眉山",二是"鸡笼"(著名的天门十六峰其中之一就叫鸡笼峰),三是"天门土地"。"西眉山",典籍又称"须眉山""须弥山",即天门昆仑山之别称。扶桑原是昆仑人神与天神沟通的神树。按神界规矩,扶桑东古山为男仙东王公所居,叫"东华";西眉山为女仙西王母所居,叫"西华"。东为阳,主男;西为阴,主女。唱词中说的是西王母离开扶桑老家,上了正西边50公里的天门昆仑主持神界天国,临走,把家里的鸡娃儿连同鸡笼也顺带上山。所谓"抱鸡儿",不是抱在怀里,这是大庸、沅陵等地的土话,书面用语叫"孵鸡娃儿"。"多世界",土话,言其鸡多。这些鸡娃儿白天住在天门昆仑山上玩耍啄野食,黑前飞回扶桑"户主"(指东王公)鸡笼中啼叫。天门土地神管不了这些调皮的鸡娃儿,把它们叫作能高飞远走的"雁鹅鸡"。辰州傩把兄妹俩的仙家生活化、凡人化了,还原了凡人真身。简直匪夷所思。

　　说到天门土地,桑植县低傩戏本之第十四场《上锁断煞》唱道:

　　大哥名叫吴先聪,玉帝面前讨敕封;玉帝见他多聪容,封他天门土地公。你在天门为神通,要知所管为哪宗;风要调来雨要顺,才算天门土地公。

　　此"天门土地公"与"玉帝"二神连锁,可断定均是天门山之神。

　　关于王母娘娘天门山养鸡的故事,古来广为流传。元代翰林待制、进士杨辀作《鸡笼峰》:"隔巘(音'烟')闻呷轧,扶桑日色东。"

　　是说隔着高山都可听到鸡娃儿们往返于天门、扶桑奋飞扑翅叫唤的声音。

　　明代弘治年间岳州府提学副使沈钟也写了首《鸡笼峰》:"驱鸡天上去,仙路渺西东。"是借祝鸡翁养鸡的典故,喻写西王母在天门山养鸡,日住西部天门鸡笼峰,夜回东部扶桑家,故叫"仙路渺西东"。这一特指的方位,证明元明时代许多文化学者及官僚政客都知道扶桑、天门与西王母、东王公所处位置及其依存关系。也因了王母养鸡于天门山,后人就把那座山头列入天门十六峰之"鸡笼峰"。

　　诸君如果还觉得不过瘾的话,下面再引崇山古苗人起屋上梁,掌墨师以雄鸡祭鲁班平煞的仪式与唱词。东家(屋主)拿一挂鞭炮,掌墨师左手提公鸡,右手拿开山子

（斧头），指着公鸡念咒语：

> 说此鸡道此鸡，此鸡不是凡间鸡，是王母娘娘的报晓鸡。头戴尖尖红色帽，身穿八卦五色衣，鲁班今朝用来防煞鸡。要知天煞、地煞、年煞、日煞，天煞归天，地煞归地……

此时掌墨师边念边用斧头划破雄鸡冠子放血洒在东扇前金柱上，以保立屋平安吉利。继又念："鸡腿一斧，鸡血入地，凶神退位，要收撬脚弄手，要收撬手弄脚，奉请朋友兄弟，要帮主东立柱升起——起——！"众帮工应声大喝："起——！起呀起——"随着一阵阵惊天动地的吆喝声，新屋排扇就树起来了。

崇拜王母娘娘，是大湘西沅澧流域土家、苗人共同的民间信仰。且读《进标歌》："天门高上插一标，斩断为殃作祸苗。""高上"，即顶上、上面。此之"天门高上"是真实的天门山之顶，而不是神界虚无的"天门"。又如，《耍标歌》："天门开，地门开，殿前忙把旨传来。"此句也是实指天门山之天门。地门位于天门山正对面屈原老家上社溪大洞之地门（一作"阴门"，洞高与天门洞相等）。又上岗教《上马歌》："凶吉吾指符窖定，天门开闭角声献。上献五岳朝王去，忧恐娘娘赴蟠桃。"（1920年三月抄本）这段歌词中的"天门开闭"与"娘娘赴蟠桃"，连成一个完整的表达句式，可证西王母所居的"天国"就是天门山无疑。上述傩歌所唱西王母神话发生地，均在辰州傩原生点七甲坪—扶桑—天门昆仑之间。证明西王母生地在沅陵盘古洞，成家在扶桑混沌天国，神位在大庸天门昆仑。

既然西王母居住在天门昆仑，就必须有关于天门昆仑"十二楼"——瑶池，即天宫御花园等内容的传唱，且读上岗教《接驾歌》：

> 上帝忘返谓之连，下而忘返谓之留。
> 留得五湖明月在，天缘有份再来游。
> 一重花开一重景，景（锦）上添花色色新。
> 红日纷纷过墙去，上有黄莺深树鸣。
> 二重花园三重天，百花开放一满园。
> 落花疏星因伴酒，添得浮生半日闲。
> 二重已过到三重，好个尽在不言中。
> 一时美景关不住，人到何处不相逢。
> 三重已过四重内，四季花开色色齐。
> 此处就是神仙地，无人不道看花回。
> 五重花园五个样，五色花开在中央。

淡月稀星常旋绕,仙风吹下玉炉香。

六重花园闹沉沉,无边光景一时新。

歌馆楼台声嘻嘻,花有清香月有荫。

七重花园百草齐,金童玉女忙传杯。

风日清和人意好,夕阳歌闹几时回。

八重花园上玉楼,游遍天涯海角洲。

远看湖北三千界,近看江南十二楼。

九重花园九重来,花在园中四季开。

玄都关内桃千树,尽是刘郎后去栽。

十重花园闹喧天,花枝掩月月影斜。

且过十五光明少,春来无处不飞花。

游到十一十二重,风光不与四时同。

天上众星拱北斗,世间无水不朝东。

十二重花园游不尽,弟郎提起下马巡。

猛然平地一声雷,奉劝神王酒三杯。

猛然平地一阵风,奉劝神王酒三盅。

华堂金龙闹喧天,君王打马游花园……

君王爷爷领上一杯下马酒,依然迎归入皇坛。

辕门战鼓响咚咚,王母娘娘车上显神通。

户户金童前面引,双双玉女紧相从。

户主此时迎圣驾,娘娘传过喜融融。

王(国)母娘娘领了二杯下马酒,

赐福光天化日中……

《接驾歌》表现地界傩师奉命上昆仑天国接驾请神,并一路观赏昆仑天国十二楼花园美景,受天国君王和天国国母王母娘娘的盛情款待。所谓"三千界,十二楼",是道教、傩坛专指昆仑仙界——天国的太虚幻境和无边的法力。与本文对黄帝在天门昆仑为庸成子建五城十二楼的史实形成对接,这就从根本上彻底否定了汉武帝指于阗为昆仑而产生的所谓"西域昆仑"概念。

再出一证:元代至正辛酉科进士、待制翰林杨拚作《天门山十六峰·道士峰》诗云:

似厌人间世,清都汗漫游。

岩关栖白鹤,云气接丹丘。

下睨三千界，中连十二楼。

步虚声嫋嫋（niǎo），风转不曾休。

一个是民间傩唱本，一个是儒家文豪进士，都是天门南北山下人，共唱天门昆仑"三千界，十二楼"，这说明了什么？

（1）说明黄帝因庸成子而建五城十二楼的昆仑即天门昆仑，与西域无关。

（2）说明西王母所居住的昆仑瑶池花园就在天门昆仑，并进入当地傩戏唱本，西域没有。

锁定天门昆仑神国"三千界，十二楼"，《狐首经》"神仙之地，发于天门"的远古之论就坐实了原生点。所谓西域昆仑王母及遍地开花的"昆仑"，是永远也编造不出如此庞大、如此厚重、如此严谨的神国、神都、神州发祥地的证据库和证据链的。

必须注意的是，辰州傩多有对黄帝的尊崇唱词。河边教《发猖歌》："五点中央黄帝猖，黄旗黄号黄刀枪。"河边教《判官点兵歌》："五点中央黄帝兵，黄旗黄号领三军。"上岗教《度关歌》："奉请中央黄帝造桥师，造桥郎。"河边教《送神歌》："来时立起五营并四寨，去时要拆五色营（按：所扎东南西北营寨皆拆皆烧）。只有中央我不拆，留与户主镇乾坤。金炉不断千年火，玉盏长明万岁灯。"（1914年七月初二抄本）永定区罗水乡傩坛古本《出猖》也有关于黄帝的唱词："出了北方转中央，五出中央黄帝猖。"（1943年甲申抄本）

由此看来，黄帝早已进入天门昆仑神界，其地位与玉皇大帝比肩，众学者则认定黄帝很可能就是玉皇大帝的原型。山乡建轩辕庙，城内也有轩辕庙。黄帝、西王母与天门昆仑息息相关，可说是一种"大庸天门昆仑文化现象"，值得深度探讨。笔者认为，春秋战国后把黄帝纳入天门昆仑神话体系，一定与黄帝对昆仑天堂的建设之功及死后葬在天门桥山有密切关系。

如果诸君对西王母出生地在辰州沅陵仍觉不放心的话，就再听听七甲坪河边教《判官点兵歌》："双手推开门来看，四值功曹传表文。用手拆开表文看，字字行行写得清：上写湖南辰州府，又写东君一满门。相请判官无别事，岳都台前勾愿心。"

表文直呼"湖南辰州府"，又点"东君一满门"。东君，即扶桑大帝东王公。"一满门"，指盘古氏一家子。一纸锁定一个"辰州府"，锁定东王公、西王母数口之家，锁定两位仙人工作的扶桑、天门。你们说：这个西王母是不是辰州府人？是不是大庸天门山神仙之祖之宗？这不正是古籍《狐首经》所载"神仙之地，发于天门"的百代证言吗？且问与万里西域何干？！

"岳都台前"：《山海经》称天门崇山为"岳山"，又称"国山""祖山""宗山"。北周帝宇文邕禅封天门为"南岳庸山"。华胥氏在此建华胥国，黄帝在此建轩辕国，祝融在此建大庸国，驩兜在此建驩头国（三苗国），烛龙（祝融）蚕丛氏在仙人溪建"长寿国"

[后西迁四川建蜀(寿)国],大禹在此建夏朝夏国。还有茹国、索国、濮国、白民国、凿齿国、龙伯国、舒庸国、道国、施庸国……正所谓祝融"繁衍百国围嵩梁"。这里正是万国之宗都,更是神界天国之神都,当然也是众岳之都了。何谓"台"?先王(周文王)说崇山是为县圃,县圃即昆仑天国高山之台原。《山海经》载大禹在崇山筑轩辕台、帝喾台、帝尧台、帝舜台、帝丹朱台、帝共工台,各二台,台四方,共12台,此即"岳都之台"。岳都,山岳之都也,山国之都也,故又称天门崇山为万山之宗,宗祖之山也!

唱词看似俚俗,但从字句深处所产生出的历史回音,让人不能不为之震撼!

一段关于天门昆仑与西王母的太古谜案,居然深藏在天门山下的傩歌傩舞之中!

它不是史家的文字典籍,却被百代传唱,一直传到当今时代仍鲜活不灭的"非遗"证词化石!

倘若有人还有些怀疑的话,就再抄几句七甲坪河边教《判官勾愿歌》:

判:湖广汉阳府?
内:不是我方之府。
判:河南开封府?
内:不是我方之府。
判:湖南辰州府!?
内:正是我方之府!!

坛主明白无误地回禀判官:"湖南辰州府,正是我傩坛发源的故土家乡!"前之"府",指行政官府;后之"府",指家乡,俗言:"府上何方人氏?"

河边教《郎君部歌》有指事郎君对白,也牵涉到坛主的籍贯、行程地名等:

郎:正是报事郎君。
答:报到何州何县?
郎:报到鬼州鬼县。
答:辰州辰县。
郎:正是辰州,一路来到八排楼。

(1938年五月)

"鬼州鬼县",即辰州辰县。辰州府沅陵县,是中国太古时代东王公、西王母发明傩教、发明辰州符以镇妖打鬼的地方,故自古称辰州沅陵为"鬼州鬼县"。这是全中国、全世界的唯一,证明中国(乃至世界)傩文化起源地的中心就在辰州沅陵县东王公、西王母的老家——扶桑!

紧接着坛主向帝王帝母（玉帝、王母，亦即东王公、西王母）发愿："若要讨，若要还，老判与你发誓愿：发个誓愿大如天，要待西边日头落东边。洪水淹齐阳明山，磨子流上清浪滩。那时那年你来讨，那时那年我来还……"（1932年八月初三抄本）

其中的阳明山，位于七甲坪乡扶桑村之东，恰在我嘎婆（外婆）家山溪峪正对面。七甲坪俗言"北有云头山，南有阳明山"，皆为扶桑仙国之名山。自七甲坪或扶桑溪顺水放排到洞庭溪清浪滩，约1个小时就到。扶桑属洞庭溪区治辖。连发愿讲的地名都是西王母、东王公家乡的神山、神水，你说这个昆仑王母不是本地女儿，又是何方人氏?!

特别提示：其中"洪水淹齐阳明山""磨子流上清浪滩"，用的是洪水齐天时代，东王公、西王母（一传为伏羲、女娲）发神力的葫芦瓜拯救人类和万物万类，及兄妹俩的滚磨子相合成婿的神话传说作咒语，简直是中华人类创始文化世代传颂的"活化石"！如果你还不放心，下面再抄一段河边教《郎君部歌》供诸君思量：

路：描路郎君又到。

答：手里擎的什么东西？

路：擎一把描子。

答：描到何州何县？

路：鬼州鬼县。

答：描到神（辰）州。

路：神也是鬼变的。

答：神是神！

路：描到常德、沙市、永定、陬市、辰州、浦市、描到十里青山、九澧茅冈，描得一个好姑娘。

（1938年五月抄本）

上述所描到辰州、永定、九澧茅冈，均在天门山周边；常德、沙市、陬（音"租"）市、浦市，则是古庸国、古辰州辖地。证明古庸国与辰州傩辰州符原生于古庸国辰州本土，系天门昆仑之西王母一脉传承。就是说，天门昆仑并不止于一种空洞的概念与传说，它不仅拥有自己的神界体系，也拥有与天帝沟通交流的傩文化体系，还拥有养生长寿的生命科学体系，这是全世界其他的昆仑学中不可能具备的文化现象！

上述两段唱词中都不约而同唱到"鬼州鬼县即沅陵辰州"的内容。一山之邻的大庸民间有个古谜语："辰州来了一路鬼，过的过山，走的走水。"

此谜面是土苗山民抗旱车水的龙骨水车。

所谓"过山走水"是龙骨百叶转动车水的过程。车叶从水槽里往前游动叫"走水"，龙骨转到车头摇滚时叫"过山"。形象而生动。此谜的不凡意义是，以民间农事活动流传的方式告诉人们：辰州沅陵就是"鬼州鬼县"，是神鬼的故乡，亦即傩的故乡，是发明辰州符的地方，是以神州符的法力"赶尸"、上刀梯、下油锅、蹚火海的地方。"辰州"就是"神州"、神州也是"鬼州"！如此这般，且问：屈原笔下的崇山天门内外的神仙傩文化的源头不在古庸国核心地一带又能在哪里？！

由此可以判断，天门"昆仑"概念大约起源于盘古时代，具体由东王公扶桑大帝与西王母共同创始创业。嗣后，由其后裔上元盘古、中元盘古、下元盘古沿袭"西王母""东王公"之神职，代代传承，代代发展。传至地皇、人皇、伏羲、神农、祝融三皇时代的西王母，终于完成了神州傩文化的全部教义唱词，特别是完成了辰州傩的核心"辰州符"的创造。

到了黄帝时代，同时期的西王母将"辰州符"及一系列傩秘术传给黄帝，并助黄帝打败神农，继又联手打败蚩尤，平定天下，同时将熊黑岩中央仙山的"云中朝廷"迁都涿鹿，完成了中华第一轮统一霸业。黄帝因此与同时代老乡西王母结下深厚友谊。实质上，西王母、东王宫、玉皇大帝等一大批天门昆仑神界各路神仙，都是代代庸帝世袭的神职，即所谓人神杂糅，不断烟火。黄帝在天门山建行宫、辟册府、死后归葬天门桥山，必定受西王母指点和影响。其间，以仰慕庸成子名义，动用国力财力，环天门昆仑澧水建"五城十二楼"，完善了昆仑神话体系（包括所谓昆仑8条神水），让神界昆仑仙界天堂花园更名副其实，亦让神界昆仑与人间社会共享天堂美景。与此同时，黄帝出于文化传播目的，支持西王母与西域接触，将昆仑文化成体系地传播西域，"西王母"神职大约在此时已被西域接受并沿用。从《穆传》周穆王与西戎西王母即席对歌对诗的文字水平分析，这位"西王母"肯定接受了崇山祝融氏仓颉所创制的崇山文字文化。这是不能回避的事实。在远古时期，与东方语言、文化不在一个体系和层面的西域文化不可能达到精通西周语言和韵律的高度，也不可能如此老到地领悟崇山文字的高深内涵。甚至可以肯定，连翻译的人员都凤毛麟角，还能信口吟得出如此深奥的古体诗来？！

另外，天门西王母充分利用独产的"辰砂"，及天门昆仑众山的中草药资源，与傩师之道术进行结合，创造发明了延年益寿、长生不老的仙丹秘方，使天门昆仑变成了南方"不死之野""不死之丘""不死之乡""南方寿丘"，提升了"昆仑长寿"的养生文化的核心内容。在黄帝的著作目录中，除了兵法、历法、道经，就是养生医学，如《黄帝养胎经》《黄帝八十一难》《黄帝针经》等，其中许多内容都与一代西王母的发明有关，如《素女真经》就是西王母亲自传授给黄帝的。

现在可以得出定论：天门昆仑之西王母，是真有其人，确有其事，是人神杂糅的女中先贤、女中帝王、女中豪杰、女中奇才、女中伟人、女中圣哲。而从她酝酿醴泉酒、养鸡、种茶等农活，发现她又是一位精明能干、贤惠勤劳的农村平民妇女的形象，是茶文化的始祖，是张良皋先生所说的发明酿酒的澧水第一酒神大巫——巫醴！天门山顶上的瑶池"醴泉",不就是"醴酒"的远古信息吗？但,这个"西王母"之职绝非一人担当,而是几百代、几千代世袭累积起来的一个特殊神界、特殊职称——"西王母"女王,颇有"母系"社会的遗风。此与"祝融"之火神赤帝一样,属代代世袭的神职。

有必要指出的是:天门昆仑一整套远古地名符号如昆仑、西王母、天宫、南天门、火焰山、流沙、弱水(茹水、澧水)、天鼋、蟠桃园、瑶池、丹池等,与后来的神话小说《西游记》发生对撞,很值得专家拓展研究。

"上刀梯·王母教"

《广阳杂记》载:"予在郴州时,有傩登刀梯,作法为人禳解者。见竖二竿于地,相去二尺许,以刀十二把,横缚于二竿之间,刃皆上向,层叠向上,约高二丈许。以红布为帕,而勒其首束其腰者,亦用红布。更为红布膝衿著足胫间,如妇人装而赤其足,蹬锯梯上。梯之左,悬一青幡,并一篮,贮一鸭于中。下又一傩,鸣金鼓向之而祷久之梯上之傩,探怀中出三卦,连掷于地,众合声报其兆,乃历梯而下,置赤足于霜刃之上而莫之伤。乃与下傩舞蹈番掷,更倡迭和。行则屈其膝如妇人之拜,行绕于梯之下,久之而归。旁人曰:此王母教也。吾闻南方蛮夷皆奉王母教。事皆决焉。"[1]此载即广泛流行于沅、澧民间的巫傩神技"上刀梯",又有"摸油锅""蹚火槽""走犁铧""滚刺床""赶尸"等惊险节目,俗称辰州傩技。千百年来,濮人土家苗民之傩坛,四方传播,誉满天下。从《广阳杂记》所载得知,此"南方蛮夷"之绝技,原来都是沅陵扶桑的王母所教。这与天门昆仑王母发明辰州符、创立傩教形成对接,也难怪扶桑——七甲坪傩坛上下二教对母祖西王母尊崇有加。反过来证明王母就在天门仙山住。

现在可以这样说:"西域王母"曾给人类留下了虚空的梦中遐想,为通俗演义作家提供了广阔的虚构空间,为"昆仑学"提供了永远落不下地的空洞素材。同时,也为中国昆仑学的最后崩溃,从而导致昆仑因"泛全球化"而彻底失去正能量价值并走向消亡埋下了伏笔。

按"论王母必昆仑"的观点,笔者已用一组庞大的证词阵容,为"西王母"出生地、居住地、工作地、创造发明地就在扶桑、天门昆仑做证,这不仅还原了历史的真相,找到了昆仑的源头,找到了中国傩文化发祥地的原生点,更重要的是:一个被扭曲、被神化、被驱逐、被遗弃的中国昆仑必将因之而重返历史大舞台,重新唤起国民早已杳杳而去的昆仑之梦!

同时,我们也可以为屈原诗中的"西皇"作出最后的结论:①屈原时代,天门昆仑还没有被人指向西域。②关于中国古代道家究竟出于什么目的,把黄帝、青阳、祝融、少昊、颛顼五个第一轮文明的创世先祖强行拆伙,按地理方位将其"口封"到中华大地

---

① 见民国版《辞源》,第989页。

的东、南、西、北、中五个方位，所谓"五方之神"，究竟起自何时，笔者孤陋寡闻，尚不见具体界定文字。我十分肯定，"五方神"的五个伟大历史人物的出生之地、创世开基之地绝不在东、南、西、北、中这五个虚无的地方！笔者由此断定，屈原笔下的"西皇"与少昊无关，她应该就是属于天门昆仑神界的西王母！③既然屈原笔下西王母就是故乡天门昆仑第一大宗神，那么与黄帝有关的《狐首经》断言"神仙之地，发于天门"的第一"仙"就是西王母。或者说，屈原之所以能创作出中国千古第一"神曲"，盖因出生地实乃神仙天国之故也！西人黑格尔说"中国人没有自己的（神话）史诗"①，如果他亲自到过屈原故乡，读到了屈原之诗，就不会写出这样偏颇无知之词了。

西王母既出自扶桑—神州—辰州—沅陵盘古氏，当是中华民族共同的人祖之母，不知比伏羲、女娲早多少个世纪。西王母身份正式确立，校正了"西域昆仑西王母"的一言之误，天门昆仑既是中国昆仑之源头，也是世界昆仑的发祥地。"昆仑"概念，极有可能起源于盘古西王母时代，所谓"混沌"——"昆仑"。至迟到燧人氏祝融及伏羲时代大约已经形成。而完善昆仑神界文化体系，应始自黄帝动用国力修建天门昆仑五城十二楼。发现这一史实，等于找到了这一文化的肇始者、发明者、建设者、推介者，从而挽救了中国远古文化版权的丧失。

关于"五方神"，沅陵扶桑——七甲坪傩坛河边教《发猖歌》是这样唱的：

一点东方青帝猖（青阳），青旗青号青刀枪。青旗闪闪刀枪张，统兵十万降坛场。户主虔心一点酒，发出东方五猖郎。二点南方赤帝猖（祝融），赤旗赤号赤刀枪。赤旗闪闪刀枪张，统兵十万降坛场。户主虔心二点酒，发出南方五猖郎。三点西方白帝猖（少昊），白旗白号白刀枪。白旗闪闪刀枪张，统兵十万降坛场。户主虔心三点酒，发出西岳五猖郎。四点北方黑帝猖（颛顼），黑旗黑号黑刀枪。黑旗闪闪刀枪张，统兵十万降坛场。户主虔心四点酒，发出北岳五猖郎。五点中央黄帝猖（轩辕），黄旗黄号黄刀枪。黄旗闪闪刀枪张，统兵十万降坛场。户主虔心五点酒，发出中央五猖郎。②

以上就是所谓五帝"五方神"的原生出典。这种"封神"之法与五个历史人物的真实出生地并无关系。

本文摘选自金克剑著的《屈原故里大庸考》，中国商业出版社，2021 年 11 月第一版，有改动。

───────────────

① 黑格尔：《美学》第三卷（下），商务印书馆 1981 年版，第 170 页。
② 刘冰清、王文明、金承乾：《辰州傩歌》，中国文史出版社 2006 年版，第 88 页。

文化地名：大庸古国傩文化的金钥匙

——论且住岗、母老溃、武陵山与古庸先民的祖根崇拜

李书泰

经考证,我们发现在古庸地区留下了一系列珍贵的文化地名符号,为我提供了打开庸国历史和文化大门的金钥匙。如华胥湾(在今桑植县官地坪镇)、祝融洞(在今永定区后坪镇)、伏羲泉、高阳泉(在今永定区枫香岗乡)、高阳峒(在今永定区大坪乡)、高阳村(在今桑植县芙蓉桥乡)、青阳村(在今桑植县马合口乡)、青阳寺(在今永定区阳湖坪镇)、且住岗(在今永定区且住岗社区)、母老溃(在今桑植县官地坪镇)、武陵山(在今永定城区南郊与大坪镇北界之间的崇山和天门山合称天崇山)、沅陵峪(在今永定区大坪乡)、沅古坪(在今永定区沅古坪乡)、高禖湾(在今永定区官黎坪社区)、昆仑峰(在今武陵源区袁家界景区)、崆峒山(在今永定区戴家湾社区)等。

这里先从"且住岗""母老溃""武陵山"三个看似平常的地名入手,开启我们的探索之旅。犹如西方基督教徒有上帝,中国人有自己的祖宗。祖宗对于中国人来说是一种具有绝对性、终极性、至上性的存在。迄今为止,所有中国人记忆、情感、意识与潜意识中的祖宗神,应当就是中国人的终极关怀与至上的心理依托。

"且"字与男根崇拜

"且住岗"实为"祖住岗",亦即"祖柱岗""祖主岗""诅祝岗"。"柱",指炎帝。炎帝族曾数世建国,炎帝不是一人之号,而是一代的通号。神农氏是其始封之君,第二代国君为炎帝柱,又称农、稷,第八代末帝为帝榆罔。《帝王世纪》说炎帝族建国"传八代至帝榆罔亡,合五百二十岁"。自神农氏以下,经帝承、帝临、帝明、帝直、帝来、帝里、帝榆罔,传八世。《路史》又说炎帝族建国共传了十六帝。"主",即"柱"。"主"是个象形字。甲骨文的四个"主"字,都像点着的火把。"主"就是火把,也就是"柱"的本字。火把就是"主"的本义。故今天祭祖仍须燃上一炷香方显庄重。"诅",从言,从且,且(jū)亦声。"且"意为"加力""加强"。"言"与"且"联合起来表示"强化的言语""力言"。本义:力言。引申:强力的骂人话,或强力的誓言。郑玄注《周礼·盟诅》曰:"主于要誓,大事曰盟,小事曰诅。""祝",甲骨文字形,像一个人跪在神前拜神、开口祈祷。从示,从儿口。"儿"是古文"人"字。本义:男巫,祭祀时主持祝告的人,即庙祝。《战国策·赵策》曰:"祭祀必祝"。"且""诅""祖""柱""主""祝"乃"文化字

群"，即文化发生学上的同源字词。

甲骨文产生之初字数很少，一般情况下每一个本义对应只有一个字。相反，每一个字却可能用在人名、地名、国名等方面，所以一个甲骨文字常常不止一个义项，除了本义以外还有别的义项。且和祖是同时出现在甲骨文中的，所以且和祖应该有不同的本义。

且和祖在卜辞中是本义相关的两个字，那种坚持且是祖的本字或者且和祖是同一个字的观点值得商榷，如图1所示。

拾
3·11

铁
54·1

甲
2903
朱书

图1　且与祖

祖的右半边是甲骨文且字。这个且字有时候没有中间的两横，也是且字。在春秋战国时期流行于各国的古文中，有些且字就是没有中间这两横的。

《说文》："且，薦(jiàn)也。从几足有二横，一其下地也。"文中的几是祭祀时盛肉的器具。

《说文》："祖，始庙也。从示且声。"文中始庙就是祖庙，是祖宗的神主所在的庙。

先看且字。高鸿缙说："字本义为祖庙，只像祖庙之形：上象庙宇，左右两墙，中二横为楣限(门楣和门槛)，下则地基也。"马如森说："独体象物字，像宗庙形。又一说像神主牌位形。"罗振玉就以为且是神主之形。追问一步，神主为什么就是且字形呢？

我们知道，母系社会流行的是孕妇崇拜和生殖崇拜。前者如红山文化的孕妇陶像，阴山岩画的孕妇像等。后者见于全国各地出土的玉猪龙，以及良渚、二里头出土的刻有人类胚胎的陶器。进入父系社会以后，人类发现了男性生殖器在人类生殖中所起的重要作用，所以父系社会普遍流行的是男性生殖器崇拜，又叫男根崇拜。这是人类社会发展带有普遍性的现象。迄今为止，世界范围内有很多父系社会文化遗址都出土了陶祖。笔者亦于2002年，在今张家界市永定城区古人堤下防洪堤施工现场，拾得一尊完好无损的石祖遗物，很能够说明这个问题。有些考古学家和历史学家就提出这个甲骨文且是男性生殖器的象形。我赞成这个观点。

且的本义：男性生殖器。是名词。引申为：祖宗之祖。祖的本义是祭祀祖先，是动词。每当商人祭祀祖先时，他们将祖宗的牌位奉上祭坛，所以产生了记述这种祭祀仪式的新字：祖。在卜辞中，且和祖绝不能混用的，它们在使用上是很严格的。"乙巳卜，宾，贞：三羌用于祖乙。"这里祖的意思是祭祀。"侑于祖辛八南……"这里祖的意思是祭祀。"翊乙丑，囗于且乙。"这里"且"是祖"乙"这个人。"贞：勿囗于且辛"（铁54·1）这里"且"，是祖"辛"这个人。所以，且"乙"，即祖乙；"且辛"，即祖辛。有专家臆断"囗"应是侑字值得商榷。我们看到在卜辞中，且和祖是不能混用的。祖，解作祭祀祖先；且，解作祖宗××。这一点应该对现行甲骨文著作进行纠正。甲骨文是很严肃的，也是很严谨的。

"也"字和女阴崇拜

"母老溃"实为"母奶溃""祖奶溃""祖母溃"。"老"字本义：《说文解字》对于"老"字的解释语焉不详。"转注"之说更是云里雾里。其实，"老"字既非会意也非形声，它是个象形字。甲骨文中的"老"像一个人头发散乱、手拄拐杖的样子，头发散乱说明头发长而不拘于礼节去束发。这是老年人所有的特权，手拄拐杖，正是老年人体衰，需要外力扶持行走的样子。这是个特征突出的象形字。《说文解字》说从人从匕，大致还仿佛有点象形的意味，"毛"和散乱的头发还相关。只不过"人"应该是手杖的讹变，反而"匕"是"人"的变形。"母老"无疑就是母系社会那些有智慧或生育力、生命力很强的老祖奶奶们。如大踵国老祖奶奶华胥氏（华胥国为庸国前身），轩辕国老祖奶奶嫘祖，盘瓠国老祖奶奶辛女，夏禹国老祖奶奶涂山氏，殷商国老祖奶奶简狄，西周国老祖奶奶姜嫄，嬴秦国老祖奶奶女修等。

"母老溃"又称"也老溃"。"也"字和用来象形男性生殖器的"且"字相对应，是用来象形女性生殖器的。《黑暗传》中有首唱词："玄帝老祖洞中坐，四十八祖来朝贺。玄帝老祖生斗母，斗母出世生混沌。混沌初开生洪均，后传子牙一门人。"唱词中的"斗母"很可能就是"母老"的别称，斗母也好，母老也好，都是对人类老祖奶奶的口语化俗称，而"母老溃"则是一个纪念性地名，有可能是这位老祖母的出生地或归宿地。

性器官、怀孕、分娩本来都是一种自然现象，可是原始人把它看得十分神秘。女性生殖器的象征物，最初主要是子宫或肚腹，还有阴部。初民先以陶环、石环等为女阴的象征物，其后则以鱼的形象作为女阴象征，这是因为鱼形特别是双鱼与女阴十分相似，其二则是鱼的繁殖力很强，当然这也和原始初民都经历过漫长的渔猎时期有密切关系。

巍巍天崇，土苗祖山；滔滔澧溇，庸楚母河。张家界神奇山水养育了古庸儿女。且住岗既为祖住岗，亦为祖主岗，那么她居住的是哪些祖先呢？从考古资料和地名信息来看，他们很显然就是古人堤、古人寨上的那批古人，就是古庸前身华胥国、不死国（仙人溪）、羽民国（鸭坪）、骦头国的"国民"。那么他们所祭拜的"祖主"又是哪些人呢？我想除了求子于高禖湾的华胥、女娲，取火于天火岭的燧人、祝融，画卦于太极图（风香岗）的伏羲，炼丹于崧梁山的赤松，观日于七星山的高阳，受封于瓠（壶）头山的盘瓠、辛女，立国于崇山下的骦兜，不会是别人，我们的祖先不会从别处请来一位神仙作为祖神祖主来祭祀和朝拜的。

古庸大地人文历史探源

"武"字与祖先足迹

大庸古国早在夏朝以前，就已千真万确地存在于以崇山南北为中心的大武陵地区。武，足迹也。《诗·大雅·生民》曰："昭兹来许，绳其祖武。"祖武，即祖宗之足迹也。陵，"陵"的本义是大土山，由大山引申为帝王陵墓。武陵就是留下三皇五帝等远古人文始祖们足迹和陵墓的大山区。汉设武陵郡，治所在今湖南省常德市。今张家界市武陵源区，即因地处武陵山区核心地带而得名。据龙炳文、柴焕波等学者考证，武陵山就是天崇山，即崇山和天门山。

1982 年版《湘西苗族》载："从舜开始，三苗中的驩兜部落融合南蛮部落，组成苗蛮集团，世代子孙，一直在崇山生息繁衍。现在大庸县的仡庸堤，又叫古城堤，就是这一苗蛮集团的文化遗址。这个遗址有新石器文化层、陶器文化层、铜器文化层、铁器文化层，虽列入州文物保护遗址，但至今还未发掘。崇山后来叫'云梦山'，苗语叫'仁云仁梦'，再后叫'嵩梁山'，苗语叫'召嵩召梁'，三国叫'天门山'，苗语叫'仁大坝'，最后才叫'武陵山'。武陵山脉在湖南省西北部及湖北、贵州两省边境，呈东北——西南走向，乌江、沅水、澧水、分水岭，地连黔、涪、巴、夔，有龙山、扬凤山、崇山、壶头山、赤松山、熊罴岩等险峻山岭，连绵几百里。出可进中原，退可入高山洞穴。"

柴焕波先生在《武陵山区考古纪行·天门山》一文中动情地说："这些年，我一次次登临武陵山主峰，寻找着武陵山川的语言……天门山则一直迎着历史，在大开大阖的气势中，夹带着历史的洪流，别有一种鸿蒙苍茫的历史底蕴与出于尘表的自然神韵。他是武陵之门，历史之门，文化之门。"

本文摘选自李书泰著的《庸国荒史研究》，人民日报出版社，2019 年 4 月第一版，有改动。

天崇仙山昆仑墟和中央仙山
熊罴岩神都文化探秘

李书泰

自 2008 年,张家界市委、市政府组织开展张家界历史文化基础性研究以来,我们一路披荆斩棘,苦苦探寻大庸古国历史。随着史料信息的不断丰富和时空视野的不断扩大,我们终于与历史真相相遇,终于发现古庸历史与神都昆仑、中央仙山的渊源关系!昆仑山之所以伟大,其根本原因在于它是伟大文明古国——远古中央之国——先夏大庸王朝的发祥圣地——中央仙山熊罴岩所在地。华夏民族的许多人文始祖,诸如人类之祖盘古氏(西王母)羲娲(伏羲女娲)、用火之祖遂人氏祝融、农耕之祖神农氏炎帝、赤松子、舟车之祖熊罴氏轩辕黄帝、桑蚕之祖西陵氏嫘祖、造兵之祖金天氏蚩尤、天文之祖高阳氏颛顼、制陶之祖陶唐氏尧帝、三苗之祖丹朱氏驩兜、筑城之祖共工氏崇伯鲧、治水之祖鲧伯氏大禹等都出于天崇仙山昆仑墟和中央仙山熊罴岩,都曾于此创业开基。因此,昆仑山,即天崇山;"中央仙山",即熊罴岩。它们曾经都是中华民族发祥圣地。特别是轩辕黄帝乃昆仑山之神,找到昆仑山,也就找到了轩辕黄帝的最早根据地。

《山海经》所记人类最古远历史的神山昆仑、神渊若水、神帝高阳、神树扶桑、神兽灵狐等文化符号,全部在古庸湖湘境内。如桑植县汩湖乡(现合并到走马坪乡)有昆仑丘,芙蓉桥乡有高阳村,张家界永定区有茹水(茹水即若水;茹者,若之本;若者,茹之果;茹若本一物也,今引申连读为如若,即如果之意)。会同县有若水镇,沅陵县有扶桑村,桑植县芭茅溪乡有帝女桑传说,常德市丝瓜井有灵狐(仙狐)传说等,说明远古昆仑不在今青藏高原,而在湖南省张家界市武陵源区的天子山及永定区天门山和崇山,其确切实指的地方就是今日天门山与崇山之间的熊罴岩、仙人溪和神仙湾。

在我们今天的地图上,新疆与西藏交界处的这条山脉,仍赫然标着汉武帝钦定的"昆仑山"字样。于阗南山就这样被汉武帝钦定为昆仑山,这一"定"就是二千多年,一直未变,直到今日。著名史学家吕思勉先生对于阗南山说批驳得很透彻,他说:"予谓以于阗河源之山为昆仑,实汉人之误,非其实也。水性就下,天山南路,地势实低于黄河上源,且其地多沙漠。巨川下流,悉成湖泊;每得潜行南出,更为大河之源。汉使于西域形势,盖本无所知,徒闻大河来自西方,西行骤睹巨川,遂以为河源在是。汉武不知其诞,遂案古图书,而以河所出之昆仑名之。盖汉使谬以非河为河,汉武遂误以非河所出之山为河所出之山矣。"

汉武帝时,随着国力的强大,疆域的拓展,对昆仑山的界定有了新的探索,于是将内地最早、最有代表性的文化符号移植到西域最新领土之上。汉武帝虽不是史学家,但作为大政治家、战略家、军事家,他的钦定颇有政治远见和超人智慧,赢得了后世子孙的千古仰止。史学家司马迁却委婉地表示异议:"《禹本纪》言河出昆仑,昆仑其高二千五百余里,日月所相隐避为光明也,其上有醴泉、瑶池。自自张骞使大夏之后也,穷河源,未见《本纪》所谓昆仑者矣!故言九州山川,《尚书》近之也。"意思是说:那荒凉寒冷的于阗南山哪里像《山海经》里的昆仑山上有醴泉、瑶池那样美丽呢?汉使看到的哪是《禹本纪》中的昆仑山啊?还是《尚书》对昆仑山的记载应是很实在的。不过,司马迁严谨的治学治史态度和精神还是可爱可敬、值得我们学习和发扬光大的。今天我们弄清历史真相后可将太史公的话补充完整:今湖南省张家界市武陵源区的天子山及永定区天门山、崇山和中央仙山熊罴岩才是最早的"原始昆仑"!"其上有醴泉、瑶池"指的就是天门洞顶的水庸天池和天门洞口的"四十八点梅花雨"。

桑植昆仑

1983年7月,桑植县人民政府编印的《湖南省桑植县地名录》中第242页《汩湖公社·地片》载:"黑儿垭、黑岩屋、昆仑、上天子庙、中天子庙在袁家界牧场;高溪峪、土地垭、折门塔、岩墩坡在咸池峪大队和小咸池大队。"这段资料看似平常,实则隐藏着天大的秘密,它集中记录了人类创世时期一组真实无误的历史人文地名符号,是一组改写张家界、湖南省、大湘西、大武陵、大西南,乃至大江南、大中华、大东亚历史的"地名化石"!其文化历史蕴含,让我们不得不对革命老区、今日古庸大地核心地区的桑蚕之乡桑植县,再次刮目相看:一个最不起眼的地方,竟然隐藏着最伟大的文化!

《山海经·北山经》曰:"又北二百三十里,曰小咸之山,无草木,冬夏有雪。北二百八十里,曰大咸之山,无草木,其下多玉。是山也,四方,不可以上。有蛇名曰长蛇,其毛如鼠豪,其音如鼓柝。又北三百二十里,曰敦薨之山,其上多棕枬,其下多茈草。敦薨之水出焉,而西流注于泑泽。出于昆仑之东北隅,实惟河原。其中多赤鲑,其兽多兕,旄牛,其鸟多析鸠。又北二百里,曰少咸之山……"

下面就《湖南省桑植县地名录》和《山海经·北山经》所记录的文化地名逐一训诂详解,让广大读者一睹作为文明母地的古庸大地张家界市的远古历史:

"昆仑":对源头的追溯,深深埋藏在每个中国人的心中,为此,我们追问河流,我们追问高山。我们在最古老的文字里找到有关昆仑的记录——"赫赫我祖,来自昆仑",在中华文明的长河里,"昆仑"二字已经超越了地理名称所承载的意义,成为中华文明的源头之一,并以深厚的影响力,成为中国远古文化的一个重要组成部分。

"黑儿":让我们很快想到"黑帝"。黑帝者,颛顼也。颛顼即屈原笔下所谓"帝高阳之苗裔兮"。而该县芙蓉桥乡和马合口乡分别有"高阳村""青阳乡"等地名。那么这"高阳村"和"黑儿垭",则很可能就是黑帝高阳出生和生活之地。据《炎黄源流图说》载:"传说颛顼生了个儿子叫老童,具有返老还童、死而复生的本领,寿命特别长,生了很多儿子,最有名的是祝融。祝融的后人分八姓己、黄、彭、季、妘、曹、斟、芈(米)。楚国的始祖季连就姓芈。故南方都认祝融为祖先。"

"天子":古以君权为神所授,故称帝王为天子。《诗经·大雅·江汉》曰:"明明天子,令闻不已。"《史记·五帝本纪》:"于是帝尧老,命舜摄行天子之政,以观天命。"我们一般人都认为天子山之名就源于元明时期的向王天子,实际按世居天子山的彭辉毓老人说,天子山之名"老古就已存在",现在看来所言不虚。这"天子"很可能就指高阳、老童、祝融等人,而史载"降于崇山,以火施化,称火神,号赤帝祝融",则是真正的上天之子。

"咸池":咸池,是日入之地。指万物暗昧之时"日出扶桑,入于咸池",故五行沐浴之地曰咸池。古人认为西王母拥有很多年轻貌美的侍女,而咸池是专供仙女洗澡的地方。"昆仑"恰为西王母居住之地,两地同处一乡绝非偶然,它们形成互相印证的信息链,进一步证明神都昆仑不在他处,而在大庸帝国核心地带。

《庄子·天运篇》称黄帝征天下,"张《咸池》之乐于洞庭之野……处洞庭之沃野,在九镇之中央。"据《周礼注疏·卷二十二》郑玄所注,我们首先可以认为《大咸》当属尧乐:"《大咸》《咸池》,尧乐也。尧能弹均刑法以仪民,言其德无所不施。"又有《礼记·乐记》:"《大章》,章之也。《咸池》,备矣。《韶》,继也。《夏》,大也。"

《咸池》居舜乐《大韶》之上,则应为尧或尧之前代乐舞。而《礼记正义·卷三十八》则给出了更为深入的解释,郑玄注:"黄帝所作乐名也,尧增修而用之。咸,皆也。池之言施也,言德之无不施也。《周礼》曰《大咸》。"由此按照《周礼》《礼记》,《咸池》本为黄帝乐名,至尧之时被增修采用,并沿用旧名,故而将《咸池》归于尧乐也是有依据的。"咸池"二字,咸作皆,池作施,极言布德之广。《吕氏春秋》载:"昔黄帝令伶伦作为律……黄帝又命伶伦与荣援铸十二钟,以和五音,以施英韶,以仲春之月,乙卯之日,日在奎,始奏之,命之曰《咸池》。"而黄帝之乐《咸池》与天象有关。《乐叶图征》称:"黄帝乐曰《咸池》。《咸池》,五车天关也。"五车天关均是天上的星宿。

据《史记》记载:"西宫咸池,曰天五潢。五潢,五帝车舍。"《史记·正义》指出:"咸池三星,在五车中,天潢南,鱼鸟之所托也。"《晋书·天文志》曰:"天潢南三星曰咸池,鱼囿也。"《宋史·天文志》曰:"咸池三星,在天潢南,主陂泽鱼鳖凫雁。"而原汨湖乡恰有黄河村、黄河垭、黄河庵等地名,联系邻近芙蓉桥、马合口两乡之高阳村、青阳乡及永定区所辖熊黑岩、七星山、高阳村、高阳峒、黄河村、黄河垭、天子山、天门山、天崇山、太阳坪、看日山等地名,我们不能不茅塞顿开:原来天文星宿里的"咸池星""天潢星""鱼囿星"全部源于高阳氏,源于大庸帝国最古老天文观测点的原始天文活动!再联系黄帝铸鼎君山、张《咸池》之乐，"尧增修而用之"的历史传说和记载，联系澧水之源的桑植有"洞庭山"，澧水之归的岳阳有"洞庭湖"，沅水支流有"洞庭溪"的铁定事实，我们再也不能怀疑《庄子》所曰"帝张《咸池》之乐于洞庭之野"的历史真实性和可靠性了！原来我们老祖宗一系列天文观测和音乐创作活动，就发生在你我当下生产生活的这片热土之上，伟大先祖们的史迹就在你我脚下和身边！我们何其有幸！何其光荣与自豪！

珠泽：一指古地名。《穆天子传》卷二："天子北征，舍于珠泽。"郭璞注："此泽出珠，因名之云。今越萧平泽出青珠是。"二喻文采荟萃之处。南朝梁锺嵘《〈诗品〉序》："斯皆五言之警策者也。所以谓篇章之珠泽，文采之邓林。"又《山海经·东山经》曰："又南三百八十里，曰葛山之首，无草木。澧水出焉，东流注于余泽，其中多珠蟞鱼，其状如𦙝而有目，六足有珠，其味酸甘，食之无病。"

两相对照互参，我认为穆天子不是北征，而是南征，所谓"舍于珠泽"，即指"澧水出焉"的桑植"多珠蟞鱼"的"汩湖"，亦即"珠泽"！故《穆天子传》又曰："辛未，天子北还，钓于渐泽，食鱼于桑野。丁丑，天子里圃田之路（尽规度以为苑圃地而虞守之也），东至于房（房，房子，属赵国，地有攒山），西至于□丘，南至于桑野，北尽经林。煮□之数，南北五十□十虞，东虞曰兔台，西虞曰栎丘，南虞曰□富丘，北虞曰相其御虞曰□来十虞所□辰。天子次于军丘（即今武陵源军邸坪），以畋于数□。甲寅，天子作居范宫（范，离宫之名也），以观桑者（桑，采桑也。诗曰'桑者闲闲兮'），乃饮于桑中（桑林之中）。天子命桑虞（主桑者也），出□桑者，用禁暴民（不得令妄犯桑本）。"《穆传》中的"桑野"显然是指早在新石器时代就学会植桑养蚕的桑林之野。今桑植县汩湖乡仍然是盛长桑林、盛产蚕茧的桑蚕文化之乡。

"牧场"：《山海经》《大荒西经》中说"有人戴胜，虎齿豹尾，穴处，名曰西王母室"。《水经注·河水》中说"……南有潢水出塞外，东径西王母有室。"而原汩湖乡恰有黄河村、黄河垭、黄河庵等地名，这"潢水"是否就是"黄河"呢？传说昆仑有牧场，牧神兽。昆仑山上著名的神兽，能够通晓天下鬼神万物状貌，可使人逢凶化吉的吉祥之兽。浑身雪白，能说人话，通万物之情，很少出没，除非当时有圣人治理天下，才奉书而至。传说黄帝巡狩，至海滨而得白泽神兽。桑植汩湖土地肥沃，水草茂盛，分48大岔、48小岔，但因黄河经常涨水，48大岔、48小岔常常为洪水淹没，只能作为牧场。直到中华人民共和国成立后，人民公社组织群众疏通扩大泄水地道，才将牧场改造成耕地和稻田。据说开始几年所种农作物，全因土地太肥沃而只长禾苗不结实。可见汩湖一带成为大庸帝国的神都牧场，完全是古代先贤们顺应自然，因地制宜的明智选择。前文所述西王母拥有很多年轻貌美的侍女，而咸池是专供仙女洗澡的地方，恰与古代妇女的放牧生活和地理环境紧密相连。男子打猎耕种，妇女放牧炊洗，是古庸初民们创世生活的生动写照，也是现代人无法体验和享受的、人与自然和谐相处的初民记忆。

天门昆仑

《楚辞·九歌》中《大司命》曰:"广开兮天门,纷吾乘兮玄云;令飘风兮先驱,使涷雨兮洒尘。"可译为:大开的天门啊,我要乘着盛多的黑云从这里出发。命令旋风在前开路,唤使暴雨泼洗尘路。

又《诗含神雾》云:"天不足西北,无有阴阳消息,故有龙衔火精以照天门中。"

又《太平御览·武陵记》曰:"天门山,上有葱,如人所种,畦陇成行。人欲取之,先祷山神乃取,气味甚美;不然者,不可得。岩中有书数千卷,人见而不可取。"又曰:"淳于山,与白雉山相近,在辰州、武陵二郡界。绝壑之半,有一白雉,远望首尾可二丈,申足翔翼若虚中翻飞,即上视之,乃有一石雉舒翅缀着石上。山下有石室数亩,望室里虽暗,犹见铜钟高丈余,数十枚,其色甚光明。"又云:"武陵山上有神母祠。"

又(汉)焦延寿《易林·比之第八·垢》载:"登昆仑,入天门;过糟丘,宿玉泉;开惠观,见仁君。"《古小说钩沉》辑《玄中记》曰:"天下之弱者,有昆仑之弱水焉,鸿毛不能起也。昆仑西北有山,周回三万里,巨蛇绕之,得三周。蛇为长九万里。蛇居此山(按:今张家界市永定区崆峒山有蛇滚坡),饮食沧海。"

又《神农本草》曰:神农稽首再拜,问于太一小子曰:"曾闻古之时,寿过百岁而殂落之。咎独何气使然耶! 太一小子曰:'天有九门,中道最良'。"今张家界市有前天门、后天门、大天门、小天门、南天门、北天门、上天门、下天门、中天门等地名,可谓九门皆俱。

《太平御览》卷三八引《尸子》:"赤县神洲(今桑植县尚有'国家大地''神州大队''神州村'等地名)者,实为昆仑之墟。玉红之草生焉,食其一实而醉卧三百岁而后寤。"《搜神记》卷十三:"昆仑之墟,地首也。是维帝之下都,故其外绝以弱水之深,又环以炎火之山(按:天门洞口南麓有火焰山地名)。"

李华《天门名峰记》载曰:"天钟灵境,待久以兴;地转畅期,应时而起。颐东岱西岱,神真显化;山开五圣九蘖(niè),菩萨放光峰头。永邑南境,天门名山,松梁首冠于汉世,天门异号于晋朝。脉发昆仑,支分七瑶(特指七星仙山上的七星瑶台),连辰永以翠峰,达澧常而高耸。"

原张家界市桑植县汨湖乡,即今武陵源区袁家界景区,有昆仑丘地名。此地离天门山很近,且天门山又称玉泉山,南麓有豆渣山,即糟丘。北麓古有玉泉寺,附近崇山即祝融、伏羲、驩兜等古庸先祖燧火、演卦、椎牛之地。天门山又名武陵山,这"神母祠"无疑就是西王母祠。西邻七星山下的赤松坪、赤松岗、赤松桥、高阳洞,及正对天门之崆峒山上的神农窑、神农洞等地名,都是远古惠贤、仁君们留下的遗迹。这些信息无一不与以上记载高度吻合。

又《符子》载:"许由谓尧曰:'坐于华殿之上,面双阙之下,君之荣愿亦已足矣夫?'

尧曰:'余坐华殿之上,森然而松生于栋;余立于根扉之内,霏焉而云生于牖。虽面双阙,无异乎崔嵬之冠蓬莱;虽背墉郭,无异乎回峦之紫昆仑。余安知其所以不荣?'"可见,尧时昆仑仍在"墉郭"附近,"墉郭"很可能指苗语所说"乞庸堤",即今张家界城区"古人堤"。

现在的昆仑山是世界上最著名的山脉之一,它的地貌和生态情况都比较清晰。古史文献上记载的昆仑,有的称为昆仑丘,有的称为昆仑虚(墟),有的称为昆仑山,有的只简称为昆仑,其特殊之处在于对昆仑的描述神奇万般,有许多传奇的故事,而且与传说中的人神联系在一起,有些描述竟是使人根本不敢相信的神话。古史文献上的昆仑不是一处,使人无法捉摸,学者们的认识也不一致。其实最初的昆仑并不在今青藏高原,也并不像后来到处都有昆仑。最初的神都昆仑只有一个,它就是我国历史上曾经辉煌很长时间的南方文明古国——大庸王朝国都附近的昆仑村。1982年版《桑植地名录》第242页记载:"汩湖公社自然实体:地片—黑儿垭、昆仑地在袁家界牧场。"

黑帝高阳氏颛顼首先是一位出色的天文观测者,因在"历日月,分节令,指导拓植耕耘;革傩教,定祭祀,整顿社会秩序;序长幼,定婚姻,规矩洪荒子民,在社会秩序、宗教改革、道德伦理等方面功绩卓著"而被尊为一代庸帝。庸者,功也;大庸者,大功也。于民有大功之天帝也。长年累月观察太阳,浑身晒得黝黑,故今天子山顶昆仑地片有黑儿垭地名。

据著名学者王大有先生考证,古庸地区,距今约9000年前的湖南澧县彭头山文化,有象形陶文"日""月"和象意文字"五""X""日""月"分别契刻于陶盆上,连续成一圈;组成月亮周天历度图和太阳周天历度图。日月相遮蔽为昆仑,是燧皇与弇兹织女(玄女,她发明了树皮搓绳技术)最早以机矩方牙确定此制,其裔昆仑夷(以天穹为观测对象的人方,人作"大")以日月观测为业,世相传承,故刻"画"字于陶器上。又在石器和陶三青鸟氏支架(昆仑夷裔称此三足架为燧皇的三子,为"三火神")上刻有"X"字符,即示义天地交午,今作"五""X"在北方大地湾——仰韶文化——红山文化系列中也得以传承、传播与广泛应用。

从上述史料记载和地名符号来看,其他任何地方的昆仑,都不及张家界天门山昆仑文化底蕴深厚,也不及天门昆仑文化符号集中,且与史料记载一一对接。

崇山昆仑

据《山海经·海外南经》载:"狄山,帝尧葬于阳,帝喾葬于阴……南方祝融……"这话出现在"海外南经"里,明其葬于南方,在今永定区崇山顶骓兜屋场后恰有凤凰山,而帝尧又是丹朱氏骓兜之父。

又《水经注》云:"墨子以为尧死葬蛩山之阴。《山海经》:'尧葬于狄山之阳,一名崇山。'崇、邛声近,蛩山又狄山之别名。"

崇山又名:狄山、烈山、历山、熊山、穷山、宗山、宋山、重山、从山、祖山、国山、中央仙山,至今崇山尚有"尧湾"之地名,故上述两则史料实际都准确记载和界定:尧帝归葬之地在今张家界永定区之崇山。

又《左传〈昭公元年〉》曰:"高辛氏有二子,伯曰阏伯,季曰实沈。"喻权中先生认为,文中"实沈",是"舜"的缓读,舜"道死苍梧"之"苍梧"即是"崇"的缓读。故历史上最早称零陵的地方不在今天的零陵,而在古代的白县、慈姑县。据《慈利县志·沿革》载:"隋开皇九年(589),改零阳县为零陵县,治所在今白公城。开皇十八年(598),改零陵县为慈利县,县治迁永泰市,即今县委大院等处,后称永泰街,属崇州。同年改泉陵县为零陵县,治所在今永州。"这些史料信息说明,舜帝很可能也归葬于崇山。

《穆天子传》曰:"季夏丁卯,天子北升于舂山之上,以望四野。曰:'舂(chǒng)山,是唯天下之高山也'。木华不畏雪。天子于是取木华之实,持归种之。曰:'舂山之泽,清水出泉,温和无风,飞鸟百兽之所饮食也。先王所谓悬圃……曰天子五日观于舂山之上,乃为铭迹于悬圃之上,以诏后世。"文中"舂山"实即崇山,所谓"舂山之泽",指崇山北坡之腰的夹门泽(疑为驾门泽或驾穆泽),泽旁恰有两条瀑布飞流直下,故曰"清水出泉"。"舂山之泽,清水出泉",状写崇山之顶(良田沃野)良好的水资源条件,今崇山顶有稻田800多亩,大小山泉遍地皆是,仅连五间半个村就有清澈山泉21口,有"祝融洞""六苗庸"两座水库(堪称诸水天池)。"铭迹于悬圃之上",是说在崇山之巅勒石记功,"以诏后世"。古崇山周围有四大悬圃,今风貌依旧。三国曹魏陈琳《大荒赋》曰:"仰阆风之城楼兮,县圃邈以隆崇。亚若华之景曜兮,天门阆以高骧。"

赋中"阆(láng)风",当指今天子山袁家界之昆仑峰(见《桑植县地名录·地片》),《楚辞·离骚》:"朝吾将济于白水兮,登阆风而缫马。"王逸注:"阆风,山名,在崑崙之上。"又《海内十洲记·昆仑》:"山三角:其一角正北,干辰之辉,名曰阆风巅;其一角正西,名曰玄圃堂;其一角正东,名曰崑崙宫。""城楼"指天门洞南面的王楼崒(zè),即王楼子山。章炳麟《答铁铮书》:"观其以阆风、玄圃为神仙巩帝所居,是即以昆仑拟之天上。"

陈琳,字孔璋,广陵(今扬州)洪邑人,三国时曹魏文臣,亦是著名文学家、檄赋家,东汉末年曾为何进主簿,在建安七子中学问最深,对其作品,有时曹操竟不能为之增减一字。刘熙载《艺概文概》称"曹子建、陈孔璋文为建安之杰"。宋朝吴棫《韵补书目》曰:"《大荒赋》,几三千言,用韵极奇古,尤为难知。"温庭筠《过陈琳墓》曰:"曾于青史见遗文,今日飘蓬过此坟。词客有灵应识我,霸才无主始怜君。石麟埋没藏春草,铜雀荒凉对暮云。莫怪临风倍惆怅,欲将书剑学从军。"作为大学问家,他将古充县的昆仑阆风巅、天门王楼山、崇山之悬圃等地名及位置记录得如此准确,说明他肯定来远古文化之都大庸古城进行过实地考察,也说明他对大庸古都和作为祖山、国山的崇山充满崇拜之情。

司马相如《大人赋》曰:"祝融惊而跸(bì)御兮,清雾气而后行。屯余车其万乘兮,綷(cuì)云盖而树华旗。使勾芒其将行兮,吾欲往乎南嬉。历唐尧于崇山兮,过虞舜于九嶷。纷湛湛其差错兮,杂遝(tà)胶葛以方驰。骚扰冲苁(sǒng)其相纷絮兮,滂濞泱(yǎng)轧洒以林离。攒罗列聚丛以茏(lóng)茸兮,衍曼流烂坛以陆离。径入雷室之砰磷郁律兮,洞出鬼谷之崛礨(lěi)嵬(wéi)礧(huái)。遍览八纮而观四荒兮,朅渡九江而越五河。经营炎火而浮弱水(茹水)兮,杭绝浮渚而涉流沙。奄息葱极泛滥水嬉兮,使灵娲鼓瑟而舞冯夷。时若蔓蔓将混浊兮,召屏翳(yì)诛风伯而刑雨师。西望昆仑之轧沕(wù)洸忽兮,直径驰乎三危。排阊阖(天门)而入帝宫兮,载玉女而与之归。登阆风而遥集兮,亢乌腾而一止。低回阴山(融山)翔以纤曲兮,吾乃今目睹西王母?暠(hé)然白首,戴胜而穴处兮,亦幸有三足乌为之使。必长生若此而不死兮,虽济万世不足以喜。"

赋中"崇山"乃南方火神、赤帝祝融降生之崇山,尧帝居所(尧湾)之崇山,故曰"历唐尧于崇山";因天门山有鬼谷洞,故曰"洞出鬼谷(众鬼所居之地)之崛礨(lěi)嵬(wéi)礧(huái)";慈利县有九江村,永定区有五溪(茅溪、傩溪、熊溪、武溪、禹溪),故曰"渡九江而越五河";"弱水"就是永定城区之茹水,"阊阖"就是天门,"阴山"又名融山,传说在昆仑山西,今城区阴山恰在天门之西;天门就是"昆仑",就是西王母居住的帝宫和神都(详见后文《天门神灢与神都昆仑》),故曰"排阊阖(天门)而入帝宫兮,载玉女而与之归。低回阴山(融山)翔以纤曲兮,吾乃今目睹西王母?"

苏轼《宿建封寺晓登尽善亭望韶石》曰:"双阙浮空照短亭,至今猿鸟啸青荧。君王自此西巡狩,再使鱼龙舞洞庭。蜀人文赋楚人辞,尧在崇山舜九疑。圣主若非真得道,南来万里亦何为。岭海东南月窟西,功成天已锡玄圭。此方定是神仙宅,禹亦东来隐会稽。"

崇山又称狄山,是五帝王归葬之地(见《山海经·狄山注》张守节正义引张揖曰:"崇,狄山也。"北魏郦道元《水经注·瓠子河》:"《山海经》曰:'尧葬狄山之阳。一名崇山。'"),东麓又有仙人溪地名,故苏轼一语界定"此方定是神仙宅"。又据刘俊男教授《九江、涂山、会稽考》一书考证:"大禹时的九江、涂山、会稽与战国秦汉以后的同名地点地望不同,大禹至春秋时的九江在湖南,涂山即会稽山,在湖南攸县一带。周穆王伐楚(伐大越)所至之九江及涂山之会的地望与大禹同。"刘教授说九江在湖南很对,张家界市慈利县九溪就称九江,1912年前一直叫九江乡,今日改为江垭镇。而攸县恰在今张家界的东方,故苏子又曰"禹亦东来隐会稽"。

庸都昆仑

《山海经·海外南经》中提到有"结匈国""羽民国""骧头国""厌火国""三苗国""贯匈国""交胫国""不死民""岐舌国""三首国""周饶国""长臂国"等,在岐舌国与三首国之间,并说:"昆仑虚在其东,虚四方。""羿与凿齿战于寿华之野,羿射杀之。在昆仑虚东,羿持弓矢,凿齿持盾。"又《封禅书》曰:"黄帝采首山铜铸鼎於荆山下。鼎既成,有龙垂胡髯下迎黄帝,黄帝上骑龙,群臣后宫从上者七十余人,余小臣不得上,乃悉持龙髯,龙髯拔堕,堕帝之弓,百姓仰望。帝既上,乃抱其弓与龙髯而号。故后世名其处曰鼎湖,其弓曰乌号。"湖湘民间盛传黄帝命人到首山采来青铜矿石,在洞庭山南脚铸起鼎来,铸了九九八十一天方成。又传,今常德市鼎城即由此而得名。鼎城之名,由来甚古。《衡湘稽古》曾谓黄帝颛顼氏采首山之铜,铸鼎于洞庭之野,今鼎港是也,后因此名郡,并为嘉庆《常德府志》引为论据。而岳阳君山有黄帝铸鼎台。又传,龙阳有神鼎山,以神鼎出于水而名,后取名鼎州。故《水经注》谓沅水下有一支流澹水,又作渐水,即《禹贡》九江之一,因传说神鼎出于其入沅之处,故名鼎口、鼎江口,澹水又称鼎江、鼎水。

以上提到的诸国及地名均在南方,羿与凿齿战于寿华之野,高诱注《淮南子》曰:"昆仑虚乃南方泽名。"在南方这个方位中出现了"昆仑虚",说明"昆仑虚"的方位本来就在南方。且《山海经·海内经》曰:"西南黑水之间,有都广之野,后稷葬焉。"《海内西经》记:"海内昆仑之虚,在西北,帝之下都。昆仑之虚,方八百里,高万仞。上有木禾,长五寻,大五围。面有九井,以玉为槛。面有九门,门有开明兽守之。百神之所在,在八隅之岩,赤水之际,非仁羿莫能上冈之岩。"我认为,《山海经》中所说的"都广(yan)之野"就是《太平御览》《艺文类聚》所引的"广都之野"。

"广"在古代不读"guǎng",而读"yǎn"。读guǎng者另有其字"廣",汉字简化时借"广"为"廣"。"都广"就是"广都"。不论是"都广(yǎn)"或"广(yǎn)都",其实就是庸都,也就是"帝之下都",即"下庸"。"广(yǎn)""庸(yōng)"音义一致。"广"字在此作"掩"音,注音为"yǎn"。甲骨文和金文的写法像屋墙屋顶,其含义是依山崖搭建的小茅屋;"庸"即"墉",通"墉";墉,穿壁以木为交窗也,在墙曰"镛",茅檐土壁,草篱竹墉。两者均指远古洪荒年代先祖们简陋的房屋。故笔者以为"都广之野"就是"都庸之野",即"庸都之野";"帝之下都",实指赤帝祝融都城"下庸",亦即炎帝之都"夏庸",即"大庸"。《海内北经》:"西王母梯几而戴胜杖,其南有三青鸟,为西王母取食,在昆仑虚北。""帝尧台、帝窖台、帝丹朱台、帝舜台各二台,台四方,在昆仑东北。"而这些古帝均与古庸国有直接的渊源关系。由此又可确证,古昆仑山,实即南方素有庸国祖山、国山之称的崇山和天门山,即天崇山。

地名搬家　昆仑开花

随着人口膨胀,南方精英不断北迁东扩,祖山地名搬家,昆仑之名流布天下。

《庄子》里有几处都提到昆仑,它只说在赤水之北,赤水在哪里又是一个疑问,但是可以说赤水之北有一昆仑。

《穆天子传》提到"天子升于昆仑之丘,以观黄帝之宫",这在前边已有人说它的地望在山西境内。

《搜神记》《山海经·西次三经》中都提到昆仑是黄帝的下都。毕沅汇集了各家《山海经》的注释,有甘肃的肃州说,有金城临羌说,有敦煌广至县说,有酒泉说,有于阗说等多种,各说均有自己的理由,最有说服力的是《西次三经》注中一段话:"槐江之山,南望昆仑,东望恒山,明昆仑去恒山不甚远。""黄帝使伶伦自大夏之西、昆仑之阴取竹之解谷。恒山在晋北。"大夏即《左传》中说的"迁实沈于大夏",也是在晋地。从恒山与大夏的地望来分析昆仑,其地也必在山西境内。这与《穆天子传》所说的昆仑地望基本相同。

《西次三经》中提到"钟山"与"昆仑"。其注引高诱注《淮南子》云:"钟山,昆仑也。"这里直接把钟山称为昆仑。注引《水经注》说:"钟山,即阴山。"又引徐广《史记》注云:"阴山……今山西朔平府北塞外,西至陕西榆林府北境阴山是也。"这里谈的阴山连绵于晋北、陕北,阴山即钟山,钟山即昆仑山。

《山海经·海内西经》中提到"海内昆仑之虚",同时还提到雁门山,雁门山在晋北。提到"高柳在代北",也是指晋北。经中还有"流沙出钟山",钟山即昆仑山,在晋北、陕北。还提到"东胡"和"貊国……地近于燕"。郭璞注认为其地"在长城北"。因此《海内西经》提到的昆仑与《西次三经》中的昆仑当属同一昆仑。

《神异经》和《海内十洲记》中东方朔提到的昆仑无法捉摸。从《荒经》中分析,昆仑山在《中荒经》,四面八方诸经,反映了北至北极或幽州,东至海,西至敦煌,昆仑在这个范围之内。《海内十洲记》中说东方朔有"昆仑、钟山、蓬莱山及神州真形图",但把昆仑与钟山并列,说明他认为钟山不是昆仑,当另有昆仑。

《拾遗记》中提到的昆仑虽然也很神奇,但描述的形状与东方朔不同,不能认为是同一昆仑。

《博物志》中提到的昆仑,"其泉南流入中国,名曰河也",说明昆仑不在中国,应该在中国以外的北方,其泉南流最后形成黄河,当在中国以外的西北方。

著名史学家,河南省文物考古学会名誉会长、河南博物院研究员许顺湛先生说得好:"在人们的生活中,昆仑毕竟是一个实体,后人逐步在诸多的昆仑中确认一处昆仑,即今日昆仑山脉,把古代的诸多昆仑留在文献里,作为一种历史的回忆。"但遗憾的是人们将古大庸帝国最原始的昆仑之祖——汩湖昆仑、天门昆仑抛到了九天云外,当我们重提汩湖、天门昆仑时竟然遭到一些人的冷嘲热讽!

本文摘选自李书泰著的《庸国荒史研究》,人民日报出版社,2019 年 4 月第一版,有改动。

从祝融到盘瓠的嬗变
——盘瓠及吴将军真实身份探讨

李书泰

传说上古时期,帝喾(高辛氏,黄帝后裔)为了击退入侵的犬戎部落吴将军,向臣民许诺:不论是谁,只要能够击退敌人,就把高辛公主许配给他。帝喾的神犬盘瓠听到了这个消息后,顿时躁动不安,抬头长啸三声。帝喾和它开玩笑:"你要是能够退敌,我照样招你为婿。"盘瓠又长啸三声,兴奋地向营外跑去。第二天清晨,盘瓠真的取回了敌酋吴将军的首级,于是帝喾把高辛公主嫁给了它。

娶了高辛公主后,盘瓠要她把自己放进大蒸笼,架起大锅,猛火蒸煮七天七夜。高辛公主担心"丈夫"受不了,还差一晚就打开笼盖,顿时一个赤身裸体的美男子出现在她眼前,只是头顶还留着一撮狗毛。她后悔莫及,找来一块长丝帕盘在夫婿头上。

旁人常常拿盘瓠头上的丝帕嘲笑他。盘瓠便和妻子南迁入深山中生活。数年后,他们生育六子六女,并配成六对兄妹夫妻。这六对夫妇繁衍了苗、瑶、畲等族后人,盘瓠因此成了这些民族的始祖,被尊称为"盘瓠大王",于是就有了盘瓠部落的兴起和发展。

盘瓠氏的史料记录

盘瓠一作槃瓠。将盘瓠故事纪之于书的,首先是《风俗通义》。在东汉以前,并无此说。应劭曰:"高辛之犬盘瓠,讨灭犬戎;高辛以少女妻之,封盘瓠氏。"

三国时《魏略》曰:"高辛氏有老妇居王室,得耳疾,挑之,乃得物大如茧,妇人盛瓠中,复之以盘,俄顷化为犬,其文五色,因名盘瓠。"同书又云:"氐人,其种非一,称盘瓠之后。"

晋《荆州记》曰:"沅陵县居西口,有上就、武阳二乡,唯此是盘瓠子孙……二乡在武溪之北。"

干宝《晋记》云:"武陵,长沙、庐江郡夷,盘瓠之后多,杂处五溪之内,盘瓠凭山阻险,每每常为害。糅杂鱼肉,叩槽而号,以祭盘瓠。俗称赤髀横裙,即其子孙。"

干氏又有《搜神记》曰:"高辛有老妇人居于王宫得耳疾,医为挑治出顶,虫大如茧,妇人置于瓠中,复之以盘。俄化为犬,因名盘瓠。时戎吴强盛,数侵边境。乃募天下有能得戎将军首者,购金千镒,封邑万户,又赐以少女。后盘瓠衔得一头造王阙。王诊视之，即是戎吴……盘瓠得女上南山，入谷，止于石室之中。盖经三年，产六男六女，自相配偶，号曰蛮夷。"

南齐黄闵《武陵记》云："山半有盘瓠石室，可容万人，中有石床，盘瓠行迹……遥见一石……蛮俗相传，云是盘瓠像也。"

沈约撰《宋书》卷九七曰："荆、雍州蛮，是盘瓠之后也。"《隋书·地理志下》卷三一："长沙郡又杂有夷蜒，名曰莫瑶，自云其先祖有功，常免徭役。"

杜佑《通典》卷一八七注曰："按范晔后汉史蛮夷传皆怪诞不经。大抵诸家所序四夷，亦多此类，未详其本出，且因而商略之。晔云高辛氏募能得犬戎之将军头者，购黄金千镒，邑万家，妻以少女。按：黄金，周以前为斤，秦以二十两为镒；三代以前分土，自秦汉分人，又周末始有将军之官；其姓宜自周命氏。晔皆以为高辛之代，何不详之甚。"

又按南朝宋时范晔被收后，于狱中与诸甥侄书自序云："六夷诸序，论笔势放纵，实天下之奇作。其中合者往往不减过秦篇。尝其比方班氏，非但不愧之而已。按班贾序事岂复语怪，而晔纰缪若此，又何不减不愧之有乎。"

《唐书》曰："黄国公册安昌者，盘瓠之苗裔也。世为巴东蛮田，与田、李、向、邓各分盘瓠一礼，世传其皮，盛以金函，四时致祭。"

《溪蛮丛笑》叶钱序云："五溪蛮皆盘瓠种也。聚落区分，名亦随异。沅其四壤，环四封而居者，今有五：曰苗、曰猺、曰獠、曰獞、曰仡佬。风俗气习，大抵相似。"

范晔撰《后汉书》，将所记加以扩充云："昔高辛氏有犬戎之寇，帝患其侵暴，而征伐不克。乃访募天下，有能得犬戎之吴将军头者，购黄金千镒，邑万家，又妻以少女。时帝有畜狗，其毛五采，名曰盘瓠。下令之后，盘瓠遂衔人头造阙下，群臣怪而诊之，乃吴将军首也。帝大喜，而计盘瓠不可妻之以女，又无封爵之道，议欲有报而未所宜。女闻之，以为帝皇下令，不可违信，因请行。帝不得已，乃以女配盘瓠。盘瓠得女，负而走入南山，止石室中。所处险绝，人迹不至。于是女解去衣裳，为仆鉴之结，著独力之衣。帝悲思之，遣使寻求，辄遇风雨震晦，使者不得进。经三年，生子一十二人，六男六女。"

《元和郡县志》云："辰，蛮戎所居也，其人皆盘瓠子孙，或曰巴子兄弟人（一作立）为五溪之长。"

《蛮书》云："黔、泾、巴、夏四邑苗众，咸通三年春三月八日，因入贼朱道古营栅竞日，与蛮贼将大羌杨阿触、杨酉盛，柘东判官杨忠义话得姓名，立边城自为一国之由。祖乃盘瓠之后。"

王通明《广异记》云："高辛时人家生一犬，初如小特。主怪之，弃于道下，七日不死，禽兽乳之，其形继日而大，主人复收之。当初弃道下之时，以盘盛叶复之，因以为瑞，遂献于帝，以盘瓠为名也。后立功，啮得戎寇将军头。帝妻以公主，封盘瓠为定边

193

侯。公主分娩七块肉,割之七男。长大各认一姓,今巴东姓田、雷、冉、向、蒙、曼、叔孙氏也。其后苗裔炽盛,从黔南逾昆湘高丽绸氏之地,自为一国。幽王为犬戎所杀,即其后也。盘瓠皮骨今现在黔中,田、雷等家时祀之。"

《夔城图羟》云:"夷事道,蛮事鬼。初丧,鼙以为道哀,其歌必号,其众必跳,此乃盘瓠白虎之勇也。"

《路史》注引《辰州图经》云:"石窟如三间屋,一石狗形,蛮俗云盘瓠之像。"

《太平寰宇记》载:"《后汉书》云:其在黔中五溪长沙间则为盘瓠之后;其在峡中巴梁间则为廪君之后。其后种众繁盛,侵扰州郡或徙交杂,亦不可得详别焉。"又云:"按其地,长沙西南黔中五溪之地皆为其有。"

自此以后元明清三代,受范晔影响传播盘瓠由来者,如《三才图会》云:"盘瓠者,帝喾高辛氏宫中老妇,有耳疾,'挑之有物如茧,以瓠篱盛之,以盘覆之。有顷化为犬,五色,因名瓠犬。时有犬戎之寇,募能得将军者妻以女。瓠犬俄衔人头诣阙下,乃将军之首也。帝大喜,欲报之事,未知所宜,女闻帝下令,不可违信,因请行。帝不得已,以女妻之。瓠犬负女入南山石室中。三年,生六男六女,其母以状白帝,于是迎诸子,言语侏离,帝赐以名山大泽。其后滋蔓,长沙武陵蛮是也。"

又如清陆次云《峒溪纤志》云:"苗人,盘瓠之种也。帝喾高辛氏以盘瓠为奸溪蛮之功,封其地,妻以女,生六男六女而为诸苗祖。尽夜郎境多有之……以十月朔为人节,岁首祭盘瓠,揉鱼肉于木槽,扣槽群号以为礼。"其余著作尚多不尽录,但也有评论盘瓠由来之妄者。

《路史》谓伯益经云:"卞明生白犬,是为蛮人始祖;卞明,黄帝曾称也。白犬者乃其子之名,盖后世之'乌彪''犬子','豹奴''虎吨'云者,非狗犬也。"

《游梅山书》内记载梅山三十六洞及梅山十殿。其十殿之一殿为太广冥王殿,三殿为宋帝冥王殿。很明显它是受《十三经》一类经典的影响。这一文书是以梅山为主题。

另外,其他文书中谈及梅山亦不少,例如《超度书》中有"开山法"和"关山法",录之如下:

谨请祖师……征变东方征梅山令,南方征梅山令,西方征梅山令,北方征梅山令,中央征梅山令……(开山法)谨请祖师……东方青帝征梅山令,南方赤帝征梅山令,西方白帝征梅山令,北方黑帝征梅山令,中央黄帝征梅山令,五方五面山河江水,关来押下梅山令,脚下倒藏速变速化,准我王奉太上老君急急如律令。(关山法)

这里言及梅山令的五方五面。又在"女人唱歌"中的"盘古歌"说道:"初世声:郎在湖南,妹在京(荆)州,郎在湖南松柏院,妹在桂州来听声。京(景)定元年四月八,逢作圣王改换天。改换山源向水口，淹死凡间天底人。重有伏仪（羲）两姊妹，结为妻对合双双。先直徭（瑶）人直百姓，百姓徭（瑶）人自结双……立有梅山学堂院，读书执笔写文章……立有连州行平庙，立有香竹圣王前。交过红（洪）武年间专，败了凡间无一人。改换君王在圣殿，谣人退下圣王前，流落广东海南岸……十二姓徭（瑶）人无记内，漂洋过海向东京……盘古圣王开金口……船行到岸马行乡，流落广东朝（潮）州府，乐昌安札直田塘……"

这一首"盘古歌"和所谓"高皇歌"相似，描写明以后徭（瑶）人尝从湖南播迁到了广东朝（潮）州，从下句"乐昌安札"中的"乐昌"地名来判断，"朝州"可能是"韶州"的音讹。歌中的"京定"，必是"景定"。泰国《徭（瑶）人文书》最宝贵的文献是《评皇券牒》，上面题署《正忠景定元［异］（祀）十二月二十一日给》，即当南宋理宗时（西元1260年）。这一重要文书是从泰国北部的徭（瑶）村盘思文氏取得的。

徭（瑶）人从湖南到广西，再向西走出国境，可入越南及泰国，以前在河内，法国人远东学院马伯乐采集的徭（瑶）人文书，有"世代源流刀耕火种，评皇券牒"（见日本《东洋文化研究所纪要》第七册，山本达郎文），这与泰国北部所出的《评皇券牒》相同，评皇即指盘皇（盘瓠），徭（瑶）人当是畲民，可无疑问。

《宋史》卷一五《神宗纪》云："五年……十一月癸丑……章惇开梅山，置安化县。"又卷四九四云："梅山峒蛮，旧不与中国通，其地东接潭，南接邵，其西则辰，其北则鼎、澧，而梅山居其中……知益阳县张颉收捕其桀黠符三等，遂经营开拓……熙宁五年，乃诏之潭州潘夙、湖南转运副使蔡烨、判官乔执中同经制章惇招纳之……于是遂檄谕开梅山，蛮谣争辟道路……籍其民，得主、客万四千八百九户，万九千八十九丁……诏以山地置新化县……"

瑶人《高皇歌》（没有比瑶人《高皇歌》那样更原始的歌词了）曰：狗王听到偷欢喜，衔着皇文进殿上。正月元宵去打猎，梅树树叉夹死狗。皇帝拍掌笑呵呵，狗王得胜来回朝。兄妹回家来商议，将树做成四只鼓。本部殿前不好看，送进深山大岭去。五哥六哥来得慢，拿根若竹来做笙。小姐怀胎生六子，六子六妹甚荣华。细细竹子明亮亮，吹得五音六律全。

关于陆终部落的史料记载

吴回是远古吴人中一个杰出的半人半神的人物。他是颛顼高阳氏的曾孙，老童之子。到高辛氏（帝喾）时代，吴因迁居吴人之地而称吴回。吴回之兄重黎担任了高辛氏的火官，叫作祝融，后因办事不力被高辛氏帝喾消灭。这样，吴回接替重黎担任帝喾高辛氏的管火之官，任祝融。祝融之官的职责，是观测天空的火星火宿，另外掌管部落用以照明、取暖、熟食的大火，这是蒙昧时代和野蛮时代一件极神圣的事情。正因为如此，吴回担任祝融后，声威远振，死后被尊为祝融神。祝融与火打交道，死后成为火神，也叫"朱天菩萨",乡间民俗,一遇火灾,则口中大呼"朱天菩萨保佑平安",双膝跪地而拜。在五行学说的神秘理论中,火与南方相配,于是火神祝融又成为五方帝中的南方之神。

《史记·楚世家》中记载:"楚之先祖出自帝颛顼高阳。高阳者,黄帝之孙,昌意之子也。高阳生称,称生卷章,卷章生重黎。重黎为帝喾高辛居火正,甚有功,能光融天下,帝喾命曰祝融。共工氏作乱,帝喾使重黎诛之而不尽。帝乃以庚寅日诛重黎,而以其弟吴回为重黎,后复居火正,为祝融。吴回生陆终。陆终生子六人,坼剖而产焉。其长一曰昆吾,二曰参胡,三曰彭祖,四曰会人,五曰曹姓,六曰季连,芈姓、楚其后也。"《索隐》引《系本》:"陆终娶鬼方氏妹,曰女嬇。其长一曰昆吾;二曰参胡;三曰彭祖;四曰会人;五曰曹姓;六曰季连,喘(芈)姓,楚其后也。"

《世本·帝系》云:"黄帝娶于西陵氏之子,谓之嫘祖,产青阳及昌意,昌意生颛顼,颛顼生鲧。黄帝生玄嚣,玄嚣生侨极,侨极生帝喾,帝喾生尧。黄帝为其子昌意取蜀山氏。昌意之子干荒,亦娶蜀山氏。颛顼母独山氏之子。青阳即少昊,黄帝之子,代黄帝而有天下,号曰金天氏。少昊,黄帝之子,名契,字青阳,黄帝殁,契立,王以金德,号曰金山氏,同度量,调律吕,封泰山,作九泉之乐,以鸟纪官。昌意生高阳,是为帝颛顼。颛顼母,蜀山氏之子,名昌濮。颛顼娶于胜溃氏之子,谓女禄,是生老童。颛顼生僻,僻生卷章,卷章生黎。老童娶于根水氏,谓之骄福,产重及黎。老童生重黎及吴回,回生陆终。陆终娶于鬼方氏之妹,谓之女嬇,是生六子,孕三年而不育。剖其左胁,获三人焉;剖其右胁,获三人焉。其一曰樊,是为昆吾;其二曰惠连,是为参胡;其三曰钱铿,是为彭祖;其四曰求言,是为邻人;其五曰晏安,是为曹姓;其六曰季连,是为芈姓。"

《姓氏寻源》六:"吴回生陆终,其支庶为陆终氏。"

《元和姓纂》云:"陆终之后,受封于黄,为楚所灭,以国为氏。"

《诸暨孝义黄氏族谱》亦云:"黄为嬴姓十四氏之一,出于陆终氏,后受封于黄,今光州定城西十二里犹有黄国故城。黄既为楚所并,子孙散之四方,以国为氏。"

《新唐书·宰相世系表》记载,陆通之子陆发,仕齐为大夫,谥号恭侯。陆发生有两子:陆万、陆桌。陆万生陆烈,字伯元,西汉时为县令、豫章都尉,深得吴人爱戴,死后葬于胥屏亭,他的子孙成为吴郡吴县人。

对陆终的身世和六子的情况,《东周列国志》有详细记述:"出自颛顼帝孙重黎,为高辛氏火正之官,能光融天下,命曰祝融。重黎死,其弟吴回嗣为祝融。生子陆终,娶鬼方国君之女,得孕怀十一年。开左胁,生下三子;又开右胁,复生下三子。长曰樊,己姓,封于卫墟,为夏伯,汤伐桀灭之。次曰参胡,董姓,封于韩墟,周时为胡国,后灭于楚。三曰彭祖,彭姓,封于韩墟,为商伯,商末始亡。四曰会人,姻姓,封于郑墟,五曰安,曹姓,封于邾墟。六曰季连,芈姓,乃季连之苗裔。"这里陆终的次子也为参胡,但是董姓。

196

关于黄姓应祖血缘陆终之说不知出自何经典？有何依据？《世本》《大戴礼记》《史记》这三本书，成书时间较早，应该比《姓谱》《元和姓纂》《百家姓》《广韵》《通志氏族略》《万姓统谱》等可信、可靠。

高辛使重黎诛之而不尽。帝乃以庚寅日诛重黎，而封其弟吴回为重黎后，复居火正为祝融。《山海经·大荒西经》说："楄山，其上有人号曰太子长琴。颛顼生老童，老童生祝融，祝融生太子长琴，是处楄山，始作乐风。"

盘瓠就是陆终，盘瓠氏族乃陆终血传一脉

比较上述史料，我认为盘瓠与祝融族吴回之子陆终有 8 点相同、相似或相通之处，盘瓠和陆终就是一个人，也就是说盘瓠的父亲就是吴回，其伯父就是重黎，重黎被高辛帝诛杀后，盘瓠之父吴回接任伯父任火正之官，仍称祝融，族内称将军。吴回将军因不满高辛强权统治，起兵造反、替兄报仇。高辛故技重施，重赏策反其子陆终，陆终蒙面（戴着狗头面具）刺杀其父吴将军，成为高辛帝乘龙快婿。

1. 所处时代一致

二者都是帝喾高辛时期的部落首领。《风俗通义》《魏略》《搜神记》皆曰盘瓠为高辛帝女婿。《史记·楚世家》、郭璞注《山海经》皆曰吴回为高辛时祝融之弟。

2. 所在地域一致

二者都在中国南方。晋《荆州记》曰："沅陵县居西口，有上就、武阳二乡，唯此是盘瓠子孙……二乡在武溪之北。"干宝《晋记》云："武陵、长沙、庐江郡夷，盘瓠之后多杂处五溪之内，盘瓠凭山阻险，每每常为害。糅杂鱼肉，叩槽而号，以祭盘瓠。俗称赤髀横裙，即其子孙。"

《山海经·海外南经》中说："南方祝融，兽身人面，乘两龙。"罗泌《路史》卷八说："〔祝诵氏〕其治百年，葬衡山之阳，是以谓祝融峰也。"《南岳志》载："祝融峰，南岳主峰。"《山海经·大荒西经》："有人名吴回，奇左，是无右臂。"郭璞注："吴回，祝融弟，亦为火正也。"其实吴回也称祝融。

3. 族称含义相通

吴、瓠同音，盘、回同义。盘者，回也，盘回往复之意。盘，象形动词，盘回、盘曲、盘绕。回，曲折，环绕，旋转。祝融族亦即伏羲族。著名学者许顺湛在《五帝时代研究》一书中指出："祝融氏也可以称为'伏羲氏'之号。祝融氏可归入伏羲氏族属系统。"盘者，伏也。瓠、伏同音。盘瓠就是伏羲的同义变音，同音异记。故祝融也好，伏羲也好，盘瓠也好，其实都是住在崇山南北古庸国的先祖。伏羲之"伏"实乃牧犬之人，是远古最早的狗图腾部落族群，盘瓠乃崇山君伏羲正宗传人。

4. 故事情节相似

《搜神记》曰："高辛时戎吴强盛，数侵边境。乃募天下有能得戎将吴将军首者，购

金千镒,封邑万户,又赐以少女。"

《史记·楚世家》载:"重黎为帝喾高辛居火正,甚有功,能光融天下,帝喾命曰祝融。共工氏作乱,帝喾使重黎诛之而不尽。帝乃以庚寅日诛重黎,而以其弟,吴回为重黎后,复居火正,为祝融。吴回生陆终。"

盘瓠是狗图腾族人,受高辛鼓动杀了犬戎部落吴将军,等于是杀了自己的亲族,受封为犬封国王;陆终之父吴回,因高辛帝杀了陆终的伯父重黎而被封为火正官祝融。高辛帝威恩并用,一诛一立,降伏弱族。恰如明代朱元璋征服覃垕一样,利用反间计封其女婿朱思济为谷用大元帅,骗覃垕出关被擒而遭凌迟之刑。5000多年前,古庸祝融重黎老祖宗,很可能就是在类似情况下惨遭毒手的,而继任祝融吴回很可能只是表面顺从,暗中仍与高辛较劲。高辛故伎重演,威逼、利诱盘瓠将自己的父亲"吴将军"杀死,当了强族女婿和新一代祝融。很显然这"吴将军"就是刚继位不久的祝融吴回,这"立功"的盘瓠无疑就是陆终。这"陆终"二字怎么听都是"祝融"的变音。盘瓠祝融杀父求荣、猪狗不如,为族人、国人和后人所不齿,故被描绘成一只狗。传说盘瓠娶了高辛公主后,要她把自己放进大蒸笼,架起大锅,猛火蒸煮七天七夜。这正是在巨大舆论谴责和内心愧罪双重压力下备受煎熬的曲折反映,同时也是一种模拟性赎罪巫术活动。故盘瓠后来在家乡待不下去了,被流封到了东部沿海地区。据晋代训诂学家郭璞(公元276—324年)在注释《山海经》的《玄中记》中记载:"狗封氏者,高辛帝有美女,未嫁。犬戎为乱,帝曰'有讨之者,妻以美女,封三百户。'帝之狗名盘护,三月而杀犬戎,以其首来。帝以为不可训民,乃妻以女,流之会稽二万一千里,得海中土,方三千里而封之。生男为狗,生女为美女。封为狗民国。"《搜神记》略有出入:辛乃封盘瓠为桂林侯(一作会稽侯),美女五人,桂林郡(一作会稽郡)一千户。

5. 妻名音义相近

盘瓠妻曰辛女,即女辛,陆终妻曰女嬇,女辛、女嬇同音异字而已。

《世本·帝系》(张澍稡集补注本)说:"陆终娶鬼方氏之妹,谓之女嬇,是生六子。"

应劭注《风俗通义》曰:"高辛之犬盘瓠,讨灭犬戎;高辛以少女妻之,封盘瓠氏。"清《一统志》曰:"辛女岩在泸溪县南三十里……"

今泸溪白沙镇辛女村以辛女取名的有辛女岩、辛女溪、辛女庵、辛女潭、辛女湾、辛女庙、辛女祠,以盘瓠命名的有盘瓠庙、狗岩山(盘瓠山)、黄狗坨、打狗冲、料狗坨、盘瓠洞。

6. 生育状况一致

盘瓠生六子,陆终也生六子。辛女怀孕三年而生六子,女嬇亦怀孕三年而生六子。《帝系》说:"吴回产陆终。陆终娶于鬼方氏,鬼方氏之妹,谓之女嬇氏,产六子,孕而不粥(生也),三年,启其左肋,六人出焉。"《搜神记》曰:"后盘瓠衔得一头造王阙。王诊视之,即是戎吴……盘瓠得女上南山,入谷,止于石室之中。盖经三年,产六男六女,自相配偶,号曰蛮夷。"

《世本·帝系》云:"老童生重黎及吴回,生陆终。陆终娶于鬼方氏之妹,谓之女嬇,是生六子,孕三年而不育。剖其左胁,获三人焉;剖其右胁,获三人焉。其一曰樊,是为昆吾;其二曰惠连,是为参胡;其三曰钱铿,是为彭祖;其四曰求言,是为郐人;其五曰晏安,是为曹姓;其六曰季连,是为芈姓。"

7.艺术天赋一致

陆终族擅长音乐,盘瓠族亦擅长音乐。《山海经·大荒西经》说:"橘山,其上有人号曰太子长琴。颛顼生老童,老童生祝融,祝融生太子长琴,是处榣山,始作乐风。"瑶人《高皇歌》曰:狗王听到偷欢喜,衔着皇文进殿上。正月元宵去打猎,梅树树叉夹死狗。皇帝拍掌笑呵呵,狗王得胜来回朝。兄妹回家来商议,将树做成四只鼓。本部殿前不好看,送进深山大岭去。五哥六哥来得慢,拿根若竹来做笙。小姐怀胎生六子,六子六妹甚荣华。细细竹子明亮亮,吹得五音六律全。

8.后裔居地、自称一致

据南朝宋时范晔所撰《后汉书》云:"盘瓠死后,因自相夫妻。织绩木皮,染以草实,好五色衣服,制裁成皆有尾形。其母后归,以状白帝。于是使迎致诸子。衣裳斑兰,语言侏离,好入山壑,不乐平旷。帝顺其意,赐以名山广泽。其后滋蔓,号曰蛮夷,外痴内黠,安土重旧,以先父有功,母帝之女,田作贾贩,无关梁符传,租税之赋。有邑君长,皆赐印绶,冠以獭皮。名渠帅曰精夫,相呼为姎徒(读音很像'庸徒')。今长沙武陵蛮是也。"而自称古庸国祝融之裔的古代张家界人亦有相同的自称。如东汉充县农民起义首领相单程就自称武陵精夫,曰渠帅,登高一呼,发动九溪十八峒十万民众进攻充县,占据壶头天门山,与东汉王朝对垒,一代名将马援徒叹奈何,命丧天门,马革裹尸而返。隋黄闵《武陵记》曰:"武陵山高可万仞,山半有盘瓠石室,可容数万人。中有石床、盘瓠行迹。今按山窟前有石羊石兽古迹,奇异者尤多。望石窟大如三间屋。遥见一石,仍似狗形。蛮俗相传云是盘瓠像也。"《新唐书·宰相世系表》记载,吴郡吴县多陆姓后裔人,这与《玄中记》所记盘瓠流封会稽的史料又相互勾连,进一步印证盘瓠就是陆终。

综上所述,我认为高辛诛重黎与盘瓠杀吴将军这两件事很可能发生在同一家族内部。

本文摘选自李书泰著的《庸国荒史研究》,人民日报出版社,2019年4月第一版,有改动。

浑沌·驩兜·丹朱·武陵蛮

阮　先

常德诗墙第一篇章《百代沧桑》选刊了唐代王维的《赧王墓》诗：

蛮烟荒雨自千秋，夜邃空余鸟雀愁。

周赧不辞亡国恨，却怜孤墓近驩兜。

诗墙诗词言及驩兜的，仅此一首。《尚书·尧典》云："（舜）放驩兜于崇山。"驩兜是何人？崇山在何处？因事关武陵先民，故作本文予以考证。

浑沌与驩兜

庄子在《应帝王》篇中讲了一个故事："南海之帝为倏，北海之帝为忽，中央之帝为浑沌。"这浑沌头上七窍皆无，倏与忽好心给他"日凿一窍"，结果"七日而浑沌死"。对于这则著名的"浑沌"寓言，人们大多只注意其寓意："郭（象）云：为者败之，此段喻义。"却很少注意到古代有一个浑沌族存在。

《左传·文公十八年》云："昔帝鸿氏有不才子，掩义隐贼，好行凶慝，丑类恶物，顽嚣不友，是与比周，天下之民，谓之浑敦。"又云："（舜）流四凶族浑敦、穷奇、梼杌、饕餮，投诸四裔，以御魑魅。"

《史记·五帝纪》云："昔帝鸿氏有不才子，掩义隐贼，好行凶慝，天下谓之浑沌。"

《神异经·西荒经》云："昆仑西有兽焉，其状如犬……人有德行而往抵触之，有凶德则往依凭之，天使其然，名为浑沌。《春秋》云：'浑沌，帝鸿氏不才子也。'"

按照《左传》等书的记载，虞舜时代确有"浑沌"这样一个"凶族"。

最早指出浑沌即驩兜的，是东汉贾逵。《史记·五帝纪》裴骃《集解》引贾氏语曰："帝鸿，黄帝也。不才子，其苗裔驩兜也。"晋代杜预在为前引《左传》那段话作注时亦云："谓驩兜。浑敦，不开通之貌。"唐代孔颖达则将《左传》所言"四凶（浑敦、穷奇、梼杌、饕餮）"，与《尚书·尧典》所言"四罪（共工、驩兜、三苗、鲧）"一一进行比较，也得出了"知浑敦是驩兜也"的结论。现代知名学者丁山先生又从语言学角度作了补充，认为"浑沌"就是"驩兜"的音转。

将驩兜族称之为浑沌族，显然带有贬义（详后）。这个"好行凶德"的族类，后来被华夏族放逐到了崇山。此事在《尚书·尧典》《左传·文公十八年》《史记·五帝记》等古籍中均有记载。《史记》裴骃《集解》引东汉马融曰："崇山，南裔也。"仅指明崇山在南方。这里引几条有关的资料，进一步弄清崇山的具体位置：

杜佑《通典》一八三《州郡》十三"澧州·澧阳"条："汉零阳（今慈利、石门、澧县、临澧一带）县地，有澧水，有崇山，即放驩兜之所。"

《万历慈利县志》卷四："崇山在县西百余里，舜放驩兜于崇山，即此。"

《明史·地理志五》"澧州慈利"条："西南有天门山，有槟榔洞，与瑶分界。又西有崇山，又有历山。"

顾祖禹《读史方舆纪要·湖广》"慈利县·崇山"条："县西三十里，相传即舜放驩兜处。"

《清史稿·地理志·湖南》"澧州直隶州永定县"条："雍正十三年以慈利永定卫置，析安福（今临澧）县地益之……南天门，西南崇山，西北马耳，东北香炉。"

商务印书馆1980年版《辞源》据唐杜佑《通典》、明邝露《赤雅》、清顾祖禹《读史方舆纪要》等书，说崇山"在湖南大庸县西南，与天门山相连。相传舜流放驩兜于崇山，即此"是准确的。大庸县今属张家界市，古属武陵郡。现代著名古史学家徐旭生先生亦推断"驩兜氏族畏惧兵威，暂避于今湖北或湖南西部高山里面"。可见，驩兜族在虞舜时被放逐到武陵西部大山中，同当地土著一起成了原始社会末期较早的武陵先民，是有充分依据的。

驩兜，又写作驩头、驩头、灌朱。《山海经·海外南经》云："灌头国在其南，其为人，人面，有翼，鸟喙，方捕鱼。"《山海经·大荒南经》云："驩头，人面，鸟喙，有翼，食海中鱼。"《神异经·南荒经》云："南方有人，人面鸟喙而有翼，手足扶翼而行，食海中鱼。有翼不足以飞，一名驩兜。《书》曰：'放驩兜于崇山。'一名驩兜。"恩格斯在《家庭、私有制和国家的起源》一书中，论及史前三个主要时代——蒙昧时代、野蛮时代和文明时代时，指出蒙昧时代的中级阶段"从采用鱼类（虾类、贝壳类，及其他水栖动物都包括在内）作为食物和使用火开始。"他说："这两者是互相联系着的，因为鱼类食物，只有用火才能做成完全可吃的东西。自从有了这种新的食物以后，人们便不受气候和地域的限制了；他们沿着河流和海岸，甚至在蒙昧状态中也可以散布在大部分地面上了。"驩兜族"捕鱼""食海中鱼"，标志着他们已从蒙昧时代的初级阶段（人类的童年），进入了蒙昧时代的中级阶段。

驩兜与丹朱

驩兜为什么被舜帝视为"凶族"，而被流放到崇山呢？这必须先弄清驩兜的真实身份。

据童书业先生考证，"骥兜"《古文尚书》写作"鹎唆"。鹎字从鸟、丹声。或作咪，从口、朱声。童先生说："皆可为丹朱可读为讙兜之证。"他认为讙兜即丹朱。

丁山先生依据周初沈子它毁铭中的"讙"字从丹从鸟，断定骥兜系因丹鸟得名，"凡故书雅记所谓骥兜者，宜即尧子丹朱的别名了……晚周诸子传说'舜放骥兜于崇山'，实与《纪年》所谓'舜偃丹朱'为一事之异辞。"

朱芳圃先生也对骥兜问题作了深入探讨。他说："按丹朱即骥兜、讙头。其证有四：朱即骥兜、讙头之简名，《山海经·海外南经》言：'讙头国或曰灌朱国'。头、兜与朱音近，通用。其证一也。丹朱被放居丹水，骥兜亦放于崇山，其证二也。讙头即鹮翡，朱亦即鸹，其证三也。《国语·周语上》：'有神降于莘。'惠王问内史过，内史过以为丹朱之神，请使太宰帅狸姓，奉牺牲粢盛往焉。韦昭注：'狸姓，丹朱之后也。'又《大荒北经》言：'讙头生苗民，釐姓。'狸与釐同音通假，其证四也。"

丁、童、朱三位先生的考证，证明骥兜就是丹朱。到目前为止，古史学界似尚无异说。

关于丹朱，古籍记载甚多。兹引数则如下：

尧取散宜氏子，谓之女皇。女皇生丹朱。（《世本·帝系篇》张澍梓集补注本）

无若丹朱傲，惟慢游是好，傲虐是作。罔昼夜额额，罔水行舟，朋淫于家，用殄厥世。（《尚书·皋陶谟》）

尧子不肖，舜使居丹渊为诸侯，故号曰丹朱。（《太平御览》卷六三引《尚书逸篇》）

舜囚尧，复偃塞丹朱，使不与父相见……舜篡尧位，立丹朱城，俄又夺之。（《古本竹书纪年辑校订补》）

尧舜故事，或说尧子丹朱不肖，尧乃禅位于舜；或说舜篡尧位，囚尧，"偃塞"丹朱。两说相较，前说带有儒家理想化色彩，而后说似乎更接近原始社会后期的历史真实。"偃"有禁止义，"塞"有阻隔义。《尚书·尧典》说舜放骥兜于崇山，实际上就是舜出于维护自己统治地位的目的，将尧之子丹朱放逐到了湘西北大山中。所以，前文说的原始社会后期的武陵先民骥兜族，也即丹朱族。

这里需要作点说明。所谓"丹朱族"，不仅指丹朱和他的后裔，还包括受其影响的土著。一方面，丹朱及其子孙来自开化较早的华夏族，他们要尽力促使土著开化；另一方面，当地古老的民风民俗又使丹朱及其子孙同化于土著。这"开化"与"同化"的结合，便形成了本文所称的"丹朱族"。

丹朱和武陵蛮

在丹朱被放逐到山重水复的湘西北时，当地的土著是所谓"赤髀横裙"的槃瓠蛮。

这槃瓠蛮主要生活在沅澧流域和洞庭湖一带,《后汉书·南蛮传》称之为武陵蛮。蛮即苗,武陵蛮即武陵苗,属南方苗蛮集团(一般认为我国古代部族有华夏、东夷、苗蛮三个大集团)。因为古音少齐齿,苗读为 máo(《山海经·海外南经》:"三苗国……一曰三毛国"可证),苗、蛮二声系阴阳对转,古字同音同义。所以徐旭生先生说苗蛮集团"古人有时叫它作蛮,有时叫它作苗,我们感觉不到这两个名词中间有什么分别。"

《山海经·大荒北经》说:"颛顼生驩头,驩头生苗民。苗民釐姓,食肉。"《国语·周语上》韦昭注:"狸(与'釐'通)姓,丹朱之后也。"所谓"驩头生苗民",可以理解为前文所说的丹朱与土著那个"开化"和"同化"的过程。朱芳圃先生说:"丹朱既放而复受伐,其子姓且降为苗民,亦可悲矣!"从这个意义上说,武陵蛮与丹朱后裔已合二为一。

南方苗蛮集团对于丹朱的被放逐,是满怀同情之心的。他们和丹朱一样,也不愿臣服于舜,并且进行了反抗:

帝(舜)曰:"咨,禹!惟时有苗弗率(不依从),汝祖征。"禹乃会群后,誓于师曰:"济济有众,咸听朕命。蠢兹有苗,昏迷不恭,侮慢自贤,反道败德,君子在野,小人在位。民弃不保,天降之咎。肆予以尔众士,奉辞伐罪。尔尚一乃心力,其克有勋。"三旬,苗民逆命。(《古文尚书·大禹谟》)

昔者三苗大乱,天命殛之……高阳乃命(禹于)玄宫。禹亲把天之瑞令,以征有苗。(《墨子·非攻下》)

当舜之时,有苗不服。其不服者,衡山在南,岐山在北,左洞庭之波,右彭泽之水。由此险也,以其不服。禹请伐之,而舜不许。(《韩诗外传》卷三)

舜伐有苗。(《荀子·议兵》)

舜伐三苗。(《战国策·秦策》)

(舜)南征三苗,道死苍梧。(《淮南子·修务训》)

《韩诗外传》说不愿臣服的苗民,居于洞庭、彭泽之间,自然包括了武陵蛮在内。《后汉书·南蛮传》详细叙述了武陵蛮漫长的反抗斗争史:"其在唐虞,与之要质,故曰要服。夏商之时,渐为边患。逮于周世,党众弥盛。宣王中兴,乃命方叔南伐蛮方……平王东迁,蛮遂侵暴上国。"下面仅以该书所写东汉时期为例,看看武陵蛮多次揭竿而起武装反抗的情形:

建武二十三年(47),武陵蛮"精夫相单程等据其险隘,大寇郡县。"(朝廷特派伏波将军马援率四万大军征讨。)

建初元年(76),"武陵澧中蛮陈从等反叛,入零阳蛮界。"(零阳,今慈利、石门、澧县、临澧一带)

建初三年(78)冬,"溇中蛮覃儿健等复反,攻烧零阳、作唐、属陵界中。"(溇指溇水、澧水北源,自慈城永安渡入澧。作唐、孱陵,今湖南安乡、澧县、南县、华容、岳阳及湖北公安一带)

永元四年(92)冬,"溇中、澧中蛮潭戎等反,幡烧邮亭,杀掠吏民。"

元初二年(115),"(澧中蛮)二千余人攻城,杀长吏……明年秋,溇中、澧中蛮四千人并为盗贼。又零陵("陵"当作"阳")蛮羊孙、陈汤等千余人着赤帻称将军,烧官寺……"

永和元年(136)冬,"澧中、溇中蛮……遂杀乡吏举种反叛。明年春,蛮一万人围充城,八千人寇夷道。"(充县,今大庸、桑植县一带,旧属武陵郡。夷道,今湖北省宜都市)

元嘉元年(151)秋,"武陵蛮詹山等四千余人反叛,拘执县令,屯结深山。"

延熹三年(160)冬,"武陵蛮六千余人寇江陵。"(江陵,今湖北省荆州市)

中平三年(186),"武陵蛮复叛,寇郡界。"

以上所记系千人以上的大规模反抗,至于百十来人的小股反抗,大约从来没有停止过。可是,武陵蛮的反抗,一次次都失败了。在华夏族长达数千年的武力征服下,为了求生存,他们被迫从滨湖平原逐步撤退到湘西崇山峻岭之间。流传在湘西一带的苗族史诗《傩巴傩玛》描绘了苗民迁徙的悲壮图景:

人间坐不安宁,
世上住不成家;
一帮代熊代萤代酥,
一群代穆代来代卡,
又挟老携幼上迁;
又拨船继续上划。
从务滚务嚷上来,
从务流务泡上来;
从洞务洞党上来,
从洞焦洞湾上来……
跨江过湖上来,
穿云破雾上来;
行山依水上来,
走山靠山上来;
猎兽打鱼上来,

开山开土上来……

诗中的代熊、代萤、代酥、代穆、代来、代卡,是苗民部落名称。务滚、务嚷、务流、务泡、洞务、洞党、洞焦、洞湾,是苗语地名,相传在长江、洞庭湖一带。这首史诗写苗民在七个部落首领率领下,分七路从平原湖泽地带,一步步迁到了湘西崇山地区,这似乎也是武陵蛮悲剧命运的写照。

武陵先民的自称之词"顽"

古人言及武陵先民自称之词的,以晋代郭璞最早。他在为《尔雅》"台、朕、赉、畀、卜、阳,予也"这一条目作注时说:"鲁诗曰:'阳如之何,今巴濮之人自呼阿阳。"为了证明"阳"可作第一人称代词,郭氏举了两例。一例是《鲁诗》的诗句"阳如之何";另一例是巴人、濮人的自称之词"阿阳"。濮人,殷周时遍布江、汉以南,春秋以后主要散布于湘西北澧沅流域。从其分布地域看,与武陵蛮重合,大约所指称的族类亦与武陵蛮一致。

在郭璞之后,还有一个人提到过武陵先民的自称之词,这就是南朝宋代的范晔。他在《后汉书·南蛮传》中说:"(武陵蛮)有邑君长,皆赐印绶,冠用獭皮。名渠帅曰精夫,相呼为央徒。"唐章怀太子李贤注引《说文》"央,女人自称"后,解释说:"央,我也。"清代惠栋《后汉书补注》云:"《尔雅》曰:'印,我也。'郭璞曰:'印,犹殃也。'语之转耳。"至于"央徒"的"徒",是同类之人的意思,"央徒"如同现代汉语中的"我辈""我等""我们"。

郭璞、范晔依据武陵先民的发音,将其自称之词记为"阿阳""殃",本无可怀疑。因为"阿阳""殃",读音与"阳""印"同,自应为第一人称代词"我"的方言变体。但笔者认为,武陵先民的自称之词,其实就是一直保存在常德方言中的自称之词"顽",理由有三。

(1)古音少齐齿呼[韵母是(i)或拿(i)起头的],常德方言至今仍将许多齐齿呼的字读为开口呼、合口呼或撮口呼。例如:"咸(xián)"读成开口呼(hán),"六(liù)"读成合口呼(lù),"弦(xián)"读成撮口呼(xuán)。对于武陵先民来说,"殃""阳""印"读音正与"顽"相近,而"阿阳"的合音即是"顽"。

(2)"顽"这个字,最初是名词,是用来专指浑沌族的。《说文》云:"顽,头也。"段玉裁注曰:"凡物之头浑全者皆曰骓头……析者锐,顽者钝,故以为愚鲁之称。""顽"字从页从元。"页"的甲骨文,"象人之头及身、头上有发之形。""元"的甲骨文,"从=(即'上')从人,人之上会意为首。"可见"顽"的本义应与人、与头有关。"殃头"是未经刀削斧劈、浑沦未破的木头,既然"顽"字与人有关,则当指像"殃头"一样的人,这就是头上七窍全无的"浑沌"。从语音来说,浑同音,头沌双声,只是一音之转。从语义来说,骓头、浑沌都指"头浑全者"。所以,"顽,头也"即"顽,浑沌也"。章炳麟先生在

《新方言·释言》中说，"浑沌"读为"昏蛋"，即"浑蛋"，反映了浑沌在人们心中的形象，被认为是行为混乱、不分善恶的人。

（3）甲骨文中有一个""字。""即"页"，""象人头上加羽毛之形。笔者认为，这""当是"顽"的初文。《山海经》的《海外南经》《大荒南经》《大荒北经》等在言及驩兜（或苗民）时，说是"人面，有翼，鸟喙"。前人据此推断驩兜就是《山海经》《吕览》《淮南子》诸书所说的"羽民"。而人头上加羽毛，不正是羽民（驩兜）的形象吗？因此，华夏族创造""这个文字符号，用以指称驩兜族，就一点也不奇怪。

深知南方人性格的庄子曾经说过："子呼我牛也而谓之牛，呼我马也而谓之马。"（《庄子·天道》）你叫我是牛，我便自称为牛；你喊我是马，我便自称为马；你说我是"顽"，我便自称为"顽"。这正表现了南方"蛮子"不屈不挠、坚韧顽强的个性。大约从四五千年前的驩兜族开始，巴山楚水间的这些先民们就自称"顽"了。

几千年过去了，高岸为谷，深谷为陵。一代又一代的常德人始终传承着"顽"这一古老的自称之词。这是长期被斥为化外之民的祖先心灵创伤在集体无意识中的存留，是"重复了亿万次的那些典型经验的积淀和浓缩"（瑞士心理学家荣格语）。时至今日，随着普通话的推广，常德人自称"我"的越来越多，自称"顽"的越来越少。也许再过三五十年，那时的常德人会对前人自称"顽"感到惊奇和不可理解："顽"不是一个带贬义的字吗，怎么会用来作第一人称代词呢？

这就是历史。今天看似不合理的东西，在历史上却长期地、合理地存在过。

《孟子·万章》篇舜的仁爱是否体现了公正。"舜流共工于幽州，放驩兜于崇山，杀三苗于三危，殛鲧于羽山，四罪而天下咸服，诛不仁也。象至不仁，封之有庳。有庳之人奚罪焉？仁人固如是乎？在他人则诛之，在弟则封之？"曰："仁人之于弟也，不藏怒焉，不宿怨焉，亲爱之而已矣。亲之，欲其贵也；爱之，欲其富也。封之有庳，富贵之也，身为天子，弟为匹夫，可谓亲爱之乎？"（《孟子·万章》）

对于孟子与万章的这一段对话，黄先生认为："'有罪当罚'是一条普遍有效的伦理法则，那么舜区别对待弟象和四犯就是不道德、不公正的。"对于此我们持相反的观点。舜之行为正是从本相法则出发对具体事物的处理，其不仅没有违背本相法则、没有违背公正，正是本相法则与公正在具体事物上的具体应用。

共工、驩兜、三苗与鲧之罪是危及天下社稷之罪，其罪不可恕，若恕则必殃及天下生民。象虽不仁，其罪危及仅舜一人，恕而不至于祸及天下。故象虽与共工、驩兜、三苗、鲧从行为上皆为不仁，但其危害程度是有天壤之别的，即使从今天法律的"罪罚相适应"原则而言，舜之行为也不能说是违背公正原则。况象之不仁仅是家庭内部问题，舜恕象使其悔过自新又有何不可，象之不仁可恕，共工、驩兜、三苗与鲧不仁不可恕，可恕则祸及天下生民。

《左传·文公十八年》云:"昔帝鸿氏有不才子,掩义隐贼,好行凶德,丑类恶物,顽嚣不友,是与比周,天下之民,谓之浑敦。"。又云:"(舜)流四凶族浑敦、穷奇、梼杌、饕餮,投诸四裔,以御螭魅。"《史记·五帝纪》裴骃《集解》引贾氏语曰:"帝鸿,黄帝也。不才子,其苗裔谨兜也。"

驩兜,又称驩头、谨头、混沌、灌朱、丹朱。故《山海经·海外南经》称"谨头国或曰谨朱国";《左传·文公十八年》曰:"昔帝鸿氏有不才子,掩义隐贼,好行凶蕙,天下谓之浑沌";《史记·五帝纪》裴骃《集解》引贾氏语说"帝鸿,黄帝也。不才子(浑沌),其苗裔谨兜也。"

关于舜放驩兜之事,史书多有记载。《尚书·尧典》云:"(舜)流共工于幽州,放驩兜于崇山,窜三苗于三危,殛鲧于羽山,四罪而天下咸服。"《古本竹书纪年》谓:"放帝丹朱于丹水。"《山海经·大荒南经》曰:"昔尧以天下让舜,三苗之君非之。"《世本》曰:"尧娶散宜氏之子(女),谓之女皇,女皇生丹朱。"《汉书·律历志·世经》云:尧"让天下于虞,使子朱处于丹渊为诸侯"。《帝王世纪》亦云:"诸侯有苗处南蛮不服,尧征而克之于丹水之浦。"《古本竹书纪年辑校订补》载:"舜囚尧,复偃塞丹朱,使不与父相见……舜篡尧位,立丹朱城,俄又夺之。"然而,诸多史迹表明,"舜囚尧,复偃塞丹朱(驩兜),使不与父相见"的目的并没有达到,尧帝晚年一直生活在我古庸湖湘大地,至今仍有许多遗迹留存。而舜帝自己却因"南征三苗"而"道死苍梧"(见《淮南子·修务训》)。据张家界市著名学者李书泰先生考证统计,仅张家界及周边几县就有二十多处与尧帝行踪有关的地名。如张家界市永定区尧湾村、桑植县尧儿坪村、尧日坪村、尧充峪村、慈利县尧子峪村、麻阳县尧市乡、望城县尧塘冲村、常德市武陵区尧天坪镇、安化县上小尧村、下大尧村、龙山县尧坪村、尧城村、邵东县尧塘村、耒阳县尧隆村、茶陵县尧水村、尧市村、新田县尧头村、靖州县尧管村、洞口县尧王村、双牌县访尧村、麻阳县尧市乡等。

关于驩兜流放之地,《尚书》所说"崇山"和《竹书》所说"丹水",实际就是一个地方——《竹书》所说"丹水"实际就是"大庸水"的疾呼快读,大庸水,即丹水,又名大庸溪,亦可称"丹溪",在崇山北麓,属澧水支流,发源于禹溪(即《山海经·海内经》所载"帝令祝融殛鲧于禹渊"之地),流经大庸坪,自今澧水北岸枫香岗大庸口注入澧水。故《尚书》所说"放驩兜于崇山"与《竹书》所说"放丹朱于丹水",说的都是一个地方,是同一时期、同一人物,在同一地点发生的同一事件。

本文选摘自阮先主编的《诗墙诗词考释》,中国文联出版社,1999年1月第一版,有改动。

阮先,曾任湖南文理学院副教授,诗词楹联学专家,长期从事地方历史文化研究,尤其对德山善卷文化和崇山驩兜文化研究颇具独到见解。

长无绝兮终古

——论《楚辞》与沅湘傩文化

胡健国

沅水的芷澧水的兰　屈原的湖湘情结

《楚辞》是战国时以屈原、宋玉等人的作品为代表的诗歌,汉成帝时经刘向定名沿用至今。在中国文学史上,《楚辞》以其浓烈的地方文化色彩而占有非常重要的地位。宋人黄伯思在《东观余论·校定〈楚词〉序》中言:"屈、宋诸骚,皆书楚语,作楚声,纪楚地,名楚物,故可谓之'楚词'"。从艺术学和民族学的角度看,《楚辞》又具有鲜明的歌舞表演性和宗教性,战国时流行于楚地的民歌《涉江》《采菱》《劳商》《阳春》《白雪》等,在《楚辞》中均有反映,而楚巫觋及其祭祀活动则在屈原的作品中屡见不鲜。故学者姜亮夫在《楚辞学论义集》中亦言:"至屈、宋而褒然为一大流,其流汪洋自恣,上天下地,远通域外,罩及鬼神,神天神地,生天生地,语楚语也,调楚调也,习楚习也,事楚事也,史楚史也,无一而非楚……"

屈原在秦楚争霸和楚国内政改革与保守的斗争中,曾两度被贬。楚怀王时被"疏"到汉北。楚襄王时被"放"到江南。实际上是被放逐在南楚的湘水和沅水流域一带。在第二次流放,也就是结束政治生涯忧愤地度过他生命的最后阶段时,屈原在沅、湘间所作的诗歌,除了成为我国辉煌的文学瑰宝外,还为我们今天研究沅湘傩文化提供了二千三百年前的可贵资料。

屈原传世作品中如《九歌》《涉江》《怀沙》以及楚人记述屈原故事的《渔父》等,皆表现出他与沅、湘结有不解情愫。

哀南夷之莫吾知兮,旦余济乎江湘……乘舲船余上沅兮,齐吴榜而击汰。朝发枉渚兮,夕宿辰阳。入溆浦余僤佪兮,迷不知吾所如。(《涉江》)

枉渚,诸多学者考证为汪水,源出湖南常德市。这是说屈原过江后,先到鄂渚(今武昌),经陆路再溯沅水,从常德到辰阳(今辰溪县),继而东行入溆浦。

滔滔孟夏兮,草木莽莽。伤怀永哀兮,汩徂南土……乱曰:浩浩沅湘,分流汩兮。

修路幽蔽,道远忽兮。(《怀沙》)

南土指其所怀念的湘水之地,即长沙府的湘阴,此离汨罗江不远。自清人蒋骥的《山带阁注楚辞》始至今人郭沫若、游国恩、文怀沙等学者,皆认为《怀沙》是屈原决意自沉前表达对长沙的眷怀之情。

屈原既放,游于江潭,行吟泽畔,颜色憔悴,形容枯槁。渔父见而问之曰:"子非三闾大夫欤? 何故至于斯?"屈原曰:举世皆浊我独清,众人皆醉我独醒……渔父莞尔笑,鼓枻而去。乃歌曰:沧浪之水清兮,可以濯吾缨。沧浪之水浊兮,可以濯吾足。遂去,不复与言。(《渔父》)

这是说屈原在游涉湘水自沉之前,在常德龙阳(今汉寿县)沅水畔的九潭附近遇一渔夫,二人就人生处世进行了一番意味深长的对话。

至于《九歌》则更是直接描述沅湘间的傩场面了。

湖南自古傩风繁盛。长期以来被视为上古神话的一场古傩之战("炎黄大战"),导致中原九黎部落在其首领蚩尤被杀后南逃洞庭,与以女娲为人祖的土著组成"九黎—三苗"集团,以蚩尤头为图腾,史称"三苗国"。1912 年《湖南民情风俗报告书》第七章云:

自三苗国于洞庭始创傩教,颛顼正而流不息。

三苗奉行傩教,祀女娲、蚩尤、盘古,崇拜鬼神,使湖南形成了一种特色鲜明的以南苗东黎诸族与华夏芈姓部落复合构架的文化色彩,这就是以傩风为特征的三苗文化。故《国语·楚语下》言"(三苗国)民神杂糅,不可方物,夫人作享,家为巫史……"几乎人人皆傩。由于黄帝命大神对三苗国傩文化残酷讨伐,激起苗黎族强烈的复仇心理。三苗傩则运用模拟傩术的手段,戴上蚩尤的图腾面具,披着象征楚先祖图腾的熊皮,手执蚩尤发明的戈与盾,口作"傩"之声,在官阙或民舍中作驱赶疫鬼的傩技表演,以此报复颛顼的镇压。此逐疫傩术即"傩"的原型。此论有汉王充《论衡》卷二十四"解逐篇"为据。"傩"源于楚傩,渊薮于荆楚,随同楚势力的扩张而辐射于巴蜀吴越秦,世代传承并因地而演化,最后被中原儒家文化纳入《周礼》名为"傩"祭。楚地的傩风并没有为周代的"礼"制而桎梏。历代楚地"信巫鬼,重淫祀"的记载不绝于缕,屈原流放的沅、湘一带傩风尤甚:

贬朗州司马,地居西南夷,土风僻陋,举目殊俗。蛮俗好巫,每淫祠鼓舞,必歌俚

辞。(《旧唐书·刘禹锡传》)

长沙下湿,丈夫多夭折。俗信鬼,好淫祀。(《太平寰宇记》)

屈原放逐在这傩风之地,置身在祭祀之乡,受到傩风的熏陶是十分必然的了。历代文人对此均有评述:

昔楚国南郢之邑,沅、湘之间,其俗信鬼而好祠,其祠必作歌乐鼓舞以乐诸神。屈原放逐,窜伏其域,怀忧苦毒,愁思沸郁。出见俗人祭祀之礼,歌舞之乐,其词鄙陋,因为作《九歌》之曲。(《楚辞章句》卷二)

禹锡谓屈原居沅、湘间作《九歌》,使楚人以迎送神,乃倚其声,作《竹枝词》十余篇,于是武陵夷俚悉歌之。(《新唐书·刘禹锡传》)

《九歌》者,屈原之所作也。昔楚南郢之邑,沅、湘之间,其俗信鬼而好祀。其祀必使巫觋作乐,歌舞以娱神。蛮荆陋俗,词既鄙俚,而其阴阳人鬼之间,又或不能无亵慢淫荒之杂。原既放逐,见而感之,故颇为更定其词。去其泰……(《楚辞集注》卷二)

熟绎篇中之旨,但以颂其所祠之神,而蜿娩缠绵,尽巫与主人之敬慕,举无叛弃本旨,阑及己冤……(《楚辞通释》卷二)

正因为《九歌》及其他如《离骚》《招魂》《天问》等多为傩词,且屈原又是没落贵族,所以他的作品被外国人直译为"傩歌"并列入"傩系文学"(见日·藤野岩友《增补傩系文学论》)。屈原本人竟被某些中外学者推断为傩师,如学者彭仲铎有《屈子为傩考》面世,张正明的《屈原二论》言"屈原之所学,广涉诸家。深悉国史,而尤精于傩学"。日本学者白静川的《中国神话》亦如是说:楚辞是古代南方长江流域楚地的祭祀歌谣,在形式上是傩祝者的文学。作者屈原是王族之一,应该也就是率领傩祝的人,其作品即产生于这些傩祝之间。"

屈原是否为"傩"还有待考证,但是有一点是不争的事实,即将屈原推向傩祝之列的,正是他本人那些在沅、湘间写出来的不朽诗篇。

《九歌》中的傩祭因子

薜衣萝带舞婆娑,嘈杂神弦唱九歌,木偶何曾能祸福,奈何桥上梦东坡。

这是一首流行于张家界的竹枝词,载于清同治六年(1867年)《续修永定县志》,描述戴着面具的傩师,在傩坛上唱着《九歌》傩词,为人消弭灾祸、求福纳吉。

如果说《天问》是祭祝词,《大招》是招魂曲,那么《九歌》则是沅、湘一带含有傩因素的大型祭祀演出活动。

"傩"作为宗教文化,其内容和性质将因朝代和时代不同而变化,如同夏代尊天命,殷代尊鬼神,而周代则尊礼制。傩祭缘于三苗傩文化对中原文化的对抗,历经数千年衍变,至商周已在中原文化中逐渐形成了一种较固定的逐疫傩俗,这便是众所周知的《周礼·夏官》所记载的"方相氏"。

周室出于削弱傩祝社会影响的目的,在《周礼》中将傩祝分治,天官与春官的傩祝,均有缜密的分工,各司其职。而傩祭则另由夏官"方相氏"执行,其功能有三:"索室"大丧时导引、入墓时"殴方良(魍魉)"。这是第一次见诸文字的"傩",便被后人当作经典动辄全文引用,并由此而形成"傩"的正统观念:逐疫驱鬼即,时傩必方相氏。

那么,被《周礼》肢解与阉割的楚傩之"傩"到底有哪些功能呢?只有解决了这个关键问题,才能论证《九歌》所具有的"傩"的属性。

纵观《周礼》全书,尽管儒家欲用礼制遏制巫觋的宗教功能,但我们仍不难发现,除了方相氏四时索室驱疫的傩祭外,其他场合的除疫行为,实属傩祭范畴:

女祝:掌王后之内祭祀,凡内祷祠之事。掌以时招、梗、袍、襓之事,以除疾殃。(此为内祀报福,祈福禳灾)。

占梦,掌其岁时观天地之会,辨阴阳之气,以日月星辰占六梦之吉凶……季冬,聘王梦,献吉梦于王,王拜而受之,乃舍萌于四方以赠恶梦,遂令始傩驱疫。——此为星象卜筮,解梦禳灾。

男傩,掌望祀、望衍、授号,旁招以茅。冬堂赠,无方无算。春招弹以除疾病。王吊,则与祝前。——此为祀衍旁如,珥宁疫疾。

女傩,掌岁时被除衅浴,旱暵则舞零。若王后吊则与祝前。凡邦之大灾歌哭而请。——此为被除祀福,歌舞求雨禳灾。

又,文献得知,汉代是继承周室宫廷及民间傩祭最为完善的时期。各类形式的傩祭非常繁盛。《淮南子·时则训》:

季春之月,择下旬吉日,大合乐……令国傩,九门磔禳,以毕春气。

仲秋之月,乃命宰祝行牺牲……天子乃傩,以御秋气。

季冬之月……命有司大傩,旁磔,出土牛。

《续汉志》载:

三月上巳,官民皆洁于东流水上,曰洗濯祓除。

季冬之月……先腊一日,大,谓之逐疫。其仪选中黄门子弟十岁以上,十二岁以下,百二十人为侲子(又叫侲僮,即男傩),皆赤帻皂制,执大鼗。方相氏黄金四目……十二兽有衣毛角,中黄门行之,冗从仆射将之,以逐恶鬼于禁中……黄门令奏曰:侲子备,请逐疫。由是中黄门倡,侲子和……凡使十二神追凶因作方相与十二兽舞……百官官府,各以木面兽能为傩人师讫……

《后汉书》:

旧事,岁终当缮遣卫士,大傩逐疫。

《西京赋》:

尔乃卒岁大傩,驱除群厉。方相秉钺,巫觋操茢。

《南都赋》:

于是暮春之禊,元巳之辰,方轨齐轸,袚于阳滨。朱维连网,曜野映云。男女姣服。骆驿缤纷。

《论衡》:

解逐之法,缘古逐疫之礼也。昔颛顼有氏子三人,生而皆亡……故岁终事毕,驱逐疫鬼,因以送陈、迎新、纳吉也。

　　以上可见,傩祭时间,既专取岁末先腊一日,也择四季良辰,还有暮春三月三日;傩祭地点,既在宫闱大内,又在深居民宅,还可在郊野溪畔;傩祭形式,既有数百上千人的大型化装表演,也有巫觋个人作法,还有女傩歌舞哭唱;傩祭者既有索室驱疫、外貌可怖的方相。也有手持黍穗的巫师,还有十二个巫扮的神兽,亦有帝王、官员和百姓;傩祭缘由,有尊崇古俗逐疫驱鬼,也有大星求雨,酬谢神祇,还有禳灾纳吉赠与祥梦。

　　这些史料足以说明,从文字"傩"出现的时代开始,"傩"便有巨大的包容性、宗教性、民俗性和娱乐性,注定了在奴隶社会和封建社会的政体下具有强大的生命力。

　　史学家考证,《周礼》成书于周室东迁的战国时期。此时各路诸侯已建七十一国,周室实已衰微。楚国在经历了七八百年扩张后,已跃入列国一霸,形成了以"傩文化中渗入华夏文化的楚文化"(范文澜《中国通史》)。具有强烈民族意识的楚傩在南楚沅湘、五溪、洞庭、苍梧等三苗故土上按照自己的方式传承并发展。楚傩文化中最重要的一点,就是傩祝一体,祭逐兼容。此与《周礼》大相径庭,故而被历代统治者和正统文人蔑视为"淫祀"。

人可皆傩的三苗土民,是承袭楚傩文化的基础。祭祀是傩术中重要的手段之一,它通过降神后神灵附体于傩,使傩具有超人的神性,达到借助神灵无所不能的力量实现人类的愿望,如除疫、禳灾、纳吉等。于是便出现苗民驱灾脸上要戴一个先祖蚩尤面具,以示自己具有了蚩尤强大的傩术。这种源于交感傩术的神人合一观念,在《九歌》中体现得淋漓尽致。《九歌》中所描述的各种神灵正是屈原所见沅、湘酬神傩祭中巫觋扮神歌舞表演的真实写照。

祀神是傩祭最重要的内容。它有请神、降神、酬神、送神等一系列程序。同时,沅、湘傩作为原始宗教,既是多神崇拜,又具有鲜明的地方性。这种双重特性在《九歌》中均得到反映。

沅陵县七甲坪乡有一套《三洞桃源科》的傩祭傩书(以下简称《傩书》),它也是沅水中游一带沅陵、辰溪、桃源、常德傩师还傩愿必行之法事。其目的是通过赞颂并酬谢桃源仙洞诸神灵,求其保佑家道安宁,禳灾祛病。《傩书》开篇便呈现出鲜明的民族性与地方性:

别下闲言且休唱　且唱桃源洞里神
太保高皇登龙位　立州立县立人民
四百郡州七千县　鼎州仙县在中心
鼎州上有桃源洞　神仙洞里镇乾坤

(《上洞桃源科》)

"桃源洞"地名在中国不下三处,而"鼎州"则隶属于湖南常德府,所以《傩书》中"鼎州仙县在中心,鼎州上有个桃源洞"此二句便表明了这是楚傩行坛于沅、湘的特定环境。

关于"高皇",且不说常德,就是整个楚地历史上都没有一个"高"姓做皇帝,傩书中的"高皇"大抵是"高阳"的讹传。高阳即颛顼,曾为五帝之一。在《楚辞》中,"高阳"之名出现过数次,其中《离骚》云:"帝高阳之苗裔兮,朕皇考曰伯庸。"这是说高阳与三苗有着亲缘关系,其子黎,曾任祝融(史书又作陆终)一职,其孙重黎为火正,另一孙吴回亦为祝融。他们皆为楚族先祖。故《月令》一书说:"楚人帝高阳而祖陆终。"高阳本人亦为大傩。他奉黄帝命讨伐三苗,强制推行中原文化,曾激起三苗的反抗。据长沙杜家坡战国楚墓出土的楚帛书上的有关记载,三代之后,颛顼已被楚傩当作自己民族的宗祖神予以祭祀。屈原《九歌》便证实了这一点:

吉日兮辰良　穆将愉兮上皇

(《九歌·东皇太一》)

屈原之前的史籍不见"东皇太一"之名。此神的本来面貌令历代文人们费了点心思。肖兵《楚辞的文化破译》"善神"篇言："以《九歌》为论,东皇太一就关系着帝俊(帝舜、帝喾)、颛顼(高阳氏)",此颇有见地。长沙杜家坡战国楚墓帛书记载颛顼有四孙并掌四季以成一年。千年后,颛顼生与帝俊,命其运行日月。颛顼本为南主地方神,被称为"东皇"乃与他的葬地有关:一是他死后葬于东吴;《图经》云:"晋初衡山见颛顼墓。"此衡山即楚伐吴,吴克丘兹之衡山。另者《皇览》云:"颛顼冢在东郡濮阳顿丘城外"。蒋骥《山带阁注楚辞》云:"章句则曰:(东皇太一)词在楚东,故称东皇"。另者,楚地巫觋中的"太一"亦是与"东方"的"皇"将联袂而语的,沅湘傩书《早朝科》云:"虔诚皈名奉请何神?东厨九天司命太一皇府君……"可见《九歌》开篇的"东皇太一"与沅水傩书开篇的"太保高皇"很可能是同一神祇。

沅陵傩坛属"娘娘教"流派,即以南方人祖女娲为傩神。傩师行法时多"礼请"并赞美女傩或女神。如傩师在《和神做追究》傩坛法事中必须搬请"东山圣公、南山圣妹、仙姐娘娘、潮水洞大娘二娘三娘、五天五岳皇后夫人……"除了东山圣公(伏羲)外,其余几乎全是女傩和女神,其中南山圣妹即女娲。这些女神和女傩个个是盛装美人:

身上尽穿绫缎袄　脚下凤头鞋一双
腰系罗裙有八幅　头戴牡丹花一蓬
头上梳起盘龙髻　象牙梳子两边装
口似荷花出水香　面上尽搽胭脂粉
眉毛好似初生月　眼似琉璃耀日光

（《续中洞桃源科·酬大傩》）

此与《九歌·东皇太一》中所描述的女傩形象如出一辙:

灵偃蹇兮姣服　芳菲菲兮满堂

傩坛布置必须为神准备好佳肴美酒:

和神不供茶和酒　劝事不遇鬼牙郎（《起上座和会》）
宾楼三醉饮　千层酥饼香（《请中座上神》）
蕙肴蒸兮兰籍　莫桂酒兮琼芳（《九歌·东皇太一》）

使神欢娱少不了乐器：

借动一会锣和鼓舍　　　财户主要和神(《上洞桃源洞科》)
龙笛声猎　　　　　　　鼓以歌音(《请中座上神》)
扬枹兮拊鼓　　　　疏缓节兮安歌　　　陈竽瑟兮浩倡(《九歌·东皇太一》)
五音纷兮繁会　　　　君欣欣兮乐康(同上)

上述不难发现，当代的沅湘傩文化，仍承袭了二千多年前《九歌》的传统，也反证了战国时代沅湘傩祭已具有了"傩"的品位。

《九歌》与沅、湘傩坛的"舟船"巫术

《楚辞》中，众神灵多乘龙舟降至坛场，它喻示了楚傩的一个秘密。

沅、湘一带湖河交织，水陂如网。故而《九歌》中所描述的人和神，大多在"水"的背景下敷演故事。它表明了脱胎于上古洪水灾难中女娲伏羲兄妹成婚繁衍人类神话的"诺亚方舟"（葫芦），早在战国时便在沅、湘傩坛中演化成了"舟船"傩术。

晋人宗懔在《荆楚岁时记》中记载五月五日楚人为禳不祥的傩俗之后，又在"竞渡"条按语中云："五月五日竞渡，俗为屈原投汨罗日，人伤其死，故并舟楫以拯之，至今竞渡是其遗俗。"

五月五日为"凶日"的民俗观念战国时即已有之。这一天举国君民都要"蓄兰为沐"（《大戴礼》），"并踏百草、悬艾于户"（《荆楚岁时记》），"作赤灵符，着心前"（《抱朴子·杂应篇》），"集五彩缯，谓之辟兵"（《初学记》转引裴玄《新语》），《太平御览》引《通俗通》亦言该日集五色缯辟兵及鬼，近世犹在端午节扎艾草、悬蒲剑、佩彩丝、备雄黄……以上均为傩术范畴中的厌胜、禁忌行为。可见五月五日之"忌"不是因为屈原投江，而是深谙傩俗与民俗的屈原选择了这一天。

屈原在《九歌》中，表现了他对楚傩文化的舟船傩术有一定的了解。祭祀时傩者迎神必须打扮美丽，而且要乘坐神船：

美要眇兮宜修　　沛吾乘兮桂舟
令沅湘兮无波　　使江水兮安流

(《湘君》)

傩迎神所用的神船不同凡响，其形为龙首鳞身，而且用芳香辟邪的草类装饰：

驾飞龙兮北征　　　邅吾道兮洞庭

薜荔柏兮蕙绸　　荪桡兮兰旌（《湘君》）

而神降于傩坛时，其所乘的龙船更加神奇：

驾龙辀兮乘雷　　载云旗兮委蛇（《东君》）
乘水车兮荷盖　　驾两龙兮骖螭（《河伯》）

屈原所描述的傩和神乘龙船赴傩坛并非无端的臆想，而是当时楚地傩俗的客观反映。20世纪70年代从长沙子弹库楚墓发掘清理出的《人物御龙帛画》，画面上墓主人坐在龙船上，船头水下游着有勾魂功能的"文鱼"，船尾亦立有追魂功能的仙鹤，似墓主人乘龙舟冉冉升天而去。它表明：①至迟在战国时代的沅湘之地，已有了舟船可载魂魄的傩术意识；②龙船形制彼时已经普及；③傩祭活动已有了巫觋作舟船歌舞的内容。这种现象出现在沅湘间，与傩坛多崇奉女娲的娘娘教密切相关。因楚地视女娲为制人类的人祖，且多乘龙舟显圣，如《淮南子·览冥训》言："（女娲氏）乘雷车，服应龙，轸青虹。"据众多学者疏注，《九歌·东君》中的"乘雷"即形容龙舟飞驶的响声，与女娲"乘雷"一样，均言乘坐龙舟之意。于是，这舟船傩术自然便被纳入"傩"的范畴。故有方志如是记载：

至醮日，以竹及纸制船，遍历市巷，送之水际而焚之，盖亦傩之意也。

（贵州《大定志稿》）

送纸船给亡人的傩俗，又演化成了七月十五日为亡人送河灯的另一种傩俗。这种傩俗的滥觞，实源于我国古代的魂魄观：

"附形之灵为魄，附气之神为魂。"

（《左传注疏》）

先民认为人之"魂"与"魄"皆与神灵有关，且二者随时可因邪妖魍魉的作祟而分离。便出现了民间动辄延傩为病人"续魄"，或延傩为死人作"招魂"法事。故《韩诗》曰："……三月上巳，之溱消两水之上招魂续魄，秉兰草被除不祥。"至于以舟船追屈原之魂的傩术意识，有唐·刘禹锡《竞渡曲》小引为证；竞渡始于武陵，至今举楫而相和之，其音咸呼云"何在"，斯招屈之意，事见《图经》。

此"招屈"非常明显是乘龙舟追索屈原之魂魄。千百年来，五月五日龙舟竞渡在湖湘已成不变的傩俗。唐代，沅水一带龙舟竞渡十分壮观，纪念屈原的色彩非常强烈：

沅水五月平堤流,邑人相将浮彩舟。

灵均何年歌已矣,哀谣振楫从此起。

扬桴击节雷阗阗,乱流齐进声轰然。

蛟龙得雨鬐鬣动,蝃蝀饮河形影联。

注:

鬐鬣——音为 qǐ liè,指鱼、龙的脊鳍;也借指马兽畜的鬃毛。出处:李白《古风五十九首》之三评说秦始皇事迹:"秦皇扫六合,虎视何雄哉。挥剑决浮云,诸侯尽西来。明断自天启,大略驾群才。收兵铸金人,函谷正东开。铭功会稽岭,骋望琅琊台。刑徒七十万,起土骊山隈。尚采不死药,茫然使心哀。连弩射海鱼,长鲸正崔嵬。额鼻像五岳,扬波喷云雷。鬐鬣蔽青天,何由睹蓬莱。徐市载秦女,楼船几时回? 但见三泉下,金棺葬寒灰。"

蝃蝀——音为 dì dōng,虹的别名。借指桥。比喻才气横溢。出处:《幼学琼林》"虹名蝃蝀,乃天地之淫气;月里蟾蜍,是月魄之精光。"祝元膺《梦仙谣》:"蟾蜍夜作青冥烛,蝃蝀晴为碧落梯。好个分明天上路,谁教深入武陵溪?"

…………

曲终人散空愁暮,招屈亭前水东注。

(《竞渡曲》)

至明代,五月五日龙舟竞渡傩俗,在沅湘一带愈演愈烈,且傩术色彩亦越来越浓,曾遭到一些文人讥讽:

湖南人家重端午,大船小船竞官渡。

彩旗花鼓坐两头,齐唱船歌过江去。

…………

家家买得傩在船,船船斗捷傩得钱。

屈原死后成遗事,千载传讹等儿戏。

众人皆乐我独悲,莫遣地下彭咸知。

(《竞渡谣》)

编者注:

彭咸——王逸《楚辞章句》说:"彭咸,殷贤大夫,谏其君不听,自投水而死。"屈原赴水,即效法彭咸也。

彭咸说法一

屈原《离骚》里的彭咸，不见于先秦其他书籍。王逸《楚辞章句》说："彭咸，殷贤大夫，谏其君不听，自投水而死。"并没有讲明注释的根据。朱熹承袭了王逸的说法，但心存疑虑。屈原另一篇作品《悲回风》说："凌大波而流风兮，托彭咸之所居。上高岩之峭岸兮，处雌霓之标颠。冯昆仑以澄雾兮，隐岷山以清江。惮涌湍之礚礚兮，听波声之汹汹。浮江淮而入海兮，从子胥而自适。望大河之洲渚兮，悲申徒之抗迹。"从这一篇来分析，彭咸的确是像申徒狄一样"负石自投于河"（《庄子·盗跖》），但彭咸和昆仑、岷山似乎也存在着密切的关系。

彭咸说法二

《离骚》《思美人》《悲回风》《抽思》四篇作品七次提到"彭咸"。

彭咸，彭祖第三十四代裔孙，字福康。商（殷）代帝辛（又称纣王）时（商纣、殷纣同），官为贤大夫。时纣王资辨捷疾，闻见甚敏，才力过人，手格猛兽，知足以拒谏，言足以饰非。矜人臣以能，高天下以声，以为皆出己之下。好酒淫乐，嬖于妇人，爱妲己。妲己之言是从。纣愈淫乱不止，咸公与众卿诸臣数谏帝辛，君不纳，太师、少师谋遂去，咸公欲投水而去（竹书纪年有载："殷末彭咸，谏纣不用，投江而死"）。东汉顺帝时侍中、文学家、史学家在《楚辞》中赞咸公曰："彭咸，商贤大夫，可谓与老彭相辉映矣。"后人赞称彭咸为"天下第一谏"。

彭咸，乃颛顼的后世子孙，楚人的祖伯。据《宋史·邓得遇传》说，他的故乡在潭府（长沙）。彭咸，胸怀大志、刚正不阿、不从流俗的殷商朝臣贤大夫。他是殷朝耿介之士，直谏商王不听，不得其志，以投江自尽表示抗议，被后世列为人臣的楷模。

他的自沉于江的归宿被屈原效仿，在一声声长叹后自沉于汨罗江。《离骚》结句咏叹："既莫足与为美政兮，吾将从彭咸之所居！"在作品中屡屡提及，如"愿依彭咸之遗则"就是最好的表达。李白《临终歌》悲呼："大鹏飞兮振八裔，中天摧兮力不济。"为美政不屈而死的彭咸和冲天高飞、扶摇直上的大鹏，是两位大诗人心中永存的偶像，是他们从初始到终结都为之付出真情实感的理想所在。他的人格力量和献身精神将永远激励后人。

彭咸说法三

后代学者有人提出彭咸是两个人的合称，他们分别是"巫彭"与"巫咸"，"彭"和"咸"的确出现在文献中。商代甲骨文的卜辞中就有"贞人"彭的名字，可知彭是专司占卜的神职人员。殷墟卜辞中"巫咸"为殷旧臣，与伊尹地位相当，伊尹把他推荐给商王太戊后，他"治王家有成"，一改太戊以前几朝的衰败面貌，从而使"殷复兴，诸侯归之"。《世本·作篇》里也有："巫咸作筮，傩彭作医"，巫彭、巫咸是我国神话传说中的卜筮、医药之祖，当时医、卜是不分家的。在神话传说以及那些所谓修真成仙的故事里，彭祖和巫咸两人死了无数回却一直活着是因为服用了仙丹，著名诗人李贺的《浩歌》云："王母桃花千遍红，彭祖巫咸几回死？"就是说的这个事。

虽然这位官至文渊阁、华盖殿大学士的明天顺八年进士李东阳，自己也是湖南茶陵人，但他对百姓的愚昧和巫觋借龙舟竞渡之机大肆敛财不以为然。实际上，端午节龙舟傩术在湘江一带已成傩俗：

端午……坊市造龙舟,竞渡夺标,俗以为禳灾,实吊屈原之遗意也。(《长沙县志》卷十六)

两千多年过去了,舟船傩术亦不断演化,形成了各种专用于傩祭的法事。遍布沅湘傩坛的《划船》则是一个代表。

此处的"划船"是指傩师的一种法事形式;用竹扎成小型的船体,再用色纸包糊成船形,傩者将其绑扎腰间,边唱边舞,为人纳吉并敛财,民间俗称"划干龙船"。沅陵县七甲坪乡传有《划船》和《遣船一家》巫书。

《划船》开篇傩师道白:

神船神船	请神下凡
女保平安	男保清吉
神船进门来	添喜又添财
一声金锣响	引出八仙来

接唱:

站立阳关把话表	这位师傅在行教
你的道法举得高	诊得癫来和得魁
捉精打邪是好佬	一天只听牛角叫

傩师在傩坛上行使舟船傩术时,并没有忘记将屈原作为神祇请上祭坛。在《遣船一宗》傩书中,傩师在叙述一番神船的出处与神奇后,便虔诚请神……

再运真香,一心奉请:

下元三品水官大帝		桥梁渡子
河伯水官	屈原相公	游江五娘
青浪开江	马侯王神	溪沿水尾
霞迩真君	请赴舟船	大作证盟

…………

再运真香,一心奉请:

东山圣公圣仁尊主(傩公伏羲)南山国母仙娘(傩娘女娲)主愿童子掌愿仙官(张五郎)傩府会中大权真宰请赴香案台前受香供养。

以上傩者所请众神中,除了屈原为历史人物外,其余皆为沅湘间民俗所崇奉的一些天神地祇,最后这些人与神又统统归附于"傩府会中",其"划船"法事"傩"的性质便不言而喻了。

从《九歌》看沅湘傩文化的艺术特色

傩作为人与神之间的中介者,其降神的主要手段是歌乐鼓舞。如果天大旱,则要歌舞求神降甘露,谓之"舞雩";如果地方遭灾,则要作哀伤痛哭状求神宽,谓之"歌哭"(《周礼·春宫·女傩》);总之,傩要么使神灵高兴,对人间恩施甘露,要么通过哭泣祷告,让神灵放弃对人间的惩罚。为达到此目的,巫觋必须对神灵极尽妖媚阿谀之能事。故在古书史籍中,巫觋歌舞的"淫祀"又常被贬称为"巫风"。学者王国维在《宋元戏曲史》中言:"巫觋之兴,在少昊之前,盖此事与文化俱古矣。巫之事神,必用歌舞。周礼既废,巫风大兴;楚越之间,其风尤盛。"此处"巫风"与正统的"周礼"相对而语,便暗喻了这个意思。

《九歌》所表现的巫觋乐舞的娱乐性,为历代文人所肯定。王逸说沅湘之间的傩活动,傩"歌乐鼓舞,以乐诸神";宋朱熹在《楚辞集注》中说"巫觋作乐,歌舞以娱神"。二者所言一致。不同的是,朱熹乃楚人(江西婺源人),他对楚地傩风有一定感受,并且他是儒家"程朱理学"的肇始人,治学严谨。所以他接着又对巫觋酬神内容和形式作了进一步的阐述:"蛮荆陋俗,词既鄙俚,而其阴阳人鬼之间,又或不能无亵慢淫荒之杂",他后一段话似乎为我们提供了这样一个信息:"阴阳"指男与女,"人鬼"指人和神,"亵慢淫荒"则说的是男女之间可能发生的性爱故事。他为《九歌》中出现的人物和情节作了合理的解释。

近代和现代学者对《九歌》艺术形态的研究又向前推进了一步,他们论及的焦点是《九歌》内含的"扮演性"。即屈原笔下《九歌》所表现的沅湘傩祭的形式与内容,已远远超越了一般歌舞形态,开始出现了有特定人物、基本矛盾、多种表现形式的戏剧雏形。

清代学者对《九歌》的歌唱者及演唱形式开始有了较科学的分类:"愚按《九歌》之乐,有男觋歌者,有女巫歌者,有巫觋歌者,有一巫唱而众巫和者。"(《屈辞精义》)

作为戏剧中的声乐部分,陈氏所言不无道理。沅湘傩戏声腔乃属高腔体制,以"一启众和"的帮腔形式为其音乐特征。

《东君》曰:思灵保兮贤姱。余疑《楚词》之灵保,与《诗》之神保,皆尸之异名。缓节安歌,竽瑟浩倡,歌舞之盛也;乘风载云之词,生别新知之语,荒淫之意也。是则灵之为职,或偓佺以象神,或婆娑以乐神,盖后世戏剧之萌芽,已有存焉者矣。(《宋元戏曲考》)

王国维首次对《九歌》是"戏剧之萌芽"的定位,对后来的《楚辞》研究者影响颇

大,其中以闻一多先生《神话与诗·什么是九歌》为代表。他说:

> 九神便是这九章之歌的主角,原来他们到场是为着"效欢"以"虞太一"的。这些神道们——实际是神所"凭依"的巫师们——按照各自的身份,分班表演着程度不同的哀艳的,或悲壮的小故事,情形就和近世神庙中演戏差不多。

除此,还有一些学者对《九歌》的"扮演性",有更加具体的分析:

> 这一些歌舞词,有的是对唱对舞;有的是独唱独舞;有的是合唱合舞。不只有诗,而且有演员(傩),有化装,已经是戏剧的雏形。(《九歌的组织》)
>
> 它(《九歌》)是目前所知中国戏剧历史上最早的戏剧仪式,和西方一样,我们的戏剧也始于对诸神的祭典。(施淑女《九歌天问二招的成立背景与楚辞文学精神的探讨》)
>
> (《九歌》)是我国戏剧史上仅存的一部最古老最完整的歌舞本。十一章歌辞,见于标题的鬼神之名凡十。除东皇太一是被祀的对象外,其余九个其中七个是为了完成"穆愉上皇"任务作为舞剧角色而上场的。(《楚辞·九歌十一章的整体关系》)

当然,《九歌》的"扮演性"不等于就是现代的"戏剧",《九歌》也还不完全就是戏剧台本或戏剧演出的实况纪录。实际上,当代的傩戏其"戏剧"特征也与其他戏曲剧种有一定的区别,就是说,傩戏还是一个没有走下祭神傩坛的正在完善中的具有宗教剧品位的剧种。

纵览历代学者对《楚辞·九歌》的研究,多言《九歌》是战国时湘楚地民间傩歌。抑或如王逸所说是"屈原之所作",亦有可能如朱熹所言"更定其词,去其泰甚"进行过改编。无论怎样,说《九歌》大部分章节是沅湘傩祭坛上巫觋(直接搬演或屈原间接描述)的歌、舞、剧综合表演艺术不是毫无道理的。现将《九歌》主要章节分别与沅湘傩法事或傩戏比较:

《东皇太一》是屈原对祭坛"开幕式"的描述。巫师们整肃仪容。布设坛场,备齐酒肴,金鼓轰鸣,傩歌高唱、飞旋,以迎接上帝和众神的降临。

《迎銮接驾》《接娘娘》分别是澧水与沅水傩祭的"开幕式"。《迎銮接驾》时巫师对神案上的神灵(或木偶或古画)焚香烧纸三叩首,唱道:

> 天苍苍,地苍苍,傩坛启鼓大吉大昌。(下唱四功曹)
> 天、地、水、阳四值功曹勒马三门外,迎接虚傩会上神。

《接娘娘》中傩师烧香焚纸叩拜如仪,唱道:

锣莫停来鼓莫歇,打锣打鼓庆良愿,忙装身来忙换体,你把法衣来穿起。头上三清玉皇匝,张李天师站两边。香炉头上来恭请,恭请祖师下坛前。三声牛角吹上天,三天门外把圣接。

傩坛上,掌坛师唱上述傩歌时,不时吹牛角,舞柳巾,玩师刀。

坛场上锣鼓大作,帮和声迭起。

《云中君》傩扮大神乘龙舟降至傩坛,作遨游四海舞蹈。

《接娘娘》傩扮圣母娘娘歌舞:

上走鼎州桃源洞,下走云南并四川。娘娘走往云中过,云中现出新洲城。就将金银搭货物,金珠玛瑙装几船。金花大娘来摆酒,银花二娘奉茶叶。游江五娘不来接,一脚踢她口朝天。一去湖城到九江,湖城县里好碗盏。双江口,口双江,好个长江对武昌。湖北城中黄鹤楼,汉阳江中水滔滔。

娘娘的唱词暗示了她是具有腾云驾雾之术的大傩。她由桃源洞启程,经常德、新洲(澧州界)到岳阳,再过长江到江西、湖北。唱词中的"装几船""湖城""九江""双江口""长江""汉阳江"等,均表明娘娘走的是水路,而且必须是乘坐舟船,行使傩术。

《湘君》《湘夫人》都是缠绵哀怨的爱情连续剧。傩扮湘水大神湘君,乘龙舟迎接湘夫人,远眺不见,万分惆怅,龙舟在洞庭湖中随波荡漾。傩扮湘夫人乘龙舟而至,她对湘君的思念有沅水的芷、澧水的兰可作明证。

沅湘傩坛上,傩师为了酬神并娱人,逐渐从法事和民间传说中演绎成戏(或称为神戏)。历经千百年的磨砺后,这些戏剧又纳入宗教程序的轨道,每出戏的主人公都是具有某些功能的神灵,于是便又演化成了一套《开洞》法事,即将二十四出神戏从桃源洞中"请"了出来,而且各地的二十四戏均有异同。沅陵县七甲坪乡傩坛上的二十四出戏,除了一批还有祭祀性外,其中有两出戏曲化最完整且最重要:一是《孟姜女》,二是《小蓝桥》。《开洞》中傩师唱道:

魏魁元来兰瑞莲　　水打兰桥未团圆(下面接着演戏)……
范郎姜女前来到　　藕池塘中结为婚(下面接着演戏)……

众所周知,这两出戏都是悲剧。《小蓝桥》中,在水漫兰桥的生死关头,魏魁元为了恪守等待兰瑞莲赴约的誓言,选择了死神,表现了一个男性对爱情的坚贞品质。

《孟姜女》中,姜女与范郎池塘成婚后,范郎被抓去修筑长城并死在那里。姜女不远万里到长城寻夫,成为千古绝唱,姜女也被世人誉为贞洁的楷模,并被视为傩坛勾愿神。这表明傩坛的故事表演也有一定的选择性,即宣扬人间灾难不可避免,为傩祭存在的必然性营造社会氛围。《大司命》傩扮主管生死大神,由风师雨伯开道,乘龙舟从天门下凡。他主宰着人的命运,威武刚毅,阴阳莫测。

《判官勾愿》这一出祭祀色彩颇浓的傩坛正戏。判官具有大司命的某些神格,他自表:

> 爷姓判母姓判,所生三个孩儿朝中做大官……
> 只有我生得蚕眉大眼蚕眉打在五岳台前赐我勾薄判官。老判日判阳来夜判阴,生生死死判得清。

他被"请"到傩坛场上后,便查阅生死簿:

> 左右!(内:有)拿簿子。常德桃源,(内:不是,我是王字部。)辰州沅陵,(内:正是。)刚才是东家酬傩部了愿,老判折开一扇二扇三扇龙书薄来看……

阅罢生死簿,他唱道:

> 骑上黄马驾黄云,黄云垒垒转回程,扫断五方邪鬼路,人来有路鬼无门,右手丢了羊毫笔,点起兵马转回程。

《少司命》傩扮靓丽多情的女神。她既是恋爱之神,又是婴儿和处女的守护神。她赞颂美好的春光和人间的爱情。同时,也为自己没有寻到爱的归宿而嗟叹。她的美丽与善良,始终受到人们的爱戴。

《孟姜女》是沅湘一带的主要傩戏,有多种演出本。傩坛信徒视孟姜女为美丽善良的化身,人称傩神,明代即在澧县嘉山修了姜女庙,当地又俗称傩神庙。姜女是沅湘傩祭必祀之神。她在《下池》折中唱道:

> 十一月户主修书信,十二月姜女踩傩庭。一莫急来二莫忙,姜女还在巧梳装。左梳左挽盘龙髻,右梳右挽插花行,盘龙髻上安香草,插花行内安麝香。

下池沐浴之前,她到庙堂烧香许愿:

奴家上前来许神，双膝跌跪地埃尘。一不烧香祈富贵，二不烧香求金银。一求父母康宁寿，二祈奴家早动婚。只要神圣有感应，重修庙宇换金身。

当她从长城将范郎的尸骨背回潭州后，将尸骨挂在柳枝上下池洗澡，一边沐浴一边痛苦地回忆当年与范郎藕池定情的情景，姜女的贞洁感动了上天，太白金星下凡给范郎使法，令其自阴返阳死而复生。随后又封姜女为傩坛勾愿神：

站在云端把话论，叫声孟姜你且听，吾神封你上八洞，又被杞良沾了身。吾神封你下八洞，念你贞洁女钗裙。封你夫妻中八洞，勾愿童子鉴愿神。东家有愿你要讨，西家有愿你要行，姜女不到愿不了，姜女一到愿勾消。

这后两句唱词，数百年来成了湘民俗中老幼皆知的傩坛傩谚。

《东君》傩扮骑马者向东方祭祀膜拜，祈求除暴安良的日神降临。大神乘龙舟从东方登坛，表示对楚地傩歌傩舞极大的兴趣。

《迎圣公》沅湘一带傩坛"降神"法事之一折。傩师叩神烧香，诵读"还愿疏文"后，进入"请神"程序（傩歌诵经相间），再以师刀（或铃）和柳巾为道具，歌舞作神降傩坛表演。

吾是东老神圣帝，华光殿上捉妖精。圣公明乐职职春，单木灵山见世尊。千匹绫罗万匹绢，锦上添花色色新。若问圣公生年月，癸卯年间腊月生。若问老人年多少，九捆八万七千春。到坛领纳还愿酒，两湖昌宝舍财门。

以上《迎圣公》唱词，明显可见是说的傩公伏羲。《尚书大传·鸿范》曰："东方之极，自竭石东至日出梓木之野，帝太昊、神句芒司之。"又，《楚辞·大招》云："伏羲《驾辩》，楚《劳商》只。"王逸注言，伏羲作瑟，造《驾辩》之曲，楚人因之，作《劳商》之歌。故《东君》有"羌声色兮娱乐人，观者兮忘归"句。

《山鬼》是一出民俗情趣颇浓的傩坛正戏。傩扮山魈，戴似笑非笑的面具，身披树皮阔叶，作挑逗诱人的歌舞。

《开山》"山鬼"即"夔"，即"山魈"。杜甫《柯南夕望》诗云："山鬼迷春竹，湘娥倚暮花，湖南清绝地，万古一长嗟。"方志称："楚俗多奉娘娘庙，有天霄、云霄、洞霄诸号，即山魈之讹也"。（清道光《宝庆府志》）

沅水上游的泸溪县有其貌"既含睇兮又宜笑"的山魈面具。由于山魈居深山密林，故民俗又将其演化为"开山神"和"梅山神"。

由于民族文化的融合及民间神话传说的影响，湘北沅澧一带汉族、土家族傩师又将其宗祖盘古神与开山神融为一体，演绎成一出凡傩祭必演的傩坛正戏《打开山》（亦称《搬开山》）。

《礼魂》是屈原对沅湘傩祭祀中最后一幕场面的生动描述："成礼兮会鼓，传芭兮代舞。"展示了众巫觋轻歌曼舞美妙的姿容，赞颂了神与人万世长存。

《去标》（亦称《送神》）是沅水傩坛最后一堂法事。沅陵县七甲坪乡傩坛此堂法事亦是群傩场面。是时，掌坛师身穿法衣，手执牛角，向神案上的傩公傩娘祷告诵唱，感谢神灵。俄顷，锣鼓大作，牛角长鸣，傩将傩母木偶半身像绑于长竹竿之顶，在众傩的簇拥下，从坛外奔向坛场。十个傩师、掌坛师手执白旗，一傩执红旗，一傩舞柳巾，一傩舞师刀，余六个徒手，众环绕傩母偶像疯狂作舞。台下主东家鞭炮轰鸣，较长时间的歌舞后，傩母偶像倒下拆开，复又放置在神案上，众傩又对神祝颂一番，送神完毕。

综前所述，沅湘傩文化具有历史现实的延续性，宗教民俗的兼容性，娱神娱人双重性，表现形式的可剧唱性等多种属性。作为一种色彩鲜明的沅湘傩艺术，其歌舞戏曲（包括部分法事）又具有神灵人格化，内容情感化，形式多样化等特点。

两千多年来，沅湘傩文化如同长年不息的涓涓细流，默默无声地在山林湖野间流淌。在傩坛神灵面具的背后，虚渺的许诺，遥远的祝福，原始粗犷的歌舞剧，带给无奈的人们一丝慰藉与满足。在新的时代里，愿它有益于人民的文化艺术，如屈原《九歌》所言：

春兰兮秋菊，长无绝兮终古！

本文摘选自湖南省艺术研究所主编的《沅湘傩文化之旅》，时代文艺出版社，2000年4月第一版，有改动。

胡健国（1941—2013），常德人，副研究员，湖南省艺术研究所音乐理论家。1958年入湖南省花鼓戏剧院乐队任演奏员，1960年调湖南省艺术职业学院任音乐教员。1979年调省戏研所从事地方戏曲音乐理论研究，参与编纂《中国戏曲志·湖南卷》。1985年主编《湖南地方剧种志·傩堂戏志》《湖南地方剧种志·常德花鼓戏志》。著有《巫傩与巫术》《常德花鼓戏音乐研究》等。

古庸澧骚流傩风

金克剑

《离骚》诗题破译

《离骚》无疑是屈原的代表作，也是《楚辞》中最重要的一首。全诗共 373 句 2490 字，是中国古代文学作品中最长的抒情诗。它不仅彻底颠覆了《诗经》中定型不变的"短章复沓"形式，而且对抒情主题作了大胆且富于变化而层层深入的表达。全诗气势宏伟，大气磅礴，波澜迭起，气象万千。诗篇中所表现的积极浪漫主义、比兴手法和华实并茂的语言风格及不时出现的"楚风楚语"，让人进入一个充满奇幻色彩、语言琳琅满目、音韵铿锵震耳、节奏舒缓明快的文字艺术殿堂。这是中国乃至世界古代罕见的诗歌模式——骚体，它开创了中国文学史上诗歌创作的新时代，影响千古，传颂不衰。

然而，对《离骚》诗题的解释，一直存在很多歧义，旧说大约可归纳为两类：一是司马迁《史记·屈原列传》说："离骚者，犹离忧也。"班固《离骚赞序》训释说："离，犹遭也。骚，忧也。明已遭忧作辞也。"二说略同，多为后人所宗。二是王逸《楚辞章句离骚经序》说："离，别也。骚，愁也。经，径也。言已放逐离别，中心愁思。犹依道径以风谏君也。"此说释"离骚"为"别愁"，在后世亦很有影响。在近人的解释中，影响较大的亦有两家：一是游国恩认为《离骚》与《大招》中的"劳商"双声通转，"劳商"王逸注为古曲名，则《离骚》亦应古曲名，用于篇名与《九歌》《九辩》相若。而《离骚》之本意，"离骚"即"牢骚"，二字当释为一词，不宜分释（《楚辞概论》）。二是钱钟书说：《离骚》是"欲摆脱忧愁而遁避之"之意，与用作人名的"弃疾""去病"，或用作诗题的"遗愁""送穷"相类（《管锥篇》）。郭沫若对游说极表赞同，认为"的确是一大发明"，并认为"离骚"是楚国的口语。苗史专家隆名骥肯定游氏、郭氏之说"找到了门"。隆先生说："我自幼讲苗语，于今不忘，按湘西、黔东、鄂西等区苗语考究，'离骚'即'要诉'。是'我要诉说……'的省略语。以同类的语言佐证，如'离卜'，即'要说'，一般指平时要说的话。'离骚'要'要诉'，含义较深……纵观全诗的基本内容，正是诉说屈原的生平,表达屈原对崇高政治理想的追求和对邪恶势力的斗争。"①

综上所述,各家之说各有其理,比较而言,隆先生一说似犹胜一筹。但我认为都尚未找到本真的东西。倒是隆先生的另一句话让我眼睛为之一亮,他说:"吉首大学罗其精老师认为'离骚'是苗族的口语,其含义是'诗句'、'歌词',可以说是入门了。"

照罗其精老师的解释,《离骚》就是一首"歌词"的"词牌"。我说,我总算找到了知音!

经我长达20余年的揣摩、思考,一直到近年我彻底破译了屈原故里在古大庸国的澧水岸边——充县潭口——三闾宗坊(屈家坊)之后,经与李书泰先生反复"碰撞",终于悟出了《离骚》的题意:

《离骚》——"澧骚"——"澧水骚歌",亦即"庸风澧骚"。

"离(lí)"、"澧(lǐ)"同音,暗指屈原家门前那条养育他的澧水。"骚":文献上大约有10余种解释,而大庸民间的解释是:"骚"者,锦绣文章也,此言人文之极盛,"不骚国,则诗乡"(《方岳文》);又骚动也,指人之性情躁动于心,热血偾张,不安分也。或云人心充满积极向上,不安于守旧封闭;风骚也,指一代风流,敢爱敢恨,敢在人前展示激情;骚荡也,性情开放,不拒男欢女爱,是真男人,亦真女人;又骚歌也,指大庸土家民间歌谣,尤以情歌最是精彩,桑植民歌已列入国家级非遗名录,其情歌(骚歌)《马桑树儿打灯台》等已由宋祖英、谭盾等唱响欧洲、唱响世界;又"冒骚"也,此为大庸土话,意即此人冒尖过头,有几分邪气、几分张狂,玩世不恭,一切皆无所谓,或许做点出格的事儿来,遭人友善斥责:"你冒骚!"

2007年,张家界市政府委托市规划局和三套车策划工作室作《张家界市城市文化战略规划研究》,其文本第四章《城市文化战略规划目标及实施策略研究》之七《城市人文气质与精神修炼》一文中,提出"关于将'庸城'、'骚城'、'兰城'作为城市之雅号别称",方案二即"骚城":骚城者,诗韵傩风之城也,性情浪漫之城也。

所谓澧骚,亦即巫骚、巫澧,即灵山十巫之一的澧水酒神大巫。据张良皋先生考证:"'灵山十巫'中有一位'巫礼','开明东六巫'中有一位'巫履',清代学人郝懿行本'礼之义履也'为言,认为傩礼即傩履。这应该引起张家界学人的重视。张家界位于澧水流域,是产粮区,粮食一旦丰收,就有余粮酿酒,澧水古代应以酿酒得名'醴水',精于酿酒的大巫一可以升格为酒神:无酒不足以成礼。在傩文化时代,巫礼的地位恐仅次于盐神'巫咸'。张家界的学人要搜集巫礼传闻,具有地缘优势,也有义不容辞的责任,以酿酒为重点的巫礼之学来充实这一带乃至全国的'先五帝巫礼学'。"②

灵山,又名万灵山,是天门昆仑神界的重要神山之一,位于澧水上游桑植县境内赤

① 《苗学探微》民族出版社2005年版,第199页。
② 张良皋:《序李书泰〈庸国荒史研究〉》中国文史出版社2012年12月版。

水与澧水南源之间（即洞庭之野的洞庭水）上洞街乡麦塔溪村，海拔 1005 米（张家界市人民政府编制、湖南省民政厅监制、湖南地图版社 2004 年 2 月版《张家界市行政区划图》）。

另外，在大庸三坪乡有灵岩山，上有灵岩寺，庙门有"灵岩先师"匾额。① 清光绪《永定县乡土志》载："天门十六洞天：山旧名灵岩寺，玲珑透脱，四方皆洞，洞以百类，莫得指名……皆仙天福地也。"始知古庸国有一座万灵山，两座灵岩山，天门山也叫灵岩山，是万灵汇聚的地方。此乃天门昆仑神界之宗。

古大庸国傩风盛行，是"辰州符"的发祥地，"澧骚"说到底就是澧水酒神大巫的祭祠，这些唱词巫歌，充满奇幻色彩，满耳骚荡且又奢华的靡靡之音，叫娱人悦神，远古时代古庸人的巫风之盛可见一斑。

谁都不会忌讳屈原作为三闾大夫，除掌楚贵族三大公族的教育与修编族谱外，就是掌国祀：祭祖、祭神、祭天、祭地、祭亡人，是注家们公认的第一等大巫师。张正明《屈原二论》："屈原之所学，广涉诸家，深悉国史，而尤精于巫学。"日本学者白静川《中国神话》："楚辞是古代南方长江流域楚地的祭祀歌谣，在形式上是傩祝者的文学……作者屈原是王族之一，应该也就是率领巫祝的人，其作品即产生于这些巫祝之间。"我认为，其"楚辞即祭祀歌谣"的结论算是抓到楚辞的本质了。

范文澜在《中国通史》（第 262 页）说："楚国的传统文化是巫文化，民间盛行巫风，祭祀鬼神必用巫歌。"又说："《辞源》（第 529 页）说："舜以天下让善卷，善卷不从，离京回武陵，隐居二酉洞。善卷是舜的老师。是中国圣师之祖，原始宗教——巫教的创始人。而傩文化之源是盘古文化。"

范文澜指出："炎黄族掌文化人叫作巫。"我认为范文澜大师把屈原《离骚》的文化前景讲到家了。善卷是崇山人，盘古是崇山的近邻。屈原和他们都是老乡。屈原无疑是"掌文化人"的大巫。他的诗辞，大半题材都与巫事有关。

值得一提的是，大庸本土傩戏唱本体系中，屈原已被纳入地方神灵，比如大庸罗水乡傩坛的《神路正》唱道：

五帝天阳父母。东方青帝，天阳父母；南方赤帝，天阳父母……中央黄帝，天阳父母……朝天观（昆仑峰武陵源），祖师玄天，人威上帝；天门山、天泉山（今天泉山国家森林公园），观音祖师；云朝山、云岩山（均在罗水乡），万法教主……马岭仙山（在大坪，天门山西南，一名马鬃岭），三闾大夫（屈原）、黑神云露都督大夫（颛顼，被称为黑神）……桑（植）、永（定）二县，各庙安堂。二十四位，诸天上帝，再运真香，虔诚奉请（1943 年甲申）。

---

① 《湖南省大庸县地名录》1982 年版第 19 页。

屈原、颛顼两代巨人进入大庸傩坛神谱，绝不是偶然的事，这是大庸人民与屈原的那份"骨血"之亲在"集体无意识"中的自然表现。大庸人自古莫名其妙地把屈原看作是"本地人"，死后进入地方神谱好像是很自然的事，用不着大惊小怪的。另外，大庸佛教《堂祭词.开方朝·大圣叹无常菩萨》也不忘把屈原唱上一句：

周秦汉魏鲁明王，晋宋齐梁在哪邦？荆棘丛中藏五帝，蓬蒿苇下隐三皇。屈原因甚投江死，介子（介子推）为何抱树亡。堪叹古今贤达士，人人终不免无常（大庸道教法士李太盛·体道真靖神妙雷坛·沅古坪龚慧海提供）。

上述两证，可证屈原原本就属于古代大庸傩坛大巫祖，与当今大庸傩坛乃一脉相传。

且看罗水乡傩坛《请神科》唱词中到底请了哪些神灵：

一望灵合，双双水木三神，四界功曹，五通五显，六位朝王，天上七姊妹娘娘，八洞鬼王，梅山九洞，十坛子弟，十一灵官，十二月王。傩家哥哥，傩家嫂嫂，三千美女，八百姣娥……澧州姜女，华州范郎……（1943年甲申手抄本）

这"三千美女，八百姣娥"是干什么的？

不用问，都是献给各路神灵享用的。故人们戏谑地说，神仙也爱色，且决不逊于人间。屈原在诸多祭祠中涉及情色，本来与傩事有关，却被一些注家误解，还以为诗人思想意识不纯粹。湖南著名傩文化学者林河先生说过："我必须指出的是：'傩文化'是一种'原生文化'和'野性文化'。我们研究它的时候，必须保持它的原生状态，切忌用封建文化的眼光去定取舍。'原生文化'往往是与'性文化''生殖崇拜''裸体祭祀'等紧密结合在一起的。在汉唐以前，中国人的观念还比较开放，在出土文物中，我们往往可以发现有汉代的'石祖'（石头做的男性生殖器），'陶祖''铜祖''男女裸体跳舞俑''铅制女巫在神殿中裸体演奏模型''男女在神树下性交图'等文物。"①

在屈原故乡的西部，即今张家界西城区，有个叫"且柱岗"的古地名，这个"且柱"（今人讹写成"住"），就是古庸人的"祖柱"，相传古代此处有一天然石柱，高数丈，酷似男根，故被远古人类尊为"石祖"，代代奉祀。明初杨璟镇压覃垕起义，为"灭南蛮族种"，竟下令将此石柱炸毁，但地名符号却顽强地流传下来了。类似这样的性图腾，至今还有溇江的阴门山和男斗石，三岔乡的男根柱和阴门水。

---

① 载《辰州傩歌》序，刘冰清、王文明、金承乾编著，中国文史出版社2006年版，第5页。

在研究屈原出身、生平的漫长岁月中,注家们一直没有从诗作本身发现他的故乡的蛛丝马迹。唯一的线索就是《离骚》的开篇8句诗,8句诗告诉人们4个信息:①关于他的先祖、他的父亲;②关于他降生的年月日时;③关于父亲给他取名的思想寄托;④关于他的名和他的字。

从古到今,在某首诗作中交待自己的先祖父亲和生庚八字的先例全中国可能只有一个,也是最后一个。读者们对此估摸不透:又不是写自传,干吗在诗篇前面要"自报家门"呢?

关于这个疑点,我悟了近10年,直到本书最后冲刺第九章时,一个"澧骚"的概念让我豁然开启思想之门:"澧骚"其实就是一部经过升华提炼的傩戏唱本,亦即日本人白静川所说"楚辞即祭祀歌谣",是屈原作为人神使者——大巫师向各路神灵"自报家门",以便能顺利通关与上天沟通。

此念头一出,便立即查找相关资料,在一册标题为"湖南地方文史丛书"的《辰州傩戏》中,一出叫《搬开山》的傩戏,上场便是"自报家门":

开山(上)[念白]自从盘古天地分,三皇五帝正乾坤。七岁入了桃源洞,洞府修炼已成真。吾乃开山大将是也,祖住蒲州卧龙岗,父名开国泰,所生兄弟三人。大哥名魁星,二哥名夜叉,只有我老三来在仙洞修炼。生得好,生得好,板斧怀中抱,劈开金银山,尽是财和宝。适才坐在洞中,心血潮涌,心有喜事临门。[1]

这与屈原《离骚》的"自报家门"如出一辙!这使我坚定了我对"澧骚"的判断。在那个时代,作为傩歌傩音,就不可能拒绝"骚"。《吕氏春秋·侈乐篇》对此有十分精辟的评价:"宋之衰也,作为千钟;齐之衰也,作为大吕;楚之衰也,作为傩音。"所谓傩音,即傩的乐舞,亦即刘禹锡所说的"南音"——"澧骚"。"傩音"登上大雅之堂便造成楚国衰败。其实这是偏见,但可证澧水流域傩风之盛是不可否认的,这便是"澧骚"产生的深厚社会基础。

从"澧骚"到"招魂""大招",27篇诗辞无处不感受一种古老的傩音在撞击这个世界。诗中的灵山十巫不断交替出现。比如《招魂》词,就有巫阳(经考为阳山大傩颛顼)。一方面,极力描述天地四方的险恶恐怖,警告亡魂不要上天,不要入地,不要淹留四方,而要尽快返回故居;另一方面,百般地铺叙宫室苑囿之富丽堂皇,饮食乐舞之美盛,车马服饰之华奢,劝告亡魂归来安享人间洪福。关于乐舞美盛的情况,诗人写道:"肴羞未通,女乐罗些。陈钟按鼓,造新歌些。涉江采菱,发扬荷些。"意思是:美味的荤素菜肴没有上齐以前,女子歌舞队便列队进行表演。设置钟鼓敲击伴奏,表演新

---

① 张松龄手抄本。载《辰州傩戏》,中国文史出版社2007年版,第175页。

创作的音乐歌曲。演唱的歌曲既有《涉江》《采菱》，也有序歌《扬荷》。这种傩音之奢华、傩舞之排场、傩宴之侈靡，尽由艳丽女色去表演去陈设去陪享。由此可见，澧水巫风即骚风绝对是有其深远背景的。

在屈原诗中，关于"澧水""澧浦"的描述诗句远远超过"沅湘"，而汉后注家又往往以"沅湘间"三字掩盖了"澧"，故"澧"几乎不入注家眼球，这实在是一大误区。

笔者发现《离骚》即"澧骚"的同时，几乎是毫不犹豫地冠上"庸风澧骚"的概念。

长期以来，读者多为《诗经》有"庸风"而无"楚风"感到不可理喻。一些注家对此亦两眼茫然。其根源是不清楚庸为楚之母国、之宗国，楚为庸之子国的大背景。感谢孔夫子在大块删书删诗的危机关头，还很负责任地为历史保留了一个极其重要的符号——"庸"，并不以大楚之兴而篡改而掩盖而抛弃他们的宗国——大庸。孔夫子曾深入大庸国采风，上过天门，登过崇山，与慈利白县长官白公胜过从甚密，结为至交。令人意外的是：《中外历史年表》这样记载两个巨人的死亡日期：

前479年壬戌，周敬王四十一年，四月，己丑，孔丘卒。七月，楚白公胜作乱，杀令尹子西与子期于朝。叶公子高帅国人攻白公胜，白公胜自缢死。

这叫不在同年同月同日生，却在同年同月同日死。

历史的真相是：孔子真死了，而白公胜却以假死脱逃，破相毁容，隐居天门鬼谷洞（实际鬼谷洞，即今老道湾雪花洞）。后来，一个大名鼎鼎的大谋略家鬼谷子便突然出现在战国乱史之中。此人真身就是孔子的密友——白公胜。

孔子以"庸风"入经而不列"楚风"，是孔子发现了南方半个中国空白的秘密：楚出大庸，庸楚一家，"庸风"即"楚风"，楚风是庸风的延续与发展。《桑中》就有"庸"的信息："云谁之思？美孟庸矣。期我乎桑中，要我乎上宫，送我乎淇之上矣。"

"桑中"在何处？在今张家界市的桑植县（又作桑梓），那里正是万灵山的故乡，是《山海经》所载澧水源头"帝女之桑"的故乡，是古史所载的"桑濮"之地。孟庸，楚人称"优孟"，美男子。"优孟八尺，多辩，尝以谈笑讽谏。"（《诸宫旧事译注》）据传，孟庸出生于今永定城区孟家坪（且住岗），是古庸国"大庸阳戏"的一代传人、大戏剧家，故称"优孟"。艺人能入诗经，肯定是孔子在大庸采风时亲耳听唱的。

而《定之方中》则留下"楚"的信息：

定之方中，作于楚宫。揆之以日，作于楚室……升彼虚矣，以望楚矣。望楚与堂，景山与京，降观于桑。

在"庸风"中写楚宫、楚室、望楚，原来"楚"与"桑"有割不断的联系，恰是庸楚同源的佐证。

庸风,应该是大庸古国各族民间创作的歌谣,而这些歌谣,除少量的政治、叙事史诗、生产劳动生活歌之外,其主体部分仍然是"骚风"——即情歌。民间骚歌与傩骚本质上是一致的,是"澧骚"的另一种版本,只是表达方式不一样。不可否认,屈原的"澧骚"也不只止于"傩骚",它同样融入了庸风中的骚歌样式和内容。故"庸风"与"澧骚"同源同根,一脉相承,不可分割。这里,引唐代释皎然《澧州志》中的《五言答苏州韦应物郎中》诗:

> 诗教殆论缺,庸音互相倾。
>
> 忽观风骚韵,会我夙夕情。

诗中"庸音",并非"庸俗之音",而指澧水流域的"庸风楚音";"风骚韵",当指屈原独创的"澧风骚韵"。唐人将"庸音骚韵"置于一首诗中,并以一个"情"字作结,用意已显而易见。这也是笔者认定"庸音骚韵"即"澧骚"的核心证词之一。

这里,我援引大庸清光绪《屈氏族谱》(序十六)一句话:始叹楚无风而《离骚》可以补;楚之风骚,非谱可以补充楚风之缺,这《离骚》就是补缺的"楚风之骚"。

我认为这位先生一语中的。

比"精之风骚"与释皎然说的"庸音风骚韵"是同一个概念,简言之,《离骚》即"傩澧之骚"——"澧骚"。

我想到梁启超先生对屈原所作的一句评语:"屈子盖天下古今惟一之'情死者'也。"

《离骚》部分诗句解析

1. 女嬃:屈原的女儿

女嬃①之婵媛②兮,申申③其詈予。

[注释]

①女嬃:对女嬃此人的解释,一直没有定论。有人解为"楚之女傩名"。汉代王逸说:"女嬃,屈原姊也。"《说文》[女部]:"嬃,女字也,从女须声。《楚辞》曰:'女嬃之婵媛。贾侍中说,楚人谓姊为嬃。'"此说影响很大,女嬃从此成了屈原姊。明代李陈玉说:"从来诠者引女嬃为屈原姊,不知何所根据,盖起于袁山崧之误。袁山崧因夔州秭归县有屈原旧田宅在遂谓秭归以屈原姊得名,不知秭归之地,志称归乡,原归子国。舜典乐官夔封于此,故郡名曰夔州。《乐》纬曰,昔归典叶声律。然则归即夔,后人乃读

为归来之归。宋忠曰,归即夔,归乡盖夔乡矣。郦道元好奇而不能辨,遂两志之《水经注》,故世互相沿习。"李陈玉以不可动摇的论据,彻底否定了屈原故里秭归之谬。但又说:"按天上有婺女星,主管布帛嫁娶。人间使女谓之婺,婺者,有急则婺之谓。故曰《易》曰'归妹以娣,反归以娣。言婺乃贱女……屈原所云女婺,明是从上美人生端,女婺乃美人使唤下辈,见美人迟暮,辄亦无端诟厉。"把女婺说成"应召女郎""贱女""迟暮美人"在情人眼前"无端诟厉",就有些背离文意了。此说影响很坏,明汪瑗也认为"婺者,贱妾之称,以比党人也"。女婺成了奸党一类的坏女人了。《尔雅》《天管书》等亦认为"女婺为贱女"。对此,明代张凤翼提出异议,他说:"恐婺者女人通称,未必原姊,不过如室人交遍责我之谓耳。"清代张云璈也说:"是妹也可称妻。则知婺乃女之通称,不必专属姊妹。"二张说"婺"是"女之通称",比较近是。笔者表示认同。如果是"女傀""贱女""荡妇""应召女郎(妓女)"——汪瑗认为"婵媛……亦可以为妖娆邪淫之称";李陈玉说"婵媛,卖弄之态也";陈远新则说:"婵媛,侍女态"等。那么,这位教训、批评屈原的女婺就是一位不三不四的坏女人了。这不仅不合屈诗之本义,还有丑化嘲弄屈原之嫌。

笔者得到两份证词,发现了两种"女婺"之说,值得注意。

一为屈原姊屈婺说。出自安徽东至县龙泉镇黄荆村屈家组的光绪二十七年(1901)《荆桥临海屈氏族谱》载明屈原有姊名婺,屈原沉汨罗,"婺闻亟归,视之,后人名其地曰姊归"。并载明屈原有三子:"长孟师谥文化,次仲虞谥武安,三季敏谥孝师。"(抄自《屈原后裔寻访记》第86页)

照此说,此之"婺",当是屈诗中的那个"女婺"了。不过,这段文字显然有疏漏之处:屈婺听到屈原沉汨罗消息之后"亟(急迫地)归",回到哪里呢?是回汨罗?回秭归乐平里?还是回到另一个家乡?这"另一个"的"姊归"的家乡只有充县(大庸)潭口故里,《太平御览》记有"归乡岸"和"姊归岸"。但谁也不敢瞎猜。此族谱执笔人似乎很为难,既不想承认乐平里那个"秭归"县,又不知道天底下还有个真"姊归"的潭口,故只能用模糊概念。不过,《太平御览》所载是"原有姊,闻原还,亦来归,贵其矫世,乡人又名其北岸曰'姊归岸'",其前提是"闻原还"而不是"闻原死"。也没有提到姊就是女婺。说明回潭口故里的那个"姊",与女婺无关。

二为屈原女儿小婺说,此前,大庸永定屈家坊(三闾宗坊)两位修谱发起人屈楚福(时年65岁)和屈楚子(一名屈祖福,时年85岁),提交了两本《屈氏族谱》修编打印初稿本和一份关于三闾宗坊的证言,内有这一信息:屈原约在17岁时,与当地名门望族大美女昭碧霞结婚,是为元配。

由此得知小婺为屈原之女,屈原诗"女婺之婵媛兮",很可能就是"女儿小婺"之谓。屈髯公曾为此作过考证,认为与天门山大鼋化石有关,而大鼋在天上星宿中位于婺女星与危十六星之间,为纪念远祖黄帝,屈原将爱女取名小婺。我认为这种说法合情合理。因为出典就在故乡天门山的大鼋,与黄帝与天门山的史证自然对接。前面李陈玉也注意到"天上有婴女星",但又把婴女解为人间使女、"应召女郎""贱女",不知根据何来。

"小婴",借用了天上的婴女星是可以肯定的,而在她的家乡,其实就是一个小女孩的通用称号。或说是对女孩的昵称,一如"平平",就是屈原对儿子昵称的典型表达。说明屈原对一双儿女的疼爱。从一双儿女两个很平常的名字分析,可以窥见屈原心中极隐秘的一面:他可能发现了宫廷中的阴谋与斗争,对官场的险恶已有领教。他并不希望儿女将来能有多大作为,做一个普普通通的人、过平平安安的日子,或许比什么都珍贵。

②婵媛:由于对女婴的认知各有不同,故对关联句"婵媛"的解释也就很难公允。金开诚等引近人闻一多的观点:"案说文口部曰:'弹,喘息也'。欠部曰:'颤,口气引也'。弹喘颤并字异而义同。口气引之义,与王(逸)训婵媛为牵引者尤合,是婵媛即喘也。盖疾言之曰喘,缓言之则曰婵媛。喘者气出入频数,有以牵引,故王逸以牵引训之。"《湘君》"女婵媛兮为余太息",《哀郢》"心婵媛而伤怀兮",此哀而婵媛也。《悲回风》"忽倾寤以婵媛",即惊而婵媛也。本属"婵媛",应是愤急而喘息的样子。笔者表示认同。

③申申:重复地,再三再四地说。詈(音利):骂。指责。予:我。王逸说:"言女婴见己施行不与众合,以见放流,故来牵引数怒,重署骂我也。"宋代洪兴祖说:"观女婴之意,盖欲原为宁武子之愚,不欲为史鱼之直耳,非责其不能为上官、椒、兰也;而王逸谓女婴骂原以不与众合,不承君意,误矣。"明代周圣楷说:"女婴戒之以玄,欲其怨身事君,自是骨肉至情,岂有他意?且原满肚不平,乍歌乍泣,入耳皆成拂乱,亦非真怨其姊不察而署予也。"金开诚等认为各种解释,实际上大都发生于诸家对"女婴"的不同理解,皆以为"女婴"真是屈原之姊,并不确切;但都在不同程度上说明"女婴"的责劝是出于对屈原遭遇的真诚关心,只是她对屈原并不了解。这种评价是中肯的。

笔者以为此之"女婴"很可能就是屈原的"女儿小婴"。小婴此时或已长大成人,或说已经出嫁。作为爱女,敢在父亲跟前以急愤之语指责甚至责骂,是十分正常的现象。以笔者自身经历而言,就曾因办了一些"蠢事"而几次遭女儿"责骂"。面对爱女的"责骂",为父的只有因惭愧而无地自容的份,并不觉得晚辈之举有什么不合伦理人情的。这种经历,多数长辈恐都经历过。以为敢在屈原面前"责骂"的女人,必是长辈或年长一些的老娘、姐姐,甚至说成是另一类与屈原有染的放荡女人在打情骂俏,这些臆测怕就是"度君子之腹"了。

值得注意的是:《太平御览》所载"原有姊,闻原还,亦来归",并没有说其姊就是"女婴",而潭口故乡屈氏所传"小婴"乃为屈原的女儿,我以为决非巧合,这很可能就是两千年未破的真相。

2. 重华(舜)崇山留足迹

济沅湘以南征①兮,就重华而陈词②。

[注释]

①济:渡。沅湘:沅水、湘水。均在湖南。征:行。

②就:趋,投向。重华:《史记·五帝本纪》:"虞舜者,名曰重华。"但从五代邱光庭提出异议后,便引起争论。洪兴祖认为重华非名,号也。但到底是名是号,仍难确考,不过司马迁认为舜即重华的观点已被众人接受。关于屈原为何要向重华"陈词"(陈述申诉之词),明·李陈玉认为此举是对"女媭"的回答:"尔以予为鲧,即质之于舜!"钱澄之也说:"姊所言贬鲧,舜也,试济沅湘,就重华而叩之,鲧以娃直见诛,岂'优清白而死直者,亦在所诛乎?"蒋骥说:"因女媭之言而自疑,故就前圣以正之。又以鲧为舜所贬,而九嶷于楚为近,故正之于舜也。"金开诚等认为,"屈原此时尚未被放逐,且'济沅湘,就重华'云云,都是诗人的想象,未可指为实事"。

笔者对上述所言盖因出于对女媭回答,表示认同,不过,对金氏之论不敢苟同,我坚定地认为,《离骚》应该是放逐后的作品。司马迁说:"屈原放逐,乃赋《离骚》。"绝非轻率之言。

那么,屈原为何要向葬于苍梧九疑的重华陈词呢?

我以为问题并不那么简单。据我初步考证,发现舜与崇山关系极密,甚至怀疑他可能就是崇山脚下的人。

《史记》说:"舜,冀州人也。舜耕历山,渔雷泽,陶河滨,作什器于寿丘。"此话一说出生于冀州,我们暂且不论;二说在有历山、雷泽、河滨陶窑和寿丘的地方居住、劳动和生活过。这四个地名符号是判别舜曾在冀州之外的某地曾度过漫长时光的证据链。缺一不行。我敢说在中国任何一地(包括冀州),绝对找不出这排列于一个地方的四个地名符号来。但我告诉诸位读者:在崇山北麓枫香岗乡就有历山、雷泽、澧水之滨还有个古陶窑。《大庸县志》(三联书店 1995 年版第 55 页行政区划)载:"安福县之附近永定卫城及大庸所(附都区分拨):'前社坪(即前社溪,十都二区)……雷泽坪(十二都)……"证明此地雷泽至少在明代就已列入地方行政区划。枫香岗澧水岸四坪村有座距今约 8000 年的古陶窑遗址,其侧有碑云:

永定区文物保护单位

龙王庙窑址

永定区人民政府

一九八九年十一月九日公布

大庸市永定区人民政府

一九九九年十月二十二日立

保护范围(背面)

窑址区长7米,宽3米

古陶窑的南侧濒临澧水,正合"陶河滨"之说。

关于历山,古庸地有二,一在桑植,即《卫志》"武陵郡充县西有历山,澧水所出。"二在大庸溪(今枫香岗乡)。《一统志》载:"历山在大庸所东北。石峰高耸,下临河流,旁阜有石室,下有花石(按:即《穆天子传》所记,'采石'),沿河数里,茎叶如莲。旁有桃花洞,洞口多桃花。"此历山(乡人叫"大历山")古代是这一带的大域名,山上平旷,宜居宜耕;山下平原,鱼米之乡。不仅是古人初始定居之所,还是祝融初建大庸国之地。大庸国初都四方城,今名四坪村。《永定县乡土志》云:"西乡十三都区地:大庸坪三区……四坪二区……大庸所前坪二区……"此方城正在历山南麓与古陶窑之间的四坪。中华远古四方城的原创地就在这里!清顺治十六年贡生、《慈利县志》总纂朱国挺作《天门山》其二:

> 忽见方城云外关,客星度处自天还。
>
> 岚生翠绿长空碧,霞落绀堆半壁斓。
>
> 浩劫陵离留炼石,须弥块磊聚鞭山。
>
> 祝融涌日穷幽胜,徒久诗易夺此间。

诗人站在天门山顶远观山下景致,一是西部大庸坪上的方城。其时方城已毁于战乱,仅留城外古道和断垣残壁,明清时期已辟为耕田,四方城变成四方田、四坪村。二是北瞰澧水岸边的独子岩,相传是共工怒触不周之山,女娲炼石补天,剩下一它巨石(其石高约15米,宽约25米),留在澧水岸。三是北眺昆仑峰(今武陵源,与天门遥遥相对,晴天双双可见对观)中由昆仑石垒起的一座状如铁鞭似的山峰。如金鞭岩即此。须弥,昆仑之别称。印度称昆仑为须眉。四是东南看到潭口,那里是屈原的故里,是太阳升起的地方,故叫"祝融涌日"。

而《史记》所说"寿丘"就在崇山东与天门山西交界处的仙人溪。笔者在前数章中以大量典籍文字破译了南方不死国、不死之野、寿丘、长寿国就是仙人溪。此寿丘距枫香岗雷泽坪、大历山、古陶窑直线距离不过5公里。四坪村一组有一丘人类创世古田——"长谷庸",被称作古庸人的"祖田"。就在四坪北侧大历山,从西往东,分布4座远古人类聚落——巫山古人寨、寨子垴、苗寨子、古人寨。前述"法雨来玉泉、宗风仰高庸"的玉泉寺就在四方城遗址的正北门外。这些远古文化信息,与舜居住过、劳动过的四大地名符号对接,证明舜在崇山之下耕耘制陶捕鱼制什物不是孤立存在。联想到司马相如"余欲往乎南矣(裔),历唐尧于崇山兮,经虞舜于九疑";苏轼"尧在崇山舜九疑"。这个"舜"为何与崇山有解不开的"结"?难道只是为了诗句的对应需要而写?

笔者认为:舜为南方崇山人已呼之欲出!舜出"冀州"是汉后中原主流文化的解释。4300年前,河北没有种植水稻的证据,不存在陶河滨、渔雷泽的故事。

舜如果出生在河北,又为何万里迢迢跑到崇山之下捕鱼、制陶、种水稻,还到仙人溪寿丘制作"什器"(泛指家庭日常应用的衣物及其他零碎用品)?只有几种解释:要么出生于斯;要么长大于斯;要么晚年思乡回归于斯,过几年田园日子。这种晚年思归的事,黄帝就曾产生过,《云笈七签》卷一百云:

(黄)帝欲弃天下曰:吾闻有宥(yòu)天下,不闻理天下。我劳天下久矣,将息驾于玄圃,以返吾真矣。(按:玄圃即县圃,又作玉圃,《穆天子传》所载县圃即指春山[崇山])

黄帝晚年思乡,欲返璞归真的传闻,符朗也有记载:"黄帝谓其友无为子曰:'我劳天下矣,疲于形役,请息驾于玄圃(按:玄圃即崇山),子直代之。'无为子曰:'焉能弃我之逸而为君之劳哉?乃攀龙而俱去。"

由此,我们突然悟出屈原在诗中多处描写重华(舜),原来这个舜就是他故乡的伟人:

济沅湘以南征兮,就重华而陈词(《离骚》)
尧舜之抗行兮,瞭杳杳而薄天。(《涉江》)
吾与重华游兮之圃。(《涉江》)

《续博物志》卷六载:"黄帝产昌意,昌意产高阳,是为颛顼。昌意,元嚣弟,黄帝次子也。颛顼产穷蝉,穷蝉产敬康,敬康产勾芒,勾芒产轿牛,轿牛产声叟,鼓叟产重华。"

由此看来,舜还是颛顼的第六代孙。这无疑是个好消息,颛顼是南方崇山人,居澧水高阳村(今桑植芙蓉桥乡),其六代孙重华(舜)居雷泽(今枫香岗乡),就是顺理了。《山海经·大荒南经》说:"大荒之中……澧水出焉……有不死之国(按:指寿丘仙人溪）……有载民之国,帝舜生无淫。降载处,是谓巫载民。巫载民……不绩不经,服也;不稼不穑,食也。"照此说,舜在澧水边还生了一个儿子"无淫"。据考"巫载民"就是沅陵大庸一带以扶乩(音击)占卜赛神为业的卜(濮)人,传到印度译成"吉普赛人"(乩卜赛人)。

是说舜的儿子无淫成了卜人大傩。

上述连环证词,锁定舜就是崇山籍人,老屋就在枫香岗,且有后人遗传于沅澧流域,是土家族(濮人)的一支。屈原有疑难向舜陈词,说明他不忘自己的先祖,正是一些注家不可理喻的秘密之所在,也正是舜死后归葬崇山的重要理由之一。

3.茹澧:屈原故乡的母亲河

揽茹蕙以掩涕兮,沾余襟之浪浪。

郭沫若解:"我提起柔软的花环揩雪眼泪,我的眼泪滚滚地沾湿了衣裳。"[1]
时代文艺出版社《楚辞》(无注者)的译文是:"拿着柔软蕙草揩抹眼泪。"
……
吴广平校注《楚辞》图文本:"茹蕙:柔软的蕙草。"周殿富《楚辞魂》:"举起柔软清香的蕙草。"
金开诚等《屈原集校注》:"茹蕙:柔软的蕙草。"
上述解释基本上把"茹"作"柔软"解了。查其依据,又基本沿袭王逸之说:"茹,柔软也。"王则出自《广雅释古》:"茹,柔也。"《诗·大雅·蒸民》:"柔则茹之。"清徐文靖认为"茹无柔软之训。"但又提出"拔茅连茹"说。算是摸到边了,但仍不明就里。王弼亦有同感:"茹,相牵引貌。"程《传》亦作附和:"茹,根之相连者。"故"茹蕙,谓以连根之蕙而拭涕,连根则蕙多,乃之以之拭涕,而涕尤多,故复沾衣襟而浪浪也"。

笔者认为上述众说都是学究书斋之言,并没有识透茹蕙为何物。查民国版《辞源》载,茹:①食也,《孟子》舜之饭糗粮茹草也。②菜之总称。(茹芦)草名,《诗》茹芦在反。即茜草。另说茹可食,不仅是一道名菜,还是"吃"的另一解法,足见此茹了得。我以为"茹芦"是一条重要线索。所谓芦,即芦苇。说明茹芦必与芦苇有关,但与"茜草"无涉。

笔者生在大庸山区,从小与此物有缘。

茹,原本是一种形似芦苇、芭茅的禾本植物,丛生于澧水流域大小溪岸、农家稻田之侧。生性很"贱",无须施肥经管。其叶如芦苇,高过人头,叶扁长且尖,叶边如刀,刀上有密集锯齿,常致伤手脸。左邻右舍,家家不可或缺。拔出根部,剥叶青白如笋,

---

[1] 郭沫若:《屈原赋今译》,人民文学出版社 1953 年版,第 105 页。

俗名芦笋、冬笋，脆而香，有甜味。曾经乡里芦笋全被我辈孩童拔光吃光，却不致绝种，过一二月，又有新叶长出。笔者在本书前章提出"豆作文化"之论，以为是人类次于渔猎文化、早于稻作文化之间的采集文明阶段，却不知更早于渔猎及豆作文明的应是"芦笋"——"茹笋"文明。山里老鼠打洞啃食芭茅根，得名"芭茅鼠"，而人类则剥食茹笋之根以度日。故古称"茹"作"吃"，"茹毛饮血"者是也。所谓"拔茅连茹"无错，但万万不可用以"拭涕"，否则，只怕要拭出一脸的血水来。

屈子所说"茹蕙"，实际上是两个词，即茹水岸边的蕙草。《水经注》载："澧水又东，茹水注之，水出龙茹山，水色清澈，漏石分沙，庄辛说楚襄王，所谓饮茹溪之流者也。茹水东注澧立。"此之茹水、茹溪之"茹"，盖因"茹芦"而来。茹而芦，芦而茅，便有茅溪、茅岗、茅坪、茅山、茅岩河、茅土关、苞茅山等古地名之演绎。又因温水得"温茹"，茹水得茹国。而"蕙"，则是盛开澧岸溪谷的蕙草，即佩兰、蕙兰，亦名薰草、零陵香（零陵指慈利。《太平御览》引《荆州图记》云："相传昔有充县左尉与零陵尉共论疆界，因相伤害，化为此石，即以为二县界。"此零陵即慈利县，后改零阳，今有零溪河、零溪镇。足证慈利多蕙，故名）为澧水流域著名香草，屈子"沅有芷兮澧有兰"，此其一也。《直隶澧州志·风俗》云："三月。三日，携酒榼（kē 音克，酒具）游水滨，偕伴侣采兰蕙为佩，谓之踏青令后。"

关于茹水之茹，《毛传》曰："茹，顺也。"于双声假借也。又假借为如也，然也，乃也，汝也，又兼及之词。《说文解字注》中有那汝又可假借茹了。又茹水作弱水、若水。关于大庸茹水，旧有两说。《永定县乡土志》载："又西北有龙茹山，茹水出焉。东流过苦竹河入于澧，是名茹澧。"又载："西滨茹澧，凡一百里。"《桑植县志》（2000 年版）载："苦竹河，是澧水上游流入永定界境的一段，乃桑邑之咽喉（清同治《桑植县志》）。上接赤溪河古渡，下连茅岩河。"照此说，苦竹河便是茹水的源头了。然清同治《永定县志》另有一说："澧水……江源出历山，极西龙茹山，有茹水入于澧，东流至武水口，左得温塘水，右得大庸水……《一统志》：历山（又名巫山）在大庸所东北，石峰高耸，下临河流，旁阜有石室（即玉皇洞、巫山峰泉洞石窟），下有花石（按：指武溪花岩）。"由此查寻，此茹水当为出于三家馆乡漩水林区的漩水，自周家河注澧。《永定县乡土志》载："按《战国策·庄辛说庄襄王》中云：'南游乎高陂，北陵乎巫山，饮茹溪流。《注》茹饮马也。'《正义》曰：后饭茹溪之蔬。《注》云：茹溪，巫山之溪。"此巫山即指枫香岗玉皇洞之大历山，又名巫山，东起历山，西北至茅岗，此南国之大巫山也。自茅岩以下至龙盘岗，则为古巫峡，长约 50 公里。龙盘岗即所谓龙茹山。笔者从此说。

据何光岳考证，茹水一带有古茹国，当系大庸国之附庸国。待考。茹水上自漩水，下止潭口，为九澧之一的"茹澧"，全长约 50 公里，故号称"百里茹澧"。《永定县乡土志》云："考茹水出龙茹山，其流量较大……则澧水在永定宜定称为茹澧，以别他水。"

屈原家居潭口，正是茹澧之头，自殖胎母腹，便饮茹澧而孕，饮茹澧而生，饮茹澧而长,尔后又漂茹澧而入楚,逆茹澧而归乡。数十年政坛博弈,赴汤蹈火,忧国忧民,终落得逐出朝廷,落魄回乡的下场。以上二句诗的本意是:

当游子一身疲惫回到潭口,看到从西部奔流而来的茹水,总难禁百感交集,泪飞如雨,便一膝跪下,顺手扯了一捧蕙兰,和着茹水揩拭泪水,泪水如浪浪之江波,打湿了衣襟。

《战国策·楚策四》载:蔡圣侯"南游乎高陂,北陵乎巫山,饮茹溪之流,食湘波之鱼,左抱幼妾,右拥嬖女,与之驰骋乎高蔡之中。"《庄辛说楚王》引用了上段文字:"蔡灵侯南游高陂,北登僊山,喝茹溪之水,吃湘水的鱼。"说的是庄辛与楚王对话,借蔡圣侯"左抱幼妾,右拥嬖女"规劝他不要荒淫误国。此说"北登巫山,喝茹溪之水",是"登山喝水食鱼"的粘连句式,此之"巫山"正好在茹水岸边。吃湘水鱼,说明蔡圣侯从茹水泛舟而下,进入洞庭湖。但又说庄辛与楚王对话,引蔡氏两句名言,是说楚王听得很开心,谈心浓时,发出"如饮茹溪水,食湘江鱼"的感慨。而屈子也断不会捧他乡之水而自作多情。这叫美不美,家乡水;亲不亲,故乡人。

茹水,因其"茹芦"(芦笋)是古人类初始阶段的生命之物,故列入天门昆仑八大神水之一。

唐代余知古著《渚宫旧事》讲了一个关于楚文王得"茹黄之狗"的故事,这条茹黄之狗据说就是在天门云梦泽茹水边一猎户家得到的。故事很有启示意义,译文如下:

楚文王得到名叫茹黄的猎犬和苑路竹制成的丝箭,在云梦泽中打猎,三个月不回宫中。又得到丹阳的美女,淫乐不止,整整一年不理朝政。葆申进谏说:"先王占卜认为我担任保官吉利,现在大王有罪该受笞(音吃)刑。"楚文王说:"我已经不是小孩了,排名于诸侯之列,希望变更惩罚方式。"葆申说:"我秉承先王的遗命,宁肯得罪大王,也没有负于先生。"楚文王说:"好吧。"铺好席子伏在上面。葆申捆了五十根细竹条,跪着放在文王的背上,这样做了两次,说:"大王可以起来了。"楚文王说:"这同样有受笞刑的名声,还是真的用刑吧。"葆申说:"臣下听说受了笞刑,君子觉得羞耻,小人感到疼痛。羞辱他而不能改变他,让他疼痛有什么好处呢?"葆申急步走出宫廷,想投江自尽以向楚王请罪。楚文王说:"是我的罪过。"赶紧派人召回宫向他道歉。杀了茹黄猎犬,斩断苑路之箭,放逐丹阳美女,全力治国理政,兼并了二十九个小国。①

张家界的诗人更是以茹水、弱水、茹澧、温茹入诗:

"翠满天门开望眼,碧流茹水说源头"。(徐奏钧《春日游城西白龙庵》)"一帆烟雨一帆水,文曲光腾茹水中。"(彭谐务《彭氏族谱》1927年版)"万家生佛天门外,一曲

---

① 《渚宫旧事译注》,湖北人民出版社1999年版,第18页。

弦歌茹水中。"(同上)

"澧江波接茹江波,雨后新添水一涡。"(魏湘《竹枝词》)"接崇山之屹屹,环茹水之清湍。"(熊国夏《天门山赋》)

"茹江昨夜雪横空,三尺红鳞挂钓筒。"(汤立贤《永定竹枝词》)"温茹经川渎,辰沅藉保障。"(金德荣《大庸风土四十韵》)

"汩社之溪河似带,茹温之川泽若环。"(刘启鳌《福德山赋》)

"道拟天门山自在,文同茹水派归真。"(道光《永定县志》艺文)

"清操业已天山峻,教泽还同茹水长。"(戴联科《前题》)

"未知弱水三千外,更辟青山几洞天。"(许绍宗《山行有感》)

"从来涉险仗忠信,弱水蓬莱任我过。"①

"永邑,湘楚一隅耳,温茹之灵,天门之秀,挺生其间者,或文章可以华国,或经济可以匡时。"(道光《永定县志·人物志》)

"周览山川形势,川则茹江如带,源发历山(此论与史载吻合),汇众流而东达澧阳,水光秀媚,甲于他邑。山则天门南踞,福德(城北子午台)北盘。西有崇山,皆上出重霄。"(乾隆马燧《新建崇文塔东岳庙观音阁碑记》)

同治《永定县志·山川志·序》云:"尝考北周建德中,祀南岳於天门山,温茹为九澧之二。"

"心珠澄茹水,眼底小天门"。(民国王育寅为崇实小学撰写对联)

"天门北望关山远,茹水东流悔恨深。"(明末李自成部将野拂题壁于天门山寺)

"天门有眼观今古,茹水长鸣诉否臧。"(天门山古联,佚名)

否臧:否①坏;恶。②贬斥:臧否人物(评论人的优劣)

清咸丰七年大庸《芙蓉渡铭文》:"天山苍苍,茹水汤汤。鲤鱼池、仙溪环绕两旁,结修作墓堂,孙曾林立,树石表扬。堂哉皇哉,万古悉。重孙尧兹、吉穴,孙正科庠名联科撰焕书丹大清咸丰七年岁次丁巳季春月之上浣日立。"

茹水,是屈原的家乡水。

茹澧,是古庸国的母亲河。

4. 县圃——崇山

"朝发轫于苍梧①兮,夕余至乎县圃②。"

[注释]

①轫:停车时抵住车轮的木块。民间叫"木刹"。洪兴祖说:"轫,止车之木,将行则发之。"发轫:起动车辆,启程。苍梧:山名,即九嶷山,在湖南宁远县境。传说舜死于苍梧之野,葬在九嶷山。

---

① 朱衡:《上滩行》。大庸本土文人早就知道茹水即弱水,弱水在大庸。

241

②县圃:亦作"悬圃""玄圃""平圃"等,一般解为神话中地名,传说在昆仑山的中层。县圃最早见于《穆天子传》:"春山之泽,清水出泉,温和无风,飞鸟百兽之所饮食,先王所谓县圃。"经笔者破译,"春山"即充山(汉初以此名置充县)、重山、穷山,亦即崇山,属天门昆仑体系,与《天问》中"昆仑县圃,其居安在?"同属一地,说明县圃真有其名,实有其地,并非神话,说到底就在屈原的故乡。三国陈琳有"仰阆风之城楼兮,县圃貌以隆崇"句。写的正是崇山县圃、天门阆风。柳宗元《五排》诗曰:"弱岁游玄圃,先容幸弃瑕。"说明他曾在青少年时期访问过崇山县圃。这与他后来评价澧水风光"南州之美,十七八莫如澧"形成对接。亦与安佩莲《续修澧州志原序》"忆未履任时,即念澧自《禹贡》得名,而后香吟兰草,美冠南州,三闾、柳州早推为湖天胜地"对接。

以上两句的意思是:早晨从苍梧出发,黄昏时到达崇山县圃。

5.咸池·扶桑

"饮余马于咸池①兮,总余辔乎扶桑②。"

[注释]

①咸池:王逸说:"咸池,日浴处也。"又引《淮南子》:"日出汤谷,浴乎咸池。"《九歌》云:"与女沐乎咸池。"又解为星名、天神。《文选集萃》则云:"咸池在古神话中是天池,且为日浴之处。"《庄子·卷五·下》载:"帝(按:黄帝)张《咸池》之乐于洞庭之野。"所谓"洞庭之野",注家多以为在洞庭湖一带,非是。注意:是在洞庭之"野",说明远在洞庭湖的野外,还有洞庭符号存在。张家界市境内至少有4条洞庭水:

一在永顺杉木村至桑植县的上峒街、下峒街之间一段澧水,为澧水的南源,《五藏山经.卷五注》:"(洞庭)山在永顺、桑植县西七十余里,曰上峒,与其东北四十里之下峒并临澧水之上,水像却车就位之形,其北之零水、辰水东西分流像屋宇形,故曰洞庭,庭之义谓左右有位也。巴陵陂亦号洞庭,以洞庭山水所潴,亦如彭蠡之水潴为鄱阳湖,因号曰彭泽也。"按:上峒、下峒,即今桑植上峒街乡。

二在桑植县寨家坡乡,《市典》第941页载:"有汨水河、洞天(庭)河、洗沧河、龙家河四条河流穿境而过……芦茅坪村……南与洞天(庭)河药厂相抵……土地垭,海拔1273.2米……发源于该村的洞天(庭)河,水源主要来自高山上的雪山水。"按:洞天河,本名洞庭河,村民口讹为"洞天"。三在永定区王家坪镇,发源于慈利洞溪乡洪子峪,经德修溪、八家河注沅陵洞庭溪,此为洞庭溪之源头①。沅陵人、沅古坪人亦称洞庭溪为"洞天溪"。

四在永定区合作桥乡。1995年版《大庸县志》第252页载:"小(Ⅱ)型水库工程统计表显示,工程名称:洞庭(水库)。所在乡:合作桥。建设年月:1958年9月。总库容量:67.5万立方米。"洞庭水库所截洞庭溪,发源于宝峰山,经许家坊乡入澧,全长约

---

① 《王家坪乡志》1987年版第14页。

35 公里。

4 条洞庭水汇入澧水、沅江,再汇聚成湖,洞庭湖由是得名。此"洞庭之野"不在拥有 4 条洞庭水的古大庸国境内又在哪里? 由是可证黄帝张咸池之乐就在古大庸国中心地无疑。

"咸池"的另一解即周代"六舞"之一。相传为唐尧时代的乐舞;一说为黄帝所作,帝尧增修而用之。周代用以祭祀地祇。六舞为:《云门》《咸池》《大韶》《大夏》《大濩(音"药",或"护")》《大武》。

其实,《咸池》之舞的创作背景是来源于黄帝故乡之北的两个咸池,一个叫大咸池,一个叫小咸池,原属桑植汩湖乡大咸池峪村和小咸池峪村,二池相距约 8 公里。1983 年版《湖南省桑植县地名录》载:"汩湖公社。高溪峪。咸池峪大队。土地垭。小咸池峪大队……黑儿垭(民间相传'黑儿'即以颛顼少儿时皮肤黝黑得名,本土又尊颛顼为黑神)……昆仑……黄河大队。"

该地名录(瑞塔铺区地名图)又载:"黄河村、黄河庵、黄河垭、天台山、古荒溪、司南峪……"

上列地名是一组完整的昆仑文化符号链。这一带是黄帝早期创世发明的重点地区之一。

大咸池、小咸池其实是远古大庸国(轩辕国)两大盐业基地,是远古盐神巫咸的故乡。相传又是太阳洗澡的地方,与之相配套的地名有火盆峪(今瑞塔铺镇火岔峪村)。黄帝在这里掌控盐源,发现土著盐工祭祀盐神巫咸的舞蹈,十分特别,于是学了去。此地正是古大庸国的 4 处洞庭之野。可证黄帝张咸池之乐于洞庭之野,就在古庸国的核心地带。《舆地纪胜》载《直隶澧州志》彭山庙碑记:

崇山连天,外界越宪(xiàn,越巂,县名,在四川)。冈阜靡迤,如舞如驰。遏千里之势于洞庭之野,屹瞰郡池(按:指古庸,吴永安六年设天门郡于此),并为彭山。(彭山庙在今张家界市区之南彭山庙山头,明成化二年[1466]土家族总兵彭伦建)。

碑文将"崇山"冠在"于洞庭之野"之首,可证黄帝"张咸池之乐于洞庭之野"就在崇山中心无疑。实质上,碑文是照录庄子之言,说明古代早有识者。那么,屈原饮马于咸池,其实就在自己的故乡。咸池就是咸池,与天池无关。

②总:王逸训为"结",释全句为"结我车辔于扶桑"。汪瑗说:"总揽六辔于手以控乎马,自扶桑而启行耳。"王夫之也说:"总握六辔,驱车行也。"辔(音配):缰绳。扶桑:神话中长在东方日出处的大树。《淮南子·天文》云:"日出于旸谷,浴于咸池,拂于扶桑,是谓晨明;登于扶桑,爰始将行,是谓朏明。"高诱注:"朏明,将明也。"又《说文·爰部》:"爰,日初出东方汤谷所登,博桑也。爰木也。"

扶桑,实有其名,位于天门山东南约60公里处的扶桑,属沅陵县七甲坪乡扶桑村。其地有扶桑(千年古桑树,因老自亡)、扶桑溪、扶桑坪、扶桑墩(后写为瞰)、东古山、阳明山(即太阳升起的山头,旧有阳明山寺,今存遗址,七甲坪乡文化站有《阳明山诗联集》传世)、道傩山等符号信息。据晋代道学大师葛洪所说,太古时盘古真人与太元圣母通气结婚,生扶桑大帝(东王公)和西王母。东王公居扶桑,建扶桑国,称扶桑大帝;西王母居昆仑(天门),成为万神之宗。故扶桑今有东古山,东古山即东王公古帝之山。这是一部完整的天门昆仑扶桑文化史,可千百年来,史家说东道西,竟无一个识者。

以上两句意思是:(我刚才)还在咸池饮马,(现在又)挽着缰绳到了扶桑。

从大、小二咸池出发到扶桑,约100公里路,骑马而行,不过二三小时,说明屈原对二地十分熟悉,无有虚言,也纠正了汉后一些人对咸池、扶桑的误解。

6. 白水·阆风·高丘:发生在天门昆仑山上的故事

朝吾将济于白水①兮,登阆风②而绁马③。
忽反顾以流涕④兮,哀高丘之无女⑤。

[注释]

①白水:《淮南子》:"白水出昆仑之山,饮之不死。"洪兴祖引《河图》:"昆仑出五色流水,其白水入中国,名为河也。"清代戴震说:"白水,谓河源。《尔雅》:河出昆仑虚,色白是也。这些皆神话昆仑之白水。而天门昆仑的白水却是实名实水,且有四条:一在桑植,一名酉水,注澧水,为澧水一级干流;二在慈利江垭镇,源于白堰村,注溇江;三在桑植樵子湾,有白水源;四在永顺——沅陵之白河,一称酉水,流量为诸白水之冠。从诗意分析,此之白水,应为桑植白水,源于北昆仑山系之门山界"(海拔1257米)。

②阆风:天门昆仑之别名,又作凉风。《淮南子》说:"倾宫、旋室、县圃、凉风、樊桐,在昆仑闾阖之中。"又曰:"昆仑之丘,或上倍之,是谓凉风之山,登之乃灵,能使风雨;或上倍之,乃维上天,登之乃神,是谓太帝之居。"照《淮南子》所说,阆风既在阊阖(指天门窟窿)之中,本意当是穿洞之风,屈原《悲回风》《远游》所谓"暮宿风穴"之处——天门洞。而崇山悬圃之南沿,有"凉风垭";北昆仑(武陵源)则有"凉风界"①。皆实名实地。凡天门昆仑的所有神话地理符号一个不缺。

③绁(音"些")马:系马。

④忽反顾以流涕:忽然回过头来(看见他的故乡),不禁涕泪横流。

⑤哀高丘之无女:高丘,王逸说:"楚有高丘之山……或云高丘,阆风山上也。无

---

① 见《湖南省桑植县地名录》第40页。

女,喻无与己同心也。旧说高丘楚地名也。"唐代吕向说:"女,神女,喻忠臣也。"朱熹说:"女,神女,盖以比贤臣也。于此又无所遇,故下章欲游春宫,求宓妃,见佚女,留二姚,皆求贤臣之意也。"洪兴祖说:"离骚多以女喻臣,不必指神女。"汪瑗说:"丘,土之高者,故曰高丘。或曰,高丘在阆风山上。或曰,高丘即高唐,楚之地名。刘向《九叹·逢纷》篇曰:'声哀哀而怀高丘兮,心愁愁而思旧邦'是也。言使楚有女,则已不至此也。"近人黄灵庚说:"高丘者,高阳之丘也,实际帝丘。与'空桑'一样,都是楚人始祖帝颛顼高阳氏的发祥地,本在卫。在帝高阳的神话传说里,发祥地的高丘迁移到昆仑之域了。"又说"楚国的昆仑、空桑、汤谷设立何处,并不重要,只要有合适的名山大川均可以充当。它是楚人所共同认可的灵魂依归的'故居'"①。

说高丘即阆风,正确。黄灵庚说高丘是楚国的昆仑、空桑、汤谷,又说是高阳之丘,我认为是一种突破,但他没有找到昆仑、空桑、汤谷到底在何方。高阳氏发祥地,本不在卫,是中原论者把他拉扯到北方去了,神话中的高丘也不是"迁移到昆仑之域了"。事实的真相是:昆仑、空桑、汤谷自古都属于天门昆仑体系,此之高丘,就是穆天子所记的"昆仑之丘"。高丘,又作"崇丘",即县圃崇山。《崇丘》:"亡《诗》篇名,言万物得极其高大也。又大也。"《连山》:八卦"重艮以为首",重艮即崇山,崇山为首山,故又作崇丘。诗中高丘与阆风均指天门昆仑之丘。

关于"无女"之"女",众说为"贤臣""忠臣""神女",我以为都是"拔高"之论,此之"女"既非神女,亦非忠臣,其实是诗人登上天门昆仑之顶,触景生情,偶尔想到他的结发妻昭碧霞。昭碧霞随屈原进入楚朝廷,不幸被奸倭谋杀,从此,屈原心中留下永远拂不去的伤痛。此时此刻,屈原想到当年携恋人昭碧霞,登昆仑高丘,尽情极乐于仙山琼阁,那是人生最不能忘却的初恋啊!

以上四句意思是:清晨我将渡过白水河,登上阆风把马儿系着。忽然回头眺望(看见远处的故乡潭口),不禁涕泪横流,哀叹高丘上的那位美女已然不在。

此"反顾以流涕"句式,在屈诗中多次出现,无一不是站在天门山顶看到他的家乡潭口后而大放悲声的,如:

陟升皇之赫戏兮,忽临睨夫旧乡。
凡夫悲余马怀兮,蜷局顾而不行。
涉青云以泛滥游兮,忽临睨夫旧乡。
凡夫怀余心悲兮,边马顾而不行。
思旧故以想象兮,长太息而掩涕。

---

① 《离骚:生与死的交响曲》,载《楚辞二十讲》,华夏出版社,第126页。

多数注家以为是为郢都而哭,非也。站在天门昆仑,看得见郢都吗?对屈原见家乡就哭,笔者也感到不可理喻,这一定有不一般的原因。经调查走访,屈楚子等老人认为屈原是为两个女人而哭,一是他的母亲修淑贤老祖婆,死得太年轻也太突然,屈原奔丧赶回潭口,只见到一堆黄土;二是她的原配、爱妻昭碧霞,死在郢都奸佞手里,如今回到家里,屋在人杳,只留下依稀容貌,缈缈笑声,怎不肝肠寸断,大放悲声!

我认为这说说到要害上了。此时此刻,他哪里是想到楚怀王哟!哪里想到忠臣、贤臣哟!哪里想到那虚无的神女哟!

这种体验只有登上天门昆仑,站在"云梦极顶",顺足下澧水往东看,潭口那棵古柏树对岸,就是屈原的老屋。我在此再一次建议读者诸君倘能有机会去张家界旅游,千万别忘了上天门昆仑,远眺潭口,亲自感受一下屈原对故乡父老的那份巴心巴肉的眷恋。

7. 昆仑:天门

澶吾道夫昆仑①,路修远以周流②。

[注释]

①澶(音沾):楚方言,转弯,转道。昆仑:神话中一座上通于天的仙山。《河图》云:"昆仑,天中柱也,气上通天。"《禹本纪》言:"昆仑山高三千五百余里,日月所相避隐为光明也。其上有醴泉华池。"《水经注》云:"昆仑虚在西北,去嵩高五万里,地之中也,其高万一千里。河水出其东北陬。"所说皆大谬!《山海经》有二说,一曰"昆仑虚在西北,帝下之都,方八百里,高万仞"。二曰"西海之南,流沙之滨,赤水之后,黑水之前,有大山,名昆仑之丘,其下有弱水之渊环之"。一说大谬,二说正确。经笔者考证,本书第七章已破昆仑源头之谜。真正的昆仑就是天门窟窿。不用怀疑,屈原此句写的正是自己的家乡——天门昆仑。

②周流:周游。

以上两句说:我把行程转向昆仑山下,路途遥远继续周游。

8. 流沙·赤水·西皇:楚之西极

忽吾行此流沙①兮,遵赤水而容②与。
麾蛟龙使梁津③兮,诏西皇使涉予④。

[注释]

①②流沙、赤水:均属天门昆仑体系地名。

③麾:指挥。梁津:桥梁水渡。

④西皇:一般都说是少皞。苏雪林认为是西王母(《昆仑之谜》),我以为苏雪林说得对。解作少皞者,均与上句"朝发轫于天津兮,夕余至乎西极"的"西极"有关。西极,多指西方的尽头,宋代钱杲之说:"西极,天之西也。"(《离骚集传》)《淮南子》:"西方之极,自昆仑绝流沙。"这是汉后注家"言昆仑必西域"之论,皆不可取。既然穆天子、张骞、司马迁等否认西域有昆仑,而笔者前章破译昆仑之源头,破译西王母,均在天门昆仑!更何况所谓少皞根本就不是西域大雪山沙漠之人,所谓"少皞西皇"是汉后中原论者"封神"无端所指,是人造"五方之神"。战国时的屈原断不会通灵倒回百年后的汉代写汉后无中生有的"西域西极西皇"!我敢这么下结论,是建立在我破译天门昆仑不可动摇的自信基础上的。

那么,此之"西极"在哪方?金开诚引朱冀释"西极"为"楚西境之极",我拍手叫好!朱先生算是找到真正的"西极"了。可金先生却认为"非是"。

且读马世骧一段文字:"披阅舆图,知慈(利)为楚西极边,蛮峒肆邻,睢步皆崇山峻岭,居民鲜少,粮熟仅三千,此外毫无所有……考慈(利)自楚平时,已入版图,历代不废。天门鬼谷之奇,溇澧滩隘之险,以及五雷、燕峒、仙侣山水之盛,天下称绝。"

这"楚西极边"正与朱冀"楚西境之极"形成观点对接!

且再读:"按《舆图验方志》:慈利形胜地也……大抵天地发育于东,万物秋成于西,故西隅名山大川居多,稽瑶池、昆仑咸在流沙、弱水之外,其扶舆英淑之气,浣而地之……慈为楚西极边,亦足以当之矣,胜国前故名郡也,距我明始县而隶置。"①

这段文字十分明白地告诉人们:天门昆仑、瑶池、流沙、弱水四大主体符号均在慈利的"楚西极边"。与朱冀之论再次对接!他无可辩驳地证明屈原笔下的"西极",就在他的故乡昆仑,那么,这位"西皇"决不是汉后所指的西域大雪山、大沙漠中一个小小的冰山之国的"西王母",而是天门昆仑山上的人类母祖——西王母——王母娘娘——西皇!"西皇"者,"楚之西极"——天门昆仑女皇之谓也!

以上四句说:忽然我来到这流沙地段,只得沿着赤水徘徊不前,我指挥蛟龙在渡口上架桥,又邀请西王母将我渡过赤水对岸。

9."旧乡":为故乡而哭

陟陞皇之赫戏①兮,忽临睨夫旧乡②。
仆夫悲余马怀③兮,蜷局顾而不行④。

[注释]

①陟(至):上升。陞(升):同"升"。陞皇:初升的太阳。赫戏:光明的样子。
②临:居高视下。睨:斜视。旧乡:故乡。有解为楚国者,非是。这是屈原在旭日

---

① 文载《张家界历史文化博览》,民族出版社2007年版,第323页。

升起之时站在天门昆仑极顶,居高视下看见潭口故乡。此句与末句"又何怀乎故都"有递进关联作用,由看到故乡而想到"故都"——郢都。"临睨夫旧乡"是写实,"又何怀乎故都"是写虚。这一点多被人忽略。

③仆夫:仆人。此指为屈原驾驭车马的车夫。怀:思念。

④蜷(拳)局:曲身,表示不肯前进。顾:回头,有"流连"之意。

徐焕龙说:"人是旧乡之人,马亦旧乡之马,临睨其处,马尚怀思,而况人乎?"汪瑗说:"屈子自谓而托言于仆马也。"清代王远说:"仆悲马怀,亦深于言悲矣。"三家所言皆是。

以上四句的意思是:太阳东升照得一片辉煌,忽然居高临下瞥见了故乡。

综上,让我将《离骚》中涉及屈原故乡的核心信息符号依序罗列:帝高阳、伯庸、尧、彭咸、女媭、鲧、重华(舜)、茹水、县圃、咸池、扶桑、若木、白水、阆风、高丘、瑶台、高辛(帝喾)、汤禹、巫咸、昆仑、流沙、赤水、西皇等。诗中多处直写"临睨夫旧乡",特别是对昆仑、阆风、县圃、高丘、流沙、赤水、白水、扶桑等天门昆仑体系符号全面、系统引用,可证《离骚》必创作于放逐回故乡之后的天门澧水之旧乡。

本文摘选自金克剑著的《屈原故里大庸考》,中国商业出版社,2021年4月第一版,有改动。

屈原《楚辞》与土家族傩祭
歌舞渊源关系详考

杨昌鑫　杨选民

一、屈原《九歌》原型考

屈原的《九歌》，被称为是古代神秘傩文化中一座金碧辉煌的"迷宫"。历代《楚辞》研究学家蜂拥而入这座"迷宫"探谜，取得了璀璨硕果。由于这是座神秘"迷宫"，人们也就容易为其许多神秘性所困惑。例如，关于《九歌》的原始形貌，即它是什么性质的傩歌；歌里所祭之神、所祀之鬼，为何只是这么几位；所祭祀神祇序列，又为何这么排座定位，这些至今仍是难解之"谜"。

笔者认为，既然自汉王逸以来，历代楚辞学家无不承认《九歌》为屈原记录、整理庸楚大地溇、澧、沅、湘流域巫觋祀神、祠鬼所讴之祭歌，那么，就必然有其民族民间之渊源；只要居住在庸楚大地溇、澧、沅、湘流域和孕育《九歌》的民族存在，《九歌》的原始形态就必然存留于其民族之中，且必然随其民族分布而流布。既然随其民族分布而流布，也就必然有其后世的发展和前后的渊源关系。笔者根据史籍对庸楚大地溇、澧、沅、湘流域古今民族分布的记载，以及对庸楚大地溇、澧、沅、湘流域所居民族祭神祀鬼多年的田野考察，对照《九歌》所记录、描绘的巫觋跳傩祭神祀鬼仪典，巫觋跳傩的音乐舞姿、所祭祀神鬼之职能及其前后序次排列，我们惊奇地发现，《九歌》的原始形态，即所谓原型，就是古代庸楚大地溇、澧、沅、湘流域及其后裔土家族祭殇（丧）、跳殇（丧）、歌殇（丧）、送殇（丧）所唱之殇（丧）歌，俗称"丧堂歌"，或称"打丧鼓"。屈原正是将这些殇（丧）葬歌加工创作成了"意象清新，情致深婉，语言优美的壮丽诗篇"。

1. 考究《九歌》原型的第一个问题是如何圈定其文化圈

《楚辞·九歌》的原型，之所以难以被开掘，笔者以为是由于考究《九歌》的鼻祖王逸在《楚辞章句·九歌叙》中，将楚辞及《九歌》的发祥地圈定为一个"楚"字，后人又奉之为金科玉律，不敢越雷池半步。这无异于使考究《九歌》画地为牢了。

当然应该肯定，不但《九歌》，就是整部《楚辞》，都是孕育于楚。问题又在于楚是怎样降世、创造楚文化、称霸于诸侯的呢？汉太史公司马迁所撰《史记·楚世家》，虽然涉及庸楚先贤融入华夏、开辟江汉蛮夷而立国的史实，而楚人所依附的所谓"华夏"，笔者认为就是联合推翻商朝的大庸古国和新生政权姬周王朝，而大庸古国正是荆、楚、巴人的母国。楚辞及《九歌》，准确地说应是大庸古国、姬周王朝及荆楚巴濮等附庸子族文化三者交汇合流的凝结。因此，考究《九歌》的原型，就不应仅仅从一个"楚"字去做文章，而应从庸楚大地溇、澧、沅、湘流域的整个地域文化圈及其民族习俗入手。

这里还要把话拉长一点。记录、整理《九歌》的三闾大夫屈原身上所凝聚的文化层，是决定《九歌》所堆积的文化层，决定《九歌》是依照什么样的祭歌为原型写成的关键所在。屈原的出生地，到底是秭归还是江陵，学术界有争议，但是，无论在何地，皆属庸楚大地溇、澧、沅、湘流域及古庸长江三峡地域，为古大庸荆、楚、巴三大子族交错疆域，这里既是"荆楚文化的摇篮，又是巴楚文化的发祥地"。屈原在这里，既受到庸楚文化的养育，又受到庸巴文化的熏陶，还受姬周文化的影响。而庸楚庸巴文化在屈原身上沉淀则更为厚重。例如，古庸子族巴人以虎为图腾的崇虎习俗，在屈原身上就留存有鲜明影子。他在《离骚》中自述生辰，以生于虎年虎月虎时自豪。庸巴楚族跳丧之俗，至今仍在庸楚大地溇、澧、沅、湘流域及古庸长江三峡地域屈氏家族及大湘西、大武陵苗族、土家族地区大兴不衰。屈原既通晓巴楚蛮语，又熟悉巴楚蛮夷傩俗。有人考证屈原是楚国一位"国巫"。笔者以为，即便不是"国巫"，至少也是位主持傩祭的傩官，不然何以能录卜《九歌》，写出《招魂》等巫词傩歌？据楚辞学者林河考证，楚辞里遗存有不少古庸巴语和古庸楚语词汇。所以，屈原身上凝结的文化层，是庸楚文化、庸周文化和庸巴蛮夷文化干流与支流的汇聚，不只是由一条孤零零的楚文化河流积淀而成。

笔者确定了考究《九歌》的这一前提后，发现《九歌》原型为与庸相因、与楚相融并结成姻亲，地域重合交叉、文化深层融合、习俗涵化混同的苗族、土家族先民及其后裔祭殇（丧）所唱的殇（丧）歌。屈原写《九歌》，虽是处于流放沅湘期间，但是，他不只是依照在沅湘所见之祭殇（丧）、所闻之殇（丧）歌而创作，而是将其在故里古庸大地所见的土民祭殇（丧）及其所唱的殇（丧）歌，综合整理，提炼改写而成。

既然王逸将《九歌》的降世地域圈定于楚南邑沅、湘流域，那么，我们就先循此而考究沅湘地域与古代庸濮、荆楚、巴楚族的关系。庸楚大地溇、澧、沅、湘流域与古代武陵、巴陵各族有何关系？其地域是否分布有古代苗族和土家族？范晔、常璩、梁载言、潘光旦、王炬堡等在其《后汉书》《华阳国志》《十道志》《湖广通志》《湘西北的"土家"与古代的巴人》《土家族简史》等著述里，皆已相互印证，详录深考。古代古庸巴族不仅在战国时期，且"早在夏代便已存在于今湖南省境"。其东进入"湘东北"湘水流域，甚至"到达今江西的西北乃至中部"，其西进占据了整个沅水流域（古称"五溪"之地，其族酋首领还各为"一溪之长"）。由于古代巴族族众势大，长期在五溪生息繁衍，"故自古以来五溪之间颇与巴渝同俗"。屈原流放到溇澧沅湘流域，见到居于沅湘的古庸巴族，是毫无疑问的。问题是当时王逸没有考究庸楚大地溇、澧、沅、湘流域所居之民族是何族,而仅以其属地为"楚"而定论。今天,我们要考究《九歌》的原型,就不能不对庸楚大地溇、澧、沅、湘流域所居之民族,作历史和现实的考究了。

前已论及古代庸楚大地溇、澧、沅、湘流域确有古庸巴族所聚居。有人会问:既然古庸巴族东进到湘东北湘江流域,怎么现今没见有古庸巴族后裔土家族?其实,现今湘水流域的岳阳,古称巴陵郡,直至民国初期还名为巴陵县。岳阳地区所流传的地方传统剧亦称"巴陵戏"。这就是古庸巴族在这里聚居所留下的历史痕迹。至于湘江流域古庸巴族消失的原因,很可能是其地与楚郢都腹地相邻。楚强大而扩张疆域,古庸巴族弱而被逐。特别是秦将古庸之子国——巴国并吞,古庸巴族沦为亡国奴,更是为楚所不容。笔者估计,湘江流域的古庸巴族被楚驱赶到五溪来了。此论有杜甫诗句"水散巴渝下五溪"为证。这里既是楚之南邑边鄙荒野之地,又为古庸巴族大本营所在,故宜于安身生息乐业。当然,也必然有部分古庸巴族融合到楚人或其他民族里去了。我们不能因为现今湘江流域没见有古庸巴族后裔,而怀疑否定历史,认为历史上也没有。

由于王逸没考究沅湘地域的归属变迁,没有考察民族的聚居流布,而简单以"楚南邑"划定疆域、确定族属。这就为开掘《九歌》原型增添了难度。只有将沅湘地域归属和民族分布变迁考究出来,拂去蒙在《九歌》上面的历史尘垢,才易于廓清其原始面目。

2. 考究《九歌》原型的第二个问题可理清《国殇》与古庸巴楚及其后裔土家族祭殇(丧)的关系

《九歌·国殇》与古庸巴族及其后裔土家族祭殇(丧),有何牵连,是何关系?这是考究《九歌》原型的核心问题。笔者曾撰写了题为《爱国诗篇,还是沅湘殇葬悼词——〈国殇〉主题质疑》(以下简称《质疑》)的论文。限于当时资料不足,考究欠深,写得粗糙,只简略陈述《国殇》不应是"爱国诗篇",而应是"沅湘民族民间殇葬悼词",没有深剖详究应为聚居沅湘古庸巴族及其后裔土家族祭殇(丧)的祭歌。故,这里还需要重考补论几个问题,以还其本来面目。

笔者在《质疑》里,依据沅湘少数民族语言呼"国"为"官",提出《国殇》为"官殇",即"部落酋长之殇"。虽道出了《国殇》原始本义,但对"国"字论述尚欠充分。《国殇》之"国",根本不能等同于现代"国家"之"国"的概念。楚辞学界一致肯定《九歌》为屈原录写溇澧沅湘巫觋祭神祀鬼之祭歌,那么,巫觋压根儿就没有"国家"之"国"的观念,只有原始宗教神鬼之观念。何况那时的"国"更不是现代"国家"之概念。像《山海经》里的"国"就完全是氏族部落"政权"组织的概念。"春秋战国"之"国",也只是周天子对部族诸侯政权的称呼,不然,孔子能周游"列国"、谋求官职?

拙文《质疑》,仅限于考究《国殇》孕育降世,而忽视了从古代庸楚大地整个地域民族历史文化圈着笔,只粗略论述《国殇》为溇澧沅湘少数民族殇(丧)葬"悼词",而没有深论其原型应为古庸巴族及其后裔土家族祭殇,因而显得肤浅了些。但是,笔者却在该文中,从历史到现实,考究了古庸巴族及其后裔土家族殇(丧)葬独特之处,即有"丧""殇"之别:凡寿终正寝,谓之正常之"丧",现今鄂西土家族人"跳丧"就属此类丧俗;凡非寿终正寝,如遭野兽咬死、匪盗仇敌杀死、从军征战战死等,则谓之为非正常寿终之"殇"。《国殇》祭祀的就是其中战死的将士。张紫晨教授在其《歌谣小史》一书里说:"在氏族社会时期,张弓持箭追悼死者常常是一种军事祭奠活动,具有壮声势或示威的作用。"《质疑》对此已作详述,这里就不赘写。这里,要重论补述的是,古庸巴族及其后裔土家族祭祀族酋首领将士战死的"军殇"是怎么祭祀的,以揭示、梳理其与《国殇》之渊源、历史流变之脉络。

据史料记载与"田野"采风,笔者发现《国殇》渊源于古庸巴族及其后裔土家族祭祀其鼻祖——氏族社会军事联盟首领廪君之"殇",潘光旦先生考证其衍生为土家族地区祭祀本族祖神白帝天王征战之死的"军殇"。据《世本》《后汉书·南蛮西南夷列传》等史籍记载,廪君为巴务相,发祥于长阳武落钟离山,是位勇武善战、剑术高明、冶陶舟航、出类拔萃的部落军事联盟首领。他率领四姓部落,溯夷水(今清江)而上觅辟新居,使"其种类遂繁",其后裔建立威震西南、名扬神州的巴国。而他是怎样寿终,却语焉不详,只云"其死","魂魄世为白虎,土民以虎饮人血,遂以人祠焉"。这是因为古庸巴族以白虎为图腾之故。不过,杀人血祭,仍露出了廪君死的蛛丝马迹。廪君既然是位军事联盟首领,为开拓疆域,必然要征战于疆场;在疆场征战而死,亦几乎是必然的。而在氏族社会祭奠战死于疆场的军盟首领,又是要以杀仇敌猎头血祭举行军葬的。这种杀仇敌猎头血祭军葬之风,还颇具世界性。

为了弥补《世本》《后汉书》等史籍关于廪君死于军殇记载之不足,这里还是翻阅其他史籍,以究详委。

例如,关于祭祀廪君的杀人猎头血祭,宋玉《招魂章句第九》以诗记载:"魂兮归来,南方不可以止些,雕题黑齿,得人肉以祀,以其骨为醢些。"足见杀人猎头血祭,确实发生在古庸巴族所在的崇山"南蛮"之域。《魏书》卷四五载,朝廷闻楚之北疆"蛮左"有杀人血祭之俗,派韦珍赴豫与楚相邻之桐柏山区,"宣扬恩泽""招慰蛮左",制止"蛮俗恒用人祭"之风。韦珍晓告"蛮左"曰:"天地明灵,即是民之父母,岂有父母甘子肉味!自今以后,悉宜以酒脯代用。"群蛮从约。史载古庸巴族流徙到桐柏山区,为与其他蛮族相区别,以其居江之左而称之为"蛮左"。其杀人猎头血祭之俗,引起朝廷关注,派史官劝慰而制止。古庸巴族居五溪边鄙之地,"天高皇帝远",此俗仍在延续。《宋史》卷四九三载:"太宗淳化二年,荆州转运吏言:'富州向万通杀皮师胜父子七人,以取五脏及首,以祀魔鬼'。朝廷以其俗远,令勿问。"所谓"魔鬼",即死殇者。朱熹《楚辞集注》亦云:"今湖南北有杀人祭鬼者,即其(指宋玉《招魂》所言)遗俗也。"明陈继儒《虎荟》卷五记载:"房陵间有白虎神,好饮人血,每岁其民杀人祭之。"湘鄂西土家族至今还传说过去是杀人祭祀的,后来之所以被禁止了是有原因的。有一年祭祀,应杀头人的儿子,头人买了个叫化儿做替身,并让其与儿子住在一起。由于祭祖时值深更半夜,人捉错了,头人的儿子被杀。于是,头人就禁止杀人祭祀,以猪、牛头代人头,并插杀猪刀一把,俗称"刀头"。祭祀杀猪之猪血,用盆盛之祭于神桌,然后煮猪血稀饭。祭祀人每个都要吃一碗,这显然为血祭遗风。又如,祭祀廪君军殇殇仪,《盐铁论·刺权篇》载:"中山素女,抚流钲于堂;鸣鼓巴渝,交作于堂下。"所载过于简略了。《隋书·地理志》则较详细:"江夏诸郡,多杂蛮左,其与夏人杂居者,则与诸华不别;其僻处山谷者,其言语不通,嗜好居处全异,颇与巴渝同俗。"言称"江夏诸郡",皆有古庸巴族"蛮左"分布,印证前述古庸巴族布居于湖南省境东北部湘水流域,确凿无疑。又曰:"死丧之纪……其左人则又不同,无衰服,不复魄。始死,置尸馆舍。邻里少年,各持弓箭,绕尸而歌,以箭扣弓为节。其歌词,说平生乐事,以至终卒。"绘出了"蛮左"持弓挟箭、操演征战的军殇殇仪的图画。唐《蛮书》卷十引《夔府图经》,从另一个侧面对军殇作了记载:"夷事道,蛮事鬼,初丧,鼙鼓以道哀,其歌必号,其众必跳,此乃白虎之勇也。"略去持弓扣箭,指出殇(丧)仪是古庸巴族在跳演族祖廪君征战的勇猛神威犹如族祖虎神一样。又谓:"巴氏祭其祖,击鼓为祭,白虎之后也。"再次指出这种击鼓祭祀,是以白虎为图腾的廪君后裔所为。《晏公类要》载为:"伐鼓以祭祖,叫啸以兴哀。"始终扣紧巴族军殇必擂征战之战鼓,发冲锋陷阵之号呼。宋《太平寰宇记》续载古庸巴人族系,"祖称白虎,死葬不造坟墓,设斋不以亡辰,虽三年晦朔不飨"。《蜀志》补载其军殇送葬,为"鼓刀辟踊",以至于感动路人。明、清湘鄂渝黔地方志,皆载古庸巴族后裔土家族人,有"歌丧""跳丧"之俗。如此等等,虽为零零星星记录,没有详描军殇画图,令人遗憾,但是,无论是录写杀人猎头血祭还是军殇殇仪,都始终沿袭廪君化为白虎祖神而举行祭祀的主脉络,再现氏族祭奠军盟首领为猎头人祭,为持箭张弓、鼓刀辟踊、众跳歌号、叫啸呐喊的军殇图画,且在古庸巴族及其后裔土家族代代承袭,不因民族迁徙、地域异动而中断,亦不因民族民间文化融合而消失。

史籍所载的古庸巴族祭奠族祖廪君的"军殇"习俗,在现今湘西州南部自称"廪卡"的土家族人(意即自称属廪君族系之人)中却保存完好。这支"廪卡"土家族人崇奉族祖神白帝天王(即廪君)。

过去,每岁在白帝王去世葬期,吃斋14天,以示哀悼。吃斋具体日期,为小暑前逢龙日封斋,小暑后逢蛇日开斋。特别是如果老人寿终,必请族傩"流落"举行"打廪"(土家语,意即跳演族祖白帝天王征战武功)。土家族族人世代传说,人老寿终了,是应族祖自帝天王征召出征打仗去了,要跳演勇猛杀敌建立军功的舞蹈以壮行,并奠酒讴歌以助威。整个灵堂与丧仪,没有悲伤氛围。尸体装殓停放于灵堂中。堂外坪坝竖一桅杆,悬挂白练。族人目睹,则知有老人去世,皆来吊唁。灵堂的神龛,粘贴白纸遮盖。砍来桃木,做七张弓箭安放于棺木。砍竹竿一根,约丈多高,其上捆绑着名曰"烧纸"的特制纸钱。老人年寿多少，就捆绑多少烧纸钱，称为"大令"，插于灵堂前。棺木前设灵位，置碗烧黄蜡宝香。"打廪"前，举行献牲祭祀仪式。杀牛则牵牛于灵前，宰猪则抬猪绕棺一周。然后在灵前宰杀、祭灵。宰杀牛猪祭牲后，天刹黑时"打廪"开始。由四人装扮将士（俗称"阴兵"），每人手拿竹制弓弹（传说以前还手持盾牌，故又曰"跳牌"）。傩师"流落"则穿法衣、戴法帽，肩扛祖师九拳环刀，指挥"阴兵"，踏着鼓点，绕棺环跳，演冲锋厮杀，发出"嗬嗬哩——杀"之呐喊。整堂"打廪"，要从刹黑点灯跳演至第二天拂晓。所演陷阵冲杀，有三堂小战鼓，三堂大战鼓，三十六堂跑马，七十二堂破阵。其中，还有犒赏三军吃"卡崽"，十二月散花等。拂晓，将死者抬上山安葬。一人扛"大令"走在棺木前开路，桃木弓箭安放棺头，傩师"流落"扛环刀押后，手执弓弹的"将兵"沿路踏着鼓点跳弹护送。棺木入土，"大令"插在墓顶，弓弹插于墓前。所以，看见墓顶插有"大令"、墓前插有弓弹，不用问，肯定是"廪卡"土家族人之墓。整个丧葬祭祀，始终只击鼓，不鸣锣。传说，跳演战场冲锋陷阵，击鼓为进军号令，以壮军威；鸣锣，为败阵收兵号令，有灭威风。因此，"廪卡"土家族人家里，平常是禁止在堂中击鼓的，亦禁止鸣锣。全堂"打廪""跳牌"，除以杀牛宰猪代猎头血祭，简直就是《国殇》的重现。

对于"打廪""跳牌"军葬缘由，清道光十八年修的"廪卡"杨姓土家族族谱记载曰："且查木本水源，凤属地境之民户，并无廪家之名目一说。惟我乌引里杨、田为廪家是也。父母终世，请祝史'流落'鸣鼓，破竹做弹，打廪、跳牌，源于我祖白帝天王，及随同僚属之田、苏、罗三姓，率领将卒，征剿荆楚辰蛮，鸣鼓督阵，用九拳环刀，放弓弩，剿贼党。瑶仡辰蛮，宰杀牲牢，犒赏将卒，碗盏百无一有，只可用岩盘盛肉，瓦块摆菜，吃卡崽。平定蛮寇，晋京被奸臣用计，以鸩酒毒害，上马遛落而亡。其尸在途，计程十四日。气值盛暑炎蒸，随从人役，折麻叶扫去蚊蝇，采取山中蜜蜡，烧香避秽；夜护尸驱兽，演征战厮杀，发呐喊讴歌。故今杨、田、苏、罗、林、谭、吴七姓，父母终世，请祝史'流落'送丧，效先祖被谋中计，上马遛落而亡；鸣鼓，效先祖打仗督阵；破竹制弓削箭，挥使九拳环刀，效先祖放弩弓挥刀斩杀蛮寇；吃卡崽祭碗，曰岩盘，效先祖犒赏将卒；执大令，效先祖出征督阵旗号；烧黄蜡宝香，效先人焚蜂蜡避秽。丧事种种，皆有根由。自此而始，名曰'廪卡'杨、田、苏、罗四姓也。丧祭以先祖，各尽其道，愿效先祖前辈之功苦。祀祖宗身后，诵死之流传，一土之神，传之于始，流之于今，怎敢遽改邪！诸人不识，以为诮哂。庶不知百姓之家，岁终宰杀牺牲，祭祀摆列，各有不同，乃是各有根源耳！"这段族谱，不仅对湘西南部"廪卡"土家族人"打廪""跳牌"缘由作了追溯，而且对前引录载廪君事迹的史籍作了补充和注释，更将祭奠廪君的军殇怎样演绎为祭奠族内终世老人之"丧"，作了非常清楚的梳理，使人们恍然大悟——屈原录写《国殇》确实是以古庸巴族祭奠族祖廪君之军殇为原型的。湘西南帮"廪卡"土家族人的"打廪""跳牌"，比鄂西土家族人的"跳丧"，是更有证明力度的历史"活化石"！

3. 考究《九歌》原型的第三个问题可理清《九歌》篇章结构与古庸巴族祭殇（丧）所祀神鬼的关系

这是考究《九歌》原型原为古庸巴族及其后裔土家族祭殇（丧）歌的重要环节，是破译《九歌》篇数篇序密码之锁钥。若将此揭谜，前面所述《九歌》为什么只祭祀这么几位神鬼及其序次为什么这样排定等问题，也就迎刃而解了。

前面对《国殇》原型作了考究，就有了解答这几个"为什么"的向导，就能够看到《九歌》篇章结构的安排是以《国殇》为轴心的。楚辞学界对《九歌》篇章为何名不符实纷争不已，对篇序的安排作各种揣测，但都没有考究《九歌》的原型和《国殇》轴心的问题。《九歌》的篇数，不是屈原随心所欲而定，而是依照古庸巴族及其后裔土家族祭殇（丧）所唱之殇（丧）歌歌仪，及其祭殇（丧）所祭之神鬼而写。按土家族祭殇（丧）唱殇（丧）歌仪典，在未唱祭祀神鬼之歌前，得先唱祭祷歌神、鼓神之歌，即唱殇（丧）歌之原委，唱殇（丧）歌击鼓之来历，祈请歌神鼓神降临殇（丧）堂。否则就不能开歌击鼓唱殇（丧）歌跳殇（丧）。按朱熹《楚辞集注》的说法，为"备乐以乐神，而愿神之喜乐安宁也"。屈原录写的《东皇太一》，实则祭祷歌神、鼓神序曲。按祭殇（丧）仪典，只有迎请来了歌神、鼓神、开了殇（丧）歌、鸣了殇（丧）鼓，才能正式祭殇（丧），唱跳所祭之神鬼。唱跳了所祭之神鬼，方举行悼念、颂扬殇（丧）者的跳殇（丧）。《长阳县志》卷三云："临葬夜，众客群挤丧堂，一人播大鼓，更互相唱，名曰唱丧歌，又曰打丧鼓。"跳完殇（丧），唱"送殇（丧）歌"，"送亡灵""送歌神""送鼓神"回归，边唱边将花撒至灵堂棺木。"亡灵"送回先祖发祥故地（俗称"老屋场"）安息，歌神、鼓神送归神界所居桃源洞府。按唱殇（丧）歌仪典，唱"送殇（丧）歌"可谓为"尾声"，屈原录写为《礼魂》。唱完"送殇（丧）歌"，则启殇（丧），抬灵枢往墓地安葬，沿路鼓刀辟踊，火炮鼓乐喧天。由此可证，《九歌》确有序歌和尾声，郭沫若考究不误。去掉序歌和尾声，《九歌》正好是九篇，名与实相符！

从前述祭殇（丧）所唱殇（丧）歌歌仪可以看出，《九歌》篇序排列，是围绕《国殇》编号定位的。《东皇太一》与《礼魂》为序歌与尾声，必须置于篇首与篇末。按祭殇（丧）仪典，在给死殇（丧）者祭殇（丧）、跳殇（丧）之前，必须先祭"云中君"等祖神天神，以祈祷诸神对殇（丧）者亡灵之召唤、安抚，使殇（丧）者亡灵得以皈依，不成为游魂野鬼，并护佑其平安而回归故土（即前所说"老屋场"），与先祖团聚安息。《云中君》至《山鬼》诸神篇绝不能置于《国殇》之后，《国殇》亦绝不能置于它们之前，更不能插入其中。前述祭殇（丧）、跳殇（丧）结束，紧接着就是"送殇（丧）"（亦名"送亡"，用屈原的话说，就是"礼魂"），安葬灵枢上山。故《国殇》必须置于《礼魂》之前，为倒数第二篇位置。傩师祭殇（丧），祭祷者与被祭祷者位置排序，是半点也倒置不得的。王逸、朱熹也肯定了这点。他们只说屈原对祭歌中"鄙俚"之词作了"更定"，并没有说将祭祀仪典、祭歌序位打乱以重新组织安排。从这里，我们可以看出，《国殇》根本不属于什么另外一种文化层次,其与《九歌》各篇浑然一体,结构严密天衣无缝,根本不可能将其任意抽动游离出来。

《九歌》整体的结构安排和篇序定位,不仅受制于祭殇(丧)仪典,即所谓"谁家开路添新鬼,一夜丧歌唱到明"(清彭秋潭《竹枝词》),还受制于"开路添新鬼"所祭之神鬼及其职能大小、地位高低。

从现今各地土家族祭殇(丧)看,丧祭的神鬼,当然不只是《九歌》所载录的这几位。民族的杂居、历史的变迁、社会的发展,使宗教文化必然受其他民族影响,所祭之神鬼亦自然增多。《九歌》所载录的这几位神鬼,仍遗存在现今土家族祭殇(丧)、送殇(丧)者亡灵回归故土所行之程、路途通过之关卡、应祭祀的神鬼序列之中,且列为土家族及其先民古庸巴族正宗的祖神、祖鬼。原始傩教信仰中的傩神、傩鬼是凝聚、传承民族精神的族神、族鬼:既有对氏族先祖的崇拜,又有对氏族图腾的崇拜,还有对自然神灵的崇拜,以及对氏族族酋首领、英雄伟人等的崇拜;对其神职的安排,投影社会职能分工,折射人类社会结构,影印社会生活。祭殇(丧)殇(丧)歌,唱祭的每一位神鬼,都有其民族称谓,都有其神话传说故事,都有其生平业绩,都有对其祭祷之祭仪。屈原对其录写时,进行了艺术创作,或描绘某祭仪场面,或勾勒某一情节,或刻画某种心态;对其名谓,因嫌其"鄙俚"、欠雅,所以屈原不是以庸楚神鬼之名易之,就是以姬周华夏神鬼之名易之。其目的是将诸神鬼原始形貌隐晦、遮蔽,将祭殇(丧)祭歌改写成"一组赋咏祭事的诗"。仍难掩盖其傩祀之宗教性、神鬼所具有的神形鬼貌,尤其是在原始荒莽世界的灵性。这里不惜拿出点篇幅,将《九歌》所录之神鬼与古庸土家族及其后裔土家族祭殇(丧)所祭之神鬼的渊源,作简要的梳理对照。那样,屈原在《九歌》所进行的艺术加工,及《九歌》的文化堆积层,则历历在目了,考究中的不少困惑也就随之而解了。

《东皇太一》是"备乐以乐神"的序歌,本不应为祭殇(丧)送亡之神鬼,为何却增添了神呢? 这并不是屈原妄为,而是由于在祈祷鼓神时,有鼓神向"以木德王天下之号,死祀于东方,为木德之帝"的太昊伏羲祈赐"神木",制作鼓框、鼓槌的根苗。屈原亦将此题为《东皇太一》。

按古庸巴族及其后裔土家族祭殇(丧)所祭的民族"正神",第一位应是屈原所题的"云中君"。在祭殇(丧)神系里,这位"云中君"不是"丰隆"雷神,而是教男女"云雨之欢"、繁衍古庸巴氏族的女始祖神。王逸注称,"云中君"又名"云翳"。张伟权考证"云翳"即为"云雨",故"云中君"是位"多情""多爱"的"古典东方的爱神"。在湘西南部"禀卡"土家族"打禀"祭殇(丧)里,土语呼这位"爱神"为"蒙易神婆",为母系氏族社会的一位老祖婆,相当于女娲娘娘。传说她在井边洗衣,井里白龙向其闪射三道白光而怀孕生下禀君——白帝天王。故"打禀"祭殇(丧),首先祭祀这位女始祖神。

第二位就是屈原题为"湘君"的古庸巴族首领——创始父系氏族社会的宗祖神,

及其爱妻"湘夫人"。由于屈原将这两位宗祖神名冠一个"湘"字，楚辞学界就认定为湘水之神，殊不知屈原是录写古庸巴族及其后裔土家族祭殇（丧）祭祀的宗祖神巴务相廪君与盐水女神。鄂西土家族祭殇（丧）"打丧鼓"称其为"向（相）王天子"（或称"祖师菩萨"）与"德济娘娘"（俗名"巴山婆婆"）。殇（丧）歌唱有"向（相）王天子吹牛角，祖师菩萨打赤脚"，述说其牛角"吹出清江一条河"的生平事迹。在民间传说里，称其为"老巴子"。他嫌所居之地贫瘠，无盐无鱼，要迁居他地。突然，山缝裂开，涌出一股盐水，水上站立一位女子，留老巴子居于此，并与之结为夫妇，开辟清江，繁衍古庸巴蛮。《世本》《后汉书·南蛮西南夷列传》据此录写为廪君与盐水女神爱情纠葛的神话故事，但为突出廪君是位为兴盛氏族而不贪恋个人情爱的"贤君"，竟将"相恋结为夫妻"一节篡改为"箭射盐水女神"。屈原据此，又加工重写其相恋缠绵悱恻之情爱，并将其移至湘水，改名为湘君、湘夫人。其实，仍为巴务相。"湘君""湘夫人"，巴蜀学者徐中舒在《论巴蜀文化》一书中考证："襄樊之襄、湘水之湘，巴郡蛮的相氏，皆当为叔向之后，及其所居之地襄、湘、相古属阳部，皆同音字。"揭示了屈原写的"湘君""湘夫人"，即为巴务相廪君与盐水女神。故布居于沅湘的古庸巴族及其后裔土家族祭殇（丧），将其并列为祭的第二位族祖神。

第三、第四位即屈原所题的"大司命""少司命"，分别主理寿考夭折、监察人世善恶。祭殇（丧）送殇（丧）者亡灵回归故土，要受掌管生死年寿的大司命核审，以定善终或夭折及回归故土的安灵享祭。属寿终正寝，则安灵于宗祠或家堂神龛；属夭折死殇，就不能安灵于宗祠或家堂神龛，要安灵于荒野危壁幽洞。殇（丧）者亡灵，经过核审寿考，又须由执剑谏善抑恶的少司命监察其在人世的为人，以别善恶。善者，亡灵送归故土；恶者，遣谪异地。

第五位是屈原题为"东君"的神，楚辞学界考究为楚所崇之日神。这是屈原糅合太阳神神话的缘故。其实，祭殇（丧）所祀神祇，不是太阳神，而是驱邪护魂回归故土的"燎神"。殇（丧）歌述说其头长三支角，相貌怪异。远古先祖迁居，举火驱邪逐兽开路，使凶鬼恶煞、枭禽猛兽都畏惧。土家族的火塘，就是安祭他的神位，俗称"火焰神"。凡新居落成，要先祭火塘；迁搬新居，要从火塘点支火把，走在前面开路；火塘的三脚鼎架，忌用脚踏，传说是"燎神"头角，踏不得。祭殇（丧）祭祀他，是祈祷他举火驱邪，护送殇（丧）者亡灵在返归故里路途，不受邪煞兽禽异怪所伤害，平安到达。从屈原写为"东君"的日神，仍依稀可见其"举长矢兮射天狼"的雄姿。

第六位是屈原题为"河伯"的河神，楚辞学界考究为黄河水神。这是确凿无疑的。不过值得注意的是，黄河发源于青藏高原，这里正是古庸巴族远祖羌人的发祥地。祭殇（丧）护送殇（丧）者亡灵回归的故土，即指青藏高原。故祭殇（丧）送殇（丧）者亡灵要过黄河，过的是上游地段的黄河。傩师边祈祷河神，边跳演送亡灵渡黄河险关的情景。

第七位是屈原题为"山鬼"的女神,楚辞学界对其纷争不已。在祭殇(丧)送亡神鬼中,她既不是巫山神女,亦不是山魈娘娘,而是管理山林禽兽、地脉龙穴的地母神,祈祷她牵来"龙脉"、镇伏禽兽、护理墓穴,使亡灵长眠安息、不受侵扰、墓生灵气、人丁兴旺,故排位最后。简叙祭殇(丧)所祭神鬼,可见其神位排序,既按神职,又依送亡路程。序次座位,半点也没有颠倒错位。屈原真不愧为一位通晓古庸巴楚、姬周华夏祭祀神鬼之"大傩"!

4. 考究《九歌》原型的第四个问题可理清《九歌》中巫觋祭祀之乐舞与古庸巴族及其后裔土家族祭殇(丧)之乐舞的关系

笔者之所以认定《九歌》为古庸巴族及其后裔土家族祭殇(丧)之歌舞,这也有例证。只要将两者傩祀乐舞一对照,你就会拍案惊呼:土家族祭殇(丧)、跳殇(丧)、歌殇(丧),简直是《九歌》的"活化石",《九歌》简直是土家族祭殇(丧)、跳殇(丧)、歌殇(丧)的全程写实,即现场直播!

(1)《东皇太一》对巫觋祭祀的描绘,就是一幅土家族傩师"流落"或"梯玛"在灵堂祭祷歌神鼓神降临、开歌鸣鼓祭殇(丧)的图画。

《东皇太一》对祭祀开场仪典的描绘,是作了省略的,只从巫觋念词写起。土家族祭殇(丧)开场仪典,傩师先要穿好法衣、戴好法帽,肩扛九拳环刀,步登灵堂,鸣炮、奠酒。气氛格外庄严、肃穆。然后,方念开场词:"伏以日吉时良,天地开张;擂鼓三通,大吉大昌。"四句词念完,则开唱祈神祭歌。念词第一句除"伏以"是起腔虚词,简直与屈原录写的"吉日兮辰良"如出一辙。从巫觋祭祀的开祭必须"择日论时"以及土家语有名词在前、形容词在后的语法特点来看,"日吉时良"这句应是土生土长的土俚句,是屈原将其按汉语语法改成"吉日兮辰良"。祭殇(丧)的傩师"流落"或"梯玛"所穿的法衣、戴的法帽,正是屈原所描绘的流光溢彩的"姣服"。特别是"梯玛",穿的还是古女傩镶金嵌银、挂珠吊玉的"八幅罗裙",所以,屈原措以"姣服"之词,准确至极!殇(丧)堂所祭的祭品,如放有桂皮、天蒜、山椒、鱼腥草等香料煮熟的猪头,如那拌蒿菜、胡葱、腊肉煮成的社饭,实在如屈原所写那样——"蕙肴蒸兮兰籍"。至于祭奠的酒,是用桂花酿的最醇香的"桂花酒"。清《长阳县志》记载,土家族人重阳用桂花酿酒,名曰"醪糟伏汁酒,其酒经年不纪",古称"蛮酒"。清土家族诗人彭淦《竹枝词》曰:"蛮酒酿成扑鼻香,竹竿一吸胜壶觞。"鄂西土家族在历史上还有种名酒——"两搀夹酒"。其用清江特产白甲鱼烧春好,再拌放紫蕨、红姜、香料,"以米酿和之"。每年九月重阳酿之,隔三四年启封开坛,那真是香气扑鼻,专伺于祭祀。屈原记写的"奠桂酒兮椒浆",即此酒也。土家族属廪君(白帝天王)后裔,不属阎罗管制,寿终亡灵不赴阎罗阴府,而是如前述跟着白帝天王出征去了。故死者要头插栀子花,灵柩上还要撒花,以表属白帝天王。

(2)《九歌》巫觋祭祀乐器与古庸巴族及其后裔土家族祭殇(丧)乐器皆为鼓乐,

如出一辙。

《楚文化志》考证《九歌》"祀神所用的乐器",是"以鼓为主"。巫觋祭祀,从《东皇太一》开祭,就"扬枹兮拊鼓,疏缓节兮安歌"。至《礼魂》祭祀终场,还是"成礼兮会鼓,传芭兮代舞",始终不离击鼓,"合着鼓点载歌载舞"(李倩语)。其间,虽也有"陈竽瑟兮浩倡",但那只是将楚乐器融汇进来作配乐。整个祭祀,鼓是主乐器,场场都有,贯串到底。像这种祭祀时的"拊鼓""会鼓",纵观古今,能与之相比的大概只有古庸巴族及其后裔土家族祭殇(丧)时的"打丧鼓"了。这里还须补说几句,土家族不但祭殇(丧)只击鼓为乐,所有祭祀,包括跳民族歌舞,如传统的大小"摆手舞",时至清代都还只是击鼓。土家族诗人彭勇行写的《竹枝词》记录"岁正月"跳的"摆手舞",就为"滩头石鼓声声和""咚咚鼓杂喃喃语,煞尾一声嗬日嗬",没有别的乐器伴奏。鄂西容美土司田既霖,亦赋诗记写跳舞击鼓,直击到"堂阶停舞袖",方"乐部罢鸣翡"。现今跳"摆手舞"加的锣配乐,是清末民初才出现的。而殇(丧)堂唱殇(丧)歌,还是击鼓。俗称,若响了锣,就是"改教",意为改了"祖教",不是土家族人了,所以,谁敢响锣?

《楚文化志》还考证,战国时代鼓的制作"为木腔皮面,皮面用竹钉固定在木腔两口的周缘上"。楚鼓大致可分为四类:一类是"悬鼓",置于"虎座凤立"架上;一类是"手鼓","绝大多数有柄,个别无柄";一类是"建鼓";一类是"鹿鼓"。《东皇太一》中开祭所击的鼓,声音轻柔和缓,"疏缓节兮安歌",应是"手鼓"。《国殇》和《礼魂》击的鼓,则是擂起来声若雷鸣的"悬鼓",屈原谓之"会鼓"。祭祀分别用不同的鼓,恰是古庸巴族及其后裔土家族祭殇(丧)之特点。土家族祭殇(丧)祭祷诸神、唱殇(丧)歌所击的鼓,是有脸盆大的无柄小鼓,置于双膝之间,边击边唱,声音清亮柔和,当为"手鼓";跳殇(丧)、送殇(丧)所击的鼓,则为"悬鼓"了。史载的"虎座凤立"架,显然凝聚有古庸巴楚图腾崇拜文化层,从中可以窥视,巴族及其后裔土家族所击的鼓原应有虎座架,用以祭祀廪君这位"魂魄世为白虎"的"虎神",擂击声若虎啸、震颤山川,以显神威。现今虽然没有"虎座"架了,改为木制的鼎架,但是,鼓仍巨大,送殇(丧)时须由两人抬着,一人擂击。所谓"会鼓",即此意也。王逸注释,《礼魂》"会鼓",为"急疾击鼓,以称神意也",正是如此!

(3)《九歌》祭祀傩舞与古庸巴族及其后裔土家族祭殇(丧)舞的舞姿,都是重形迭态,动齐律同,共源合流。

《九歌》记录傩师祭祀所跳的傩舞,舞姿特点为"灵偃蹇兮姣服"(《东皇太一》)和"灵连蜷兮既留"(《云中君》)。《楚文化志》对"偃蹇"与"连蜷"的舞姿,释为"时仰时俯,一脚着地,修袖飞扬,绰约多姿"与腰肢"变曲"貌状。《淮南子·修务训》则详描舞者,"绕身若环,曾绕摩地,扶于阿娜,动容转曲,便娟似神,身若秋菊被风,发若结旌,驰骋若惊……两者所述,详略互补,对《九歌》傩舞姿容,作了勾绘。考察古庸巴族及其后裔土家族历史上春祭踏木牙(鼓)、歌竹枝而跳的"踏蹄舞"、祭祖跳的"白虎舞"、祭殇（丧）跳的"殇（丧）鼓舞"，颤动、屈伸、扭摆、前翻、后腾、顺边、下沉，模拟"风夹雪""牛擦痒""凤凰展翅""虎抱头""猛虎下山""犀牛望月""老龙脱壳""黄龙缠腰""触地含花""半边天""美人梳头"等，舞姿动律激昂、欢快、飘逸、奔放、活泼、灵巧自如，勾、踏、跳、跨、扭、摆，灵妙自然。观者无不啧啧赞叹，两舞硬是同一编导排演出来的！既是忠实记录，又有加工整理；既不违背"真实性"原则，又提炼得更富有民族艺术性。屈原这位民族民间文艺家，为我们记录、整理民族民间文艺树立了光辉的典范！

从前所述，《九歌》所凝结的文化层，确为古庸巴楚、姬周华夏两种文化的交融、汇聚。所有神名，除"山鬼"之外，都是以庸楚、华夏神名而命名，即"正名"。这表明屈原写《九歌》是为了将中华文化融合为一体，对古庸巴、楚蛮夷进行"教化"，使古庸巴、楚蛮夷走出被崇山峻岭围锁、"封闭"的傩文化圈，接受姬周华夏文化，提高民族素质。《新唐书·刘禹锡传》写刘禹锡深知屈原此目的，"谓屈原居溇澧、沅湘间作《九歌》，使楚人以迎送神"。他仿效之，创作《竹枝词》，让"诸夷"歌之。从历史与现实来看，他是达到了此目的的。现今湘鄂西土家族祭殇（丧）、跳殇（丧）、歌殇（丧）所唱的殇（丧）歌，"还直接以《九歌·国殇》作为歌词"；湘西土家族堂屋神龛牌位上，至今还将其所敬祭之神以"大小司命""太一府君"名之，以之为土家族所祭之宗祖神名。逢年过节，婚嫁喜事则祭之，世代相承相袭，殊不知是屈原以华夏神名翻译演化而来的！

本文摘选自杨选民、杨昌鑫著的《人类学的湘西文本——土家族苗族历史文化研究》，湖南人民出版社，2010年12月第一版，有改动。

湘西祭司的特殊功能

杨选民　杨昌鑫

近年来,关于民族民间故事讲述家的研究颇多,但对具有"非凡"才能的故事讲述家——民族民间祭司(俗称土老司苗老司),没有引起足够的重视,考究故事讲述家的论文很少问津他们。从学术界看,一般把故事家划分为三类,即传统故事讲述家、职业故事讲述家、一般故事讲述家,根本没有将祭司含在其中。而民族民间祭司,无论从文化历史背景还是从故事传承来讲,都有着一般传说故事讲述家所不可取代的地位。他们不仅在各自民族中有较高的声誉和广阔深厚的社会基础,而且左右着人们的思想意识。拂去盖在其身上宗教迷信的尘土,把他们放在文化历史的框架里,他们不愧是民族中的智者、史者、学者、长者、医者。他们谙熟民族发祥历史,能论阴阳五行变化,有深博的人世沧桑阅历,又特别能言善道,肩负着述往史、传来者、连古今和延续、继承、传播民族历史文化的职责。他们述往史、连古今,就是讲述民族神话、传说和故事。由于祭司的职业性质,使他们讲述的神话、传说和故事最有"权威性"。若不将他们列入传说故事讲述家行列,摒弃其于民族民间文学文坛之外,恐怕不合乎故事讲述、传承的实际。

下面试图就湘西土家族和苗族祭司的活动,谈谈他们在神话、传说和故事传承中的独特功能,及其应有的地位和作用。

一、湘西土家族和苗族祭司的独特之处

在神话、传说和故事讲述传承中,民族民间祭司的讲述传承,与前述三种类别的故事讲述家相比较,在思想性的深刻上和社会影响的作用上,很明显地有着独特之处。

1.涂染着宗教色彩

民族民间祭司,与一般所谓的沟通人间鬼神的傩婆神汉有着本质区别。他们崇拜的是将自然力人格化、神化的原始宗教,推行图腾崇拜、祖先崇拜、天神崇拜。他们有着民族原始朴素的宗教理想,即通过原始教仪,祈请神灵祛邪驱妖、避祸求福、保民安泰,达到驾驭自然、征服自然的企求。平常除祭祖之外,没有任何宗教仪式活动,甚至对家堂祖先也不乱祭拜,颇有远古原始先民祭祀严规:"祭不欲数,恐烦则不敬;祭不欲疏,恐疏则怠忘。"湘西苗族祭司——苗老司就只行使两类祭祀活动:一类为祓除不

祥,一类为祈祷吉瑞。祭司在祭祖祈神的祭仪活动中,还有个最大的特点,就是将所祭的族祖神和其他神灵的来历、渊源在祭坛神堂族众顶礼膜拜时逐一念诵,俗称"请神"降临于世,以享牲醴,赐福驱秽。湘西苗族祭司神鬼繁多,清《永绥厅志》卷六载:苗傩祭祀,有三十六堂神,七十二种鬼。考其所敬神鬼源流,实则皆是些苗族推源的古老神话、族祖发祥的传说、自然风物神化的轶事。可说是庞杂的神话、传说、故事群体。祭司在祭祀时的念诵,夹杂着作法活动,实则是种独特的神话传说、故事的讲述形式。尤其讲述的地方又是在祭坛神堂这种非常之地,使其涂抹了一层厚厚的宗教仪式和宗教信仰的色彩。民族民间祭司对民族神话等的讲述,具有任何故事讲述家所没有的祭坛神堂的庄严性和虔诚崇奉的神灵性,达到打动心灵、潜移默化的效果。

2. 配有神像、神图、神器

前面述说了民族民间祭司讲述故事的独特性,是在做法事时和祭坛神堂中念诵神词讲述。祭坛神堂里对所祭祀的神鬼,不是塑有神像,就是绘有神图;不是备有神器,就是置有模拟之物于祭坛神堂,让人瞻仰敬崇,增强讲述神话效果。苗族祭司苗老司,平常是不讲述洪水神话的,认为随意讲述于神不敬,会触怒神灵而降罪下来,生出灾祸。"还傩愿"敬祭傩公、傩娘(即伏羲兄妹)的神堂祭坛上就装扮有傩公傩娘神像。通常见到的傩公、傩娘神像,皆为木雕的头像。傩公脸红眼鼓,头上长有凸起的角,嘴角生着黑须,神态凶恶;傩娘眉细目秀,粉白脸颊,春情浓郁。傩公披袍,傩娘穿裙,并肩正襟危坐。神坛前,用竹扎起三峒桃源峒门,象征傩公、傩娘生活在远古穴居时代。苗老司在三峒桃源峒前作法,念诵唱演傩公傩娘遇滔天洪水,坐葫芦漂泊四海,世上绝灭人烟,乌龟神婆撮合做媒,滚石磨烧烟劈竹相合成婚等,有神有形有景,活灵活现。土家族祭司梯玛为人"还天王愿"的地点,除在白帝天王庙神殿塑有脸呈红、白、黑三色的神像前外,更多的是在家堂。于是,设祭坛挂起画有三尊白帝天王神画吊屏。画屏上将白帝天王神话故事的全部情节像连环画一样画了出来,还配有天界地府等神话画图。做法事时,梯玛按图讲唱,把神话故事讲述主体文物化。若无法塑出神像、绘出神图,民族民间祭司则备以神器,置以模拟之物。逢上天旱,梯玛作法打峒"捉龙"祈雨,捉一只青草蛇,拔出毒牙,用"神竹"马鞭将其驱赶入山洞。一般故事讲述家,仅用语言去描摹、叙述,但不管他们描述得怎么形象、怎么娓娓动听,都不能有这么眼能观、身可感、神迷怡、情痴醉的效果。

3. 严守师传教规

一般故事讲述家对神话故事的讲述,往往带有个人感情色彩,添枝加叶、随意渲染,造成故事的变异,使故事逐渐失去原貌,损害科研价值。民族民间祭司由于宗教师承和教规的关系,"度身""受戒"极严,对宗师所授的经传、咒词、法事,不敢越雷池半步,俗称要尊"祖传师教"。像苗族祭司,拜师授徒非寻常之事。拜师要先受"五戒",弃俗从正,弃恶从善,具备从善为荣、作恶为耻、利人最善、损人最恶的人品;宗教信仰上,要"度身",即受祖师教,立下誓言,俗称"认路",意思是若叛离祖传师教、违背宗教教义,将来要死于什么路上。出师时,要举行"牵街"仪典:一是让师傅作法引见神坛师祖,正式列入教派,称之为"介卦";二是取得社会承认,好自设神坛,安祭香火,为人行使法事,意即取得了"行教"资格。祭司念诵的敬神祭鬼经词、讲述的神话故事,虽然世代相授相承,但是,不敢有丝毫篡改、随意添加,总要出自师传。这样,念诵的经词、讲述的神鬼才灵验。因此,原始真实性最强。

4. 述古连今,请神祈鬼,驱邪逐恶,求祥祈瑞

民族民间祭司的"身职"与前述的三种故事讲述家的身份,以及讲述故事的目的性,有着根本的区别。祭司,在湘西土家族、苗族中是类似封建王朝皇宫里"太仆"和"史官"。他们是民族中的高级知识分子,既执掌宗庙祭祀的典章礼仪,又记录历史文献传之于后,只不过是以宗教的形式继往开来、连古今、传播民族文化传统,功利性远非一般故事讲述家能同日而语的。他们是为着请神祈鬼来替人降妖伏魔、遣邪诛煞、获得祥符而念诵、传讲神的神话、鬼的神话、风物"神化"等传说故事的既关系着人们生活生产利害,更关系着人们肉体痛苦的解除和精神折磨的消除、世界的呈祥;不像一般故事讲述家讲述故事那样,只为解释、表述风物的性能,或给人以精神的愉悦。我们可以看到,祭司做法事念诵传讲洪水神话故事,除了有一般故事家的讲述功能之外,更有为人祈神求子、续创人烟的功利。祭司讲述民族的神鬼风物等神话、传说、故事,有着极严的"戒规":不行教做法事,不能传讲;即使授徒,也是有时间地点的,有仪典的,极具神秘性,不像学校老师教学生那样公之于世。据苏联 C. A. 托卡列夫等主编的《澳大利亚和大洋洲诸民族》中记载,在澳大利亚人那里,只有接受成年礼的男子在皈依时允许聆听神话。"讲述神话,或者在仪式中再现神话",在远古时,"总是氏族或部落生活中的一种庄严神圣的壮观,一件意义重大的盛事"。现今,苗族祭司还严遵着古规,替人祭祖"打棒棒猪"(汉称"打家贤")就极其神秘。祭祀时间,须在子夜。全家人睡尽,只留主家夫妇两人参加祭祀活动,严禁外人偷看、偷听。若被外人偷看、偷听,惊动了祖神,法事就不灵验了。主人家要找偷看、偷听的人算账,要他负责赔偿损失,然后再择日重新举行祭祀活动。土家族土老司祭祀唱的《梯玛神歌》,是部创世纪史诗,只能在跳神时唱。搜集时,梯玛不肯唱授,经过再三做工作方才肯唱,且得焚香、烧纸钱,祈请神的宽恕。民族祭司们认为,唱了神歌,神鬼们会立即从神界降临,来行使祈祷的功能。这种功利性,可谓非等闲之事了。

以上所述的四点,为祭司这不被列类的故事讲述家讲述的神话、传说、故事在思想性上的独特性,算"等外品"中的"等外品"!

二、民族民间祭司,对神话、传说、故事讲述的基本特点

民族民间祭司,对神话、传说、故事讲述的思想性上的独特性,使神话、传说、故事

发生了质的跃变。同样的神话故事，一般故事讲述家只能将故事内容生动地讲述出来；祭司讲不但开拓了故事的内涵，赋予故事新的、旺盛的生命力，同时，由于他们有着极高的讲述艺术，讲述的故事无比生动、形象。

1. 祭司运用五光十色的意象，将虚幻的神话、传说和故事推上祭坛神堂，从而放射神灵光芒，使人眼花缭乱，有着迷人的艺术魅力

在湘西少数民族远古的推源神话故事里，笔者想，传讲的类型绝对不止现今传讲的洪水兄妹结婚、再创世纪一类。例如，史籍上就记载有盘古化身、女娲抟土造人。为什么各民族共同传讲洪水中兄妹结婚的神话，却没传讲盘古化身、女娲抟土造人的神话呢？笔者认为最根本的原因，是由于远古祭司将洪水兄妹结婚创人烟的神话推上了祭坛神堂。前面述说苗族求子"还傩愿"的神坛上祭祀的傩公傩娘，就是洪水神话中成婚的兄妹两人的神像。侗族称为"姜央姜娘"，土家族称为"雍尼不所涅"，瑶族称为"伏羲兄妹"。祭司们将洪水推源神话推上祭坛后，虚幻的神话就变成了能放射光怪陆离的灵光的"神化"了。将之编写进原始宗教"经典"，使神话故事原始的创世纪的历史发生蜕变，伏羲兄妹俩由神话传说的无生命性之人，即逝去的历史人物成了有灵魂的永远活在人们心中的神人了。因此，洪水兄妹成婚的神话故事得以传讲，受人信仰、顶礼膜拜的伏羲兄妹时至当今不衰。那些没有被推上祭坛神堂的神话故事，尽管有故事讲述家传讲，但由于不能写入祭司原始宗教"经书"、作为神圣经典去诱惑人们顶礼膜拜，也就只能当"神话"故事传说传讲，被历史的风雨一洗刷、思想意识浪潮一淘汰，也就湮没消逝了。

祭司崇奉和推行的原始宗教，与人为宗教有着本质上的区别。前者为氏族全体成员服务，后者为统治阶级服务；前者没有欺骗作用，后者从产生起就有欺骗作用。原始宗教与人为宗教还有个不同之点，原始宗教没有完整系统的成套教义，它要掌握群众就只有利用诞生于民间的神话、传说和故事。因为，神话故事是"幻想的太阳"，是受外界"压迫生灵的叹息"，是"无情世界里的感情"，是"没有精神制度的精神"的凝结。所以，很容易吸引群众，慑服人们心灵。而在将神话故事渗入原始宗教祭坛神堂讲述时，又运用五光十色的意象，如前面述说苗祭司替人求子"还傩愿"，装扮傩公、傩娘神像、傩娘怀抱双子、扎立桃源峒门、唱傩歌及跳演洪水滔天、兄妹坐葫芦的故事，特别是唱至生育人类时，将傩娘怀里双子抱来赐给还愿的主妇，象征得子，顺势模拟，给人以心灵感应。这使神话故事不但立体化，神形意象变幻纷繁得叫人目不暇接，而且，将神话故事中原始人类朴素的自信思维，导致人朴素的自疑，即陷入迷信思维罗网而不能自拔。

土家族祭司梯玛，为人"还天王愿"，也是如此将族祖廪君神话故事推上祭坛神堂，运用五光十色的意象，将神话故事神灵化。例如，将三位天王神像的脸塑成白、红、黑三色，就是两种意象。一种是谈廪君死，魂魄化为白虎，故以脸为白色寓之，由于廪君从武落钟离山率领赤黑两穴氏族出来寻觅新居,繁衍成现今土家族人;故以红、黑两种脸色之神,代表赤黑两穴氏族。一种是说皇帝暗用鸩酒,谋害三位天王,大王爷鸩酒喝得少,故脸呈苍白色;二王爷喝得多些,脸呈红色;三王爷喝得最多,故脸呈乌黑了,表示记下皇帝的仇恨。还有,祭祀时,为了表示虎饮人血的血祭,梯玛用猪血在额头上画三道血痕等。这样,祭司运用五光十色的意象,将无声无影的口述神话故事述说得灵光四射,刻留在人的心灵,洗抹不掉。

2. 祭司借助自然风物,运用无穷的象征意蕴,把自然风物神话传说化成世代人们生活和心灵的象征图像,极富艺术启示力,启迪着人们最广泛的联想

民族民间祭司把神话、传说和故事纳入原始宗教膜拜活动,除布置一个跟日常环境不同的充满各种超自然力和超自然物形象的特别祭坛神堂,使传讲收到接受宗教的形象、神话和观念的效果外,还特别注意借助自然风物实境,行法事祈神驱邪、拔除恶秽凶煞,唱念传讲有关自然风物精灵的传说。

例如,在旧社会,世道不平,兵荒马乱,桑植县天子山地区土家族求向王天子护佑村寨安全。祭司做法事不在村寨,而在现今风景区天子山。天子山得名还有一个传说。元末明初,土家族首领向大坤为反抗明王朝的民族压迫,率领三万将兵揭竿而起,依山踞险,攻城夺池,震撼明庭。后终因兵寡将弱,被明王朝官军围困于天子山。激战数日。当官军围攻上山时,向大坤率领将兵大喝三声,纵身云海雾潮,化成了四十八大将军、四十八小将军摆八门锁阵和天子坐朝阅兵的奇峰神壁,成为现今武陵源现今天子山奇景。祭祀向王天子,身临其境,仰瞻其化身,领略其金戈铁马的威风,使人们浮想联翩,怀着强烈的情感来对待神话传说形象,在心中高高立起一座传说里人物的雕像。这种传讲风物传说的形式,增强了传说的生命力。

借助自然风物的形象,将风物传说作行法事的宗教教义"经典"传讲,祭司还相当注意对自然风物形象的接触感应。侗族祭司"师公",为婴孩出世举行祭祖,一边唱诵《远祖歌》,一边取出用枫树叶之类诱集的一只只红黄等颜色的小蜘蛛,装入布袋,系于婴孩心口。《远祖歌》传说侗族老祖婆神萨天巴,是"张口吐出玉蛛丝""抛起玉飞梭""织起拦天网,把天篷高高托在天上"的蜘蛛女神,所以将装入布袋的蜘蛛系于婴孩心口,说是萨天巴神婆赐给了灵魂,保佑他们聪明伶俐、健康成长。过去,桑植边远地区,有妇女不生育者,祭司就为她到娘娘洞去求子。祭司用法祈祷,吟诵娘娘的神话传说,然后舀起一碗洞里流出来的泉水,给不育的妇女喝。苗族祭祀神鬼,祭司做法事,很多也是如此借助自然风物,运用自然风物象征意蕴、传讲风物传说,使人将自然风物的形声与传说融为一体,既达到"同类相生"或"果必同因"的宗教效应,又使传说勾勒出一幅人们生活和心灵中的象征图画。

由于祭司借助自然风物形象作宗教祭祀和传说附丽之体,因此,湘西许多山石古树岩洞都被赋予了生命。这些山石古树岩洞,不是神的身躯,就是世人的化身,或是禽兽的现身,且每种身姿情形都有斑斓神话、民族历史传说、幻美故事,给无生命、无情意的自然风物赋予了生命和神情,把山石古树岩洞的自然生态分布组成了有意识的人世社会生活画面,于是,变成山不在高有"神"则灵的"灵山"了。想不到,祭司为创建武陵源旅游区还立下了功劳!

祭司使用隐喻谐音双关的祭词及扭曲的咒语字句,将吟诵吟唱的神话、传说、故事的荒诞意念转换为主客体形象的重叠,模糊姿影,保持和体现了神话等原始混融性美学色彩。若将故事讲述家们所传讲的神话故事等与祭司传诵的神话故事相比较,就会发现和察觉出相互出入很大。

敬事讲述家们所传讲的神话故事出现了不是原始古朴形态的变异,而是远离神话传说时代、受新社会关系影响而起了很大变化、为时较晚了的神话形式,即纯艺术形式了。祭司在行法事时讲述的神话故事,"既包含虚幻的信仰即宗教的胚芽,又包含艺术的形象和观念即艺术的胚芽,也包含调节人们在公社中相处的行为规范即道德的胚芽",原始性很强。神话本是傩术言语链的审美再增殖、审美再选择,至今还遗存于祭司唱诵的词语上。祭司做法事把神话传说作宗教的教义"经传"唱诵,决定了传讲的神话等要包含有上述的三种"胚芽",词语便不能像普通故事讲述家那样,只要含义单一鲜明、富有形象和情感性就行了,而必须隐喻双关,含有多种意义、多层形象,往往很多词语及语意为非理性、非逻辑性的思维形式,且相互矛盾和相互否定,叫人既可以这样理解,又可以那样理解。在做法事和吟诵神话过程中,还配以画符。考其所画之符,尽管画得鬼鬼怪怪,但是这些扭曲的字句是神话故事的浓缩画图。苗祭司"还傩愿"画的神符,据说是幅雷神发怒、洪水满天、兄妹坐葫芦的神话画图。土家族祭司梯玛"还天愿"画的"神符",多是古代铜器中的一些图饰,有的为图腾形象,如画的虎符,有的是日月星辰的神话等。这都体现了神话故事最古朴、最原始的虚幻意识。此类画符也是神话故事在原始社会先民精神生活中的复杂现象借以体现的一种形式,国内恐怕不仅是湘西民族的祭司如此,整个西南少数民族的祭司都是如此。所以,祭司们演述传讲的神话故事,才是最古老,最原始,最有科研价值的。搜集他们演述的神符神话,工夫要花得多。因为,很难弄清祭司神符的混融性含义。现今发掘的西南不少创世纪的神话史传,莫不同源于祭坛神堂。

三、民族民间祭司的特殊功能

当前,在研究故事讲述家的论坛上,民族民间祭司这位"神能"的故事讲述家还没有他们应有的席位。笔者认为,这是很不公平的。我们应该实事求是地给民族民间祭司,历史地客观地评价他们在乡土传统社会中的作用,调动和发挥他们的特殊功能。

1. 远古氏族和近代民族拥戴的"自然领袖"

民族民间祭司,从远古氏族到近代民族中都处于受公众拥戴的"自然领袖"地位。

恩格斯在《家庭、私有制和国家的起源》里论述到"易洛魁人的氏族"和"希腊人的氏族"时,皆指出当时的氏族酋长和军事首领"都被列在信仰守护人以内,而执行祭司的职能"。例如,希腊人的氏族军事首长巴赛勒斯,他"除有军事的权限以外,还有祭祀的和审判的权限","是军事首长、法官和最高祭司"。远古中国也是这样的政、军、法、教合一。氏族首长既是行政长官、军事统帅、法官,也是宗教最高首领、祭司。进入阶级社会后,政教分离了,出现了职业祭司执掌宗教。但在许多少数民族中,有的仍是政教合一,保持着远古氏族社会形态;有的虽然政教分离,但祭司仍有氏族"自然领袖"的威严。湘西苗族,在中华人民共和国成立前还残留着农村氏族公社制度。每一姓氏中都有自己的祭司,主持和管理氏族中的祭祀活动。举行盛大祭典,如"椎牛""接龙"需祭司多名,方从异姓氏族中延请祭司协助,且还必须是相好的,或由族人介绍的。族规、教义极严。这显然有着紧密维系氏族血缘的性质。苗族祭司大多数是德高望重的"寨老""理老"。所谓"寨老",相当于氏族酋长;"理老"则是掌管立法(不成文法规)司法的法官,专门评判婚姻、财产、土地、水利、偷盗、刑事等案件。凡是同姓族人出现的人事等纠纷,很少告官,皆由祭司、"寨老""理老"予以神判、族判及理判。尤其是神判,只要祭司主持祈神、喝血酒、打筶定性,万事皆烟消云散。这充分说明,在少数民族中祭司地位依然很高。对这种古今地位很高的神话故事讲述家,不应引起我们足够的重视,给予其应有的位置吗?

2. 记录、演示、传播神话、传说、故事的元勋

学术界对于宗教和神话故事两者孰诞生于先、孰问世于后的问题,尽管争论激烈、分歧很大,但是,神话与宗教关系很密切,则是毋庸置疑的。正如神话学家乌格里诺维奇说的:"神话最初见于仪式(宗教)活动本身,仪式活动仿佛再现神话中的事件和形象,从而把他们移入现实。例如,澳大利亚人的图腾膜拜仪式叙述各个独特的神话时代,即'人是动物'的时代。在仪式中,通过用面具化妆的同伴塑造出来的各种动物祖先的神话形象'充当'这些祖先,跟这些祖先等同起来,于是,在仪式中就真正把神话现实化了。"神话依赖宗教得以新生,宗教教义依赖祭司将神话编为经典,经典又依赖宗教信仰活动传播开来。20世纪60年代初,湖南省民委和省文联等部门联合组织了民族民间,文学普查队,深入湘西、湘南等少数民族地区发掘和搜集神话、传说、故事等民族民间文学。土家族、苗族、侗族、瑶族等民族的祭司无不是民族神话、传说、故事"篓子",普查队从他们那里发掘出非常丰富和十分宝贵的神话等原始资料。如在全省甚至全国较有影响的几部民族创世纪史、神话故事——土家族的《梯玛神歌》(又译名《摆手歌》)、苗族的《古老话》、侗族的《侗族祖先哪里来》、瑶族的《盘王歌》等,就是从民族民间祭司口里传讲出来的。苗族祭祀的三十六堂神、七十二种鬼等神鬼来历的神话传说,祭司如数家珍,都一种一种传讲出来了。一般故事讲述家根本讲述不出这类神话故事。他们只能讲点民间生活小故事,即使讲民族神故事,也是零星半点、东鳞西爪,且还是从祭司那里窃听来的。我们绝不能数典忘祖,应数典溯祖。我们完全可以大声地说,民族民间祭司不愧是神话、传说、故事讲述家的"祖师爷"。若将他们忘了,那就成了"不孝子孙"了。

3. 客观担当民族民间传统文化的主要传承者

每个民族都有着自己民族的伦理道德、宇宙哲学、宗教思想等精神传统。在维系和发扬光大这些民族文化精神传统方面,民族民间祭司起着主要作用:一是通过祈福禳灾的祭祀宗教活动,促进和巩固部落、氏族和民族的统一、团结,保存和延续原始文化、传统艺术;二是演述和传讲蕴含民族原始质朴"宇宙观、宗教思想、道德标准"等民族神话故事,哺育和浇铸民族心理,以增强民族的凝聚力和向心力;三是以自己的道德情操感化人。像前述的苗族祭司,既是"寨老"又是"理老",为族中辈分高、年纪大、高风亮节者,集民族文化精神于一身,处处按民族标准的文化伦理道德等来塑造自己心灵和形象,在群众中起着楷模作用。例如凤凰县腊尔山米都苗寨的祭司"扛扯",译成汉语是苗族祭司"祖师爷",在湘黔边境声望很高。无论在什么社会事务中或祭祀中,只要他说一句话,就可以算数。在残存氏族公社制、没有民族文字书写历史、典章等的少数民族中,民族民间祭司就成了维系、延续、继承、传播民族文化的主要代表。当然,在漫长的历史长河中,民族民间祭司确有些傩术伪科学的迷信活动,这是有目共睹的,这是历史和时代的局限性造成的。我们应该看到,随着历史和社会的发展,祭司在经济地位上没有什么剥削性,平常不替人家举行法事时,照样从事各种生产劳动,靠劳动生活;个人衣、食、住、行,也没有什么与众不同之处。不能将他们与基督教神父等宗教职业者等同起来。全盘否定、一笔抹杀他们的历史作用,不是历史唯物主义者的态度。

在改革开放新的历史时期,关于民族民间祭司,应研究他们在历史上和现实中所起的作用,对民族民间文学所作出的巨大贡献。恰当而公正地评价功过,是民族民间文学研究者必须承担的一项重大任务。

本文摘选自杨选民、杨昌鑫著的《人类学的湘西文本——土家族苗族历史文化研究》,湖南人民出版社,2010年12月第一版,有改动。

简忆家父杨昌鑫先生的治学智慧和学术成就

杨选民

　　杨昌鑫先生，土家族（1935 年 11 月—1999 年 5 月），湖南省凤凰县人。1959 年毕业于湖南省师范学院中文专科，1964 年毕业于中南民族学院中文系本科。曾任过中学教师、大学教师、新闻干事及《团结报》编辑、记者，湘西土家族苗族自治州《教育志》主编，东亚民俗学会、中国民俗学会、中国少数民族学会、中国民间文艺家协会、湖南省作家协会会员。1993 年获国务院颁发的政府特殊津贴。生前系湘西教师进修学院（现吉首大学师范学院）副教授。曾出席过东亚民俗国际学术讨论会，中国少数民族傩戏国际学术讨论会，在学术会上宣读了学术论文，并被收入论文集。

　　杨昌鑫先生在土家山寨，从小受土家族民族民间文学熏陶，学生时代便开始搜集、整理、发表土家族民间歌谣、故事、童话，已搜集整理发表土家族与苗族的民间故事、神话等 60 多篇，部分作品已被《胜利歌谣》《火把》等诗集转载。发表民族民间文学、民俗及民族历史研究学术论文 50 多篇。出版民间长篇叙事诗三部、土家族童谣《蛮儿谣》一部，《土家族风俗志》一部十五万字，誉为第一部记录土家族风俗字书，被收入《湖南省志著述志》。《文化人类学的湘西文本——土家族苗族历史文化研究》（湖南人民出版社），为国内尚不多见用文化人类学的视角研究土家族苗族历史文化的专著。《名校实录》二十五万字、《学校总览》九十五万字、湘西自治州中学乡土教材《历史》三万字、主编了湖南省自治州《教育志》一百万字，是湘西自治州第一部大型教育志书，被列为少数民族社会科学人物。同时参与编纂了《中国各民族宗教与神话大辞典》（词目 20 多个，约两千字）。《中华风俗大观》（其中土家族风俗词目撰写 53 条约 3 万余字），《中国少数民族文化大辞典》（580 个辞目，16 万字等）。撰写民族历史、宗教、民俗、哲学等学术论文 50 多篇，达 40 余万字。主要论文《一曲母系氏族崩溃的挽歌，土家族"哭嫁"及"哭嫁歌"试析》在国内外产生影响，被中国少数民族文学会评为学会成立十周年优秀论文奖。《爱国诗篇，还是沅湘殇葬悼词——"国殇"主题质疑》，《新华文摘》摘登，上海《学术月刊》作了评介，《竹枝词——土家族艺苑里一朵奇葩》《对土家族民族共同体形成时间的再认识》《清对土家族地区"改土归流"的民族政策》等。

　　杨昌鑫先生在学术研究上有三大特点：

其一，罕见的勤奋，渊博的学识。从求学时代起，昌鑫先生就好学成癖，博览群书。走上工作岗位后，无论当教师，还是做公仆，仍然求知如渴，刻苦入迷，并且笔耕不舍，论著如山。据不完全统计，共出版专著五部和发表散论文章六十多篇，给历史留下了近三百万字的宝贵遗产。为写《试论湘西苗族神话、传说和故事里的"龙"》前后深入苗区几个月，交朋结友，整理苗族民间文学二十多篇。在大量材料的基础上，没日没夜地苦读《易经》《礼记》《尚书》《离骚》等楚辞多篇，查阅《史记》《说文解字》《搜神记》《唐宋传奇》《本草纲目》等史料。将汉文化与苗文化关于龙的不同特征和不同含义作了全面比较，得出了汉、苗文化对"龙"的"畏惧"与"亲近"，"貌敬"与"笃爱"，"圣化"与"慈化"等相反的结论，既使中华龙的形象更丰满，更瑰丽多彩，又突出了"苗龙"更富有人情味，既食民间烟火，又繁衍人类子孙。上述结论进一步雄辩地证明苗族乃至整个中华民族是真正的"龙"的传人。这是他勤奋好学的结果，博学多才的结晶。

其二，敏锐的眼光，惊人的发现。从正史来看，一部中国文化史实际上是汉文化的历史，或者叫做根据汉文化的传统观念书写的历史。丰富多彩的少数民族文化，不但没有占据应有的地位，而且被歪曲贬斥得不堪入目。要还少数民族文化的历史真面目，必须做大量的有效的工作。昌鑫先生就是一个做了大量有效工作的斗士。他以敏锐的眼光，透视历史和野史的蛛丝马迹，去表就里，去伪存真，去粗取精，发现了惊人的珠宝。为了进一步探讨苗族关于自己和关于整个中华民族是"龙"的传人的问题。

其三，精辟的分析，准确的命题。与昌鑫先生接触不多，只读文章的同志，多误以为他是学哲学或法律的。因为他勤于思考，善于推理，敢于创意。对学术问题分析精辟，讲究用词造句，主意高远，命题准确，不愧为真知灼见、妙语其文。例如，对土家族的哭嫁习俗和哭嫁歌，大家司空见惯，习以为常，很少提出疑问。即有些文章，也是泛泛而谈，难以给人留下深刻印象。但是昌鑫先生不同，他的"土家哭嫁及哭嫁歌试析"一文，从哭嫁歌的三大主脉走向，得出了一个无可推翻的结论，并从自己预定的这个命题中，筛选出一个几经锤炼的大标题——《一曲母系氏族社会崩溃的挽歌》，透彻地说明，哭嫁婚典与哭嫁歌的内容归并起来，主体审视，可以清晰地看出哭嫁婚典和哭嫁描绘的不是奴隶社会抢婚的画图，更不是封建包办婚姻的画图，而是一幅母系氏族社会崩溃的画图，一曲母系氏族社会崩溃的挽歌。这种命题准确性成了昌鑫的拿手戏。是他多年精论分析，善于练字练出的硬功夫。无论何时何地，只要讨论写作，他总强调要深思熟虑，提出准确的论点，然后千锤百炼地确定引人注目的标题。如《是生活相还是历史积淀和浓缩》《爱国诗篇，还是沅湘"殇"葬悼词》《原始人类生活所表示的"天意"记录》《一首古老的土家军葬战歌》《一部用舞姿写成的民族文学》等，个个标题都十分醒目，而且令人深思，既能吸引人拜读，又能让人读后难忘。昌鑫先生的论文中也有一些普通而又普遍的标题，而每个普通大标题下，都有一些很讲究的小标题，给人耳目一新的感觉，并且产生感情共鸣，形成共识。这也是他文学根底深厚，思路极为敏捷,笔端无比锋利,治学十分严谨的表现。

昌鑫先生学术成果很多,涉及的知识面很广,无论探讨什么问题,着眼的广度,认识的高度,挖掘的深度,命题的精度,表述的力度都是惊人的。

2024 年 10 月 15 日

本文作者杨选民系杨昌鑫先生长子,原任湖南省吉首市文化旅游广电局副局长,长期从事文艺创作,任导演、编剧、策划等,著有《文化人类学的湘西文本——土家族苗族历史文化研究》(湖南人民出版社)、《谷韵吉首》系列丛书(湖南人民出版社)等。为大型舞蹈诗《记忆湘西》《德夯玛汝》、大型非遗旅游晚会《乾州非遗秀》等剧目的编剧及总导演。多次担任省、州、市大型文艺演出(晚会)的总策划、总撰稿及总导演,创作的戏剧、歌曲、舞蹈等作品多次获湖南省及湘西州"五个一"工程奖及省艺术节金奖。

大庸古国的傩神傩会

周志家

在人类历史上,部落群体以宣谕神傩(梯玛、土老司)为核心的大型祭祀活动曾经普遍存在,但这类活动随着社会的演进大都已消失在历史的长河中。张家界市永定区崇山、罗水,沅陵县七甲坪一带土家族的祭神傩会活动能将这种带有原始遗风的仪式和傩舞保留至今,必然有其历史和社会的原因。笔者从艺四十余载,有幸走遍大庸的山山水水、几十个乡镇、几百个村寨,接触数十万土家苗汉的父老乡亲,亲睹、亲闻、亲历了不少的文物古迹、民间传奇以及古代傩文化的遗存。虽说这些东西和资料零星、分散,但这些风俗、风情就像一串串璀璨的明珠,暂时地被历史的巨轮压在了浩瀚、广袤的土地里。这些年来,史学界推出了以骧兜祝融为首的长江中下游的苗蛮集团是中华民族古代文明的缔造者、创造人之一,崇山自然被定论为中华民族发祥地之一,一连串与古傩文化有关的地名也引起了世人的关注,如:三坪、罗水、罗塔坪、四都、五龙、犀牛潭、马头溪、大庸所、烽火、昌溪等。它们均散落在崇山的周围,众星拱月的崇山自然就是古傩文化的据点、活动中心,居高临下的统领者,全方位地指挥各部落的先祖、先辈、先民。古庸大地傩神傩会的参与者,当然是少不得这些土家族农耕乡村部落的。

傩神傩会的仪式程序

古庸大地历史上长期盛行以神傩(土家族称梯玛,又称土老司)为核心,以村庄为单位共同参与举办的大规模的民间传统仪式活动,其内容包括沐浴、迎神(抬神轿)、神附体、供献食品供果、烟祭、血祭(献牲杀羊)、傩堂捉鬼(扫邪纳福)、舞蹈娱神、苦行祭神(上刀山、下火海、踩犁头、滚刺床)、情歌演唱、梯玛法事诵经,以及送神等一系列仪式,其主旨是通过祭祀活动向保护神祈求风调雨顺、六畜兴旺、五谷丰登、人丁平安、村落吉祥。

1. 烟祭请神

烟祭,是傩会正式开始的第一项活动。仪式开始,锣声、鼓声、牛角号响起,戴着傩面具、穿着盛装的全体舞队人员排成一个大圆圈,围绕着烟祭的柴火堆,数面龙凤旗或彩旗,形成外围一圈,已经神附体的法师手持八宝铜铃、师刀,将第一枚火苗投向柴火堆点火,并督阵内圈手执枞膏油的火炬手,纷纷将"火炬"投入燃烧的火堆之中,队伍按顺时针转圈,外圈的龙凤旗队伍则反转圈,众人不停地高呼呐喊:"啊嗬嗬!"法师还要在神庙之门外向天空抛撒纸钱,以示祭献山神、河神、土地神等保护神。数分钟的旋转跑步,呐喊声声,烟祭火堆的熊熊烈火猛烈地燃烧,烟气升腾,气氛十分热闹、热烈、欢快、欢腾,声势浩大,神采飞扬,鼓声、锣声、牛角号声、欢呼声、火铳声、鞭炮声、火爆声,汇聚成恢宏壮阔的交响乐曲,具有十分强烈的震撼效果。据说各路大神闻听音讯后,会奔赴傩会现场来观看热闹,这样通过烟祭请神的目的已经达到,法师则示祭毕,往下举行正式的祭神娱神的仪式。

2. 娱神表演

以法师的独舞、领舞和舞队的分组舞、群体舞为主要形式的娱神表演,是傩会祭神仪式的主要内容。一系列舞蹈节目之间则穿插着烟祭、献祭(其中包括杀羊血祭的古老仪式)以及阳戏、曲艺、情歌等活动。节目表演中还保留着上刀梯、下火海、踩犁头、滚刺床等苦行祭神的傩技活动。在祭场上表演节目的同时,傩堂神殿内法师诵经活动一直在进行。

现将崇山傩神傩会娱神的常规仪程列表示意如下:

娱神	常规仪程	表现形式
神舞	土家八部大神	男子队列舞
傩戏	捉鬼	傩坛法师
草龙舞	钻火门、泼水龙	男子群舞
毛古斯舞	围猎·示雄	男女群舞
铜铃舞	扫邪纳福·征战拓疆	男子群舞
苦行祭	上刀山、下火海、滚刺床	傩坛法师
春牛舞	农耕之祖	男子群舞
高跷舞	喜庆丰收	男女群舞
竹马舞	童趣征战	幼童戏舞
摆手舞	吉祥团圆	男女群舞
土地戏	神灵同乐	五人土地戏
唱山歌	山歌情歌	男女对唱
打溜子	热烈图腾	乐器演奏
演阳戏	娱神娱人	传统小阳戏

3. 傩神傩会傩舞的结构因素

从上表崇山傩神傩会娱神常规仪程可清楚看出,舞蹈主要在"娱神"的程序中表演。换句话说,"祭神"仪式是一个多段体的程式模式,构成这个多段体程序的主体则是舞蹈表演。

在傩会的祭场上,舞队跳舞多达十余项,这些舞蹈从内容和形式上区分,可分为四种形式,即神舞、龙舞、军舞、民舞,也许这样的分类并不完整。因为每个村庄的祭神仪式中并非只有一种舞蹈形式,而是包含了一系列不同的舞蹈。比如罗水舞队就能演毛古斯围猎、铜铃舞、傩面舞等多种舞蹈节目,三坪舞队演的毛古斯则是示雄,与罗水演的围猎是两个完全不同的内容。

舞蹈不但是仪式结构的主干,也是仪式过程的主流,正因为如此,傩会仪程中的傩舞才是仪项的主题。

(1)神舞。神舞是代表神显身于祭场的舞。如"八部大神列队"舞,神附体的法师表演的"捉鬼""开山"、上刀山、下火海、滚刺床、土地戏等节目均属神舞,是神与神附体的梯玛用舞蹈形式与信众见面,使神和人在同一时空场域中共同感受着由身体的律动引发的狂热欢娱,体验着人神共舞的激情带来的宗教崇敬与虔诚。人与神共同在动态的傩舞场域中一起感受着傩舞带来的亲和关系,这种神傩舞就自然而然地成了这种亲和关系的象征。

(2)龙舞。龙舞是酬神和祈神的舞。首先是感谢神的光临,其二是向神祈求风调雨顺。如草龙舞之类的节目,表演的泼水龙、钻火门等内容其寓意则是来年风调雨顺,生活更加红红火火。三坪的草龙舞则由女性表演,其意是取悦龙王爷多降甘露。由此可见,各部落变着戏法娱神,足以证明了土家先民的睿智和聪慧才智使傩舞的形式和内容不断地翻新和充实。

(3)军舞。反映军队将士征战拓疆内容的舞蹈,俗称军舞。比如"铜铃舞""竹马舞"等,舞蹈中的内容就是表现军士们驾驭战马,征战四方,骁勇无敌的场面。铜铃的响动,正是战马脖子下系的铜铃的声响,如雷如电,如斯如鸣,气势澎湃,阵势威猛。"竹马舞"虽是一帮幼童表演,但他们是效仿大人,效仿男子汉的气概,冲锋陷阵,勇往直前的精神鼓舞他们将来长大了,也会像先祖们一样英雄。土家族是一个饱经磨难的民族,两千余年的历史中就有千余次战争的记录,因此在祭神傩中也就有了军舞类的节目出现。殷商末期,周武王邀大庸古国北上伐纣,庸国主帅即率七个附庸国联军勇赴中原战场,并以古老的摆手舞激励斗志,击败殷军,故史上有"前歌后舞"的记载。这种歌舞,被称作军舞,又称战舞。

(4)民舞。反映民间生活,反映农耕时代的刀耕火种内容以及追求幸福一类的节目,统归于民舞。如毛古斯、春牛舞、高跷舞、摆手舞等。"春牛舞"中的拜牛歌词唱道:"焚香摆供,敬表恭奉,顶礼膜拜,无限虔诚。神牛啊神牛,您是土家人的图腾;神牛啊神牛,您是毕兹卡的神明。请将这些供品享用,领受我们感恩之心。请接受我们大礼祭拜,聊表我们崇敬之情。神牛啊神牛!请以你的神力,载负我们身家性命;请用你的神威,保佑我们风调雨顺、五谷丰登。""高跷舞"中的祝福歌唱道:"唱起吉祥的长调,祝福傩会的亲人,跳起虔诚的舞步,恭送队伍前行。八方圣灵,天地神明,庇佑我们毕兹卡人,一生安顺四时康宁。""毛古斯·围猎"中,土民们唱道:"乐日了喂,社巴得底多哇,乐社了喂,日麦志志坡哇,嗬哈哈,嗬哈哈……"(汉语意为:"该死卵朝天,不死在阳间")。这些唱词都是反映世俗愿望、民生民意的事,因此这类节目生命力很强,保留至今,经久不衰。

(5)音乐节奏。各种舞蹈都离不开锣声、鼓声、竹梆声的配合,这种敲击节奏的音响伴随着整个仪式过程。响亮、浑厚、摄人心魄,促人起舞,使人振奋,引人狂热,对制造气氛起到了至关重要的作用。锣声、鼓声、竹梆声的意义还在于它是傩神会声音场域的象征符号。

祭神傩会的文化意义

大庸古国的先民们在这块土地上劳作、社交、追求、向往、斗争、开拓、生息、繁衍,喜于斯、笑于斯、怒于斯、骂于斯、歌于斯、舞于斯,创造了光辉灿烂、传承不衰的傩文化。祭神傩会是一幅具有原始信仰象征特点的民间风俗画卷。傩会中膜拜仪轨,膜拜保护神的祭祀仪式以及仪式中的傩舞、傩戏,并不是无意义的活动,或无效果的姿态,也不仅仅是表面上所体现的利用仪式和舞蹈讨好神灵,以求得风调雨顺的简单功能。崇山傩神傩会通过定期的集体仪式和集体舞蹈祭祀神灵的实质意义,在于求得部落成员对部落群体的归属和认同。在傩会仪式中,代表神的梯玛和部落成员发出同样的喊叫,踩着同样的节奏,做出同样的舞姿。群体中不同性情、不同背景、不同年龄的成员在共同的仪式场域中,在共同的膜拜对象前趋于一致,体验着人神共舞的和谐,在这种和谐中重温着统一的集体生活,表现着强大的部落群体力量,这便是祭神傩会所具有的实质意义。

尽管部落式的社会组织在中国早已不复存在,但在古代部落社会基础上形成的部落观念和祭神仪式却在社会结构转型后的部分少数民族地区依然保留下来,仍然在中国张家界崇山及周边乡村山寨中大量存在。

大庸古国的傩神傩会活动的遗存对其社会文化意义归纳起来大致为40个字:祭祀傩会,本色再现;膜拜仪轨,民族图腾;原始遗风,文化遗产;人神共舞,和谐重温;追寻历史,反观真理。

本文摘选自周志家著的《大庸阳戏研究》,中国文史出版社,2011年11月第一版,有改动。

蜡祭水庸·苍壁沉潭

—— 蜡祭水庸与大庸古国农耕祭祀文化简论

李书泰

张家界市及整个大武陵地区的广大农村,至今仍兴吃腊八饭。每年农历腊月初八这天,家家户户都要吃一顿用大米加腊肉丁和几种豆子及红萝卜颗熬制的稀饭即腊八粥,俗称吃腊八饭。城乡居民一般都是从众、从俗跟着过节,至于此俗从何而来,一般无人深究。其实,这是古代的腊祭习俗。古时候,在一年将要结束、新年即将来临之时,人们都要用猎获的禽兽和收获的谷物祭祀天地、告祭祖先,喜庆丰年、祈求福寿。在古代,"腊""猎"是一个字,所以,把新旧交替的十二月称为腊月。

水庸、城隍与天门涌水和壶头神濮

最初的城隍并不是神,而是指城郊外的护城壕。城隍最早的含义城坊,是由水庸衍化而来的。《礼记》中记载:"天子大腊八,祭坊与水庸。"郑玄注:"水庸,沟也。"古代人最早信奉的护城沟渠神是"水庸神",以后逐渐演变为城郊的守护神,即城隍神。

汉代郑玄则指出,"水庸神"在八腊神中排位第七,"腊有八者,先啬一也;司啬二也;农三也;邮表四也;猫虎五也;坊六也;水庸七也;昆虫八也。"其中,"先啬神",即神农氏;"司啬神",即周朝的祖先后稷;三为"农神",即古时的田官之神;四为"邮表啜神"(啜,音同"绰"),即田间庐舍和阡陌之神,感谢它始创田间庐舍、开辟道路、划分了疆界;五为猫、虎神,感谢猫吃掉野鼠,老虎吃掉了危害庄稼的野猪,保护了禾苗;六为"坊神",感激它使堤防坚固;七为"水庸神",即田间的沟渠,也有说指城隍神;八为昆虫神(蝗虫)。

到了三国曹魏时期,中国又有了城隍庙。后来,城隍庙逐渐遍布全国各地。城隍是鬼神世界中的一城之主,是彰善惩恶、司阴阳两界之神,其部下神有文武判官、六部司、六将爷、三十六关将、七十二地煞。文判手执生死簿,武判怒目执铜,牛头马面将军横眉竖目。广额黑脸的八爷范将军,专治生前作非的恶人;垂眉吐舌的七爷谢将军,专扶善人到极乐世界,是名副其实的"一见大吉"。庙内正对城隍爷的上方,有一乌黑的大算盘,专门用来计算人世间的罪恶,算盘上有一副对联,一针见血,"世事何需多计较,神天自有大乘除。"加上庙内光线不佳,幽暗昏黄,身临其境,如同进入阴曹地府,令人心生敬畏。

到了元代,又有了都水庸田使官名。元代,设掌管水稻生产的官署称都水庸田使司,置"都水庸田使",简称"庸田使"为其长。至正十二年(1352),因农民暴动,南北漕运不通,为缓解大都粮荒,朝廷于汴梁(今开封市)增设都水庸田使司,置长官"庸田使",秩正三品。下置"都水庸田副使"及"事",以为佐官。

水庸发祥于古庸国地区的宗教信仰,随着庸文化的强大影响力而流传至中原及朝鲜、越南、东南亚等地,成为庸文化圈内较为普遍的信仰之一。水庸、城隍信仰带有很浓厚的古庸文化色彩,海外诸国对水庸、城隍的信仰,体现了对古庸国文化的吸收与转化。对比研究城隍信仰在古庸国与海外的流传和演化情况,有助于深入了解古庸文化圈内各国受古庸国文化影响的程度,从而进一步探究各国与古庸国在文化上的共同性与相异性。"城池者,有水曰池,无水曰隍"。据现代学者考证,城隍信仰源于夏代的水庸神崇拜。而我认为,这实际就是古庸国的"天门神瀵"崇拜。

据《列子·汤问》载:"禹之治水土也,迷而失途,谬之一国。滨北海之北,不知距齐州几千万里。其国名曰终北,不知际畔之所齐限,无风雨霜露,不生鸟兽、虫鱼、草木之类。四方悉平,周以乔陟。当国之中,有山,名壶领(头),顶有口,状如甀甀,状若员环,名曰滋穴,有水涌出,曰神瀵,臭过兰椒,味过醪醴,一源分四埒,注于山下。民性婉而从物,不竞不病,无衰老哀苦。"又曰:"经营一国,亡不悉遍。土气和,亡扎厉。人性婉而从物,不竞不争。柔心而弱骨,不骄不忌。长幼俦居,不君不臣。男女杂游,不媒不聘。缘水而居,不耕不稼。土气温适,不织不衣。百年而死,不夭不病。"

列子所述之壶领山乃壶头山,即天门山也。天门洞口,远观朗然如瓶。"状若甀甀"为状如观瓶字形之误。天门山一直流传着天心眼(天然水池,地表看不见)涌水的神奇传说,尤其是48点梅花雨的传说,更与列子笔下的神瀵一致,相传以口承之,可不夭不病,无衰老哀苦。故天门涌水被视为神瀵,乃上天水庸神所为。因而逢涝祷之以祈日,遇旱祭之以求雨。我认为这"天门神瀵"就是古人最早的水庸之神。天门洞48点梅花雨的传说,就是水庸神话产生的民俗和地理环境基础。

据历任广东大学(今中山大学)、上海大学、复旦大学、四川大学、扬州师范学院教授的任半塘先生指出,非人之物也可以由人来扮演,而称为尸:"物凡经过神化者,无不可以设尸。坊庸、水土、昆虫、草木,其本身之像虽不便扮饰圆满,无物不可'惟妙惟肖',罐头、瓜果,若一经抽象为坊神、庸神、水神、土神,以至昆虫、草木之精灵,乃无往而不可扮为尸。神何所托,惟尸可承。""坊""庸"式水库便从这沟洫发展起来,而且跟"邮表畷"联系在一起,可能它在西周时代已经出现。《周礼·地官·稻人》:"掌稼下地,以潴蓄水,以防止水,以沟荡水,以遂均水,以列舍水,以浍泻水。"周初的水利设施虽然不一定有这么复杂、齐全,但是沟渠和利用自然地形地物的水利工程肯定是有的。所谓蓄水的潴,是蓄存灌溉水的陂塘,而所说止水的"防"则是堤防,如果塘四周加土堤,它可以增加陂塘蓄水量,也可以抬高蓄水水位,扩大灌溉面积。这是原始的蓄水工程。蓄水工程和灌排结合的渠系工程的出现,标志着西周沟渠工程的新水平。"坊"

"庸"之制便在此基础上建构起来。

蜜蜡、蜡祭与天子大腊

据(明)李时珍《本草纲目〈赤豆〉》条记载:传说那位头撞不周山的共工氏有七个"不才"的儿子,"以冬至死为疫鬼",于是作小豆粥,来驱除瘟神疫鬼。但据《礼记〈郊特牲〉》:"天子大蜡八。伊耆氏始为蜡。""蜡"本为"猎",通"腊","伊耆氏"即炎帝神农氏。"腊八祭"是腊月祭八神。《本草纲目〈赤豆〉》中记载有七个"不才子",加上共工正好八人,是为八神。也有学者认为,"腊八祭"既是"天子腊八",祭的当是天子、帝王,且为"伊耆氏"炎帝,而炎帝正好八代。(清)马啸《绎史》世系图中的八世炎帝是:神农、帝临魁、帝承、帝明、帝直、帝来、帝厘、帝榆罔。

清朝时,每年都要在北京雍和宫举行腊八盛典。"雍和宫院内,至今还陈放着当年熬腊八粥的大铜锅。锅直径二米,深一米五,重约八吨。据《雍和宫志》记载,腊八盛典共分熬粥、供粥、献粥、舍粥四大幕。从腊月初一开始,总管内务府就派司员把上等的奶油、小米、江米、羊肉丁和五谷杂粮,以及红枣、桂圆、核桃仁、葡萄干、瓜子仁、青红丝等干果一车车运来,到初五方始运齐。初七清晨开始生火,到初八凌晨粥才能全部熬好。一共熬六锅,第一锅供佛;第二锅献给皇帝及宫内;第三锅给王公大臣和大喇嘛;第四锅给文武百官及封寄给各省的地方大吏;第五锅分给雍和宫的众喇嘛;第六锅加上前五锅剩的,就作为施舍的腊八粥了。"可见,上古时期,腊八祭典之盛,腊八神确非八代炎帝不可。

赤帝祝庸与炎帝神农率民蜡祭,合聚万物,索飨百神,以报岁成。又以赭鞭鞭击草木,使之萌动。(蜡之为言索也,例以每岁终行蜡礼。祭后,用赤鞭,合火德也,年不顺成之方。夏曰清祀,殷曰嘉平,周曰大蜡。《礼记》:天子大蜡有八:一先啬,二司啬,三晨,四邮表啜,五猫,六虎,七坊,八水庸。)是时九土之国,各执方物来贡。南至交趾(南方夷人,其足两指相交,故名。即今安南地),北至幽都(古曰幽陆,后为燕地),东至旸谷(即日出之所),西至三危(山名,在沙州,三峰峭绝若倾),莫不从化。

腊祭水庸,就是迎祭水神。郑注:"水庸,沟也。"孔疏:"是营为所须之事,故云'事也,坊者所以畜(蓄)水,亦以障水;庸者所以受水,亦以泄水。谓祭此坊与水庸之神。"看来这是祭祀"水库"之神。当然这还是农业神。共工、崇伯(鲧)、大禹是治水能手,被先民尊为水神,代代祭祀,故今张家界一带有禹溪、禹王庙、天师(司)庸、吊(祷)索庸、蜡烛(祝)庸等地名。而天门洞顶之天然堰窝,常有大晴之日泉水喷涌的奇观发生,正是举世罕见的天赐"水庸",亦正是祝融、伏羲、共工、高阳、崇伯(鲧)、大禹、驩兜等古庸先贤祭拜水神的圣地。故大庸古国早在夏朝已前,就已千真万确地存在于以崇山南北为中心的大武陵地区。武,足迹也。《诗·大雅·生民》曰:"昭兹来许,绳其祖武。祖武,即祖宗之足迹也。""陵"的本义是大土山,由大山引申为帝王陵墓。武陵就是留下三皇五帝等远古人文始祖们足迹和陵墓的大山区。汉设武陵郡，治所在今湖南省常德市。今张家界市武陵源区，即因地处武陵山区核心地带而得名。

水庸、城隍与古代城市的形成发展紧密相关，远古时代的先民部落，为防止猛兽侵袭及抵御其他部落掠夺，在聚居的村落周围挖一道深深的防御性壕沟。《礼记·郊特性》："天子大腊八，祭坊与水庸，事也。"郑玄注云："所祭八神也，水庸七。"赵翼《陔馀丛考》卷35则进一步解释为："水则隍也，庸则城也。"可见，此"水庸"神即"城隍"神之前身。但直至汉代，水庸神还没有演变发展成为真正意义的城隍——城市保护神。东汉班固《两都赋序》："京师修宫室，浚缮城隍。"此"城隍"用的是本义。后世有求城隍祝文云："城隍之有神，犹郡国之有守，幽明虽殊，其职于民则一而已。某叨蒙上恩，来镇此土，深唯责任之重……朝夕兢兢，不敢自忽。至于独除灾祸，丕降福祥，则神之职也。"据说太祖朱元璋出生在土地庙，所以对土地神的上司——城隍，极为崇敬。他为城隍钦定官职，封京城城隍为帝，开封城隍为王，府城隍为威灵公，州城隍为灵佑侯，县城隍为显佑伯；并规定新官上任，须斋戒沐浴祭祀城隍，宣誓忠于神明、忠于职守，才能入衙理事，且逢每月初一、十五，地方官员都应祭拜城隍，以阴阳互为表里，实现人神共治。

我以为腊祭即蜡祭。"蜡祭"之"蜡"指琥珀"蜜蜡"之"蜡"，蜡祭就是玉祭，即以玉、以蜡敬天娱神（讨好、取悦），反映了古代先民以最贵重稀有之物敬天祭神的虔诚和庄重。只因蜜蜡比一般的玉石更贵重，故以蜡祭天比以玉祭天更隆重，亦更庄重。

蜜蜡是自然界中最奇幻的珠宝，是琥珀的一种。因其色彩如蜜，光泽如蜡而得名，呈明黄至暗红色不透明体。在物理和化学成分上蜜蜡和琥珀没有区别，简单地说，透明的叫琥珀，不透明的就叫蜜蜡，而蜜蜡是较为高级的琥珀。所谓"千年琥珀，万年蜜蜡"，可见其形成的年代要比琥珀更加久远。蜜蜡的质地柔美，色泽温润，深受人们的喜爱，在欧洲它被统称为 AMBER，义译就是"琥珀"。

蜜蜡起源于地球还是蛮荒的时期，不但人类尚未问世，许多较早的动物亦未出现。它是数千万乃至一亿年前的始新世和白垩纪时代的松树、枫树等树种的树脂埋在地底下，与空气、水源、土壤等各种矿物质发生作用而融合形成的一种有机宝石。历尽沧桑磨炼，给它增添了无数瑰丽和神秘的色彩，实为天地精"珀"。

我国古人认为琥珀是猛虎死后的魂魄变化而来的。宋代黄休复在《茅亭客话》中就有这样的记载。对此，李时珍也信以为真，曾说："虎死则精魄入地化为石，此物状似之，故谓之虎魄。俗文从玉，以其类玉也。"倒是唐代诗人韦应物在《咏琥珀》诗中道："曾为老茯神，本是寒松液，蚊蚋落其中，千年犹可观。"描述生动传神。《天工开物》中说，猫睛黄而徽带红的琥珀最贵重，"此值黄金五倍价"，也道出了其收藏的珍贵。

在欧洲，琥珀蜜蜡一直就被视为其宝石文化的代表，并把它当作吉祥物，如同玉代表着中国的文化一样,欧洲人们称它为"北方之金"。传说,琥珀是古希腊女神赫丽提斯的眼泪变化而成的。那时,它多为贵族阶层拥有,从十八世纪末到十九世纪初,它成为美国新贵的珍爱,当时的美国第一夫人所佩戴的琥珀项链至今仍收藏在美国历史博物馆中。

此外,中医认为琥珀是疗疾良药,具有安定心神、帮助睡眠的作用。《名医别录》中将其列为上品,具有"安五脏,定魂魄,消瘀血,通五淋"之功效。欧洲人也认为它具有神奇的功效,据说波兰作曲家肖邦总是随身带着一块琥珀,每次演出前他都要用琥珀擦手,让手指温暖灵活起来。可见,远古先贤敬天尊神虔诚到了何等程度。故自古以来就有"蜡祭水庸,苍璧沉潭"之说,而在今张家界永定城区西郊澧水河畔就恰有"沉潭"地名。联系这"苍璧沉潭"的古俗,又可见今日城区之"沉潭水厂",承载了多么深厚的文化底蕴!

农耕祈祷与猫虎同祭

古庸先民在隆重祭祀水庸神之前,必先祭祀猫和虎。蜡祭的第五、第六项是祭猫和虎。"古之君子,使之必报之。迎猫,为其食田鼠也;迎虎,为其食田豕也。迎而祭之也。"田鼠和野猪是庄稼的大害,而猫和虎是他们的天敌。然而,举行农业祭仪的人们选定它们"入祀"是情理之中的事。至少,它们是从狩猎祭转到农事祭里来的。费尔巴哈引罗德氏的话说:埃及人……由于耕种土地而无须乎害怕狼和其他野兽。祸害他们的是家鼠和田鼠,即蒂风神的爪牙,所以猫在埃及人那里占据了狗在波斯人那里的地位。

正因此,"古代埃及人把猫当作宝贝一般看待。家里发生火灾,不先救火,第一着是救猫。家猫寿终正寝,合宅老小都剃眉毛吊孝。猫的尸体被做成木乃伊,放进小铜棺里去,存放在庙宇里"。这和中国在大蜡里祭祀善食田鼠的猫或猫神是很相似的。猫的眼睛能够在黑夜里发光,埃及人认为,这是收集并保存着太阳光的缘故,所以猫能在夜间代表太阳来驱逐黑暗和邪魅。这就又有些像方相氏"黄金四目"是象征能够辟除暗魅的太阳了。古埃及的猫好像非常喜欢火,有时甚至跳到火里"自杀",也许是一种"趋光性"的表现吧。希罗多德说:"在埃及,每当起火的时候,在猫身上便有非常奇妙的事情发生了。居民们不去管火在那里大烧特烧,而是一个一个远远地围立在火场的四周注意着猫,但是猫却穿过人们中间或是跳过人们一直投到火里去。"这跟老鼠的喜欢黑暗恰成对照,而可能因此而被埃及人所惊异、所尊崇。"

海南岛黎族的某些支系过去也曾经以猫为"图腾"。当地的人们将猫这种动物视作自己的祖先,称雄猫为祖父,雌猫为祖母,任何人不得伤害和食用。猫死之后,要由两个年约十二三岁的未婚男性,用竹竿将它抬至村旁山坡处或椰子树下进行埋葬,抬者在途中痛哭呼叫,表示哀痛。黎族只对猫这种动物才有这种仪式。

　　然而蜡典祭猫是否保存着某种猫图腾的机制或观念却不得知。"迎猫，为其食田鼠也。"这也是农夫的愿望。而贵州镇远涌溪一带部分龙姓苗家还保留着每年腊月初一、初二过"灭鼠节"的古俗，可以视为西南方蜡祭的一个分支。《说文解字》卷5有个"虦"，说是"虎窃'虦猫'。从虎，戋声。窃，浅也。看来就是传说的那种"似虎浅毛"的猫，山猫。猫虎确亦同科。刘敦愿先生则说，它"可能是一种体形较虎豹为小的猫科动物，行动灵活，所以才能捕鼠"。如果猫、虎确实都指野生猛兽的话，那么蜡祭的前身与狩猎经济亦有关系，更可以得到证明，"虎"同时也是大傩仪式里的重要角色。刘尧汉先生等还认为虎是傩蜡之风的"主角"，傩的原义就是"虎"。至少"虎"能够把"傩"和"蜡"——前者主源狩猎，后者侧重农耕——这两个中国古代南北方最重要的戏剧性仪式"咬合"在一起。

　　至于蜡祭以虎为重要对象，当然主要出于功利的考虑：它能"为民除害"。然而，猛虎对人类的威胁要压倒贡献。那么，为什么要对老虎顶礼膜拜，敬之犹恐不及呢？这种崇拜显然出于恐惧，企图用贿赂来免祸，跟人们害怕而又祭拜恶神一样；这在狩猎时期跟农牧时期都是一样的。故今日古庸核心地区的土家族群众仍保持着传统的猫虎图腾习俗。

　　费尔巴哈说：在一般情况下，许多民族都直率地并不崇拜那善良的自然实体，而崇拜那凶恶的、至少在他们看来是凶恶的自然实体（原注：崇拜猛兽亦属此类）。其原因正是害怕。蜡祭甚至可能祭祀害虫，也是为了贿免。

　　著名学者刘敦愿先生从农业"生态学"的角度揭示这种祭祀在客观上的积极意义。他认为这种大蜡礼，应是一种带有原始意味的盛行于民间的农业祭祀；其中对于猫虎的崇拜，又有着不同的特点，即在宗教的神秘外衣掩饰下，实际却寓藏着一种对某些自然现象——生物学上"食物链"的深刻理解，发现了其中内在的必然的联系——猫和田鼠、虎和田豕之间的天敌关系，以及对于农业丰收的重要影响，而且运用宗教崇拜的形式，把这种认识固定下来，这在当时自然是很不简单的。水是生命之源，是农业的命脉，故天子大蜡最后一个仪典才是祭水庸，以示庄严和隆重。

　　本文摘选自李书泰著的《庸国荒史研究》，人民日报出版社，2019年4月第一版，有改动。

澧水流域是古蜀族的发源地

伏元杰

蜀文化在川西本土没有渊源可寻,蜀文化本土论显然是站不住脚的。川西宝墩文化与绵阳边堆山文化、广元中子铺、邓家坪遗存有继承发展关系,而广元中子铺、邓家坪遗址与丰都的玉溪遗址属于同一类型,而丰都的玉溪遗址属于城背溪文化,所以,川西蜀文化的源头在长江中游城背溪文化。城背溪早期文化是伏羲文化,城背溪晚期文化是神农文化。蜀族出于濮族,濮族出于神农,最早的蜀族在洞庭湖之澧水流域。

一、川西蜀文化与长江中游的城背溪文化有继承发展关系

长期以来,人们都认为蜀文化是在川西本土上由本地居民独立发展起来的一种本土文化。蜀文化本土论在蜀史研究中至今仍占主导地位,其实,不是这么回事。蜀文化不是本地土著文化,蜀文化在川西本土的考古文化遗存中没有渊源可寻,蜀文化本土论显然是站不住脚的。那么,蜀文化的源头在哪里呢?答曰:在长江中游的城背溪文化。因为川西蜀文化与长江中游的城背溪文化有继承发展关系。

江章华先生认为:"目前(川东长江沿岸)这一区域发现的最早的史前遗存是类似于'城背溪文化'的一种遗存,发现地有丰都的玉溪遗址。接下来还发现有'大溪文化'和'屈家岭文化'遗存,除巫山的大溪遗址以外,其它遗址仅发现少量这类遗存。之后在这一区域发展起来的一种地方性特征较强的考古学文化——哨棚嘴文化,分布遍及整个峡江和陕西地区,已有大量这类遗存出土。目前还没有一组碳测数据作为参考,不过该文化在地域上东与长江中游文化区相邻,它们之间发生过不同形式的接触与交流,而且就目前考古资料所反映的情况看,在哨棚嘴文化之前,城背溪文化,大溪文化和屈家岭文化曾到达或影响到了这一区域,如丰都玉溪发现了一组类似于城背溪文化的陶器,哨棚嘴遗址的下层发现有屈家岭文化的彩陶壶等。依据上述则可将哨棚嘴文化的早期年代推定在石家河文化的早期应该说不会有大的问题,绝对年代的上限据肖家屋脊的碳十四测定约在距今 4600 年。那么哨棚嘴文化第四期就晚于石家河文化的晚期,即哨棚嘴文化的年代下限当晚于 3800 年。"①

---

① 江章华:《川东长江沿岸先秦考古文化的初步分析》,《中华文化论坛》2002 年第 2 期。

杨华先生也认为以玉溪遗址为代表的长江三峡西部地区新石器时代文化与城背溪文化相似,广元中子铺遗存又与玉溪遗址文化面貌相似。他说:"三峡西部地区主要以玉溪遗址为代表,三峡西部地区的玉溪遗址其文化面貌与三峡东部地区的城背溪文化遗存面貌相似。此外,三峡东部地区还发现有更早的长阳'桅杆坪遗存',西部地区有奉节'鱼腹浦遗存'。三峡东部和西部地区新石器时代文化遗存中,除早期城背溪文化阶段时文化遗存的面貌相似外,自中期开始,东西两地已发展成为两个决然不同的文化系统。三峡东部地区的大溪文化、屈家岭文化、石家河文化与江汉平原、洞庭湖流域同时期文化遗存的性质一样,应是一个大文化系统。三峡西部地区的哨棚嘴中、晚期文化遗存面貌与成都平原的宝墩文化、边堆山文化等遗存的面貌大同小异,应同划为一个大文化系统。据20世纪80年代末期,中科院考古研究所在嘉陵江中游广元地区发掘的中子铺、张家坪等遗址资料情况,遗址地层中出土遗物,器形单一,以红褐陶为主、器物口沿部位多流行用花边装饰等风格,这些特征皆是丰都玉溪遗址早期地层中陶器的典型特征。年代也十分接近,距今在7000—6000年。近十余年来,在成都平原陆续发掘出的一些新石器晚期遗址中,出土的陶器无论是陶质陶色,还是器物的制作风格等,都显示出了具有浓厚的三峡东部屈家岭文化、石家河文化的某些因素。另外,在成都平原发掘出的一批新石器时代的古城,这些古城的建筑形式和方法也与长江中游屈家岭文化、石家河文化的古城建筑形式和方法基本一样。据此,专家们认为,成都平原新石器时代古城的城垣筑法,陶器遗存中的灰白陶以及圈足上的镂孔风格等,与长江中游屈家岭文化和石家河文化的进入有着密切联系。[①] 因此,四川广元中子铺遗存也属于城背溪文化。

宋治民先生又说广元中子铺遗存与绵阳边堆山遗址及三星堆文化有继承发展关系,他说:"三星堆一期文化和边堆山遗址关系极为密切,可以说它和边堆山遗址有着一定的关系。至少边堆山遗存是三星堆一期文化的源头之一,若如此则盆地西部从中子铺细石器遗存到张家坡、邓家坪、边堆山再到三星堆一期文化,有着一定的发展关系。"[②]

从上面的几位专家论述来看,川东长江沿岸以玉溪文化遗址为代表的城背溪文化,当来自溯江而上的长江中游城背溪文化;而川北以广元中子铺遗址为代表的城背溪文化则是来自于溯汉水而上的长江中游城背溪文化。并由此发展成为绵阳边堆山文化—新津宝墩文化—三星堆文化一期的川西新石器蜀文化体系。其发展序列和年代是:广元中子铺遗存(距今6730—5731年)——张家坡遗址、中子铺晚期遗存(距今6000—5731)——邓家坪遗址(距今5222—4175±180年)——边堆山遗址(距今

---

① 杨华《长江三峡地区新石器时代文化遗存的考古发现》,巴蜀文化网,2005-04-08。
② 宋治民:《蜀文化与巴文化》,四川大学出版社1998出版,第37页。

4505—4020 年)——新津宝墩遗址(距今 4500—3700 年)——广汉三星堆一期(距今 4210±180—4075±100 年)。

从上面的论述可以看出川西蜀文化的发展源流是:长江中游城背溪文化—丰都玉溪遗址—广元中子铺、邓家坪遗存—绵阳边堆山文化—新津宝墩文化—广汉三星堆文化。所以,川西蜀文化的源头在长江中游的城背溪文化。

二、洞庭湖周围有"蜀之先"人皇神农古迹

《谱记》《出本》皆谓:"蜀之先,肇于人皇之际。"人皇者谁? 神农也。(清)马啸《绎史〈卷三〉》引《三坟》称"伏羲为天皇、神农为人皇、轩辕为地皇。"因神农以焦鸟—鹰鸟为图腾,"焦"省写作"任",同音假借为"人"。其族称人方,神农为人方之王故称人皇。《帝王世纪》说:"炎帝神农氏,姜姓。母曰任姒,有轿氏女,名女登,为少典正妃。"炎帝的母族任姓,有轿氏是以焦鸟—鹰鸟为图腾的氏族。传说炎帝神农氏出生后,王母娘娘派神鹰保护炎帝成为炎帝的第三母亲。这虽是神话故事,却透露了炎帝母亲为焦鸟图腾的真实历史。在湖南炎陵县炎帝陵塑有一座石雕鹰象,并把神鹰的故事刻在上面,这也印证了炎帝母亲任姓的史实。

我在《蜀史考》一书中,论证了城背溪早期文化是伏羲文化,城背溪晚期文化是神农文化。洞庭湖地区城背溪晚期文化有七八千年以上的考古文化遗存,洞庭湖南北广泛地分布着神农古迹,如湖北随州的厉山、湖南的炎陵和衡山的祝融庙等,还有人方和任姓古国等。特别是澧水畔的张家界市原是大庸古国所在地,附近还有崇山和历山,有专家认为大庸古国是祝融祖地,而蜀族是神农氏的后裔,在年代上与《世本》和《谱记》所说的"蜀之先,肇于人皇之际"相符,这是产生蜀族的重要依据。

再者,苏秉琦先生在《中国文明起源新探》一书中,提出了中国文明起源于六大板块的著名学说,六大板块中的一块就是指"以环洞庭湖和四川盆地为中心的西南部",苏先生是把巴蜀与湖湘连在一个文化板块的。而这板块中的城背溪文化的年代都大大高于三星堆文化和宝墩文化,而川西蜀文化在当地没有渊源可寻,而其源头的首选目标就应该在这个板块中寻找。板块内的源头只能是前者而不是后者,但不会由后者流向前者。所以,洞庭湖地区是孕育蜀文化的温床。

三、早期的蜀族以"湖""海"为图腾,这与洞庭湖地貌相符

人们普遍认为:"蜀"就是蚕,是古代蜀族的图腾物。但是,绝大多数的民族的图腾都不只是一种,而是随着该族的分、合变迁而演变。比如我们中国,据统计,早期的图腾上万种,到后来,随着民族的融合,中国的图腾只剩下龙、凤、龟、麟四种。到清朝时,大清的国旗上就只有龙和凤两种图腾物。到了现代,中国人只称为"龙的传人"。同样,蜀族的图腾也绝不止一种,蜀族在数千年的历史演变过程中,其图腾也经历了由

最先的"湖海"到"鹰"再到"蚕"的演变过程。

早期蜀族以"湖""海"为图腾。彝族学者且萨乌牛曾有过论述:"蜀,原本为彝语,义为'海''湖''池'等,如言邛海、洞庭湖、滇池为俄卓蜀莫、洞庭蜀、滇濮蜀诺。甲骨文与古彝文形似,后者如-源远流长的海、湖。今彝人仍称'湖''海'为'蜀'。但甲骨卜辞中被释作'蜀'的字并不从虫,何故? 有虫之'蜀'乃后史秦汉治史文人对'蜀'之仇视、贬称而附加。"①且萨乌牛先生之说是正确的,因为彝、蜀为同源民族。两族对'蜀'字的意义是一样的。蜀族早期的蜀字的意义与彝文同,即为湖泊之意。早期的蜀人,都生活在洞庭湖沿岸。像今天的藏民以羊卓雍湖为圣湖,印度的先民以恒河为圣水,黄河下游的河宗氏以河水为神明一样,早期的蜀人也以洞庭湖为神圣,创造出一个很像湖海形状的字,于是,此字既为湖海之意,后来也成为族称、国名。早期不带虫字"罒"字是"海"是"湖"的象形字,蜀字上面的圆圈代表湖泊,下面一根曲线代表了流进湖泊的水源。无虫"蜀"变成有虫"蜀"并不是秦汉时文人对蜀人的仇视和贬称,而是蜀族的图腾由湖泊变为虫类蚕的结果。按照汉字的造字惯例,'蜀'字就要添上虫旁。且萨乌牛湖海说是可信的,这是因为蜀族与彝族是来自同一祖先,彝族中很多部族读音与蜀相同或相近,"彝族的《指路经》以所在村寨为起点,向北共同指到'拜谷楷戛'。'拜谷',在今云南会泽县城。最后指到金沙江以北的'述地','述'与'蜀'同音"。② 说明"述""署",还有"夷叟"的"叟""诺苏"中的"苏"等都是"蜀"字的通假字。因此,知彝文中的"罒"字与汉文中的"罒"字形、音、义都相通。在七八千年岁月中,"蜀"字的本意几经变迁,在夏文化的融合中磨灭殆尽,而在彝族语文中却完整地保留下来了,这不能说不是一个奇迹。

蜀族的图腾崇拜从湖海到蚕的变化过程也符合人类由自然崇拜到生物崇拜这一历史发展过程。《尚书〈洪范〉》中有"五行"和"庶徵"的说法,"五行"即金、木、水、火、土,"庶徵"即雨、懊、寒、风、时。"五行"和"庶徵"都是大自然现象,这是古人以"天神"崇拜为中心的神学世界观的反映,表现了人类对大自然威力的敬畏。汉族的早期历史上,曾有过风伯、雨师、河伯、雷神等,伏羲"生雷泽","袭气母"等也是自然崇拜。所以,人类早期的图腾是从自然崇拜开始的,后才随着狩猎和农耕生产的发展,和对植物、动物猎获的渴求,进入生物崇拜。

四、蜀戈广泛地分布在洞庭湖周围地区

蜀文化中最常见的兵器为铜戈和铜剑。蜀人的铜戈主要为无胡直援戈,其援本上常饰有虎头纹,又因为这类戈主要发现在川西地区,所以称其为蜀戈。蜀戈也广泛地

---

① 且萨乌牛:《彝族古代文明》,民族出版社 2002 年出版,第 171 页。
② 杨甫旺:《古蜀文化与彝族》,《四川文物》,1996 年第 4 期。

分布在湘鄂之间的洞庭湖周围地区,这说明洞庭湖地区在古代也是蜀人之地,蜀戈的主人虽不是蜀之初民,也应是古蜀国之后裔。其先祖古蜀初民也可能就生活于此。下面四件铜戈发现于洞庭湖地区的湖南湖北,冯广宏先生认为它们是巴蜀铜戈,铜戈上的铭文是巴蜀文字,冯广宏先生并对铜戈铭文作了如下阐述①,现摘录如下:

湖北荆州博物馆所藏春秋战国之际的长胡三穿戈,胡上有 3 字铭文,头两字与汉字"棘"字更加相似,但亦疑其为巴蜀文字。

《金石索》上刊有湖北汉阳叶东卿所藏中胡三穿戈,一面胡上有方框花纹,下有一字,程昌畴释为"王周",故称王周戈。另一面胡上有龙纹,下有 4 字;程昌畴释为"八宝平阜":冯云鹏释为"庚永用"。按此戈形制似为巴蜀式;湖南桃源县宝洞土育周采菱城附近战国墓出土长胡三穿戈,胡上有 4 字铭文,中间两字也与汉字"棘"相似,亦疑其为巴蜀文字。

在湖南长沙废铜仓库中,曾清理出一件巴蜀式长胡三穿戈,摇脊上方有铭文一行12 字。

五、澧水流域的"不死之国"为早期古蜀国

《博物志〈物产〉》:"员丘山上,有不死树,食之乃寿。"知"不死"是在训诂"寿"字。"寿"字在古代又为晋语"蜀"同音假借字。川人读蜀为 shǔ,而晋语读蜀为 shōu,《尚书〈牧誓·伪孔传〉》:"蜀,叟。"朱骏声《说文通训定声》注"晋人语也"。《后汉书〈董卓传〉》:"吕布军有叟兵,内反。"注:"叟兵即蜀兵也。"汉字中还有一个"熟"字也与"蜀"字读音情况相同。现在来看"女丑之尸",就会明白它的含义了。"女丑"即"妞"字。"女丑之尸"即"妞尸","妞尸"为"尸妞"的左言。"尸妞"是"叟"的拼音字,犹后世之反切。"叟"即晋语"蜀"字。《山海经〈大荒西经〉》中"女丑之尸"与三淖、垅山相邻,知"女丑之尸"在晋南,即蜀在晋南。而"女丑之尸""衣青",这正是蚕神的文化特征。蚕丛为蜀之先王这是很清楚的,这证明"女丑之尸"即蜀族中的蚕丛氏。

由此推论,《竹书纪午》中的"禹生石纽"之"石纽"。

《帝王世纪》中的"禹生石坳"之"石坳";《山海经》的"女丑之尸"之"尸妞";均为晋语"蜀"的拼音字。这是西北汉民拼写外来生字的一种方法。(宋)李石《续博物志》就说过:"'不可'为'叵','如是'为'尔','而已'为'耳','之乎'为'诸'。西域三合之音,切字之原也。"

晋语为什么要这样拼写蜀字呢,是因为晋西南并不是蜀人的始居地,蜀人是外来者,蜀字是外来词,只好用拼音的办法(石纽、石坳、尸妞、雟周)和同音假借的办法(叟、搜、寿、首)来解决。

---

① 冯广宏:《巴蜀文字的期待》,《文史杂志》,2004 年第 3 期。

同理,《帝王世纪》说:"黄帝生于寿丘,居轩辕之丘"的"寿丘",也当为晋语之"蜀丘";《史记〈五帝本纪〉》:"舜作什器于寿丘"也为蜀丘;《史记〈封禅书〉》:"黄帝采首山之铜"之"首山"即蜀山。此首山即《通典》所说的雷首山。现在知道,它应叫雷蜀山,即嫘祖之蜀山。晋南广泛流传着黄帝元妃嫘祖的传说,在山西夏县西荫(陵)村有一块呈水泥灰色,上面寸草不生的高台名"丘台",当地人说是嫘祖葬身的地方。附近的断崖堆积层里还有夹有古代的陶砖瓦碎片,半个蚕茧化石就发现在这里,[①]黄帝和西陵氏为通婚族,他们都住在昆仑丘—蜀山(今中条山)。这是合情理的,石璋如先生在《殷代的铸铜工艺》一书中说,山西殷代铜矿有七处:垣曲、闻喜、夏县、绛县、曲县、翼城、太原。说明中条山大部分地区都产铜,证明黄帝首山采铜,蚩尤以金(铜)作兵器言之有据。

有人将"黄帝生于寿丘"改为"寿陵",[②]以为寿丘为黄帝寝陵之地,这样,黄帝的出生地却变成了黄帝葬地。此皆不明"寿丘"为晋语"蜀丘"的缘故。《山海经》也犯过类似的错误,《山海经》中有众多的"不死之王""不死之国""不死之民"。天下哪有不死的王、不死的民呢?其实,"不死"即"长寿"之意。"不死之王"实为晋语"蜀(寿)王";"不死之国"实为"蜀(寿)国";"不死之民"实为"蜀(寿)民"之误。

《山海经》中的"不死之国(民)"有三处:一在晋南。《山海经〈海内经第十八〉》云:"西海之内流沙之西有国,名曰沱叶……流沙之东黑水之间有山,名不死之山。"二是在山东曲阜。《山海经〈海外南经第六〉》:"不死民在其东,其为人黑色,寿,不死。一曰在穿胸国东。歧舌国在其东。一曰在不死民东。""歧舌"为"曲阜"的同音假借字,"黑"同"黎"。《诗序》:"黎侯寓于卫"即此,也即《山海经》中的歧舌国地。三在湖南的澧水流域。《山海经〈大荒南经第十五〉》:"南海之外,大荒之中有不姜之山,黑水穷焉……又有蒲山,澧水出焉……又有人方食木叶。有不死之国,阿姓,甘木是食。"这里的"不死之国"即蜀国。此蜀国在洞庭湖畔的澧水流域,当是蜀族的发源地,这里恰好是城背溪文化所在地。

六、澧水流域的驩兜族为不死之民——蜀之先民

驩头墓在湖南澧水流域张家界市天门山毗邻的崇山。(明)嘉靖《澧州志·卷三》:"崇山,在县西一百里,舜放驩兜即此。"

《续修永定县志〈卷十二·葛山、历山、崇山辨〉》:"《山海经》云:'葛山之首,澧水出焉。'旧志谓山在大庸所西南极陬。《汉书〈地理志〉》及《桑钦水经》,郦道元《水经注》皆云澧水出充县历山。旧志谓山在慈西二百二十里,……循澧溯之桑植

---

① 段友文:《汾河两岸的民俗与旅游》第 154 页。

② 何光岳:《黄帝轩辕氏的来源与迁徙》,《炎黄文化论文集》(第 20 集)。

龙山两县交界之所有栗山坡,实为澧源。或历栗音同而字误,其即《水经》所云历山驮·至崇山在慈西二百一十里,今拨归永定县。上有巨垄,土人指为骧兜冢。《尚书》所谓放骧兜于崇山是也。"

骧兜也写作"獾兜""欢头""欢朱""丹朱"。骧兜族当属蜀族。因为《大荒北经》说:"颛顼生欢头,欢头生苗民,苗民厘姓。"厘、黎、苗姓都是神农族裔,这与蜀族出于神农氏的族属相同,而且,颛顼本身就是蜀族,在古五帝金文中,颛顼又名"珠高阳"[1]。我在《蜀史考》中已论证"珠高阳"实为"蜀高阳",[2]骧兜既是蜀族颛顼之子,其也应当是蜀人,即崇山人。

而《大荒经》说得更直接:"有人焉,三面,是颛顼之子。三面一臂,三面之人不死。"骧兜为颛顼子,自是"三面不死之人","不死之民"既为蜀人,澧水流域的骧兜族当为蜀人,且为远古蜀族之初民。

洞庭湖为中国内陆的大湖,蜀族先民以湖为族姓而最早发源于此。只是,初期的古蜀离我们实在太遥远了,历史的沧海已磨灭了汉文典籍中蜀字的"湖""海"本义,淹没了古蜀先民在洞庭湖及澧水流域的足迹,我们只能在典籍中寻找他们的踪迹。

本文摘选自 2009 年《成都文物》第二期,有改动。作者原标题为《澧水流域是古蜀族的发源地》,《成都文物》发表时更名为《蜀族源头考》。本书选录入编后恢复作者原标题。

伏元杰先生系四川职业技术学院中文系教授

---

① 骆宾基:《对祖国上古史应该更新认识》,《学术交流》,1989 年第 3 期。

② 伏元杰:《蜀史考》,延边大学出版社 2005 年出版。

世界最古大学是三千年前的熊馆大学

——大湘西考古发现与世界工匠文明之二十四

杜钢建

熊馆大学是世界上最古的大学,距今有三千多年的历史。《圣经》记载的以色列诸王包括扫罗王、大卫王和所罗门王等都曾经在熊馆大学受训。商朝末期的熊馆大学培训出推翻商朝政权的大批军政人员。

熊馆大学之所以能够在古庸国地区形成,有一个漫长的历史积累过程。早在伏羲时期,人类最早文书的管理者庸成氏家族在今张家界崇山地区负责册府工作。燧人氏没,庸成氏起。庸成氏与伏羲氏是六万年前同时兴起的氏族。伏羲朝时期的庸成氏也是上海博物馆藏楚简文献《容成氏》所记载容成氏的祖先。在几万年的历史发展中,庸成氏即容成氏家族一直是人类早期帝王法律文献的约柜和册府即策府的管理者,相当于国家档案馆的馆长。自庸成氏和容成氏在崇山地区负责约柜和册府以后,炎帝时期帝师赤松子、黄帝时期大臣大挠、尧帝时期善卷等都是崇山北麓熊溪峪鬼谷师坛的老师。他们作为不同时期帝王的老师,积累了丰富的教学经验和学习读本。此地实际上早已成为世界上最古老的学校,堪称万年学校。

华胥族于10万年前在湖湘地区开国以后,崇山地区的历史文化一直没有中断。华胥族是伏羲朝历代伏羲的母族。伏羲的父族是燧人氏族。伏羲朝于6万年前继燧人华胥氏族以后在今张家界崇山地区开国立君。根据古代文献和考古发掘,伏羲朝包括伏羲以后的十六大姓氏帝王的治理时期,有大约5万年历史。1942年长沙子弹库地区考古发现的楚墓帛书表明伏羲氏在湖湘地区北部区域活动。伏羲时期形成人类最早的不成文宪法——《伏羲皇策辞》。根据夏朝以前古籍《三坟》的记录,伏羲、神农、黄帝时期都有宪法。伏羲时期创立了中央和地方政府的管理体系,并形成政府部门的职能和权力划分。

伏羲宪法的基础理论是《连山易》理论。伏羲始画八卦,皆连山名易,君臣、民物、阴阳、兵象始明于世。《连山易》论及八大名山,其中首当其冲的是崇山。"崇山君,君臣相,君民官,君物龙,君阴后,君阳师,君兵将,君象首。"崇山地区是伏羲立君建国的首出之地,也是伏羲早期制定和颁布宪法性法令的中央根据地。除了崇山之外,其他诸如连山、列山等也都在湖南。伏羲时期,因尊事为礼仪,因龙出而纪官,因凤来而作乐。伏羲时期,大臣飞龙氏造六书,潜龙氏作甲历,降龙氏率万民,水龙氏平治水土,火

289

龙氏炮治器用,因居方而置城郭。

伏羲宪法继承了燧人氏时期的民主传统,强调咨于将、咨于相、咨于民三咨询的政府民主决策程序。伏羲宪法开启了祭天祭祖和八卦预测的法治传统。爱民、顺民、竭力于民的思想成为伏羲宪法的基本原则,也是伏羲时期君道文化的重要内容。在燧人氏时期天道文化和师道文化的基础上,伏羲宪法及其基础理论的易经理论进一步形成地道文化和君道文化。伏羲宪法所规定的太阳历法进一步将天象与地形结合以确定地球行政区划的划分。在天成像,在地成形,天上二十八宿的方位分布在地球上的行政区划中都有对应。地道文化催生了地图的形成。各地分别对应天上二十八宿的地图不断汇集最终出现世界性地图。伏羲时期地道文化和君道文化的形成进一步丰富了君子文化的内容。

正是伏羲朝以来的天道地道人道文化在崇山地区不断积累,形成古庸国的约柜和册府制度,注意保存重大的法律文献。在此基础上逐渐产生世界上最古老的学校和大学。先夏时期古庸国的约柜和册府制度后来影响到古埃及和古犹太等地区。尧舜禹时期的善卷曾经在崇山地区办学。随着后稷家族和驩兜家族以及夏朝政治中心的西迁,在夏商时期崇山地区教育中心的地位逐渐下降。一直到商朝末期熊馆大学的兴起,崇山地区再次成为东土的教育中心。

商朝末期,庸王鹰熊恢复和重振庸国学校,这就是熊馆大学。鬻熊亲自主讲的熊馆大学直接培养了大批军政要员。在熊馆大学学习过的学生有周文王姬昌、周武王姬发、周成王姬诵、周公姬旦、召公姬奭、太公望姜尚、庸王熊丽、熊狂、楚祖熊绎等。这些学生先后成为推翻商朝政权和创建周朝政权以及开创楚国历史文化的骨干力量。

根据郑樵《通志氏族略》记载,鬻熊出生于崇山,是古庸国的国王祝融的后裔。《军谶·教行》记载:"西伯(文王)于澧造灵台,立大庠(大学),以明人志伦理也,熊鬻子于庸造熊台,立熊馆,以育熊鬻之士也。"熊馆大学在周朝时期曾经长期发挥重要的历史作用。《历山兵法》记载:"熊馆,立于崇山西北熊岗之上,井方四连,有地四丘。"我在熊馆大学原址的考察中看到,熊馆大学的地理环境极佳。可以想见当年的办学规模和学校盛况。

熊馆大学在熊诩时期得到重修和扩建,历史上也称为鬼谷学宫。春秋战国时期楚国人才济济的学校根据地一直在崇山地区。著名的鬼谷子就是鬼谷学宫的世界顶级大师。春秋战国时期各国军政要员中有许多人都是鬼谷子的徒子徒孙。根据李书泰、龙家雄《鬼谷子身世研究》一书的论证,白公胜是著名的鬼谷子。白公胜政变失败后潜隐于屈家坊潭口鬼谷洞,后迁官黎坪鬼谷峡洞,拜老子为师,著《鬼谷子》。鬼谷洞因老子在此授道,又名伯阳洞。孔子游学大庸,在熊馆大学拜会老子。李书泰先生的研究成果指出:"在众多署名鬼谷子或孙武的著作中至少有《孙子兵法》《鬼谷子》《鬼谷子分定经》《鬼谷子相术》与白公胜有直接关系。"战国时期在鬼谷学宫学习的著名人物有兵家孙膑、庞涓，纵横家苏秦、张仪，诗人屈原等。战国时期熊馆大学再度成为各国瞩目的教育中心。

北宋大中祥符五年在熊馆大学和鬼谷学宫的遗址上建立天崇书院。

明朝时期《武溪兵屯志》记载："天崇书院建于鬼谷学宫原址。"元朝大德七年土司在此地又创立天门书院。到明朝初期武溪土司宣慰使田虎因参与陈友谅红巾起义而被灭族，崇山地区的教育中心地位再次中断。

关于熊馆大学的历史发展过程，张家界地区著名的"三剑客"田奇富先生、金克剑先生和李书泰先生在他们的著作中均有论述。特别是田奇富先生赠送给我的《崇山三易八卦学——古庸国祖源文化考》一书，对此有详细的解说。自伏羲在崇山创立八卦易经理论以来，在熊馆大学时期鬻熊将易经理论进一步发展成为后来的《周易》。周文王的《周易》理论来自鬻熊。张家界历史文化研究会会长田奇富先生是鬻熊以来崇山易学的当代传人。从田奇富先生的著作中读者可以学习和了解古庸国历史文化的发展过程。我作为张家界历史文化研究会的名誉会长有机会向田奇富先生等人学习，有幸获知熊馆大学的历史。

熊馆大学的藏书之所以丰富，与约柜制度和册府制度有关。《圣经》所记金约柜与《史记》所记金縢匮是同一个金柜。縢也是约的意思。《诗》述艰弓之事云："竹闭绲縢。"《毛传》云："绲，绳。縢，约也。"该约柜"缄之以金"，可谓"金闭约柜"。縢的意思也是束约。郑《丧大记》注云："齐人谓棺束为缄。"《家语》称周庙之内有金人，三缄其口，则"縢"是束缚之义。"藏之于匮，缄之以金"，若今钉锣之，不欲人开也。郑云："凡藏秘书，藏之于匮，必以金缄其表。"是秘密之书，皆藏于匮，非周公始造此匮，独藏此书也。

关于金约柜的历史，由于秦始皇幡书，后人已经不了解具体情况。《圣经》关于约柜的记载，可以弥补中国文献的不足。谯周云"秦既幡书，时人欲言金縢之事，失其本末，乃云'成王时病，周公祷河欲代王死，藏祝策于府。成王用事，人谗周公，周公奔楚。成王发府见策，乃迎周公'"周公藏祝策于府的说法是笼统的说法。其实周公藏祝策于金约柜。金约柜或金縢柜所藏秘密，一般人是不得知晓的。

根据《史记》记载，周公卒后，秋未穫，暴风雨，禾尽偃，大木尽拔。周国大恐。成王与大夫朝服以开金縢书，王乃得周公所自以为功代武王之说。二公及王乃问史伯执事，史伯执事曰："信有，昔周公命我勿敢言。"成王执书以泣，曰："自今后其无缪卜乎！昔周公勤劳王家，惟予幼人弗及知。今天动威以彰周公之德，惟朕小子其迎，我国家礼亦宜之。"王出郊，天乃雨，反风，禾尽起。二公命国人，凡大木所偃，尽起而筑之。由于周公显灵，是岁则庄稼大熟，收成好。于是成王乃命鲁得郊祭文王。鲁有天子礼乐者，以褒周公之德。此事说明周公于金縢柜所藏秘密幸亏得到成王的证实和认知。金縢柜于西周历史如同金约柜于以色列历史一样至为重要。

周公曾经专门作《金縢》篇，自为一体，是祝辞亦是诰辞。根据《尚书》记载，武王有疾不豫，周公作《金縢》。为请命之书，藏之于匮，缄之以金，不欲人开之。金縢遂以所藏为篇名。武王有疾，周公作策书告神，请代武王死。事毕，纳书于金縢匮，遂作《金縢》。周公策命之书，自纳金縢匮。后来周公被流言所谤，成王起先也怀疑周公，醒悟后开柜检查，方信周公。

由于周朝王都后来东迁东土，金縢柜可能留在西土，加上秦始皇焚书，中国后来无法知道金縢柜的历史由来和去处。《圣经》关于金约柜的具体描述可以弥补中国文献在此方面的不足。

为了将来恢复熊馆大学，我已经和张家界崇山文化研究会会长田奇富先生等朋友们一起在张家界推动成立了大庸古乐书院、张家界市崇山文化研究院、昆仑山鬼谷熊馆书院、熊诩书院、天崇书院、天门书院等文化书院。这些书院在我发起的百家书院中独具张家界历史文化特色，希望经过发展将来会成为张家界地区新的人文景观。

本文摘选自著名法学家、史学家杜钢建先生的《大湘西考古发现与世界工匠文明之二十四》，有改动。

红与白

金克剑

红色,是晨起的太阳,是燃烧的火焰,是婴儿临盆出世时的生命之血,是出嫁女儿的红绣衣,是新娘头上的红色露水帕,是大红双喜字,是高高挂着的大红灯笼,是神龛上那一对红蜡烛……

白色,是漫漫飞雪,是素裹的雪松之躯,是飘飞的白色祭幛,是孝子头上的麻布白纱,是胸口一枚枚素洁的纸花,是凝重的无字哀乐,是轻飘的白色纸钱……

红也喜事。

白也喜事。

土家人把死当成喜庆的节日,却为出嫁的喜事哭上十天半月,所谓生也热闹,死也热闹,爱也爱得热热闹闹。又有谁能破译这生命哲学的深层奥妙呢?

千古绝唱哭嫁歌

喝着清冽冽的山泉水,土家姑娘长大了。小伙子把木叶吹出了杜鹃红,爱情的酒就浓香了。从男方报日起(即向女方告知娶亲的日子),姑娘就不再出门做活,便在吊脚楼闺房架一张方桌,置香茶十碗,邀亲邻九女依次围坐,哭起嫁歌来,俗称"陪十姊妹"。先是由嫁娘撕心裂肺哭出第一声,谓之"哭开声",于是众女帮腔,依序哭去,不舍昼夜,哭个昏天黑地,哭个路断人稀。哭父母,哭哥嫂,哭姊妹,骂媒人,哭开脸(用丝线扯汗毛、修眉毛,谓之"告别女儿身"),哭上头(梳妆),辞祖宗,哭上轿……短者三五天,长者一两月。追忆父母情,感谢养育恩,诉说别离苦,宣泄心中忿,托兄嫂照护父母,教女儿处事做人……

哭嫁歌多为即兴而作,见谁哭谁,无有定规。也有固定歌词,如比古人、共房哭,十画、十绣、十二月之类,节奏因句式长短而多变,曲调因风习地异而不同,向以"嗡""蛮""啊呀呀""了了呐"为衬词,一泣一诉,一反一复,长歌当哭,哀婉动人。

如"女哭娘":"了了呐,我的娘哎。野雁一声蛮啼落秋,月移花影上木楼。眼泪蛮就像那堤坝水,这边揩了那边流……娘啊娘,儿要走了呐,儿再帮娘啊梳把头。哎,犹记鬓发野花艳,何时额头起了苦瓜皱?摇篮还在耳边响蛮,娘为女儿熬白了头。燕子齐毛蛮离窝去,我的娘哎,衔泥何时得回头?……"

在女哭娘词中,哭诉娘的养育之恩最是让人肝肠寸断:"娘啊! 娘怕儿奶水不够要饿饭蛮,残汤剩水娘不嫌;没有鸡来蛮没有蛋,你背到一边吃薯片。我的娘啊,娘! 夜里你把儿睡手腕蛮,一夜你不敢乱翻转;左边尿湿你换右边蛮,右边尿湿你换左边;若是左右蛮都尿湿,娘啊! 你把儿抱在心口前。干的地方你让儿睡蛮,湿的地方你沤干。我的娘哎,娘!"

这使人想到《诗经》"哀哀父母,生我劬劳"的那种伤痛,真是其词也哀,其哭也真,哭者为之动情,听者为之动容。

再听"娘哭女":"儿啊,你莫哭了呐,铜锣花轿催女走蛮,好多话儿没说够。我的儿呀,儿去了蛮娘难留,往后的日子你要重开头,孝敬公婆蛮勤持家,夫妻恩爱哎度春秋……"

也许,娘的情感要理性化一些,在哀哭声中不忘传教女儿未来为人妻为人媳为人母的"做人处世之道"。

山寨里的儿时伙伴,也是恋恋不舍:"了了呐,姊妹家,同喝一口水井水蛮,同踩岩板路一根;同村同寨蛮十八年,同玩同耍长成人。日同板凳坐蛮,夜伴灯油过;绩麻同麻篮蛮,磨坊同推磨。姐姐哎,了了呐,如今是一片青篾抽了去蛮,好好的圆桶散了箍。不让走哎也得走,白云过山难挽留……"

伙伴们的哭声无疑触动了嫁娘对父母之命、媒妁之言撮合而成的婚事的不满情绪,一腔的愤懑顿时化作恶言厉语劈头盖脸向媒人泼去。"骂媒人"是哭嫁歌中最戏剧性的章节:"板栗开花吊线线啦,那背时媒人想挂面;板栗结果球对球啦,那背时媒人想猪头。豌豆开花蛮荚对荚,那背时媒人烂嘴巴;绵藤开花蛮一根茎,那背时媒人烂舌根。树上的鸟儿你骗得来蛮,岩上的猴子你骗得走。哄得我爹蛮点了头,哄得我娘开了口……"而媒人呢,笑吟吟站在一边,不恼也不怒,不时还假惺惺陪"哭"几句:"燕崽崽大了它出花楼,狗崽崽大了它往外走。不是我给你搭个桥蛮,你还在娘家坐天牢;不是我给你做个中蛮(从中说合),你么背起包袱找老公? 要是我再隔年把两年不多嘴蛮,只怕你抓住我的两手跪在我的面前磕响头……"这一长一少,一哀一喜、一恼一笑的表演,风趣而又诙谐,让围观者忍俊不禁。

此时,雄鸡啼晓,山岭浑染出一线红,堂屋里即高奏发轿鼓乐。那一刻,哭嫁声惊天动地,汹涌成感情的波涛,这简直是"生离死别"的哀号啊,就是铁石心肠的人也要陪着抛洒一腔热泪:"五更鸡儿蛮声声催,催我要穿露水衣;催我要穿露水鞋蛮,催我要和爹娘来分离。分离苦哎,情依依,一声唢呐一滴泪。山中野猫蛮你瞎了眼,为何不拖五更鸡? 五更鸡儿蛮声声催,锣鼓花轿催得急;哥哥背着妹上轿蛮,身影留在堂屋里。辞别祖宗儿远去蛮,不知何日是归期;世上三年逢一闰蛮,为何不闰五更里?"

在哭嫁歌声中,哥哥背着妹妹下绣楼,进堂屋,踩"金斗"(土家对升子的神话性称谓),辞祖宗,作为骨血的转移,嫁娘以向祖宗告别,叫数典不忘其祖,同时,祈求祖宗在天之灵保佑未来之家庭平安幸福,昌隆发达。

灯笼火把一齐点燃了,哥哥背着嫁娘上轿了。土家人天不亮嫁女之俗,称作"提出把",亦曰"喜把",它隐约地透露着古代毕兹卡(土家语:本地人)的"抢婚"遗风。不过,如今嫁娘已有哥哥"保驾","抢婚"的故事已不再重演。也因了这份责任的沉重,哥哥"哭上轿"就特别显得悲戚:"背妹花巾蛮捧在手,哥拉一头妹拉一头。想起儿时蛮背妹走,笑声撒落野山沟;如今背妹蛮出门去,泪水巴着颈根流。脚像绑了蛮磨子岩,心上好比刀子抠。妹妹哟,你莫哭了呐,蒙帕已经盖了头……"

至此,哭嫁程序已近"尾声",簇拥着花轿的"十姊妹"一齐抱头哭别:"花轿抬着蛮姐姐走,山路弯弯难把姐姐留……花轿走哎溪水流,不见姐姐蛮再回头,不见姐姐再回头……"

火把如游龙般逶迤前行……

"哭嫁歌"的旋律仍在旷空中回荡……

谁也说不清土家女的哭嫁起于何时,也说不清土家女缘何把延续生命的婚典当作一次大歌大悲的情感宣泄和控诉的舞台。更为奇者,在美丽的张家界土家山寨,人们把姑娘会不会哭嫁,作为衡量姑娘聪明与否或知事与否的标准。因而,姑娘们从十一二岁时起,就要拜师学哭嫁,一俟寨中哪家有女出嫁,合寨妹娃子必赶去"学乖"。

哭嫁歌,既是一门哭的艺术,又是一门唱的艺术。它容纳了广阔的社会内容,再现了多姿多彩的社会风俗。它是土家妇女集体创作的千古悲歌,更是一种民族精神与个性的重塑与张扬。

哭嫁歌湿透了整个婚仪,它撼动的不仅仅是古老的土家山寨,更撼动了一代又一代土家女人和男人的心……

死亡摇滚

暮色苍茫。在白云悠悠的吊脚楼深处,由远及近传来一阵阵粗犷悲怆的伐鼓踏啼之声:"想起来,想起来,想起姣姣做的鞋(土语读'孩');做的鞋又合脚呃,可惜人乖命不乖,乖乖你转来……二十八个小后生,辫子拖齐脚后跟;喂着喂着抬也抬也,抬到望乡台,就在台上埋……"

那是哪家办丧事,乡邻们正在跳丧庆祝呢!

跳丧,又叫打丧鼓,即奔丧者围棺击鼓跳舞唱歌狂欢作乐,这种奇异的葬俗,不知在张家界土家山寨流传了多少年多少代。

土家"老人了",凡远亲近邻,无论人亲人疏乃至叫化子,必从四面八方赶来闹丧,叫"人死饭甑开,不请自然来"。夜色降临时,"坐大夜"开始了。在激越沉重的鼓乐声中,由道士引领,孝子(长子)手捧亡父(母)灵牌,率直戚孝男孝女或百客孝,亦步亦趋,跟着道士绕棺翩然而舞而歌。每当唱完一首,舞者、围观者与鼓乐队必应声而和,而孝男孝女则面棺三拜九叩,拜毕,继又起身且歌且舞,如是反复十数遍不止,说是让后辈体验前人披荆斩棘的辛劳艰苦。所唱歌词多为追念死者的生平劳绩,养家糊口的种种苦楚之类。歌声高昂凄婉,舞步古朴粗犷。

绕棺歌舞进行到一定时分,鼓乐突然转调,只见道士将拂尘几甩,便从堂屋舞出,来到院坪,先是率众舞者旋转劲舞,继而左穿右插,变换成不同队形,如"六耳结""8"字形、"S"形等。这些平时扶犁驶耙的舞者,此刻已忘乎所以,如痴如醉,进入迷幻境界。他们手舞之,足蹈之,很自然地模拟凤凰展翅、犀牛望月、懒牛擦痒、饿狗春碓、燕儿扑水、猛虎下山等禽兽动作,不断逗引围观者哄然而笑。随着鼓点锣钹加急,道士舞步越来越快,只见灯火中舞影晃动,难辨人形。

一曲舞罢,过"奈何桥"仪式就跟着开始了。只见院坪一侧,有座用三张大方桌叠成的"品"字形"桥",两侧饰以翠竹松柏纸花,俨然如一道诗意风景。这是座"假想桥",桥下是湍急的洪流,孝子们携儿带女,胆战心惊地从桥上走啊走,仿佛追随祖先们跋涉在远古大迁徙的漫漫旅途。这是一次心路历程的考验。不料,那位道士像山鬼一样,在桥头架了张凳子,封锁了出路,并根据过桥者不同的身份即兴编词唱歌拦桥,每唱一首,过桥者必丢一份"买路钱",一直唱到无词可唱方撤障放行。边唱边放鞭炮助威,击锣鼓攒劲,引得一群猴子从山那边赶来看人间热闹。在猴子们看来,土家闹丧纯粹就是搞笑,简直有悖人情。道士公的解释是:闹丧是专门让神看的,即巫傩文化中的"敬神与娱神"。

跳丧一直跳过了午夜,灵堂里已摆好方桌,上置茶烟糖果酒水之类,二十来个土家老歌师团团围坐,唱丧歌"伴亡",寨子百客或站或坐,既作听众,又作伴唱。土家人"素以歌死为常典",故多数土人都能唱。旧志云:"家有亲丧,乡邻来吊,至夜不去,曰伴亡。于枢旁击鼓,曰丧鼓。互唱俚歌哀词,曰丧鼓歌。"丧歌分歌头、歌身、歌尾三部分,内容有叙事长诗、神话故事、民间传说、历史演义等。

丧歌虽是普通山民所唱,但多如一首首充满人世哲理的华丽诗章:"生无常,死无常,生死无常两茫茫。古来多少英雄汉,恰似南柯梦一场。万里长城今犹在,哪见当年秦始皇,吕后未央斩韩信,霸王自刎在乌江。几多人登山涉水,几多人撒野逞强。到头来,残花三月雨,嫩草一朝霜……"

丧歌内容庞杂,包罗万象,表面似用歌舞以娱诸神,实则借此劝人行孝行善以净化人的心灵。最打动人心的是那首流传了数百年的《十月怀胎》歌:"……一岁她在娘身上,两岁她在地上爬……七岁她把厨房下,八岁叫她纺棉花。九岁十岁结姻缘,十七八岁到婆家…"这首古歌从死者出生时唱起,一直唱到她寿终正寝,这无疑是对伟大母亲悲苦命运的诗化颂扬。有时为了调节气氛,就唱"送骆驼":"一只骆驼一条尾,两只耳朵四条腿。两只眼睛一个嘴,它也送亡人。亡人送到望乡坡,转身又送骆驼哥。两只骆驼两条尾,四只耳朵八条腿。四只眼睛两个嘴,它也送亡人……"如此反复唱下去,送的骆驼只数越多,腿、耳、眼、尾、嘴各类相加的数字就越大,这是对歌师心算口算智商的考验……

丧歌唱到黎明,该是上山(出殡)的时候了,这时掌坛歌师就转了调子唱"送亡人",这是丧歌的高潮,掌坛歌师一人领,灵堂内外百人和,群情激昂,歌声高亢,挥拳顿足,天摇地晃,似乎大家都在着力送亡人魂上九天,其情其景,让人热血沸腾。

领(白):大船儿,

众(白):摇一橹!

领(白):小船儿,

众(白):荡一呀!

领(唱):船头上,

众(唱):是艄公;

领(唱):船尾上,

众(唱):是梅香。

齐(唱):送亡人哪上天堂啊,上天堂啊,子子孙孙长啊、长啊、长啊(此处反复咏唱,摇头晃脑,如痴如醉)、长是长发祥啊!

土家人的精神世界就是这样让人震撼不已,让人捉摸不透:为什么用欢乐歌舞来吊唁死去的长者,却用哀哀地哭嫁歌庆祝女儿出嫁的喜事?

或许,这是一支胸怀豁达的民族对生命哲学的逆向解释。新娘子用哭的伤痛历练认命的勇气,从而擦干眼泪义无反顾地迎接新生活的挑战。而用载歌载舞的盛典吊唁死者,既是对死者的慰藉,又是奉献给死者的荣耀——欢送亡灵回到祖先故地,回到最原始的神话的圣殿;而对于生者,亦是一种慰藉和激励——欢乐洗去了生者的悲愁,冲淡了死别的痛楚,从而让生者笑对未来,更重要的是,生者从死者身后的荣耀中也悟出了自己作为一个人的价值。(此文入选国家高中语文教材课外读本,数十年未变)

金克剑系张家界市九三学社原常务副主委,曾连续四届担任张家界市政协常务委员会委员,著名作家,学者,策划家,演说家,编辑家,张家界碑记铭文、亭阁散记金牌写手。

从黄帝藏书天门二酉和王子朝携典奔楚

——谈三皇五帝秘学典籍散逸后学在四野的三大分支

周大明

今天,在我们讨论"鬼谷子文化与中国传统文化的关系"之际,有必要重温当代著名历史学家、中国先秦史学会名誉会长、清华大学李学勤教授的一句名言:"时代问题本是文献研究的前提,不能判断某种古籍的时代,便无从把它放在应有的历史背景中来考察,这必然会导致失误。"①李先生所言尤其强调了时代问题、历史背景对象《周易》这样传流久远、内容玄奥的文献研究的重要性。鬼谷子之学应在李先生所指之列。为了阐明"鬼谷子文化与中国传统文化的关系",我们需要首先确定鬼谷子之前有无中国传统文化核心典籍,若有典籍始于何时、内容为何物这个大背景,同时需要揭示中华之学的传承方式及其渠道,这样才可能寻觅到鬼谷子文化的真正源头。将其纳入特定的时代背景,方能揭示该学产生的历史机遇。只是看起来会走远路。为了避免不必要的失误,我们还是从中国古代典籍的源头讲起。

一、中国在五帝时代就有传世典籍

《周礼·春官宗伯》云:"外史职掌三皇五帝之书。"②《庄子外篇》中的《天运篇》说:"故夫三皇五帝之礼仪法度,不矜于同而矜于治,故譬三皇五帝之礼仪法度,其犹柤梨橘柚邪!其味相反而皆可于口。"③《吕氏春秋》中的《禁塞篇》曰:"上称三皇五帝之业,以愉其意;下称五伯名士之谋,以信其事。"④《路史·跋三坟书》载:"书籍之逸,岂特后世邪?昔楚倚相能读三坟五典,八索九丘之书,及孔子求古之史记,自五典九丘之外,三坟八索已不得而见矣。"司马迁在《史记·太史公自序》中说:"伏羲至纯厚,作《易》《八卦》。尧舜之盛,《尚书》载之。"

当代考古众多成果证实,原始人类采用敲凿、刻画、涂画等方法,在骨角、岩石、陶器等物体上制作图画符号由来已久。在距今 8000 年左右的河南贾湖遗址中,出土三

①　李学勤:《周易溯源》,巴蜀书社,2006 年版,自序第 2 页。
②　转引王震中:《三皇五帝传说与中国上古史研究》,《中国社会科学院历史研究所学刊》第七集,商务印书馆 2011 年版,第 3 页。
③　同上。
④　同上。

件刻有符号的龟甲。在距今 8000 年至 4000 年的中国裴李岗、仰韶、龙山、崧泽、良渚、乐都柳湾、马家窑、二里头等几十处新石器遗址中,出土了大量的带有刻画符号的陶器。在距今 4200 年左右的山西龙山文化陶寺遗址中,出土了一件朱书扁壶。李健民先生为此写了一篇《陶寺遗址出土的朱书"文"字扁壶》,文章发表在《中国社会科学院古代文明研究中心通讯》总第一期(2001 年 1 月)。文章发表两年后,何驽先生于 2003 年 11 月 28 日《中国文物报》发文《陶寺遗址扁壶朱书"文字"新探》,主张"把扁壶背面原来被看做两个符号的朱书视为一个字",断定为"古尧字,即古史传说中的五帝之一帝尧的名号"。① 葛英会先生赞成何驽先生的意见,为证成何驽先生的这个见解,特写了《破译尧帝名号推进文明探源》一文。

可见,五帝时代传世典籍的存在多见于古代文献,考古成果也已证明了传说中五帝时代的存在。没有确切的证据不应轻易否定五帝时代及其传世典籍的存在。

二、距今 2300 年前的清华简文再证五帝时代典籍存在

2008 年 7 月,清华大学入藏了一批竹简等文物。经鉴定,清华简的时代在公元前 300 年以前,属于战国中期,因而没有遭遇秦始皇焚书之厄。它的内容以书籍为主,其中最重要的内容是发现了许多篇《尚书》。《尚书》是夏商周等上古历史文献的汇编。当代著名历史学家李学勤在《走出疑古时代》一文中写道:"古书是历代传下来的东西,它是曾被歪曲和变化的。不管有意无意,总会有些歪曲,而考古获得的东西就不一样,我们是直接看见了古代的遗存。现在我们有了机会,可以直接看到古代的书,这就没有辨伪的问题。"② 因而清华简可以为我们的研究提供可靠的证据。我们就从清华简《尹至》"亡典"的释义谈起。

清华简《尹至》一文如下:

惟尹自夏徂亳,逯至在汤。汤曰:"格,汝其有吉志。"尹曰:"后! 我来,越今旬日。余闵其有夏众口吉好,其有后厥志其爽,宠二玉,弗虞其有众。民噂曰:'余及汝皆亡。'惟灾虐极暴,亡典。夏有祥,在西在东,见彰于天,其有民率曰:'惟我速祸。'咸曰:'胡今东祥不彰? 今其如台?'"汤曰:"汝告我夏隐率若时?"尹曰:"若时。"汤盟誓及尹,兹乃柔大縈。汤往征弗服,挚度,挚德不僭。自西捷西邑,戡其有夏。夏播民入于水曰战,帝曰:"一勿遗。"③

文中有"亡典"一说。可将其理解为当时的史官"携典逃亡"的历史事件。理由如

① 转引葛英会:《破译尧帝名号　推进文明探源》,北京大学震旦古代文明研究中心编,《古代文明研究通讯》总第三十二期,2007 年 3 月。

② 李学勤:《〈史记·五帝本纪〉讲稿》,生活读书新知三联书店 2012 年版,第 146 页。

③ 转引刘国忠:《走近清华简》,高等教育出版社 2011 年版,第 121 页。

下：（一）将"亡典"理解为史官"携典逃亡"更符合两字的原始本义。东汉许慎《说文解字》曰："亡，逃也。"清段玉裁释："逃者，亡也。二篆为转注。亡之本义为逃。今人但谓亡为死。非也。引申之则谓失为亡。"今人谢光辉主编《汉语字源字典》载："甲骨文、金文的亡字，是在刀刃表的顶端加一短画，以表示刀头断失之意。因此，亡的本义指刀头断失，引申为失去、亡失、无有，又引申为灭亡、死亡以及逃亡等义。"《说文解字》曰："典，五帝之书也。"今人谢光辉主编《汉语字源字典》载："甲骨文的典字，像双手捧册状；金文、小篆的典，则是将简册供放案上之形。"综上所述，将"亡典"理解为夏王朝"丧失"其所保有的"五帝之书"及其自家王朝之书符合两字的原始本义。作为一篇有古老出处的佚《书》，以字之原义做解，能更好地吻合文章的时代性。（二）史书有"亡典"——史官携典出逃历史事件的记载相佐证。《吕氏春秋·先识篇》载："夏太史令终古出其图法，执而泣之。夏桀迷惑，暴乱愈甚。太史令终古乃出奔如商。汤喜而告诸侯曰：'夏王无道，暴虐百姓，穷其父兄，耻其功臣，轻其贤良，弃义听谗，众庶咸怨，守法之臣，自归于商。'"夏太史令终古所出其"图法"自是指夏王朝珍藏的"典籍"，唯有此方能引起一代帝王商汤的极度兴奋并"喜而告诸侯"。从商汤所言中，我们可以清楚地看到他已然将夏太史令终古携典投奔看作夏王朝灭亡的征兆，这与清华简《尹至》所载伊尹所言"亡典"为夏王朝灭亡的征兆是高度吻合的。（三）将"亡典"理解为史官"携典逃亡"更能全面表现该文的中心思想。该文中商汤与伊尹所谈所论无不是夏王朝灭亡之重大"征兆"。灾虐极暴　已然表明了强烈的民众哀怨之"征兆"，而与其相并列的"亡典"更应是"官怨"之征兆才能与古代"惜字如金"的文风相吻合，也才能全面地表现出夏王朝灭亡之征兆。由此，清华简《尹至》"亡典"也佐证了夏王朝存有五帝时期的典籍，否则，夏太史令无法"携典逃亡"。如此，接受夏太史令逃亡的殷商保存"五帝时期的典籍"是自然而然的事情。那么，在殷商灭亡，周族兴起之际，武王访殷商遗老箕子，箕子对文王言："我闻在昔，鲧陻洪水，汩陈其五行。帝乃震怒，不畀洪范九畴，彝伦攸斁。鲧则殛死，禹乃嗣兴。天乃锡禹洪范九畴，彝伦攸叙"也是合理合情之事。箕子所言，当有古籍所本。《尚书》的《多士》篇借周公言："惟殷先民，有册有典。"[①]也为一证。

三、对五帝时代典籍核心内容的揭示

作者在《破解千古谜团——中华远古文明衍变轨迹探索》第十章《中国古代知识体系框架学说》之第一节《中国古代知识体系框架的内涵》[②]中指出：中国古代自然知识体系的框架可归纳为：

---

① 转引刘国忠：《走近清华简》，高等教育出版社 2011 年版，第 5 页。
② 周大明：《破解千古谜团》，河南人民出版社 1999 年版，第 191 页。

先天八卦——反映了自然界天气气候及其变化规律。它是远古人由于生存的绝对需要,经历了漫长的历史时期,人类智慧之光最终汇聚的产物。从此人类进入了一个文明的、理性探索客观世界的时期。

五行——远古人类在对先天八卦的研究中,他们把所能认识的地球上所有自然界的物质即金、木、水、火、土归入八卦,用八卦来代表,并根据自然界物质的生成与相互关系,赋予它们(五行)相生相克的内涵。即木生火,火生土,土生金,金生水,水生木;水克火,火克金,金克木,木克土,土克水。后人就用五行相生相克的关系说明天地万物之间的相互联系,并用此推知宇宙万物的形成和变化。

河图(注:此指传世河图)——反映了自然界物质衍生与运动的规律。它是颛顼帝时期,人们用五行相生相克的原理推知四季生成机理时形成的。

洛书——反映了自然界物质在相对静止状态时(即保持自身性质不变时)的运动规律。它来自尧帝(注:应改为舜帝)时期人们对大龟图纹的发现。这个发现,是建立在人们对河图所描述的自然界物质衍生与运动规律认知基础之上的。

太极——自然界物质衍变过程中,内部主要矛盾的两个方面相互作用,由无序状态向规则状态演进,达到泾渭分明时,物质内部阴、阳矛盾的两个方面既对立又相互依赖,并且可能使事物性质发生转变时,矛盾的两个方面相互作用所形成的规则状态。它是大禹在治水的过程中,途径洛汭时,受黄河、洛河清浊二水交汇形成的漩涡现象的启发而画成的。同样,太极图的发现,是建立在大禹对河图、洛书所描述的自然物质衍生与运动规律深刻领悟的基础之上的。

至此,古人认识自然的知识体系的总体框架已经构成。先天八卦、五行、河图、洛书、太极等是中国古代自然知识体系的"钢骨铁架"。

该书由河南人民出版社于1999年出版,在此后距今13年的时间里,作者在此研究成果的基础上,不断向专家学者学习,深化对远古知识体系的认识,又写出《中华文明寻根——从口耳相传到文字著述》《远古图符与〈周易〉溯源》两部专著和多篇论文。后续的研究除若干细节有所深化和修正外大体上肯定了上述关于五帝时代自然知识体系的内容。需要说明的是,先天八卦产生于三皇之一的伏羲氏,被五帝时代所继承是自然之事,因而自应是五帝典籍之一部分。太极图虽然是舜帝在位时期为大禹所发现,却被大禹隐匿了,自应不在五帝典籍之列。即便如此,在以自然知识为主要贡献的五帝时代,太极知识也应该是大书特书的,正是因为有了五帝时代关于自然知识的积累,方有了太极图的发现和太极理论的建立!太极是五帝时代产物,也正是这一"古代自然识体质的飞跃"导致了"天统万物"思想束缚的瓦解,并将人类由朴素的公有制时代送入了天下为家的私有制时代!

四、大禹时代私有制国家的逐步建立与上古典籍的秘化

太极图是大禹在治水的过程中,途经洛汭时,受黄河、洛河清浊二水交汇形成的漩

涡现象的启发而画成的。

大禹得到太极图后,经过和先天八卦、天地衍生图(即传世河图)的比对、参悟,使他本人在哲理上对自然的产生、变化与运动规律了然于胸。大禹从对神秘的自然现象的崇拜中走了出来,摆脱了"天统万物"的思想束缚。当大禹思想高度成熟之时,原有对天地的无比虔诚之感,逐步消退了,取而代之的是对大自然的深深热爱。看着无比美好的大自然,大禹心旷神怡;联想到现实,想到自己的妻儿,大禹不禁喟然长叹!多年抛家离子的生活,使他愈发感到愧对妻儿,外界对儿子鄙夷不屑的评价更激起大禹将儿子培养成一代帝王的雄心!大禹发誓为了儿子的前途将这一切深埋心底。也许,就为了这一己私念,大禹为后世平添了几多迷案。回到都城,到离乐宫看望已经退位的舜帝自在情理之中。为了保住心中的秘密,大禹捏造了"黄龙负图出于河"的离奇故事,煞有其事地将当时民间广为流传的"河出图(此为太极图)、洛出书"的故事讲给曾流露出鄙视自己儿子启之意的舜帝听。而此时,此图已成彼图,民间传说中所说的太极图已经变成了颛顼帝时期的天地衍生图(即传世河图)。当时代已经为私有制的到来创造了足够的条件,当一代伟人大禹决心将"天下为公"的自愿组成的部族联邦变为"天下为家"的强权国家的时候,包括已经退位的舜帝在内的一切力量都无法抗衡这一时代的到来。

《史记·五帝本经》载:"舜南巡狩,崩于苍梧之野,葬于江南九嶷。"所谓"南巡狩"极可能是舜帝在察觉大禹试图传位于子的真实目的而抗争无力后无可奈何的被迫之举。在这次权力的争夺中,大臣后稷"义无反顾"地站在了大禹的一边。从《纪年》的记载中我们不难窥见影响后稷做出这种决定的重要因素。《纪年》载:"舜囚尧于平阳,取之帝位。""舜囚尧,复偃塞丹朱,使不与父相见也。""后稷放帝子丹朱于丹水。"在后稷"放帝子丹朱"之际,舜帝在后稷心中的高大形象轰然坍塌了!当舜帝复与大禹争夺权力之际,后稷自然而然地站在了大禹的一边。大禹摄政十七年后,舜帝去世。服丧三年完毕,禹表面上也把帝位让给舜的儿子,就跟舜让给尧的儿子时的情形一样。然而诸侯都归附禹,禹才登临了天子之位。

大禹继位后,为了实现既定的目标,有计划地推行三件大事:一是在思想上,极端推崇"先辈功德延及后世"。为了表示自己对先帝的尊崇,禹将尧的儿子丹珠、舜的儿子商均分封在唐和虞地,使他们能够祭祀先祖。禹还让他们穿自己家族的服饰,用自己家族的礼乐仪式。他们可以以客人的身份拜见天子,天子也不把他们当臣下对待,以表示不敢专擅帝位。无形之中,大禹树立了"帝"的绝对威望,也为日后自己"传位"于子埋下了伏笔。二是在人事上,推行权力制衡。大禹举用德高望重的皋陶总理百官。可惜皋陶未及继位,就因年老而去世。接着,大禹任命皋陶之子伯益摄政,行"禅让"之名;却以启人为吏,行掌权之实。《战国策·燕策》云:"禹授益,而以启人为吏。"在更换百官的同时,大禹将都城从安邑(今山西省运城市附近)迁至嵩山阳城(今河南省登封市附近),使都城接近自己早期的封地、当时其子的领地阳翟(今河南省禹州市附近)。自此,许多势力大臣和部族首领去益而"朝"启。益无奈只能徒有虚名。三是在制度上,建立司法政治理论体系。以"神话君王"为基础,使"君王统治"合法化。为了给"自愿的部族联邦"制定神圣大法,大禹及其属下可以说将三皇五帝时期的思想成就作了一次集中的整理,汇成了人类历史上首部系统的学说——《洪范》。在一切安排都已稳妥后,大禹亲自到各地巡视,进一步巩固政权。他将所有部族首领召集到苗山,评议各个部族首领功过,将平日考察结果公布于众。如某某有功,某某有过,某某平平,某某功过相抵,某某过不掩功,某某功不掩过之类,条分缕析,纤细不遗,十分允当。众首领看了,无不震悚佩服。大禹奖励有功,训诫有过,其余或奖戒并施,或奖多戒少,并杀掉了不听号令的防风氏。那座苗山就改名为会稽山。会稽山上,大禹扬威立万,各个部族首领胆战心惊,霸气尽失。无奈,此时大禹年事已高,加上一生劳累,终老于会稽山。《史记·夏本纪》载:"帝禹东巡狩,至于会稽而崩。"又"以天下授益。三年之丧毕,益让帝禹之子启,而辟居箕山之阳,禹子启贤,天下属意焉。及禹崩,虽授益,益之佐禹日浅,天下未洽。故诸侯皆去益而朝启,曰'吾君帝禹之子也'。于是启遂即天子之位,是为夏后帝启。"虽然司马迁以正史的纪录,为大禹开创的"家天下"制造了顺理成章的口实,但并不能以此掩盖其道德的瑕疵。在后人对先人历史功绩的评价中,大禹以不合"德配天地,在正不在私,曰帝"的标准被排斥在"五帝"之外。

夏王朝建立后,统治者在占有了所有生产资料、控制所有生活资料的同时,五帝时代的典籍也被他们作为"私有财产"予以"霸占"。几千年来上古先人研究天地自然规律的智慧结晶——先天八卦、河图、洛书、太极等时代的圣品,成了最高统治阶层的私有财产。统治者占有了它们,对外秘而不宣,对内则作为传于子孙的传家宝。从此,教化不兴,流传民间只能是被遮掩了历史真相的、神话了的上古人物及迷信化的知识,民众与文明的真相渐行渐远。上古文明形成的历史真相和深刻内蕴自此湮没。正如《礼记》所云:"今大道既隐,天下为家,各亲其亲,各子其子,货力为己……"

五、商王朝对上古典籍的传承

《吕氏春秋·先识篇》记载有夏太史令终古携夏王朝珍藏的典籍投奔商汤,也可与清华简《尹至》篇所载伊尹所言"亡典"相互印证。但从历史记载上看,商王朝并没有能够继承五帝典籍的精神,而是滑向了迷信的深渊。殷商王朝对前人知识的这种匪夷所思的传承既与远古文明独特的流传方式有关,也与殷商始祖契的自身经历有关。先谈我国远古文明的流传方式。最重要的流传方式有以下四种。

一是"抽象图符"。《三坟五典》是我国传说中最早的典籍。《路史》曰:"昔楚倚相能读三坟五典,八索九丘之书。""然观三皇经文,虽号三坟,多是符架等事。"可见,传说中的《三坟五典》即三皇五帝之时的"文"是以"符架"为主的。在一个文字尚未产生或正在逐步形成的历史时期,"文"以"符架"为主,来表达人类的真知灼见及其思想,是不难想象的。《吕氏春秋·先识》篇从侧面证明了这个观点。其载:"夏太史令终古出其图法,执而泣之。夏桀迷惑,暴乱愈甚。太史令终古乃出奔如商。汤喜而告诸侯。""殷内史向挚见纣之愈乱迷惑也,于是载其图法,出亡之周。""晋太史屠黍见晋之乱也,见晋之骄而无德义也,以其图法归周。"可见,即使到了夏、商、周时代,其太史令所掌古籍也有"图法"。及至到了东汉,此种观点依然存于许慎《说文解字》中,对后世古文字学家影响也很大。当代著名古文字学家拱玉书、颜海英、葛英会先生在《苏美尔、埃及及中国古文字比较研究》书写道:"六书为造字之本,即六书是中华先贤创制文字规则的认识,是班固在《汉书艺文志》中首先提出来的。此后,许慎《说文解字叙》阐释文字的起源与发展,也表述了同样的看法,谓'仓颉之初作书,盖依类象形,故谓之文;其后形声相益,即谓之字。'"①综上所述,先秦时代,古"文""字"与当代的文字内涵是不一致的。古"文"多指"符架""图""依类象形"等远古图符;而古"字"则是指继古"文"之后产生的"形声相益"的"特定图符",就是我们今天所言的"文字"。我们再看古"文"表达的内容,《逸周书》曰:"经天纬地曰文。道德博厚曰文。勤学好问曰文。慈惠爱民曰文。愍民惠礼曰文;赐民爵位曰文。"(另:《左·二十八年传》服注:能经纬顺从天地之道,故曰文。)可见,这些"符架""图""依类象形"等远古图符的古"文"在那个时代就是用来表达古人对天地自然规律、社会规律的认识成果的!1985年安徽省含山县铜闸镇凌家滩遗址出土了两件科学文化史上有着特殊意义的文物——玉龟和玉版即可为证,它是我国5000多年前古人对自然界的认知及其思想的物化。上文中提及的河南舞阳贾湖发现的龟甲和石器上的符号,中国裴李岗、仰韶、龙山等几十处新石器遗址中出土了大量的带有刻画符号的陶器亦可为证。这些"抽象图符",人们能直接读懂得甚少,故有"察而知之谓之神"之说。同时又由于那个时代语言文字尚处于产生的萌芽和初期阶段,导致人们之间沟通的局限性,通过简单的语言沟通就能明白前人所传道理的也极少,亦有了"问而知之谓之圣"之说。上古贤哲为了尽可能地将他们认识到的自然生命的规律传承给后人,就发明了以下"具象坟墓"和"形象祭祀"的方式,以待后来者。

二是"具象坟墓"。1978年湖北曾侯乙墓出土的漆箱盖上有星图,左青龙、右白虎,并与二十八宿同时显现。曾侯乙墓年代在公元前433年左右。它以"具象坟墓"的形式客观表明至迟在公元前5世纪末中国就有了完整的二十八宿天文体系。1987年,河南濮阳西水坡45号墓被揭露,一位身高1.79米的男性墓主头南脚北地仰卧于墓中,周围是三具殉人。在墓主骨架两旁有用蚌壳摆塑的图形,东方是龙,身长1.78

---

① 拱玉书、颜海英、葛英会:《苏美尔、埃及及中国古文字比较研究》,科学出版社2009年版,第251页。

米,西方是虎,身长1.39米,龙虎头的朝向均为北,而腿则均向外。墓主的脚下,有一个用蚌壳摆塑而成的三角形,与三角形连在一起的是两根人腿骨,腿骨指向东方,指向龙的脑袋。从考古地层学上推断和用碳14测定,该墓葬在公元前4500年左右。无可置辩的、直观的"立体图像",令我国当代著名历史学家、文字学家李学勤抛开文字就得出结论:"45号墓蚌壳图形和青龙、白虎之相似,实在是太明显了……至于墓主脚下的三角形,方向是正北,我们不妨猜想为帝星(北极星)……"它又以"具象坟墓"的形式客观表明距今6000多年前"北斗(北极星)授时观测体系"的形成。除了以上名声地位显赫的部落首领的坟墓之外,还有数量众多的彝族向天坟。《彝文古籍整理与研究》载:"彝族学者刘尧汉、卢央等人,在贵州威宁、云南楚雄、武定、弥渡,以及四川雷波等彝族地区,发现了众多的'向天坟'。据研究,这些各地彝族酋长、土司、贵族的火葬坟场,因坟顶有葫芦形的凹陷向天而得名。它一般都较高大,兼具古观象台或天文台的作用。例如,现存最大的一座向天坟,位于贵州威宁盐仓区境内,相传为古彝王坟。此坟以土堆垒而成,呈大、中、小三圆台构成的金字塔形。坟基周长217.2米、直径70米、高47.3,有台阶自基台、中台而达顶台。据考察,这座名为'直穆乌屈'(彝语'乌屈'为坟墓,'直穆'为王、酋长、首领之意)的向天坟,建在一座山上,正南有一个孤立的山峰,而东、西、北三面都只有比向天坟矮得多的小山。这样,坟南的山峰为向天坟附近唯一的突出标志物。根据南面山峰的高度以及与向天坟之间的距离,冬至那天,日中时分的峰影正好投射在向天坟顶的'葫芦口',因而成了测定冬至的场所。而向天坟北面是一片开阔地,夏天晚上,北斗星斗柄南指之时,又正好在坟顶的上面。就这样,世所罕见的向天坟,成了古代彝族的观象台。"[1]这些时代相距甚远的坟墓,有一个共同之处,就是直观地、具象地向人们传达着古人对自然界,特别是天体的认识成果。

三是"形象祭祀"。祭祀礼仪可以追溯到遥远的古代,我们今天考古发掘中获得的远古祭祀品可谓不可胜数。大凡考古发掘中发现的物件,今人也大都归类为祭祀用品。它们多是以死的、静止不动的方式向后代传播知识的。我们此处所讲的"形象祭祀"讲得则是指活的、生动的民间祭祀仪式。如流传至今的彝族的狂欢节——火把节即为此类。火把节是有着古老历史渊源的祭祀仪式。一般在农历六月二十四至二十六晚上举行,是彝族盛大的节日。届时人们杀牛、宰羊,祭献祖先,有的地区也祭土主,相互宴饮,吃坨坨肉,共祝五谷丰登。火把节一般欢度3天,头一天全家欢聚,后2天举办摔跤、赛马、斗牛、竞舟、拔河等丰富多彩的活动,然后举行盛大的篝火晚会,彻夜狂欢。当夜幕降临后,人们挥动火把,成群结队绕村串寨,翻山过田,互相往对方的火把上撒松香粉,打火把仗,满山遍野照耀得如同白昼。照彝族的习俗,在火把上撒松香粉,使火把"嘭"地腾起一团绚丽的火花,并扬起一股香气,是表示一种美好心愿:后辈

① 朱崇先:《彝文古籍整理与研究》,民族出版社2008年版,第291页。

对老辈撒,是尊敬,祝福长寿;长辈对晚辈撒,是爱抚,祝愿吉利;同辈互撒,是亲密友爱;青年男女互撒,则是恋爱的开始。路南、圭山等地的彝族,节日期间,人们弹着大三弦,跳起"阿细跳月",同时举行摔跤、斗牛等活动;楚雄、弥勒等地的彝族,也举行传统的"祭火"仪式。节日之夜,在彝族聚居的大山深处,到处是"火树银花不夜天",景象十分壮观。值得惊奇的是,这样一个以"火"为节的民族,至今仍然保存着历史最久的先天八卦实物。20世纪80年代初,自然科学史专家陈久金和民族学家卢央、刘尧汉在地处云贵川三省交界的四川大凉山地区,就彝族天文历法的情况进行专题调查,发现"西昌博物馆还保留了南诏时代的彝族八卦实物"。他们在《彝族天文学史的研究》一文中写道:"前已介绍了彝族八卦是用来描述其宇宙结构观念的。根据其结构分析可以看出它与汉族先天八卦相一致。据有些学者认为:汉族先天八卦是五代或北宋时期道士们造出来的。但西昌博物馆保留了有南诏时代彝族八卦的实物。可见,先天八卦在唐以前就有,这意味着先天八卦早就有了,流传于彝族地区,至五代或北宋又传入汉区。《易传》上记载伏羲创八卦,人们认为这是一种传词或托词,现在看来伏羲是彝族先民姜人的祖先,伏羲作八卦应是确有其事。"[1]有意思的是,彝族保留着古老的"八方纪年"的特殊方法:"彝族纪年不用数字,不用属相,而用的是'八方纪年',即东方之年、东南方之年、南方之年、西南方之年、西方之年、西北方之年、北方之年、东北方之年。"[2]不能不让我们对"火""八"与"年"的关系产生联想。传说中的伏羲氏晚于发明钻木取火的燧人氏,由于火的重要功用,已然成为火的主人的人类必然迎来一个以火为"节"的时代,来宣誓人类对火这一自然力的成功把握和应用,这是不言而喻的。那么,同时保留着"火把(八)节"与先天八卦实物的民族,她的祭祀仪式是否也表明它们有着难以割舍的关联? 八卦纪年中的八"方"可否理解和推论为放置篝火的八个位置更为合理呢? 那么,我们是否可以做出如下推测:伏羲氏时代,人们由于生存的绝对需要和农业生产的需要,注意观测天象,在长期的生产生活中,获取了大量的有关太阳、月亮、行星的天文知识,人们开始尝试用某种方式来表示他们了解到的天文与自然现象的关系。当时,没有文字,结绳记事的方法已经无法表达他们对自然规律的认识。而此时,常常伴随在他们身边的篝火的印记却不自觉地登上了历史舞台。☰之形为叠加的未燃烧之树干,其蕴藏巨大的能量,用其表明太阳的最大能量;☲之形为刚燃烧之火,上层已燃烧,树干断裂为二;☳之形为燃烧着的熊熊大火,人们为保持火的持续燃烧,新添加树干之状;☶之形为燃烧大火之末的形状;☷之形为已然熄灭的大火的灰烬;☴之形为人们在灰烬上重新加柴,欲重燃火堆之状;☵之形为灰烬上的重燃火堆刚燃之状;☱之形为人们为灰烬上的重燃火堆再加柴之状。经过长年累月的观

① 《中国天文学史文集》第三辑,科学出版社1984年版,第248页。

② 朱崇先:《彝文古籍整理与研究》,民族出版社2008年版,第283页。

察,当伏羲氏发现了太阳循环往复的表征时,不自觉与这八种火堆之状☰、☱、☲、☳、☴、☵、☶、☷联想起来,进而"一画开天"。果真如此,先天八卦的内涵自然是十分明了的。那就是先天八卦是一个时间"年"的概念,暗含着将一年分为八节的内涵。这样,时间"年"作为华夏文明始祖对自然规律质朴的观念的表达自然而然地诞生了,从此,时间"年"的概念溶入了一个民族的血脉!该推论是否成立尚待更多的考古证据的支持。我们不能否认,远古形象祭祀活动完全可以起到传播知识的作用,彝族火把节应该就是以形象祭祀方式向大众传播知识的产物。

四是文字。许慎《说文解字叙》阐释文字的起源与发展,谓"仓颉之初作书,盖依类象形,故谓之文;其后形声相益,即谓之字。"仓颉是黄帝史官。随着时代的发展,和语言表述的便利性,形声相益的"字"逐步成为人们之间交流思想的最为重要的工具,"文字"的概念也随着窄化,以至于成为今天我们读一切书的门径。

了解了我国远古文明的流传方式。再谈殷商王朝以及其始祖契与中华文明传承的关系。《史记·殷本纪》载:殷商始祖契"长而佐禹有功。帝舜乃命契曰:'百姓不亲,五品不训,汝为司徒而敬敷五教,五教在宽。'封于商,赐姓子氏。契兴于唐虞、大禹之际,功业著于百姓,百姓以平。"作为主管五教的官员,契不可能没有接受当时公开的文明成果。但在大禹发现太极图之前,人们对自然规律的认识虽然已有了可喜的成果,但整体而言仍普遍沉迷于"天统万物"的自然迷信之中。作为主管五教的官员,日复一日生活在"形象祭祀"的工作中,契更是对天充满敬意。当大禹得到太极图,突破了"天统万物"的思想束缚之后,又因自己的私念而隐讳下来。及其子孙夺取天下后,依然对已取得的成果秘而不宣。从此,教化不兴,民众与文明"绝缘"。为了传万代"家业",夏朝统治者在封锁中华远古文明、抛弃教化的同时,更是放任抑或大力推行业已走火入魔的上世"文明"——龟卜在民间的肆行。作为原夏朝统治下的一个部落——商更是深受其害,殷商始祖契在日复一日的祭祀和教化中不断强化的"天统万物"的思想已经内化于这个部落的生命基因之中,为了表明他们对天意坚强捍卫的意念,他们无事不占,时时刻刻都在准备接受上天的声音。强烈的替天行道的"信念",使商部落在几百年的进程中一步步戳穿了夏王朝统治者"假迷信"的真面目。正是为了捍卫"上天的意志",商朝先祖汤不惜以下犯上,领导商部落和有着共同替"天"行道信念的其他部落一起,经过多年的浴血奋战,推翻了夏王朝,建立了商王朝。商部落战胜夏王朝之后,也一度掌握了夏王朝统治者遗留下来的显现中华远古文明成果的"图法",无奈由于"图法"高度抽象,再加上部落的思维惯性、知识水平等因素导致的接受能力的制约,他们并未能从夏王朝留下的"图法"中得到先祖的精神。相反,在思维惯性的作用下,商王朝首脑却得出了"虔诚感动上苍,从而天帝降福"的结论。商王朝统治者于是更加痴迷于"终日占卜"的活动,以至于在殷商时达到了"占卜的巅峰"。那么,商王朝对其从夏太史令终古手中取得的远古典籍的作用充其量也只是个"二传手"罢了。值得庆幸的是,也正是因为殷商统治者占卜的"迫切"需要,用于反映"天意"的文字却由此逐步发展壮大。以至于3000多年后的今天,我们仍能通过殷商统治者遗留下来的卜骨辨明4000字左右的甲骨文。文字的发展壮大则为后人解读远古典籍、传播知识提供了更为便利的条件。

六、周王朝对上古典籍的继承和对上古知识体系的深化与发展

对这一课题作者已在2010年出版的《远古图符与〈周易〉溯源》一书中以先前的考古发现和传世典籍的记载为据作了详尽的论证。该书指出:在殷商末年统治者沉浸在"终日舞鬼弄神"的朴素的自然迷信之中、心安理得享用着"王命天授"的心理鸦片,对民众为所欲为、欲取欲夺,导致民怨沸腾之际,处在国土西部的周族却无时无刻不在依据其从先祖后稷那里得到的古籍上记载的上古图符的精神推演着社会衍生和变化的规律,以至于在古公亶父时演变为周族承天应命的精神筹码,并转化为周族推翻殷商王朝、建立周王朝的壮志雄心!正是在继承上古典籍理论体系和发展了的新理论体系的指导下,周族遵守社会发展规律自觉顺应时代的潮流,终于推翻了殷商王朝,建立了周王朝。今天,我们有了更新的史料——清华简。再以最新发现和公布的距今2300年前的古代典籍为据,对作者的观点予以佐证。

清华简《祭公》重点叙述了祭公在临终之际对周穆王及三公的劝诫之辞。祭公是周公的后人。文中,祭公接言周穆王对"文武之受命"的追思,并将追思一跃而至距其已千年的远祖后稷。清华简《祭公》载:"公曰:'天子,三公,我亦上下誓于文武之受命,皇嗣方邦,丕惟周之旁,丕惟后稷之受命永厚。惟我后嗣,方建宗子,丕惟周之厚屏。呜呼,天子,监于夏商之既败,丕则亡遗后,至于亿万年,参叙之。既沁,乃有履宗,丕惟文武之由。'"①祭公直言远祖"后稷"是周室承天应命的根基。一个距文王、武王约千年之久的远祖后稷到底能留下什么样宝贵的遗产还能作为千年之后子孙立业的根基?清华简《程寤》篇叙述了周文王之妻做梦,周文王及太子发(即后来的周武王)占梦、解梦,以及周文王对于太子发的告诫等。所作所为就是为了"受商命于皇上帝",即取代商王朝获得统治权。清华简《程寤》直言"何褚非文,何保非道",表明周室已将继承和发展先人的"文""道"作为周室争夺殷商统治权的无上至宝。这个无上至宝无疑就是从先祖后稷那里继承而来的"文"与"道"。清华简《保训》中记载有文王言"昔前代传保,必受之以詷",可进一步证明此说。

那么,后稷为何人?他怎么会有记载古代图符精神的上古典籍?

《史记·周本纪》载:周的始祖后稷,名叫弃。是帝喾的后代。弃在儿童时代,就树立了伟人的志向。他种植的麻、菽,麻、菽都长得很好。等他到了成年,就喜欢耕

---

① 转引刘国忠:《走近清华简》,高等教育出版社2011年版,第143页。

种农田,并可以准确判断土地适宜种什么农作物,民众都向他学习。尧帝听说了,就推举弃为负责农业生产的农师,天下民众都得到了利益。舜帝就把弃封在邰这个地方,称号叫"后稷",姓姬氏,以别于其他部落。后稷一族在陶唐、虞舜、夏王朝时期,都有美好的德行。

《史记》中的"后稷"就是前文中提到的曾帮助大禹与舜帝争夺权力的那位,他也因此成为该统治集团的一员。该统治集团在占有了所有生产资料、控制所有生活资料的同时,上古文明也被他们作为"私有财产"予以"霸占"。大禹、后稷等占有了它们,对外秘而不宣,对内则作为传于子孙的传家宝。就这样,后稷分享了上古文明的成果,并通过周族子孙相承地传扬下来。结合清华简《尹至》之"亡典"的释义,我们可以清楚地看出,后稷所分享的确定无疑是五帝时代的典籍。

为了建立新生的王朝,周族统治者遵守五帝时代典籍的精神,广施仁政,造福于民,受到民众拥戴。到季历时,却因被猜忌而被商王文丁杀害。文王继位后,能够继承先祖开创的事业,遵守古公亶父、季历制定的法度,实行仁政,敬老爱幼,礼贤下士。他首先从自己的大家庭做起,上孝父母,早晚请安;下对妻子兄弟严格要求,为整个家族作出了表率。以自己的大家庭为核心,以此为凝聚力来团结族人,巩固内部。并以殷商统治者为反面教材,极力抑制物质享受的欲望,不敢骄奢淫逸,切忌玩物丧志。他严以律己,宽以待人,始终保持周人质朴的美德,过着俭朴无华的生活。他勤于政事,兢兢业业地治理自己的领地。他重视农业,亲自督促众人开荒种地,大力发展农业生产,从中体察民情,了解小民稼穑之艰难。他还注意关照那些鳏寡孤独、无依无靠的小民,想方设法为他们解决衣食之难。姬昌的所作所为,不仅得到本国人民的爱戴,而且周边的诸侯国也纷纷归附。殷商末年,周文王又因被纣王猜忌而关押于羑里城。

文王在狱中,他上追伏羲立卦的要义和先祖总结的植物衍生生长规律,亲手绘制了描述生命衍生和运动规律的后天八卦。他下索高级生命体的运动规律,将自己认识到的生命体一并归入八卦的范畴,写就《说卦》篇章。在对自然物质和生命体运动规律的比对研究中,文王发现生命体的衍生与运动与自然物质循环往复的运动有着本质的区别。一方面,生命体和自然物质一样在遵循"先天八卦、五行历"描述的自然规律的基础上有规律地运动;另一方面,生命体的衍生和变化不但受某一时期天气、气候的影响,而且还要受它们自身组织结构和此前累积能量的影响。当其自身结构及累积的能量达到一定水平时,生命体就会通过不同的方式冲破天气气候变化的制约。例如:树木枝叶的枯荣,蛇、青蛙以冬眠的方式度过寒冬等。生命体一旦冲破春夏秋冬变化的约束,其运动便不会受到后天八卦所描述的生命规律的限制,而会发展到一个更高级的运动阶段,遵循更高级的生命体运动的规律。当深深体认到生命体的运动必须以适应自然运动规律为基础时,文王遂将后天八卦(作为生命体运动规律的抽象)置以先天八卦(作为自然运动规律的抽象)之上,"盖益《易》之八卦为六十四卦",两者共生六十四个不同的衍生图符。作为一名政治家，文王首先考虑用自己推导出的六十四卦用于揭示人类社会运动的规律。人类的衍生与发展同自然界的衍生与运动一样，同是一个矛盾体内部两个方面相互作用的结果。洞悉传世河图、洛书、太极所描述的自然物质衍生与运动规律的周文王，又有长期作为统治者的经历，对社会内部矛盾体的两个方面——社会(人类的整体)与社会的各个单元(即个人、家庭、族群)之间既相互依赖又相互制约的关系有着深刻的洞察。他将六十四卦分为上、下两个部分。上篇描述社会运动规律。列为上篇是因为社会作为人类运动的整体，是社会各个单元衍生与发展的基础。下篇描述社会各个单元及其相互之间衍生与发展的规律。文王六十四卦表明：社会的衍生与运动和其各个单元的衍生与运动并不是互不相关或截然对立的两个方面，个体生命的运动无限向上发展、延伸，终将演化为引导整体变化的主导或关键因素，主宰社会演进的方向。在整体思想形成后，文王用当时社会普遍认可的象形、会意等中国古代文字创造、发展的方法为其推导的六十四个图符定义，使它们成为既可以单独表示某种阶段的意蕴的独立图符，又可以完整地描述社会及其各个单元整体意蕴的整体"图画"。由此，六十四卦作为一个完整的思想体系得以生成！《杂卦》从前人矛盾体对立统一的"自然法则"出发，探讨卦与卦之间对立和统一的关系。它是文王思索卦序时的草稿。《序卦》则为文王推定卦序思想的最终产物。为了将自己领略到的社会运动的整体规律细化为领导周族逐步推翻殷商王朝的力量，周文王对六十四卦进行了逐一研究，写就《象辞》。出于对自己陷身监狱的担忧和对暴君纣王的忌惮，周文王所作《象辞》不得不隐讳难明。文王出狱后，他遂将这些理论转化为推翻殷商王朝的力量。

文王去世后，次子武王继承了王位，继续致力于推翻殷商王朝、建立周王朝的事业。在武王伐纣的过程中，周公作为太宰，全力辅佐武王。是以"周公相武王以伐纣，夷定天下"。周公以"明道"著称于世。武王就以"维道以为宝"评介周公。武王率众歼灭殷商后，为安抚社稷问计于周公。周公侃侃而谈，大力宣扬五德之教——"五德既明，民众知常"。推翻殷商后二年，天下尚未安定，武王却久病不愈，四年，武王去世，成王年幼，未能担当天子之任，周公摄政君临天下。为了培养自身的高尚德操和对年幼的成王进行良好的教育，使自身的行为和操守能更好地符合《象辞》的思想，使后继者拥有高尚的德行而成为仁义之君，周公遂赋予卦中各爻以人性化的意蕴，《象辞》乃成。周公赋予《象辞》立德思想被早在两千多年前的古人"一窥即知"：《左传》述：鲁昭公二年(公元前540年)，晋侯派韩宣子聘鲁，到太史处观书，见到《易象》和《鲁春秋》两书，赞叹道："吾乃今知周公之德与周所以王也。"

武王去世后，周公摄政君临天下。内心一直不服的武庚趁机串通不满周公的管叔、蔡叔、霍叔三监，联络一批商朝旧势力，在成王元年起兵反周。周公喟然长叹："无《易》天不虞！"再次将周王朝的兴衰与"易"紧密地结合在一起。为了一劳永逸地解决殷商王朝的后遗症，周公在三分其国无效的基础上，试图进一步采用迁移之策彻底瓦解殷商贵族之间的联系。"将计就计，顺应殷商遗民所好，少数贵族可以赏赐大龟以满足他们占卜的意愿；绝大多数民众，则可以通过将《周易》改头换面为充满神秘色彩的占卜之学的方式，既满足他们占筮的意愿，又从思想上彻底征服了他们"，成为周公的最佳决策。《经文·益卦》载："六二：或益之十朋之龟，弗可违。六三：告公用圭。六四：告公从。利用为依迁国。"明白无误地说明了周公的这种思想。接受周公之命的幕僚对《周易》进行了全方位的改造：一是删除《周易》中包容的"通天下之志""定天下大业"的部分，使变异后的《周易》内容失去有机的联系并对所剩下的内容神秘化，使其仅具"筮占"之功能；二是在变异后的《周易》中加入殷商占卜时的"常用语"，并极力使语言表述"通俗化""占卜化"。如：《经文》诸卦中对"元、亨、利、贞"殷商特定卜辞的引用。既济"高宗伐鬼方，三年克之，小人勿用"等对殷商先祖事迹的引用。三是对流传于世的《周易》之《彖辞》《象辞》同步"修正"。如：《彖辞》坤卦："西南得朋"，乃与类行；"东北丧朋"，乃终有庆。《象辞》既济卦："东邻杀牛"，"不如西邻"之时也。四是调整筮占方法。如：引入特定的概念——如"老阴、老阳"对筮占方法复杂化，以消解人们因其结论与现实行为之间的差距而产生对占卜方法和依据的怀疑。今天我们看到的筮占方法大致就是此等产物。改头换面后的《周易》就是流传到今天的传世《经文》。为了使殷商遗民接受《经文》并使之成为其新的占卜手段，周公及其幕僚写就《系辞》原篇，传世《系辞》大部原本是对赋予著占功能的《经文》的推广宣传词和使用说明书。《文言》原篇则是之后周公及其幕僚再次写就的附文，重点在于对不服甚至嘲笑周朝《经文》的殷商顽固遗老进行规劝和告诫。殷商遗族在《经文》《系辞》等"糖衣炮弹"的威逼利诱下，很快沉浸于旧有的习俗——占卜中去了。在反复出现的《经文》卜辞——"利西南，不利东北"卦辞的"指引"下，殷商遗族一部俯首听命离开旧都城，沿着卦中指明的方向，至"大吉大利"的远方洛邑。在那里，还有被强迫迁移到此的"顽固不化"的殷商遗族一部早早地在等着他们。周公又在洛邑西边修建了王城，派八师军队驻守。从此，新生的周王朝政权得以巩固。

以上谈了周王室凭借其先祖后稷之荣光而对上古典籍的传承和发展之外，我们还要谈谈周王室对商王朝典籍的继承和发展。《尚书·洪范》载："武王胜殷，杀受，立武庚，以箕子归。作《洪范》。""惟十有三祀，王访于箕子。王乃言曰：'呜呼！箕子。惟天阴骘下民，相协厥居，我不知其彝伦攸叙。'箕子乃言曰：'我闻在昔，鲧堙洪水，汩陈其五行。帝乃震怒，不畀洪范九畴，彝伦攸斁。鲧则殛死，禹乃嗣兴，天乃锡禹洪范九畴，彝伦攸叙。'"可见，周王室在通过商王朝这个二传手得到其从夏王朝那里得到的核心典籍之外，也通过类似走访"殷商遗老"的方式印证或完成对上古典籍核心内容的传承。此外，周王室还全面继承了殷商王朝创立的文字，作为他们交流思想传播学术的工具。正是对殷商王朝创立文字的全面继承，周王朝在完成了对五帝时代典籍从图符号到文字解读之时,也对他们那个时代的统治经验做出总结。流传到后世的《逸周书》中多有此类记载。然而除了传世《易经·经文》《诗》《书》等因当时统治者的宣扬而得以在民间广泛传播之外,被周王朝统治者解读的五帝时代典籍的成果和其发展了的文明成果却依然被作为只传于子孙的秘学,记载于秘密典籍之中,与民众绝缘。

七、周王室内乱与国家秘学典籍的散逸

周王室在继承了五帝典籍等几千年上古文明成果的基础上,以文王、周公为代表的王室成员撰写出了后天八卦、《周易》《周书》等时代华章,进而将中华文明提升到一个新的高度。可惜的是,周王室一如既往将几千年中华民族累积产生的智慧结晶作为"私有之物"归入"王室档案",向民间传播的尽是统治者认为有利于自身统治的"文明成果"抑或是被异化了的"文明成果"。但一次偶然的事件,却让周王室占有的真正的"上古文明成果"毫无保留地流向民间。那就是以往并没有受到足够重视的周王室内乱导致的"王子朝携典出逃"事件。这一历史事件发生在鲁昭公二十六年(公元前516年)。

《春秋左传》载:四月,单穆公到晋国告急。五月五日,刘蚠的军队在尸氏打败了王城的军队。十五日,王城的军队和刘蚠的军队又在施谷大战,结果刘军大败。秋季,昭公和齐景公、莒子、邾子、杞柏在鄟陵结盟,研究怎样护送昭公回国复位。七月十七日,刘蚠挟持了周天子逃走。十八日,驻扎在渠地,王城的军队焚烧了刘地。二十四日,天子住在褚氏。二十五日,天子住在萑谷。二十八日,天子进入胥靡。二十九日,天子住在滑地。晋国的知跞、赵鞅率军保护周天子,派女宽驻守厥塞。九月,楚平王去世。令尹子常打算立子西为王,说:"太子壬还很小,他的母亲又不是嫡夫人,最初是王子建聘定的妻子。子西年长而且为人善良。立长为君合情合理,建立善行国家才能得到大治。君王名正言顺,国家得到治理,还能不尽量这么做吗?"子西生气地说:"这是要搞乱国家、张扬君王的恶名。若立太子壬,国家就有秦国作为强大的外援,不能忽视这个问题。先王已有嫡子,不能破坏王位继承的传统制度。败坏亲人的名声,招致仇人的入侵,扰乱王位继承的制度,这都是不吉祥的。让我蒙受这种恶名,即使把整个天下送给我,我也不干,这要把楚国引向何处?一定要杀了令尹!"令尹害怕了,便立了昭王。冬季十月十六日,周天子从滑地发兵。二十一日,到达郊邑,随后住在尸地。十一月十一日,晋军攻克巩地,王子朝的党羽召伯盈一看大势已去,便反戈一击赶走了王子朝,王子朝和召氏的族人、毛伯得、尹氏固、南宫嚚保护着周朝的典籍逃亡到了楚国。阴忌逃到莒地背叛了王子朝。召伯盈到尸地迎接天子,并和刘蚠、单穆公结盟。随后军队列阵于圉泽,驻扎在堤上。二十三日,天子进入成周。二十四日,在襄王庙中举行了结盟。晋军留下成公般帮助戍守周王室,其余军队便回国了。十二月四日,天子进入庄宫。这时,王子朝派人通报诸侯说:"从前武王征服殷朝,成王平定四方,康王休养百姓,并分封同母兄弟为诸侯,以作为周朝的屏障。"康王说:"分封同母兄弟为

古庸大地人文历史探源

诸侯,是因为我不能独自享受文王、武王的功德,同时也是为了使后代子孙迷途败亡而陷于危难时能得到拯救。"到了夷王时代,因为他恶病缠身,诸侯便遍祭山川为他祈求免除疾病。到了厉王时代,因为他残忍暴虐,百姓不堪忍受,便把他流放到彘地了。然后诸侯便离开了他们的国家来参与王室的政事。由于宣王志向远大,年长之后便把王位送给了他。到了幽王时代,上天不再怜悯周朝,天子昏庸无道,从而失去了王位。幽王的儿子携王违背天命,诸侯又废掉了他,另立平王为天子,并因此迁都到郏鄏——这都说明诸侯兄弟都能效忠于王室。到了惠王时代,上天不让周朝安定,使王子颓滋生祸心,并影响到叔带也背叛了王室。惠王、襄王躲避祸乱,离开了王都。幸亏此时晋国、郑国发兵勤王,除掉了所有奸人,从而使王室得以安定。这就说明诸侯兄弟都能遵奉先王的命令。定王六年,秦国出现了一位妖人预言:"周王室将出现一位长着胡子的天子,他能胜任王位,诸侯也顺服听命。两代之后,王室又有一人篡夺王位,诸侯如不及时动手,必将受其祸乱。"到了灵王时代,果然他一生下来就有满脸胡须,灵王非常神奇圣明,从未对诸侯做下什么恶事,灵王、景王都能安然终其一生。"现在王室动乱不安,单旗、刘狄祸乱天下,专横不顺,扬言"先王没有规定什么制度,只要我们愿意,想立谁就立谁,有谁敢来讨伐"。然后就领着一些奸邪之人,在王室中制造混乱。贪得无厌,追求无度,一贯亵渎神灵,藐视王法,背弃盟约,骄横无礼,无视先王法令。晋国不但不主持正义,反而帮助他们,使其更为放纵不知满足。现在我因动乱而流离失所,躲在荆蛮之地,没有栖身之所。如果能有我一两个兄弟或甥舅顺应天命,不再帮助乱臣贼子,听从先王的命令,从而避免上天的惩罚,解除我的忧患,这将是我最大的愿望。我特地把我的真实想法和先王的命令告诉大家,希望诸侯能认真考虑。从前先王的命令说:"王后没有嫡子,就立年长者为王。如果年龄相同,就以德行来选择。如果德行相同,就通过占卜来决定。天子不立自己所偏爱的人,公卿也都毫无私心,这是自古以来的制度。穆后和太子寿过早夭亡,单氏、刘氏出于私心立了年幼的王子为王,这无疑是违反了先王的命令。希望各位诸侯考虑怎样对付这种局面!"闵马父听了王子朝的辞令后说:"优美的辞令是用以贯彻施行礼法的。子朝无视景王的遗命,又疏远强大的晋国,一意孤行地要做天子,其言行无礼已到了极点,即使文辞优美又有什么用呢?"……

王子朝携大量周王室典籍出逃楚国,包括五帝典籍、《周易》正本等在内的周王室所有秘学典籍散失,周天子的愤怒可想而知。鲁定公五年(公元前505年),周天子派人在楚国杀了王子朝。"天子失官,学在四野"局面由此出现。

联系《张家界历史文化丛书》胡伯俊、赵小明先生所作《总序》之第2页所言,张家界的文化遗存几乎囊括从燧人氏钻木取火、伏羲氏画八卦、神农氏教民耕作,到伯庸族建国、与周族结盟灭商,再至鬼谷子捭阖奇术、屈原《离骚》古歌等中华文明传承史上的诸多奇观,这与拙文所强调的"王子朝携典奔楚"事件高度吻合。

据《太平御览》卷四十九引《武陵记》曰:"天门山,上有葱,如人所种,畦陇成行。人欲取之,先祷山神乃取,气味甚美;不然者,不可得。岩中有书数千卷,人见而不可取。"

又曰:"淳于山,与白雉山相近,在辰州、武陵二郡界。绝壑之半,有一白雉,远望首尾可二丈,申足翔翼若虚中翻飞,即上视之,乃有一石雉舒翅缀着石上。山下有石室数亩,望室里虽暗,犹见铜钟高丈余,数十枚,其色甚光明。"又云:"武陵山上有神母祠。"

又曰:"小酉山上石穴中有书千卷,相传秦人于此而学,因留之。"《郡县志》亦曰:"大酉山有洞,名大酉。小酉山在酉溪口,山下有石穴,中有书千卷,旧云秦人避地隐学于此。自酉溪北行十余里,与大酉山相连,故曰二酉。"

天门山,一山多名,位于素有三苗祖山之称的崇山东侧,与神仙窟宅仙人溪仅一溪之隔,历史上又称云梦山、窟窿山、昆仑山、崧梁山、赤松山、桥山、浮山、壶山、方壶山、壶头山、浮丘山、日月山、武陵山、玉壶山,苗语又叫"仁大坝",直到屈原在《九歌》中吟出"广开兮天门"时,天门山之名才得以广为流传。三国时又因天门崩大,吴王孙休视为瑞兆而设天门郡,天门山之名更趋固定(宇文邕又曾更名北衡山而置北衡州)。

除《太平御览·武陵记》所记"武陵山上有神母祠""犹见铜钟高丈余数十枚""岩中有书数千卷"之外,又有《诗含神雾》载:"天不足西北,无有阴阳消息,故有龙衔火精以照天门中。"

又有(汉)焦延寿《易林·比之第八·姤》载:"登昆仑,入天门;过糟丘,宿玉泉;开惠观,见仁君。"《古小说钩沉》辑《玄中记》曰:"天下之弱者,有昆仑之弱水焉:鸿毛不能起也。昆仑西北有山,周回三万里,巨蛇绕之,得三周。蛇为长九万里。蛇居此山(按:崆峒山有蛇滚坡),饮食沧海。"

又有《神农本草》载:"神农稽首再拜,问于太一小子曰:'曾闻古之时,寿过百岁而殂落之。咎独何气使然耶!'太一小子曰:'天有九门,中道最良'。"今张家界市有前天门、后天门、大天门、小天门、南天门、北天门、上天门、下天门、中天门等地名,可谓九门皆俱。

又有《太平御览》卷三八引《尸子》曰:"赤县神州(今桑植县尚有'国家大地''神州大队''神州村'等地名)者,实为昆仑之墟。玉红之草生焉,食其一实而醉卧三百岁而后寤。"《搜神记》卷十三:"昆仑之墟,地首也。是维帝之下都,故其外绝以弱水之深,又环以炎火之山(按:天门洞口南麓有火焰山地名)。"

李华《天门名峰记》载:"天钟灵境,待久以兴;地转畅期,应时而起。颐东岱西岱,神真显化;山开五圣九巘,菩萨放光峰头。永邑南境,天门名山,松梁首冠于汉世,天门异号于晋朝。脉发昆仑,支分□摇,连辰永以翠峰,达澧常而高耸。"

二酉山坐落于天门山南麓之沅陵县城西北15公里处,今为二酉苗族乡乌宿村,因酉水和酉溪在此汇合而得名。相传上古时黄帝曾于此山石洞藏书。武陵人善卷因避舜帝禅让,隐于此山守护并研读黄帝藏书(成语"学富五车,书通二酉"出于此),并以之教化当地百姓,故被称为中华文化圣山。

古传周朝时,周穆王又在此山中收藏异书。又传当年秦始皇"焚书坑儒"时,朝廷博士官伏生冒着生命危险,从咸阳偷运出书简千余卷,辗转跋涉,藏于二酉洞中,使先秦文化典籍得以流传后世。秦灭汉兴时,伏生将这些书简献给汉室,汉高祖刘邦在获得(一作伏胜,生卒年月不详,西汉经学者,字子贱,曾为秦博士)书简时大喜,将二酉藏书洞封为"文化圣洞",二酉山立为"天下名山"。二酉山藏书洞就此成为读书人向往和追求的地方。以后历朝历代文人墨客,前往拜谒者络绎不绝,留下大量诗词文章。山上一度建院立阁,修堂造亭,香火旺盛。纪念千古功臣的伏胜宫和保护二酉洞的藏书阁一直保存完好。半山石洞下方,留有京师大学堂总监督即北京大学第四任校长、湖南督学使者张亨嘉于清光绪六年(1880年)二月所立的榜书碑刻"古藏书处"。二酉山藏书功德,厚重千秋,为历代文人墨客所仰崇。宋真宗年间,辰州通判欧阳陟游此,追思善卷之德,上书真宗赵恒,请建善卷祠,以示崇德报功之意。真宗皇帝准奏,祠堂落成。明朝时,辰州卫人董汉策、王世隆,分别自费在山中建翠山、妙华书院。抗战期间,湘府迁沅,来此避难之专家、教授不计其数。乌宿小学校长龙盛恒借此机会,聘请深孚众望者执教,为乌宿人才教育奠定了坚实的基础,中华人民共和国成立后,二酉山人才辈出,成为闻名全国的教授村。

从王子朝携典奔楚这一历史事件和张家界天门山及南麓沅陵县二酉洞分别藏书数千卷的史料记载来看,现在"张家界的文化遗存"就不能仅仅看作张家界地方文明的产物,而应该看作"整个中华古文明的一大民间历史博物馆"。这一民间博物馆的史料则直接来源于"黄帝曾于此山石洞藏书""周穆王又在此山中收藏异书"及"王子朝携典奔楚"时所携带的王室典籍,具有很强的说服力和很高的权威性。

八、周王朝秘学典籍散逸后老子道学、孔子儒学的产生

首先,我们谈谈老子道学的产生。正是王子朝携周朝典籍出逃楚国这一历史事件直接导致了老子命运的变化及其《道德经》的问世。老子,姓李,名耳,字伯阳,谥曰聃,楚国苦县人。约生活于公元前571年至公元前471年之间,曾做过周朝的守藏史,即皇家档案馆管理员。作为皇家档案馆管理员的老子是个富有才学的人,也有过令人羡慕的生活。公元前518年,孔子与南宫敬叔等人到东周王室京畿——东都洛邑考察周朝文物礼仪制度,曾请教于老子。至今河南省洛阳市还残留着老子生活、孔子问礼于老子的历史痕迹。但是,好景不长,周王室内乱导致的王子朝"携典出逃"事件直接打破了老子风光的生活。由于王子朝携"周朝典籍"出逃,周天子无比愤怒,遂迁怒于老子,免去老子"守藏史"的职务,开除其公职。等待老子的只能是无可奈何的落魄流浪的生活。在落魄流浪中,老子以周朝典籍为宗——"人之所教,我亦教之",完成了《道德经》的思考和著述。《史记·老子韩非列传》载:"至关,关令尹喜曰:'子将隐

矣,强为我著书.'于是老子遂著书上下篇,言道德之意五千余言而去,莫知其所终."
对老子《道德经》思想渊源,作者已在《破解千古谜团——中华远古文明衍变轨迹探索》一书作了详细分析,指出老子的学说源于周王室典籍.这里不再赘述.

其次,我们谈谈孔子儒学的产生.孔子,名丘,字仲尼.出生于公元前551年,卒于公元前479年.春秋末年鲁国陬邑(今山东曲阜)人.孔子出生、生活在鲁国陬邑(今山东曲阜)——史载:周公被封在鲁,以曲阜为都.因要辅国,以长子伯禽前往就封.周公是周王室中先祖文化的集大成者,周公作礼乐,办学校等.这无异就将周王室可以公开的典籍尽其可能传播给他的后人和子民.周公封地的子民,自然享有"近水楼台先得月"的优势.可以说,孔子就是他的封地中的一个受益者.自幼就受到周礼熏陶的孔子在年轻时不自觉地将"礼"放到了至高无上的地步.公元前518年,孔子与南宫敬叔等人曾到东周王室京畿——东都洛邑考察、学习周朝文物礼仪制度,曾请教老子.公元前516年,王子朝携典逃亡之后,或许是为了搜集和整理遗失的周王室典籍的需要,孔子放弃从政的想法,开始聚徒讲学.《史记·孔子世家》载:"故孔子不仕,退而修诗、书、礼、乐,弟子弥众,至自远方,莫不受业焉."传世的《诗经》《书经》《礼经》大概就是成册于这个时期.这些典籍对孔子产生了巨大影响,造就了孔子的中庸思想.孔子儒学至此大致成形.公元前505年,王子朝被杀,所携核心典籍完全散落.鲁定公十三年,已经55岁的孔子因"定公沉湎于女色、不听政"而去职.去职之后,孔子带领众弟子周游卫、曹、宋、郑、陈、蔡等国.楚昭王还"兴师迎孔",欲"以书社地七百里封孔子".孔子63岁时由楚返卫,一年后返鲁.周游列国后的孔子对《周易》的态度发生了重大的转折.马王堆汉墓帛书《要》篇载:孔子认为"史巫之筮,乡之而末也","赞而不达于数,则其为巫;数而不达于德,则其为史","吾与史巫同途而殊归者也".他甚至否定占卜的指导意义.《论语·述而》载:"加我数年,五十以学易,可以无大过矣."帛书《要》篇载:"夫子(孔子)老而好易,居则在席,行则在囊."孔子思想的转变,正源于他收集到的有价值的周王室散失的正本《周易》.为了便利自己学习和教育弟子,孔子对收集的所有散乱的《周易》典籍进行了整理.司马迁的《史记·孔子世家》载:"孔子晚而喜《易》,序《彖》《系》《象》《说卦》《文言》.读《易》,韦编三绝.曰:'假我数年,若是,我于《易》彬彬矣.'"而所有这些,本就是对散逸的周朝典籍的整理归类.只是,孔子的一些研究心得由于后世流传的原因,也掺入了原来的典籍,使后世多产生误会罢了.帛书《要》篇载:孔子解释说,他并不是好《易》之卜筮.而是"《尚书》多阙矣,《周易》未失也.且又(有)古之遗言焉."《论语·述而》言:"述而不作,信而好古."这绝不是孔子的谦词,而正是孔子优秀品德的写照.我们不可不信先生的话.

九、《鬼谷子》产生时代背景、作者和学术性质的判定

《鬼谷子》一书传流久远,内容玄奥,意见纷纭.造成此种局面的是因为其产生的

时代不易判定，无法将其放在应有的历史背景中来考察，这必然会导致失误。正所谓"横看成岭侧成峰，远近高低各不同"。研究者将其放在不同的时代、背景之下自会得出不同的结论。为了正确揭示《鬼谷子》的思想内涵，我们此前对上古典籍的传承和流变作了大篇幅的论述，就是要为确定《鬼谷子》产生的时代及其历史背景作铺垫，进而对其进行较近真的解读。因正史对鬼谷子其人生平记载不详，我们还是要结合《鬼谷子》一书的内容与古代典籍的关系对其具体的历史时代进行界定。

从张家界大量关于鬼谷子传说的史料记载来看，张家界当是鬼谷子第一隐居地，"鬼谷子居此学《易》"的资料来源，很可能就是"王子朝携典奔楚"败亡后散落民间的那批珍贵典籍。

《永定县志》载："（天门山鬼谷洞）石室幽邃，下有清流，相传鬼谷子居此学《易》，今石壁上有甲子篆文。"

《永定县乡土志》载："（鬼谷）洞在天门山绝壁，无路可阶，有樵者误入洞，见壁上篆文。离奇不可辨。欲再往，云气怒涌不可支。归，述之人，好事者往寻之，竟路迷不得入。"

陈自文先生的《天门隐逸文化》所载民间传说曰："春秋战国时代，鬼谷子背了一部《易经》进了这个洞，面壁著学，洞壁上写满了甲子篆文，且有遗痕存在。就在这个洞里，他靠《易经》起家，写成了一部《捭阖策》专著，完成了《鬼谷子集》，还练出一手称之为《天门三十六穴量天尺》的'鬼谷神功'（后来成了中国硬气功之乡天门山硬气功的鼻祖）。"

罗光典《咏鬼谷洞》曰："天生古洞说松梁，难访遗书十四章。传漏神仙轶黄老，家分捭阖误苏张。篆嵌石壁蛟蛇走，烟冷丹灶虎豹藏。颍（庸）水清溪踪孰是，总留通号白云（公）乡。"

吴肇端《鬼谷洞》曰："亦晴亦雨洞中天，甲子推来莫计年。学《易》于今人不见，空余古篆蚀残烟。"

龚经济《鬼谷洞》曰："天门矗立西南隅，一十六峰争突兀。周史遗冢傍松梁，丹灶尚留赤松窟。中有清溪窈且深，鬼谷先生曾宅此。先生著书十四章，门前仍有苏张客。道传老君颜如童，洞里坐拥皋比席。乞儿状貌本不凡，苦心为衍捭阖策。"

俞永弼《鬼谷清流》曰："幽谷有流泉，潺潺泻终古。缅怀漱流人，千载一仰俯。"

罗福海《鬼谷洞》曰："桃花流水去飘然，笑入云深访洞天。隐逸流多埋姓字，纵横本境出神仙。道书壁上文留篆，丹诀炉中火化铅。满耳恍闻钧乐奏，一条瀑写万峰巅。"可见，鬼谷子白公胜很可能因为机缘巧合，有意或无意得到或部分得到了王子朝所失或所藏的那批传世经典，于是隐居天门山，"潺潺泻终古"，"苦心为衍捭阖策"，写出了千古奇著《鬼谷子捭阖策》，奠定了他作为"世界谋略之祖"的万世英名！

周大明系北京大学震旦古代文明研究中心研究员

禹王在湘西崇山开启夏朝
崇山乃夏朝第一国都

杜钢建

禹王在湘西崇山开启夏朝的根本原因在于崇山是其祖上的封国。尧帝时期崇山国是禹王的父亲鲧的封国，属于伯国。鲧也称崇伯鲧。鲧在尧帝时期官居伯爵。根据《纲鉴望知录》，鲧在尧帝六十一年被封为崇伯。《纲鉴望知录》曰："（尧）六十一载，封鲧为崇伯，使之治水。"尧帝在位百年，洪水多次为灾。尧帝在位六十一年时任命崇伯鲧治水一事在诸多史籍中有记载。

夏朝在先秦史料以及先秦文物考古资料中都有说明。尽管如此，一些疑古派人士竭力否定夏朝的存在。一个重要问题是夏朝在哪里开启国都，换言之，夏朝的第一个国都在哪里。笔者根据多年研究，对比北方和南方过去几十年的考古研究成果，认为禹王在湘西开启夏朝，湘西崇山地区乃夏朝第一国都。

崇山在湖南大庸县西南，与天门山相连，属于武陵山脉。武陵山脉自贵州云雾山东延分三支。北支由湖北来凤经湖南龙山入桑植县，有历山、桂英山、青龙山等，其中最高峰壶瓶山海拔 2098.7 米。中支沿澧水之北，有天星山、红溪山、朝天山、张家界、白云山、青岩山、茅花界。南支行于澧水沅水之间，有七星山、崇山、天门山，延入慈利县的大龙山、天合山。三支均东至洞庭湖冲积平原逐渐消失。崇山地处张家界市西南约 20 公里处，海拔 1164.7 米，主峰面积 3 平方公里。唐朝时期，全国改为十道。高祖李渊于武德四年（公元 621 年，农历辛巳年）下令置澧州、澧阳郡，属山南道，统辖六县，慈利与崇义县（今永定、武陵源二区与桑植县）归其所辖。

湘西崇山地区自远古以来一直是南方极为重要的政治文化中心。伏羲最初立君建国就在现今张家界武陵山区的崇山地区。伏羲在崇山立君建国有其历史渊源和历史背景。崇山的历史地位首先是与有巢氏和燧人氏产生于湖湘地区有关。有巢氏最早出现在湖南九嶷山以南，也即最近发现的 8 万年至 12 万年以前的 47 颗现代人牙齿化石所在永州地区一带。燧人氏则诞生在洞庭湖以南的湘山上，并在常德的澧县建立了遂明村。伏羲氏作为燧人氏之子，首先在今常德武陵至张家界一带活动。伏羲氏时期以后，以武陵崇山为核心的周边地区都属于崇山国的管辖范围。从伏羲朝到神农朝、黄帝朝、颛顼朝、帝喾朝、尧舜禹、夏商周时期，崇山国的管辖范围在不同时期有所变化，大致可以说西至今四川和重庆的崇州、崇县以西，东至洞庭湖以南湘江边，北至湖北鄂西南,南至广西贵州。燧人氏时期的早期活动地点就在这一带。

伏羲氏作为燧人氏的后裔,在崇山地区开国立君是十分自然的事情。《天皇伏羲氏连山易爻卦大象》中论及八大名山,其中首位名山就是崇山。《天皇伏羲氏连山易爻卦大象》曰:"崇山君,君臣相,君民官,君物龙,君阴后,君阳师,君兵将,君象首。"伏羲八卦中八座大山皆有物象。

崇山是《连山易》八大山之第一山。八大山中,除了崇山以外,其他在湖南的名山还有怀化会同的连山以及烈山、潜山等。伏羲创八卦与龙马负图甲象崇山有关。《太古河图》曰:"伏羲氏,燧人子也。因风而生,故风姓。末甲八太七,成三十二易草木。草生月,雨降,日河泛,时龙马负图,盖分五色,文开五易,甲象崇山。天皇始画八卦,皆连山名易,君臣、民物、阴阳、兵象始明于世。"这里,甲象崇山是龙马负图中的画像。

甲象崇山在《古三坟·山坟》中是伏羲画八卦的卦象。《古三坟·山坟》曰:"伏羲氏,燧人氏子也。因风而生,故为风姓,未甲八太七成,三十二(日)(生),易草木。草生月,雨降日,龙马负图,盖分五色,天皇始画八卦,开立易(学),甲象崇山,皆连山名易,君臣民物,阴阳兵象,始明于世。"(《汉魏丛书》本)

伏羲氏之后是神农氏治理时期。据史料记载,历代神农炎帝具兆茶陵,即埋葬在茶陵。湖南株洲茶陵云阳山至古茶山一带是历代神农炎帝的祖地和墓葬区域。轩辕黄帝也将神农炎帝后裔封在茶陵。根据湘西怀化高庙考古发现和彭头山考古发现,距今8000年左右,神农炎帝在湘西一带的活动极为频繁。特别是阎朝科先生的《谁是人类最早的文明——中华有帝之国高庙太暤伏羲国考》(郑州市文物考古研究院编、河南人民出版社2015年9月第一版)一书表明,神农炎帝时期的文化继承了伏羲治理时期的文明成果。神农氏时期的《神农氏政典》是人类历史上第一部成文宪法。神农宪法继承了伏羲宪法的爱民顺民的治理思想,提出"惟天生民,惟君奉天""民惟邦本,食惟民天"的天、民、君的宪法秩序理论。惟天生民,民意民志民心就是天意天志天心。政府君王的义务是奉天而行,即要尊奉民意民志民心。天、民、君的宪法秩序不能颠倒,否则政府君王的权力就会膨胀,形成政府行为过度的专制政权。神农氏宪法提出:"道正常,过政反僻;刑正平,过政反私;禄正满,过政反侈;礼正度,过政反僭;乐正和,过政反流;治正简,过政反乱;丧正哀,过政反遊;干戈正乱,过政反危;市肆正贷,过政反邪;讥禁正非,过政失用。"神农氏宪法反对过政的理论源于归藏易理论。归藏易理论是神农氏宪法的基础理论,重在强调收敛和内省。"无乱政典"的主张体现了神农氏时期遵守宪法的宪治思想。

帝尧时期崇山是驩兜的流放地。根据《路史·后纪五·疏仡纪·黄帝纪上》,驩兜是黄帝鸿的后裔。帝鸿之裔有防风氏和缙云氏。防风亦釐姓,守封禺之间。防风氏至商为汪芒氏,更为漆姓,后有汪氏、冈氏、汪罔氏、汪芒氏。缙云氏是黄帝时期的夏官。后来缙云氏娶土敬氏遗腹子,而生驩兜。驩兜出于缙云氏。缙云氏是驩兜后裔的重要姓氏。尧帝时期驩兜担任尧帝的司徒,可以说官至三公的位置。驩兜被尧帝流放崇山的原因很多。除了驩兜本身作为司徒枉法行凶以外,驩兜得罪尧帝还因为错误推荐共工治水。《路史·后纪五·疏仡纪·黄帝纪上》曰:“而缙云氏亦帝之胄也。妻士敬氏,曰炎融,遗腹而生驩头,为尧司徒。弇义隐贼,好行凶,天下之人谓之混敦,尧放之于崇山。驩头者,驩兜也。以狐功辅缪,亡其国。生三苗氏。”驩兜被尧帝流放崇山后,死在崇山,葬在崇山。今张家界武陵山区崇山上还有驩兜墓地。

其他史料也表明驩兜是黄帝后裔。《左传·文十八》云:“帝鸿氏有不才子,掩义隐贼,好行恶德,丑类恶物,顽嚚不友,是比周天下万民谓之浑敦”。杜预曰:“即驩兜,帝鸿黄帝也。”《史记·五帝本记》重复上述之言之后“昔帝鸿氏有不才子……天下之民谓之浑敦。”贾逵曰:“帝鸿黄帝,其苗裔驩兜也。”这里说驩兜是黄帝的后裔,属于黄帝的一支。《山海经·大荒北经》曰:“颛顼生驩兜,驩兜生苗民,苗民厘姓。”又说:“高辛之邦,尧窜之于三危……驩兜尧臣。”郭璞认为是“三苗之民”。《山海经·大荒南经》则云:“大荒之中有人名曰驩兜,鲧妻士敬,士敬子炎融,炎融生驩兜……有驩兜之国。”

驩兜被流放崇山的历史事件在诸多史料中有记载。《尚书·舜典》曰:“流共工于幽州,放欢兜于崇山,窜三苗于三危,殛鲧于羽山,四罪而天下咸服。二十有八载,帝乃殂落。百姓如丧考妣,三载,四海遏密八音。”这里的欢兜即是驩兜。欢兜是与共工同时被流放的。这些事件都发生在帝尧时期。

根据《史记》的记载,驩兜被流放崇山的主要原因是驩兜推举共工治水。《史记·五帝本纪》曰:“驩兜进言共工,尧曰:‘不可’,而试之工师,共工果淫辟。四岳举鲧治鸿水,尧以为不可,岳强请试之,试之而无功,故百姓不便。三苗在江淮、荆州数为乱。于是舜归而言于帝,请流共工于幽陵,以变北狄;放驩兜于崇山,以变南蛮;迁三苗于三危,以变西戎;殛鲧于羽山,以变东夷。四罪而天下咸服。”驩兜被流放事件发生尧帝时期,但是是由舜帝执行的。《孟子·万章上》:“舜流共工于幽州,放驩兜于崇山,杀三苗于三危,殛鲧于羽山。”

尧帝开始并不信任共工,但是驩兜等人推举,一时没有合适人选,还是使用共工氏治水。史书记载尧帝在位十九年任命共工治河。王国维《今本竹书纪年疏证》:“十九年,命共工治河。”起先尧帝要求大家推举贤人担任领导治水。结果驩兜推举说“共工方鸠僝功”,夸奖共工有本事,可以建功立业。尧帝说“静言庸违,象恭滔天”,言共工自为谋言,起用行事而无信誉,象貌恭敬而心傲狠。尽管尧帝怀疑共工,但是众人推选,只好采用。尧帝时期共工治水大约两年后被免。由于驩兜极力推举共工,所以共工被处罚的同时,驩兜被牵连。驩兜荐举共工,被以为比周之恶。尧帝认为驩兜荐举共工志不在公,私相朋党。共工行背其言,心反于貌。共工与驩兜罪过并深,俱被流放。流共工于北方幽州,放驩兜于湘西崇山。

在其他史料中,流放崇山的驩兜也称謹兜。如《淮南子·修务训》曰:"(尧)西教沃民,东至黑齿,北护幽都,南道交趾。放謹兜于崇山,窜三苗于三危,流共工于幽州,殛鯀于羽山。"驩兜亦名欢兜、观兜,尧帝时期的司徒。《尚书·尧典》云:"(舜)放驩兜于崇山"。

关于驩兜的流放地崇山在湘西地区的问题,自古以来没有异议。在宋唐仲友《帝王经世图谱》的"禹贡九州山川之图"中,崇山在衡山的西偏北,属荆州。张家界地区古代属于荆州。崇山山顶现今还保留着驩兜墓、驩兜屋场、驩兜庙等古遗迹。

驩兜的后裔中最著名的是有苗氏,即三苗氏。尧帝在位时间长,后来又对驩兜的后裔三苗继续追杀。驩兜后裔在夏初启帝时一部留在当地,一部向西迁徙,后来抵达两河流域。驩兜即古巴比伦人之祖先,古巴比伦至殷商时叫盂方。

驩兜生苗民,尧帝竄之三危。河西诸羌,皆驩兜后裔。夏禹又征迁北方有苗氏,其后有驩氏、繭氏、瞞氏、曼氏、蛮氏。驩兜后裔后来又有危氏、元氏、鸿氏、洪氏等。

根据《湖南通志》,湘西永定县古驩兜墓在县西崇山。驩兜墓地与周赧王墓地都在永定县西。唐代大诗人王维曾作《赧王墓》诗:"蛮烟荒雨自千秋,夜邃空余鸟雀愁。周赧不辞亡国恨,却怜孤墓近驩兜。"

禹王在湘西崇山开启夏朝的根本原因在于崇山是其祖上的封国。尧帝时期崇山国是禹王的父亲鯀的封国,属于伯国。鯀也称崇伯鯀。鯀在尧帝时期官居伯爵。根据《纲鉴望知录》,鯀在尧帝六十一年被封为崇伯。"《纲鉴望知录》曰:"(尧)六十一载,封鯀为崇伯,使之治水。"尧帝在位百年,洪水多次为灾。尧帝在位六十一年时任命崇伯鯀治水一事在诸多史籍中有记载。《皇极经世》曰:"甲辰六十一,洪水方割命鯀治之。"《今本竹书纪年疏证》曰:"六十一年,命崇伯鯀治河。"《纲鉴合编》曰:帝尧"六十有一载,是岁洪水为灾。"《今本竹书纪年疏证》曰:"六十一年,命崇伯鯀治河。"《皇极经世》曰:"甲辰六十一,洪水方割命鯀治之。"关于崇伯鯀治水的具体年份,也有说是炎帝六十二年。《开辟衍绎》曰:"尧帝治天下,六十有二载,是岁洪水为灾。"

鯀治水九年不成,还违法动用息壤。最后导致尧帝将崇伯鯀流放到东海羽山,远离湘西崇山。尧帝在后期任命崇伯鯀治水,也是民主选举制度导致的结果。尧帝并不看好崇伯鯀。然而群臣皆曰:"惟鯀堪能治之。"尧帝又疑怪地说:"吁!其人心很戾哉!好此方直之名,命而行事,辄毁败善类。"就是说不可使用鯀。除了朝臣共同荐举鯀以外,四岳也表态赞成任用鯀。四岳说:"帝若谓鯀为不可,余人悉皆已哉?"言其他人都不及鯀。洪水当前,必须速治,余人不复及鯀,因此大家劝尧帝用之。尧帝以群臣固请,不得已而任用鯀。尧帝告敕鯀曰:"汝往治水,当敬其事哉!"鯀治水九载,已经三考而功用不成。鯀案表明,尧帝实际上是知人的。然而朝无贤臣,致使水害未除。结果崇伯鯀也犯了与共工同样的错误。《国语》记载,"其在有虞,有崇伯鯀,播其淫心,称遂共工之过,尧用殛之于羽山。"崇伯鯀出于有虞国,被封在崇山国,最后被流放到东海羽山。《祭法》以鲧障洪水,故列诸祀典,功虽不就,为罪最轻。

至于崇伯鲧被废黜的年份,史书记载是尧帝六十九年。《竹书纪年》曰:"六十九年,黜崇伯鲧。"《尚书·尧典》:"帝曰:'咨,四岳,汤汤洪水方割,荡荡怀山襄陵,浩浩滔天,下民其咨,有能俾乂。'佥曰:'于,鲧哉。'帝曰:'往,钦哉。'九载绩用弗成。"鲧治水凡九载不成,因此按照尧舜时期宪法关于三年一大考绩,三大考绩不成者必须废黜受罚的规定,将崇伯鲧流放东海羽山。禹王的父亲崇伯鲧离开崇山国后,禹王成为亡王之后。

舜帝时期,起先任用垂担任共工官职治水。垂以共工为戒,治水行为严格遵守法律规定,"所为皆中法,故亦传宝之。"《舜典》传称禹、益六人新命有职,与四岳十二牧凡为二十二人。新命六人中,禹命为百揆,契作司徒,伯夷为秩宗,皋陶为士,垂作共工。垂与禹、契并列,即卿官。卿官之外别有四岳。舜帝后期众人推举禹领导治水。禹为崇伯鲧之子,也称伯禹。禹念其父前非,决定厘改制量,象物天地,比类百则,严格遵守法律规定,一切为群生着想。

舜帝时期的四岳都是共工氏的后裔。共工氏家族是治水专业户。有共工氏从孙四岳辅佐禹治水,可以得到专业指导。史书说禹王疏川导滞,封崇九山,决汩九川,陂鄣九泽,丰殖九薮,汩越九原,宅居九隩,合通四海。禹王治水得到人神拥戴。舜帝禅让禹王,祚以天下,赐姓曰"姒"、氏曰"有夏"。祚四岳国,命以侯伯,赐姓曰"姜"、氏曰"有吕",谓其能为禹股肱心膂。历史上所谓"一王四伯"制度所表彰的都是"亡王之后"。禹王是被流放的崇伯鲧的后裔。四岳国君是被流放的共工氏的后裔。作为亡王之后,禹王与共工氏的后裔四岳同心勠力,亲密合作,终于赢得天下。禹王时期共工氏后裔四岳被赐姓氏姜、吕。共工氏后裔的姜、吕氏族对于禹王开启夏朝发挥了重要作用。

禹王在湘西崇山开启夏朝有一个重要的异象预兆,这就是祝融神在崇山显像。祝融神在崇山显像的历史事件在诸多史料中均有记载。《国语·周语上》曰:"昔夏之兴也,融降崇山。"《逸周书·世俘解》曰:"乙卯,钥人奏《崇禹生开》三终,王定。"孔晁注:"《崇禹》《生开》皆篇名。"《周礼·春官·钥师》"掌教国子舞羽龡钥"清孙诒让正义:"《崇禹》《生开》,盖大夏之舞曲,以钥奏之者也。"《崇禹生开》为一非二。《史记·孙子吴起传》记载:"夏之兴也,融降于崇山。"《竹书纪年》曰:"禹治水既毕,天锡玄圭,以告成功。夏道将兴,草木畅茂,青龙止于郊,祝融之神降于崇山,乃受舜禅,即天子之位。洛出龟书,是为洪范,三年丧毕,都于阳城(实即庸城)。"崇山是夏之兴的祥瑞地,据"禹贡九州岛图"在荆州,故曰崇禹。开即夏王启。《国语·周语上》:"昔夏之兴也,融降于崇山;其亡也,回禄信于聆隧。"这里的融,即祝融。回禄,即火神,后用作火灾的代称。终夏一代,重黎后裔始终居火正祝融之位。据《尚书·尧典》《史记·历书》等载,重黎的后裔还有羲和,也是掌天地之官,亦当为火正祝融一类人物。

像祝融神显像的类似事件在历史上多次发生过。据史书记载，十五年，有神降于莘，王问于内史过，曰："是何故？固有之乎。"对曰："有之。国之将兴，其君齐明、衷正、精洁、惠和，其德足以昭其馨香，其惠足以同其民人。神飨而民听，民神无怨，故明神降之，观其政德而均布福焉。国之将亡，其君贪冒、辟邪、淫佚、荒怠、粗秽、暴虐；其政腥臊，馨香不登；其刑矫诬，百姓携贰，明神不蠲而民有远志，民神怨痛，无所依怀，故神亦往焉，观其苟慝而降之祸。是以或见神以兴，亦或以亡。昔夏之兴也，融降于崇山；其亡也，回禄信于聆隧。商之兴也，梼杌次于丕山；其亡也，夷羊在牧。周之兴也，鸑鷟鸣于岐山；其衰也，杜伯射王于鄗。是皆明神之志者也。"王曰："今是何神也？"对曰："昔昭王娶于房，曰房后，实有爽德，协于丹朱，丹朱凭身以仪之，生穆王焉。是实临照周之子孙而祸福之。"夏朝之兴，祝融神人显像。商朝之兴，梼杌神兽显像。周朝之兴，鸑鷟（一种水禽）神鸟显像。神异现象有时预示福佑，有时预示灾祸，都在提醒世人遵道崇德。

禹王的出身在史料记载中有诸多神异现象。《竹书纪年》"帝禹夏后氏，母曰修己，出行，见流星贯昴，梦接意感，既而吞神珠。修己背剖，而生禹于石纽，虎鼻大口，两耳参镂，首戴钩钤，胸有玉斗，足文履已，故名文命。长有圣德。长九尺九寸。梦自洗于河，取水饮之。又有白狐九尾之瑞。当尧之时，舜举之。禹观于河，有长人白面鱼身，出曰：'吾河精也。'呼禹曰：'文命治水。'言讫，授禹《河图》，言治水之事，乃退入于渊。禹治水既毕，天锡玄圭，以告成功。夏道将兴，草木畅茂，青龙止于郊，祝融之神降于崇山。乃受舜禅，即天子之位。洛出龟书，是为《洪范》。"（以上出《宋书·符瑞志》。）三年丧毕，都于阳城。（《孟子·万章上》："舜崩，三年之丧毕，禹避舜之子于阳城。"）舜崩三年后禹王才离开崇山，都于阳城（今张家界永定区阳湖坪街道）。崇山实际上是禹王开启夏朝并居住三年的国都。舜之子有巴陵、长沙等人，都在湖湘地区。禹王为了回避舜之子才离开湘西崇山。

根据史书记载，在湘西开启夏朝的禹王是转世人。禹王的前世是黄帝的孙子大禹。史书记载大禹曾经活了360岁。后来入九嶷山仙去。多年后尧理天下，洪水既甚，人民垫溺，大禹念之，乃化生于石纽山，曰女狄。女狄生子长大后能知泉源，乃赐号禹，后人称曰神禹。黄帝的嫡孙转世为后来的禹王，这只是古代湘西诸多再生人事例之一。根据此说法，禹王的母亲女狄出于狄人的部落。崇山国在尧舜时期是伯爵国。大禹，简称禹，大即伟，是尊称。尧知其功如古大禹知水源，乃赐号禹。姒姓，名文命、政命。由湘西崇山的祥瑞，名崇禹。爵位伯，故称夏禹、伯禹、号有夏氏、夏后氏。又称姒禹、文禹、神禹、帝禹、白帝。禹王以后，夏商周时期崇山国是侯爵国。在甲骨文卜辞中，崇侯多次出现。商朝甲骨文中多处提及崇侯虎伐髳方等。髳方为商朝末期西方八国之一。商朝军队去（夷耳）国要路过崇山国。根据史书记载，商王锡命西伯，得专征伐。《史记·殷本纪》曰："乃赦西伯，赐之弓矢、斧钺，得专征伐。"周文王受命九年，大统未集,盖得专征伐,受命自此年始。

周国的兴起也与伐崇山国有关。《竹书纪年》记载:"三十四年,周师取耆及邘,遂伐崇,崇人降。"《史记·周本纪》记载:"受命,明年伐犬戎,明年伐密须,明年败耆国,明年伐邘,明年伐崇侯虎,而作丰邑。明年,西伯崩。"《左·襄三十一年》正义:"《尚书大传》:文王一年质虞、芮,二年伐于,三年伐密须,四年伐畎夷,纣乃囚之。"《文王世子》正义引《大传》:"五年,文王出,则克耆。六年,伐崇,则称王。"可见,文王称王与伐崇有关。崇山国在当时诸侯国中具有举足轻重的地位。据《竹书纪年》记载,三十五年,周大饥。西伯自程迁于丰。《逸周书·大匡解》曰:"惟周王宅程三年,遭天之大荒。"《诗·大雅》曰:"既伐于崇,作邑于丰(古代以"丰"代"澧",澧水流域素有丰澧之称)。"周国作邑于丰也是与征伐崇山国有关。可见崇山地区从伏羲到夏商周的重要地位。

综上所述,《史记·孙子吴起传》《国语·周语上》《竹书纪年》等记载,"禹治水既毕,祝融之神降于崇山,禹王乃受舜禅,即天子之位"。崇山在今湖南张家界地区,是故禹王也称崇禹。大湘西是禹王创建夏朝的根据地。禹王的父亲鲧被封在崇山,爵位为伯,称崇伯鲧。禹王在崇山开启夏朝,有共工氏后裔四岳辅佐,疏通天下。此前舜帝流放四凶之一驩兜也在崇山。驩兜后裔移民两河流域建立了巴比伦文明。崇山地区在夏商朝均为侯国。

杜钢建,历任中国人民大学法律系副主任、国家行政学院教授、浙江工商大学"西湖学者",汕头大学法学院院长、首席教授等。现已退休,仍笔耕不辍,并竭尽赤诚,精心培养和提携年青学者,致力于中华文化远古史学探源工作,桃李满天下。

中国最早的大学
——熊馆大学

韩隆福

　　大庸神秘的崇山之境,有座善卷创办的绵延至明末清初的大学。这就是中国最早的大学——熊馆大学,遗址在今湖南省张家界市永定区二家河乡熊溪峪村。

　　崇山是一个历史悠久且充满神奇色彩的地方,火的发明者燧人氏、光融天下的火官祝融据说就出生在这里。伏羲在崇山开创原始八卦,女娲发明崇山古乐。《山海经》言:"黄帝生昌意,昌意生韩流,韩流生颛顼。"帝颛顼生骧头,骧头生苗民。祝融、蚩尤、颛顼、骧头、鬻熊为苗蛮的五大祖宗。尧帝欲把帝位传给舜,骧头却坚持共工为继承人,引发朝廷动乱。舜囚尧帝,《尚书·舜典》云,舜挟天子以令诸侯,流共工于幽州,放骧头于崇山。三苗盘瓠族骧头只得率部族回到祖地崇山,创建骧头国。骧头率苗民举行崇山大典,建造帝王朝圣、祭天、祭神、祭祖的大型祭坛。这既是崇山苗土民族的精神祭坛,又是古人重大政治活动祭祀的神坛。作过尧、舜、禹"三帝"之师的苗族首领善卷,在枉山(德山)进行了躬耕扬德理想的实践后,又溯沅水西行二酉山,晚年也回到出生地创办崇山熊馆大学,成为原始社会向文明社会过渡、培养转型期间急需人才的摇篮。

　　至商末古庸王鬻熊,楚之国君从此皆以熊为氏。郑樵《通志氏族略》言鬻熊出生于崇山,为创建古庸国的祝融之后。西伯姬昌周文王被商纣王囚于羑里时,鬻熊曾献马营救,为文王之师。为灭商大计,鬻熊与西伯、姜子牙等一起秘密来到崇山熊馆大学开办熊馆军校,在商纣王无法控制的南蛮偏远之地,培养灭商建周的文武兼备的人才。《军谶·教行》记载,"西伯(文王)于澧造灵台,立大庠(大学),以明人志伦理也,熊鬻子于庸造熊台,立熊馆,以育熊罴之士也"。那副"澧水溯源头问世人何为祖国,嵩梁分本末留遗址此是庸都"的对联,传为鬼谷弟子田某人杰作。

　　《历山兵法》亦云,"熊馆,立于崇山西北熊岗之上,井方四连,有地四丘"。曾有5位90岁以上的大师在熊馆讲学,称熊馆五老。其时,周文王姬昌、周武王姬发、周成王姬诵、周公姬旦、召公姬奭、太公望姜尚及以后的庸王熊丽、熊狂、楚祖熊绎等等,都在熊馆大学听过鬻熊讲学。周文王称崇山为"县圃",视其为空中花园、昆仑天堂。南天门、北天门构成了天门昆仑文化的源头。屈原《天问》中许多神话传说的故事,大多出于崇山昆仑天门神秘信息的幻境之中。数年后,鬻熊曾孙庸国大将军熊绎,继续周文王"翦商"未完的大业,统率庸、蜀、羌、髳、微、卢、彭、濮等八个方国,从庸都出发,追随周武王会合各路诸侯,于公元前1046年在商都近郊牧野与商军决战,纣王临时武装的数十万奴隶军前线倒戈,武王以戎车猛袭,"纣兵皆背叛"。纣王逃亡鹿台,自焚而死。武王灭商后的第二年不幸离世,太子姬诵即位为周成王,熊绎因灭商有功,被周成王列为楚蛮,并以子男之田,全部北迁至江汉地区,为楚国的发展壮大打下了基础。洞庭沅澧苗蛮百濮在民族融合中走向庸楚并治的新时期,崇山熊馆大学也迎来新的发展时期。据《穆天子传》载,穆天子五到大庸国、三上群玉之山或昆仑之丘的天门山,上崇山祭祀祖先祝融、文王。屈原《天问》"穆王巧梅,夫何为周流,环理天下,夫何所求"?透出江南将迎来楚国辉煌时期的信息。

春秋以降,楚人从水路、陆路大量进入洞庭湖湘沅澧之地的南楚,作为洞庭鱼米之乡的常德沅澧一带,已是楚国经济、政治、文化、军事的中心地区。王室衰微,诸侯坐大争霸。楚国独雄南服,很快成为春秋五霸中最强大的国家和南方民族融合的中心。前704年,熊通自号为楚武王,"始开濮地而有之",将长子屈瑕封于西洞庭湖湘沅澧"极目千里"包括古庸国在内的南楚屈地,成为屈氏家族的直系祖先。屈家坊、莲花堡上有祭祀屈瑕、伯庸、屈原三位相公的祖坛。前523年,楚平王在常德白马湖畔筑采菱城作陪都,为舟师伐濮,扩疆拓土。何光岳的《楚灭国考》认为,其时,楚国的势力遍布湘资沅澧流域,这已为遍布"四水"大量考古发掘的楚墓实物所证实。到战国七雄,《史记》说楚国"西有黔中、巫郡,东有夏州、海阳,南有洞庭、苍梧,北有陉塞、郇阳,地方五千里",拥有百万大军,"车千乘,骑万匹","粟支十年"的储备,成为"天下莫当"的强国。直至前280年,秦将司马错灭庸灭屈,屈氏后庸国历时424年。屈原《离骚》言,"帝高阳之苗裔兮,朕皇考曰伯庸"。屈楚祖先颛顼帝高阳,一代庸王伯庸是屈原的父亲,永定大庸屈氏族谱也多次提到伯庸之子屈原。屈原创造的与日月争光的楚辞,成为南北文化的一面旗帜。《九歌》正是用阴阳五行或华夏五方五帝,结合古代东西南北中五帝神话传说而创作的一部极为瑰丽的诗篇。铁器牛耕的使用和推广,带来生产力的飞跃和思想文化的飞跃,科学的兴起、士人的活跃、人才的崛起、社会的急剧变革,楚国为百家争鸣和大一统提供了大量人才,为汉唐的强大、宋明的发展、"为开放性的长江文化打下了基础,并造就了文化重心南移的渊源和取代北方文化的趋势"。屈原把先秦的爱国主义推向高峰。"惟楚有材",道家老子、老莱子、环渊(关尹)、庄子,农家许行,法家李斯,名家惠施,杂家吕不韦,天文学家甘德,谋略家鬼谷子,儒家荀子,以及许多政治家、思想家、兵家大多产生于楚。历史悠久的崇山熊馆大学,就成为培养百家争鸣的人才库,仅鬼谷子就造就了一批军事家、纵横家、思想家、改革家、文学家等众多风云人物。

据李书泰、龙家雄《鬼谷子身世研究》,老子与孔子游学大庸,都结交过白公胜,孔子是白公胜的密友。白公胜政变失败,假死、脱险、毁容,改名换姓,潜隐于屈家坊潭口鬼谷洞,后迁官黎坪鬼谷峡洞,特拜老子为师,著《鬼谷子》。其洞又因伯阳李耳字聃即老子在此授道,又名伯阳洞。鬼谷子晚年迁居老道湾,不久应邀到熊馆大学开创鬼谷学宫,成为谋略家之祖。李书泰先生认为,"在众多署名鬼谷子或孙武的著作中至少有《孙子兵法》《鬼谷子》《鬼谷子分定经》《鬼谷子相术》与白公胜有直接关系"。《鬼谷子》是白公胜侧重于外交谋略的著作,《分定经》则可能是白公胜变相的自传体,《相术》则是白公胜受伍子胥、孔子、范蠡等人影响的心得之作。战国时的兵家孙膑、庞涓,纵横家苏秦、张仪,改革家、外交家、诗人屈原等都是鬼谷子的高足。熊馆大学为时代培养了诸子百家大量的精英人才。从远古以来,长江中游澧水、崇山为中心崛起的第一轮文明时代,开创熊馆大学的善卷,带着澧阳平原古稻田、农耕城祖和太阳崇拜的城头山的骄傲及以德治国的先河,从熊馆走向"三代"以来春秋战国长江流域第二轮屈楚文明时代。屈原结合澧沅流域苗濮巫土文化创造的楚辞,伴着熊馆文化"上下求索"的绝唱,一曲《离骚》千古照!

崇山熊馆大学,从远古走来,绵延了几千年,仅凭她培育出了世界文化名人屈原等一批中华的顶级人物,就谁也不能低估熊馆大学的巍巍丰功。熊馆传播的是天下为公、和谐统一"美政"的人本理论,"哀民生之多艰"的民本思想,宪政治国的法治理念,"恐皇舆之败绩""狐死必首丘"的爱国爱乡的情怀,"知死不可让""仗节死义"自投汨渊重于泰山的高尚品格。尽管熊馆大学先毁于明末李自成部,再毁于清初吴三桂部。然而,善卷开创崇山熊馆的大学精神同民族之魂的屈原精神一样,永远是我们复兴中华、求索中国梦的强大动力。

韩隆福,湖南汉寿人,湖南文理学院教授,史学大家。

以文贯史说大庸

——中华文化源头猜想

金土皓

余自幼年上学,即从老师和长辈口中得知"盘古开天""三皇五帝"的传说。及长,初涉历史教科书,又知唐尧虞舜、禹夏商周、春秋战国、秦皇汉武、三国两晋、唐宗宋祖、辽金元明、康乾盛世、晚清民国等中国历史的基本概念。履职后,有幸长期从事本土历史文化、建筑文化、中医文化研究并同儿子宋炳臻一起合创宅医学科,弥补了中医、西医之不足,造福当代,惠及子孙。随着资料的积累和研究的深入,发现不少似曾相识的历史事件原来就发生在自己脚下这片土地之上,自己仿佛离历史越来越近,深埋历史底层的灿烂文化仿佛在以各种方式向我们传递来自远古的信息。从文字到文物、从风俗到风情无不成为文化基因,熔铸在我们的血液里。近段时间,承蒙张家界市政协张启尧副主席惠荐,得读当代历史文化大师张良皋教授宏著《巴史别观》,可谓开启愚智,茅塞顿开,受益无穷。在此特向两位师尊致谢。然而掩卷而寐,总觉言犹未尽,义犹未穷。以张教授海纳百川的渊博学识、泰山北斗的崇高学望,本应站在更高的起点来研究"大庸文化",惜其一念之仁,将"庸国"古史锁定在他家乡湖北"上庸",而将巴楚文化与大庸文化相提并论,甚至将其置于大庸文化之上,结果使他只能窥视"大庸文化"的冰山一角。这不能不说是作者的遗憾。我丝毫没有拿"权威之疵"自高标示的妄念,对张先生我是高山仰止,行止景行。他的学术思想高屋建瓴,高瞻远瞩。他永远是我的导师。尽管到目前为止我们还没有见面,未能一睹宗师慈颜,但我希望他能收下我这个还未入门的学生。让他这位学界巨擘用其厚实的肩膀托起我稚嫩的身躯,一览学术前沿,最终叩开古庸国灿烂文化的大门。

笔者认为,"大庸城"三字不是一个普通的概念,它是"东方古罗马",可与"大秦"齐名,号称"大庸"的中华南国古都所在地。"大庸文化"是中华文化的终极源头。大庸、桑植、慈姑、历山、澧水、崇山、汤谷、阳和(火)、溇水(卤水)、盐垭、子午台、阳湖(父)坪等地名都是古庸国留下的"地名化石";大庸硬气功、桑植民歌、澧水花灯、澧源傩戏等艺术都是古庸国留下的"文化化石";吊楼、蓑衣、盐罐、便壶、石臼、磨碾、背篓等用品都是古大庸留下的"实物化石";跳丧、祭祖、上梁、结草、号树、拜天、请神、求雨等活动都是古庸国留下的"习俗化石"。笔者认为,历朝历代很多人研究历史都没有从文化本源上去着眼和入手,以致自觉或不自觉地抬高或矮化自己的历史和文化。

"大庸文化"由于它处于历史的本源地位,早已被后起的多层文化所掩盖,自古至今还没有人悟透她的真相,破解她的密码,以致其历史文脉被阻隔,历史地位被矮化。笔者发现大庸文化,绝没有带着地域观念去有意抬高她的私心,而只是还历史以本来面貌。

生命从海洋走向陆地,人类从高山走向平原。北纬35°与南纬35°之间,是生命繁衍最活跃的地带。元谋猿人和巫山猿人就诞生在今云贵武陵一带,都是早被人类和考古学界证实的定论。古国大庸将其都城选定在云贵高原与湖广平原结合部的今张家界地区符合历史和科学发展规律。最早的图腾产生于这里,最早的文化发源于这里,最早的文字创造于这里,传播南方文化的火炬最早从这里起步,火神祝(大)融(庸)部落就是传播南方文化最早的旗手。

在此,我十分坦率地告诉读者诸君,尽管我将自己的观点确定为猜想,但我的这些猜想都源于古籍、文物、民俗和现实生活,源于历史信息的交汇和对撞,源于对自己祖先观察力、思辨力、想象力和创造力的无比崇拜,源于对中华民族灿烂文化的热爱和痴迷,源于对中华民族文明走向的深刻思考,源于对人类发展美好前景的展望,源于对人类最终将走向大同的充分自信。拙文之所以冠以"以文贯史",实际也是"以字贯史"。愚以为,对古人来说,一个字就是一篇文章,就是一个故事,就是一次发现,就是一个创造,就是一段历史,创造一个字就是一大进步、一次飞跃、一座丰碑、一笔财富、一份留给子孙后代的宝贵遗产。研究古字、搜阅古籍,就是在同古人对话,就是在了解历史真相,就是在探寻文化本源,只要我们大胆设想,小心求证,来自远古的信息一定会如期而至。

一、春蚕的一生及融虫图腾

长期以来,我们低估了古人的科学素养,低估了他们对生命现象的认识能力。古人对生命现象充满了好奇,具有极强的观察力、思辨力和表达力。大家知道,虫是典型的象形字,很像刚从蛋卵中浮化出壳的那个小小的生命,乍看上去仿佛正在爬动。笔者认为"蠻"(蛮)是蚕(蠶)的初文,会意理解为吐丝的虫。"蚕"这只天降神虫,每到日神(炎帝上古虚化人物,代表南国共主)远归、天气转暖的春季,它就破卵而出,不停地采食桑叶让自己一天天长大,直到能为人类吐出备冬御寒的丝来,以致作茧自缚,成为一只蚕"融"(疑为"蛹"的初文),为人类献出它宝贵的一生,真是"春蚕到死丝方尽"!然而,这么一只无私奉献、福佑人类的神虫怎么会死呢?天遂人愿,它没有死。它不会死。它终于羽化成蛾,听从日神召唤,飞回了天空。这一神奇的生命现象,让古人感到十分好奇,小小春蚕——这只神虫让他们产生发自内心的崇拜。他们十分虔诚而又隆重地筑下神坛,请来部落最高首领主祀,向这只"大融"(融,亦为蛹,初文应为裹在丝中的"蠻虫"。"蠻"一字二指,既代表蚕也代表蛹),尸而祝之,期望这只神虫来年春天再回人间,为它的子民再赐生命之丝,古人最早的图腾就这样诞生了。著名爱国主义诗人屈原先生在他的千古绝唱《离骚》中，开言即说"帝高阳之苗裔兮，朕皇考曰伯庸(古字为'鷛'或'鸇')"。意思是说，我是古帝高阳族三苗部落的后裔，我的高祖叫作伯庸。也就是说，他是祝融的后裔，"伯""祝"训诂皆为"大"。伯为长，长为大，兄为长，长兄为大。跟进推论，屈原也承认自己是以"大融"为图腾的祝融后裔。

二、"大融"部落的强大及庸国城邦的形成

对生命充满好奇，对春蚕充满崇敬，对"大融"尸而祝之的大庸人，已不满足于他们祖先在云贵高原元谋、巫山一带的原始采集生活，向着太阳升起的方向(古人的崇东天性)一路探寻，来到被后人称作云贵高原与湖广盆地交界之地，即高山与平原结合部的今天门山(古称"嵩梁山")下、澧水河滨定居下来。他们筚路蓝缕，沿着溪岸河堤搭起亮脚悬棚(吊脚楼的雏形)定居下来。天然食物已无法满足族人的生活，他们广植桑林，养蚕制丝(桑植县名疑为本此古传，该县朱家台古文化遗址出土的两页陶片上恰有蚕形图案)，学会了织丝制衣，人人以丝蔽身，以丝御寒。"以丝裹身"的大庸原始部落成了有夷(衣)穿的"夷"(疑为"衣"的初文)人一族("大"是"人"的象形初文，"弓"疑为"丝"的初文，象形字)。过去他们以神奇的蚕虫"蛮"为图腾，现在，他们以成为用蚕丝裹身的"夷"人而自豪。"蛮(蛮)夷"二字成了他们庸国人的象征和骄傲。同屈原一样以祝融后裔为荣的楚国(后来并庸而承庸)国君熊渠曾十分自豪地说："我蛮夷也，不与中国之号而谥"(《史记·楚世家》)。这支"蛮夷"(并非后来含有贬义)，仿蚕制丝，仿蛛结网，仿虎狩猎，仿鼠藏粮，仿鸟饲雏，仿燕筑巢，仿蜂酿蜜，仿鱼制舟，仿鸦造字(据《通鉴外记》载："沮诵·仓颉造文字，有史学家分析'沮诵'为'祝庸'同音字，也就是'祝融氏仓颉'。"笔者认为"仓颉"为苍颉——天上飞来的鸟。这只"神鸟"落在枯水沼泽地留下痕迹，被祝融(大庸)人发现，得到启示，仿鸟迹创造了文字(今用爪子的"爪"就是一个鸟的脚印。以至于今日人们讽刺写字不认真为"涂鸦"，涂者，泥也，鸦，鸟迹也)，在雄伟的崇山(《国语·周语》载："融降于崇山")下创造了灿烂的文化，人类文明的一线曙光从这里冉冉升起，中华历史上第一个具有国家意义的城邦终于形成。位于今澧水河滨的"大庸古人堤"至今遗迹犹在，与天门山(古称嵩梁山、崇山的一部分)遥相辉映，古韵悠荡。

三、慈姑、嫘祖及中国最早的丝绸之路

劳动创造了人类，劳动创造了文明。随着农耕文化的不断进步，随着桑蚕技术的不断成熟，崇山(祖山)脚下的"大融"人成为一方霸主，他们当中一些人或者不满足眼前生活，或者由于人口骤增带来新的生存危机，不得不离开故土，四面探寻，开拓更广阔的生存空间，既开疆拓土，又传播文明。首先是向着南方温暖的东南方向(古人崇东，日升之处)大踏步推进(以后成为"东夷")，在到达海边只能望洋兴叹时，庸国人的

东南疆域已无法拓展。一批精英只好改投西、北,向后人称为巴蜀和中原的相对易行和温暖的地域迈进。留守故土的大庸女人们凭着勤劳的双手、聪慧的巧智在家乡播谷植桑,在屋角设案养蚕,在吊楼绣织望归(夫、儿)。最早的织锦刺绣在这里诞生(西兰卡普、簀布之类),最早的民谣(桑植民歌,今为首批国家级非物质文化遗产)、诗歌(《诗经》中的《庸风》《桑中》之类)在这里孕育。中华文明的开启由"蛮夷"之祖的大庸女人们的一双双巧手拉开了序幕。这里产生了中华最慈祥的母亲"慈姑",涌现了中华文明史上最聪慧的姑娘"嫘祖"。笔者断言,这位伟大的母亲慈姑就是嫘祖的最亲近的人,是母亲? 是姐妹? 或许她们本来就是一个人。司马迁在其宏著《史记》中这样写道:"黄帝居轩辕之丘,而娶于西陵之女,是为嫘祖,嫘祖为黄帝正妃。"嫘祖是我国丝绸的伟大发明者,她只可能产生在创世之初就以蚕为图腾的祝融部落,只可能产生在因养蚕而孕育文明的大庸古国。也就是说嫘祖毫无疑问地属于古国大庸人,而且她极有可能就是庸国公主。与黄帝并驾齐驱、门当户对的只有炎帝,而且炎帝就其资格来说不知要早于黄帝多少"辈岁"(今天无法用确切的数字来记述),他是日神,代表南方炎热地带,只能是一个虚化的代称。而落在实处的庸国大帝则只能是祝融族的一位伟人。祝融国的公主出嫁黄帝(应是庸国最早迁入中原开疆立国的首领。从其图腾物龙来看,也未脱离笔者文首论述的那条从天而降的神虫,龙就是蛇,蛇就是虫,一条很长很长的"长虫"。而且"龙""融"音近,一声流转。可见黄帝部落和炎帝部落同宗共祖,都是从南方高山走出的古人后裔),是我国南北联姻、交汇融合的标志性事件。嫘祖是为中华文化作出开天辟地的贡献、千古不朽的伟大女性。作为养蚕治丝的创造者,她传播的是当时最具时代意义的先进文化,一条自南至北的"丝绸之路""文化之路"由她和以她为代表的大庸人一手铺就。后世效法嫘祖的王嫱、李雁儿等都在中国历史上留下美名,成为千古传颂的伟大女性。但历史上因为南北和亲不成功引发战争的事也不少见。著名的阪泉(今说法不一,一说在山西阳曲县,一说在河北涿鹿,一说在山西运城。河北说居多)之战就是因为禹夏部落与神农部落(实为祝融部落)联姻失败而引发的。"相传双方在涿鹿议定,各嫁10男10女,禹夏部落陪嫁各类皮张和玉石、神农部落陪嫁各类丝品和种子。但神农部落首领蚩尤不同意,抢走了所有的女人和财物,战争不可逆转地爆发了。"来自河北的这条传说不一定准确,但仍然传递了较为可信的历史信息,"丝绸外交"和"种子政治"的失败,表明南方祝庸部落(大庸国)开始分化,不断开疆拓土的"大庸帝国"已开始走向衰退。

四、巴、楚强帮的兴起及大庸帝国的衰落

笔者以为,巴、楚原来都是大庸的族属("附庸"),"巴虫""楚林"都保留了蚕虫和桑叶的基因。古代巴域只是大庸持节使者统治的地方。巴字既是"虫"的变形,也是"节"的简化(见《巴史别观》)。上古大庸帝国疆域辽阔,也许包括今两广、越南(甚至

整个中南半岛)及湘、鄂、渝、滇、黔、川等广袤无垠的地域,开疆后根本无法管理,只能任其自生自灭。就连"天子"(那时还没有天子这个概念,借而用之)脚下的"巴民""楚族"也只能派自己的持节使臣去统治。熟知地理历史的人士都十分清楚,巴域是古代重要的产盐地区,而荆楚(这里所说的楚还不是后来强大的楚国,只代表江汉平原及周边地区,用这个概念仅图方便)则是典型的粮仓,而粮食和食盐是人类赖以生存的两大支柱。年长日久,持节使者很少有不乘势坐大、要挟"母国"(宗主国)的。巴国的兴起正是由于它控制了大庸国的经济"命脉"食盐——即历史上有名的"巴盐""盐巴"。"盐巴古道"曾经为大庸领土扩张和文化传播发挥了巨大作用。东进庸人则凭着沿途富饶的土地和丰富的物产,高歌猛进,创造了比肩甚至超过祖国"大庸"的经济和文化。笔者推断那支曾经给中华民族带来深重灾难的"大和"民族也可能是古庸国移民。从大和的"和"来看,让人似曾相识,仿佛就是崇山北麓秋禾林下的那只"神虫""融"的后裔("和"字正是"融"的本意,"庸"的内涵。据罗泌《路史·前纪》卷八记载:"祝诵氏,一曰祝和,是为祝融氏……以火施化,号赤帝")。庸国子民走出"大庸"一个一个都出息了,但他们没有衣锦还乡,报效"祖国",固守祖业的"庸人"们一天天落后于那些后起之秀。"大庸帝国"已进入"后庸国"时代。末代"庸主"不得不考虑迁都。经与先期到达荆楚地带开荒斩草的庸国精英们的反复堪舆踏测,选择今湖北省竹山县境之囗家坝作为新的庸国都城所在地。出于不忘故都的感情,遂将新城定名为"上庸",故都大庸称为"下庸"。北迁偏安的古庸国与昔日"附庸"、今日强邻巴国和楚国形成三足鼎立的局面,有过一段中兴复苏的辉煌历史,一度成为助周伐纣的巴师"八国之首"。

五、楚巴灭庸,楚承庸风,大庸文化在楚国时期再次勃兴

楚国本是"附庸"小国,也是蛮族后裔,应是庸国和巴国的血亲。但在群雄逐鹿的开疆年代,弱肉强食、兄弟相残的事也不少见。为求自保,使自己强大起来才是根本保障,更何况在那迁徙游牧的洪荒年代,人们早已弄不清谁是自己的亲戚。凭着"大庸人"创造文字,农桑娴熟的遗传基因,他们在比故国都城附近更优越的自然地理条件下创造了更多财富,也累积更多经验。一些周边"附楚"的更小的国家先后被兼并。尤其是后来随着周王朝国力的减弱,南方山林中的一些小部落根本就不在他们的视线内,更为楚国扩张提供了机会和胆量。到周夷王时,楚国更加强大,楚君熊渠接连册封三个儿子为王,根本无视周天子的存在。就在楚国蒸蒸日上的时候,偏安竹山的"后庸国"部落,虽说瘦死的骆驼比马大,但毕竟今不如昔。尤其是它追随周武王攻打商纣,不惜让精锐部队倾巢出征。虽然获得了国名融入周鼎的殊荣,但国家实力却因此大大减弱。加之那些"附庸"小国翅膀渐硬,早就不安于现状了。公元前611年,当庸楚两国于方城交战时,巴、秦等国临阵倒戈,前后夹击。昔日的"宗主国"被三大强邻

一举打败,庸国自此退出历史舞台,被淹埋在历史的烟尘深处。庸国遗民成了楚国属民,一些不甘当亡国奴的皇族携眷带族回到大庸故都(抑或是被楚王发配回老家),过上了普通人的平民生活(元明时期在天子山、茅岗一带起义称王的"向王天子"和"覃垕王"也算是"大庸国"后裔,在时隔3000多年以后兴起"复国"梦想)。部分强者则凭着同巴国的亲缘关系,在毕方鸟(见《山海经》)栖棲的今鄂西长阳、鹤峰(凤)一带留下,过着小国寡民的隐居生活,发展成明清时代比较强大的一个封建土司政权。直至清雍正十三年(1735),最后一个土司王自缢身亡,容美(容美,乃庸芈的同音异记,借指庸国和芈楚后后裔)土司改土归流,大庸古国贵族余脉才告终结,彻底融入由其祖先奠基而又早已海纳百川的中华大国。

楚国吞并庸国后,并没有全盘否定庸国文化(想否定也否定不了,因为楚国文化的血管里本身流动的就是母国大庸文化的血液),而是将其发扬光大,创造了更加灿烂的文化。老子受大庸人发明养蚕技术的启发,受蚕卵变凤凰奇思妙想的启示,提出了"道非道,非常道。名可名,非常名"的哲学思想(见老子《道德经》)。大庸部落族人们观察并发现春蚕一生生命循环的奥妙,是老子创建"玄之又玄"的宇宙"众妙之门"理论的重要基础。笔者认为,老子在他动笔撰写《道德经》之前,一定非常熟悉"古庸人"的桑蚕生活,一定对庸人们顶礼膜拜的那只"蠻"(蚕)虫进行过认真观察。不然,他怎么能悟透一生二,二生三,三生万物的哲学道理。悟透本源方能触类旁通,方能打开人们认识自然、认识世界、认识宇宙的"众妙之门"。老子门生庄子,继承其师衣钵,由凤鸟想到了那只"其背不知几千里","其翼若垂天之云"的鹏鸟。这只鹏鸟"徙于南冥","水击三千里,抟扶摇而上者九万里"。这不正是追随日神在南方炎热地带开创"大庸帝国"的火神祝庸(融)吗?祝庸部落(亦即原始人类)开疆拓土(并非后世所称之霸权扩张,而是一种天然的觅食迁徙和人口繁衍),"其远而无所至极邪"。这正是对伟大"祝融民族"亦即"大庸先民"的讴歌和礼赞。想想人类初创时期,"大庸人"是何等逍遥自由。想想后世战争,庄子对原始时期人与自然和谐相处的生活是何等心驰神往。他凭着祝融天然的遗传基因,突发奇想,写下了千古名篇《逍遥游》。他认为宇宙万物都有平等的性质,人类只有融入万物之中才能与宇宙相始终。

伟大的爱国主义诗人屈原,作为大庸人的后裔,具有理想主义和浪漫主义天性,他继承大庸文化的精髓,展开多彩的幻想翅膀,采用大量夸张的浪漫笔调描写事物,塑造形象,创造了千古不朽的诗篇《离骚》。屈原在其《离骚》第6节尾句写道:"揽茹蕙以掩涕兮,霑余襟之浪浪。""茹"就是今市城区之"茹水",澧水在城区的一段。"蕙",茹水边的一种香草,疑为"澧兰",也可能是艾蒿。可见,屈原在他被流放后曾来故国大庸祭祖,向祖先倾诉他一腔委屈和怒火。告诉祖先说,今日之楚国就像当年之庸国就要被强邻吞并了。在那国破家亡的日子就要到来之际,他决心追随先辈到天国去聚会,遂至汨罗投江而去"。就像大庸先民发现蚕虫,观察蚕变,创造图腾,发明文字,创造文明一样，屈原创作的《离骚》具有划时代的奠基地位。

六、文化不灭，百流归源说图腾

前文述及，大庸帝国古人的共同图腾是"蚕"。随着庸国人口的不断繁衍增多，各处强宗大族的形成，随着文化派生力的不断增强，随着"附庸"们的强盛自立，各个部落确立了自己独有的图腾，或自己的国号国徽。武陵巴人部落确定了自己的虎图腾，荆楚部落确定了自己的凤图腾，中原黄帝部落确定了自己的龙图腾。龙图腾的本源前文已经述及，兹不赘言。这里仅补充一点，那就是中原人对黄河的依赖和崇拜。在中原人的心目中，黄河不仅形态像长蛇（龙），而且是名副其实的一条生命之河，是全体国民的母亲河，是上天赐予人类的一条泽润万物的神龙。传说黄帝就是龙的化身，故被称为"真龙天子"。武陵巴人的虎图腾和荆楚汉人的凤图腾则完全脱胎于祝融族的"蚕（蛮）"图腾。武陵巴人在深山密林中经常与恶虎猛兽搏斗，养成了勇猛顽强的民族习性，百兽之王老虎的威仪备受山民们的崇拜，在他们心目中虎的地位已不亚于他们最初崇拜的那条从天而降的大蚕虫。他们毫不犹豫地直呼老虎为"大虫"。试看"蛮夷"二字，拆开来看"夷"字拆开为大弓，"蛮"字拆开为丝虫，不正是他们出门看天（言字中的三横乃八卦中的乾卦，代表天）、卜卦问吉、挽弓拉弦射大虫（虎）的生活写照吗？有人会迫不及待地问，射虎怎么是崇虎呢？别忘了人类生活中强敌成为至交的事例不胜枚举。在与虎搏斗中人们对虎的威猛产生崇拜是很自然的事。而且在那弱肉强食的洪荒年代，人们需要一种象征强大的力量来鼓舞士气、振奋民族精神。再说楚国人的凤图腾，其实就是那只蚕虫的化身。试看凤凰的"鳳"，就是将"風驰电掣"的"風"字中的"虫"字换成了"鸟"字，凡虫变凤鸟，是超越生死的涅槃，是继承，也是升华。通过叙述春蚕的一生，大家已有初步认识。请看凡、風、鳳三字的外壳，都是一个"几"字，"几"为何意？几者，长凳也。指长形案板之类的工具。承放桑叶之案板也。凡者，何也？案板上的一粒蚕卵，它是很平常很平常的。但孵化出幼虫就开始不平凡了，幼虫蚕食桑叶一天天长大，直到吐丝结蛹（融）羽化，这只平凡的蚕虫变成蚕蛾（产卵而终）飞上天，就再也不是凡虫了。而成了楚人心目中的神鸟，也就是火神祝融。再看东夷首领伯益之名。伯益又叫伯翳、柏翳、伯鷖，又名大费（传为古代东夷族首领少昊之后，始祖为帝族颛顼之孙，系嬴姓诸国的受姓始祖，虞夏之际的一位重要历史人物。伯益与大禹同朝为官，佐舜调驯鸟兽，功绩卓著，又始食于嬴，赐姓嬴姓。大禹继承王位后又辅佐大禹治水、垦荒、挖井、植稻。伯益虑事周到，治国颇具前瞻。舜时三苗不服，派大禹武力征服，伯提议施以恩德，实施感化，三苗服化，大禹撤军。伯益随军时广游三苗辖地，熟谙各地风土、物产、民情、趣事，同大禹一道记录整理成一个小册子，名为《山海经》。该书主要记录大庸古国风土民情。后文专述）。"翳"和"鷖"就是同一个字，无疑是天空中的一只神鸟，是凤凰祝融的同宗。这"大费"二字怎么看都象前面蛮夷和大虫。再看大禹，简直就是大虫的变体，只是因为他后来成了治水之神，足下多了一叶小舟而已，而其国名定为"夏"，表明了不忘日神炎帝和火神祝融的情怀。再看唐尧，"唐"字就是庸国的省写。再看虞舜，一看就与虎族巴人很亲近。翻开《史记》就可知舜帝发迹之前曾"耕历山、渔雷泽、陶河滨"。历山即今澧水之源桑植内半县之历山。由此推断舜地曾在故国大庸一带种过田、打过鱼、做过泥瓦匠。正因如此，他晚年十分眷恋祖国"大庸"，下决心回老家走一走，看一看，终因年事已高病故于今湖南宁远县九嶷山，两位妃子为寻他泪洒君山(今岳阳市)。商朝国名就是融的变体，迁都于殷后，其读音仍与融(庸)音近。再看周朝国徽，其外形就是一口象征皇权的大钟(鼎)，而这口大钟"周"字则直接包括了"庸国"(用口)二字。试想武王伐纣时何以专调牧誓八国，位居八国之首的庸国人何以如此卖力？自己的"子族"迁徙远征兴邦立国，作为"祖国"自然脸上有光。周朝将自己的国徽直接标明"庸国"二字，也算投桃报李，表明了对"祖国"的一片赤诚。不仅这样，周武王在他灭商后将其小弟封于河南康邑，"康邑"可是"庸水巴国"在中原最直观的文字符号。直到周朝立国下传八代后，周朝国君仍将其皇号定为"周夷王"。直到公元前256年，末代周天子、赧王姬延去世后，还将他的遗骨送回老家大庸枫香岗(疑为"凤降岗")安葬(遗址今名赧王山，为城区重要文化遗址)，也算是魂归故土，叶落归根。可见由大庸人以及各民族先民交汇融合而成的中国人是何等爱国尊祖！中华民族已经融合成一条腾飞的巨龙，将永远昂首屹立于世界东方。

本文作者金土皓系张家界市政协原副秘书长，调研员，中国宅医创始人。

舜帝从俗嫁驩兜

——"舜放驩兜于崇山"新考

李书泰

自汉迄今,研究上古历史的人对《尚书》所记"舜放驩兜于崇山",一直众说纷纭,莫衷一是。不仅对崇山在何处争论不休,而且对原句的解释也说法不一。大多数学者都认为,舜放驩兜是流放、放逐、驱逐,即把尧子驩兜流放或驱逐到南方崇山一带,而且把驩兜说成"四凶"之一。这完全是望文生义,颠倒历史事实。其实舜放驩兜于崇山是把他嫁到南方古国先帝祖居之地崇山。

这里先从古代"普那路亚"家庭说起。美国民族学家,历史学家路易斯·亨利·摩尔根指出,凡是血亲婚配受到限制的部落远比其他部落发展迅速。这一巨大进步的影响直接促使氏族的形成。一个氏族的一群兄弟同另一氏族的一群姐妹共同结婚,就是"普那路亚"式婚姻,也就是"集团结婚",即"族外群婚",形成一群新的"亲密同伴",促使人类生育出现一次质的飞跃。人们不再以血缘划分族团,而以地缘山头划分族团,以后逐渐形成对偶家庭,由群婚过渡到一夫一妻、"成对配偶"的婚姻制度。这种婚姻的突出特征是一个男子在许多妻子中有一个主妻,同样一个女子在许多丈夫中有一个主夫。更重要的特点是"一切亲属之间都禁止结婚"。这样自然选择的优生效果进一步表现出来。用摩尔根的话来说就是"没有血缘亲属关系的氏族之间"的婚姻,创造出在体质上和智力上都更加强健的人种;两个正在进步的部落混合在一起,新生一代的颅骨和脑髓便扩大到综合了两个部落的才能程度。

实际上中国历代典籍中关于原始婚姻形态的记载很多。吕振羽在《史前期中国社会研究·神话传说所暗示之野蛮时代的中国社会形态》(三联出版社,1961年12月第一版)中这样写道:母系制度的主要特征是子女属于母亲的氏族,是男子出嫁,女子娶夫。在中国传说式的记载中,关于母系制度的史料虽然不算充分,但足以说明其基本特征。

许慎《五经异义》引《春秋·公羊传》说:"圣人皆无父,感天而生。"《尚书大传》郑注云:"王者之先祖,皆感太微五帝之精以生。"《白虎通》曰:"古之时,未有三纲六纪,人民但知其母,不知其父。"《庄子·盗跖》曰:"民知其母,不知其父,与麋鹿共处。"《商君书·开塞》曰:"天设地而民生之,当此时也,民知其母,而不知其父。"《宋书·符瑞志》《孝经钩命决》《诗含神雾》《太平御览》等书曰:"太昊庖牺之母,居华胥之渚,履巨人迹,意有所动而生太昊。"《帝王世纪》《宋书·符瑞志》《文选》引《春秋元命苞》曰:"少昊(少皞,名挚,号金天氏,东夷首领,以鸟为图腾,以鸟为官名,设有工正、农正)字青阳,母曰女节,有大星下流华渚,女节梦接意感而生少昊。"《春秋元命苞》曰:"少典妃(炎黄之先祖)安登游于华阳,有神龙首感于常阳山,生神农。"《初学记》引《诗含神雾》曰:"黄帝母附宝,见大雷绕北斗,极星光照郊野,感而孕。"《山海经》《竹书纪年》《初学记》曰:"帝颛顼、高阳母见摇光之星,贯月如虹,感已于幽房之宫,生颛顼于若水。"《帝王世纪》曰:"帝喾姬姓也,其母不觉,生而神异。"《初学记》《太平御览》曰:"尧母庆都与赤龙合昏,生伊耆,尧也。"《尚书命验》曰:"帝舜母纵华,感极星而生舜。"《孝经钩命决》曰:"禹母见流星贯昴,梦接意感,既而吞神珠而生禹。"《竹书纪年》:"简狄吞玄鸟之卵而生契。"《尚书中侯》《诗经正义》:"弃母履巨人迹,感而生弃。"

　　上述这些传说人物,都是在古籍中常见的,他们都只有确定的有名有姓的母亲,都说是由其母与某种自然现象或生物交感而生。在母系社会,只有把女儿留在身边才能确知谁是自己的后代,男子出嫁,女儿娶婿是天经地义的事。故《周礼》有"凡娶,判妻,入子","凡嫁子、入妻者"的记载,就是说自己的女儿要从其他氏族中去娶进丈夫来,自己的男儿便要嫁出去到其他氏族中做女婿。在母系氏族社会中男子不能享有其本族的氏族权,但在他的妻族中倒有可能,而女子则被公认为氏族的基本成员,能充分享有本族的氏族权。所以崔述《考信录》说"上古无传子之事"。古代男子出嫁的形迹在史书记载的一些传说中得到印证。如《国语·晋语》载:"黄帝之子二十五人,其同姓者二人而已……四母之子别为十二姓。凡黄帝之子二十五宗,其得姓者十四人为十二姓:姬、酉、祁、巳、滕、箴、任、荀、僖、姞、儇、依是也。"《世本》载:"舜之子孙分为:胡、公良、陈、彭、原、鍼、仲、庆、夏、宗、孔、仪、司徒、司城等姓。"另据历代姓氏资料记载:高阳十世分为"巳、董、彭、秃、妘、曹、斟、芊八姓";祝融氏分为八姓,即"巳、彭、秃、妘、斟、曹、芊、羋(米)"。陆终的六个儿子分别为:"昆吾、岑胡、彭祖、来言、安、季连。"这说明:兄弟不同姓,正是因为他们要出嫁,只看他们嫁到哪一氏族去,他所生的子女便是以他所嫁的氏族为姓。因此即使亲兄弟他们也未必同姓,除非他们同时嫁给同一个氏族。因而传说中的所谓尧子"丹朱"(即"驩兜")不仅不能算尧的本氏姓的儿子,而且在尧的妻族中,他还要被嫁出去,而尧的两个女儿娥皇、女英却可以名正言顺地将舜娶进家门并继承帝位。

　　可见《尚书》所记"舜放驩兜于崇山",并不是将驩兜流放到崇山,而是按母系社会世俗传统"嫁驩兜于崇山"。"放"就是"嫁",这在今天的民间尚能找到语义遗存。如将女儿许配给婆家称"放人家";打听别家女孩婚配没有,称"放人家没有?"更令人惊喜的是驩兜出嫁崇山的史实在苗族《古老话》中得到充分印证。《古老话·前面一朝·戴驩》载:"戴驩上来坐巴人,戴驩上去坐巴扒;生西家,育驩跑。西家下坪下平野,骝跑从岭绕道;骝高务,骝高果,骝明高,骝扒代。坐守屋公,坐耕父田;坐守树梨根根,坐守树栗苋苋。西家下坪下坝子,在仁大巴生大巴,在仁大罗养大罗。在仁大巴女的生男的养,在仁大罗养儿生孙;一根树发满山,一根竹发满岭。才生仡笑濮地,才育濮郎大例。濮弟才生太列欧若先,仡笑才育欧熊欧若谋;留在明高,留在板罗。才生阿若告考,才育阿若告雅;阿仁告考坐芈偻,阿若告雅任董乍。才生大果住流当,才养楼口住高骝。女的才学跳盟跳舞,男的才来学击拍。仡笑濮地,濮郎大例,杀水牛祭祖宗,背鼓成神仙;在地上成大夒,在天上成神仙。"古歌中《话亲话姻》一节还分《戴骝》《戴弄》《戴辽》《戴轲》《载砑》《戴恺》《戴莱》《戴卢》《濮沙》《大(戴)若芈偻》10个小段,分别记录了三苗先民十大宗首找亲结戚、繁衍子孙的历史。这恰好与传说中为古代苗族首创族外婚姻的十对夫妻(娘比归与戴欠榜茹;娘比溪与戴欠榜姑;娘细普与大芈;娘细略与惹偻;错正与后杯;错抓与后羿;金都归与大戎;金者乜与大索;姗比与大巴;英比与大罗)的史料相符。更弥足珍贵的是,上述"十首"中的"八戴"恰与古代传说中八个才德之士相似。《左传·文公十八年》:"昔高阳氏有才子八人,名'苍舒''颓敳''梼戭''大临''尨降''庭坚''仲容''叔达',齐圣广渊,明永笃诚,天下之民谓之'八恺'。"孔颖达疏:"恺,和也,言其和于物也。"《汉书·古今人表》庭坚作咎繇(见1989年上海辞书出版社《辞海》缩印本307页)。而高阳氏就是颛顼帝,如果"八戴"就是"八恺"则可反证高阳帝的国都就在大庸崇山,舜嫁骝兜于崇山可谓顺理成章。只有皇族嫁帝邦才门当户对、各得其所。同时还可反证《史记》所记上古传说中的五帝并非同一个地方前后相继并相互承袭的五个帝王,而是分处大江南北不同地域的几个强邦大国,是各自独立而又密切联系的几个部落联盟。

另外,我们还可以从舜帝入主尧都的真相来佐证尧舜时期对偶婚姻存在的形迹,佐证舜嫁骝兜于崇山的客观可能和大庸古国的真实存在。从舜的出生情况来看,人们无法确认他的父亲是谁。根据《尚书帝命验》载:"帝舜母纵华,感极星而生舜。"而《史记》中所记的舜父瞽叟三番五次地要害死舜,也暗示人们舜不是他的亲子,而只是对偶婚中主妻所生之子而已。从舜的婚姻情况来看,正如屈原在《楚辞·天问》中所问的那样,"尧不姚告,二女何亲"——尧如果不告诉姚氏,怎么能就把舜请到自己这方面来,并和他的两个女儿结婚呢? 只有在原始群婚或对偶婚传统之下,尧帝才从俗将女儿留在身边并娶进女婿继承自己的帝位。更何况在原始民主制度下,实行的是"二首政长"机制(见《史前期中国社会研究》第89页),尧不可能把天下拱手让给女婿,而是从俗实行"盟主并治"的客观要求。在尧退位之前是"尧舜二首",在尧退位以后是"舜禹二首",禹后是"益启二首"。启杀益,"二首政长"制退出历史舞台,男权社会拉开帷幕。

从舜帝与其弟其妃的家庭生活来看,他又是原始对偶婚的活标本。据《楚辞·天问》载:"眩(瞬)弟并淫,危害厥兄。"《孟子·万章》载:"象往入舜宫,舜在床琴。象曰……干戈朕,琴朕,朕,二嫂使治朕栖。"《列女传·有虞二妃》载:"娥皇为后,女英为妃。"《史记·五帝本纪》:"象乃止舜宫居,鼓其琴,舜往见之,象愕不怪。"可见娥皇、女英姐妹与舜和象两兄弟间,实行的是共夫共妻的两性关系。另据《楚辞·湘君》载:"娥皇为舜正妃"。《山海经·大荒南经·大荒西经》载:"帝俊妻娥皇。"有女子名曰羲和……羲和者帝俊妻。"帝俊妻常仪"。《帝王纪》曰:"帝喾有四妃:元妃姜源生后稷,次妃简狄生卨,次妃庆都生放勋,次妃常仪生帝挚。"《吕氏春秋·孟春记》曰:"舜有子九人。"这些记载又可看出舜似乎是娥皇或女英的主要之夫,娥皇或女英是舜的主要之妻。舜本来有九个儿子,但大家只承认商君(或季厘)是他的儿子;和他有性关系的妻子不只是娥皇和女英两个,另外还有"四妃"。由此可见其弟象有可能是娥皇、女英主夫以外的丈夫。郭沫若曾断言,这正是普那路亚婚姻制度的一种传述。在这样的婚姻制度下,连他的"元妃"也能同他的兄弟"象"去发生性爱关系而不受到排斥。

又据《史记·五帝本纪·索隐》皇甫谧语曰:"尧娶散宜氏之女曰女皇,生丹朱(驩兜),又有庶子九人";"尧以二女妻舜以观其内,使九男与处,以观其外。"也就是说尧帝有一个主妻,生出一个直系的儿子叫丹朱(驩兜),此外还有九个旁系的儿子。这九人是尧的"庶子",尧当然也是这九人的"庶父"。照中国儒家的传统说法是尧因为儿子丹朱不肖,所以才把"帝位"传给舜,但他那九个庶子未必都是傻瓜。古儒们哪里知道在母系制社会时代,男子不曾取得继承家族权力的"习惯许可"。也只因那时候古儒们的认识能力不可能达到后世摩尔根和恩格斯那样高的水平。

现在看来,"舜嫁驩兜于崇山"的史实辩疑已迎刃而解。舜帝作为姐夫级合法继承人,将舅族驩兜非常体面地嫁到南方古国大庸崇山。驩兜来到大庸崇山并不算遭了贬吃了亏,而是分疆治国、易地为帝。而尧帝的九个庶子同驩兜一同嫁到崇山,正好印证了苗族古老话中所传的那十对首创族外婚姻的夫妻。

历史就是这样机缘巧合。十九世纪八十年代西方两位超级大师的科学理论与遥远东方的古老传说,竟被一个全然不专史学的普通职员沟通对接,发现她无穷的历史奥妙,一举破解千古谜团,让扑朔迷离的历史真相大白于天下,实乃不可思议。历史研究真是其乐无穷。大庸文化博远精深,它是当之无愧的世界级文化遗产,崇山是比夏墟、殷墟历史更加久远的文化遗址,即名副其实的"庸墟"。

2008 年 11 月 28 日

三源九流澧兰香

——古庸国母亲河澧水源流初探

李书泰

人类发展，临水而居，依水而生，得水而安，治水而兴，孕育出多姿多彩、生生不息的流域文明。澧水流域更是历史渊源、文化膏壤。澧水又称"澧泉""兰江"，早在《山海经》《禹贡》《楚辞》等上古典籍中就有明确记载。

《山海经·大荒南经》曰："大荒之中……有蒲山，澧水出焉，有载民之国。帝舜生无淫，降载处，是谓巫载民。"又《史记·五帝本纪》："舜耕历山，渔雷泽，陶河滨，作什器于寿丘，就时于负夏。欲杀，不可得；即求，尝在侧。"又曰："舜耕历山，历山之人皆让畔；渔雷泽，雷泽上人皆让居，陶河滨，河滨器皆不苦窳"。又曰："一年而所居成聚，二年成邑，三年成都"。又北魏郦道元《水经注》曰："历山，澧水所出，东至下隽入沅，过郡二，行一千二百里。"

可见，桑植很可能是舜帝早年农耕、渔猎、匠作、娶妻、育子之地。

《东山经》曰："又南三百八十里，曰葛山之首，无草木，澧水出焉，东流注于（云梦）泽。"又曰："又东二十里，曰历儿之山。"又《中次四经》曰："又东三十里，曰雅山。澧水出焉，东流注于视（柿溪）水，其中有大鱼（鲵）。其上多美桑，其下多苴，多赤金。又东五十五里，曰宣山。沦水出焉，东流注于视水（柿溪），其中多蛟，其上有桑焉，大五十尺……名曰帝女之桑。"

《禹贡》曰："山民山导江，东别为沱，又东至于澧；过九江，至于东陵，东迤北，会于汇；东为丕江，入于海。"

《列子·汤问》曰："甘露降，澧泉涌。"

屈原《九歌·湘夫人》曰："沅有芷兮澧有兰，思公子兮未敢言。"故后人又曰："澧之有兰，著在《骚经》。"澧水也由此而被称为兰江。《离骚》曰："揽茹蕙以掩涕兮，沾余襟之浪浪。"（"茹蕙"，即澧水支流茹水边的蕙草）

王充《论衡·自纪》曰："是则澧泉有故源，而嘉禾有旧根也。"

罗泌《路史》载："万民蜡戏于国中，以报其岁之成，……于是神澧灢，嘉谷壮。"

袁中道《澧游记》曰："澧水出充县西历山……至慈利与溇水合，称溇澧；至石门与渫水会，称渫澧；至澧州与涔水会，称涔澧；过此，至安乡与澹水会，称澹澧。"

《直隶澧州志》载辛澄《澧兰辨》曰："澧地濒湖，半为下隰，固兰薮也。屈子行吟泽畔之日，方不胜郑重佩之……兰江之滨，彼未节紫茎，一类二种，丛生于其际者，宛然在也。吾今知澧之未尝无兰也。"后世文人及乡耆即借此雅称澧水为兰江。并留下兰江驿、兰江公园、兰江桥、兰香桥、澧兰镇等地名。

综合历代史料，澧水有三个源头，九条支流。据清慈利知县顾光奎《澧源说》载："永定庄以宽言澧水源有三：一由凉水口东流，一由绿水河北流，一由上下峒西流。东流者源出今桑植县与鹤峰州抵界之七眼泉。北流者源出桑植与龙山抵界之栗山坡，经夹石河至绿水河。西流者出永顺县境内十万坪趋上下峒与绿水河会，二十里至两夹澜与凉水口之水合，是名龙江口，三源合为一。"

澧水三源自凉水口龙江口汇合后，流经南岔（今贺龙电站）至安福所（今桑植县城），与酉水会，合称"酉澧"；南流至苦竹河入永定县界，流至今茅岩河段与温塘之温水会，合称"温澧"；流至武溪口龙茹山与茹水会，合称"茹澧"；流至慈利县与溇水会，合称"溇澧"；流至石门县与渫水会，合称"渫澧"；因黄溪（水）注入，又可合称"黄澧"；流至澧县与涔水会，合称"涔澧"；流经临澧县与道水会，合称"道澧"；流经安乡县与澹水会，合称"澹澧"；共计九条支流注入澧水。故整个澧水流域又称"九澧"。

其中酉水、溇水、澧水、茹水、道水五条支流均发源于今张家界市。更重要的是，澧水之源和道水之源都在我市。

澧者，醴也，亦即里也。既指最早发明酿酒的地方，也指人类最早居住的故里。其澧、醴、礼、浬、里都是同源性文化字群。道者，稻也，产稻之地也；亦即导也，植稻之先导也。

牢记澧水，不忘道水，就是热爱家乡、热爱故澧（里）的表现，如果背离故土，忘了根本，就是不讲"稻澧"、失了礼、不地道。可见，我们人类祖先自古就有尊祖爱国、恋家恋乡的情结，他们认为不爱家乡、不爱祖国就是不讲道水、澧水情分，即不讲"澧节"（澧水人的古老节义）、不讲"道澧"，亦即不讲礼节和道理。

现在我们回头再看澧水文化积淀，都是高品位的文化品牌。

澧水之源，有桑蚕之祖（一祖）、帝女之桑（一桑）、蚕纹陶片（一蚕）、桑植文化（一址）、桑植民歌（一歌）、杖鼓舞（一舞）、土司城（一城）、红色文化（一帅）等文化符号。

澧水靠上，有崇山文化（一山）、庸国文化（一国）、茹水文化（一水）、大庸阳戏（一戏）及"三墓"（驩兜墓、赧王墓、张良墓）、"三子"（赤松子、鬼谷子、屈子）等名人文化。

澧水中下，有白公城、九溪城、五雷山、慈利三杰（鬼谷子、杜心五、陈能宽）等"两城一山三名人"。澧水下游有石门燕儿洞、澧县城头山、彭头山文化等"一洞两山"文化遗址。

毋庸置疑，澧水是一条的母亲河、文明河，她流淌的是哺育我们先祖和今人的乳汁，流淌的是历史和文化、是古今"有澧（礼）有稻（道）之人"的精神情感和发明创造。

兰江流月去无声，膏壤人文百代兴。澧水，永远是我们的母亲河……

2012 年 3 月 24 日

李书泰系中国先秦是学会会员、中国史记研究会理事、中国鬼谷子研究会副秘书长、张家界市政协原副秘书长、张家界市历史文化基础性研究领导小组办公室原主任，张家界市鬼谷文化研究会首席专家顾问

九澧旱粮豆居首

——大庸古国豆作文明初探

李书泰

古庸澧水,清冽甘凉,又称醴泉,两岸多兰,亦称兰江。因其一水东下,九流汇入,合称九澧。九水者何？曰酉、曰温、曰茹、曰溇、曰渫、曰黄、曰涔、曰道、曰澹。九水自酉而东,递次汇注澧水,即所谓"酉澧""温澧""茹澧""溇澧""渫澧""黄澧""涔澧""道澧""澹澧"是也。总计为九,故称"九澧",泛指澧水福流润泽之地。其山川之秀,物产之丰,人文之胜,素为历代先贤所重。虞有《山海》一经,注其"故源",夏有《禹贡》导其"江流",楚有诗祖"著在《骚经》"、《列子·汤问》歌其"甘露",王充《论衡》溯其"旧根",罗泌《路史》颂其"嘉谷",万历《澧游》释其"九澧",同治《澧志》辨其"兰蕪",当代李公,源溯古今。然,均不及仓公一字,通视人文,洞彻天机,妙绝千古:

澧者,从"氵",从"曲",从"豆"。"氵"者,汁也。甘露也,借喻乳汁,澧水乃古庸大地之母亲河矣。曲者,酒曲也,澧水乃酿酒之河,代有佳酿,故称醴泉,又称神澧。豆者,菽也。澧水流域,遍地稻菽,三苗、百濮乐居其地,把酒话桑麻,不愧人间乐土,"神仙窟宅"。字圣仓颉,以豆入"澧",实乃智出神助,冠绝古今,一"澧"定名,树为地标,俎豆馨香,亿万斯年,澧溇大地实乃先民之摇篮,文明之母地矣。小小一字,堪比文化之芯片、智慧之宝库！

豆为百粮之首,粮乃民生之基,古厨初粮为豆非米,故稻粮大米,当在豆粮之后。遥想遂古之初,庸楚先祖,走出山林,告别采集游猎之生活,定居澧水两岸,优选野生豆种,择地而播,因时化育,于澧水两岸试种功成,大获丰收,计有豌豆、金豆、豇豆、鲦豆、蚕豆、陆(绿)豆、饭豆、娥眉豆等,肇启人类豆食文明,即以旱粮为主的"豆作文明",为庸楚先民征服沼泽、兴起"水稻文明",奠基开先。其居功至伟、智德超迈者,计有崇山君之师宛华氏(华胥胞姐),黄帝长子青阳帝金天氏,庸回氏共工,共工氏崇伯鲧,祝融族蚕丛,重黎氏陆终,三苗氏驩兜等九传先祖。后世子孙为褒奖其开创之功,遂以九祖名号,九名其豆,以示旌表、纪念。故宛华化育之豆称豌豆;黄帝化育之豆称黄豆;金天氏化育之豆称金豆;共工化育之豆称豇豆;崇伯鲧化育之豆称鲦豆;蚕丛氏化育之豆称蚕豆;陆终氏化育之豆称陆豆;三苗氏驩兜化育之豆称驩(饭)豆。

食之良者,名曰粮食。作为豆作之乡,"良食"之都,古庸大地之澧水流域,至今尚有豆箕岗、黄豆坪、黄豆界、蚕豆湾、阳豆坑、金豆湾、红豆峪、豆儿嘴、豆角山、陆豆冲、豇豆河、豆腐子湾、豆腐子坪、黑王豆湾等古传地名,亦即产豆遗址。巧在2011年10月,《湘报》记者赴澧采访,驻次壶瓶,得野生大豆标本,力证澧域乃大豆原产之地。

豆作之兴,文明肇基。后世仓颉,以豆为根,巧创文字,计有頭、厨、逗、登、[豆斤](斗)、壹、豈、禮、醴、饾、短、豐(丰)、澍、橱等等,不胜枚举,可谓洋洋大观。释此头脑之"頭",从豆从页(首),豆页一体,借喻为民植豆,乃民生首功。豆为百粮之基,首为人体之帅,不容稍有懈怠。又如厨房之"厨",从厂从豆从寸(手),主人下厨,豆粮为主,信手取之,烹之为粥,水磨成奶,酵而为酱,滤之膏化,烘为豆干,丰富多样,足资养民。故"豐收"之"豐",首先当为豆作豐收!

土生万物,豆养万民;豆之为食,食中之王。作为主食,堪称"国粮";作为主菜,不输肉类;汁之饮品,誉为"国饮"。故俗语叹曰:"宁可三日无肉,不可一日无豆。"

豆之为喻,道尽人文。盛豆之器,首推陶豆;陶豆陈饾,赖以祭祖;用于祭祀,堪称"国器";国之大事,重在祭祀与戎戍;祀以敬天尊祖,戎以保疆卫民;俎豆馨香,国运永昌,故澧境之天子山庙联载曰:"向以称王,神威赫赫三千里;天其有子,俎豆馨香亿万年。"

豆之引申,意蕴深厚。逗留之"逗",从走从豆;有豆即留,无豆则走。登之字形,双足履豆,捷足先登,登山采豆,或以为食,或以祭祖;故登之内函延伸,物化为陈豆之器,用于祭祀,即《说文》所云"于豆于登;笾豆大房"(状其祭礼之隆)。更有妙者如"豆斤"字,先民武装械斗,因豆而起,持斧(斤)争豆,引发战争。因豆而"豆斤",俗称"豆斤争",实为争豆。再如"禮"字,"禮"者,"澧"也,与醴泉之"醴"分别构成代表地域、物产、教化即禮仪的"文化字群"。故孔圣之禮源于周公之禮,周公之禮源于庸楚之禮,庸楚之禮源于古澧之禮。仓廪实,知禮仪。澧水流城本为世界最早产豆、产稻、酵酱、酿酒之地,实乃世界"良食"之都(食之良者是为粮食),人类第一轮文明(即"粮食文明",亦即"旱粮豆作文明"与"泽粮水稻文明")之摇篮。此乃大庸古国禮仪文化兴起之重要物质基础与族群宗法基础。

古贤荐举,投豆选"壹"。"壹"者一也,豆多为尊,尊者为"壹"。故庸楚先民,凡遇君长禅位,或大事难以决断,均遵行丢豆众断之法。遂将族民招来,置一条案,双壶并列,或陶或铜,貌似茶壶,形类大"壹"。族民持豆近壶,二选其一,投豆其内,以达己意,投毕,专人查验。壶中豆多者当选为"壹",推为伯长,亦称伯庸,奉为元首,位居第一,至高无上。若为断事决疑,众人投豆,从多为断,一锤定音,无人不服。此乃投壶断事、民主决疑之始也。

兰江流月去无声,膏壤人文百代兴。澧水豆作文明,兼具物质精神双层内涵,素有古庸天崇人气脉之张家界人,以不负大众、不负子孙之远见卓识,创吾澧水"良食"文明之时代传奇。古澧文化,将薪火相传,绵延不绝;澧人创造,将与时俱进,生生不息……

2017年5月20日

探索消失的文明古国

——《庸国荒史研究》序

张良皋

为这样一部"史书"作序,任何人都要犯难。这是一部"史无前例"之史,来点老生常谈对付耶?免开尊口。"庸国"已是罕闻,庸国何曾有"史"?自名其书曰"荒史",想必其书或空间荒远,或时间荒古,或故事荒诞,或论断荒唐……或兼而有之,"序"云乎哉?何从下笔!

然此书之立名,自有分寸。名之曰"荒",自是筚路蓝缕,前无古人。而"荒史"之称,又非自我作古。书中叙及:明陈士元(1516—1597)就著有"荒史"六卷,述"洪荒开辟之事"。今人著庸国荒史,何所不可?且标明"研究",并未自作定论。著者李书泰先生,也可谓深具史识,善用史笔。

蒙著者惠赐样书索序,又破"良工不示人以璞"之惯例,可谓不我遐弃,推诚相待。我岂敢妄自矜伐,而不以诚相接!逮我稍翻目录,不禁咋舌。此书对庸国史料,可谓穷搜极讨,巨细无遗。全书600多页,内容极其丰富,每有珍本秘籍,世所罕见,而此书见"庸"必取,决不轻易舍弃。当我猛见"居庸关"被收录,也不禁怀疑:是不是搞过头了?但一见其举证,更不禁心智大开。庸国嫡系先祖高阳氏颛顼的领域就曾"北至幽陵"。我近日从事中国蒿排文化研究,识出这个"幽"字,并非两束丝被扔到山沟里。那"两束丝"相并,乃是"兹"字,"兹"就是蒿排;下半截不是"山",而是"火"。"幽"字是蒿排"幽光"现象,是古代蒿排稳定火源甲烷(沼气)自燃。中国古代江淮河济四"渎"互通,长江蒿排流到"幽州"不难。所以此书不避庞杂,兼收并采,是正确策略。

全书大旨是先行汇集资料,我想应已够学者初步研究撷取。但有一个方面似尚待充实,即"巫风"或曰"巫学"资料。书中设想五帝之前有一个"大庸帝国",我不大惊小怪,因为我也曾以为庸之立国很可能先于五帝。但若设想五帝之前曾有一个"中央大帝国"在控驭全中国之运转则似过于靠拢"现代思维"。报刊上曾见有学者作此想,不限于《荒史》作者。这种想法也有一些历史现象作根据,并非全然空穴来"风",若容粗陈鄙见,此"风"业自"巫风滥俗"。

人类何时跨入文明?学术界为此设定许多"门槛",概略言之,自今入古,反推万年,大概已届文明的"蒙昧时期"起始线。此时,在中国,表现的就是"巫风"弥漫,大约经五千年,中国正式进入"有史",出现"五帝"的国家形态。不能小看"先五帝时代"

五千年的巫文化,不能小看中国大巫们的活动能量,包括他们的文化成就和地域范围。不必谈巫色变,畏之如"妖",贬之为"邪",置之于"怪力乱神"之列。中国史学,正因这些"小小的失误",即使启动了"中华文明探源工程",一直也只能、只愿意甚至是只知道在"黄河中下游"打转,以致始终只让老生常谈指引大家在不可能生长老猴子的地方找寻人类文明的萌生之所,其难度实无异于缘木求鱼。

作序人也算费了不短时间,才悟出《山海经》中的"灵山十巫"是"分境扬灵",而不是聚集在某座"巫山"的一峰之上。因为《山海经》也开出了另一份"开明东六巫"的名单,表示"开明西"也至少还有"一巫"在那边活动。而"开明"乃是"荆人"(即楚人)某一支的酋豪带领部族到达蜀境建立的"新朝",取代了蜀境原主人"望帝"政权,取代过程颇似尧舜禅让,说不定这场"蜀版禅让"还早于中原。这使我敢于设想:今成都一带以西,至少必有一巫。这一巫不在开明东六巫之列,很容易在"十巫"剩下的"四巫"中搜寻。得!必是"巫真",他是滇池之巫。"滇池"得名之由,至今无人知晓。愚见以为,它不过是那位巫"真"到了"水"边。大巫所至,庸人随之,所以战国时代,庸裔楚人正式派遣庄蹻开滇。

"灵山十巫"中有一位"巫礼(礼)",亦即巫醴、巫澧,是澧水酒神大巫、俎豆大巫。"开明东六巫"中有一位"巫履",清代学人郝懿行本"礼之义履也"为言,认为巫礼即巫履。这应该引起张家界学人的重视。张家界位于澧水流域,是产粮区,粮食(豆居首,次为稻)一旦丰收,就有余力酿酒,澧水古代应以豆、稻酿酒得名"醴水",精于植豆、育稻、酿酒的大巫完全可以升格为酒神:无酒不足以成礼。在巫文化时代,巫礼的地位恐仅次于盐神"巫咸"。张家界的学人要搜集巫礼传闻,具有地缘优势,也有义不容辞的责任。以酿酒为重点的巫礼之学来充实这一带乃至全国的"先五帝巫学",会比单纯探讨"大庸帝国"要容易得多,具体得多,更易于取得全国学界的共识和帮助。尤其是书泰先生在《古庸国豆作文化初探》一节中,提出澧水流域是中国豆作的故乡,豆作文明是比稻作文明更早一轮的起步文明,奠基文明,更是史学界一个重大发现和突破,堪称理论创新。建议著者趁热打铁,做好后续研究。

同时,作序人在序言中提出研究巫礼课题,并非越俎代庖,不过为《荒史》作者拾遗补阙,丝毫也不影响书中既定内容,也许还有小助于"大庸帝国"内容之落实。如果有人认为在李书泰先生《荒史》中的荒远、荒古、荒信、荒寂……之外还隐约有一分"荒谬",那必为自己学问"荒疏"、胸臆"荒芜"所致;恭请大家审慎察之,切勿妄加腹诽,即使如您所言,亦应多加宽容,嘉其探路之功!

是为序。

张良皋,1947年毕业于中央大学建筑系,即今东南大学建筑学院,华中科技大学建筑学院创始人之一。原创著作有《武陵土家》《匠学七说》《巴史别观》。

一部大破大立的独创性著作

——《庸国荒史研究》序

杨东晨

转眼,收到张家界市政协学习文史委主任、年富力强之李书泰同志寄来的《庸国荒史研究》《屈原故里在大庸》《鬼谷子身世研究》三本书稿,已历半年,我分期粗略地翻阅了当地一些传统史料,将大庸与张家界历史沿革同书泰同志庸国文化研究专著进行比较,产生犹如走进"历史大观园"的惊奇、感叹,为这个湘湘奇才学者大破大立、开拓创新的研究而喜悦和兴奋。现仅就"庸国三部曲"之《庸国荒史研究》书稿谈些不成熟的意见和认识,以供作者和有关人士参考。

一、大庸与张家界历史沿革和庸国研究概况

截至 2001 年,关于大庸(溶)的由来研究不多。尚立晰、向延振等同志主编的《张家界市情大辞典》(民族出版社,2001 年 1 月北京第 1 版)中有:"明朝末年以前的志书,对大庸(或溶)的由来无详细解释。"至清朝道光年间(1821—1850 年)的《永定县志·关隘》,才注明大庸(溶)的来源有三说。一是庸、溶音近而通用,大庸出溶溪(今张家界市永定区大溶溪)。从《永定县志·金石》所载,刘国道铸造之灵顺寺大钟上,刻有"大元荆湖道澧州路慈姑山十三都大庸口"可知,元英宗至治元年(1321 年)已有大庸之称。二是《永定县志·关隘》载:"庸,国名。左传文公十六年(前 611),楚灭庸。"庸国之都在今湖北竹山县。灭国的原因是文公十六年,楚国遭大饥荒,庸国联合濮(在今湖北省北部与河南省西南部)、蛮(今湖北枝江与湖南沅江以北),欲攻打楚国。楚庄王则联合秦、巴二国,一举灭掉庸国。庸国亡民四散,部分逃亡于湘西北,遂称溪流为大庸(溶)溪。三是出自祝融。《史记·楚世家》载:"祝,大也。融,庸音同,古通用。祝融是上古时代的传说人物,系颛顼帝的裔支。三苗族的首领之一,活动在今河南新郑市一带。后因他失职,被贬于南岳衡山。其裔支有迁徙于湘西北者,遂将溪流称之为大庸(溶)溪。从我看到的资料知,祝融氏有"火正"之官名与人名二称。作为传说人物,炎帝、神农时代就有祝融氏,黄帝时代亦然。帝颛顼时代的祝融,当系祝融氏的后裔。东汉郑玄《礼祀·月令》云:"其日丙丁,其帝炎帝,其神祝融。"可见张家界市永定区的大庸(溶)溪之得名,要比庸国亡后遗民逃于此而更名早得多。从历代行政建制说,称大庸是很晚的。秦始皇置县时,大庸属于黔中郡慈姑县。汉高祖五

年(前202)分设武陵郡,大庸归入充县,三国吴属于溇中县。其后不断变化,一直未设过大庸县。到了明太祖洪武二年(1639),张家界才短暂的归入大庸卫。1914年始置于大庸县,1982年改市,1994年改大庸市为张家界市。

何光岳的《炎黄源流史》(江西教育出版社,1992年4月第1版)中有庸国早在夏代前就已经活动在今湖北溶成县,以后又逐步迁徙到今河南新乡,成为商朝的属国,以善于筑城,被封为诸侯国。商末庸国参加周武王伐纣,被迁于洛邑附近,称鄘伯国。成王时营建王城及顽民城,又迁封庸伯国于今河南卢氏县。西周中叶,庸国从西南迁于今陕西山阳、安康一带,后又迁都于房山(今湖北竹山县),地域有今湖北西北部及陕西安康东南的一部分。楚庄王三年(前611)灭庸国,部分庸人被迁往今湖北监利县北面的容城;部分庸人和蛮人经今湖北西南迁入湖南西北山区,分布在湖南大庸、永顺和群蛮错居,一部分庸人则迁今四川盆地。实际上,容(庸)成氏族十分古老的,延续的时代也相当长。由氏族、部落、国家至灭亡,大约有4000余年历史。

二、《庸国荒史》五大特点

长江后浪推前浪,代代都有英才出。湖南在历史上,更是辈出奇才的人杰地灵宝地。

从我涉猎的文章或书籍可知,何光岳的《炎黄源流史》第60章"庸国的来源和迁徙"最详(12页),《张家界市情词典》等,都参考并引用了他的观点。我曾对《炎黄源流史》《南蛮源流史》等大作写过评论,对光岳先生的开拓精神予以了赞扬。浏览李书泰《庸国荒史研究》,认为他在20年后又有与时俱进的新庸国史,显示了又一代学者的开拓、创新精神。

1. 收集和引用资料丰富

呈现在眼前的622页、约56万字的《庸国荒史研究》,仅是"庸国三部曲"中的第一部,可为前无古人的庸国史之巨著。从《尚书》至当代的有关庸国、庸人及其同期或演变的正史、野史、民间传说等之多学科资料,几乎搜集殆尽。《庸国荒史研究》不论是从篇幅宏大上、内容广泛上,还是资料搜集、引用上,都堪称是远远超过古人和近现代学者之作的。

2. 庸国的地域之大是空前的

以往我看到关于容(庸)成氏或古庸国的文章或著作,以光岳先生的论述最详,但也只有1万多字。迁徙的范围不出长江以北。先后立国于今湖北西北部,河南北部及西部,陕西南部。《庸国荒史研究》说:"经国内部分学者研究初步证明,古庸国是肇基于远古,亡于春秋,地处长江中游,境垮长江两岸,紧邻渝东'巫山人'、滇北'元谋人'、鄂西'建始人'、湘西'石门人'等几大人类化石遗址,拥有四川和洞庭湖两大盆地及江汉平原核心地带,与远古'三苗'、'百濮'先民有直接渊源关系的南方文明古国。"李书泰探索的南至今云南、北至今长城中段之南部、西至四川西境、东至湖南东境的庞大古庸国,我认为是空前绝后的。

3.古庸国文明的范畴之大是空前绝后的

著名考古学家、中国考古学会会长苏秉琦先生,在生前根据全国各地的考古资料,将中国古代文明划分为"六大区",各有其称谓。李书泰同志开拓性地说:"古庸国文明,是巴楚文化的前身、河洛文明的近祖,华夏文明的基因,是孕育江汉文化、预衍中原文化的母体文化。目前,已有学者提出大胆设想:大庸国是东方古罗马,中国的庞培,相当于罗马称大秦、日本称大和、阿拉伯称大食,认为庸国境内的崇山(舜放驩兜处)很可能是比'夏墟''殷墟'更早的文化遗址,是有待揭开谜底的'庸墟'。"又说:"不少专家认为,这是澧沅文化、湖湘文化、荆楚文化、南方文化乃至中华文化研究领域值得肯定的大胆设想。它所代表的不单是地方文史工作者一份难得的工作激情和追求,更是湖湘文化乃至中华文化研究理念的进步和升华。"

4.类别涵盖面宽广

李书泰同志的《庸国荒史研究》从大的方面说,分引言、正文、附录三部分。前二类又分为25部分。从地球、世界至湖南张家界,囊括了发明火的燧人氏至帝舜时期的众多传说人物,大都破了四五千年来的传统观点和说法,将许多传说人物都与大庸结合在了一起。如,关于人庸的由来,书稿中就提出了10种说法;将祝融分为创世、复兴、神祇三类,提出祝融百国围淞梁之新说等。总之,许多观点和说法,都是前无古人、后无来者之说,显示出了作者的大无畏精神和创造力。

5.独到而惊人观点迭出

作者独创的见解和观点,我都是第一次目睹。如"大庸古国,三皇五帝时代就已存在,是三代以前古中华第一轮文明时期,长江流域创世开基、地位很高的南方文明古国,既是三皇古国,又是五帝之国"。具体而言:史前为部落;夏前为帝国;商前为夏都,商周为侯国。"

大庸古国"诞生在生命繁衍最昌盛的武陵大陆梁地带,肩挑洞庭湖平原和四川大盆地两大吉壤沃野,得天独厚的地理、自然环境",使她成为古中国的摇篮。

将先秦史的史前系列传说人物,先秦诸国,以及道仙、佛仙等众多历史人物、逸事、传说都与大庸紧密联系了起来。同时对以司马迁为鼻祖的古代史学家,以及近现代史学、考古学、民族学、历史地理学等学科之专家、教授、学者提出了质疑或挑战。这种胆量和勇气,都是史学界老年工作者所不敢想象的。

三、结语

从伟大史学家创建《史记》以来,史学大业已有2300多年的漫长历史。古代史学家为我们留下了传统称的"二十五史",其他类型的史书不胜枚举。近现先辈、前辈及当代历史、考古等社科学家，以及与历史有关的自然科学家，也有许多大著存世。作者诚恳期望新一代史学工作者不论是读纸质书，还是读电子书，都要下苦工夫，在多读、多思考中提真知灼见。研究地方史时，要顾上下 8000 或 5000 年人文史，站在一地，顾及全国。仅就《庸国荒史研究》而言，建议以《庸国文化史研究》为书名较妥。

史学研究无止境，新的领域总是需要智慧的勇者去探索、去揭底的。李书泰同志无异是文化建设高潮时代的勇敢探索者、顽强开拓者和大破大立者。尽管还有商榷、说法互有矛盾及校对错误之处，但我认为这部大著可称之为"一家之言"的大作，也是"张家界历史文化基础性研究领导小组"取得的重要阶段性成果。我同意并赞成再经仔细修订后正式出版，也相信一定会在社会上起到"石破天惊"的轰动效应！更会有"一石激起千层浪"的各种评论！这都是历史文化研究中的好事、常有之事，学术研究，只有在争论中才能前进，也才会有生命力！

2013 年 11 月 5 日

作者杨东晨，系陕西历史博物馆研究馆员，陕西省文史研究馆研究员。《夏商周时代》《中华炎黄时代》《尧舜禹时代》等 20 余部；发表论文 300 余篇。

《鬼谷子身世研究》序

何光岳

  张家界地处武陵山脉之中心,境内山川纵横,大气磅礴,气象万千,所谓汇天下名山秀水之大成,集南国自然人文之大观。

  自汉高帝刘邦五年(前202年)在张家界以崇山之名设充县以来,人间几度沧桑,建置变更频繁,乃至于张家界地区之历史文化被世人所淡忘。加之先人重于治世而疏于治史,两千余年来未能对历史文化进行深入研究,致使文化品位不能全面呈现,山川秀美而文化黯淡,不能不说这是一种严重之缺失。

  其实,张家界历史文化底蕴浓厚而雄奇,是许多地区所难以比拟者。如史前之石板村文化、朱家台文化、古人堤文化、枫香岗文化、崇山——崧梁山文化等,足可与中原诸古文化媲美。上古人物如赤松子、祝融(即大庸)、骥兜、鬻熊、熊绎等早已名见经史,而崇、庸、索、道、寿(蜀)、三苗、百濮等部落、方国更是深沉史海、神秘莫测。战国以降有白公胜、鬼谷子、周赧王、黄石公、张良、相单程等均在张家界留下英名。至南宋初年,钟相余党胡源、陈寓信曾据慈利,雷进则称帝,建年号"正法",其弟雷德通亦据险自立。而田承满入主武溪,开土蛮羁縻制之先河。明清以来,堪称精英人物的则有覃垕、田希吕、孙开华、刘明灯、刘锦棠等。近代如汤子模、唐牺之、杜心五、谷壮猷、田奇王隽(田泥盆)、陈能宽、卓炯及革命家贺龙、廖汉生、袁任远等,皆史迹灿然,值得研究。而慈利古称"慈姑",其背景本身就是一个史谜。桑植亦因产奇桑而载之于《山海经》,其"帝女之桑"暗示与上古先祖人物关联,乃蚕桑文化之源头,绝不可等闲视之。

  上述人物,只是信手拈来。并非张家界缺少文化符号内容,实则是有文化而不去研究发掘,捧着金饭碗去讨饭吃。

  在上述历史人物中,尤以鬼谷子最负盛名。

  鬼谷子之所以著名,是此人非凡的谋略和高贵的出身背景所致。

  在世界历史上,以千军万马推翻一个王朝的故事比比皆是,但因一人的谋略而扫平诸侯百国,终使乱国一统的人物,只有鬼谷子。鬼谷子的名声不仅占据了几乎半部战国史,更使世界兵家着迷。基辛格的老师施本格勒曾评价说:"鬼谷子的察人之明,对历史可能性的洞察以及对当时外交技巧(合纵与连横的艺术)的掌握,必然使他成为当时最有影响的人物之一。"

春秋战国时，天下纷争加剧，出现应时而起之诸子百家，其中以兵家、阴阳家尤为战争中所急需者。兵家以战略为主导，阴阳以预测、诡变及间谍为举措，随之而兴起纵横家，即谋略为主体，实行纵横捭阖以操纵和战胜对方，以求自身获得利益。创立此战争外交谋略理论的就是鬼谷子，其代表作就是他著的《鬼谷子》。鬼谷子因此而尊为世界纵横家、世界谋略家之鼻祖。

两千多年来，关于鬼谷子的研究，一直是前赴后继，无有穷期。对鬼谷子其人亦褒贬不一，甚至视《鬼谷子》为乱国之渊薮、诡辩之异书。一些儒家经典拒鬼谷子于门外，《汉书·艺文志》拒录《鬼谷子》即一例。《鬼谷子》书名始见于《隋书·经籍志》，其时距《鬼谷子》成书已1400余年。从两千年鬼谷学研究状况看，对鬼谷子的身世只有几个语焉不详的单词：鬼谷子，名王禅，传说中的楚国隐士，居于鬼谷，号称鬼谷先生。传闻苏秦、张仪、孙膑、庞涓都曾拜他为师，世称纵横之祖。

由于对鬼谷子其人的出身背景之谜一直没有破译，鬼谷学中便出现了若干不同版本的说法，乐一在注《史记·苏秦列传》时断言："苏秦欲神秘其道，故假名鬼谷。"清人翁元圻(qí)在注《国学纪闻》时更明确指出："秦仪，即鬼谷子。"有人把鬼谷子尊为神。《列仙拾遗》说鬼谷子"疑神守一，朴而不露，在人间数百岁，后不知所之"。也有人认为鬼谷子是子虚乌有的"托名"。凡此种种，不一而足，并因此引发了旷日持久的关于鬼谷子原生地的争夺战。仅"鬼谷"就发现了十余处，比如河南的登封、汝阳、淇县，陕西的襄城，湖北的当阳等地都有鬼谷。张家界天门山亦有鬼谷洞。显然，鬼谷学这种无源之水、无本之木的"空对空"研究，已经让鬼谷学陷入困顿状态。名不见经传的"王禅"为何一下从楚国冒出来，并成了叱咤风云的历史人物，已让更多人提出疑问。

张家界市几位初涉史学的文化人早已敏锐地注意到了这些问题，并冒着学术风险对鬼谷子的身世及其世家进行研究。经过长时间反复求证，基本弄清了鬼谷子的身世之谜和庞大的鬼谷世家。今读李书泰、龙家雄先生之《鬼谷子身世研究》和《天门鬼谷神功秘谱》，其旁征博引，搜残补缺，考据真切。发前人之未发，言前人之未言，提出鬼谷子真身即为楚平王之孙熊胜(白公胜)的观点，可谓振聋发聩，耳目一新，证明民间传说白公胜就是鬼谷子并非空穴来风，我以为值得赞赏，值得鬼谷学界高度注意并将研究继续引向深入。两位晚辈从沙里淘金中使鬼谷学研究重焕灿烂，其用功之勤，爱乡之诚，至为钦佩。为国际鬼谷学研究及张家界历史文化发掘做出重大贡献，使其自然景观与历史文化品牌"双璧齐辉"，为今后大发展增加更多之优势，两君实为张家界地区之功臣。相信张家界市胡伯俊、赵小明、朱国军、周元庭等领导会大力促进其事，为张家界地区更添光彩。台湾早有鬼谷子研究会，资金雄厚，或亦有助于此项研究合作。虽说书中尚有不尽如人意之处，但可继续探讨，以求更善更美。然瑕不掩瑜，李、龙二人实证功劳才是最主要者，欲求十全十美是不可能的，谨愿读者谅之。

借此机会，我还想说几句题外话，以与张家界方面的朋友共同探讨：

一是张家界许多有价值之历史文化,极少有人深入论证,以致张家界长期以来成为此方面之盲区,严重影响张家界之再发展。因此,我认为由该市主要领导主持发起的"张家界历史文化基础性研究"工程是前无古人的创举,很值得继续努力,务使成功,张家界必有文化翻身之日。

二是鬼谷子是世界谋略之祖,张家界的领导对此重要文化符号要有高度的敏感性。

三是屈辞中的天门就是张家界的天门。张家界研究屈原要紧抓不放。

四是张家界的文化符号是湖南最复杂最深厚的,每一个重要历史人物都要出专集,如赤松子、祝融、驩兜、鬼谷子、屈原、周赧王要出专集,张良、雷进要出专集。特别值得提出的是关于大庸国、崇山文化、熊馆文化及古索国、古茹国、古华胥国等题材要出专集。

五是要大力提倡、鼓励一批年轻学者钻故纸堆。古人说"得知千载事,正赖古人书""束书不观,游谈无根"。搞历史研究怎么能不钻故纸堆?不钻故纸堆怎么能发现历史信息?不钻故纸堆怎么能破解历史之谜?

六是不确定的东西怎么不能研究?正是因为不确定才需要我们去研究。

七是你们张家界目前的研究是很深的,水平是很高的,比时下一些所谓"专家"强多了。

八是张家界要尽快将研究成果出书,出书后要跟着举办国际炎黄文化及鬼谷学文化研讨会,同时将成果尽快纳入文化强市和城市建设中去。

九是张家界历史文化研究成果应列入《湖湘文库》系列丛书。

我曾十余次遍游张家界,余兴愈浓,总觉得张家界自然景观之优美,历史文化之悠久众多,双兼而有之,是天下独一无二之"双优",实乃自然文化之天赐双璧也。愿天下人多来共同欣赏与享受,则不愧人世此生矣!

是乐以为序。

庚寅年(2010)中秋前

书于长沙光岳藏书楼

何光岳系享受国务院政府特殊津贴的著名历史学家、藏书家

在庸国的故土上细翻祖先的史册

——《屈原故里大庸考》序

李书泰

前不久，荆州著名学者、中国屈原学会名誉理事张世春，经多年考证得出石破天惊的结论："秭归并非屈原的故里。"

尽管他认为"屈原生于楚都纪郢铁证如山"却没有找到铁证，但他认识到"屈原出生秭归系千古谬误"却是十分准确的科学判断。

他认为："袁山松是第一个将屈原遗迹与秭归名县挂起钩来的人。郦道元将袁山松的挂钩引进《水经注》，并同时对其挂钩产生怀疑：'余谓山松此言，可谓因事而立证，恐非名县之本旨矣。'但是，袁山松的挂钩被后人放大，而郦道元的怀疑却被很多人忽略。"并认为"郦道元既为'屈原生于秭归'背了千年黑锅，也为其谬论做了千年宣传。"这是多么敏锐的学术洞察力，可谓一语中的，令人灵光一闪。

我认为，一个学者不惧权威，不随流俗，不囿于成说，不私于乡情，勇敢否定谬论，大胆坚持真理，将一个错断的历史谜案纠正一半，已经是一个了不起的贡献。因为只有从错误的泥潭中拔出来，我们才有机会循着正确的路径去探寻历史的真相！在此，我向从未谋面的张先生表示衷心的敬意。不过，也要提醒有志于屈原故里研究的广大同仁，在逃离错误的史界陷阱以后，小心误入新的迷途。

其实，关于楚国大巫师、三闾大夫、"宗教教主"、楚南后庸宗主国"精神领袖"——诗祖屈原的故里，就连离屈原生活年代最近的淮南王刘安和大史学家司马迁也不敢轻易指证"它"在什么地方。他们在其《离骚传》和《史记·屈原贾生列传》中只字未提生身之地在哪里，正如中国屈原学会首任会长汤炳正所说："屈原故里在秭归，晋以前无载记可据。"

那么，真正的"屈原故里"到底在哪里呢？

近读大湘西著名学者，张家界历史文化基础性研究课题组主审金克剑先生扛鼎之作——《屈原故里大庸考》一书，可谓震聋发聩，让人心智大开！如果说张世春先生挑战权威，驱散阴霾，理性地否定了一个错误结论，那么金克剑先生则剑指流俗，拨云见日，庄严地给了我们一个全新的答案——屈原故里在大庸！

全书共九章四十六节120万言，层层剥笋，穷搜极讨，尽全力以竭泽，求水落而石出，以超乎寻常的毅力和学力，敏锐果敢的悟性和胆识，为我们打开了一扇探视历史真相的天窗。

　　我与克剑先生是相识相知二十多年的好友,既钦佩他的德养,也仰慕他的智识。他的成功,在于他博学多思,笔耕不辍,长期积累;在于民间草根文化的母乳滋养,地方古籍文献的恒久熏染。他能够成功破译楚辞中博大精深的历史和文化密码,让屈原故里的历史真相大白于天下,关键在于他找到了屈原及楚辞所指涉的那个久远的历史时空,找回了那段历史时空中的屈原及其作品的原初形态,从文化发生学的角度探明了那段历史和情感是怎么发生的,其发生源、发生地、发生点都在哪些人群和哪些地方?这个“地方”与当时的时代背景发生了怎样的历史钩链? 克剑先生的贡献就在于为我们找回了这一切,找到了历史关联,找回了历史真相,找准了屈学关键。《屈原故里大庸考》一书向我们昭示:读懂历史才能读懂屈原,读懂屈原才能读懂屈辞,读懂屈辞才能进入屈学!

　　克剑先生很有学术天分,很有学术悟性,也很有学术胆识。他的成功更在于他坚信中华文化并非只有五千年;坚信中原文化并非本源文化,中原只是文化汇聚地而不是发源地;坚信夏商周三代以来近五千年的文明,只是中华民族的第二轮文明,而司马迁笔下的三皇五帝时代以远才是辉煌的第一轮中华文明;坚信第一轮文明的核心不在中原,而在长江以南的西南地区,在“蝴蝶人”“元谋人”“巫山人”“建始人”“郧县人”“长阳人”“石门人”等远古人类包围的大西南、大武陵、大崇山地区;坚信屈原笔下的燧人、祝融、羲和、高阳等人文始祖才是开发东海洞庭湖,西海四川大沼泽的创世先贤;坚信肩挑两湖、四川的大天门昆仑地区才是人类的摇篮,文明的母地;坚信素有“中央仙山”“祖山”“国山”之称的崇山才是这核心的核心;坚信以三苗、百濮、盘瓠等部落先民为主体的崇庸人、天崇人才是这第一轮文明的创造者;坚信大踵国、三苗国、盘瓠国、骓头国、大庸国才是三皇五帝归宿国;坚信庸楚一家,庸国是楚国的母国;坚信这里才是屈原笔下“上洞庭而下(兰)江”“去终古之所居”的“不死之旧乡”!

　　请看《哀郢》诗句摘选:“去故都而就远兮”,“发郢都而去闾兮”,“上洞庭而下江”,“去终古之所居兮”,“当陵阳之焉至兮”,“淼南渡之焉如”。“登大坟以远望兮”,“聊以舒吾忧心”。“狐死必首丘(老巢故穴)”,“何日夜而忘之!”

　　翻译过来即为:我离开郢都就要起程远行啊,从郢都出发前往故乡啊,从洞庭湖上岸以后,眼下就是兰江(澧水)。前往那世代定居的故土啊,到了陵(零)阳(慈利)还要赶到哪里呀,那不就是烟波浩渺的南渡溪吗?当我(回到屈家坊)登上大坟山(即九重祖陵)极目远眺的时候,我那愁肠百结的忧愤心情,才稍稍得以舒缓。狐狸临死还把头冲着它生身的小山,我怎能忘却日夜思念的故里(澧)家园呀?

　　克剑先生《屈原故里在大庸》一书的成功之处,不仅仅在于他大胆设想,小心求证,全身心义无反顾地投入,钻天入地,竭泽而渔,搜罗最扎实的史料,分层次编织正、反、主、次等多方面证据链条,以无可辩驳的严谨论证,破解历史谜团,还原历史真相,

古庸大地人文历史探源

将蒙冤漂泊流落于异地他乡的屈原冤魂招回故土,让"泪飞顿作倾盆雨"(见著者书中《乐平里考察记》)的屈原英灵在"素有屈子遗风"的"神仙窟宅"——澧水之滨得以安息! 更重要的是,克剑先生以他超常的史识灵感、深厚的学术功底,成功破译了屈原"祖先封地""诗中昆仑""笔下轩辕"等一系列历史古谜,既丰富了全书内容,又填补了学术空白。特别是对屈姓后庸国的存在和兴衰进行了大胆挖掘与充分论证,史料扎实,惊世骇俗,活生生半部庸国史!

尤其是他深入解读和充分利用民间祖传告祖词,以及古庸属地残存地名信息,挖掘出司马屠城(屈邑——三闾宗坊)、后庸灭国的罕见史料,再现了一段血雨腥风的时空历史,再现了屈原辞赋创作产生的时代背景。正是在这样一种改朝换代、社会急剧变化和动荡的乱世风雨中产生了以屈辞为代表的一系列悲怆之歌。在明确这一国破家亡的重大历史背景后,我们会有更多人穿越时空,更加直接,更加深切地感受到屈原的心态和心境,走进屈原的内心世界,感悟出屈原辞赋丰富而深刻的内涵。

我以为,作为详悉掌故、擅长辞颂、深谙巫学、善作神游、通晓祭仪的三闾大夫、宗教教主、精神领袖的屈原,他一定是悲怆的,也一定是理智的、明晰的。处于困顿中的他,仍然洞察历史,洞悉世界,并对世界、对历史保持清醒的认识和有力的批判,正所谓"众人皆浊我独清,众人皆醉我独醒"。在对庸楚高层的"怒其不争"中,他仍然眷恋庸国的辉煌和楚国的强大,充满着对祖宗之国,祖宗之业,祖国历史,祖国人民的无限深情。他在苍凉有力的《天问》中,面对昆仑天门,一连问了一百七十多个问题。问天就是在问"天庸"、问"大庸"、问"大楚";问"天庸"就是在悲泣天朝"大庸"的渐渐远去,问"大楚"就是在怅叹泱泱大楚的江河日下! 一曲《离骚》(即《澧骚》)道不尽爱恨情仇,满腹忧伤,唯有《招魂》寄托一腔哀思,万般惆怅……在此,我要郑重地说一声感谢:感谢克剑先生的突破和发现,您让我认识了屈原,走近了屈辞,您也有可能让我走进屈学!

克剑先生本是一位作家,从业30多年的职业编辑,国家注册高级策划师。他不是专业学者,毫无学究之气。他敢想,敢说,敢闯,勇于实践,长于策划,素擅出新出奇。他性格爽朗,语言犀利,文笔辛辣,行文极其灵活多变,有时如行云流水,无拘无束;有时似惊涛骇浪,汪洋恣肆。这些风格也体现于本册学术专著。通览全书,既有逻辑层面的严谨论证,又有考证层面的深层解密,既有学术领域的破立交锋,又有情感世界的延伸阅读。不愧职业编辑家的谋篇布局,吾心服矣!

然而,行文至此,我又突然想到卡皮查的一段话。他说:"任何一项新发现,无论是自然科学,还是社会科学,往往不会很快为大多数人所接受,要么不理解,要么不服气,要么被打击、被封杀,要么被冷遇、被淡化。"他介绍说:"著名俄国科学家、圣彼得堡医学院教授彼得罗夫发现电弧,成功地研究和利用了气体中的放电。但在公众中与其说是赞美,不如说是同情和惋惜。"在这物欲横流的金钱社会,克剑先生坐冷板凳、钻故纸堆"读"出来的迟到的发现,也许会遭遇同样的境况,甚至更多的是非议或腹诽。但以他的胆识和实力,他一定会泰然处之,一定会任凭风浪起,稳坐钓鱼台。因为征服是他的个性,进取是他的追求。为捍卫真理,他早已做好准备,而且充满底气,充满自信!

只要找到了路就不怕路远,一个社会如果没有一批充满想象力、学习力、创造力的"疯子",这个社会就很难绽放出进步的火花。

巨著先览,欣然为序!强烈推荐,一睹为快。

2012 年 12 月 3 日 18 点直至次日 09 点 58 分

沅澧放歌

姚子珩

沅水赋

三湘四水,沅屈居仲。芷兰漫野,另名芷江。南源龙头山,北源重安江。汇㵲渠巫溆辰酉六溪合沅流,经溆辰泸沅桃常入平湖。悠悠千公里,浩浩十万疆。物阜产丰,民勤地旺,两岸风情,久富延广。

五溪文化,石器碰撞。历朝繁衍,相继高彰。靖州斗篷坡,洪江高庙堂,沅陵虎溪山,新晃高坎坑,侗祖伴歌行,苗家随江长。傩戏传两岸,巫公走四方,盘瓠开天地,九黎育山王。巴楚沉积潭,土家倚西江,猛必寻源迹,流根上河溪。土家茅古斯,锣鼓咚咚喹,江边摆手舞,歌起溪声随。江波入苗绣,山岚进窗花,排工登雕版,纤夫织土锦。吹打弹唱,辰河高腔;绣刺剪凿,扎染编纺,艺根绕河床,梦境牵沅江。苗嫂河边捣衣忙,日照银饰闪白光,艄公摇橹顺溪湾,情歌响彻山那边。侗村岸边千人宴,苗寨酸席就溪汤,瑶白山珍煮河鲜,土家腊味顺浪香。小溪弯,飞瀑急,大鲵乐,排奔滩,文化古,生态蛮,岸壁峭,木参天,村寨秀,猿声啼,乡风淳,民俗宽。千里文明随浪行,万年历史一波牵。河水养育众山民,山民浇铸沅江魂。水脉育才,文贤辈现。二酉洞藏书千卷,辰阳镇崖刻连片。陶渊明文芳百世,刘禹锡"楚望"永传,沈从文江掬巨卷,黄永玉画结桥缘。常德诗墙三千米,百代沧桑现河边,名贤题咏翰墨香,五洲撷粹千百篇。

山水依接,相映添艳。凤凰山雄雌赛翅,五溪湖龟浮螺旋,桃仙岭落英缤纷,桃花源幽涧鸣泉,秦人村菊圃竹廊,擂茶亭渔舟唱晚。德山善德隐善卷,晨曦晚照耕桑田。

沅流悠悠,风云甸甸。西楚唇齿,黔川要咽。一九四三年,抗日漫硝烟,扼五溪要塞,居洞庭天险,鏖战常德,师座程万,气冲霄汉,以一敌五,血流成河,染红江边,击败日寇,英名永传。

忆往昔,山间多少悲壮泪,搅拌汇江流;看今朝,边城不尽欢乐情,揉搓起浪歌。世事依稀,山水沧桑,浪遏飞舟,谁击中流?!

2013 年 9 月

澧水赋

澧水盛生兰,又名兰江。主流三源:北杉木界,中绿水河,南龙家寨,三源并流,汇唱桑城,故称澧源。汇流三百条,狂奔八百里,途经八县市,融入洞庭焉。

余观夫澧河之峻秀,精粹在乎干支三水也。五道水靛蓝可掬,古土司边关能辨。七眼雪泉,浅唱低吟,悬溪纵横,青草婆娑,石壁峭松,线天斜阳,磐石抖雄,挺卧险江,绿潭剔透,花缀藤芳,常有落英,远飘水香。苍鹰旋空,浑叫回壁,村姑亮嗓、溪畔歌放。

溇水源出鄂境七垭。河床狭窄,岸陡壁险,水天同宽,古木参天。原始古朴,稀见人烟,神秘幽邃,排筏如箭,碰撞簸颠,惊魄百滩。民乐趣钓,鱼美蟹鲜。平静如镜,十里长潭。

渫水有三源:北源五峰南香坪,中源石门高家界,南源湘北金家河。三源汇合龙洞北,悠然绕行壶瓶山,流经所磨皂三镇,盛产浪雪化奇石。乳黄深红浅紫,石色五彩缤纷,椭圆棱方规条,形状千姿百态。

水急勒缓,拦腰筑堤,变溪成湖,化动为静,蔚成三景:江垭蒙泉官亭,人造宛若天开。

江垭壁峡,九溪汇流,大坝横截,平湖高现。镜映群山,葱郁林染,温泉腾雾,胜地休闲。宋卫古城,倚湖楼立,老街井然,驼峰耸尖。东达洞庭,西通鄂渝,诸夷襟喉,曾辖十县。

宋杰庭坚,命笔蒙泉。奇峰矗长,群岛列磐。湖光碧耀,曲波衔山,仙纱绕峰,松立岩巅。竹荫蔽日,白鹭栖眠。渔网连片,舟帆点点。

官亭多山,内空外坚,人工造湖,惊羡天仙。湖中三岛,勾畅相连,湖倚山秀,山靠湖鲜,无山不洞,洞多石幔。三百溶洞,穿行扣环,游人欣往,乐醉忘返,连行三日,凡夫变仙!

奇水秀山,潜育人品,澧水河边,英烈辈出。向王大坤,叱咤风云,抗击暴横,揭竿起兵。贺家云卿,打富济贫,南昌大起义,举旗缔红军,跟随共产党,扫霾扭乾坤。狂涛越千年,淘尽多少人,秉烛祭河神,仰天唤英魂。

2013 年 10 月

姚子珩,男,1951 年 10 月出生,土家族,湖南桑植人,笔名恒言。先后就读于吉首大学、湖南师范大学、武汉大学、湖南大学,获中文、新闻双本科双学士学位,MBA 研究生学历。曾任湖南大学、吉首大学等多所大学客座教授;湖南日报报业集团原副总编辑,享受国务院特殊津贴专家,湖南作家协会会员。

张家界人文八记

金克剑

天子阁记

天子山,昔向王天子之领地故居,亦即一代旅游之祖——穆天子寻根问祖之地也;后为陶公渊明所述秦人避乱之地,今乃世界自然遗产武陵源之属地也。旷远高古,洪荒莽荡。仗神工鬼斧,辟福地仙源。襟川黔而带鄂桂,汇茹澧而注洞庭。昔秦人避乱至此,鸿蒙始开。斩棘披荆,扯云衣以筑屋;砍荒烧畲,播麦黍而营生。枯藤老树,常留猎户之叉痕。峭壁悬崖,犹印药农之足迹。对苍穹以长啸,多为骠悍男子;向林莽而狂歌,尽是风流女郎。浑不知甲子推移,遂懒问山外荣枯。

壬申兰秋,天涯来客。有深圳市府领导李灏、王君众孚者,共游斯山。叹景物之诡奇,感民风之厚朴,意欲投资建阁楼于此,以袂联内外,呼应南北,庥一方之风水,培百代之人文。

癸酉荷月,破土奠基。讵料洪魔肆虐,路坍山崩,工程告辍。幸有深圳市府彭发生、吴镝、何伟雄、冯裕林、欧阳杏、陈湘如诸公,不忍工程延宕,合力再续宏基。而武陵源区府之张公远喜,受武陵源区政府之重托,筹措策划,鸠工庀材,殚精竭虑,备尝艰辛。至乙亥仲夏,历三载而大功告竣。阁高六层凡三十米,建筑面积二千一百平方米有奇。廊回梯旋,拔地凌空。所谓九畴定矣,玉柱擎瑶台之负;万象生焉,金瓦映太极之虚。

是日也,登阁凭栏,把酒临风。眼收六合苍茫,云浮一轴画卷。楼下千丈之索水,缠清流以作罗带;楼上万千之飞鸟,衔鲜花以为佩环。群峰舞兮,犹似万马千军征战去;林涛歌兮,几疑五湖三江弄潮来。仙女撒千朵花雨迎嘉宾,绣篮叠翠;天子裁万丈云霓著文章,御笔生花。至若天台捧日,西海涌云,蓝天偕秀峰共舞,溪声同鸟语和鸣。而索溪峪之群峰高卧东麓,国家森林公园雄踞南屏。盖所谓三足鼎立,三姊联袂也!君不见,三千奇峰山呼海啸奔眼底,八百秀水云蒸霞蔚上楼来。虽天公之独厚,实造物之神奇。

悠悠心丝,杳杳天籁。百仗峡之啼鹃激切,神堂湾之杀声依稀。铁马萧萧,若战士之枕戈待旦；铜像巍巍，犹贺帅之拔剑登坛。对空蒙浩叹，问故人安在？荒峡剑戟锈，古野尸骨寒。悬崖几点梅，英雄一腔血。虽曰土蛮好斗振臂揭竿举义，皆因强权横征暴敛官逼民反。

嗟夫！九垓缈缈，何有人间乐土？武陵茫茫，亦非世外桃源。叹大庸人捐躯洒血寻旧梦，感深圳士继往开来谱新篇。阁壮山河，气冲霄汉，胸纳宇内，志存高远。盼大同，九洲游子登阁狂嗨；念太平，八方来宾凭栏放歌畅舞。海靖河宴，天下皆成乐土；官清民安，世上俱是桃源。是为记。

大庸府城记

高祖五年，大汉初立。天下一统，庸人归化，始设充县，继筑充城。自此历郡、州、卫、县凡二十余代二千二百余载，府城之名久矣！然江山风月，本无常主，星移物换，旧城不再。有伍公名跃时者，长沙"新大新"集团之翘楚也，慨然斥资，于古庸成衙门处再造府城。寒暑易节，打拼三载，终成不世之功。开府之际，嘱余作记，余踌躇再三，唯恐贻笑大方。然，斯山斯水，钟灵毓秀；人文历史，博大精深。所谓恋之也切，爱之也深。遂欣然应命，一泻倾情，作记勒碑，聊寄夙愿。

时维仲夏，岁在丁亥。永邑盛事，府城告竣。是日也，蛮野起遗风，乱窜古巷寻旧梦；楚狂抬醉眼，仰观高楼出重霄。雕梁兮，祥云笼秀阁；绮柱兮，瑞气凝画屏。楼台叠叠，瓦屋层层，马头欲飞，翘檐凌云。回廊宛转，街巷纵横。商铺毗连，酒肆如林。大气矣，时尚而古典；壮观矣，传统亦创新。虎溪摇碎长街月，灯火映红不夜城。端的是文脉之源，风水之根；更似那天上福地，人间仙境。虎乳神鞭，先祖传奇，千古风流尽化作浪漫故事；廊桥风雨，行旅如织，百年姻缘皆修成梦中情人。猎奇铜钱巷，古今时尚频开眼；醉卧花酒街，中外佳人喜欲狂。日暮乡关，何处是家？八百秀水同入梦，三千翠峰伴枕眠；游子在外，何以为食？古巷九曲藏百味，老城一日品三湘。醉倒他乡君莫笑，自古饮者留其名！衙门深深，穹庐下犹存天地正气；牌坊巍巍，石柱间飞渡古今风云。程为箴两袖无遮洁铭碑，剿匪安民天地仰；李尚卿一尘不染香彻骨，惩贪除恶鬼神惊。明镜堂前，鉴前世之兴衰；官箴石上，拷当今之浊清。昔日官府断案衙门，今朝民族文化圣殿。君且看，博物馆里，奏六段华章，或引或城或剑或树或裙或和声；历史长河，留六大瑰宝，为龙为印为俑为镜为鼎为虎錞。无齿恐龙，乃天下龙族之始祖；青铜宝剑，为秦楚争霸之物证，四百载八幅罗裙，犹现土母舞倩影；两千年虎钮錞于，似听土兵征杀声。君不见，车马萧萧尘土卷；犹在耳，旌旗猎猎剑欲鸣，永定城头壮士血，茅岗峡谷土王坟。抬望眼，陈列馆中，融五大民族，曰苗曰白曰瑶曰侗曰土家；醉飞眸，方寸之地，建五大山寨，为岭为村为山为乡为土寨。江永女书，瑶女心中藏秘笈；西兰卡普，家机布上飘风景。桑植民谣，曾唱当年征夫怨；侗族大歌，犹作旧时断肠吟。莫道七彩侗锦、八宝铜铃；更有古道贡茶、傩神图腾。猴儿鼓舞，玩转湘西苗寨；鬼谷神功，声蜚欧亚武林。牛角号梯玛悲壮，哭嫁歌土女道情。油槌撞落山边月，石碾滚出寨上春。千种珍奇尽搜罗，万般风情汇一城！

有道是：欲觅大庸今古路，劝君更上楼一层。又一层，永定门，苦登攀，足莫停！感登临而驰怀，凭极目而情生。遥想屈原当年，一叶帆舟，搏击澧水，回归潭口，久违故居，抬眼望天门，问难天门，满目山河泪，一腔爱国心。万里孤云，化作千秋文字；九章绝唱，吟成百代诗魂。武庙戏楼，丝竹袅袅；普光禅寺，钟鼓沉沉。崇山飞瀑，烟雨茫茫，借问驩兜安在？天门封禅，佛光隐隐，安知周帝可寻？七年寨，杜宇声声，风吼雷鸣，那是垔王驰马；武陵源，峰林莽莽，山呼海啸，几疑向王点兵。夜听普光暮鼓，朝闻回龙晨钟。鸬鹚渡，渔人唱晚；子午台，牧童笛横。澧水断崖，纤夫长号；湘鄂古道，马帮摇铃。码头归帆，皆系五湖商贾；驿栈留客，尽是四海旅人。谁在望江楼上楚箫咽？演绎诗画小南京。庸都无限好，最忆是府城。

颂曰：伟哉崇山！壁立千仞，祝融降此，赤松归隐。开疆拓土，草创文明。建国大庸，驩兜为君。助周伐纣，庸国中兴。伯庸失国，秦楚瓜分。屈子寻祖，放歌天门。鬼谷传功，赧王葬坟。汉建充县、吴王设郡。张良避难，马援殒命。周置衡州，帝祀天门。隋改崇州，明建卫城。覃垔向王，举旗反明。土司抗倭，尧之承坤。希吕兴教，开启文运。孙文改县，大庸复名。两把菜刀，贺龙起兵。大侠心五，一代武魂。地质鼻祖，奇炯居尊。能宽院士，两弹元勋……人才辈出，风骚武陵。几度春秋，几度浮沉。嗟夫！行见汤汤澧水东流去，尝闻滚滚涛声下洞庭！三千里江山道今古，四千载风雨论废兴！更喜当代，盛世和鸣。改革开放，敞开山门。三千奇峰摩云天，打开世界旅游门。世界格局因此变，"张家界"响彻九霄云！更有长沙"新大新"，转战张家界，进军古庸城，顺应时势，打造府城，共建精品。三载寒暑，沥血呕心。一朝工竣，举市欢腾！巍巍乎，大庸历史民族大观园；泱泱哉，古衙政治经济文化城！集四海之财货，汇五洲之嘉宾，

赞壮丽之画卷，叹恢宏之工程。噫吁兮！洋洋大观，震古烁今，功德昭彰，碑高入云！

逸臣桃源记

壮哉！大厦消魂，摩云接天；美矣！声蜚庸城，独步地产。此乃人居环境之奇迹也，美其名曰逸臣桃源。逸臣者，退隐之臣也；桃源者，仙境之居也。昔有赤松、善卷、鬼谷、屈原、张良诸公，归隐大庸天门崇山，时称大庸五隐士，古言天之骄、帝之师、国之魂、人之贤也！

然则能从隐士风骨中得其灵感而造楼者，谁也？李公唯读也！君不闻，自古隐者醉山林，往来村夫乐水畔。所谓山者，哲人之梦也；所谓水者，智人之诗也。多情应是

溪边柳,柳如烟,舞蹁跹,捣衣声中听乡恋。岭上苍松翠,庭前百花鲜。遮不住的青山隐隐,流不断的绿水涓涓。五棵君子楠,笑痴人世间。但听晨露絮语,犹闻鸟儿呢喃。烟霞漫默浸幽梦,栋宇连云成大观。台榭、亭阁、游廊;小桥、流水、龙泉。最是金沙湖,楼映碧波间。

或云:世事茫茫,如道如禅,哪堪你我指点?且把浮名,换了浅斟低唱,弃薄名蝇利,来去心坦然!有道是:一杯在手,谁不谈笑风生?聊把疏狂图一醉,将进酒,倚栏杆,且三杯,空念远!急流中勇退是智者,一笑云外天。行见树下童子"战"犹烈,半局残棋号"打三"。童子乐,乐陶然;睦邻里,长相伴。

噫欤嘻!此是我居,城中蓬莱;斯为吾庐,世外桃源。看眼下有几人能结逸臣缘?居此乐土,今生何憾!

九斗粮记

永定东南百余里之沅古坪,有村落曰"九斗粮",是地阔不过千尺,民居不足十户,群山环抱,溪水潺潺,人无杂姓,民风高古,仿如世外桃源,相传其先人为避战乱自江西迁徙而来,迄今已六百余年矣!吾于数年前偶尔得访,以为大奇,叩问耆老,始知名之由来,遂以此为吴氏三妹酒楼冠名,并感而记之。

九者,术数之极大者也。《易》以阳爻为九,乾卦九五,乃人君之象,谓之九五至尊。古云天有九野,地有九洲,土有九山,山有九寨,日有九光,月有九行,星有九英,云有九层,此乃自然之大象也。而国有九皇,官有九品,侯有九伯,仕有九卿,礼有九服,史有九经,乐有九部,曲有九种,则为社会之纲常也。有道是,九醖为最醇之酒,九韶为最美之乐。亲分九族,人分九等,乃为七匠八娼九儒十丐,儒列娼子之后,笑与乞丐同伍。佛分九宗,僧分九星,是故寺前立桅挂斗为幌,帝赐九斗之封,方为修道圆满。人生九磨十难,虽九死一生,然九死未悔。君子一言九鼎,单凭个诚信二字,便换来三九开泰,终究是九九归一。

斗者,量器也,酒具也,星宿也,山形也。古往今来,量谷积贮,十升一斗,十斗一石。斗丰斗歉,看仓盈仓虚;斗满斗浅,观人富人穷。斗上加减,能知阳春好歹;斗上盈亏,可看国事兴衰。正可谓斗里乾坤大,斗里经路长。但闻太白斗酒诗百篇,长安市上酒家眠,千古佳话,车载斗量。端的是学贯中西,才高八斗,普天之下,斗南一人。有谁叹,人生几何,对酒当歌,星移斗转,往事如烟。劝君莫辞斗中酒,百斗千斗斗莫停!斗筲之徒莫与交,斗方之士岂可近。君不见,天门斗峻高万丈,一柱擎天冲斗牛,今日痛饮九斗酒,不是英雄也要歪之乎也抖威风!

粮者,谷食也,田赋也,地税也。源溯造化之初,九大相竞,曰风曰云曰雷曰海曰火曰日曰地曰天空;鸿蒙始开,九谷为食,为稻为粱为麦为黍为稷为麻为苽为菽类。所谓国以民为本,民以食为天。五谷不熟,饿殍遍野;五谷丰登,社稷安宁。且看泱泱华夏,浩浩大农之国,上下五千年,兵战几时休?尸埋沙场,骨撒血野,还不为那三寸沃土,两斗金谷,一间木屋?又谁知兵因粮而败,城因粮而破,民因粮而反,国因粮而亡。是故王者之治,无不以务农重粮而兴国,以强农积谷而强兵。然当今时代,世风日变,捧商贱农,田土抛荒,青壮打工,老朽扶犁。高楼大厦如林立,万顷国土化乌有,千古祖训不足惜,不足惜,叹何益?单等来年饥荒起,粮库空虚徒伤悲!

今有吴氏土女者,老西街人也,时以三妹呼之。天生丽质,女中奇人。苦恋一方水土,深谙一方人文。尤致力土家饮食文化之倡导,打造品牌,服务旅游,主理恒源,声蜚庸城。又择街坊一隅,不辞地僻巷深。桅挂九斗粮之幡,堂供袁隆平之尊。磨子碓码,声声若歌,勾起儿时童趣往事;轳井酒坊,悠悠如诗,犹闻野叟山中道情。吊脚楼上,临风把盏论国事;农家木屋,围炉向火话阳春。展武陵饮食之精华,集土家菜系之大成。酸甜苦辣,人世间之冷冷热热,皆列菜谱,何妨一锅烹之;焖蒸炒炸,锅铲把这是是非非,尽握手中,姑且一铲了之。酽酽三道茶,香透千古乡俗;浓浓九斗醇,映出百代族魂。两三碗家常便饭,尽是农家口味,由你敞开肚皮;八九杯陈年老酒,皆系山泉酿就,任尔畅怀痛饮!有道是:五谷杂粮农人种,野味山珍自然生。劝君常思农家苦,农家苦啊,苦三农,一杯一粒皆辛苦,莫忘父老躬耕垄亩中,滴滴汗水警后人!

回龙阁记

庸城之东,有山曰青龙,莽莽苍苍,蜿蜒北去,绵延六十余里,诚吾邑之龙脉矣!明代曾于龙首回龙观建回龙阁,均先后毁于战乱,是故阁废而名存。

乾隆十八年,浙人马燧出任永邑(今永定)知事,见古城前拱天门,后凭子午,上控三关,下镇三口,茹澧仙溪绕其麓,回龙白虎环其侧,此七千年古庸都之大象也!然论其风水,唯东方低弱不起,所谓龙头不扬,民气不振。遂复修回龙观,铸庸钟于回龙阁。红墙青瓦,古木森然,为县人休闲之胜地。文人墨客,多有题咏。当薄暮清晨,钟声悠悠,一如龙吟大地,响彻全城!此庸城八景之一也,是为"回龙晚钟"。不料民国乱世,观阁化为灰烬。从此龙喉喑哑,人迹杳然,怎不为之叹惋动容!

一九九五年早春,时逢总书记视察莅临。天门开眼,澧水欢腾。城市崛起,旅游勃兴。为丕显人文,复城东一景,有永定林业局诸君,四易寒署,建阁铸钟。所谓采九洲之铦铁,铸民族之大魂。然好事多磨,造园计划告停。

时至二零一零年,市区领导,再展宏图,致力国际旅游城市之提升。痛感民无公园之乐,尤叹城少人文之盛。乃顺应时势,意欲重振回龙公园之复兴,再现"回龙晚钟"晚钟之古风。幸得省、市林业部门,慷慨解囊,力襄此举,同心协力,施工求精。于是乎,开游道、辟曲径、垒石级、置石磴。石雕栏杆民俗诗,壁刻腾龙风情画。正是:江山代有人描绘,百年夙愿梦成真!

是日也,艳阳高照,绿树成荫。花男绿女,鸟语和鸣。林中广场舞蹁跹,树下恋人唱道情。伟哉琼阁,摩天接云。飞檐翘角,佳构五层。登斯楼也,八面来风。俯视眼底,热浪滚滚。高楼林立,大道纵横。南望天门,一山独尊。扶摇直上三千丈,恰似当年穆王八骏上昆仑(天门)!西仰崇山拜天国(据考。古庸人曾在此建立大庸帝国),东眺潭口喊诗魂(屈原故里)。回眸烈士塔,苍松慰忠骨;丰碑矗云表,枪刺闪寒星。军号杳杳化天籁,碧血滴滴绽早春。但见五十里青龙岭簇拥万山来朝,犹闻武陵源三千座石柱呼唤五洲光临!

有道是:山之钟灵,势也;阁之废兴,时也。阁废而复成,可兆民心时政。昔者知县王公日修,葺修回龙观,兴教开文运。一时政通人和,百业中兴。南门码头,贾船济济;临江酒楼,艳舞沉沉。乃唱竹枝词,诗画"小南京"!

嗟夫!凭栏奉觞,眉睫卷舒千古风流;倚柱酬诗,胸壑奔涌万代豪情。莫道盛世现端睨,展望明日更动人。且闻黄钟大吕声声急,震人心,催征程;劝君更上楼一层,同携手,足莫停!

是为记。

张家界记

天地玄黄,玉宇洪荒。挟惊雷闪电,裹雨雪风霜。时而山呼海啸,浊浪排空;时而缠绵私语,浅吟低唱。抑或鸟之语、水之声,月之色、花之香,皆浸肌蚀骨,外柔内刚。一曲亿万年的地质歌谣,雕刻着地球的生命时光。于是乎,三千石柱摩天耸立,八百秀水纵横流淌。这是一部遗落人间的自然之天书,这是一曲磅礴于世的风景之绝唱!

这,便是砂石画《张家界神韵》之真实写照。

有道是:山水因文化而添彩,文化因山水而增辉。试看峰林之南,天门崇山,初民始兴,古国开疆。可叹一部庸国秘史,化为天籁遗响。《国语》有载:"祝融降于崇山。"礌石取火,炮生为熟,告别茹毛饮血时代;筑城建国,国号"大庸",人类文明现出曙光。大庸者,祝融之别名,今张家界是也(祝,大也;庸,融通。祝融即大庸)。人文始祖,南方火神,功高万代,位列三皇。敢为人先,乃立国之灵魂;勇于开创,为民族之精神。激励后人,踵武前贤,前赴后继,世代弘扬。

伏羲氏一画开天,创先天八卦于崇山。赤松子炼丹天门,开化学科学之先声。骊兜崇山铸鼎,南土中兴。高阳观天制历,造福农桑。创办熊馆,奠基兴教,鬻熊延为文王之师;匡扶正义,伐纣灭商,熊绎受封丹水之阳。创建大楚,豪气万丈,土苗共祖,庸楚同堂。惟其混沌创世,开天辟地,崇山乃称祖之源、火之源、易之源、巫之源、道之源、楚之源,故谓祖山、国山、神山、圣山,因得"崇拜""崇高""崇敬""崇尚"。天门仙洞,惊现世界谋略之祖鬼谷子之真身;归乡岸边,原是庸楚文学诗祖屈原之故乡。两面文化大旗,在湖湘大地飘扬!从屈伯庸抗秦卫国赴澧水,到孙开华满门忠烈镇台疆;从刘锦棠将军荡平新疆阿古柏叛乱,到贺龙元帅南昌起义第一枪。从陈能宽两弹一星元勋长国威,到田奇镌一代地质学家作栋梁。人文蔚起,史册昭彰。而非物质文化之遗产,浩如烟海,车载斗量。芙蓉龙,乃地球恐龙之母祖;脚迹岩,为史前人类之密码。巫傩起自祝融,阳戏源于高阳。诗经诵《庸风》,古乐唱《劳商》。犹闻一曲《慨古吟》,壮怀激越泪沾裳!彝文铜镜,藏庸国之珍宝;虎钮錞于,铸民族之大魂;简牍黝黝记古事,铜剑闪闪铭《国殇》。茅谷斯,系屈子笔下之山鬼;摆手舞,为庸人伐纣之霓裳。西琅卡普,堪称家机布上之风景;桑植民歌,誉为吊脚楼中之奇葩。哭嫁歌土女哀婉,跳丧舞男儿悲壮,红与白,皆是生命之盛典;婚与丧,堪称人生之乐章。

　　颂曰:崇山巍巍,因它蕴藏了人类文明之火种,才树起万世传颂之丰碑;澧水悠悠,因它托起了万代历史之渔舟,才赢得千古不落之歌吟。

　　当闺门打开,旅游开放,古国风韵,初展芳容。当其时,有杨飞、吴冠中、陈复礼、黄永玉诸公,慕名而来,接踵闯闺,撩开面纱,倾情宣扬。播信息于世界,唤高朋之天下。于是五洲惊艳,四海来访。山林为之摇滚,川谷为之颠狂。而各级党政领导,高瞻远瞩,调整战略,旅游为纲,撤县建市,一统三方。首建国家森林公园,先鞭一着;摘世界遗产皇冠,天下独创。办大学,兴网络,筑高速,建机场。旅游带动,泽被城乡。银鹰穿天门,开启致富窗。国际森保节,打开世纪门。文化产业,风生水起;文艺创作,百花齐放。大音一曲绕千峰,舞动天门狐仙!仰望高楼拔地起,古都换新妆。正所谓:薪火相传,绵延不绝,开创精神,源远流长。在坦途上谋求发展,于曲折处集蓄力量。文化强市,点染溇江澧水;综合改革,再铸胜地辉煌!

　　值此湖南大厦在京落成之际,本土著名画家李军声先生受省委、省政府之托作砂石画《张家界神韵》,以表张家界一百六十万人民庆贺之心意。但见长卷如虹,气象万千,惊心动魄,荡气回肠。疑是织女锦绣从天落,犹如峰林古琴奏交响。壮哉!张家界之地貌;美矣!武陵源之风光。噫吁兮!满眼壮景蕴笔端,一轴锦绣照华堂。庸风楚韵传万代,五湖四海仰三湘!是为记。

庸都园记

　　古人堤,古庸都故城是也。由此上溯远古,有赤帝祝融降于崇山,发明用火,烧陶制鬲⑪,告别茹毛饮血时代,人类文明曙光初现。可谓功高万代,位列三皇,祀为火神,薪火相传,实为中华人文之始祖也!

　　当其时,天下纷扰,群蛮无首,有大庸祝融振臂一呼,会盟崇山,椎牛合鼓,祭祖祀天。于是乎在古人堤筑城立国,名曰大庸。大庸者,祝融之号也!《石达开日记》载:

"大庸此地为古庸国地。"三苗、百濮是为两大部族之中坚。而伏羲氏一画开天,演八卦于崇山。八卦重艮以为首,"重艮"者,即古崇山也。雷泽坪万古脚印岩,足迹斑斑;华胥氏感孕生伏羲,史有明载。赤松子布道天门,赤松峰丹灶飞烟。一部奇书《养生经》,吐故纳新千百年!降至颛顼高阳,万邦归宗,九州团圆,东达蟠木,西至流沙,北到幽陵,南逾交趾。动物植物,大神小神,凡日月所照临之地,莫不归属于他。屈子云:"帝高阳之苗裔兮,朕皇考曰伯庸。"高阳者,祝融神之号也,一代庸帝。史载"舜生三十而征庸",继"放驩兜于崇山"。驩兜部族与庸结盟,庸国国力如日中天。史家有证:古庸国因制陶而称"融",因筑城而称"墉",因铸造而称"镛",因歌诗而称"诵",因音乐而称"颂",因农业而称"禾"。诗经有《庸风》,古乐有《劳商》;庸拳源于祝融,阳戏起自高阳。天下因人因国而造字者,唯有庸国祝融。商末周初,庸王鬻熊贵为文王之师,一部《鬻子》开文字著述之先。熊绎统率附庸七国助武王伐纣,誓师牧野"惟庸人善战"。荆山丹水,熊绎封地,创建大楚,豪气冲天。楚王以庸王自称,楚国以庸王钟为徽。祭祀祝融,香火不断;不辱母国,不侮崇山。故云"土苗共祖,庸楚一家"。春秋中叶,庸国内乱,王子叛国,自称上庸,庄王奉命,剪除叛臣,庸楚古国,重归一统。战国之末,强秦压境,屈伯庸以血肉之躯,定格末代庸王的尊严。所谓命数有定,难过大限。从此,古庸帝国从典籍中神秘消失,庸人化为云蒸霞蔚的轻烟。好在古国虽逝,故都依然。庸人既未匿迹,更未销声弦断。庸国遗响,不绝于耳;庸国遗民,处处可见。三千青铜宝剑仍在地底呻吟,九卷屈子《楚辞》还在天门呐喊。雕栏玉砌应犹在,只是朱颜改。自汉至今,改地换天,行政治所十六届,文脉锦延五千年。

俱往矣!试看当代,地覆天翻。旅游立市,宏图大展。为提升城市文化之品位,打造世界旅游之经典,市委市政府高瞻远瞩,科学决断。立足文化强市之目标,坚持以人为本之理念。于闹市中拆屋还绿,在遗址上破土筑园。值此庸都园竣工开园之际,但见塑像巍巍,花木盎然。魂归故里,万民拜瞻。亭只一间,不少文采儒墨之雅;地只九亩,也有纡回宛转之欢。感沧桑之变化,思未来之发展。犹闻庸风楚韵萦古都,喜看澧水天门展新颜!愿祝融在天之灵,保佑子孙万代平安!是为记。

沿河街记

岁在乙未,时逢秋深。喜沿河社区,新居落成。忆往昔,寒舍旧屋,风雨飘零,人心涣散,百事不顺。幸有市委书记杨公光荣者,践行"三联四建"之方针,深入社区,体察民情,排忧解难,精准扶贫。继而永定区委、区政府诸君,鼎力相助,不吝锱铢之重轻。难得区民政、规划、城管三局,携手移动公司同仁,闻悉一方求助,欣作"联建"后盾。慷慨解囊,集资三百余万元,购房四百六十平方有零,至诚至真;帮建沿河社区服务中心,同德同心,助推引领全市社区之标兵。时值乔迁志庆之际,嘱余作记,以传庸城之

佳话,彰显盛世之人文,遂惴然命笔,聊作记曰:

沿河者,濒水之谓也;河街者,岸街之称也。天赐福地,仰望天门;旅游之都,美哉何雄! 踞澧西而锁川黔,扼潭口而控洞庭。百代升腾大国(古庸国)气象,一河孕育澧水文明。

是日也,喜煦风和畅,心思浩茫连广宇;感足下涛声,笔底波澜起雷霆! 昔者《狐首经》有云:"昆仑之山,名曰地心;神仙之地,发于天门。"莽莽兮,盘古开天辟地于昆仑,斩断混沌;荡荡兮,女娲抟土造人于天门,化育苍生。洪水滔天,葫芦显灵,拯人脉遗种于壶头仙界(天门山);人类绝灭,神母媒证,令兄妹成婚于神都昆仑(天门山)。是故澧水乃人类母亲之乳河,天门为神州赤县之中心。燧人氏举圣火于崇山,人兽蜕变人类;伏羲氏演八卦于悬圃天门,启迪天下苍生。祝融降于崇山,建大庸帝国于澧畔古人堤,宏开人类霸业;黄帝出自熊罴(今永定之熊壁岩村),立轩辕之国于中央仙山(崇山)之顶,大号"云中朝廷"。沮诵仓颉造文字于天崇(天崇山),颛顼高阳制历书于七星(七星山)。熊馆办校,善卷教泽百姓;植桑养蚕,帝女衣被黎民。斩战神蚩尤于大庸溪畔,血铸"武陵"英名;放苗祖驩兜于崇山之巅,换来南蛮中兴。庸帝鬻熊,替天行道,尊为文武二王之帝师;楚祖熊绎,伐纣扶周,成就大楚百世之功勋。崧梁古洞,白公胜遁隐号鬼谷,两字"纵横"搅天下;潭口岸边,屈原归乡吟泽畔,一卷《离骚》哀诗魂!

嗟夫! 六千载崇庸人夯土筑墉(城),开启世界筑城建国之先例;两万年老苗祖澧岸种豆,独创豆作文明之先声。谁在江中唱竹枝? 舟子悠悠叹废兴! 马蹄疾,秋风劲,画角哀,鬼神惊! 祸起西蜀,强秦压境。屈伯庸英气凛然,九十高龄战黔中,难酬一腔庸帝霸气;壮士断臂,屈将军三万亲兵护庸廷,漫卷千秋庸楚雄风! 殊死搏杀,尸骨累累塞澧水;挑灯夜战,烈火熊熊映天门! 可叹庸城破,古国亡,山河哭,霸业倾!

俱往矣! 庸夏商周,四代轮回,庸亡楚灭;秦汉之后,始设郡县、慈姑、充县、崇义、天门(郡)、永定、临澧县,乃至北衡州、崇州、崇义县、永定卫、永定县、大庸县、大庸市、永定区。曰县曰卫,曰州曰郡曰市曰区。百代古国,一脉相承。所谓人文蔚起,长河留痕。镇台湾,刘明灯满门忠烈青史流芳;杀日寇,张国勋长城喋血浩气长存! 开国元勋,贺老总打响南昌起义第一枪;科技泰斗,陈能宽攻克"两弹一星"排头兵! 摆手舞,那是庸人伐纣之霓裳;辰州符,原本祝融梯玛之法音。入俗唱《庸风》,思乡吟《天问》。犹闻一曲《慨古吟》,壮怀激越泪沾襟! 大庸阳戏,创自白公胜之战阵,音韵高吭,源于帝高阳之傩腔。红与白(红喜白喜),皆是生命之盛典;婚与丧,堪为人生之节庆。哭嫁歌土女之哀惋,跳丧舞男儿之悲鸣。西兰卡普,织不完土家山寨风俗画;花灯摇扇,扭不尽小巷市井民间情。最是岸边沿河街,石板街,街连街,一路红灯人卖酒,游子醉乡愁。醉乡愁,愁寄老永定;尤念十里吊脚楼,小木楼,楼上楼,半江排客诉衷情,旅人欲断魂。欲断魂,魂留小南京!

颂曰：莽莽崇山，因它点亮了文明之火种，才树起万世不朽之丰碑；汤汤澧水，因它托起了历史之方舟，才赢得千古不落之圣名！俱往矣！古史留痕，后人岂能忘本！喜看今朝，土苗携手同心！

改革开放，震撼三山五岳；打开国门，激荡美雨欧风。武陵源，三千奇峰频招手；天门山，一条银线上天庭！五洲惊艳兮，唤天下之高朋；四海欢腾兮，迎全球之嘉宾。旅游龙头，掀起三湘狂潮；开放大旗，集结四水方阵！撤县立市，大庸人先鞭一着；升级改名，张家界华丽转身。建国家森林公园，唯我首创；摘世界遗产皇冠，风骚独领。修高铁，群山逶迤变通途；建机场，碧空浩渺飞波音。《天门狐仙》，新巨制重现神话仙境；《魅力湘西》，老品牌醉迷土苗风情。"三联四建"，扶弱帮贫；社区小区，携手共进。舒望眼，城市提升，沿河新楼摩肩接踵；向前看，社区发力，老城旧貌焕然一新！

有道是：德衰则政衰，政衰失民心；政通则人和，人和万事兴！德政善施，何愁江山不改；长袖善舞，舞动一方乾坤！

是为记。

本文摘选自金克剑著《金克剑散文作品集·张家界人文八记》，待出版。

武陵源赋

孟国才

夫/大庸绿肺,世外桃源。湘西翡翠,神秘壶天。乃/武陵之绝胜,昭/宝库以悠然。耸峙乎异峰十万,萦回以活水三千。广袤迷宫,窅窅琪花月地;清灵净土,离离梦幻奇观。浩博之物华,迤遥誉噪;自然之遗产,世界名传。秀拥壶中日月,幽融界外云烟。虚无莫定,玄奥无边尔。于是/摘星于狮寨,放眼以鸿蒙。遥思张谋士,似见黄石公。望/定海神针,沉浮于霭浪;迎宾罗汉,拱手以前胸。塔阁三层,收/六奇于绝顶;南天一柱,挺/峻峭于九重。黑枞垴/阴森黝黝,鸳鸯泉/慧水淙淙。三姊妹石岩,婷婷少女;南天门守将,凛凛威风。至若/金鞭溪矣水帘洞,醉罗汉兮母子峰。引人之形胜,幻化以无穷。或似取经玄奘,或如采药老翁。才惊楠木合欢,金鞭兀立;又见闺门倒影,神鹰俯冲。喷其洞壑幽幽,杂生乎灌木;感则丹岩熠熠,高挂以古松。鲁迅沉思以文星岩上,鱼虾逐戏于紫草潭中。十里画廊莽莽,四门活水溶溶。况乃/袁家界景区,大峡谷深处。银练高悬,白云飞渡。森森严阵仙兵,屹屹垂峰剑柱。双龟匍伏,渺茫于隐约仙宫;溶洞交连,倒立以琳琅石乳。又/小洞天,情人谷;山上游,山下住。百龙梯矣,九十丈落差;第一桥兮,上千寻高度。继而/老鹰嘴观霞,弈棋坪触悟。赤松子/不记时年,一局棋/未分胜负。盖夫/碧野瑶台,嵩梁门户。翠锁水翻,风狂云怒。凌霄台上听神仙,鬼谷洞中寻宝库。醉云亭试胆,临下居高;悬索道惊魂,寒毛倒竖。指点/龙泉瀑,香芷溪;宗保湾,天波府。绝壁藤王,猕猴白鹭。鬼门关/距险一人,杨家寨/离天半步。且复/钩沉往事,忆取向王。仰贺龙尊像,赏天子风光。望诸边三省,分一水两江。半圆洼地,五级神塘。凌云之御笔,倒写以穹苍。更/西海天军,列兵列阵;石林比栉,亦剑亦枪。或似楼兮或似塔,浑如堡矣浑如墙。但看撒花仙女,尤闻漫谷清芳。然则/潘多拉世界,阿凡达景场。空中走道,山水诗廊。水世界飞流,倒卷垂帘珠玉;宝峰湖鼓棹,畅酣瑶瓮琼浆。听阵阵山歌,迎合乎声声磬鼓;看悠悠梵刹,充融以缕缕檀香。谁人不晓西游记,于此争探美猴王矣。是故/妙壶天,真写意。红色苏区,英雄故里。有丰富之资源,堪旅游之胜地。月满其嵯峨,钟鸣以烟寺。松风吼而境界深,清凉沸则猿猴嗥。问松龄鹤寿,可知东晋渔船;引金友霞朋,争仿南阳子骥。任疑真疑假,高尚士流连;看孰隐孰仙,旧游人再至。抛却荣华,不知甲子。耍花棒于吊脚楼前,听神歌以梯玛之祭。贪嘴于土家鸡黍,恍若当初;追闻以秦晋衣冠,已非往世。嗟夫武陵源。秘源绿库,险势灵津。纷呈梦幻,别有乾坤。超然乎三界,远隔以红尘。又胜地重探,不亚以天台刘阮;恰吟魂直慰,宛如他果老苏辛。直教宠辱全抛,顿消块垒;试看往来俱醉,不负良辰也。

《武陵源赋》是中国·张家界第六届国际旅游诗歌节"行吟诗歌奖"三等奖作品,有改动。

孟国才,男,汉族,生于1982年7月,籍贯安徽宿松,出生地安徽宣城,2004年11月加入中国共产党,2005年7月参加工作,现任四川省雅安市政府副秘书长。

后溶街赋

李伊忠

武陵旅游中枢,古国庸域旧地。街曰后溶。溶者,庸也;后者,锺武也,子孙也。庸之为国,肇基五帝之前,败于楚秦合围,穷途末路之际,溃众散处此地,凭形胜以藏身,借风物而教化,绵延千秋,超迈万古。

溯其源流,汉即有城,充县是也,隶属黔中郡;三国橐梁山裂,千仞石壁洞开,吴帝遂置天门郡。明洪武知为庸之旧土,名曰大庸,后为控御边蛮,始筑卫城,取安宁长久意,"永定"遂以传世。后溶街区,即永定街道所辖。

后溶,距今两千年前,属古城之郊。雄关险隘,控诸峒,护常澧,素列兵家必争锁钥;辐辏肯綮,通鄂川,连渝黔,常为物资集散中轴。是时也,河汉交错,波光潋滟。泉流迢递,轻歌缓弦;浦堰丰盈,熏风淡烟。蟹肥虾壮,兰草河溪飘荃;鲵潜鳅逥,莼芽田垄秀萱。依山就势,吊脚楼鳞次栉比;顺水行舟,船码头渔歌唱晚。戴月肩犁寻常是;羹鱼饭稻犹且乐。

是地民风高古,已臻化境,人心厚重兮崇阿,性情纯直兮秋水。忠国卫家,誓御侵犯舍生忘死;孝亲尊老,鄙薄拂逆重情轻物。融道儒释三位一体,汇侠善义多宗合流。教敷汉统,尊德守礼以悃;心崇爱仁,扶困锄强尽心。乡规家训,蕴德载理。虽处荒远,冀耕读以传家;倘遭不平,则群起而攻之。

至若文型武范,或滥觞于楚汉。屈原放逐,行吟澧水河畔,气吐兰馨,天问九章骚歌浩然;马援征讨,逡巡壶头山下,魂归荒野,马革裹尸一语成谶。此后,好文尚武,风流列代,星驰俊彩,卓荦大观(抑或非诞于斯,亦曾往来于斯,得斯地风气于先)。赓续文脉,冠冕一路:自元田希吕兴办书院肇始,教化一方,人文蔚起。清同治一朝,进士七位,虽雁过而其鸣远溢。覃金瓯,智慧超群,口吐莲花成诗文,滑稽幽默讥权门;侯昌铭,赋性睿敏,入宫侍读封大夫,回乡赈灾扶苍生。南社庹悲亚,金笔落处起风云,诗坛才俊;民盟田奇镌,泥盆研究开先河,地质功臣。替天行道,大义常存:汉有相单程,围困充城,豪气干云;明有覃垕王,抗击强暴,肝胆轮囷。同治刘明灯,镇守台湾,内修武备,外御强侮,"虎"字碑至今岿然傲立。道光席大成,追阿古柏,越喀什,跨乌恰,赤膊上阵,牌坊敕建以旌表。郭宏升镇海抗英,痛击强梁,鞠躬尽瘁,谥"振威将军";杜心五东渡扶桑,入同盟会,投身辛亥革命,饮誉武林。更有一众儿女,跟随贺龙,浴血战场,屡立功勋……赫赫英名,著于竹帛;煌煌建树,泽及后世。

历添岁月新,云漫山河壮。逮及改革开放,得沐时代风雨,鸿猷远谋,月异日新。经引寰球,纬连六合,铁龙驰于四方,银燕翔乎九域。闺秀惊艳,游客熙攘。旅游引领,百业昌盛。古城焕彩,后溶崛起。1994年,大庸更名张家界。昔日穷陬僻地,今朝鹤奋麟栖。十五巷成东西排列,旁逸一笔,是为"丁"字,兆示人旺丁兴。北接子午,南绍古庸,东毗教场,西望澧滨。三处城门皆木质,为牌楼,重檐八柱,造型端庄,雕镂精奇。依芄野农耕,镶渔樵石雕于地;荟土家历史,画人文水墨在壁。街道两旁,楼台壮丽,甍雪瓦黛,角翘檐飞,窗花柱雕,栏棰轩逸,既丽且崇,错落谐趣,一派土家传统建筑风习。市井繁华,物资丰饶。茶庄客居酿酒坊,花市布店首饰行。前店后园,古意森森。茶庄品茗,沏云雾、毛尖、青霜,渴烦浇化;酒肆邀酌,佐园蔬、河鲜、腌腊,块垒消融。

信步后溶街,诗情画意自然来。头顶白云蓝天,脚踏青石街面。晨瞻福德秀岭兮初暾冉冉,暮听回龙晚钟兮金韵沉沉。树木苍翠,奇花闪烁。晴翠映层楼,好鸟枝头遇鸿俦;芳菲醉远客,落英树下结鹤侣。晚来清风徘徊,树影婆娑;素月踟蹰,歌吹悠游。归燕迷途,故居何处难觅;门庭焕彩,紫气氤氲仙家。锣鼓响兮,阳戏、花灯戏、傩愿戏轮番登场;笑谑起兮,渔鼓、三棒鼓、莲花闹交替做庄。民俗演艺,湖湘垂名。且看那,挑花绣朵,碧绸双鲤跃龙门;持剪裁新,花鸟寄手铰成春。真个是,赏俗现"非遗",采风有庸影,写生市井韵,休闲生白云。置身其间,悠然观之,乐而忘忧,不知日头偏西,不觉晨昏变更。

列祖留懿德启后拓荒,先贤树风范开来继往。后溶居民,栉风沐雨,秉持原本;扬善传德,发轫云程。物质和精神并重,经济与文化齐飞。道拾寻遗主,夜开户纳清。家家人面桃红,处处期颐寿星。

删繁就简三秋树,领异标新二月花。古朴后溶,魅力后溶;物华天宝,人杰地灵;名驰华夏,誉满全球。为诗以颂之:

古庸旧事隐鸿蒙,史迹万年韵味丰。
澧水滔滔波一贯,江山代代梦相通。
钟灵毓秀风情异,探胜寻幽意绪同。
野陌莺啼催晓梦,惠风此处正青葱。

岁次壬寅年孟秋　李伊忠　谨撰

李伊忠,系中国诗协会员,湖南作协会员,湖南民间文艺家协会会员,参与主纂《湖南土家族风情》,编著《品读家园》《武陵源民族读本》《武陵源民间故事》《武陵源兵战文化故事》《武陵源文物志》等专著。

张家界人文述略

李书泰

悠悠溇澧,巍巍崇艮。燧融钻火,首开文明。

燧氏祝融,南方火神。族称有异,实乃一人。疑即盘古,亦称混沌。帝生崇山,殁葬元陵。以火施化,造福先民。三皇之首,庸楚先君。裔至黄帝,官居火正。羲皇太暤,乃其后昆。观天画卦,辨阳识阴。教民嫁娶,崇山为君。水绕太极,遗迹犹存。伏羲泉旁,至今留名。神农时代,烈山焚林。长谷庸里,稻花芳芬。赤松请雨,崧梁隐身。长寿国内,斯人留音。雨师大仙,烈火永生。五帝以降,群雄纷争。舜嫁骧兜,崇山铸鼎。族称三苗,百濮为邻。称霸南国,雄居武陵。骧即丹朱,尧所亲生。舜囚其父(尧帝),裂骨燎心。甥舅反目,大动刀兵。崇山一战,挖断龙根。三苗一族,远徙四奔。南及交广,西达甘宁。继任崇伯,禹父名鲧。亦称共工,善筑墉城。疏浚九澧,稻丰民殷。霸而不王,抗礼舜庭。树大招风,禹溪断魂。庸回即殁,子禹宗承。韬光养晦,禹夏即兴。继舜而帝,铸鼎九尊。大江南北,普颂政声。暮年南巡,崩葬吴境。民心归夏,不朝商均(舜帝之子)。夏启继位,"后"为帝称。留下史迹,今曰"后"坪。迁都中原,留封故城。爵称伯庸,代为国卿。履癸(夏桀)暴虐,酒池肉林。商汤兴起,夏祚即崩。桀后道毙,族回澧滨。励志图强,暗与周亲。结盟太伯,鬻熊用命。胸藏韬略,姬昌拜迎。尊为恩师,言纳计听。传至武王,庸已强盛。岁在鹑火,武王观兵。八百诸侯,陈兵孟津。庸国不至,谋虑最深。示敌以弱,迷惑敌营。牧野之战,突出奇军。庸师八国,歌舞以凌。摧枯拉朽,破敌陷阵。直捣朝歌,帝辛自焚。主帅熊绎,鬻熊之孙。居功最著,成王封赠。赐爵楚子,封地蛮荆。母国大庸,仍为宗正。同祭高阳,共拜祝神。周公治国,志虑精明。庸国之强,牢记在心。加封熊绎,一箭双鸥。既慰猛帅,又弱强邻。智者千虑,不及神灵。庸虽削弱,强楚日盛。周土南疆,日见困顿。楚庄崛起,庸国失政。传至平王,极度荒淫。父迎子妻,太子逃奔。伍氏蒙难,借兵掘坟。惠王即位,召回白胜。赐爵大夫,主政白县(实即澧境,古称西吴)。白县古疆,木荣草殷。白公性爽,孔子深敬。遣其弟子(石乞),入为幕宾。后因父仇,白县起兵。假借献捷,一举破城。因怜惠王,功败垂成。石乞蒙难(护主),白王隐身(金蝉蜕壳)。孔子闻讯,遽然重病。不久辞世,千古遗恨。后有王诩,又称王禅(禅隐之王)。曾名孙武,实即白胜。自诩为王,冠以假名。隐居鬼谷(巫门,后暗迁天门),著述为生。收徒授业,首召孙膑(实即其孙)。劣徒张仪,欺楚最深。戏我怀王,割我边城。时有屈平,洞视奸情。憾哉熊槐,苦谏不听。忠言不纳,反流干臣。屈子无奈,忿归故城。投袂茹澧,泣吊祖茔。战国末年,考烈"中兴"。赧王盟约,诸侯响应。考烈挂帅,誓破强秦。一厢情愿,力不从心。空怀激烈,赧王献鼎。不忍秦辱,携眷南行。苟安故庸,骨埋荒坟(枫香岗)。传至汉高,设县治民。慈姑充县,悉归汉廷。皇师张良,卸职挂印。追效先贤,逸情天门。自负离去,择地峰林。皇师(黄石)寨名,藏其史影。东汉马援,出征单程(即相单程)。充城一战,裹尸回京。马援身败,单名大震。招安议和,充民始宁。永安六年,崖裂石崩。天门扩大,朗然一新。吴王借兆,天门设郡。昔日别称(嵩梁山),始获正名。时至南朝,周帝宇文(邕)。遥祭南岳,坛设天门。声威远播,陈国心惊。唐末五代,境归马殷。宋初抚蛮,武口大兴。流官羁縻,始设兵屯。抚役一方,南国重镇。元末明初,三王(覃垕、向大坤、夏德忠合称土家三王)丕振。覃垕筑寨,向王列阵。洪武血战,始安南境。并建两卫,边陲"永定"。明末闯王,兵败入境。四十八寨,联明抗清。鏖兵澧水,血染三军。清初削藩,吴王连营。猛将战败,埋名隐姓。清朝末页,多有能臣。传奇孙九,儒将明灯。坐镇台湾,屡建奇勋。辛亥革命,辈出精英。"南北大侠"(杜心五),保卫孙文。"光绪伴读"(侯昌铭),首倡"反正"。"开国将士"(谷壮猷),武昌挥旌。民主兴起,工农革新。贺龙元帅,千秋彪炳。南昌起义,功照汗青。共和立国,境多才俊。科学院士,泥盆(田泥盆)立论。理论先驱,骄称卓炯。溇江巨子,两弹元勋(陈能宽)。

观吾溇澧,人杰地灵。文化遗产,蕴玉藏珍。桑植民歌,四海飞声。杖鼓乐舞,神州传名。大庸阳戏,古国珍品。文化建设,任重千钧。愿吾志士,协力同心。后发赶超,与时俱进。领跑前沿,推陈出新。偶成对句,姑代序文。智识虽浅,爱之深忱。

2010 年 5 月 26 日

张家界人文通史三字序

牛　吼

张家界,古庸境。控西南,锁洞庭

根三苗,祖濮人。溯太古,史分明。

据科考,有确证。兆年前,(宇宙)大爆炸。

火球冷,地求生。卅亿后,滋藻萍。

三亿八,大繁荣。海沙填,石英成。

森林出,恐龙奔。吾人类,古猿生。

考先祖,索主根。临元谋,近巫灵(巫山人)。

出云贵,乐澧滨。居草广,务农耕。

祝庸祖,钻火星。降崇山,创文明。

枫香岗,衍风姓。察季风,风历行。

麻空山,禖宫存。祈生育,娱鬼神。

华胥氏,履足痕。孕伏羲,有异秉。

观天象,察地运。画八卦,山历成。

法天道,农事顺。猪牛肥,桑麻纷。

盐井开,粮田垦。聚商贾,筑墉埂。

王濮地,演天文。古崧梁,赤松隐。

施良药,济初民。至颛顼,生八俊。

正巫教,别婚姻。娶骓兜,嫁虞舜。

通尧帝,结和亲。伐时代,碑里程。

庸夏商,比肩并。吾庸国,叶根深。

至商末,武王奋。伐商纣,庸力挺。

名虽扬,国运损。迁竹山,近强邻。

楚养晦,联巴秦。庄王起,庸朝倾。

千古国,埋烟尘。辉煌史,渐消泯。

春秋末,王孙胜。封白县,为县尹。

筑城池,大练兵。假献捷,袭楚廷。

擒惠王,不忍刑。惠王逃,急称尊。

遭围捕,诈死讯。蜕蝉壳,隐天门。

创奇术,传古今。先祖地,悲屈平。

游茹澧,泪沾襟。老洼山,赧王坟。

扶灵柩,老臣心。帝子殁,亡国恨。

至始皇,秦王政。游云梦,望嶷顶。

设祭坛,祀虞魂。求不老,仙药寻。

秦二灭,汉高兴。征英布,壁庸城。

何苦反,遥相问。布直答,欲为君。

帝王怒,大将烹。遍立庙,颂帝名。

张子房,智超群。隐青岩,早退身。

至东汉,相单程。登高呼,百族应。

旌旗猎,遍武陵。驱马援,动帝兵。

短兵接,歌舞凌。酷暑逼,将卒病。

马援殁,充民困。成和议,山林静。

至三国,开天门。吴王喜,始设郡。

郡太守,十余任。一名裔,王猛孙。

至北周,帝宇文。祀南岳,置北衡。

名虽易,地未更。至盛唐,邑安宁。

大诗才,张九龄。游九溪,仙楼吟。

至五代,归马殷。记铜柱,字犹新。

北宋初,武溪城。田承满,抚夷民。

南宋末,寸白军。征战苦,聚三姓(谷王钟)。

漫津澧,落桑境。七百年,不忘本。

元祚终,覃垕怔。势迷离,心不宁。

明初立,降理问。大权落,怒难平。

愤然起,大举兵。败胡海,疲杨璟。

帝狂怒,五侯征。中叛计,处极刑。

有向王,名大坤。困神堂,马嘶鸣。

两王败,政局稳。建两卫,设兵屯。

重安抚,少血腥。邑民安,土王勤。

习耕战,报国恩。抗倭寇,留勋名。

出奇谋,数唐仁。齐冲锋,勇陷阵。

老传统,至晚清。好男儿,乐从戎。

守台湾,仰明灯。打荆州,颂子龂。
杜兴五,魁武林。保国父,撼东瀛。
至我党,闹革命。贺老总,最忠诚。
驻南昌,听党令。举义旗,天地惊。
第一枪,铸殊勋。后回乡,创红军。
众乡亲,勇列阵。兵数万,踏征程。
国不忘,史长铭。新中国,日月新。
吾溇澧,多才俊。大院士,田泥盆。
陈能宽,两弹星。经济界,创新论。
居首者,唯卓炯。偶有悟,初成文。
挂一璧,漏万珍。欠完善,待补正。
不当处,请批评。

二〇〇九年四月二十五日
清晨九时至二十六日深夜两点

作者牛吼,即市政协原副秘书长、原学习文史委员会主任李书泰

古庸大地著名人文景观

——张家界七十二奇楼简介

姜 君

张家界七十二奇楼景区坐落于武陵山大道 1 号,地理位置优越,占地 130 亩,建筑面积 11 万平方米,总投资 10 亿元,以"主客共享、产业融合"为理念,打造全球首个沉浸式土风国潮主题景区,被誉为"张家界文化地标"和"夜经济新引擎"。

一入奇楼,梦回千年! 七十二奇楼以 109.9 米吉尼斯世界最高吊脚楼和 360°沉浸式实景演艺街区为核心,深度还原武陵山片区"九弓十八寨七十二奇楼"的神秘传说,带您梦回千年湘西。精心打造的《这才是湘西!》360 度沉浸式街区演艺秀,以民族文化为主题,带给大家民俗演绎、巡游行为艺术、工匠技艺再现等四大核心板块的沉浸式互动演艺。在这里,您可以全方位、多维度地感受古庸大地人文历史的独特魅力,感受到前所未有的沉浸式互动体验!

品尝古庸国宴,探寻湘西美食,舌尖上的美味之旅:七十二奇楼汇聚了全球百余种美食小吃,打造湖南第一吃货街。从澳门葡式风味蛋挞到日式料理,再到湘西本土特色小吃,各种美食令人垂涎欲滴。在这里,您可以用最少的钱品尝到最地道的美食,感受舌尖上的味蕾盛宴。

灯光璀璨,打卡网红圣地:奇楼以高大恢宏的吊脚楼为标志,成为无数游客梦寐以求的网红打卡目的地。万灯万控,无限变色,运用 7D 全息影像技术,将整栋吊脚楼建筑做为背景,呈现 72 种美轮美奂的主题灯光演绎秀。璀璨灯光点亮夜空,为奇楼增添了一抹梦幻色彩。

穿越古庸历史,体验湘西文化,感受民族魅力:七十二奇楼汇聚了武陵山片区四十六个少数民族代表,共同展示各民族的文化瑰宝,为您呈现一场视觉与听觉的盛宴。各民族的文化精髓与地域文化的凝炼,让您在奇楼领略古庸大地湘西文化的多元魅力。

奇楼乐开怀,里面很精彩:奇楼的精彩不仅体现在建筑的奇巧、演艺的精湛、美食的多样……更体现在文化与艺术的深度融合,以及带给游客的全方位沉浸式体验。无论是万灯万控的霓影飞虹,还是土家族布达拉宫的雄伟壮观,亦或是古庸集市街的热闹喧嚣。在这里,每一砖,每一瓦,每一歌,每一舞,每一道美食,都是故事的载体。来奇楼,乐在其中,感受民族文化的无穷韵味!

后　记

　　《古庸大地人文历史探源》一书，共收集省内外 40 多名新老学者专业论文及辞赋、散记等作品 70 多篇，堪称古庸大地（包括今张家界、湘西州、怀化市、常德市等大武陵片区）古今人文历史探源集大成之作，也是新老学者们的心血之作、智慧之作、传世之作，可谓服务当代、惠及后世的史料宝库。

　　然而，"文章千古事，得失寸心知。"就在这 40 多名作者中，已有张良皋、何光岳、林河、曲六乙、王中心、周大明、胡建国、龙炳文、杨昌鑫、彭继宽、彭勃等十多位大师仙去，每每阅读到他们作品仍然倍感亲切，他们的音容笑貌、学术智慧仍历历在目，鼓舞着我们砥砺前行。

　　就在这 40 多名学者中，还有杜钢建、杨东晨、孙文辉、金承乾、阮先、韩隆福、伏元杰、金克剑、周志家、田奇富等 10 多位年近八秩的学林翘楚，仍笔耕不辍，时有精品力作奉献于世，为学术界树起了攻坚克难、勇立潮头的治学丰碑。

　　"作者皆殊列，名声岂浪垂。"在这 40 多位作者中，更有杨选民、龙秀祥、王文明、刘冰清、王淑贞、孟国才、李伊忠、秦香、张谨等一批年富力强的少壮派专业和业余学者异军突起，担起新一代学术攻坚之重任，进一步筑牢了《古庸大地人文历史探源》一书的编纂之基和成书之本。也正是如此，才引起张家界市民族宗教事务局和湖南省民宗委领导同志的高度重视，得到省、市两级民族古籍整理研究中心的规划立项和资金支持。

　　特别值得铭记在心的是，一批曾在张家界市履职并极力推动张家界市人文历史研究工作的领导同志，即曾任中共张家界市委书记、市人大主任、张家界市历史文化基础性研究领导小组总顾问，后任湖南省委组织部常务副部长的胡伯俊；曾任中共张家界市委副书记、市人民政府市长，后任中共湖南省委副秘书长的赵小明；曾任市委副书记，后任中国新闻文化促进会理事长的李东东；曾任中共张家界市委常委、市政法委书记，后任张家界市政协党组书记、主席、张家界历史文化基础性研究领导小组组长的周元庭；曾任张家界市人民政府副市长、市政协党组书记、主席，现任湖南省文旅厅一级巡视员欧阳斌；曾任中共张家界市委常委、秘书长，后任中共湖南省委统战部副部长的刘卫兵；以及现任中共张家界市委书记刘革安；市人大党组书记、主任田华玉；市政协党组书记、主席杨广林；市委常委、常务副市长尚生龙；市政府党组成员、副市长莫海宏;市政协副主席、市自然资源和规划局局长赵旭;张家界学院教授、校长简德彬等领导同志,对该书编辑出版给予多方支持和关心。

同时,相关部门现任在职的市委宣传部常务副部长秦平武同志、副部长王远孟同志,市委政研室主任屈辉同志,市史志办主任吴红仪同志,市档案馆馆长张双莲同志,市政府副秘书长杨力鹏同志、市政府办李若滔同志,市政协党组成员、秘书长潘远忠同志、市发改委党组书记、主任程漫同志,市财政局党组书记、局长谷文涛同志、副局长李洲池同志,市民宗局党组书记、局长王磊同志、副局长戴海同志、办公室主任罗长跃同志、民族宗教事务中心主任王瑜同志,市文旅广体局党工委书记、局长欧兵波同志、党工委副书记、常务副局长汪涌同志、群众文化馆馆长覃大钧同志,市商务局局长郁双菊同志,市市场监督管理局原党组书记、局长李步群、原常务副局长庹友明同志,市社科联原主席赵富生同志、现任主席李海军同志,市文联党组书记、主席覃文乐同志、副主席彭毅同志,市侨联原党组书记曹无害同志,市作协主席石绍河同志,张家界旅游集团股份有限公司副总经理金鑫同志,市文化旅游商会会长罗万琼同志,张家界市鬼谷文化研究会会长张玉莲同志,市民族文化促进会会长陈国雄同志,张家界华盈房地产公司、华鑫工贸公司等企业高管王章钧同志,以及市社科联兰晶、市商务局许秘、好地公司向前芳等优秀青年,对该书编辑出版给予了充分尊重和热情帮助。

另有部分退休老同志萧征龙、向万隆、杨流芳、刘德美、杜芳禄、陈美林、陈官炼、张启尧、刘德湘、陈红日、佘高琪、吕毅、褚新年、王光明、莫辉华、姜玉平、杨仁春、姜阳春、陈善怀、王珍翠、陈吉红、林长兴、刘桂清、李林、谭贤兵、李铁军等,对该书出版予以热忱关心和支持,在此一并表示衷心感谢。

更令人难以忘怀的是,湖南省民宗委古籍整理研究中心主任胥岸英、副主任王丽芳,以及郑州大学出版社成振珂、张静等同志,不辞辛苦,不厌其烦,反复认真修改书稿,并及时纠正主编人员在编纂打印过程中出现的错误和语言表述方面的不当之处,我们发自内心地感恩几位领导和老师分担主纂人员的工作重担。大恩不言谢,唯有加倍努力,在今后的合作中将相关工作做得更好,为社会、为读者打磨出更多更好的精品力作,才无愧于几位湘豫才女的玉笔惠助之恩。

校书如扫尘,随扫随有,加之工程浩繁,时间仓促,任务紧迫,错误缺失更是在所难免,恳请各位领导、各位朋友、各位热心读者批评指正。

2024 年 10 月 17 日